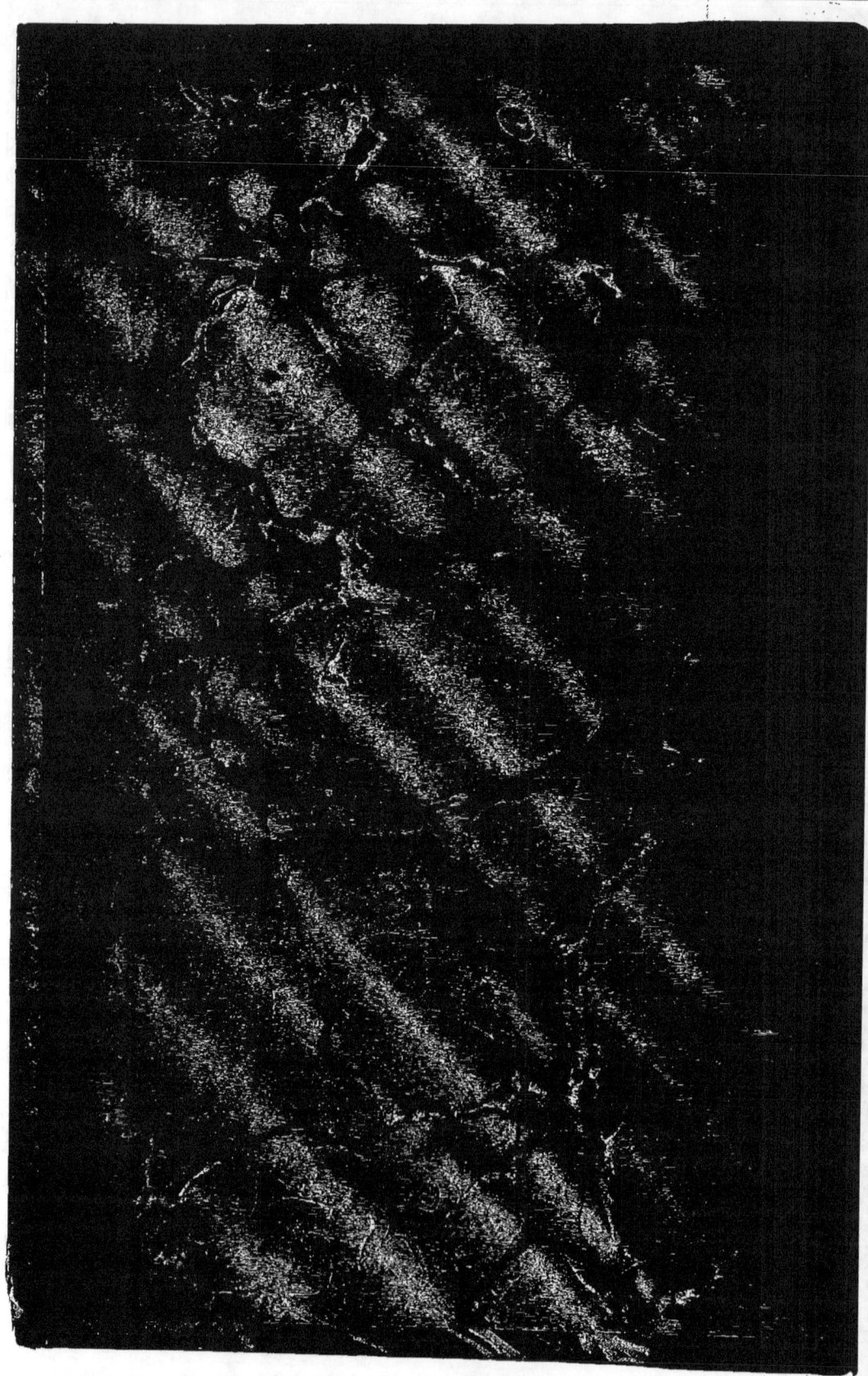

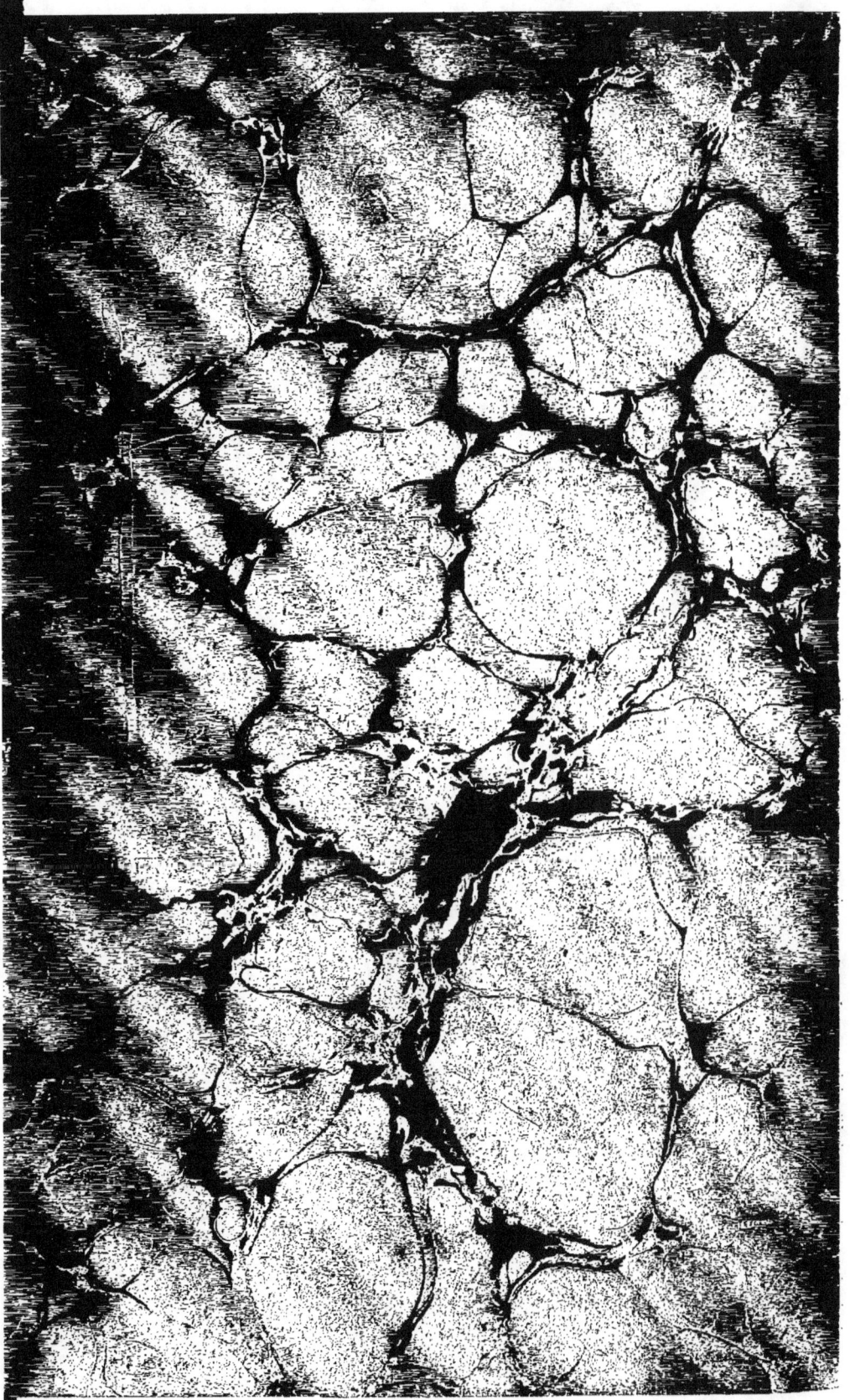

LES GRANDES ET INESTIMABLES
CRONIQUES
DU GRANT ET ENORME GEANT
GARGANTUA

CONTENANT

LA GÉNÉALOGIE, LA GRANDEUR ET FORCE DE SON CORPS

Aussi les merueilleux faictz darmes
quil fist pour le Roy Artus, comme verrez cy apres

Imprime nouuellement — 1532

SUIVIES DE

LA VIE TRÈS HORRIFICQUE

du Grand Gargantua, pere de Pantagruel

ET DE

Pantagruel, roy des Dipsodes

AVEC LES

Remarques historiques et critiques de Le Duchat et Le Motteux

PUBLIÉES PAR PAUL FAVRE
Membre de la Société des Archives historiques de l'Ouest

TOME SECOND

NIORT

TYPOGRAPHIE DE L. FAVRE

MDCCCLXXIX

LES GRANDES CRONIQUES

DE GARGANTUA

JUSTIFICATION DU TIRAGE DE CETTE ÉDITION

200 exemplaires sur papier carré vergé ;

20   id.   sur grand-raisin vergé ;

20   id.   sur carré peau vélin.

240

LES GRANDES ET INESTIMABLES
CRONIQUES
DU GRANT ET ENORME GEANT
GARGANTUA

CONTENANT

LA GENEALOGIE, LA GRANDEUR ET FORCE DE SON CORPS

Aussi les merueilleux faictz darmes
quil fist pour le Roy Artus, comme verrez cy apres

Imprime nouuellement — 1532

SUIVIES DE

LA VIE TRES HORRIFICQUE
du Grand Gargantua, pere de Pantagruel

ET DE

Pantagruel, roy des Dipsodes

AVEC LES

Remarques historiques et critiques de Le Duchat et Le Motteux

PUBLIÉES PAR PAUL FAVRE
Membre de la Société des Archives historiques de l'Ouest

TOME SECOND

NIORT
TYPOGRAPHIE DE L. FAVRE
MDCCCLXXIX

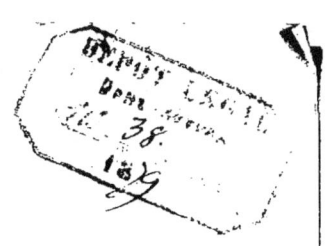

PANTAGRUEL

ROY DES DIPSODES

Restitué à son naturel

AVEC SES FAICTZ ET PROUESSES ESPOVENTABLES

COMPOSEZ PAR FEU M. ALCOFRIBAS

Abstracteur de Quinte Essence

———

M. D. XLII

On les vend à Lyon, chez Françoys Juste

Devant Nostre-Dame de Confort

Dizain de Maistre Hugues Salel [1]
à l'auteur de ce livre.

S I, pour mesler profit avec doulceur,
On mect en pris un aucteur grandement,
Prisé seras, de cela tien toy sceur :
Je le congnois, car ton entendement
En ce livret, soubz plaisant fondement
L'utilité a si tresbien descripte,
Qu'il m'est advis que voy un Democrite
Riant les faictz de nostre vie humaine.
Or persevere, et si n'en as merite
En ces bas lieux, l'auras au hault dommaine.

PROLOGUE DE L'AUTEUR

rèsillustres et trèschevaleureux cham-
pions, gentilz hommes et aultres, qui
voluntiers vous adonnez à toutes gentil-
lesses et honnestetez, vous avez na
gueres veu, leu, et sceu, les grandes et
inestimables Chronicques de l'enorme
geant Gargantua: et comme vrays fideles
les avez creues gualantement [1], *et y avez maintesfoys passé*
vostre temps avecques les honorables dames et damoyselles,
leur en faisans beaulx et longs narrez, alors que estiez
hors de propos: dont estez bien dignes de grande louange,
et memoire sempiternelle [2]. *Et à la mienne volunté que*
chascun laissast sa propre besoigne, ne se souciast de son
mestier [3] *et mist ses affaires propres en oubly, pour y*
vacquer entierement, sans que son esperit feust de ailleurs
distraict ny empesché: jusques à ce que l'on les tint par
cueur, affin que si d'adventure l'art de l'imprimerie
cessoit, ou en cas que tous livres perissent, on temps advenir
un chascun les peust bien au net enseigner à ses enfans,
et à ses successeurs et survivens bailler comme de main en
main, ainsy que une religieuse Caballe [4]. *Car il y a*

*plus de fruict que paradventure ne pensent un tas de gros
talvassiers tous croustelevez, qui entendent beaucoup moins
en ces petites joyeusetés, que ne faict Raclet[5] en l'Institute.
J'en ay congneu de haultz et puissans seigneurs en bon
nombre, qui allant à chasse de grosses bestes, ou voller
pour canes: s'il advenoit que la beste ne feust rencontrée
par les brisées, ou que le faulcon se mist à planer, voyant
la proye gaigner à tire d'esle, ilz estoient bien marrys,
comme entendez assez : mais leur refuge de reconfort, et
affin de ne soy morfondre, estoit à recoler les inestimables
faictz dudict Gargantua. Aultres sont par le monde (ce
ne sont fariboles) qui estans grandement affligez du mal
des dentz, après avoir tous leurs biens despenduz en
medicins sans en rien profiter, ne ont trouvé remede plus
expedient que de mettre lesdictes chronicques entre deux
beaulx linges bien chaulx, et les appliquer au lieu de la
douleur, les sinapizand avecques un peu de pouldre d'oribus[6]. Mais que diray-je des pauvres verolez et goutteux ?
O quantesfoys nous les avons veu, à l'heure que ilz
estoyent bien oingtz et engressez à poinct, et le visaige
leur reluysoit comme la claveure d'un charnier, et les
dentz leur tressailloyent comme font les marchettes d'un
clavier d'orgues ou d'espinette, quand on joue dessus, et
que le gosier leur escumoit comme à un verrat que les
vaultres ¶ ont aculé entre les toilles : Que faisoyent-ilz
alors ? Toute leur consolation n'estoit que de ouyr lire
quelque page dudict livre. Et en avons veu qui se don-
noyent à cent pipes de vieulx diables, en cas que ilz
n'eussent senty allegement manifeste à la lecture dudict
livre, lorsqu'on les tenoit ès lymbes, ny plus ny moins
que les femmes estans en mal d'enfant quand on leurs leist
la Vie de saincte Marguerite. Est-ce rien cela ? Trouve-
moy livre, en quelque langue, en quelque faculté et science
que ce soit, qui ayt telles vertus, proprietés et prerogatives,
et je poieray chopine de trippes[7]. Non, Messieurs, non.
Il est sans pair, incomparable et sans parragon. Je le maintiens jusques au feu, exclusive[8]. Et ceulx qui vouldroient
maintenir que si, reputés les abuseurs, predestinateurs,*

emposteurs [9], et seducteurs. Bien vray est-il, que l'on trouve
en aulcuns livres dignes de haulte fustaye[10] certaines
proprietés occultes, au nombre desquelz l'on tient Fessepinte,
Orlando furioso, Robert le Diable, Fierabras, Guillaume
sans Paour, Huon de Bourdeaulx, Montevielle et Matabrune[11]. Mais ilz ne sont comparables à celluy duquel
parlons. Et le monde a bien congneu par experience
infallible le grand emolument et utilité qui venoit de
ladicte chronicque Gargantuine: car il en a esté plus
vendu par les imprimeurs en deux moys, qu'il ne sera
acheté de Bibles en neuf ans. Voulant doncques je vostre
humble esclave accroistre vos passetemps d'advantaige, vous
offre de present un aultre livre de mesme billon, si non
qu'il est un peu plus equitable et digne de foy que n'estoit
l'aultre. Car ne croyez (si ne voulez errer à vostre escient)
que j'en parle comme les Juifz de la loy. Je ne suis nay
en telle planette, et ne m'advint oncques de mentir, ou
asseurer chose qui ne feust veritable. J'en parle comme un
gaillard Onocratale[12], voyre, dy-je, crotenotaire des
martyrs amans et crocquenotaire de amours: quod
vidimus testamur. C'est des horribles faictz et prouesses
de Pantagruel, lequel j'ay servy à gaiges dès ce que je
fuz hors de page, jusques à present, que par son congié je
m'en suis venu visiter mon pais de vache, et sçavoir si en
vie estoyt parent mien aulcun. Pourtant, affin que je face
fin à ce prologue, tout[13] ainsi comme je me donne à cent
mille panerées de beaulz diables, corps et ame, trippes et
boyaulx, en cas que j'en mente en toute l'hystoire d'un
seul mot: pareillement, le feu sainct Antoine vous arde,
mau de terre vous vire[14], le lancy[15], le maulubec[16] vous
trousse, la caquesangue vous viengne, le mau fin feu de
ricqueracque[17], aussi menu que poil de vache, tout renforcé
de vif argent, vous puisse entrer au fondement, et comme
Sodome et Gomorre puissiez tomber en soulphre, en feu et en
abysme, en cas que vous ne croyez fermement tout ce que
je vous racompteray en ceste presente chronicque.

Dixain[18] *nouvellement composé à la louange*
du joyeulx esprit de l'autheur.

CINQ cens dixains, mille virlais,
    Et en rimes mille virades
Des plus gentes et des plus sades ¶,
De Marot ou de Saingelais,
Payez comptant, sans nuls delais,
En presence des Oreades,
Des Hymnides[19] et des Dryades,
Ne suffiroient, ny Pont-Alais
A pleines balles de ballades,
Au docte et gentil Rabelais.

LIVRE SECOND

De l'origine et antiquité du grand Pantagruel.

Chapitre I

C E ne sera chose inutile ne oysifve, veu que sommes de sejour, vous ramentevoir la premiere source et origine dont nous est né le bon Pantagruel. Car je voy[1] que tous bons hystoriographes ainsi ont traicté leurs chronicques, non seullement les Arabes, Barbares et Latins, mais aussi Gregoys Gentilz, qui furent buveurs éternclz[2]. Ilz vous convient doncques noter que au commencement du monde (je parle de loing[3], il y a plus de quarante quarantaines de nuyctz, pour nombrer à la mode des antiques druides) peu après que Abel fust occis par son frere Caïn, la terre, embuë du sang du juste, fut certaine année si tresfertile en tous fruictz qui de ses flans nous sont produytz, et singulierement en mesles, que on l'appella de toute memoire l'année des grosses mesles : car les troys en faisoyent le boysseau. En ycelle les kalendes[4] feurent trouvées par les breviaires des Grecz, le moys de Mars faillit en karesme et fut la myoust en May. On moys de Octobre, ce me semble, ou bien de Septembre (affin que je ne erre , car de cela me veulx-je curieusement guarder [5]) , fut la sepmaine tant renommée par les annales, qu'on nomme la sepmaine des troys jeudis : car il y en eut troys , à cause des irreguliers bissextes , que le soleil bruncha quelque peu comme *debitoribus* à gauche [6], et la lune varia de son cours plus de cinq toyzes , et feut manifestement veu le movement de trepidation[7] on firmament dict Aplane : tellement que la Pleiade moyene laissant ses compaignons declina vers l'equinoctial et l'estoille nommé l'Espy laissa la Vierge se retirant vers la Balance : qui sont cas bien espoventables et matieres tant dures et difficiles, que les astrologues ne y peuvent mordre. Aussy auroient-ilz les dens bien longues s'ilz povoient toucher jusques-là. Faictes vostre compte que le monde voluntiers mangeoit desdictes mesles : car elles estoient belles à l'œil, et delicieuses au goust. Mais, tout ainsi comme Noé le sainct homme (auquel tant sommes obligez et tenuz de ce qu'il nous planta la vine , dont nous vient celle nectaricque, delicieuse, precieuse, celeste, joyeuse et deïficque liqueur [8], qu'on nomme le piot) fut trompé en le beuvant , car il ignoroit la grande vertu et puissance d'icelluy. Semblablement les hommes et femmes de celluy temps mangeoyent en grand plaisir de ce beau et gros fruict, mais accidens bien divers leurs en advindrent. Car à tous survint au corps une enfleure très horrible , mais non à tous en un mesme lieu. Car aulcuns enfloyent par le ventre , et le ventre leur devenoit bossu comme une grosse tonne : desquelz est escript : *ventrem omnipotentem*[9] : lesquelz furent tous gens de bien et bons raillars. Et de ceste race nasquit sainct Pansart et Mardygras[10]. Les aultres enfloyent par les espaules, et tant estoyent bossus qu'on les appelloit montiferes, comme porte-montaignes , dont vous en voyez encores par le monde en divers sexes et dignités. Et de ceste race yssit Esopet[11] : duquel vous avez les beaulx faictz et dictz par escript. Les aultres enfloyent en longueur par le membre, qu'on nomme le laboureur

de nature : en sorte qu'ilz le avoyent merveilleusement
long, grand, gras, gros, vert, et acresté, à la mode
antique, si bien qu'ilz s'en servoyent de ceinture, le
redoublans à cinq ou à six foys par le corps. Et s'il
advenoit qu'il feust en poinct, et eust vent en pouppe,
à les veoir eussiez dict que c'estoyent gens qui eussent
leurs lances en l'arrest pour jouster à la quintaine. Et
d'yceulx est perdue la race, ainsi comme disent les
femmes. Car elles lamentent continuellement, qu'*il n'en
est plus de ces gros, etc.* :

Vous sçavez le reste de la chanson. Aultres crois-
soient[12] en matiere de couilles si enormement, que les
troys emplissoient bien un muy. D'yceulx sont descen-
dues les couilles de Lorraine, lesquelles jamays ne
habitent en braguette, elles tombent au fond des
chausses. Aultres croyssoient par les jambes, et à les
veoir eussiez dict que c'estoyent grues, ou flammans[13],
ou bien gens marchans sus eschasses. Et les petits grimaulx les appellent en grammaire *Iambus*[14]. Es aultres
tant croissoit le nez qu'il sembloit la fleute d'un alambic,
tout diapré, tout estincelé de bubeletes : pullulant,
purpuré, à pompettes[15], tout esmaillé, tout boutonné et
brodé de gueules. Et tel avez veu le chanoine Panzoult
et Piedeboys, medicin de Angiers : de laquelle race peu
furent qui aimassent la ptissane, mais tous furent
amateurs de purée septembrale. Nason, et Ovide[16] en
prindrent leur origine. Et tous ceulx desquelz est escript :
Ne reminiscaris[17]. Aultres croissoyent par les aureilles[18],
lesquelles tant grandes avoyent, que de l'une faisoyent
pourpoint, chausses, et sayon : de l'autre se couvroyent
comme d'une cape à l'espagnole. Et dict-on que en
Bourbonnoys encores dure l'eraige[19], dont sont dictes
aureilles de Bourbonnoys. Les aultres croissoyent en
long du corps : et de ceulx-là sont venuz les geans, et
par eulx Pantagruel.

Et le premier fut Chalbroth,
Qui engendra Sarabroth,
Qui engendra Faribroth,

Qui engendra Hurtaly, qui fut beau mangeur de souppes et resna au temps du deluge :

Qui engendra Nembroth,

Qui engendra Athlas, qui avecques ses espaulles garda le ciel de tumber,

Qui engendra Goliath,

Qui engendra Eryx[20] lequel fut inventeur du jeu des gobeletz.

Qui engendra Tite,

Qui engendra Eryon,

Qui engendra Polypheme,

Qui engendra Cace[21],

Qui engendra Etion[22], lequel premier eut la verolle pour n'avoir beu frayz en esté, comme tesmoigne Bartachim :

Qui engendra Encelade,

Qui engendra Cée,

Qui engendra Typhœ,

Qui engendra Aloe,

Qui engendra Othe[23],

Qui engendra Ægeon,

Qui engendra Briare, qui avoit cent mains,

Qui engendra Porphirio[24],

Qui engendra Adamastor[25],

Qui engendra Antée[26],

Qui engendra Agatho,

Qui engendra Pore[27], contre lequel batailla Alexandre le Grand,

Qui engendra Aranthas,

Qui engendra Gabbara[28], qui premier inventa de boire d'autant,

Qui engendra Goliath de Secundille[29],

Qui engendra Offot, lequel eut terriblement beau nez à boyre au baril[30],

Qui engendra Artachées[31],

Qui engendra Oromedon,

Qui engendra Gemmagog, qui fut inventeur des souliers à poulaine[32],

Qui engendra Sisyphe,

Qui engendra les Titancs, dont nasquit Hercules,

Qui engendra Enay, qui fut tresexpert en matiere de oster les cerons des mains,

Qui engendra Fierabras, lequel fut vaincu par Olivier, pair de France, compaignon de Roland,

Qui engendra Morguan[33], lequel premier de ce monde joüa aux dez avecques ses bezicles,

Qui engendra Fracassus[34], duquel a escript Merlin Caccaie,

Dont nasquit Ferragus,

Qui engendra Happemousche[35], qui premier inventa de fumer les langues de beuf à la cheminée, car auparavant le monde les saloit comme on faict les jambons :

Qui engendra Bolivorax,

Qui engendra Longys,

Qui engendra Gayoffe[36], lequel avoit les couillons de peuple et le vit de cormier,

Qui engendra Maschefain,

Qui engendra Bruslefer,

Qui engendra Engolevent,

Qui engendra Galehault[37], lequel fut inventeur des flacons,

Qui engendra Mirelangault[38],

Qui engendra Galaffre[39],

Qui engendra Falourdin,

Qui engendra Roboaste,

Qui engendra Sortibrant de Conimbres,

Qui engendra Brushant de Mommiere,

Qui engendra Bruyer, lequel fut vaincu par Ogier le Dannoys, pair de France,

Qui engendra Mabrun,

Qui engendra Foutasnon,

Qui engendra Hacquelebac[40],

Qui engendra Vitdegrain,

Qui engendra Grand Gosier,

Qui engendra Gargantua,

Qui engendra le noble Pantagruel mon maistre.

J'entends bien que, lysans ce passaige, vous faictez
en vous-mesmes un doubte bien raisonnable. Et
demandez comment est-il possible que ainsi soit : veu
que au temps du deluge tout le monde perit, fors Noë
et sept personnes avecques luy dedans l'arche : au
nombre desquelz n'est mis ledict Hurtaly ? La demande
est bien faicte sans doubte et bien apparente : mais la
responce vous contentera ou j'ay le sens mal gallefreté[41]. Et parce que n'estoys de ce temps là pour vous
en dire à mon plaisir, je vous allegueray l'autorité des
Massoretz , bons couillaux, et beaulx cornemuseurs[42]
hebraïcques : lesquelz afferment que veritablement
ledict Hurtaly[43] n'estoit dedans l'arche de Noë, aussi
n'y eust-il peu entrer , car il estoit trop grand : mais il
estoit dessus à cheval jambe desà jambe delà , comme
sont les petitz enfans sus les chevaulx de boys, et comme
le gros toreau de Berne[44], qui feut tué à Marignan ,
chevauchoyt pour sa monture un gros canon pevier :
c'est une beste de beau et joyeux amble , sans poinct
de faulte. En icelle façon , saulva après Dieu ladicte
arche de periller : car il luy bailloit le bransle avecques
les jambes, et du pied la tournoit où il vouloit, comme
on faict du gouvernail d'une navire. Ceulx qui dedans
estoient luy envoyoient vivres par une cheminée à
suffisance , comme gens recongnoissans le bien qu'il
leurs faisoit. Et quelquefoys parlementoyent ensemble,
comme faisoit Icaromenippe à Jupiter selon le raport
de Lucian.

Avés vous bien le tout entendu ? Beuvez donc un
bon coup sans eaue. Car si ne le croiez, non foys je ,
fist-elle[45].

De la nativité du tresredoubté Pantagruel.

CHAPITRE II

ARGANTUA en son eage de quatre cens quatre-vingtz quarante et quatre ans engendra son filz Pantagruel de sa femme nommée Badebec, fille du roy des Amaurotes en Utopie, laquelle mourut du mal d'enfant, car il estoit si merveilleusement grand et si lourd, qu'il ne peut venir à lumiere, sans ainsi suffocquer sa mere. Mais pour entendre pleinement la cause et raison de son nom qui luy feut baillé en baptesme : vous noterez qu'en icelle année feut seicheresse tant grande en tout le pays de Africque, que passerent XXXVI moys, troys sepmaines [1], quatre jours, treze heures, et quelque peu dadvantaige sans pluye, avec chaleur de soleil si vehemente que toute la terre en estoit aride. Et ne fut au temps de Helye, plus eschauffée que fut pour lors. Car il n'estoit arbre sus terre qui eust ny fueille ny fleur, les herbes estoient sans verdure, les rivieres taries, les fontaines à sec, les pauvres poissons delaissez de leurs propres elemens, vagans et crians par la terre horriblement, les oyseaux tumbans de l'air par faulte de rosée, les loups, les regnars, cerfz, sangliers, dains, lievres, connilz, belettes, foynes, blereaux, et aultres bestes l'on trouvoit par les champs mortes, la gueulle baye. Au regard des hommes, c'estoit la grande pitié, vous les eussiez veuz tirans la langue comme levriers qui ont couru six heures. Plusieurs se gettoyent dedans les puys. Aultres se mettoyent au ventre d'une vache pour estre à l'hombre : et les appelle Homère Alibantes [2]. Toute la contrée estoit à l'ancre : c'estoit pitoyable cas, de veoir le travail des humains pour se garentir de ceste horrificque alteration. Car il avoit prou affaire de sauver l'eau benoiste par les eglises,

3

à ce que ne feust desconfite : mais l'on y donna tel
ordre par le conseil de messieurs les cardinaulx et du
Sainct Pere, que nul n'en osoit prendre que une venue.
Encores quand quelcun entroit en l'eglise, vous en
eussiez veu à vingtaines de pauvres alterez qui venoyent
au derriere de celluy qui la distribuoit à quelcun, la
gueulle ouverte pour en avoir quelque goutellette ;
comme le maulvais riche, affin que rien ne se perdist.
O que bienheureux fut en icelle année celluy qui eut
cave fresche et bien garnie. Le philosophe raconte en
mouvent la question. Parquoy c'est que l'eaue de la
mer est salée ? que au temps que Phebus bailla le
gouvernement de son chariot lucificque à son filz
Phaeton, ledict Phaeton mal apris en l'art, et ne
sçavant ensuyvre la line ecliptique entre les deux tropi-
ques de la sphere du soleil, varia de son chemin, et
tant approcha de terre, qu'il mist à sec toutes les contrées
subjacentes, bruslant une grande partie du ciel, que
les philosophes appellent *Via lactea* : et les lifrelofres [3]
nomment le chemin Sainct-Jacques. Combien que les
plus huppez pœtes disent estre la part ou tomba le laict
de Juno, lors qu'elle allaicta Hercules [4]. Adonc la terre
fut tant eschaufée, que il luy vint une sueur enorme,
dont elle sua toute la mer, qui par ce est salée : car
toute sueur est salée : ce que vous direz estre vray si
voulez taster de la vostre propre ou bien de celles des
verollez quand on les faict suer, ce me est tout un.
Quasi pareil cas arriva en ceste dicte année, car un
jour de vendredy que tout le monde s'estoit mis en
devotion, et faisoit une belle procession avecques force
letanies et beaux preschans, supplians à Dieu omnipo-
tent les vouloir regarder de son œil de clemence en tel
desconfort, visiblement furent veues de terre sortir
grosses gouttes d'eaue comme quand quelque personne
sue copieusement. Et le pauvre peuple commença à
s'esjouyr comme si ce eust esté chose à eulx proffitable,
car les aulcuns disoient que de humeur il n'y en avoit
goute en l'air, dont on esperast avoir pluye, et que la

terre supplioit au deffault. Les aultres gens sçavans disoyent que c'estoit pluye des antipodes : comme Senecque narre au quart livre *Questionum naturalium*, parlant de l'origine et source du Nil, mais ilz y furent trompés, car la procession finie, alors que chascun vouloit recueillir de ceste rosée et en boire à plein godet, trouverent que ce n'etoit que saulmure pire et plus salée que n'estoit l'eaue de la mer. Et parce que en ce propre jour nasquit Pantagruel, son pere luy imposa tel nom. Car Panta en grec vault autant à dire comme tout, et Gruel en langue hagarene vault autant comme alteré, voulent inferer, que à l'heure de sa nativité le monde estoit tout alteré. Et voyant en esperit de prophetie qu'il seroit quelque jour dominateur des alterez. Ce que luy fut monstré à celle heure mesmes par aultre signe plus evident. Car alors que sa mere Badebec l'enfantoit, et que les sages-femmes attendoyent pour le recepvoir, yssirent premier de son ventre :

Soixante et huyt tregeniers [5], chascun tirant par le licol un mulet tout chargé de sel.

Après lesquelz sortirent neuf dromadaires chargés de jambons et langues de beuf fumées.

Sept chameaulx chargez d'anguillettes [6].

Puis xxv charretées de porreaulx, d'aulx, d'oignons et de cibotz : ce que espoventa bien lesdictes saiges-femmes.

Mais les aulcunes d'entre elles disoyent :

« Voicy bonne provision, aussy bien ne bevyons-nous que lachement non en lancement [7], cecy n'est que bon signe, ce sont aguillons de vin. »

Et comme elles caquetoyent de ces menus propos entre elles, voicy sorty Pantagruel, tout velu comme un ours, dont dict une d'elles en esperit propheticque.

« Il est né à tout le poil [8], et il fera choses merveilleuses, et s'il vit il aura de l'eage [9]. »

Du dueil que mena Gargantua de la mort de sa femme Badebec.

CHAPITRE III

UAND Pantagruel fut né, qui fut bien esbahy et perplex, ce fut Gargantua son pére, car voyant d'un cousté sa femme Badebec morte, et de l'aultre son filz Pantagruel né, tant beau et tant grand, ne sçavoit que dire ny que faire. Et le doubte qui troubloit son entendement estoit, assavoir s'il devoit plorer pour le dueil de sa femme, ou rire pour la joye de son filz. D'un costé et d'aultre il avoit argumens sophisticques qui le suffocquoyent, car il les faisoit tresbien *in modo et figura,* mais il ne les povoit souldre. Et par ce moyen demouroit empestré comme la souriz empeigée [1], ou un milan prins au lasset.

« Pleureray je, disoit il? oui: car pourquoy? Ma tant bonne femme est morte, qui estoit la plus cecy la plus cela qui feust au monde. Jamais je ne la verray, jamais je n'en recouvreray une telle: ce m'est une perte inestimable. O mon Dieu, que te avoys je faict pour ainsi me punir? Que ne envoyas tu la mort à moy premier que à elle? car vivre sans elle ne m'est que languir! Ha Badebec, ma mignonne, mamye, mon petit con (toutesfois elle en avoit bien troys arpens et deux sexterées [2]) ma tendrette, ma braguette, ma savate, ma pantofle jamais je ne te verray. Ha pauvre Pantagruel, tu as perdu ta bonne mere, ta doulce nourrisse, ta dame tresaymée. Ha! faulce mort, tant tu me es malivole, tant tu me es oultrageuse de me tollir celle à laquelle immortalité appartenoit de droict. »

Et ce disant pleuroit comme une vache, mais tout soubdain rioit comme un veau, quand Pantagruel luy venoit en memoire.

« Ho mon petit filz (disoit il) mon coillon, mon
peton, que tu es joly, et tant je suis tenu à Dieu de ce
qu'il m'a donné un si beau filz tant joyeux, tant riant,
tant joly. Ho, ho, ho, ho, que suis ayse, beuvons,
ho, laissons toute melancholie, apporte du meilleur,
rince les verres ³, boute la nappe, chasse ces chiens,
souffle ce feu, allume la chandelle, ferme ceste porte,
taille ces souppes, envoye ces pauvres, baille leur ce
qu'ilz demandent, tiens ma robbe, que je me mette en
pourpoint pour mieux festoyer les commeres. »

Ce disant, ouyt la letanie et les mementos des prebs-
tres qui portoyent sa femme en terre, dont laissa son
bon propos et tout soubdain fut ravy ailleurs, disant :

« Seigneur Dieu, fault il que je me contriste encores ?
Cela me fasche, je ne suis plus jeune, je deviens vieulx,
le temps est d'angereux, je pourray prendre quelque
fiebvre, me voylà affolé. Foy de gentil homme ⁴, il
vault mieulx pleurer moins et boire d'advantaige. Ma
femme est morte : et bien, par Dieu (da jurandi) je
ne la resusciteray pas par mes pleurs : elle est bien,
elle est en paradis pour le moins si mieulx ne est : elle
prie Dieu pour nous, elle est bien heureuse, elle ne se
soucie plus de nos miseres et calamitez, autant nous
en pend à l'œil, dieu gard le demourant, il me fault
penser d'en trouver une aultre. Mais voicy que vous
ferez, dict il ès saiges femmes (où sont elles ? Bonnes
gens, je ne vous peulx veoyr) ⁵ allez à l'enterrement
d'elle, et ce pendent je berceray icy mon filz, car je me
sens bien fort alteré, et serois en danger de tomber
malade ⁶, mais beuvez quelque bon traict devant : car
vous vous en trouverez bien, et m'en croyez sur mon
honneur. »

A quoy obtemperantz allerent à l'enterrement et
funerailles, et le pauvre Gargantua demoura à l'hostel.
Et ce pendent feist l'epitaphe pour estre engravé en la
maniere que s'ensuyt :

ELLE EN MOURUT LA NOBLE BADEBEC
DU MAL D'ENFANT, QUE TANT ME SEMBLOIT NICE ⁷ :

Car elle avoit visaige de rebec [8],
Corps d'Espaignole, et ventre de Souyce [9].
Priez a Dieu, qu'a elle soit propice,
Luy perdonnant s'en rien oultrepassa.
Cy gist son corps lequel vesquit sans vice,
Et mourut l'an et jour que trespassa.

De l'enfance de Pantagruel.

Chapitre IV

 E trouve par les anciens historiogra-
phes et poetes, que plusieurs sont nez
en ce monde en façons bien estranges
qui seroient trop longues à racompter :
lisez le vij livre de Pline, si avés
loysir. Mais vous n'en ouystes jamais
d'une si merveilleuse comme fut celle
de Pantagruel, car c'estoit chose difficille à croyre
comment il creut en corps et en force en peu de temps.
Et n'estoit rien Hercules qui estant au berseau tua les
deux serpens : car lesdictz serpens estoyent bien petitz
et fragiles. Mais Pantagruel estant encores au berseau
feist cas bien espouventables. Je laisse icy à dire comment à chascun de ses repas il humoit le laict de quatre
milie six cens vaches. Et comment pour luy faire un
paeslon à cuire sa bouillie, furent occupez tous les
pesliers de Saumur en Anjou, de Villedieu en Normandie, de Bramont en Lorraine [1], et luy bailloit-on ladicte
bouillie en un grand timbre qui est encores de present
à Bourges près du palays, mais les dentz luy estoient
desjà tant crues et fortifiées, qu'il en rompit dudict
tymbre un grand morceau comme tresbien apparoist.
Certains jours vers le matin que on le vouloit faire
tetter une de ses vaches (car de nourrisses il n'en eut
jamais aultrement comme dict l'hystoire) il se deffit
des liens qui le tenoyent au berseau un des bras, et
vous prent ladicte vache par dessoubz le jarret, et luy

mangéa les deux tetins et la moytié du ventre, avecques
le foye et les roignons, et l'eust toute devorée, n'eust
esté qu'elle cryoit horriblement comme si les loups la
tenoient aux jambes, auquel cry le monde arriva, et
osterent ladicte vache à Pantagruel, mais ilz ne sceurent
si bien faire que le jarret ne luy en demourast comme
il le tenoit, et le mangeoit tresbien comme vous feriez
d'une saulcisse, et quand on luy voulut oster l'os, il
l'avalla bien tost, comme un cormaran feroit un petit
poisson, et après commença à dire :
   « Bon, bon, bon. »
   Car il ne sçavoit encores bien parler, voulant donner
à entendre, que il avoit trouvé fort bon : et qu'il n'en
failloit plus que autant. Ce que voyans ceulx qui le
servoyent, le lierent à gros cables comme sont ceulx
que l'on faict à Tain [2] pour le voyage du sel à Lyon :
ou comme sont ceulx de la grand nauf Françoyse [3] qui
est au port de Grace en Normandie. Mais quelquefoys
que un grand ours que nourrissoit son pere [4] eschappa,
et luy venoit lescher le visaige, car les nourrisses ne
luy avoyent bien à poinct torché les babines, il se deffist
desdictz cables aussi facilement comme Sanson d'entre
les Philistins, et vous print monsieur de l'ours [5], et le
mist en pieces comme un poulet, et vous en fist une
bonne gorge chaulde pour ce repas. Parquoy craignant
Gargantua qu'il se gastast [6], fist faire quatre grosses
chaines de fer pour le lyer, et fist faire des arboutans à
son berceau bien afustez. Et de ces chaines en avez
une à la Rochelle, que l'on leve au soir entre les deux
grosses tours du havre. L'aultre est à Lyon. L'aultre à
Angiers [7]. Et la quarte fut emportée des diables pour
lier Lucifer qui se deschainoit [8] en ce temps là, à cause
d'une colicque qui le tormentoit extraordinairement,
pour avoir mangé l'ame d'un sergeant [9] en fricassée à
son desjeuner. Dont povez bien croire ce que dict
Nicolas de Lyra sur le passaige du Psaultier où il est
escript. *Et Og regem Basan* [10], que ledit Og estant
encores petit estoit tant fort et robuste, qu'il le failloit

lyer de chaisnes de fer en son berceau. Et ainsi demoura coy et pacificque : car il ne pouvoit rompre tant facillement lesdictes chaisnes, mesmement qu'il n'avoit pas espace au berceau de donner la secousse des bras. Mais voicy que arriva un jour d'une grande feste, que son pere Gargantua faisoit un beau banquet à tous les princes de sa court. Je croy bien que tous les officiers de sa court estoyent tant occupés au service du festin, que l'on ne se soucyoit du pauvre Pantagruel, et demouroit ainsi à reculorum.[11]

Que fist-il ? Qu'il fist, mes bonnes gens, Escoutez. Il essaya de rompre les chaisnes du berceau avecques les bras, mais il ne peut, car elles estoyent trop fortes : adonc il trepigna tant des piedz qu'il rompit le bout de son berceau qui toutesfoys estoit d'une grosse poste[12] de sept empans en quarré, et ainsi qu'il eut mys les piedz dehors il se avalla le mieux qu'il peut, en sorte que il touchoit les piedz en terre. Et alors avecques grande puissance se leva emportant son berceau sur l'eschine ainsi lyé comme une tortue qui monte contre une muraille, et à le veoir sembloit que ce feust une grande carracque de cinq cens tonneaulx qui feust debout. En ce point entra en la salle où l'on banquetoit, et hardiment qu'il espoventa bien l'assistance, mais par autant qu'il avoit les bras lyez dedans, il ne povoit rien prendre à manger, mais en grande peine se enclinoit pour prendre à tout la langue quelque lippée. Quoy voyant son pere entendit bien que l'on l'avoit laissé sans luy bailler à repaistre et commanda qu'il fut deslyé desdictes chesnes par le conseil des princes et seigneurs assistans[13], ensemble aussi que les medicins de Gargantua disoyent que si l'on le tenoit ainsi au berseau, qu'il seroit toute sa vie subject à la gravelle. Lors qu'il feust deschainé, l'on le fist asseoir et repeut fort bien, et mist son dict berceau en plus de cinq cens mille pieces d'un coup de poing qu'il frappa au millieu par despit, avec protestation de jamais n'y retourner.

Des faictz du noble Pantagruel en son jeune eage.

CHAPITRE V

INSI croissoit Pantagruel de jour en jour et prouffitoit à veu d'œil [1], dont son pere s'esjouyssoit par affection naturelle. Et luy feist faire comme il estoit petit une arbaleste pour s'esbatre après les oysillons, qu'on appelle de present la grand arbaleste de Chantelle [2]. Puis l'envoya à l'eschole pour apprendre et passer son jeune eage. De faict vint à Poictiers [3], pour estudier, et proffita beaucoup, auquel lieu voyant que les escoliers estoyent aulcunesfois de loysir et ne sçavoient à quoy passer temps, en eut compassion. Et un jour print d'un grand rochier qu'on nomme Passelourdin, une grosse roche, ayant environ de douze toizes en quarré, et d'espesseur quatorze pans [4]. Et la mist sur quatre pilliers au millieu d'un champ bien à son ayse : affin que lesdictz escoliers quand ilz ne sçauroyent aultre chose faire passassent temps à monter sur ladicte pierre, et là banqueter à force flacons, jambons, et pastez, et escripre leurs noms dessus avec un cousteau, et de present l'apelle on la pierre levée. Et en mémoire de ce n'est aujourd'huy passé aulcun en la matricule de ladicte Université de Poictiers sinon qu'il ait beu en la fontaine Caballine de Croustelles [5], passé à Passelourdin [6], et monté sur la pierre levée [7]. En après lisant les belles chronicques de ses ancestres, trouva que Geoffroy de Lusignan, dict Geoffroy à la grand dent, grand pere du beau cousin de la seur aisnée de la tante du gendre de l'oncle de la bruz de sa belle-mère, estoit enterré à Maillezays [8], dont print un jour campos pour le visiter comme homme de bien. Et partant de Poictiers avecques aulcuns de ses compaignons, passerent par

4

Legugé [9], visitant le noble Ardillon abbé, par Lusignan,
par Sansay, par Celles, par Colonges, par Fontenay-
le-Conte, saluant le docte Tiraqueau[10], et de là arriverent à Maillezays, où visita le sepulchre dudict Geoffroy
à la grand dent; dont eut quelque peu de frayeur,
voyant sa pourtraicture, car il y est en image comme
d'un homme furieux, tirant à demy son grand malchus
de la guaine. Et demandoit la cause de ce, les
chanoines dudict lieu luy dirent que n'estoit aultre
cause sinon que

Pictoribus atque pœtis etc.,

c'est-à-dire que les painctres et pœtes ont liberté de
paindre à leur plaisir ce qu'ilz veullent. Mais il ne se
contenta de leur responce, et dist :
    « Il n'est ainsi painct sans cause. Et me doubte que
à sa mort[11] on luy a faict quelque tord, duquel il
demande vengeance à ses parens. Je m'en enquesteray
plus à plein et en feray ce que de raison. ».
    Puys retourna non à Poictiers, mais voulut visiter
les aultres universitez de France, dont passant à la
Rochelle se mist sur mer et vint à Bourdeaulx, on
quel lieu ne trouva grand exercice, sinon des guabarriers
jouans aux luettes sur la grave : de là vint à Thoulouse
où aprint fort bien à dancer et à jouer de l'espée à
deux mains, comme est l'usance des escholiers de
ladicte université, mais il n'y demoura gueres, quand
il vit qu'ilz faisoyent brusler leurs regens tout vifz[12]
comme harans soretz : disant, « Ja Dieu ne plaise que
ainsi je meure, car je suis de ma nature assez alteré
sans me chauffer d'avantaige. »
    Puis vint à Montpellier où il trouva fort bons vins
de Mirevaulx et joyeuse compagnie, et se cuida mettre
à estudier en medicine, mais il considera que l'estat
estoit fascheux par trop et melancholicque et que les
medicins sentoyent les clisteres comme vieulx diables.
Pourtant vouloit estudier en loix, mais voyant que là
n'estoient que troys teigneux et un pelé de legistes

audict lieu s'en partit. Et au chemin fist le pont du
Guard et l'amphitheatre de Nimes en moins de troys
heures[13], qui toutesfoys semble œuvre plus divin que
humain. Et vint en Avignon où il ne fut troys jours
qu'il ne devint amoureux, car les femmes y jouent
voluntiers du serrecropyere par ce que c'est terre
papale[14]. Ce que voyant son pedagogue nommé
Epistemon l'en tira, et le mena à Valence au Daulphiné,
mais il vit qu'il n'y avoit grand exercice, et que les
marroufles de la vile batoyent les escholiers[15], dont eut
despit, et un beau dimanche que tout le monde dansoit
publiquement, un escholier se voulut mettre en dance,
ce que ne permirent lesdictz marroufles. Quoy voyant
Pantagruel leur bailla à tous la chasse jusques au bort
du Rosne, et les vouloit faire tous noyer, mais ilz se
musserent contre terre comme taulpes bien demye lieue
soubz le Rosne. Le pertuys encores y apparoist[16]. Après
il s'en partit et à troys pas et un sault[17] vint à Angiers,
où il se trouvoit fort bien et y eust demeuré quelque
espace, n'eust esté que la peste les en chassa. Ainsi
vint à Bourges où estudia bien long-temps et proffita
beaucoup en la faculté des loix. Et disoit aulcunesfois
que les livres des loix luy sembloyent une belle robbe
d'or triumphante et precieuse à merveilles, qui feust
brodée de merde.

« Car disoit il, au monde n'y a livres tant beaulx,
tant aornés, tant elegans, comme sont les textes des
Pandectes, mais la brodure d'iceulx, c'est assavoir la
Glose de Accurse[18], est tant salle, tant infame, et
punaise, que ce n'est que ordure et villenie. »

Partant de Bourges vint à Orleans et là trouva force
rustres d'escholiers[19], qui luy firent grand chere à sa
venue et en peu de temps aprint avecque eulx à jouer
à la paulme si bien qu'il en estoit maistre. Car les
estudians dudict lieu en font bel exercice et le menoyent
aulcunesfois és isles pour s'esbatre au jeu du poussa-
vant[20]. Et au regard de se rompre fort la teste à estudier,
il ne le faisoit mie de peur que la veue luy diminuast.

Mesmement que un quidam des regens disoit souvent
en ses lectures qu'il n'y a chose tant contraire à la
veue comme est la maladie des yeulx. Et quelque jour
que l'on passa licentié en loix quelcun des escholliers
de sa congnoissance, qui de science n'en avoit gueres
plus que sa portée, mais en recompense sçavoit fort
bien danser et jouer à la paulme, il fist le blason et
divise des licentiez en ladicte université disant :

> Un esteuf en la braguette,
> En la main une raquette,
> Une loy en la cornette,
> Une basse dance[21] au talon,
> Vous voy là passé Coquillon[22].

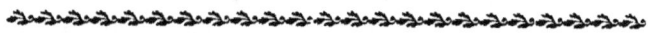

*Comment Pantagruel rencontra un Limosin, qui
contrefaisoit le langaige françoys.*

CHAPITRE VI

 UELQUE jour je ne sçay quand Panta-
gruel se pourmenoit après soupper
avecques ses compaignons par la
porte dont l'on va à Paris : là rencontra un escholier tout jolliet, qui venoit
par icelluy chemin : et après qu'ilz se
furent saluez, luy demanda :

« Mon amy dont viens tu à ceste heure ? »

L'escholier luy respondit : « De l'alme inclyte et
celebre academie, que l'on vocite Lutece [1].

— Qu'est-ce à dire ? dist Pantagruel à un de ses
gens.

— C'est (respondit-il) de Paris.

— Tu viens doncques de Paris ? dist-il. Et à quoy
passez-vous le temps vous aultres messieurs estudiens
audict Paris ? »

Respondit l'escolier : « Nous transfretons la Sequane au dilicule, et crepuscule, nous deambulons par les compites et quadriviers de l'urbe, nous despumons la verbocination latiale, et comme verisimiles amorabonds captons la benevolence de l'omnijuge omniforme et omnigene sexe feminin, certaines diecules nous invisons les lupanares [2], et en ecstase venereique inculcons nos veretres és penitissimes recesses des pudendes de ces meritricules amicabilissimes, puis cauponizons és tabernes meritoires, de la Pomme de Pin, du Castel [3], de la Magdaleine et de la Mulle, belles spatules verve-cines perforaminées de petrosil. Et si par forte fortune y a rarité ou penurie de pecune en nos marsupies et soyent exhaustes de metal ferruginé, pour l'escot nous dimittons nos codices et vestes opignerées, prestolans les tabellaires à venir des penates et lares patriotiques. »

A quoy Pantagruel dist : « Que diable de langaige est cecy ? Par Dieu, tu es quelque heretique.

— Seignor, non, dist l'escolier, car libentissiment dès ce qu'il illucesce quelque minutule lesche du jour [4] je demigre en quelcun de ces tant bien architectez monstiers : et là me irrorant de belle eaue lustrale, grignotte d'un transon de quelque missicque precation de nos sacrificules. Et submirmillant mes precules horaires, elue et absterge mon anime de ses inquina-mens nocturnes. Je revere les olimpicoles. Je venere latrialement le supernel astripotent. Je dilige et redame mes proximes. Je serve les prescriptz decalogicques, et selon le facultatule de mes vires, n'en discede le late unguicule. Bien est veriforme que à cause que Mam-mone ne supergurgite goutte en mes locules, je suis quelque peu rare et lend à supereroger les eleemosynes à ces egenes queritans leur stipe hostiatement.

— Et bren, bren, dist Pantagruel, qu'est ce que veult dire ce fol ? Je croys qui nous forge icy quelque langaige diabolique, et qu'il nous cherme comme enchanteur. »

A quoy dist un de ses gens : « Seigneur, sans doubte

ce gallant veult contrefaire la langue des Parisians,
mais il ne faict que escorcher le latin et cuide ainsi
pindariser, et luy semble bien qu'il est quelque grand
orateur en françoys : parce qu'il dedaigne l'usance
commun de parler. »

A quoy dict Pantagruel : « Est il vray ? »

L'escolier respondit : « Seignor missayre, mon
genie n'est poinct apte nate à ce que dict ce flagitiose
nebulon, pour escorier la cuticule de nostre vernacule
gallicque, mais vice versement je gnave opere et par
vele et rames je me enite de le locupleter de la redun-
dance latinicome.

— Par Dieu (dist Pantagruel) je vous apprendray
à parler : mais devant, responds-moy, dont es-tu ? »

A quoy dist l'escholier : « L'origine primeve de mes
aves et ataves fut indigene des regions lemovicques,
ou requiesce le corpore de l'agiotade sainct Marcial.

— J'entens bien, dist Pantagruel : tu es Lymosin,
pour tout potaige. Et tu veulx icy contrefaire le Pari-
sian. Or vien çza, que je te donne un tour de pigne. »

Lors le print à la gorge, luy disant : « Tu escorche
le latin, par sainct Jan je te feray eschorcher le renard,
car je te escorcheray tout vif. »

Lors commença le pauvre Lymosin à dire : « Vée
dicou, gentilastre. Ho, sainct Marsault [5], adjouda my.
Hau, hau, laissas à quau, au nom de Dious, et ne me
touquas grou. »

A quoy dist Pantagruel : « A ceste heure parles-tu
naturellement. »

Et ainsi le laissa : car le pauvre lymosin conchioit
toutes ses chausses qui estoient faictes à queheue de
merluz, et non à plein fons, dont dist Pantagruel :
« Sainct Alipentin [6], quelle civette ? Au diable soit le
mascherable [7], tant il put ! » Et le laissa.

Mais ce luy fut un tel remord toute sa vie, et tant
fut alteré, qu'il disoit souvent que Pantagruel le tenoit
à la gorge. Et après quelques années mourut de la
mort Roland [8], ce faisant la vengeance divine et nous

demonstrant ce que dit le philosophe et Aule Gelle, qu'il nous convient parler selon le langaige usité. Et comme disoit Octavian Auguste, qu'il faut eviter les motz espaves[9] en pareille diligence que les patrons des navires evitent les rochiers de mer.

Comment Pantagruel vint à Paris : et des beaulx livres de la librairie de Sainct Victor.

CHAPITRE VII

PRÈS que Pantagruel eut fort bien estudié en Aurelians[1], il delibera visiter la grande université de Paris, mais devant que partir fut adverty que une grosse et enorme cloche estoit à Sainct Aignan dudict Aurelians, en terre, passez deux cens quatorze ans : car elle estoit tant grosse que par engin aulcun ne la povoit-on mettre seullement hors terre, combien que l'on y eust applicqué tous les moyens que mettent *Vitruvius de architectura*, *Albertus de re edificatoria*, *Euclides*, *Theon*, *Archimedes*, *et Hero de ingeniis*, car tout n'y servit de rien. Dont voluntiers encliné à l'humble requeste des citoyens et habitans de la dicte ville, delibera la porter au clochier à ce destiné.

De faict vint au lieu où elle estoit : et la leva de terre avecques le petit doigt aussi facilement que feriez une sonnette d'esparvier. Et devant que la porter au clochier, Pantagruel en voulut donner une aubade par la ville, et la faire sonner par toutes les ruës en la portant en sa main, dont tout le monde se resjouyst fort : mais il en advint un inconvenient bien grand, car la portant ainsi, et la faisant sonner par les rues, tout le bon vin d'Orleans poulsa, et se gasta. De quoy le monde ne se advisa que la nuyct ensuyvant : car un chascun se sentit tant alteré de avoir beu de ces vins poulsez [2], qu'ilz ne faisoient que cracher aussi blanc comme cotton de Malthe, disans :

« Nous avons du Pantagruel, et avons les gorges sallées. »

Ce faict, vint à Paris avecques ses gens. Et à son entrée tout le monde sortit hors pour le veoir, comme vous sçavez bien que le peuple de Paris est sot par nature, par bequare, et per bemol [3], et le regardoyent en grand esbahyssement, et non sans grande peur qu'il n'emportast le palais ailleurs [4] en quelque pays à *remotis,* comme son père avoit emporté les campanes de Nostre Dame, pour atacher au col de sa jument.

Et après quelque espace de temps qu'il y eut demouré et fort bien estudié en tous les sept ars liberaulx, il disoit que c'estoit une bonne ville pour vivre, mais non pour mourir, car les guenaulx de Sainct-Innocent se chauffoyent le cul des ossemens des mors [5]. Et trouva la librairie de Sainct-Victor fort magnificque [6], mesmement d'aulcuns livres qu'il y trouva, desquelz s'ensuit le repertoyre, et *primo :*

Bigua salutis [7].

Bregueta juris [8].

Pantofla decretorum [9].

Malogranatum vitiorum [10].

Le peloton de theologie [11].

Le Vistempenard des prescheurs, composé par Turelupin [12].

La Couillebarine des preux [13].

Les Hanebanes des evesques [14].

Marmotretus de baboinis et cingis cum commento Dorbellis [15].

Decretum universitatis Parisiensis super gorgiasitate muliercularum ad placitum [16].

L'apparition de saincte Geltrude à une nonnain de Poissy estant en mal d'enfant [17].

Ars honeste pettandi in societate per M. Ortuinum [18].

Le Moustardier de penitence [19].

Les Hoseaulx, *aliàs* les bottes de patience [20].

Formicarium artium[21].

De brodiorum usu et honestate chopinandi, per Silvestrem prieratem Jacospinum[22].

Le Beliné en court[23].

Le Cabat des notaires[24].

Le Pacquet de mariage[25].

Le Creziou de contemplation[26].

Les Fariboles de droict[27].

L'Aguillon de vin[28].

L'Esperon de fromaige[29].

Decrotatorium scholarium[30].

Tartaretus de modo cacandi[31].

Les fanfares de Rome[32].

Bricot de differentiis soupparum[33].

Le Culot de discipline[34].

La Savate de humilité[35].

Le Tripier de bon pensement[36].

Le Chaulderon de magnanimité[37].

Les Hanicrochemens des confesseurs[38].

La Croquignolle des curés[39].

Reverendi patris fratris Lubini provincialis Bavardie, de croquendis lardonibus libri tres[40].

Pasquili doctoris marmorei, de capreolis cum chardoneta comedendis tempore papali ab Ecclesia interdicto[41].

L'Invention Saincte-Croix à six personaiges jouéc par les clercs de finesse[42].

Les Lunettes des Romipetes[43].

Majoris de modo faciendi boudinos[44].

La Cornemuse des prelatz[45].

Beda *de optimitate triparum*[46].

La Complainte des advocatz sus la reformation des dragées[47].

Le Chatfourré des procureurs[48].

Des poys au lart *cum commento*[49].

La Profiterolle des indulgences[50].

Preclarissimi juris utriusque doctoris maistre Pilloti Racquedenari de bobelidandis glosse accursiane baguenaudis repetitio enucidiluculidissima[51].

Stratagemata Francarchieri .de Baignolet[52].

Franctopinus de re militari cum figuris Tevoti[53].

De usu et utilitate escorchandi equos et equas , autore M. nostro de Quebecu[54].

La Rustrie des prestolans[55].

M. n. Rostocostojambedanesse, de moustarda post prandium servienda lib. quatuordecim, apostilati per M. Vaurrillonis[56].

Le Couillaige des promoteurs[57].

Jabolenus de cosmographie purgatorii[58].

Questio subtillissima, utrum chimera in vacuo bombinans possit comedere secundas intentiones? et fuit debatuta per decem hebdomadas in concilio Constantiensi[59].

Le Maschefain des advocatz[60].

Barbouilamenta Scoti[61].

Le Retepenade des cardinaulx[62].

De calcaribus removendis decades undecim, per M. Albericum de Rosata[63].

Ejusdem de castrametandis crinibus lib. tres[64].

L'Entrée de Anthoine de Leive ès terres du Bresil[65].

Marforii, bacalarii cubentis Rome, de pelendis mascarendisque cardinalium mulis[66].

Apologie d'icelluy contre ceulx qui disent que la mule du pape ne mange qu'à ses heures[67].

Pronostication que incipit Sylvi Triquebille *balata per M. N. Songecrusyon*[68].

Boudarini episcopi de emulgentiarum profectibus eneades novem cum privilegio papali ad triennium et postea non[69].

Le Chiabrena des pucelles[70].

Le Culpelé des veſves[71].

La Cocqueluche des moines[72].

Les Brimborions des padres celestins[73].

Le Barrage de manducité[74].

Le Clacquedent des marroufles[75].

La Ratouere des theologiens[76].

L'Ambouchouoir des maistres en ars[77].

Les Marmitons de Olcam à simple tonsure[78].

*Magistri N. Fripesaulcetis de grabellationibus horra-
rum canonicarum, lib. quadraginta*[79].

Cullebutatorium confratriarum, incerto autore[80].

La Cabourne des briffaulx[81].

Le Faguenat des Hespaignols supercoquelicanticqué
par frai Inigo[82].

La Barbotine des marmiteux[83].

Poiltronismus rerum italicarum, autore magistro
Bruslefer[84].

R. Lullius de batisfolagiis principum[85].

*Callibistratorium caffardis, actore M. Jacobo Hoc-
stratem hereticometra*[86].

*Chaultcouillonis de magistro nostrandorum magistro
nostratorumque beuvetis lib. octo gualantissimi*[87].

Les Petarrades des bullistes, copistes, scripteurs,
abbreviateurs, referendaires, et dataires compillées par
Regis[88].

Almanach perpetuel pour les gouteux et verollez.

Maneries ramonandi fournellos par M. Eccium[89].

Le Poulemart des marchans[90].

Les Aisez de vie monachale[91].

La Gualimaffrée des bigotz[92].

L'Histoire des farfadetz[93].

La Belistrandie des millesouldiers[94].

Les Happelourdes des officiaulx[95].

La Bauduffe des thesauriers[96].

Badinatorium sophistarum[97].

*Antipericatametanaparbeugedamphicribrationes merdi-
cantium*[98].

Le Limasson des rimasseurs[99].

Le Boutavent des alchymistes[100].

La Nicquenocque des questeurs cababezacée par
frere Serratis[101].

Les Entraves de religion[102].

La Racquette des Brimbaleurs[103].

L'Acodouoir de vieillesse.

La Muselière de noblesse[104].

La Patenostre du cinge[105].

Les Grezillons de devotion[106].

La Marmite des Quatre-Temps[107].

Le Mortier de vie politicque[108].

Le Mouschet des hermites[109].

La Barbute des penitenciers[110].

Le Trictrac des freres Frapars[111].

Lourdaudus de vita et honestate braguardorum[112].

Lyrippii Sorbonici moralisationes per M. Lupoldum[113].

Les Brimbelettes des voyageurs[114].

Les Potingues des evesques potatifz[115].

Tarraballationes doctorum Coloniensium adversus Reuchlin[116].

Les Cymbales des dames[117].

La Martingalle des fianteurs[118].

Virevoustatorum nacquettorum per F. Pedebilletis[119].

Les Bobelins de franc couraige[120].

La Mommerie des rebatz et lutins[121].

Gerson *De auferibilitate pape ab Ecclesia*[122].

La Ramasse des nommez et graduez[123].

Jo. Dytebrodii de terribilidate excomunicationum libellus acephalos[124].

Ingeniositas iuvocandi diabolos et diabolas per M. Guinguolfum[125].

Le Hoschepot des perpetuons[126].

La Morisque des hereticques[127].

Les Henilles de Gaietan[128].

Moillegroin doctoris cherubici de origine Patepelutarum et Torticollorum ritibus lib. septem[129].

Soixante et neuf breviaires de haulte gresse[130].

Le Godemarre des cinq ordres des mendians[131].

La Pelleterie des tyrelupins, extraicte de la Bote fauve incornifistibulée en la somme Angelicque[132].

Le Ravasseur des cas de conscience[133].

La Bedondaine des presidens[134].

Le Vietdazouer des Abbés[135].

Sutoris adversus quendam qui vocaverat eum fripponnatorem, et quod fripponnatores non sunt damnati ab Ecclesia[136].

Cacatorium medicorum[137].
Le Rammonneur d'astrologie[138].
Campi clysteriorum per §. C[139].
Le Tyrepet des apothecaires[140].
Le Baisecul de chirurgie[141].
Justinianus de cagotis tollendis[142].
Antidotarium anime.
Merlinus coccaius de Patria diabolorum[143].

Desquelz aulcuns sont jà imprimez, et les aultres l'on imprime maintenant en ceste noble ville de Tubinge.

Comment Pantagruel estant à Paris receut letres de son pere Gargantua, et la copie d'icelles.

CHAPITRE VIII

ANTAGRUEL estudioit fort bien comme assez entendez, et proufitoit de mesmes, car il avoit l'entendement à double rebras et capacité de memoire à la mesure de douze oyres et botes d'olif[1]. Et comme il estoit ainsi là demourant receut un jour lettres de son pere en la maniere que s'ensuyt :

« Treschier filz,

« Entre les dons, graces et prerogatives desquelles le souverain plasmateur Dieu ¶ tout-puissant a endouayré et aorné l'humaine nature à son commencement, celle me semble singuliere et excellente, par laquelle elle peut en estat mortel acquerir espece de immortalité, et en decours de vie transitoire perpetuer son nom et sa semence. Ce que est faict par lignée yssue de nous en mariage legitime. Dont nous est aulcunement instauré ce que nous feut tollu par le peché de nos premiers parens, esquelz fut dict, que parce qu'ilz n'avoyent esté obeyssans au commendement de Dieu le createur, ilz mourroyent: et par mort seroit reduicte à neant ceste tant magnificque plasmature, en laquelle avoit esté l'homme créé. Mais par ce moyen de propagation seminale demoure ès enfans ce que estoit de perdu ès parens, et ès nepveu ce que deperissoit ès enfans, et ainsi successivement jusques à l'heure du jugement final, quand Jesuchrist aura rendu à Dieu le pere son royaulme pacificque hors tout dangier et contamination de peché, car alors cesseront toutes generations et corruptions, et seront les elemens hors de leurs trans- mutations continues, veu que la paix tant desirée sera consumée, et parfaicte, et que toutes choses seront reduites à leur fin et periode. Non doncques sans juste et equitable cause je rends graces à Dieu mon conser- vateur, de ce qu'il m'a donné povoir veoir mon antiquité chanue refleurir en ta jeunesse, car, quand par le plaisir de luy qui tout regist et modere, mon ame laissera ceste habitation humaine, je ne me repu- teray totallement mourir, ains passer d'un lieu en aultre, attendu que en toy et par toy je demeure en mon image visible en ce monde vivant, voyant, et conversant entre gens de honneur et mes amys comme je souloys. Laquelle mienne conversation a esté moyennant l'ayde et grace divine, non sans peché, je le confesse (car nous pechons tous, et continuellement requerons à Dieu² qu'il efface noz pechez) mais sans reproche.

« Parquoy ainsi comme en toy demeure l'image de mon corps, si pareillement ne reluysoient les meurs de l'ame, l'on ne te jugeroit estre garde et tresor de l'immortallité de nostre nom, et le plaisir que prendroys ce voyant seroit petit, considerant que la moindre partie de moy, qui est le corps, demoureroit, et la meilleure, qui est l'ame, et par laquelle demeure nostre nom en benediction entre les hommes, seroit degenerante et abastardie. Ce que je ne dis par defiance que je aye de

ta vertu, laquelle m'a esté jà par cy devant esprouvée,
mais pour plus fort te encourager à proffiter de bien
en mieulx. Et ce que presentement te escriz n'est tant
affin qu'en ce train vertueux tu vives, que de ainsi
vivre et avoir vescu tu te resjouisses, et te refraischisses
en courage pareil pour l'advenir [3]. A laquelle entreprinse parfaire et consommer, il te peut assez souvenir
comment je n'ay rien espargné: mais ainsi y ay-je
secouru comme si je n'eusse aultre thesor en ce monde,
que de te veoir une foys en ma vie absolu et parfaict,
tant en vertu honesteté et preudhommie, comme en
tout sçavoir liberal et honeste, et tel te laisser après ma
mort comme un mirouoir representant la personne de
moy ton pere, et sinon tant excellent, et tel de faict,
comme je te souhaite, certes bien tel en desir. Mais
encores que mon feu pere de bonne memoire Grandgousier eust adonné tout son estude à ce que je prof-
fitasse en toute perfection et sçavoir politique, et que
mon labeur et estude correspondit tresbien, voire
encores oultrepassast son desir: toutesfoys, comme tu
peulx bien entendre, le temps n'estoit tant idoine ne
commode ès lettres comme est de present, et n'avoys
copie de telz precepteurs comme tu as eu. Le temps
estoit encores tenebreux et sentant l'infelicité et calamité des Gothz, qui avoient mis à destruction toute
bonne literature : mais, par la bonté divine, la lumiere
et dignité a esté de mon eage rendue ès lettres, et y
voy tel amendement que de present à difficulté serois-je
receu en la premiere classe des petitz grimaulx, qui en
mon eage virile estoys (non à tord) reputé le plus
sçavant dudict siecle.

« Ce que je ne dis par jactance vaine, encores que je
le puisse louablement faire en t'escripvant, comme tu
as l'autorité de Marc Tulle en son livre de Vieillesse, et
la sentence de Plutarche au livre intitulé: *Comment on
se peut louer sans envie*, mais pour te donner affection
de plus hault tendre. Maintenant toutes disciplines sont
restituées, les langues instaurées: grecque, sans laquelle

c'est honte que une personne se die sçavant, hebraïcque, caldaïcque, latine. Les impresssions tant elegantes
et correctes en usance , qui ont esté inventées de mon
eage par inspiration divine, comme à contrefil l'artillerie
par suggestion diabolicque. Tout le monde est plein de
gens savans, de precepteurs tresdoctes, de librairies très
amples, qu'il m'est advis que ny au temps de Platon ,
ny de Ciceron, ny de Papinian [4], n'estoit telle commodité d'estude qu'on y veoit maintenant. Et ne se fauldra
plus doresnavant trouver en place ny en compaignie
qui ne sera bien expoly en l'officine de Minerve. Je
voy les brigans, les boureaulx, les avanturiers, les
palefreniers de maintenant, plus doctes que les docteurs
et prescheurs de mon temps.

   « Que diray-je ? Les femmes et filles ont aspiré à ceste
louange et manne celeste de bonne doctrine. Tant y a
que en l'eage où je suis, j'ay esté contrainct de apprendre les lettres grecques, lesquelles je n'avois contemné
comme Caton [5], mais je n'avoys eu loysir de
comprendre en mon jeune eage. Et voluntiers me
delecte à lire les moraulx de Plutarche, les beaulx dialogues de Platon , les monumens de Pausanias et
antiquitez de Atheneus, attendant l'heure qu'il plaira
à Dieu mon Createur me appeller et commander yssir
de ceste terre. Parquoy, mon filz, je te admoneste que
employe ta jeunesse à bien profiter en estude et en
vertus. Tu es à Paris, tu as ton precepteur Epistemon,
dont l'un par vives et vocales instructions, l'aultre par
louables exemples, te peut endoctriner. J'entens et
veulx que tu aprenes les langues parfaictement : premierement la grecque , comme le veult Quintilian ;
secondement la latine , et puis l'hebraïcque pour les
sainctes letres, et la chaldaïque et arabicque pareillement, et que tu formes ton stille quand à la grecque, à
l'imitation de Platon ; quand à la latine , à Ciceron.
Qu'il n'y ait hystoire que tu ne tienne en memoire
presente à quoy te aydera la cosmographie de ceulx qui
en ont escript. Des ars liberauz, geometrie, arismetic-

que et musicque, je t'en donnay quelque goust quand tu estoys encores petit en l'eage de cinq à six ans, poursuys la reste, et de astronomie saiche en tous les canons, laisse moy l'astrologie divinatrice, et l'art de Lullius, comme abuz et vanitez. Du droit civil, je veulx que tu saiche par cueur les beaulx textes, et me les confere avecques philosophie. Et quant à la congnoissance des faictz de nature, je veulx que tu te y adonne curieusement, qu'il n'y ayt mer, riviere, ny fontaine, dont tu ne congnoisse les poissons, tous les oyseaulx de l'air, tous les arbres, arbustes et fructices des foretz [6], toutes les herbes de la terre, tous les metaulx cachez au ventre des abysmes, les pierreries de tout orient et midy, rien ne te soit incongneu. Puis songneusement revisite les livres des medicins grecz, arabes, et latins, sans contemner les thalmudistes, et cabalistes, et par frequentes anatomies acquiers toy parfaicte congnoissance de l'aultre monde, qui est l'homme. Et par lesquelles heures du jour commence à visiter les sainctes lettres. Premierement en grec, le *Nouveau Testament* et epistres des apostres, et puis en hebrieu le vieulx testament. Somme que je voy un abysme de science : car doresnavant que tu deviens homme et te fais grand, il te fauldra yssir de ceste tranquillité et repos d'estude : et apprendre la chevalerie, et les armes pour defendre ma maison, et nos amys secourir en tous leurs affaires contre les assaulx des mal faisans. Et veux que de brief tu essaye combien tu as proffité, ce que tu ne pourras mieulx faire, que tenent conclusions en tout sçavoir publiquement envers tous et contre tous : et hantant les gens lettrez, qui sont tant à Paris comme ailleurs. Mais parce que selon le saige Salomon sapience n'entre point en ame malivole, et science sans conscience n'est que ruine de l'ame, il te convient servir, aymer, et craindre Dieu, et en luy mettre toutes tes pensées, et tout ton espoir, et par foy formée de charité estre à luy adjoinct, en sorte que jamais n'en soys desamparé par peché. Aye suspectz

les abus du monde, ne metz ton cueur à vanité : car
ceste vie est transitoire : mais la parolle de Dieu
demeure eternellement. Soys serviable à tous tes
prochains, et les ayme comme toy mesmes. Revere tes
precepteurs, fuis les compaignies de gens esquelz tu ne
veulx point resembler, et les graces que Dieu te a
données, icelles ne reçoipz en vain. Et quand tu con-
gnoistras que auras tout le sçavoir de par delà acquis,
retourne vers moy, affin que je te voye et donne ma
benediction devant que mourir.

« Mon filz, la paix et grace de Nostre Seigneur soit
avecques toy. Amen. De Utopie, ce dix-septiesme
jour du moys de mars. »

TON PERE, GARGANTUA.

Ces lettres receues et veues Pantagruel print nouveau
courage et feut enflambé à proffiter plus que jamais :
en sorte que, le voyant estudier et proffiter, eussiez
dict que tel estoit son esperit entre les livres, comme
est le feu parmy les brandes [7], tant il l'avoit infatigable
et strident.

Comment Pantagruel trouva Panurge lequel il ayma
toute sa vie.

CHAPITRE IX

N jour Pantagruel se pourmenant hors
la ville vers l'abbaye Sainct Antoine,
devisant et philosophant avecques ses
gens et aulcuns escholiers, rencontra
un homme beau de stature et elegant
en tous lineamens du corps, mais
pitoyablement navré en divers lieux :
et tant mal en ordre qu'il sembloit estre eschappé ès
chiens, ou mieulx resembloit un cueilleur de pommes
du pais du Perche.

De tant loing que le vit Pantagruel, il dist ès assistans : « Voyez vous cest homme qui vient par le chemin du pont Charanton ? Par ma foy il n'est pauvre que par fortune : car je vous asseure que à sa physionomie nature l'a produict de riche et noble lignée, mais les adventures des gens curieulx le ont reduict en telle penurie et indigence. »

Et ainsi qu'il fut au droict d'entre eulx, il luy demanda : « Mon amy, je vous prie que un peu vueillez icy arrester et me respondre à ce que vous demanderay, et vous ne vous en repentirez point, car j'ay affection tresgrande de vous donner ayde à mon povoir en la calamité où je vous voy : car vous me faictes grand pitié. Pourtant, mon amy, dictes moy qui estes vous ? dont venez vous ? où allez vous ? que querez vous, et quel est vostre nom ? »

Le compaignon luy respond en langue germanicque : « Juncker, Gott geb euch glück unnd hail. Zuvor, Lieber Juncker, ich las euch wissen das da ir mich von fragt, ist ein arm unnd erbarmglich ding, unnd wer vil darvon zu sagen, welches euch verdruslich zu hœren, unnd mir zu erzelen wer, vievol die Pœten unnd Orators vorzeiten haben gesagt in iren sprüchen unnd sentenzen, das die gedechtnus des ellends unnd armuot vorlangs erlitten ist ain grosser lust. »

A quoy respondit Pantagruel : « Mon amy, je n'entens poinct ce barragouin, pourtant si voulez qu'on vous entende, parlez aultre langaige. »

Adoncques le compaignon luy respondit : « Al barildim[1] gotfano dech min brin alabo dordin falbroth ringuam albaras. Nin porth zadikim almucathin milko prim al elmim enthoth dal heben ensouim : kuthim al dim alkatim nim broth dechoth porth min michas im endoth, pruch dal marsouim hol moth dansrilrim lupaldas im voldemoth. Nin hur diavolth mnarbotim dal gousch palfrapin duch im scoth pruch galeth dal chinon, min foulthrich al conin butbathen doth dal prim.

— Entendez vous rien là ? » dist Pantagruel es assistans.

A quoy dist Epistemon : « Je croy que c'est langaige des antipodes, le diable n'y mordroit mie. »

Lors dist Pantagruel : « Compere, je ne sçay si les murailles vous entendront, mais de nous nul n'y entend note. »

Dont dist le compaignon : « Signor mio [2], voi videte per exemplo che la cornamusa non suona mai s'ela non a il ventre pieno. Cosi io parimente non vi saprei contare le mie fortune, se prima il tribulato ventre non a la solita refectione. Al quale è adviso che le mani et li denti abbui perso il loro ordine naturale et del tuto annichillati. »

A quoy respondit Epistemon : « Autant de l'un comme de l'aultre. »

Dont dist Panurge : « Lard[3] ghest tholb be sua virtiuss be intelligence : ass yi body schal biss be naturall relutht tholb suld of me pety have for natur hass ulss egualy maide : bot fortune sum exaltit hess and oyis deprevit : non ye less viois mou virtius deprevit : and virtiuss men descrivis for anen ye lad end iss non gud.

— Encores moins », respondit Pantagruel.

Adoncques dist Panurge : « Jona andie guaussa [4] goussy etan be harda er remedio beharde versela ysser landa. Anbates otoy y es nausu ey nessassu gourray proposian ordine den. Nonyssena bayta fascheria egabe gen herassy badia sadassu noura assia. Aran Hondovan gualde eydassu naydassuna. Estou oussyc eguinan soury hin er darstura eguy harm. Genicoa plasar vadu.

— Estez vous là, respondit Eudemon, Genicoa ? »

A quoy dist Carpalin : « Sainct Treignan, foutys vous descoss [5], ou j'ay failly à entendre. »

Lors respondit Panurge : « Prug frest strinst sorgd-mand strochdt drhds pag brleland Gravot chavygny pomardiere rusth pkallhdracg deviniere pres Nays. Bcuille Kalmuch monach drupp delmeupplist rincq drlnd dodelb up drent loch minc stz rinquald de vins ders cordelis hur jocststzampenards. »

A quoy dist Epistemon : « Parlez-vous christian,

mon amy, ou langaige patelinoys[6] ? Non, c'est langaige
lanternoys [7]. »

Dont dist Panurge : « Herre, ic en spreke[8] anders
gheen taele dan kersten taele : my dunct nochtans , al
en seg ic u niet een wordt , mynen noot vklaert
ghenonch wat ic beglere, gheeft my wyt bermherticheyt
yet waer vn ie ghevœt magh zunch. »

A quoy respondit Pantagruel : « Autant de cestuy-
là. »

Dont dist Panurge : « Seignor [9], de tanto hablar yo
soy cansado, por que supplico à vostra reverentia que
mire a los preceptos evangeliquos , para que ellos
movant vostra reverentia a lo ques de conscientia , y
sy ellos non bastarent para mover vostra reverentia a
piedad, supplico que mire a la piedad natural, la qual yo
creo que le movra como es de razon, y con esto non
digo mas. »

A quoy respondit Pantagruel : « Dea, mon amy, je
ne fais doubte aulcun que ne sachez bien parler divers
langaiges, mais dictes nous ce que vouldrez en quelque
langue que puissions entendre. »

Lors dist le compaignon : « Myn Herre[10] endog jeg
med ingen tunge talede, lygesom boeen ocg uskwlig
creatner : myne kleebon och myne legoms mager hed
vudvyser allygue klalig hvuad tyng meg meest behoff
girereb, somaer sandeligh mad och drycke : hwarfor
forbarme teg omsyder offvermeg : och befael at gyffuc
meg nogeth : aff huylket jeg kand styre myne groeendes
maghe, lygeruss son mand Cerbero en soppe forsetthr.
Soa shal tue lœffve lenge och lyksaligth.

— Je croy (dist Eustenes) que les Gothz parloient
ainsi. Et si Dieu vouloit, ainsi parlerions nous du cul. »

Adoncques dist le compaignon : « Adoni , scolom
lecha : im ischar harob hal habdeca bemeherah thithen
li kikar lehem : chancathub laah al Adonai cho nen
ral. »

A quoy respondit Epistemon : « A ceste heure ay je

bien entendu : car c'est langue hebraïcque bien rheto-
ricquement pronuncée. »

Dont dist le compaignon : « Despota tinyn panaga-
the, dioti sy mi uc artodotis, horas gar limo analisco-
menon eme athlios, ce en to metaxy eme uc eieis
udamos, zetis de par emu ha u chre. Ce homos philo-
logi pandes homologusi tote logus te ce rhemeta peritta
hyparchin, opote pragma afto pasi delon esti. Entha
gar anancei monon logi isin, hina pragmata (hon peri
amphisbetumen) me prosphoros epiphenete.

— Quoy : dist Carpalim, lacquays de Pantagruel,
c'est grec, Je l'ay entendu. Et comment, as tu
demouré en Grece ? »

Donc dist le compaignon : « A gonou dont oussys
vou denaguez algarou : nou den farou zamist vous
mariston ulbrou, fousquez vou brol, tam bredaguez
moupreton den goul houst, daguez daguez nou croupys
fost bardounnoflist nou grou. Agou paston tol nalpris-
sys hourtou los ecbatanous prou dhouquys brol pany-
gou den bascrou noudous caguous goulfren goul oust
troppassou.

— J'entends se me semble, dist Pantagruel : car
ou c'est langaige de mon pays de Utopie[11], ou bien
luy ressemble quant au son. »

Et comme il vouloit commencer quelque propos, le
compaignon dist : « *Jam toties vos per sacra perque Deos
Deasque omnis obtestatus sum, ut si qua vos pietas per-
movet, egestatem meam solaremini, nec hilum proficio
clamans et ejulans. Sinite, queso, sinite, viri impii, quo
me fata vocant abire, nec ultra vanis vestris interpella-
tionibus obtundatis, memores veteris illius adagii, quo
venter famelicus auriculis carere dicitur.* »

« Dea, mon amy, dist Pantagruel, ne sçavez vous
parler françoys ?

— Si faictz tresbien, seigneur, respondit le compaignon, Dieu mercy : c'est ma langue naturelle, et maternelle, car je suis né et ay esté nourry jeune au jardin
de France, c'est Touraine.

— Doncques, dist Pantagruel, racomtez-nous quel est vostre nom, et dont vous venez, car, par foy, je vous ay jà prins en amour si grand que si vous condescendez à mon vouloir, vous ne bougerez jamais de ma compaignie, et vous et moy ferons un nouveau pair d'amitié telle que feut entre Enée et Achates.

— Seigneur, dist le compaignon, mon vray et propre nom de baptesme est Panurge[12], et à present viens de Turquie, où je fuz mené prisonnier lorsqu'on alla à Metelin en la male heure[13]. Et voluntiers vous racompteroys mes fortunes, qui sont plus merveilleuses, que celles de Ulysses[14], mais, puisqu'il vous plaist me retenir avecques vous, et je accepte voluntiers l'offre, protestant jamais ne vous laisser, et alissiez vous à tous les diables, nous aurons en aultre temps plus commode, assez loysir d'en racompter, car pour ceste heure j'ay necessité bien urgente de repaistre, dentz agues, ventre vuyde, gorge seiche, appetit strident, tout y est deliberé : si me voulez mettre en œuvre, ce sera basme[15] de me veoir briber, pour Dieu, donnez y ordre. »

Lors commenda Pantagruel qu'on le menast en son logis et qu'on luy apportast force vivres. Ce que fut faict, et mangea trèsbien à ce soir : et s'en alla coucher en chappon[16], et dormit jusques au lendemain heure de disner, en sorte qu'il ne feist que troys pas et un sault du lict à table.

Comment Pantagruel equitablement jugea d'une controverse
merveilleusement obscure et difficile, si justement,
que son jugement fut dict fort admirable.

CHAPITRE X

 ANTAGRUEL bien records des lettres et admonition de son pere, voulut un jour essayer son sçavoir. De faict par tous les carrefours de la ville mist conclusions en nombre de neuf mille sept cens soixante et quatre en tout sçavoir [1], touchant en ycelles les plus fors doubtes qui feussent en toutes sciences. Et premierement en la rue du Feurre [2] tint contre tous les regens, artiens, et orateurs, et les mist tous de cul [3]. Puis en Sorbonne tint contre tous les theologiens par l'espace de six sepmaines despuis le matin quatre heures, jusques à six du soir : exceptez deux heures d'intervalle pour repaistre et prendre sa refection [4]. Et à ce assisterent la plus part des seigneurs de la court : maistres des requestes, presidens, conseilliers, les gens des comptes, secretaires, advocatz, et aultres : ensemble les eschevins de ladicte ville, avecques les medicins et canonistes. Et notez que d'iceulx la plus part prindrent bien le frain aux dentz : mais, nonobstant leurs ergotz et fallaces, il les feist tous quinaulx [5], et leurs monstra visiblement qu'ilz n'estoient que veaulx engiponnez.

Dont tout le monde commença à bruyre et parler de son sçavoir si merveilleux, jusques ès bonnes femmes lavandieres, courratieres, roustissieres, ganyvetieres, et aultres, lesquelles, quand il passoit par les rues disoient, « C'est luy, » à quoy il prenoit plaisir, comme Demosthenes prince des orateurs grecz faisoit quand de luy dist une vieille acropie le monstrant au doigt, « C'est cestuy-là [6]. »

Or en ceste propre saison estoit un procès pendent

en la court entre deux gros seigneurs, desquelz l'un
estoit monsieur de Baysecul demandeur d'une part,
l'aultre monsieur de Humevesne defendeur de l'aultre.
Desquelz la controverse estoit si haulte et difficile en
droict que la court de parlement n'y entendoit que le
hault alemant. Dont par le commandement du roy
furent assemblez quatre les plus sçavans et les plus
gras de tous les parlemens de France, ensemble le
grand conseil, et tous les principaulx regens des universitez, non seulement de France, mais aussi d'Angleterre
et Italie, comme Jason, Philippe, Dece, Petrus de
Petronibus et un tas d'aultres vieulx rabanistes. Ainsi
assemblez par l'espace de quarente et six sepmaines
n'y avoyent sceu mordre, ny entendre le cas au net,
pour le mettre en droict en façon quelconques: dont
ilz estoyent si despitz qu'ilz se conchioyent de honte
villainement.

Mais un d'entre eulx nommé du Douhet [7], le plus
sçavant, le plus expert et prudent de tous les aultres, un
jour qu'ilz estoyent tous philogrobolizez du cerveau,
leur dist :

« Messieurs, jà long temps a que sommes icy sans
rien faire que despendre, et ne pouvons trouver fond
ny rive en ceste matiere, et tant plus y estudions tant
moins y entendons, qui nous est grand honte et charge
de conscience, et à mon advis que nous n'en sortirons
que à deshonneur, car nous ne faisons que ravasser en
noz consultations. Mais voicy que j'ay advisé : Vous
avez bien ouy parler de ce grand personnaige, nommé
maistre Pantagruel, lequel on a congneu estre sçavant
dessus la capacité du temps de maintenant, ès grandes
disputations qu'il a tenu contre tous publiquement. Je
suis d'opinion, que nous l'apellons, et conferons de cest
affaire avecques luy, car jamais homme n'en viendra à
bout si cestuy là n'en vient. »

A quoy voluntiers consentirent tous ces conseilliers
et docteurs: de faict l'envoyerent querir sur l'heure, et
le prierent vouloir le procès canabasser [8] et grabeler

à poinct , et leur en faire le raport tel que de bon luy
sembleroit en vraye science legale , et luy livrerent les
sacs et pantarques entre ses mains , qui faisoyent
presque le fais de quatre gros asnes couillars.

Mais Pantagruel leur dist :

« Messieurs , les deux seigneurs qui ont ce procès
entre eulx, sont-ilz encores vivans ? »

A quoy luy fut respondu, que ouy.

« De quoy diable donc (dist il) servent tant de
fatrasseries de papiers et copies que me baillez ? N'est
ce le mieulx ouyr par leur vive voix leur debat que lire
ces babouyneries icy, qui ne sont que tromperies, cautelles diabolicques de Cepola[9] et subversions de
droict ? Car je suis sceur que vous et tous ceulx par les
mains desquelz a passé le procès, y avez machiné ce que
avez peu : *pro et contra,* et au cas que leur controverse
estoit patente et facile à juger , vous l'avez obscurcie
par sottes et desraisonnables raisons et ineptes opinions
de Accurse, Balde , Bartole , de Castro , de Imola ,
Hippolytus, Panorme, Bertachin, Alexandre, Curtius,
et ces aultres vieulx mastins, qui jamais n'entendirent
la moindre loy des Pandectes, et n'estoyent que gros
veaulx de disme, ignorans de tout ce qu'est necessaire
à l'intelligence des loix, car (comme il est tout certain)
ilz n'avoyent congnoissance de langue ny grecque ny
latine : mais seullement de gothique et barbare. Et
toutesfoys les loix sont premierement prinses des Grecz,
comme vous avez le tesmoignage de Ulpian *l. posteriori
de orig. juris* [10], et toutes les loix sont pleines de sentences et mots Grecz : et secondement sont redigées
en latin le plus elegant et aorné qui soit en toute la
langue latine, et n'en exccpteroys voluntiers ny Saluste,
ny Varron, ny Ciceron, ny Senecque, ny T. Live, ny
Quintilian. Comment doncques eussent peu entendre
ces vieulx resveurs le texte des loix, qui jamais ne
virent bon livre de langue latine ? comme manifestement appert à leur stile qui est stille de ramonneur de
cheminée[11], ou de cuysinier et marmiteux[12] : non de

jurisconsulte. Davantaige veu que les loix sont extirpées du mylieu de philosophie moralle et naturelle, comment l'entendront ces folz qui ont, par Dieu, moins estudié en philosophie que ma mulle? Au regard des lettres de humanité, et congnoissance des antiquitez et histoire, ilz en estoyent chargez comme un crapault de plumes, dont toutesfoys les droictz sont tous pleins, et sans ce ne pevent estre entenduz, comme quelque jour je monstreray plus apertement par escript. Par ce si voulez que je congnoisse de ce procès, premierement faictez moy brusler tous ces papiers : et secondement faictez moy venir les deux gentilz hommes personnellement devant moy, et quand je les auray ouy, je vous en diray mon opinion sans fiction ny dissimulation quelconques. »

A quoy aulcuns d'entre eulx contredisoient, comme vous sçavez, que en toutes compaignies il y a plus de folz que de saiges, et la plus grande partie surmonte tousjours la meilleure, ainsi que dict Tite-Live parlant des Cartagiens[13]. Mais ledict du Douhet tint au contraire virilement contendent que Pantagruel avoit bien dict, que ces registres, enquestes, replicques, reproches, salvations et aultres telles diableries, n'estoient que subversions de droict, et allongement de procès, et que le diable les emporteroit tous s'ilz ne procedoient aultrement selon equité evangelicque et philosophicque. Somme tous les papiers furent bruslez, et les deux gentilz hommes personnellement convocquez.

Et lors Pantagruel leur dist : « Estez vous ceulx qui avez ce grand different ensemble ?

— Ouy, dirent ilz, Monsieur.

— Lequel de vous est demandeur ?

— C'est moy, dist le seigneur de Baisecul.

— Or, mon amy, contez moy de poinct en poinct vostre affaire, selon la verité, car par le corps bieu, si vous en mentés d'un mot, je vous osteray la teste de dessus les espaules, et vous monstreray que en justice et jugement l'on ne doibt dire que verité : par ce donnez vous garde de adjouster ny diminuer au narré de vostre cas, dictes. »

❧❧❧❧❧❧❧❧❧❧❧❧❧❧❧❧❧❧❧❧❧❧❧❧❧❧

Comment les seigneurs de Baisecul et Humevesne
plaidoient devant Pantagruel sans advocatz.

CHAPITRE XI

ONC commença Baisecul en la maniere que s'ensuyt :

« Monsieur, il est vray que une bonne femme de ma maison portoit vendre des œufz au marchez.

— Couvrez-vous, Baisecul, dist Pantagruel.

— Grand mercy, Monsieur, dist le seigneur de Baisecul. Mais à propos, passoit entre les deux tropicques six blans vers le zenith et maille[1] par autant que les mons Rhiphées avoyent eu celle année grande sterilité de happelourdes, moyennant une sedition de ballivernes meue entre les barragouyns et les accoursiers[2] pour la rebellion des Souyces qui s'estoyent assemblez jusques au nombre de bon bies[3], pour aller à l'aguillanneuf le premier trou de l'an[4], que l'on livre la souppe aux bœufz, et la clef du charbon aux filles, pour donner l'avoine aux chiens. Toute la nuict l'on ne feist, la main sur le pot[5], que depescher bulles à pied et bulles à cheval[6] pour retenir les bateaulx, car les cousturiers[7] vouloyent faire des retaillons[8] desrobez une sarbataine pour couvrir la mer Oceane[9], qui pour lors estoit grosse d'une potée de chous selon l'opinion des boteleurs de foin : mais les physiciens[10] disoyent que à son urine ilz ne congnoissoyent signe evident au pas d'ostarde de manger bezagues à la moustarde[11], si non que messieurs de la court feissent par bemol commandement à la verolle, de non plus allebouter après les maignans[12], car les marroufles avoient jà bon commencement à danser l'estrindore[13] au diapason *un pied au feu et la teste au mylieu* comme disoit le bon Ragot[14]. Ha, Messieurs, Dieu modere tout à son plaisir, et contre fortune la diverse un chartier rompit nazardes son fouet[15], ce fut au retour de la bicocque, alors qu'on passa licentié maistre Antitus de Crossonniers[16] en toute lourderie : comme disent les canonistes. *Beati lourdes[17] quoniam ipsi trebuchaverunt.* Mais ce que faict la quaresme si hault[18], par sainct Fiacre de Brye , ce n'est pour aultre chose que *la Penthecoste ne vient foys qu'elle ne me couste[19] : mais hay avant, peu de pluye abat grand vent,* entendu que le sergeant me mist si hault le blanc à la butte, que le greffier ne s'en leschast orbiculairement ses doigtz empenez de jardz, et nous voyons manifestement que chascun s'en prent au nez, sinon qu'on regardast en perspective oculairement vers la cheminée à l'endroit où pend l'enseigne du vin à quarente sangles[20], qui sont necessaires à vingt bas de quinquenelle[21] : a tout le moins qui ne vouldroit lascher l'oyseau devant talemouses[22] que le descouvrir, car la memoire souvent se pert quand on se chausse au rebours : sa, Dieu gard de mal Thibault Mitaine. »

— Alors, dist Pantagruel. « Tout beau, mon amy, tout beau, parlez à traict[23] et sans cholere. J'entends le cas, poursuyvez.

— Or, Monsieur, dist Baisecul[24], ladicte bonne femme, disant ses gaudez et audinos[25], ne peut se couvrir d'un revers fault montant par la vertuz guoy des privileges de l'Université[26], sinon par bien soy bassiner anglicquement[27] le couvrant d'un sept de quarreaulx et luy tirant un estoc vollant, au plus près du lieu où l'on vent les vieux drapeaulx, dont usent les paintres de Flandres, quand ilz veullent bien à droict ferrer les cigalles, et m'esbahys bien fort comment le monde ne pont veu qu'il faict si beau couver. »

Icy voulut interpeller et dire quelque chose le seigneur de Humevesne, dont luy dist Pantagruel. « Et

ventre sainct Antoine, t'appertient il de parler sans
commandement ? Je sue icy de haan, pour entendre la
procedure de vostre different, et tu me viens encores
tabuster ? Paix, de par le diable, paix, tu parleras ton
sou, quand cestuy ci aura achevé. Poursuivez, dist il à
Baisecul, et ne vous hastez point.

— Voyant doncques, dist Baisecul, que la pragmaticque sanction n'en faisoit nulle mention[28], et que le
pape donnoit liberté à un chascun de peter à son aise,
si les blanchetz n'estoyent rayez, quelque pauvreté que
feust au monde, pourveu qu'on ne se signast de ribaudaille[29], l'arcanciel fraischement esmoulu à Milan pour
esclourre les alouettes, consentit que la bonne femme
escullast les isciaticques par le protest des petitz
poissons couillatrys qui estoyent pour lors necessaires
à entendre la construction des vieilles bottes pour tant
Jan le Veau, son cousin Gervais remué d'une busche
de moulle[30], luy conseilla qu'elle ne se mist poinct en
ce hazard de seconder la buée brimballatoyre sans premier aluner le papier : à tant pille, nade, jocque, fore,
car *non de ponte vadit qui cum sapientia cadit*, attendu
que messieurs des comptes ne convenoyent en la
sommation des fleutes d'allemant, dont on avoit basty
les lunettes des princes imprimées nouvellement à
Anvers[31]. Et voylà, Messieurs, que faict maulvais raport. Et en croy partie adverse *in sacer verbo dotis*[32],
car voulant obtemperer au plaisir du roy je me estois
armé de pied en cap d'une carrelure de ventre pour
aller veoir comment mes vendangeurs avoyent dechic-
queté leurs haulx bonnetz, pour mieulx jouer des
manequins et[33] le temps estoit quelque peu dangereux
de la foire, dont plusieurs francz archiers avoyent esté
refusez à la monstre[34], nonobstant que les cheminées
feussent assez haultes selon la proportion du javart et
des malandres l'ami Baudichon[35]. Et par ce moyen fut
grande année de quaquerolles en tout le pays de Artoys,
qui ne feust petit amandement pour messieurs les porteurs de cousteretz, quand on mangeoit sans desguainer

cocques cigrues à ventre deboutonné[36]. Et à la mienne volunté que chascun eust aussi belle voix, l'on en jourroit beaucoup mieulx à la paulme, et ces petites finesses qu'on faict à etymologizer les pattins, descendroyent plus aisement en Seine pour tousjours servir au pont aux Meusniers, comme jadis feut decreté par le roy de Canarre, et l'arrest en est au greffe de ceans[37]. Pour ce, Monsieur, je requiers que par vostre seigneurie soit dict et declairé sur le cas ce que de raison avecques despens, dommaiges et interestz.

Lors dist Pantagruel.

« Mon amy, voulez vous plus rien dire ? »

Respondit Baisecul, « Non, Monsieur: car je ay dict tout le *tu autem*, et n'en ay en rien varié[38], sur mon honneur.

— Vous doncques (dist Pantagruel) Monsieur de Humevesne, dictes ce que vouldrez et abreviez, sans rien toutesfoys laisser de ce que servira au propos. »

⁂⁂⁂⁂⁂⁂⁂⁂⁂⁂⁂⁂⁂⁂⁂⁂⁂⁂⁂⁂⁂⁂

Comment le seigneur de Humevesne plaidoie davant Pantagruel.

CHAPITRE XII

Lors commença le seigneur de Humevesne ainsi que s'ensuit.

« Monsieur et Messieurs, si l'iniquité des hommes estoit aussi facilement veue en jugement categoricque comme on congnoist mousches en laict, le monde, quatre beufz [1], ne seroit tant mangé de ratz comme il est, et seroient aureilles maintes sur terre, qui en ont esté rongées trop laschement. Car combien que tout ce que a dit partie adverse soit de dumet[2], bien vray quant à la lettre et histoire du *Factum*, toutesfoys, Messieurs, la finesse,

la tricherie , les petitz hanicrochemens , sont cachez
soubs le pot aux roses.

Doibs je endurer que à l'heure que je mange au
pair[3] ma souppe sans mal penser ny mal dire l'on me
vienne ratisser et tabuster le cerveau me sonnant l'antiquaille[4] , et disant,

> Qui boit en mangeant sa souppe,
> Quant il est mort il n'y voit goutte [5] ?

Et, saincte dame , combien avons-nous veu de gros
cappitaines en plein camp de bataille , alors qu'on
donnoit les horions du pain benist[6] de la confrarie ,
pour plus honnestement se dodeliner , jouer du luc ,
sonner du cul et faire les petitz saulx en plate forme [7] ?
Mais maintenaint le monde est tout detravé de louchetz des balles de Lucestre [8] ; l'un se desbauche ,
l'aultre cinq quatre et deux [9], et si la court ny donne
ordre, il fera aussi mal glener ceste année , qu'il feist
ou bien fera des goubeletz[10]. Si une pauvre personne va
aux estuves pour se faire enluminer le museau de
bouzes de vache ou acheter bottes de hyver , et les
sergeans passans , ou bien ceulx du guet receuvent la
decoction d'un clystere , ou la matiere fecale d'une
celle percée sur leurs tintamarres , en doibt l'on pourtant roigner les testons et fricasser les escutz elles de
boys[11] ? Auculnesfoys nous pensons l'un , mais Dieu
faict l'aultre, et quand le soleil est couché, toutes bestes
sont à l'ombre : je n'en veulx estre creu, si je ne le
prouve hugrement par gens de plain jour[13]. L'an trente
et six achaptant[14] un courtault d'Alemaigne hault et
court[15] d'assez bonne laine et tainct en grene, comme
asseuroyent les orfevres, toutesfoys le notaire y mist du
cætera[16]. Je ne suis poinct clerc pour prendre la lune
avecques les dentz, mais au pot de beurre où l'on
selloit les instrumens vulcanicques le bruyt estoit, que
le bœuf salé faisoit trouver le vin sans chandelle[17], et
feust il caiché au fond d'un sac de charbonnier[18], houzé
et bardé avecques le chanfrain et hoguines requises à

bien fricasser rusterie, c'est teste de mouton[19]. Et c'est
bien ce qu'on dict en proverbe, qu'il faict bon veoir
vaches noires en boys bruslé, quand on jouist de ses
amours[20]. J'en fis consulter la matiere à messieurs les
clercs, et pour resolution conclurent en *frisesomorum*
qu'il n'est tel que faucher l'esté en cave bien garnie de
papier et d'ancre, de plumes et ganivet de Lyon sur le
Rosne, tarabin, tarabas[21] : car incontinent que un
harnoys sent les aulx, la rouille luy mangeue le foye,
et puis l'on ne faict que rebecquer torty colli fleuretant
le dormir d'après disner, et voylà qui faict le sel tant
cher. Messieurs ne croyez que au temps que ladicte
bonne femme englua la pochecuilliere pour le record
du sergeant mieulx apanager et que la fressure boudi-
nalle tergiversa par les bourses des usuriers, il n'y eust
rien meilleur à soy garder des canibales, que prendre
une liasse d'oignons lyée de trois cents naveaulx, et
quelque peu d'une fraize de veau du meilleur alloy que
ayent les alchimistes, et bien luter et calciner ses pantoufles mouflin mouflart avecques belle saulce de
raballe[22] et soy mucer en quelque petit trou de taulpe,
saulvant tousjours les lardons. Et si le dez ne vous veult
aultrement ambezars, ternes du gros bout, guare daz[23],
mettez la dame au coing du lict, fringuez la toureloura
la la[24], et bevez à oultrance : *depiscando grenoillibus* à
tout beaulx houseaulx coturnicques, ce sera pour les
petitz oysons de muë qui s'esbatent au jeu de foucquet,
attendant battre le metal, et chauffer la cyre aux bavars
de godale[25]. Bien vray est il que les quatre beufz desquelz est question, avoyent quelque peu la memoire
courte, toutesfoys pour sçavoir la game ilz n'en crai-
gnoyent courmaran ny quanard de Savoye[26], et les
bonnes gens de ma terre en avoyent bonne esperance,
disant. Ces enfans deviendront grands en algorisme, ce
nous sera une rubrique de droict, nous ne pouvons
faillir à prendre le loup, faisans nos hayes dessus le
moulin à vent duquel a esté parlé par partie adverse.
Mais le grand diole y eut envie : et mist les Allemans

par le derriere, qui firent diables de humer, Her,
tringue, tringue, de doublet en case[27]. Car il n'y a nulle
apparence de dire que *à Paris sur Petit Pont geline de
feurre* [28], et feussent ilz aussi huppez que duppes de
marays[29], sinon vrayement qu'on sacrifiast les pompetes
au moret fraichement esmoulu de lettres versalles[30] ou
coursives, ce m'est tout un, pourveu que la tranchefille
n'y engendre les vers. Et posé le cas que au coublement
des chiens[31] courans, les marmouzelles eussent corne
prinse devant que le notaire eust baillé sa relation par
art cabalisticque, il ne s'ensuit (saulve meilleur jugement de la court) que six arpens de pré à la grand
laize[32] feissent troys bottes de fine ancre[33] sans souffler
au bassin, consideré que aulx funérailles du roy Charles
l'on avoit en plain marché la toyson pour deux et ar,
j'entens, par mon serment, de laine[34]. Et je voy ordinairement en toutes bonnes cornemuses[35] que quand
l'on va à la pipée, faisant troys tours de balay par la
cheminée, et insinuant sa nomination : l'on ne faict
que bander aux reins et soufler au cul, si d'adventure
il est trop chault, et quille luy bille[36], *incontinent les
lettres veues, les vaches luy furent rendues* [37]. Et en fut
donné pareil arrest à la martingalle[38] l'an dix et sept
pour le maulgouvert de Louzefougerouse[39], à quoy il
plaira à la court d'avoir esguard. Je ne dy vrayement
qu'on ne puisse par equité desposseder en juste tiltre
ceulx qui de l'eaue beniste beuvroyent comme on faict
d'un rancon de tisserant dont on faict les suppositoires
à ceulx qui ne voulent resigner, sinon à beau jeu bel
argent. *Tunc*, messieurs, *quid juris pro minoribus?* car
l'usance commune de la loy salicque[40] est telle, que le
premier boute feu qui escornifle la vache qui mousche
en plain chant de musicque, sans solfier les poinctz des
savatiers, doibt en temps de godemarre sublimer la
penurie de son membre par la mousse cuillie alors
qu'on se morfond à la messe de minuict pour bailler
l'estrapade[41] à ces vins blancs d'Anjou, qui font la jambette collet à collet à la mode de Bretaigne[42]. Concluent

comme dessus, avecques despens, dommaiges, et interestz. »

Après que le seigneur de Humevesne eut achevé, Pantagruel dist au seigneur de Baisecul. « Mon amy, voulez vous rien replicquer ? »

A quoy respondit Baisecul. « Non, monsieur : car je n'en ay dict que la verité : et pour Dieu, donnons fin à nostre different : car nous ne sommes icy sans grand frais. »

❧❧❧❧❧❧❧❧❧❧❧❧❧❧❧❧❧❧❧❧❧❧❧❧❧

Comment Pantagruel donna sentence sus le different des deux seigneurs.

CHAPITRE XIII

LORS Pantagruel se leve, et assemble tous les presidens, conseilliers et docteurs là assistans, et leur dist :

« Orçza, messieurs, vous avez ouy (*vive vocis oraculo*) le different dont est question, que vous en semble ? »

A quoy respondirent. Nous l'avons veritablement ouy, mais nous n'y avons entendu au diable la cause [1]. Par ce nous vous prions *una voce* et supplions par grace, que vueilliez donner la sentence telle que verrez, et *ex nunc prout ex tunc* nous l'avons aggreable, et ratifions de nos pleins consentemens.

— Et bien, messieurs, dist Pantagruel, puisqu'il vous plaist je le feray. Mais je ne trouve le cas tant difficile que vous le faictes. Vostre paraphe[2] Caton, la loy *Frater* [3], la loy *Gallus*, la loy *Quinque pedum*, la loy *Vinum*, la loy *Si Dominus*, la loy *Mater*, la loy *Mulier bona*, la loy *Si quis*, la loy *Pomponius*, la loy *Fundi*, la loy *Emptor*, la loy *Pretor*, la loy *Venditor*, et tant d'aultres, sont bien plus difficiles en mon oppinion. »

Et après ce dict, il se pourmena un tour ou deux par
la sale, pensant bien profundement, comme l'on povoit estimer, car il gehaignoyt comme un asne qu'on
sangle trop fort, pensant qu'il failloit à un chascun faire
droict, sans varier ny accepter personne, puis retourna
s'asseoir et commença pronuncer la sentence comme
s'ensuyt.

« Veu, entendu, et bien calculé le different d'entre
les seigneurs de Baisecul et Humevesne, la court leur
dict que considerée l'orripilation de la ratepenade
declinent bravement du solstice estival pour mugueter
les billes-vesées qui ont eu mat du pyon par les males
vexations des lucifuges qui sont au climat diarhomes
d'un matagot à cheval[4] bendant une arbaleste au reins,
le demandeur eust juste cause de callafater le gallion
que la bonne femme boursouffloit un pied chaussé et
l'aultre nud, le remboursant bas et roidde en sa conscience d'aultant de baguenaudes comme y a de poil en
dix-huit vaches, et autant pour le brodeur. Semblablement est declairé innocent du cas privilegié des grin-
guenaudes, qu'on pensoit qu'il eust encouru de ce qu'il
ne pouvoit baudement fianter par la decision d'une
paire de gands parfumés de petarrades à la chandelle de
noix, comme on use en son pays de Mirebaloys[5],
laschant la bouline avecques les bouletz de bronze,
dont les houssepailleurs pastissoyent conestablement[6]
ses legumaiges interbastez du Loyrre à tous les sonnettes d'esparvier faictes à poinct de Hongrie, que son
beau frere portoit memoriallement en un penier limi-
trophe, brodé de gueulles à troys chevrons hallebrenez
de canabasserie, au caignard angulaire dont on tire au
Papeguay vermiforme avecques la vistempenarde. Mais
en ce qu'il met sus au defendeur qu'il fut rataconneur
tyrofageux[7] et goildronneur de mommye[8], que n'a esté
en brimbalant trouvé vray, comme bien l'a debastu
ledict defendeur, la court le condemne en troys ver-
rassées de caillebotes assimentées prelorelitantées et
gaudepisées comme est la coustume du pays envers le

dict defendeur, payable à la my doust en may, mais
ledict defendeur sera tenu de fournir de foin et d'es-
toupes à l'embouchement des chassetrapes guitturales
emburelucocquées de guilverdons[9] bien grabelez à
rouelle et amis comme devant sans despens et pour
cause. »

Laquelle sentence pronuncée, les deux parties depar-
tirent toutes deux contentes de l'arrest, qui fust quasi
chose increable. Car venu n'estoyt[10] despuys les grandes
pluyes et n'adviendra de treze jubilez que deux parties
contendentes en jugement contradictoire soient egua-
lement contentez d'un arrest diffinitif. Au regard des
conseilliers et aultres docteurs qui là assistoyent, ilz
demeurerent en ecstase esvanoys bien troys heures, et
tous ravys en admiration de la prudence de Pantagruel
plus que humaine, laquelle avoyent congneu clerement
en la decision de ce jugement tant difficile et espineux.
Et y feussent encores, sinon qu'on apporta force vinaigre et eaue rose pour leur faire revenir le sens et
entendement accoustumé, dont Dieu soit loué partout.

Comment Panurge racompte la maniere comment il
eschappa de la main des Turcqs.

Chapitre XIV

L E jugement de Pantagruel feut incontinent sceu et entendu de tout le
monde, et imprimé à force, et redigé
és archives du Palays, en sorte que le
monde commença à dire :
« Salomon qui rendit par soubson
l'enfant à sa mere, jamais ne montra
tel chief d'œuvre de prudence comme a faict le bon
Pantagruel : nous sommes heureux de l'avoir en nostre
pays. »

Et de faict on le voulut faire maistre des requestes, et president en la court : mais il refusa tout, les remerciant gracieusement.

« Car il y a (dist-il) trop grande servitude à ces offices, et à trop grande poine peuvent estre saulvez ceulx qui les exercent, veu la corruption des hommes. Et croy que si les sieges vuides des anges ne sont rempliz d'aultre sorte de gens, que de trente sept jubilez nous n'aurons le jugement final et sera Cusanus trompé en ses conjectures [1]. Je vous en advertis de bonne heure. Mais si avez quelques muitz de bon vin, voluntiers j'en recepvray le present. »

Ce que ilz firent voluntiers et luy envoyerent du meilleur de la ville, et beut assez bien. Mais le pauvre Panurge en beut vaillamment [2], car il estoit eximé comme un haran soret. Aussi alloit il du pied comme un chat maigre.

Et quelcun l'admonesta à demye alaine d'un grand hanat plein de vin vermeil [3], disant : « Compere tout beau, vous faictes rage de humer.

— Je donne au diesble [4] (dist il) tu n'as pas trouvé tes petitz beuvreaux de Paris qui ne beuvent en plus q'un pinson, et ne prenent leur bechée sinon qu'on leurs tape la queue à la mode des passereaux. O compaing si je montasse aussi bien comme je avalle, je feusse desjà au dessus la sphere de la lune, avecques Empedocles [5]. Mais je ne sçay que diable cecy veult dire, ce vin est fort bon et bien delicieux, mais plus j'en boy plus j'ay de soif. Je croy que l'ombre de monseigneur Pantagruel engendre les alterez, comme la lune faict les catharrhes. »

Auquel commencerent rire les assistans.

Ce que voyant, Pantagruel dist : « Panurge, qu'est-ce que avez à rire ?

— Seigneur (dist il), je leur contoys, comment ces diables de Turcqs sont bien malheureux de ne boire goutte de vin. Si aultre mal n'estoit en l'Alchoran de Mahumeth, encores ne me mettroys je mie de sa loy.

— Mais or me dictes comment (dist Pantagruel) vous eschappastes de leurs mains ?

— Par Dieu, seigneur, dist Panurge, je ne vous en mentiray de mot. Les paillards Turcqs m'avoient mys en broche tout lardé, comme un connil, car j'estois tant eximé que aultrement de ma chair eust esté fort maulvaise viande, et en ce poinct me faisoyent roustir tout vif. Ainsi comme ilz me routissoyent, je me recommandoys à la grace divine, ayant en memoyre le bon sainct Laurent, et tousjours esperoys en Dieu, qu'il me délivreroit de ce torment, ce qui feut faict bien estrangement. Car, ainsi que me recommandoys bien de bon cueur à Dieu, cryant. Seigneur Dieu, ayde moi, Seigneur Dieu, saulve moy, Seigneur Dieu, oste moy de ce torment, auquel ces traistres chiens me detiennent, pour la maintenance de ta loy, le routisseur s'endormit par le vouloir divin, ou bien de quelque bon Mercure qui endormit cautement Argus qui avoit cent yeulx. Quand je vys qu'il ne me tournoit plus en routissant, je le regarde, et voy qu'il s'endort, lors je prens avecques les dents un tyson par le bout où il n'estoit point bruslé, et vous le gette au gyron de mon routisseur, et un aultre je gette le mieulx que je peuz soubz un lict de camp, qui estoit aupres de la cheminée, où estoit la paillasse de monsieur mon roustisseur. Incontinent le feu se print à la paille, et de la paille au lict, et du lict au solier qui estoit embrunché de sapin, faict à quehues de lampes. Mais le bon feut, que le feu que j'avoys getté au gyron de mon paillard routisseur luy brusla tout le penil et se prenoit aux couillons, sinon qu'il n'estoit tant punays qu'il ne le sentist plustost que le jour, et debouq estourdy se levant[6] crya à la fenestre tant qu'il peut Dal baroth, dal baroth, qui vault autant à dire comme Au feu, au feu. Et vint droict à moy pour me getter du tout au feu, et desjà avoit couppé les cordes dont on m'avoit lyé les mains, et couppoit les lyens des piedz, mais le maistre de la maison ouyant le cry du feu, et sentent jà la fumée de la rue où il se

pourmenoit avecques quelques aultres baschatz et
musaffiz , courut tant qu'il peut y donner secours et
pour emporter les bagues [7]. De pleine arrivée il tire la
broche où j'estoys embroché , et tua tout roidde mon
routisseur , dont il mourut là par faulte de gouvernement[8] ou aultrement , car il luy passa la broche peu
au dessus du nombril vers le flan droict, et luy percea
la tierce lobe du foye, et le coup haussant luy penetra
le diaphragme, et par atravers la capsule du cueur luy
sortit la broche par le hault des espaules entre les spon-
dyles et l'omoplate senestre. Vray est que en tirant la
broche de mon corps je tumbé à terre près des landiers, et me fys ung peu de mal la cheute, toutesfoys
non grand : car les lardons soustindrent le coup. Puis,
voyant mon baschatz , que le cas estoit desesperé , et
que sa maison estoit bruslée sans remission, et tout son
bien perdu : se donna à tous les diables, appellant
Grilgoth, Astarost , Rappallus[9] et Gribouillis par neuf
foys.

Quoy voyant, je euz de peur pour plus de cinq solz,
craignant : Les diables viendront à ceste heure pour
emporter ce fol icy, seroyent ilz bien gens pour m'emporter aussi ? Je suis jà demy rousty, mes lardons seront
cause de mon mal : car ces diables icy sont frians de
lardons , comme vous avez l'autorité du philosophe
Jamblicque et Murmault en l'apologie *De bossutis*[10] *et
contrefactis pro magistros nostros,* mais je fis le signe de
la croix, criant *agios, Athanatos, ho Theos,* et nul ne
venoit. Ce que congnoissant mon villain baschatz , se
vouloit tuer de ma broche, et s'en percer le cueur. De
faict la mist contre sa poictrine : mais elle ne povoit
oultrepasser, car elle n'estoit assez poinctue : et poulsoit
tant qu'il povoit, mais il ne prouffitoit rien.

Alors je vins à luy, disant: « Missaire Bougrino[11],
tu pers icy ton temps : car tu ne te tueras jamais ainsi:
bien te blesseras quelcque hurte[12], dont tu languiras
toute ta vie entre les mains des barbiers : mais si tu
veulx je te tueray icy tout franc, en sorte que tu n'en

sentiras rien, et m'en croys : car j'en ay bien tué
d'aultres qui s'en sont bien trouvez.

— Ha mon amy (dist il) je t'en prie, et ce faisant je
te donne ma bougette[13], tiens voy la là : Il y a six cens
seraphz dedans , et quelques dyamans et rubiz en
perfection.

— Et où sont ilz (dist Epistemon) ?

— Par sainct Joan, dist Panurge, ilz sont bien loing
s'ilz vont tousjours,

> Mais où sont les neiges d'antan[14].

C'estoit le plus grand soucy que eust Villon, le poëte
parisien.

— Acheve (dist Pantagruel) je te prie que nous sai-
chons comment tu acoustras ton baschatz.

— Foy d'homme de bien , dist Panurge , je n'en
mentz de mot. Je le bande d'une meschante braye que
je trouve là demy bruslée, et vous le lye rustrement
piedz et mains de mes cordes, si bien qu'il n'eust sceu
regimber, puis luy passay ma broche à travers la gargamelle, et le pendys acrochant la broche à deux gros
crampons , qui soustenoient des alebardes. Et vous
attise un beau feu au dessoubz et vous flamboys mon
milourt comme on faict les harans soretz à la cheminée, puis , prenant sa bougette et un petit javelot qui
estoit sur les crampons m'en fuys le beau galot. Et
Dieu sçait comme je sentoys mon espaule de mouton.

« Quand je fuz descendu en la rue, je trouvay tout
le monde qui estoit acouru au feu à force d'eau pour
l'estaindre. Et me voyans ainsi à demy rousty eurent
pitié de moy naturellement et me getterent toute leur
eaue sur moy, et me refraicherent joyeusement, ce que
me fist fort grand bien, puis me donnerent quelque peu
à repaistre, mais je ne mangeoys gueres : car ilz ne me
bailloient que de l'eau à boyre , à leur mode. Aultre
mal ne me firent sinon un villain petit Turq bossu par
devant, qui furtivement me crocquoit mes lardons[15] :

II.   9

mais je luy baillys si vert dronos[16] sur les doigts à tout
mon jayelot qu'il n'y retourna pas deux foys.

« Et une jeune Corinthiace[17], qui m'avoit aporté
un pot de myrobolans emblicz confictz à leur mode,
laquelle regardoit mon pauvre haire esmoucheté, comment il s'estoit retiré au feu, car il ne me alloit plus
que jusques sur les genoulx. Mais notez que cestuy
rotissement me guerist d'une isciaticque entièrement à
laquelle j'estoys subject plus de sept ans avoit du cousté
auquel mon rotisseur s'endorment me laissa brusler.

« Or, ce pendent qu'ilz se amusoyent à moy, le feu
triumphoit ne demandez comment à prendre en plus
de deux mille maisons, tant que quelcun d'entre
eulx l'advisa et s'escria, disant. « Ventre Mahom, toute
la ville brusle, et nous amusons icy. » Ainsi chascun s'en
va à sa chascuniere. De moy, je prens mon chemin
vers la porte. Quand je fuz sur un petit tucquet[18] qui est
auprès, je me retourne arriere, comme la femme de
Loth, et vys toute la ville bruslant, dont je fuz tant aise
que je me cuydé conchier de joye : mais Dieu m'en
punit bien.

— Comment? (dist Pantagruel.)

— Ainsi (dist Panurge) que je regardoys en grand
liesse ce beau feu, me gabelant, et disant. Ha, pauvres
pulses, ha pauvres souris, vous aurez maulvais hyver,
le feu est en vostre paillier, sortirent plus de six, voire
plus de treze cens et unze chiens gros et menutz[19] tous
ensemble de la ville fuyant le feu. De premiere venue
acoururent droict à moy, sentant l'odeur de ma paillarde chair demy rostie, et me eussent devoré à l'heure,
si mon bon ange ne m'eust bien inspiré me enseignant
un remede[20] bien oportun contre le mal des dens.

— Et à quel propous (dist Pantagruel) craignois tu le
mal des dens ? N'estois tu guery de tes rheumes?

— Pasques de soles (respondit Panurge) est il mal de
dens plus grand, que quand les chiens vous tenent aux
jambes? Mais soudain je me advise de mes lardons, et
les gettoys au mylieu d'entre eulx : lors chiens d'aller,

et de se entrebatre l'un l'aultre à belles dentz, à qui auroit le lardon. Par ce moyen me laisserent, et je les laisse aussi se pelaudans l'un l'aultre[21]. Ainsi eschappe gaillard et dehayt, et vive la roustisserie. »

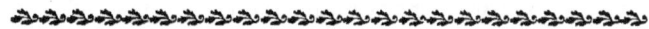

Comment Panurge enseigne une maniere bien nouvelle de bastir les murailles de Paris.

Chapitre XV

ANTAGRUEL quelque jour pour se recreer de son estude se pourmenoit vers les faulxbours Sainct Marceau, voulant veoir la Follie Goubelin. Panurge estoit avecques luy, ayant tousjours le flacon soubz sa robbe, et quelque morceau de jambon : car sans cela jamais ne alloit il, disant que c'estoit son garde corps, aultre espée ne portoit il. Et quand Pantagruel luy en voulut bailler une, il respondit, qu'elle luy eschaufferoit la ratelle.

« Voire mais, dist Epistemon, si l'on te assailloit comment te defendroys tu ?

— A grands coups de brodequin[1] : respondit-il, pourveu que les estocz feussent defenduz[2]. »

A leur retour Panurge consideroit les murailles de la ville de Paris, et en irrision dist à Pantagruel :

« Voyez cy ces belles murailles[3]. O que fortes sont et bien en poinct pour garder les oysons en mue ? Par ma barbe, elles sont competentement meschantes pour une telle ville comme ceste cy : car une vache avecques un pet en abbatroit plus de six brasses.

— O mon amy, dist Pantagruel, sçaitz tu bien ce que dist Agesilaee, quand on luy demanda : pourquoy la grande cité de Lacedemone n'estoit ceincte de murailles ? Car monstrant les habitans et citoyens de la

ville tant bien expers en discipline militaire, et tant fors
et bien armez. Voicy (dist il) les murailles de la cité.
Signifiant qu'il n'est muraille que de os, et que les
villes et citéz ne sçauroyent avoir muraille plus seure et
plus forte que la vertus des citoyens et habitans. Ainsi
ceste ville est si forte par la multitude du peuple belli-
queux qui est dedans, qu'ilz ne se soucient de faire
aultres murailles. Davantaige, qui la vouldroit emmu-
railler comme Strasbourg, Orleans, ou Ferrare [4], il ne
seroit possible, tant les frais et despens seroyent
excessifz.

— Voire mais, dist Panurge, si faict il bon avoir
quelque visaige de pierre, quand on est envahy de ses
ennemys, et ne feust ce que pour demander, « Qui
est là bas ? » Au regard des frays enormes que dictes
estre necessaires si on la vouloit murer, si messieurs de
la ville me voulent donner quelque bon pot de vin, je
leurs enseigneray une maniere bien nouvelle, comment
ilz les pourront bastir à bon marché.

— Comment ? dist Pantagruel.

— Ne le dictes doncques mie (respondit Panurge)
si je vous l'enseigne. Je voy que les callibistrys des
femmes[5] de ce pays sont à meilleur marché que les
pierres, d'iceulx fauldroit bastir les murailles en les
arrengeant par bonne symmeterye d'architecture, et
mettant les plus grans aux premiers rancz, et puis en
taluant à doz d'asne arranger les moyens, et finablement
les petitz. Puis faire un beau petit entrelardement à
poinctes de diamans comme la grosse tour de Bourges,
de tant de bracquemars enroiddys qui habitent par les
braguettes claustrales. Quel diable defferoit telles
murailles ? Il n'y a metal qui tant resistast aux coups.
Et puis que les couillevrines se y vinsent froter [6], vous
en verriez (par Dieu) incontinent distiller de ce benoist
fruict de grosse verolle menu comme pluye. Sec au
nom des diables [7]. Dadvantaige la fouldre ne tumberoit
jamais dessus. Car pourquoy ? ils sont tous benists ou
sacrez [8]. Je n'y voy qu'un inconvenient.

— Ho, ho, ha, ha, ha, (dist Pantagruel). Et quel ?

— C'est que les mousches en sont tant friandes que merveilles, et se y cueilleroyent facillement[9] et y feroient leur ordure : et voylà l'ouvrage gasté. Mais voicy comment l'on y remediroit. Il fauldroit trèsbien les esmoucheter avecques belles quehuës de renards, ou bon gros vietz dazes de Provence. Et à ce propos je vous veux dire (nous en allans pour souper) un bel exemple que met *frater Lubinus, libro De compotatio-nibus mendicantium*[10]. Au temps que les bestes parloyent (il n'y a pas troys jours) un pauvre lyon par la forest de Bievre se pourmenant et disant ses menus suffrages passa par dessoubz un arbre auquel estoit monté un villain charbonnier pour abastre du boys. Lequel voyant le lyon, luy getta sa coignée, et le blessa enormement en une cuisse. Dont le lyon cloppant tant courut et tracassa par la forest pour trouver ayde qu'il rencontra un charpantier, lequel voluntiers regarda sa playe, la nettoya le mieulx qu'il peust, et l'emplit de mousse, luy disant, qu'il esmouchast bien sa playe, que les mousches ne y feissent ordure, attendant qu'il yroit chercher de l'herbe au charpentier. Ainsi le lyon guery, se pourmenoist par la forest, à quelle heure une vieille sempiterneuse ebuschetoit et amassoit du boys par ladicte forest, laquelle voyant le lyon venir, tumba de peur à la renverse en telle faczon, que le vent luy renversa robbe, cotte, et chemise jusques au dessus des espaules. Ce que voyant le lyon accourut de pitié, veoir si elle s'estoit faict aulcun mal, et considerant son comment a nom, dist, O pauvre femme, qui t'a ainsi blessée ? Et ce disant, apperceut un regnard, lequel il apella, disant. Compere regnard, hau cza cza, et pour cause. Quand le regnard fut venu, il luy dict. Compere mon amy, l'on a blessé ceste bonne femme icy entre les jambes bien villainement et y a solution de continuité manifeste, regarde que la playe est grande depuis le cul jusques au nombril, mesure quatre, mais bien cinq empans et demy, c'est un coup de coignie,

je me doubte que la playe soit vieille , pourtant affin
que les mousches n'y prennent, esmouche la bien fort
je t'en prie, et dedans et dehors, tu as bonne quehue
et longue, esmouche , mon amy, esmouche je t'en
supplye, et ce pendent je voys querir de la mousse pour
y mettre. Car ainsi nous fault il secourir et ayder l'un
l'aultre[11]. Esmouche fort, ainsi, mon amy, esmouche
bien : car ceste playe veult estre esmouchée souvent ,
aultrement la personne ne peut estre à son aise. Or
esmouche bien, mon petit compere, esmouche , Dieu
t'a bien pourveu de quehue, tu l'as grande et grosse à
l'advenent, esmouche fort et ne t'ennuye poinct, un
bon esmoucheteur qui, en esmouchetant continuellement esmouche de son moùchet[12] par mousches jamais
esmousché ne sera[13]. Esmouche, couillaud , esmouche
mon petit bedaud : je n'arresteray gueres. Puis va
chercher force mousse, et quand il feut quelque peu
loing il s'escrya parlant au regnard. Esmouche bien
tousjours, compere, esmouche, et ne te fasche jamais
de bien esmoucher, mon petit compere , je te feray
estre à gaiges esmoucheteur de Don Pietro de Castille[14].
Esmouche seulement, esmouche et rien plus. Le pauvre
regnard esmouchoit fort bien et deçà et delà et dedans et
dehors : mais la faulse vieille vesnoit et vessoit[15] puant
comme cent diables. Le pauvre regnard estoit bien mal
à son ayse : car il ne sçavoit de quel cousté se virer
pour evader le parfun des vesses de la vieille : et ainsi
qu'il se tournoit il veit que au derriere estoit encores un
aultre pertuys, non si grand que celluy qu'il esmouchoit, dont luy venoit ce vent tant puant et infect. Le
lyon finablement retourne, portant de mousse plus que
n'en tiendroyent dix et huyt basles, et commença en
mettre dedans la playe , avecques un baston qu'il
aporta, et y en avoit jà bien mys seize basles et demye ,
et s'esbahyssoit. Que Diable, ceste playe est parfonde,
il y entreroit de mousse plus de deux charrettées. Mais
le regnard l'advisa. O compere lyon, mon amy, je te
prie, ne metz icy toute la mousse, gardes en quelque

peu, car y a encores icy dessoubz un aultre petit
pertuys, qui put comme cinq cens diables. J'en suis
empoisonné de l'odeur, tant il est punays. Ainsi fauldroit garder ces murailles des mousches, et mettre
esmoucheteurs à gaiges. »

Lors dist Pantagruel : « Comment scez tu que les
membres honteux des femmes sont à si bon marché :
car en ceste ville il y a force preudes femmes, chastes
et pucelles.

— *Et ubi prenus* [16] ? dist Panurge. Je vous en diray
non oppinion, mais vraye certitude et asseurance. Je
ne me vante d'en avoir embourré quatre cens dix et
sept despuis que suis en ceste ville, il n'y a que neuf
jours. Mais à ce matin j'ay trouvé un bon homme, qui
en un bissac tel comme celluy de Esopet portoit deux
petites fillettes de l'eage de deux ou troys ans au plus,
l'une davant, l'aultre derriere. Il me demande l'aul-
mosne, mais je luy feis responce que j'avoys beaucoup
plus de couillons que de deniers [17]. Et après luy
demande, Bon homme, ces deux fillettes sont elles
pucelles ? — Frère, dist il, il y a deux ans que ainsi je
les porte, et au regard de ceste cy devant, laquelle je
voy continuellement, en mon advis elle est pucelle,
toutesfoys je n'en vouldroys mettre mon doigt au feu,
quand est de celle que je porte derriere, je ne sçay sans
faulte rien.

— Vrayement, dist Pantagruel, tu es gentil compaignon, je te veulx habiller de ma livrée. »

Et le feist vestir galantement selon la mode du temps
qui couroit : excepté que Panurge voulut que la braguette de ses chausses feust longue de troys piedz, et
quarrée non ronde, ce que feust faict, et la faisoit bon
veoir. Et disoit souvent que le monde n'avoit encores
congneu l'emolument et utilité qui est de porter grande
braguette : mais le temps leur enseigneroit [18] quelque
jour, comme toutes choses ont esté inventées en temps.

« Dieu gard de mal (disoit il) le compaignon à qui
la longue braguette a saulvé la vie.

« Dieu gard de mal à qui la longue braguette a valu pour un jour cent soixante mille et neuf escutz[19].

« Dieu gard de mal, qui par sa longue braguette a saulvé toute une ville de mourir de fain.

« Et, par Dieu, je feray un livre de la commodité des longues braguettes, quand j'auray plus de loysir. »

De faict en composa un beau et grand livre avecques les figures : mais il n'est encores imprimé, que je saiche.

Des meurs et condictions de Panurge.

Chapitre XVI

ANURGE estoit de stature moyenne, ny trop grand ny trop petit, et avoit le nez un peu aquillin faict à manche de rasouer. Et pour lors estoit de l'eage de trente et cinq ans ou environ, fin à dorer comme une dague de plomb[1], bien-galand homme de sa personne, sinon qu'il estoit quelque peu paillard, et subject de nature à une maladie qu'on appelloit en ce temps là,

Faulte d'argent c'est doleur non pareille[2],

toutesfoys il avoit soixante et troys manieres d'en trouver tousjours à son besoing, dont la plus honorable et la plus commune estoit par façon de larrecin furtivement faict, malfaisant, pipeur, beuveur[3], bateur de pavez, ribleur[4] s'il en estoit à Paris :

Au demourant le meilleur filz du monde[5],

et tousjours machinoit quelque chose contre les sergeans et contre le guet.

A l'une foys il assembloit trois ou quatre bons rustres, les faisoit boire comme templiers sur le soir,

après les menoit au dessoubz de Saincte Geneviefve ou
auprès du colliege de Navarre, et à l'heure que le guet
montoit par là : ce qu'il congnoissoit en mettant son
espée sur le pavé et l'aureille auprès, et lors qu'il oyoit
son espée bransler, c'estoit signe infallible que le guet
estoit près : à l'heure doncques luy et ses compaignons
prenoyent un tombereau, et luy bailloyent le bransle
le ruant de grande force contre la vallée, et ainsi mettoyent tout le pauvre guet par terre comme porcs [6],
puis fuyoyent de l'aultre cousté, car en moins de deux
jours, il sceut toutes les rues, ruelles et traverses de
Paris comme son *Deus det* [7]. A l'aultre foys faisoit en
quelque belle place par où ledict guet debvoit passer
une trainnée de pouldre de canon [8], et à l'heure que
passoit mettoit le feu dedans, et puis prenoit son
passe temps à veoir la bonne grace qu'ils avoyent en
fuyant pensans que le feu sainct Antoine les tint aux
jambes. Et au regard des pauvres maistres ès ars [9], il
les persecutoit sur tous aultres : quand il rencontroit
quelcun d'entre eulx par la rue, jamais ne failloit de
leur faire quelque mal, maintenant leurs mettant un
estronc dedans leurs chaperons au bourlet, maintenant
leur attachant de petites quehuës de regnard, ou des
aureilles de lievres par derriere [10], ou quelque aultre
mal. Un jour que l'on avoit assigné à yceulx se trouver [11]
en la rue du Feurre [12], il feist une tartre burbonnoise [13]
composée de force de hailz, de galbanum, de assa-
fetida, de castoreum, d'estroncs tous chaulx, et la
destrampit en sanie de bosses chancreuses, et de fort
bon matin engressa et oignit tout le pavé [14] en sorte que
le diable n'y eust pas duré. Et tous ces bonnes gens
rendoyent là leurs gorges devant tout le monde,
comme s'ilz eussent escorché le regnard, et en mourut
dix ou douze de peste, quatorze en feurent ladres, dix
et huyct en furent pouacres [15] et plus de vingt et sept
en eurent la verolle, mais il ne s'en soucioit mie. Et
portoit ordinairement un fouet soubz sa robbe, duquel
il fouettoyt sans remission les paiges qu'il trouvoit por-

II.   10

tans du vin à leurs maistres, pour les avancer d'aller.
En son saye avoit plus de vingt et six petites bougettes
et fasques tousjours pleines, l'une d'un petit d'eau, de
plomb, et d'un petit cousteau affilé comme l'aguille
d'un peletier, dont il couppoit les bourses: l'aultre de
aigrest[16] qu'il gettoit[17] aux yeulx de ceulx qu'il trouvoit, l'aultre de glaterons empenez de petites plumes de
oysons ou de chappons, qu'il gettoit sus les robes et
bonnetz des bonnes gens: et souvent leur en faisoit de
belles cornes qu'ilz portoyent par toute la ville, aulcunesfoys toute leur vie.

Aux femmes aussi par dessus leurs chapperons au
derriere, aulcunesfoys en mettoit faictz en forme d'un
membre d'homme. En l'aultre un tas de cornetz tous
pleins de pulses et de poux, qu'il empruntoit des guenaulx de Sainct-Innocent, et les gettoit avecques belles
petites cannes ou plumes dont on escript sur les colletz
des plus sucrées damoiselles qu'il trouvoit, et mesmement en l'eglise : car jamais ne se mettoit au cueur au
hault, mais tousjours demouroit en la nef entre les
femmes, tant à la messe, à vespres, comme au sermon.
En l'aultre force provision de haims et claveaulx, dont
il acouploit souvent les hommes et les femmes en
compaignies où ilz estoient serrez, et mesmement celles
qui portoyent robbes de tafetas armoisy, et à l'heure
qu'elles se vouloyent departir, elles rompoyent toutes
leurs robbes.

En l'aultre un fouzil garny d'esmorche, d'allumettes,
de pierre à feu[18] et tout aultre appareil à ce requis. En
l'aultre deux ou troys mirouers ardens, dont il faisoit
enrager auculnesfoys les hommes et les femmes, et
leur faisoit perdre contenence à l'eglise : car il disoit
qu'il n'y avoit q'un antistrophe entre *femme folle à la
messe, et femme molle à la fesse.*

En l'aultre avoit provision de fil et d'agueilles, dont
il faisoit mille petites diableries. Une foys à l'issue du
Palays à la grand salle lors que un cordelier disoit la
messe de Messieurs, il luy ayda à soy habiller et

revestir, mais en l'acoustrant il luy cousit l'aulbe avec
sa robbe et chemise , et puis se retira quand Messieurs
de la court vindrent s'asseoir pour ouyr icelle messe.
Mais quand ce fut à l'*Ite missa est*[19], que le pauvre
frater se voulut devestir son aulbe, il emporta ensemble
et habit et chemise qui estoyent bien cousuz ensemble,
et se rebrassit jusques aux espaules , monstrant son
callibistris à tout le monde, qui n'estoit pas petit : sans
doubte. Et le *frater* tousjours tiroit , mais tant plus se
descouvroit il , jusques à ce q'un de Messieurs de la
court dist. Et quoy, ce beau père nous veust il icy faire
l'offrande et baiser[20] son cul ? Le feu sainct Antoine le
baise. Dès lors fut ordonné que les pauvres beaulx
peres ne se despouilleroyent plus devant le monde :
mais en leur sacristie, mesmement en presence des
femmes : car ce leur seroit occasion du peché d'envie.

Et le monde demandoit , pourquoy est ce que ces
fratres avoyent la couille si longue ? Ledict Panurge
soulut très bien le probleme, disant :

« Ce que faict les aureilles des asnes si grandes, ce
est parce que leurs meres ne leurs mettoyent point de
beguin en la teste, comme dict *de Alliaco* en ses *Sup-
positions*[21]. A pareille raison, ce que faict la couille des
pauvres beatz peres[22], c'est qu'ilz ne portent point de
chausses foncées[23], et leur pauvre membre s'estend en
liberté à bride avallée, et leur va ainsi triballant sur les
genoulx, comme font les patenostres aux femmes. Mais
la cause pourquoy ilz l'avoyent gros à l'équipollent,
c'estoit que en ce triballement[24] les humeurs du corps
descendent audict membre : car selon les legistes, agitation et motion continuelle est cause d'atraction[25]. »

Item il avoit un aultre poche pleine de alun de plume,
dont il gettoit dedans le doz des femmes qu'il voyoit
les plus acrestées , et les faisoit despouiller devant tout
le monde , les aultres dancer comme jau sur breze ou
bille sur tabour : les aultres courir les rues, et luy après
couroit : et à celles qui se despouilloyent, il mettoit sa
cappe sur le doz, comme homme courtoys et gracieux.

Item en un aultre il avoit une petite guedoufle pleine de vieille huyle[26], et quand il trouvoit ou femme ou homme qui eust quelque belle robbe il leurs engressoit et guastoit tous les plus beaulx endroictz, soubz le semblant de les toucher et dire :

« Voicy de bon drap, voicy bon satin, bon tafetas, ma dame, Dieu vous doint ce que vostre noble cueur desire : vos avez robbe neufve, novel amy, Dieu vous y maintienne. » Ce disant, leurs mettoit la main sur le collet, ensemble la male tache y demouroit perpetuellement, si enormement engravée en l'ame, en corps, et renommée, que le diable ne l'eust poinct ostée, puis à la fin leur disoit : « ma dame, donnez vous garde de tumber : car il y a icy un grand et sale trou devant vous. »

En un aultre il avoit tout plein de euphorbe pulverisé bien subtilement, et là dedans mettoit un mouschenez beau et bien ouvré qu'il avoit desrobé à la belle lingere du Palays[27], en luy oustant un poul dessus son sein, lequel toutesfoys il y avoit mis. Et quand il se trouvoit en compaignie de quelques bonnes dames, il leur mettoit sus le propos de lingerie, et leur mettoit la main au sein demandant : « Et cest ouvraige est-il de Flandre ou de Haynault? »

Et puis tiroit son mouschenez disant: « Tenez, tenez, voyez en cy de l'ouvrage, elle est de Foutignan[28] ou de Foutarabie, » et le secouoit bien fort à leur nez, et les faissoit esternuer quatre heures sans repos.

Ce pendent il petoit comme un rousin et les femmes ryoient luy disans : « Comment, vous petez, Panurge ?

— Non foys: disoit il, ma dame : mais je accorde au contrepoint[29] de la musicque que vous sonnés du nez. »

En l'aultre un daviet[30], un pellican, un crochet et quelques aultres ferremens dont il n'y avoit porte ny coffre qu'il ne crochetast. En l'aultre tout plein de petitz goubeletz : dont il jouoit fort artificiellement :

car il avoit les doigts faictz à la main comme Minerve
ou Arachne , et avoit aultresfoys crié le theriacle. Et
quand il changeoit un teston, ou quelque aultre piece,
le changeur eust esté plus fin que maistre Mousche[31],
si Panurge n'eust faict esvanouyr à chascune foys cinq
ou six grans blancs[32] visiblement, apertement, manifestement, sans faire lesion ne blessure aulcune, dont
le changeur n'en eust senty que le vent.

*Comment Panurge guaingnoyt les pardons et maryoit les
vieilles et des procès qu'il eut à Paris.*

Chapitre XVII

N jour, je trouvay Panurge quelque
peu escorné[1] et taciturne, et me doub-
tay bien qu'il n'avoit denare, dont je
luy dys :
« Panurge, vous estes malade à ce
que je voy à vostre physionomie , et
j'entens le mal : vous avez un fluz de
bourse, mais ne vous souciez. J'ay encores six solx et
maille, qui ne virent oncq pere ny mere [2], qui ne vous
faúldront non plus que la verolle, en vostre necessité. »
   A quoy il me respondit : « Et bren pour l'argent, je
n'en auray quelque jour que trop : car j'ay une pierre
philosophale qui me attire l'argent des bourses, comme
l'aymant attire le fer. Mais voulés vous venir gaigner
les pardons? dist il.
   — Et par ma foy: je luy respons, je ne suis grand
pardonneur en ce monde icy, je ne sçay si je seray en
l'aultre. Bien allons au nom de Dieu , pour un denier
ny plus ny moins.
   — Mais , dist il, prestez-moy doncques un denier à
l'interest.
   — Rien , rien , dis-je. Je vous le donne de bon
cueur.

— *Grates vobis dominos* [3], dist-il.

Ainsi allasmes commanceant à Sainct Gervays, et je gaigne les pardons au premier tronc seulement : car je me contente de peu en ces matieres, puis disoys mes menuz suffrages, et oraisons de saincte Brigide : mais il gaigna à tous les troncz, et tousjours bailloit argent à chascun des pardonnaires. De là nous transportasmes à Nostre Dame, à Sainct Jean, à Sainct Antoine, et ainsi des aultres eglises où estoit bancque de pardons. De ma part je n'en gaignoys plus : mais luy, à tous les troncz il baisoit les relicques, et à chascun donnoit. Brief quand nous fusmes de retour il me mena boire au cabaret du Chasteau [4] et me monstra dix ou douze de ses bougettes pleines d'argent.

A quoy je me seignay faisant la croix, et disant : « Dont avez vous tant recouvert d'argent en si peu de temps ? »

A quoy il me respondit que il avoit prins ès bessains des pardons [5] : « car en leur baillant le premier denier, dist il, je le mis si souplement que il sembla que feust un grand blanc, ainsi d'une main je prins douze deniers, voyre bien douze liards ou doubles pour le moins, et de l'aultre troys ou quatre douzains : et ainsi par toutes les eglises où nous avons esté.

— Voire mais, dis je, vous vous dampnez comme une sarpe [6], et estes larron et sacrilege.

— Ouy bien, dist il, comme il vous semble, mais il ne me semble quand à moy. Car les pardonnaires me le donnent quand ilz me disent en presentant les relicques à baiser, *Centuplum accipies*, que pour un denier j'en prene cent : car *accipies* est dict selon la maniere des Hebreux qui usent du futur en lieu de l'imperatif, comme vous avez en la loy *Diliges dominum, id est dilige* [7]. Ainsi quand le pardonnigere me dict, *Centuplum accipies*, il veut dire, *Centuplum accipe*, et ainsi l'expose Rabi Kimy, et Rabi Aben Ezra et tous les Massoretz : et *ibi* Bartolus. D'advantaige le pape Sixte [8] me donna quinze cens livres de rente sur son dommaine et thesor ecclesiasticque pour luy avoir guery une bosse chancreuse, qui tant le tormentoit, qu'il en cuida devenir boyteux toute sa vie. Ainsi je me paye par mes mains: car il n'est tel, sur ledict thesor ecclesiasticque.

« Ho, mon amy, disoit il, si tu sçavoys comment je fis mes chous gras de la croysade [9], tu seroys tout esbahy. Elle me valut plus de six mille fleurins [10].

— Et où diable sont ilz allez ? dis je, car tu n'en as une maille.

— Dont ilz estoyent venuz, dist il, ilz ne feirent seulement que changer maistre. Mais j'en emploiay bien troys mille à marier non les jeunes filles : car elles ne trouvent que trop marys, mais grandes vieilles sempiterneuses qui n'avoyent dentz en gueulle. Considerant, ces bonnes femmes icy ont tresbien employé leur temps en jeunesse et ont joué du serrecropiere à cul levé à tous venans, jusques à ce que on n'en a plus voulu. Et par Dieu, je les feray saccader encores une foys devant qu'elles meurent. Par ce moyen à l'une donnois cent fleurins, à l'aultre six vingtz, à l'aultre troys cens, selon qu'elles estoient bien infames, detestables, et abhominables, car d'aultant qu'elles estoyent plus horribles , et execrables, d'autant il leur failloyt donner d'advantage, aultrement le diable ne les eust voulu biscoter. Incontinent m'en alloys à quelque porteur de coustretz gros et gras, et faisoys moy mesmes le mariage , mais premier que luy monstrer les vieilles, je luy monstroys les escutz, disant: Compere, voicy qui est à toy si tu veulx fretinfretailler [11] un bon coup. Dès lors les pauvres hayres bubaialloient comme vieulx mulletz [12], ainsi leur faisoys bien aprester à bancqueter, boire du meilleur et force espiceries pour mettre les vieilles en ruyt et en chaleur. Fin de compte ilz besoingnoyent comme toutes bonnes ames , sinon que à celles qui estoyent horriblement villaines et defaictes, je leur faisoys mettre un sac sur le visaige. D'avantaige j'en ay perdu beaucoup en procès.

— Et quelz procès as-tu peu avoir ? disoys-je, tu ne
as ny terre ny maison.

— Mon amy dist il les damoyselles de ceste ville
avoyent trouvé par instigation du diable d'enfer, une
maniere de colletz ou cachecoulx à la haulte façon, qui
leur cachoyent si bien les seins, que l'on n'y povoit
plus mettre la main par dessoubz : car la fente d'iceulx
elles avoyent mise par derriere[13], et estoyent tous cloz
par devant, dont les pauvres amans dolens contemplatifz n'estoyent contens. Un beau jour de mardy, j'en
presentay requeste à la court, me formant partie contre
lesdictes damoyselles et remonstrant les grands interestz
que je y prendroys, protestant que à mesme raison je
feroys couldre la braguette de mes chausses au derriere,
si la court n'y donnoit ordre : somme toute les damoyselles formerent syndicat, monstrerent leurs fondemens[14] et passerent procuration à defendre leur cause :
mais je les poursuivy si vertement, que par arrest de la
court fut dict, que ces haulx cachecoulx ne seroyent
plus portez, sinon qu'ilz feussent quelque peu fenduz
par devant. Mais il me cousta beaucoup. J'euz un aultre
procès bien hord et bien sale contre maistre Fyfy[15] et
ses suppostz, à ce qu'ilz n'eussent plus à lire clandes-
tinement de nuyct la Pipe de Bussart, ne le Quart de
sentences[16] : mais de beau plein jour, et ce ès escholes
du Feurre, en face de tous les aultres sophistes[17] où je
fuz condenné ès despens pour quelque formalité de la
relation du sergeant. Une aultre foys je fourmay complainte à la court contre les mulles des presidens et
conseilliers, et aultres : tendent à fin que quand en la
basse court du Palays l'on les mettroit à ronger leur
frain, les conseillieres leur feissent de belles baverettes
affin que de leur bave elles ne gastassent le pavé, en
sorte que les pages du Palais peussent jouer dessus à
beaulx detz, ou au reniguebieu à leur ayse, sans y
guaster leurs chausses aulx genoulx. Et de ce en euz
bel arrest : mais il me couste bon.

— Or sommez à ceste heure combien me coustent

les petitz'bancquetz que je fais aux paiges du Palays de jour en jour.

— Et à quelle fin ? dis je.

— Mon amy, dist il, tu ne as passetemps aulcun en ce monde. J'en ay plus que le roy. Et si vouloys te raislier avecques moy, nous ferions diables.

— Non, non (dis-je) par sainct Adauras[18] : car tu seras une foys pendu.

— Et toy, dist il, tu seras une foys enterré, lequel est plus honorablement, ou l'air, ou la terre ? Hé, grosse pecore !

« Ce pendent que ces paiges bancquetoient je garde leurs mulles : et couppe à quelcune l'estriviere du cousté du montouoir, en sorte que elle ne tient que à un fillet. Quand le gros enflé de conseiller ou aultre a prins son bransle pour monter sus, ilz tombent tous platz comme porcz devant tout le monde, et aprestent à rire pour plus de cent francs. Mais je me rys encores d'advantage, c'est que, eulx arrivez au logis, ilz font fouetter monsieur du paige comme seigle vert[19]. Par ainsi, je ne plains poinct ce que m'a cousté à les bancqueter. »

Fin de compte, il avoit (comme ay dict dessus) soixante et troys manieres de recouvrer argent : mais il en avoit deux cens quatorze de le despendre, hors mis la reparation de dessoubz le nez.

Comment un grand clerc de Angleterre vouloit arguer
contre Pantagruel, et fut vaincu par Panurge.

Chapitre XVIII

 N ces mesmes jours un sçavant homme nommé Thaumaste oyant le bruict et renommée du sçavoir incomparable de Pantagruel, vint du pays de Angleterre en ceste seule intention de veoir Pantagruel, et le congnoistre, et esprouver si tel estoit son sçavoir comme en estoit la renommée. De faict, arrivé à Paris, se transporta vers l'hostel dudict Pantagruel qui estoit logé à l'hostel Sainct Denys, et pour lors se pourmenoit par le jardin avecques Panurge, philosophant à la mode des peripateticques. De premiere entrée tressaillit tout de paour, le voyant si grand et si gros : puis le salua, comme est la façon, courtoysement luy disant :

« Bien vray est il, ce dict Platon[1] prince des philosophes, que, si l'imaige de science et sapience estoit corporelle et spectable ès yeulx des humains, elle exciteroit tout le monde en admiration de soy. Car seullement le bruyt d'icelle espendu par l'air, s'il est receu ès aureilles des studieux et amateurs d'icelle, qu'on nomme philosophes, ne les laisse dormir ny reposer à leur ayse, tant les stimule et embrase de acourir au lieu, et veoir la personne, en qui est dicte science avoir establi son temple, et produyre ses oracles.

« Comme il nous feust manifestement demonstré en la royne de Saba, que vint des limites d'Orient et mer Persicque pour veoir l'ordre de la maison du saige Salomon et ouyr sa sapience.

« En Anacharsis, qui de Scithie alla jusques en Athenes pour veoir Solon [2].

« En Pythagoras, qui visita les vaticinateurs mem-phiticques [3].

« En Platon, qui visita les mages de Egypte et Architas de Tarente.

« En Apolonius Tyaneus, qui alla jusques au mont Caucase, passa les Scythes, les Massagettes, les Indiens, naviga le grand fleuve Physon, jusques ès Brachmanes pour veoir Hiarchas [4]. Et en Babyloine, Caldée, Medée, Assyrie, Parthie, Syrie, Phœnice, Arabie, Palestine, Alexandrie, jusques en Ethiopie, pour veoir les gym-nosophistes. Pareil exemple avons nous de Tite Live [5], pour lequel veoir et ouyr plusieurs gens studieux vindrent en Rome, des fins limitrophes de France et Hespagne. Je ne me ause recenser au nombre et ordre de ces gens tant parfaictz : mais bien je veulx estre dict studieux, et amateur, non seulement des lettres, mais aussi des gens lettrez. De faict, ouyant le bruyt de ton sçavoir tant inestimable, ay délaissé pays, parens et maison, et me suis icy transporté, rien ne estimant la longueur du chemin, l'attediation de la mer, la nouveaulté des contrées, pour seulement te veoir, et conferer avecques toy d'aulcuns passages de philoso-phie, de geomantie, et de caballe, desquelz je doubte et ne puis contenter mon esprit, lesquelz si tu me peulx souldre, je me rens dès à present ton esclave moy et toute ma posterité : car aultre don ne ay que assez je estimasse pour la recompense.

« Je les redigeray par escript et demain le feray sçavoir à tous les gens sçavans de la ville : afin que devant eulx publicquement nous en disputons.

« Mais voicy la maniere comment j'entens que nous disputerons : Je ne veulx disputer *pro* et *contra,* comme font ces sotz sophistes de ceste ville et de ailleurs. Semblablement je ne veulx disputer en la maniere des academicques par declamation, ny aussi par nombres comme faisoit Pythagoras, et comme voulut faire Picus Mirandula à Romme. Mais je veulx disputer par signes seulement sans parler : car les matieres sont

tant arduës, que les parolles humaines ne seroyent
suffisantes à les expliquer à mon plaisir. Par ce il plaira
à ta magnificence de soy y trouver, ce sera en la grande
salle de Navarre à sept heures du matin. »

Ces parolles achevées, Pantagruel luy dist honorablement : « Seigneur, des graces que Dieu m'a donné
je ne vouldroyes denier à personne en despartir à mon
pouvoir : car tout bien vient de luy : et son plaisir est
que soit multiplié quand on se trouve entre gens dignes
et ydoines de recepvoir ceste celeste manne de honeste
sçavoir. Au nombre desquelz parceque en ce temps,
comme jà bien apperçoy, tu tiens le premier ranc, je
te notifie que à toutes heures me trouveras prest de
obtemperer à une chascune de tes requestes, selon mon
petit pouvoir. Combien que plus de toy je deusse
apprendre que toy de moy : mais, comme as protesté
nous confererons de tes doubtes ensemble, et en
chercherons la resolution, jusques au fond du puis
inespuisable auquel disoit Heraclite[6] estre la verité
cachée. Et loue grandement la maniere d'arguer que
as proposée, c'est assavoir par signes sans parler : car
ce faisant toy et moy nous entendrons : et serons hors
de ces frapemens de mains, que font ces badaulx
sophistes [7], quand on arguë : alors qu'on est au bon
de l'argument. Or demain je ne fauldray me trouver
au lieu et heure que me as assigné : mais je te prye que
entre nous n'y ait debat ny tumulte, et que ne cher-
chons honeur ny applausement des hommes : mais la
verité seule. »

A quoy respondit Thaumaste : « Seigneur, Dieu te
maintienne en sa grace, te remerciant de ce que ta
haulte magnificence tant se veult condescendre à ma
petite vilité [8]. Or à Dieu jusques à demain.

— A Dieu, » dist Pantagruel.

Messieurs, vous qui lisez ce present escript, ne
pensez que jamais gens plus feussent eslevez et trans-
portez en pensée, que feurent toute celle nuict, tant
Thaumaste que Pantagruel. Car ledict Thaumaste dist

au concierge de l'hostel de Cluny, auquel il estoit logé,
que de sa vie ne se estoit trouvé tant alteré comme il
estoit celle nuyct : « Il m'est, disoit il, advis que Pantagruel me tient à la gorge, donnez ordre que beuvons,
je vous prie, et faictes tant que ayons de l'eaue fresche,
pour me guargariser le palat. »

De l'aultre cousté Pantagruel entra en la haulte game
et toute la nuict ne faisoit que ravasser après

Le livre de Beda *De numeris et signis*,

Le livre de Plotin *De inenarrabilibus*,

Le livre de Procle *De magia*,

Les livres de Artemidore Περὶ Ο'νειϱοϰϱιτιϰῶν,

De Anaxagoras Περὶ Σημείων,

D'Ynarius Περὶ Αϕατῶν

Les livres de Philistion,

Hipponax Περὶ Α'νεϰϕωνητῶν, et un tas d'aultres,

Tant que Panurge luy dist :

« Seigneur, laissez toutes ces pensées et vous allez
coucher : car je vous sens tant esmeu en vostre esprit,
que bien tost tomberiez en quelque fievre ephemere
par cest excès de pensement : mais premier beuvant
vingt et cinq ou trente bonnes foys retirez vous et
dormez à vostre aise, car de matin je respondray et
arguëray contre monsieur l'Angloys, et au cas que je
ne le mette *ad metam non loqui*, dictes mal de moy.

— Voire mès, dist Pantagruel, Panurge, mon amy,
il est merveilleusement sçavant, comment luy pourras
tu satisfaire ?

— Tresbien, respondit Panurge. Je vous prye n'en
parlez plus, et m'en laissez faire : y a il homme tant
sçavant que sont les diables ?

— Non vrayement, dist Pantagruel, sans grace
divine especiale.

— Et toutesfoys (dist Panurge) j'ay argué maintesfoys contre eulx, et les ay faictz quinaulx et mis de
cul. Par ce, soyez asseuré de ce glorieux Angloys, que
je vous le feray demain chier vinaigre[9] devant tout le
monde. »

Ainsi passa la nuict Panurge à chopiner avecques les paiges, et jouer toutes les aigueillettes de ses chausses[10] à *primus* et *secondus*, et à la vergette. Et quand vint l'heure assignée il conduysit son maistre Pantagruel au lieu constitué. Et hardiment croyez qu'il n'y eut petit ne grand dedans Paris qu'il ne se trouvast au lieu : pensant : « Ce diable de Pantagruel, qui a convaincu tous les resveurs et bejaunes sophistes[11], à ceste heure aura son vin[12], car cest Angloys est un aultre diable de Vauvert[13], nous verrons qui en gaignera. »

Ainsi tout le monde assemblé, Thaumaste les attendoit. Et lors que Pantagruel et Panurge arriverent à la salle, tous ces grimaulx, artiens, et intrans[14] commencerent frapper des mains comme est leur badaude coustume.

Mais Pantagruel s'escrya à haulte voix, comme si ce eust esté le son d'un double canon, disant : « Paix de par le diable : paix par Dieu, coquins, si vous me tabustez icy, je vous couperay la teste à trestous. »

A laquelle parolle ilz demourerent tous estonnez comme canes, et ne ausoient seulement tousser, voire eussent-ilz mangé quinze livres de plume. Et furent tant alterez de ceste seule voix qu'ilz tiroyent la langue demy pied hors la gueule, comme si Pantagruel leur eust les gorges salées.

Lors commença Panurge à parler disant à l'Angloys : « Seigneur, es-tu icy venu pour disputer contentieusement de ces propositions que tu as mis, ou bien pour aprendre et en sçavoir la verité ? »

A quoy respondit Thaumaste : « Seigneur, aultre chose ne me ameine sinon bon desir de apprendre et sçavoir ce, dont j'ay doubté toute ma vie, et n'ay trouvé ny livre ny homme qui me ayt contenté en la resolution des doubtes que j'ay proposez. Et au regard de disputer par contention, je ne le veulx faire, aussi est ce chose trop vile, et le laisse à ces maraulx sophistes, lesquelz en leurs disputations ne cherchent verité mais contradiction et debat[15].

— Doncques, dist Panurge, si je, qui suis petit disciple de mon maistre monsieur Pantagruel, te contente et satisfays en tout et par tout, ce seroit chose indigne[16] d'en empescher mondict maistre, par ce mieulx vauldra qu'il soit cathedrant, jugeant de noz propos, et te contentent au parsus, s'il te semble que je ne aye satisfaict à ton studieux desir.

— Vrayement, dist Thaumaste, c'est très bien dict. Commence donc[17]. »

Or notez que Panurge avoit mis au bout de sa longue braguette un beau floc de soye rouge, blanche, verte, et bleue, et dedans avoit mis une belle pomme d'orange[18].

Comment Panurge feist quinaud l'Angloys, qui arguoit par signe.

Chapitre XIX

DONCQUES, tout le monde assistant et escoutant en bonne silence[1], l'Angloys leva hault en l'air les deux mains separement clouant toutes les extremitez des doigtz en forme qu'on nomme en Chinonnoys, cul de poulle, et frappa de l'une l'aultre par les ongles quatre foys, puys les ouvrit, et ainsi à plat de l'une frappa l'autre en son strident, une foys de rechief les joignant comme dessus frappa deux foys, et quatre foys de rechief les ouvrant. Puys les remist joinctes et extendues l'une jouxte l'aultre, comme semblant devotement Dieu prier. Panurge soubdain leva en l'air la main dextre, puys d'ycelle mist le poulce dedans la narine d'ycelluy cousté, tenant les quatre doigtz estenduz et serrez par leur ordre en ligne parallelle à la pene du nez, fermant l'œil gausche entierement, et guaignant du dextre avecques profonde depression de la sourcile

et paulpiere. Puis la gausche leva hault, avecques fort serrement et extension des quatre doigtz et elevation du poulse, et la tenoyt en ligne directement correspondente à l'assiete de la dextre, avecques distance entre les deux d'une couldée et demye. Cela faict, en pareille forme baissa contre terre l'une et l'aultre main : finablement les tint on mylieu, comme visant droict au nez de l'Angloys.

« Et si Mercure, dist l'Angloys. »

Là, Panurge interrompt disant : « Vous avez parlé, masque [2]. »

Lors feist l'Angloys tel signe. La main gausche toute ouverte il leva hault en l'air. Puys ferma on poinct les quatre doigts d'ycelle, et le poulse extendu assist suz la pinne du nez. Soubdain après leva la dextre toute ouverte, et toute ouverte la baissa joignant le poulse on lieu que fermoyt le petit doigt de la gausche, et les quatre doigtz d'ycelle mouvoyt lentement en l'air. Puys au rebours feist de la dextre ce qu'il avoyt faict de la gausche, et de la gausche ce que avoyt faict de la dextre. Panurge de ce non estonné tyra en l'air sa tresmegiste braguette de la gausche, et de la dextre en tira un transon de couste bovine blanche et deux pieces de boys de forme pareille, l'une de ebene noir, l'aultre de bresil incarnat, et les mist entre les doigtz d'ycelle en bonne symmetrie, et les chocquant ensemble, faisoyt son, tel que font les ladres en Bretaigne avecques leurs clicquettes, mieulx toutesfoys resonant et plus harmonieux : et de la langue contracte dedans la bouche fredonnoyt joyeusement, tousjours reguardant l'Angloys.

Les theologiens, medicins, et chirurgiens penserent que par ce signe il inferoyt, l'Angloys estre ladre. Les conseilliers, legistes et decretistes, pensoient que ce faisant il vouloyt conclurre, quelque espece de felicité humaine consister en estat de ladrye, comme jadys maintenoyt le Seigneur. L'Angloys pour ce ne s'effraya, et levant les deux mains en l'air les tint en telle forme,

que les troys maistres doigtz serroyt on poing, et
passoyt les poulses entre les doigtz indice et moien, et
les doigtz auriculaires demouroient en leurs extendues :
ainsi les presentoyt à Panurge, puys les acoubla de
mode que le poulse dextre touchoyt le gausche, et le
doigt petit gausche touchoyt le dextre.

A ce, Panurge sans mot dire leva les mains, et en
feist tel signe : de la main gauche il joingnit l'ongle du
doigt indice à l'ongle du poulse faisant au meillieu de
la distance comme une boucle, et de la main dextre
serroit tous les doigts au poing, excepté le doigt indice,
lequel il mettoit et tiroit souvent par entre les deux
aultres susdictes de la main gauche, puis de la dextre
estendit le doigt indice et le mylieu les esloignant le
mieulx qu'il povoit, et les tirans vers Thaumaste, puis
mettoit le poulce de la main gauche sur l'anglet de
l'œil gauche estendant toute la main comme une aesle
d'oyseau, ou une pinne de poisson, et la meuvant bien
mignonnement deczà et delà, autant en faisoit de la
dextre sur l'anglet de l'œil dextre. Thaumaste com-
mençza paslir et trembler, et luy feist tel signe. De la
main dextre il frappa du doigt meillieu contre le muscle
de la vole, qui est au dessoubz le poulce, puis mist le
doigt indice de la dextre en pareille boucle de la senestre : mais il le mist par dessoubz, non par dessus,
comme faisoit Panurge. Adoncques Panurge frappe la
main[3] l'une contre l'aultre, et souffle en paulme, ce
faict, met encores le doigt indice de la dextre en la
boucle de la gauche le tirant et mettant souvent : puis
estendit le menton, regardant intentement Thaumaste.

Le monde qui n'entendoit rien à ces signes, entendit
bien que en ce il demandoit sans dire mot, à Thaumaste : « Que voulez-vous dire là ? »

De faict Thaumaste commença suer à grosses gouttes, et sembloit bien un homme qui feust ravy en
haulte contemplation. Puis se advisa, et mist tous les
ongles de la gauche contre ceulx de la dextre, ouvrant

les doigts, comme si ce eussent esté demys cercles, et elevoit tant qu'il povoit les mains en ce signe.

A quoy Panurge soubdain mist le poulce de la main dextre soubz les mandibules et le doigt auriculaire d'icelle en la boucle de la gauche, et en ce poinct faisoit sonner ses dentz bien melodieusement les basses contre les haultes.

Thaumaste de grand hahan se leva, mais en se levant fist un gros pet de boulangier : car le bran vint après et pissa vinaigre bien fort, et puoit comme tous les diables : les assistans commencerent se estouper les nez, car il se conchioit de angustie, puis leva la main dextre la clouant[4] en telle faczon, qu'il assembloit les boutz de tous les doigts ensemble, et la main gauche assist toute pleine sur la poictrine. A quoy Panurge tira sa longue braguette avecques son floc, et l'estendit d'une couldée et demie, et la tenoit en l'air de la main gauche, et de la dextre print sa pomme d'orange, et la gettant en l'air par sept foys, à la huytiesme la cacha au poing de la dextre, la tenant en hault tout coy, puis commença secouer sa belle braguette, la monstrant à Thaumaste. Après cella Thaumaste commença enfler les deux joues comme un cornemuseur et souffloit, comme se il enfloit une vessie de porc. A quoy Panurge mist un doigt de la gauche ou trou de cul, et de la bouche tiroit l'air comme quand on mange des huytres en escalle, ou quand on hume sa soupe, ce faict, ouvre quelque peu de la bouche et avecques le plat de la main dextre frappoit dessus, faisant en ce un grand son et parfond, comme s'il venoit de la superficie du diaphragme par la trachée artere, et le feist par seize foys. Mais Thaumaste souffloit tousjours comme une oye. Adoncques Panurge mist le doigt indice de la dextre dedans la bouche, le serrant bien fort avecques les muscles de la bouche, puis le tiroit et le tirant faisoit un grand son, comme quand les petitz garsons tirent d'un canon de sulz[5] avecques belles rabbes, et le fist par neuf foys.

Alors Thaumaste s'escria : « Ha, Messieurs, le grand secret : il y a mis la main jusques au coulde , » puis tira un poignard qu'il avoit , le tenant par la poincte contre bas.

A quoy Panurge print sa longue braguette , et la secouoit tant qu'il povoit contre ses cuisses : puis mist ses deux mains lyeez en forme de peigne sur sa teste , tirant la langue tant qu'il povoit, et tournant les yeulx en la teste, comme une chievre qui meurt.

« Ha, j'entens, dist Thaumaste, mais quoy ? » faisant tel signe, qu'il mettoit le manche de son poignard contre la poictrine et sur la poincte mettoit le plat de la main en retournant quelque peu le bout des doigts.

A quoy Panurge baissa sa teste du cousté gauche et mist le doigt mylieu en l'aureille dextre , eslevant le poulce contre mont. Puis croisa les deux bras sur la poictrine, toussant par cinq foys , et à la cinquiesme frappant du pied droit contre terre , puis leva le bras gauche, et serrant tous les doigtz au poing , tenoit le poulse contre le front, frappant de la main dextre par six foys contre la poictrine. Mais Thaumaste comme non content de ce mist le poulse de la gauche sur le bout du nez, fermant la reste de ladicte main.

Dont Panurge mist les deux maistres doigtz à chascun cousté de la bouche, le retirant tant qu'il pouvoit et monstrant toutes ses dentz : et des deux poulses rabaissoit les paulpiers des yeulx bien parfondement en faisant assez layde grimace selon que sembloit ès assistans.

❦§§❦

Comment Thaumaste racompte les vertus et sçavoir de Panurge.

Chapitre XX

DONCQUES se leva Thaumaste et, ostant son bonnet de la teste, remercia ledict Panurge doulcement. Puis dist à haulte voix à toute l'assistance : « Seigneurs, à ceste heure puis-je bien dire le mot evangelicque. *Et ecce plusquam Salomon hic.* Vous avez icy un thesor incomparable en vostre presence, c'est monsieur Pantagruel, duquel la renommée me avoit icy attiré du fin fond de Angleterre, pour conferer avecques luy des problemes insolubles tant de magie, alchymie, de caballe, de geomantie, de astrologie, que de philosophie : lesquelz je avoys en mon esprit. Mais de present je me courrouce contre la renommée, laquelle me semble estre envieuse contre luy, car elle n'en raporte la miliesme partie de ce que en est par efficace. Vous avez veu comment son seul disciple me a contenté[1] et m'en a plus dict que n'en demandoys, d'abundand m'a ouvert et ensemble solu d'aultres doubtes inestimables. En quoy je vous puisse asseurer qu'il m'a ouvert le vrays puits et abysme de encyclopedie, voire en une sorte que je ne pensoys trouver homme qui en sceust les premiers elemens seulement, c'est quand nous avons disputé par signes sans dire mot ny demy. Mais à temps je redigeray par escript ce que avons dict et resolu, affin que l'on ne pense que ce ayent esté mocqueries, et le feray imprimer à ce que chascun y apreigne comme je ay faict. Dont povez juger ce que eust peu dire le maistre, veu que le disciple a faict telle prouesse : car *non est discipulus super magistrum.* En tous cas Dieu soit loué, et bien humble-

ment vous remercie de l'honneur que nous avez faict
à cest acte, Dieu vous le retribue eternellement. »

Semblables actions de graces rendit Pantagruel à
toute l'assistance, et de là partant mena disner Thaumaste avecques luy, et croyez qu'ilz beurent à ventre
deboutonné (car en ce temps là on fermoit les ventres
à boutons, comme les colletz de present [2]) jusques à
dire : « Dont venez-vous ? » Saincte dame, comment
ilz tiroyent au chevrotin [3], et flaccons d'aller, et eulx
de corner : « Tyre, baille, paige, vin, boutte, de par le
diable, boutte, » il n'y eut celluy qui ne beust vingt-
cinq ou trente muys. Et sçavez comment, *Sicut terra
sine aquâ,* car il faisoit chault, et d'advantaige se estoyent
alterez.

Au regard de l'exposition des propositions mises par
Thaumaste, et significations des signes desquelz ils
userent en disputant, je vous les exposeroys selon la
relation d'entre eulx mêmes : mais l'on m'a dit que
Thaumaste en feist un grand livre imprimé à Londres,
auquel il declare tout sans rien laisser : par ce, je m'en
deporte pour le present.

*Comment Panurge feut amoureux d'une haulte dame
de Paris.*

CHAPITRE XXI

ANURGE commença estre en reputation
en la ville de Paris par ceste disputa-
tion que il obtint contre l'Angloys, et
faisoit dès lors bien valoir sa braguette,
et la feist au dessus esmoucheter de
broderie à la romanicque. Et le monde
le louoit publicquement, et en feust
faicte une chanson, dont les petitz enfans alloyent à la
moustarde, et estoit bien venu en toutes compaignies

des dames et damoiselles, en sorte qu'il devint glorieux,
si bien qu'il entreprint venir au dessus d'une des grandes dames de la ville. De faict, laissant un tas de longs
prologues et protestations que font ordinairement ces
dolens contemplatifz amoureux de karesme [1], lesquelz
poinct à la chair ne touchent, luy dict un jour :

« Ma dame, ce seroit bien fort utile à toute la repu-
blicque, delectable à vous, honneste à vostre lignée, et
à moy necessaire, que feussiez couverte de ma race, et
le croyez, car l'experience vous le demonstrera. »

La dame à ceste parolle le reculla [2] plus de cent
lieues, disant : « Meschant fol, vous appertient il me
tenir telz propos ? A qui pensez-vous parler ? Allez,
ne vous trouvez jamais devant moy, car si n'estoit
pour un petit, je vous feroys coupper bras et jambes.

— Or, dist il, ce me serois bien tout un d'avoir bras
et jambes couppez, en condition que nous fissions vous
et moy un transon de chere lie [3], jouans des manequins à basses marches [4]: car (monstrant sa longue
braguette) voicy maistre Jean Jeudy : qui vous sonne-
roit une antiquaille [5], dont vous sentirez jusques à la
moelle des os. Il est galland et vous sçait tant bien
trouver les alibitz forains et petits poullains grenez en
la ratouere [6], que après luy n'y a que espousseter. »

A quoy respondit la dame : « Allez, meschant,
allez, si vous me dictes encores un mot, je appelleray
le monde : et vous feray icy assommer de coups.

— Ho, dist il, vous n'estez tant male que vous dic-
tez, non, ou je suis bien trompé à vostre physionomie :
car plus tost la terre monteroit ès cieulx et les haulx
cieulx descendroyent en l'abisme et tout ordre de
nature seroyt parverti, qu'en si grande beaulté et elegance comme la vostre, y eust une goutte de fiel, ny
de malice. L'on dict bien que à grand peine :

> Veit-on jamais femme belle,
> Qui aussi ne feust rebelle.

« Mais cella est dict de ces beaultez vulgaires. La

vostre est tant excellente, tant singuliere, tant celeste,
que je croy que nature l'a mise en vous comme un
parragon pour nous donner entendre combien elle peut
faire quand elle veult employer toute sa puissance et
tout son sçavoir. Ce n'est que miel, ce n'est que sucre,
ce n'est que manne celeste, de tout ce qu'est en vous.
C'estoit à vous à qui Pâris debvoit adjuger la pomme
d'or, non à Venus, non, ny à Juno, ny à Minerve : car
oncques n'y eut tant de magnificence en Juno, tant de
prudence en Minerve, tant de elegance en Venus,
comme y a en vous. O dieux et deesses celestes, que
heureux sera celluy à qui ferez celle grace de ceste cy
accoller, de la baiser et de frotter son lart avecques elle.
Par Dieu, ce sera moy, je le voy bien, car desjà elle
me ayme tout à plein, je le congnoys, et suis à ce pre-
destiné des phées. Doncques pour gaigner temps boutte
poussenjambions [7]. »

Et la vouloit embrasser, mais elle fist semblant de se
mettre à la fenestre pour appeler les voisins à la force.

Adoncques sortit Panurge bien tost et lui dist en
fuyant : « Ma dame, attendez moy icy, je les voys
querir moy mesme, n'en prenez la poine. »

Ainsi s'en alla, sans grandement se soucier du reffus
qu'il avoit eu, et n'en fist oncques pire chiere [8].

Au lendemain il se trouva à l'eglise à l'heure qu'elle
alloit à la messe, à l'entrée, lui bailla de l'eau beniste
se enclinant parfondement devant elle, après se age-
nouilla auprès de elle familiairement, et luy dist :

« Ma dame, saichez que je suis tant amoureux de
vous, que je n'en peuz ny pisser ny fianter, je ne sçay
comment l'entendez. S'il m'en advenoit quelque mal,
que en seroit il ?

— Allez, dist elle, allez, je ne m'en soucie : laissez
moy icy prier Dieu.

— Mais, dist il, equivocquez sur A Beaumont le
Viconte.

— Je ne sçauroys, dist elle.

— C'est, dist il, « A beau con le vit monte. » Et

sur cella priez Dieu qu'il me doint ce que vostre noble cueur desire, et me donnez ces patenostres par grace.

— Tenez, dist elle, et ne me tabustez plus. »

Ce dict, luy vouloit tirer ses patenostres que estoyent de cestrin[9] avecques grosses marques d'or, mais Panurge promptement tira un de ses cousteaux, et les couppa trèsbien, et les emporta à la fryperie, luy disant : « Voulez-vous mon cousteau ?

— Non, non, dist elle.

— Mais, dist il, à propos, il est bien à vostre commandement corps et biens, tripes et boyaulx. »

Ce pendent la dame n'estoit fort contente de ses patenostres : car c'estoit une de ses contenences à l'église, et pensoit : « Ce bon bavart[10] icy est quelque esventé, homme d'estrange pays, je ne recouvreray jamais mes patenostres, que m'en dira mon mary ? Il se courroucera à moy : mais je luy diray que un larron me les a couppés dedans l'église, ce que il croira facillement, voyant encores le bout du ruban à ma ceincture. »

Après disner Panurge l'alla veoir, portant en sa manche une grande bourse pleine d'escuz du Palais et de gettons[11], et luy commença dire : Lequel des deux ayme plus l'autre, ou vous moy, ou moy vous ? »

A quoy elle respondit : « Quant est de moy je ne vous hays poinct : car comme Dieu le commande, je ayme tout le monde.

— Mais, à propos, dist il, n'estez vous amoureuse de moy ?

— Je vous ay, dist elle, jà dict tant de foys que vous ne me tenissiez plus telles parolles[12], si vous m'en parlez encores je vous monstreray que ce n'est à moy à qui vous debvez ainsi parler de déshonneur. Partez d'icy, et me rendez mes patenostres, à ce que mon mary ne me les demande.

— Comment dist il Madame, voz patenostres ? Non feray, par mon sergent[13], mais je vous en veux bien donner d'aultres : en aymerez vous mieulx d'or bien

esmaillé en forme de grosses spheres, ou de beaulx
lacz d'amours, ou bien toutes massifves comme gros
lingotz, ou si en voulez de ebene, ou de gros hyacin-
thes, de gros grenatz taillez avecques les marches de
fines turquoyses, ou de beaulx topazes marchez de fins
saphiz, ou de beaulx balays à tout grosses marches de
dyamans à vingt et huyt quarres [14]? Non, non, c'est
trop peu. J'en sçay un beau chapellet de fines esme-
raudes marchées de ambre gris, coscoté [15], et à la boucle
un union persicque gros comme une pomme d'orange:
elles ne coustent que vingt et cinq mille ducatz, je vous
en veulx faire un present: car j'en ay du content. »

Et de ce disoit faisant sonner ses gettons comme si
ce feussent escutz au soleil.

« Voulés vous une piece de veloux violet cramoysi
tainct en grene, une piece de satin broché ou bien cramoysi? Voulez vous chaisnes, doreures, templettes,
bagues? Il ne fault que dire ouy. Jusques à cinquante
mille ducatz, ce ne m'est rien cela. »

Par la vertus desquelles parolles il luy faisoit venir
l'eau à la bouche. Mais elle luy dict : « Non, je vous
remercie: je ne veulx rien de vous.

— Par Dieu (dist il) si veulx bien moy de vous:
mais c'est chose qui ne vous coustera rien, et n'en aurez
rien moins. Tenez (montrant sa longue braguette)
voicy maistre Jan Chouart [16] qui demande logis. »

Et après la vouloit accoller : mais elle commença à
s'escrier, toutesfoys non trop hault.

Adoncques Panurge tourna son faulx visaige, et luy
dist : « Vous ne voulez doncques aultrement me laisser
un peu faire? Bren pour vous. Il ne vous appartient
tant de bien ny de honneur : mais, par Dieu, je vous
feray chevaucher aux chiens. »

Et ce dict, s'en fouit le grand pas de peur des coups:
lesquelz il craignoit naturellement.

*Comment Panurge feist un tour à la dame parisianne
qui ne fut poinct à son adventage.*

Chapitre XXII

R notez que lendemain estoit la grande
feste du sacre [1], à laquelle toutes les
femmes se mettent en leur triumphe
de habillemens : et pour ce jour ladicte
dame s'estoit vestue d'une tresbelle
robbe de satin cramoysi, et d'une
cotte de veloux blanc [2] bien precieux.
Le jour de la Vigile Panurge chercha tant d'un
cousté et d'aultre qu'il trouva une lycisque orgoose [3] en
laquelle il lya avecques sa ceincture et la mena en sa
chambre, et la nourrist très bien cedict jour et toute la
nuyct, au matin la tua, et en print ce que sçavent les
geomantiens gregoys [4], et le mist en pieces le plus
menu qu'il peut, et les emporta bien cachées, et alla
où la dame devoit aller pour suyvre la procession,
comme est de coustume à ladicte feste. Et alors qu'elle
entra, Panurge luy donna de l'eaue beniste bien courtoisement la saluant, et quelque peu de temps après
qu'elle eut dict ses menuz suffrages il se va joindre à
elle en son banc, et luy bailla un rondeau par escript
en la forme que s'ensuyt :

RONDEAU.

Pour ceste foys, qu'à vous dame tresbelle
Mon cas disoys, par trop feustes rebelle
De me chasser, sans espoir de retour :
Veu qu'à vous oncq ne feis austere tour
En dict ny faict, en soubson ny libelle.
Si tant à vous deplaisoit ma querelle [5],
Vous pouviez par vous, sans maquerelle,
Me dire, Amy, partez d'icy entour,
        Pour ceste foys.

Tort ne vous fays, si mon cueur vous decelle,
En remonstrant comme l'ard l'estincelle

De la beaulté que couvre vostre atour :
Car rien n'y quiers, sinon qu'en vostre tour
Me faciez dehait la combrecelle 6,
 Pour ceste foys.

Et ainsi qu'elle ouvrit le papier pour veoir que c'estoit, Panurge promptement sema la drogue qu'il avoit sur elle en divers lieux 7, et mesmement au replis de ses manches et de sa robbe, puis luy dist :

« Ma dame, les pauvres amans ne sont tousjours à leur aise. Quant est de moy j'espere que les males nuictz, les travaulx et ennuytz, esquelz me tient l'amour de vous, me seront en deduction de autant des poines de purgatoire. A tout le moins priez Dieu qu'il me doint en mon mal patience. »

Panurge n'eut achevé ce mot, que tous les chiens qui estoient en l'eglise acoururent à ceste dame pour l'odeur des drogues que il avoit espandu sur elle : petitz et grands, gros et menuz, tous y venoyent tirans le membre et la sentens et pissans par tout sur elle : c'estoit la plus grande villanie du monde 8. Panurge les chassa quelque peu, puis d'elle print congé et se retira en quelque chappelle pour veoir le deduyt : car ces villains chiens compissoyent tous ses habillemens 9, tant que un grand levrier luy pissa sur la teste, les aultres aux manches, les aultres à la croppe : les petitz pissoient sus ses patins. En sorte que toutes les femmes de là autour avoyent beaucoup affaire à la saulver.

Et Panurge de rire, et dist à quelcun des seigneurs de la ville : « Je croy que ceste dame là est en chaleur, ou bien que quelque levrier l'a couverte fraischement. »

Et quand il veid que tous les chiens grondoyent bien à l'entour de elle comme ilz font autour d'une chienne chaulde, partit de là, et alla querir Pantagruel.

Par toutes les rues où il trouvoit chiens il leur bailloit un coup de pied, disant : « Ne yrez vous pas avec voz compaignons aux nopces ? Devant, devant10, de par le diable, devant. »

Et arrivé au logis dist à Pantagruel : « Maistre , je vous prye venez veoir tous les chiens du pays qui sont assemblés à l'entour d'une dame la plus belle de ceste ville, et la veullent jocqueter [11]. »

A quoy voluntiers consentit Pantagruel , et veit le mystere lequel il trouva fort beau et nouveau [12]. Mais le bon feut à la procession : en laquelle feurent veuz plus de six cens mille et quatorze chiens à l'entour d'elle, lesquelz luy faisoyent mille hayres [13] : et par tout où elle passoit les chiens frays venuz la suyvoyent à la trasse, pissans par le chemin où ses robbes avoyent touché.

Tout le monde se arestoit à ce spectacle , considerant les contenences de ces chiens qui luy montoyent jusques au col, et luy gasterent [14] tous ces beaulx acoustremens, à quoy ne sceust trouver aulcun remede, sinon soy retirer en son hostel.

Et chiens d'aller après, et elle de se cacher, et chamberieres de rire. Quand elle feut entrée en sa maison et fermé la porte après elle, tous les chiens y acouroyent de demye lieue, et compisserent si bien la porte de sa maison qu'ilz y feirent un ruysseau de leurs urines , auquel les cannes eussent bien nagé. Et c'est celluy ruysseau qui de present passe à Sainct Victor [15], auquel Guobelin tainct l'escarlatte, pour la vertu specificque de ces pisse chiens [16], comme jadis prescha publicquement nostre maistre Doribus [17]. Ainsi vous aist Dieu, un moulin y eust peu mouldre. Non tant toutesfoys que ceulx du Bazacle à Thoulouse.

Comment Pantagruel partit de Paris ouyant nouvelles que
les Dipsodes envahyssoient le pays des Amaurotes.
Et la cause pourquoy les lieues sont tant
petites en France.

CHAPITRE XXIII

EU de temps après Pantagruel ouyt nouvelles que son pere Gargantua avoit esté translaté au pays des Phées par Morgue, comme feut jadis Ogier et Artus [1], ensemble que le bruyt de sa translation entendu, les Dipsodes estoyent yssus de leurs limites, et avoyent gasté un grand pays de Utopie, et tenoyent pour lors la grande ville des Amaurotes [2] assiegée. Dont partit de Paris sans dire à Dieu à nulluy : car l'affaire requeroit diligence, et vint à Rouen. Or en cheminant, voyant Pantagruel que les lieues de France estoient petites par trop au regard des aultres pays, en demanda la cause et raison à Panurge, lequel luy dist une histoire que mect *Marotus* du Lac, *monachus* [3], ès gestes des roys de Canarre, disant que :

« D'ancienneté les pays n'estoyent distinctz par lieues, miliaires, stades, ny parasanges, jusques à ce que le roy Pharamond les distingua, ce que feut faict en la maniere que s'ensuyt. Car il print dedans Paris cent beaulx jeunes et gallans compaignons bien deliberez, et cent belles garses picardes, et les feist bien traicter et bien penser par huyt jours, puis les appella et à un chascun bailla sa garse avecques force argent pour les despens, leur faisant commandement qu'ilz allassent en divers lieux par cy et par là. Et à tous les passaiges qu'ilz biscoteroyent leurs garses que ilz missent une pierre, et ce seroit une lieue. Ainsi les compaignons joyeusement partirent, et pour ce qu'ilz estoyent frays et de sejour ilz fanfreluchoient à chasque bout de champ, et voylà pourquoy les lieues de France sont tant petites. Mais quand ilz eurent long chemin parfaict et estoient jà las comme pauvres diables et n'y avoit plus d'olit en lycaleil[4] ilz ne belinoyent si souvent et se contentoyent bien (j'entends quand aux hommes) de quelque meschante et paillarde foys le jour. Et voylà qui faict les lieues de Bretaigne, de Lanes, d'Allemaigne[5], et aultre pays plus esloignez, si grandes. Les aultres mettent d'aultres raisons : mais celle-là me semble la meilleure. »

A quoy consentit voluntiers Pantagruel. Partans de Rouen arriverent à Hommefleur[6] où se mirent sur mer Pantagruel, Panurge, Epistemon, Eusthenes, et Carpalim. Auquel lieu attendans le vent propice et calfretant leur nef receut d'une dame de Paris (laquelle il avoit entretenue bonne espace de temps) unes lettres inscriptes au dessus.

> Au plus aymé des belles,
> Et moins loyal des preux,
>
> P. N. T. G. R. L.[7]

Lettres que un messagier aporta à Pantagruel d'une dame de Paris, et l'exposition d'un mot escript en un anneau d'or.

CHAPITRE XXIV

QUAND Pantagruel eut leue l'inscription il feut bien esbahy, et demandant audict messagier le nom de celle qui l'avoit envoyé, ouvrit les lettres et rien ne trouva dedans escript, mais seulement un aneau d'or avecques un diament en table. Lors appella Panurge et luy monstra le cas. A quoy Panurge luy dist, que la fueille de papier estoit escripte, mais c'estoit

par telle subtilité que l'on n'y veoit poinct d'escripture.
Et pour le sçavoir, la mist auprès du feu pour veoir si
l'escripture estoit faicte avec du sel ammoniac des-
trempé en eau. Puis la mist dedans l'eau pour sçavoir
si la lettre estoit escripte du suc de tithymalle.

Puis la monstra à la chandelle, si elle estoit poinct
escripte du jus de oignons blans. Puis en frotta une
partie d'huille de noix, pour veoir si elle estoit poinct
escripte de lexif de figuier. Puis en frotta une part de
laict de femme allaictant sa fille premiere née, pour
veoir si elle estoit poinct escripte de sang de rubettes.
Puis en frotta un coing de cendres d'un nic de aron-
delles, pour veoir si elle estoit escripte de rousée qu'on
trouve dedans les pommes de Alicacabut.

Puis en frotta un aultre bout de la sanie des aureilles,
pour veoir si elle estoit escripte de fiel de corbeau. Puis
les trempa en vinaigre, pour veoir si elle estoit escripte
de laict de espurge. Puis les gressa d'axunge de souris
chauves, pour veoir si elle estoit escripte avec sperme
de baleine qu'on appelle ambre gris. Puis la mist tout
doulcement dedans un bassin d'eau fresche, et soubdain la tira, pour veoir si elle estoit escripte avecques
alum de plume.

Et voyant qu'il n'y congnoissoit rien, appella le
messagier et luy demanda : « Compaing, la dame qui
t'a icy envoyé t'a elle poinct baillé de baston pour
apporter ? » pensant que feust la finesse que mect Aulle
Gelle ;

Et le messagier luy respondit : « Non, Monsieur. »

Adoncques Panurge luy voulut faire raire les cheveulx pour sçavoir si la dame avoit faict escripre avecques fort moret[1] sur sa teste rase, ce qu'elle vouloit
mander, mais voyant que ses cheveulx estoyent fort
grands, il desista : considerant que en si peu de temps
ses cheveulx n'eussent creuz si longs.

Alors dist à Pantagruel : « Maistre, par les vertuz
Dieu, je n'y sçauroys que faire ny dire. Je ay employé,
pour congnoistre si rien y a icy escript, une partie de

ce que en met messere Francesco di Nianto le Thus-
can² qui a escript la maniere de lire lettres non appa-
rentes, et ce que escript Zoroaster Peri grammaton
acriton, et Calphurnius Bassus³ *De literis illegibilibus*,
mais je n'y voy rien, et croy qu'il n'y a aultre chose
que l'aneau. Or le voyons. »

Lors le regardant trouverent escript par dedans en
hébrieu :

Lamah hazabthani⁴,

Dont appellerent Epistemon, luy demandant que
c'estoit à dire ? A quoy respondit que c'estoyent motz
hebraïcques signifians : *Pourquoy me as tu laissé?*

Dont soubdain replicqua Panurge : « J'entens le cas,
voyez vous ce dyament? c'est un dyamant faulx. Telle
est doncques l'exposition de ce, veult dire la dame :

« Dy amant faulx : pourquoy me as tu laissée ? »

Laquelle exposition entendit Pantagruel incontinent:
et luy souvint comment à son departir n'avoit dict à
Dieu à la dame, et s'en contristoit : et voluntiers fust
retourné à Paris pour faire sa paix avecques elle. Mais
Epistemon luy reduyt à memoire le departement de
Eneas d'avecques Dido, et le dict de Heraclides Taren-
tin : que la navire restant à l'ancre, quand la necessité
presse, il fault coupper la chorde plus tost que perdre
temps à la deslier. Et qu'il debvoit laisser tous pense-
mens pour survenir à la ville de sa nativité, qui estoit
en dangier. De faict, une heure après se leva le vent
nommé nord-nord-west, auquel ilz donnerent pleines
voilles et prindrent la haulte mer, et en briefz jours,
passans par Porto Sancto et par Medere ⁵, firent scalle
ès isles de Canarre. De là partans passerent par cap
Blanco, par Senege, par cap Virido, par Gambre, par
Sagres, par Melli, par le cap de Bona Sperantza, et
firent scalle au royaulme de Melinde : de là partans,
feirent voille au vent de la Transmontane, passans par
Meden, par Uti, par Udem, par Gelasim, par les isles

des Phées, et jouxte le royaulme de Achorie, finablement arriverent au port de Utopie : distant de la ville
des Amaurotes par troys lieues, et quelque peu d'avantaige.

Quand ilz feurent en terre quelque peu refraichiz,
Pantagruel dist : « Enfans, la ville n'est loing d'icy :
davant que marcher oultre il seroit bon deliberer de ce
qu'est à faire, affin que ne somblons ès Atheniens qui
ne consultoient jamais sinon après le cas faict. Estez
vous deliberez de vivre et mourir avecques moy ?

— Seigneur, ouy, dirent ilz tous: tenez-vous asseuré
de nous, comme de voz doigtz propres.

— Or, dist il, il n'y a q'un poinct que tienne mon
esperit suspend et doubteux, c'est que je ne sçay en
quel ordre, ny en quel nombre sont les ennemis qui
tiennent la ville assiegée : car quand je le sçauroys, je
m'y en iroys en plus grande asseurance : par ce, advi-
sons ensemble du moyen comment nous le pourrons
scavoir. »

A quoy tous ensemble dirent: « Laissez nous y aller
veoir, et nous attendez icy : car pour tout le jourdhuy
nous vous en apporterons nouvelles certaines.

— Je, dist Panurge, entreprens[6] de entrer en leur
camp par le meilleu des guardes et du guet, et bancqueter avec eulx et bragmader à leurs despens, sans
estre congneu de nully, visiter l'artillerie, les tentes de
tous les capitaines et me prelasser par les bandes sans
jamais estre descouvert: le diable ne me affineroit pas,
car je suis de la lignée de Zopyre.

— Je, dist Epistemon, sçay tous les stratagemates et
prouesses des vaillans capitaines et champions du
temps passé, et toutes les ruses et finesses de discipline
militaire : je iray, et, encores que feusse descouvert et
decelé, j'eschapperay en leur faisant croire de vous
tout ce que me plaira : car suis de la lignée de Sinon.

— Je, dist Eusthenes, entreray par à travers leurs
tranchées, maulgré le guet et tous les gardes, car je
leur passeray sur le ventre et leur rompray bras et jam-

II   14

bes, et feussent ilz aussi fors que le diable : car je suis
de la lignée de Hercules.

— Je, dist Caparlim, y entreray si les oiseaulx y
entrent : car j'ay le corps tant allaigre que je auray
saulté leurs tranchées et percé oultre tout leur camp,
davant qu'ilz me ayent apperceu. Et ne crains ny traict
ni flesche, ny cheval tant soit legier, et feust ce Pegase
de Perseus, ou Pacolet [7], que devant eulx je n'eschappe
gaillard et sauf. J'entreprens de marcher sur les espiz
de bled, sur l'herbe des prez, sans qu'elle flechisse
dessoubz moy : car je suis de la lignée de Camille
Amazone [8]. »

Comment Panurge, Carpalim, Eusthenes, Epistemon,
compaignons de Pantagruel, desconfirent six cens
soixante chevaliers bien subtilement.

CHAPITRE XXV

INSI qu'il disoit cela ilz adviserent [1]
six cens soixante chevaliers montez à
l'advantage sus chevaulx legiers [2], qui
acouroyent là veoir quelle navire
c'estoit qui estoit de nouveau abordée
au port, et couroyent à bride avallée
pour les prendre s'ilz eussent peu.
Lors dist Pantagruel : « Enfans, retirez vous en la
navire, voyez cy de noz ennemys qui accourent, mais
je vous les tueray icy comme bestes et feussent ilz dix
foys autant : ce pendent retirez vous, et en prenez vostre
passetemps. »

Adonc respondit Panurge : « Non, seigneur, il n'est
de raison que ainsi faciez : mais au contraire retirez
vous en la navire et vous et les aultres. Car tout seul
les desconfiray icy : mais y ne fauldra pas tarder :
avancez vous. »

A quoy dirent les aultres : « C'est bien dict. Seigneur, retirez vous, et nous ayderons icy à Panurge, et vous congnoistrez que nous sçavons faire. »

Adonc Pantagruel dist : « Or je le veulx bien, mais au cas que feussiez plus foybles, je ne vous fauldray. »

Alors Panurge tira deux grandes cordes de la nef, et les atacha au tour qui estoit sur le tillac, et les mist en terre et en fist un long circuyt, l'un plus loing, l'aultre dedans cestuy là[3], et dist à Epistemon : « Entrez dedans la navire, et quand je vous sonneray, tournez le tour sus le tillac diligentement en ramenant à vous ces deux chordes. »

Puis dist à Eusthenes et à Carpalim : « Enfans, attendez icy et vous offrez ès ennemys franchement, et obtemperez à eux et faictes semblant de vous rendre, mais advisez, que ne entrez au cerne de ces chordes : retirez vous tousjours hors. »

Et incontinent entra dedans la navire, et print un fais de paille et une botte de pouldre de canon et espandit par le cerne des chordes, et avec une migraine de feu[4] se tint auprès. Soubdain arriverent à grande force les chevaliers, et les premiers chocquerent jusques auprès de la navire, et parce que le rivage glissoit, tumberent eulx et leurs chevaulx jusques au nombre de quarante et quatre. Quoy voyans les aultres approcherent pensans que on leur eust resisté à l'arrivée.

Mais Panurge leur dist : « Messieurs, je croy que vous soyez faict mal, pardonnez le nous : car ce n'est de nous, mais c'est de la lubricité de l'eau de mer, qui est tousjours unctueuse. Nous nous rendons à vostre bon plaisir. »

Autant en dirent ses deux compaignons, et Epistemon, qui estoit sur le tillac.

Ce pendent Panurge s'esloignoit et, voyant que tous estoyent dedans le cerne des chordes, et que ses deux compaignons s'en estoyent esloignez faisans place à tous ces chevaliers qui à foulle alloyent pour veoir la

nef et qui estoient dedans, soubdain crya à Epistemon :
« Tire, tire. »

Lors Epistemon commença tirer au tour, et les deux
chordes se empestrerent entre les chevaulx et les
ruoyent par terre bien aysement avecques les chevau-
cheurs : mais eulx ce voyant tirerent à l'espée et les
vouloyent desfaire, dont Panurge met le feu en la
trainée et les fist touts là brusler comme ames dannées,
hommes et chevaulx nul n'en eschappa, excepté un qui
estoit monté sur un cheval turcq, qui le gaigna à fouyr :
mais quand Carpalim l'apperceut, il courut après en
telle hastiveté et allaigresse qui le attrapa en moins de
cent pas, et saultant sur la crouppe de son cheval,
l'embrassa par derriere et l'amena à la navire. Ceste
deffaicte parachevée Pantagruel feut bien joyeux, et
loua merveilleusement l'industrie de ses compaignons,
et les fist refraichir et bien repaistre sur le rivaige
joyeusement et boire d'autant le ventre contre terre,
et leur prisonnier avecques eulx familiairement : sinon
que le pauvre diable n'estoit point asseuré que Pantagruel ne le devorast tout entier, ce qu'il eust faict tant
avoit la gorge large, aussi facillement que feriez un
grain de dragée, et ne luy eust monté en sa bouche
en plus q'un grain de millet en la gueulle d'un asne.

Comment Pantagruel et ses compaignons estoient fachez de manger de la chair salée, et comme Carpalim alla chasser pour avoir de la venaison.

Chapitre XXVI

INSI comme ilz bancquetoyent[1] Carpalim dist: « Et ventre sainct Quenet, ne mangerons nous jamais de venaison ? Ceste chair sallée me altere tout. Je vous voys apporter icy une cuysse de ces chevaulx que avons faict brusler: elle sera assez bien rostie. »

Tout ainsi qu'il se levoit pour ce faire apperceut à l'orée du boys un beau grand chevreul qui estoit yssu du fort, voyant le feu de Panurge, à mon advis. Incontinent courut après de telle roiddeur, qu'il sembloit que feust un carreau d'arbaleste[2], et l'attrapa en un moment: et en courant print de ses mains en l'air quatre grandes otardes.

Sept bitars[3].
Vint et six perdrys grises.
Trente et deux rouges[4].
Seize faisans.
Neuf beccasses.
Dix et neuf herons.
Trente et deux pigeons ramiers.
Et tua de ses pieds dix ou douze que levraulx que lapins qui jà estoyent hors de page[5].
Dixhuyt rasles parez ensemble[6].
Quinze sanglerons.
Deux blereaux.
Troys grands renards.

Frappant doncques le chevreul de son malcus à travers la teste le tua, et l'apportant recueillit ses levraulx, rasles et sanglerons. Et de tant loing que peut estre ouy, s'escria, disant : « Panurge, mon amy, vinaigre, vinaigre [7].»

Dont pensoit le bon Pantagruel, que le cueur luy fist mal, et commanda qu'on luy apprestast du vinaigre. Mais Panurge entendit bien, qu'il y avoit levrault au croc, de faict monstra au noble Pantagruel comment il portoit à son col un beau chevreul, et toute sa ceincture brodée de levraulx. Soubdain Epistemon fist au nom des neuf Muses, neuf belles broches de boys à l'anticque [8]. Eusthenes aydoit à escorcher. Et Panurge mist deux selles d'armes des chevaliers en tel ordre qu'elles servirent de landiers, et firent roustisseur leur prisonnier, et au feu où brusloyent les chevaliers, firent roustir leur venaison. Et après, grand chere à force vinaigre, au diable l'un qui se faignoit, c'estoit triumphe de les veoir bauffrer.

Lors dist Pantagruel : « Pleust à Dieu que chascun de vous eust deux paires de sonnettes de sacre[9] au menton, et que je eusse au mien les grosses horologes de Renes[10], de Poictiers, de Tours, et de Cambray, pour veoir l'aubade que nous donnerions au remuement de noz badigoinces.

— Mais, dist Panurge, il vault mieulx penser de nostre affaire un peu, et par quel moyen nous pourrons venir au dessus de noz ennemys.

— C'est bien advisé, » dist Pantagruel.

Pourtant demanda à leur prisonnier : « Mon amy, dys nous icy la verité et ne nous mens en rien, si tu ne veulx estre escorché tout vif : car c'est moy qui mange les petiz enfans. Conte nous entierement l'ordre, le nombre, et la forteresse de l'armée. »

A quoy respondit le prisonnier : « Seigneur, sachez pour la verité que en l'armée sont troys cens geans tous armez de pierre de taille[11], grands à merveilles, toutesfoys non tant du tout que vous, excepté un qui est leur chef, et a nom Loupgarou, et est tout armé d'enclumes cyclopiques : cent soixante et troys mille pietons tous armés de peaulx de lutins, gens fortz[12] et courageux :

unze mille[13] quatre cens hommes d'armes: troys mille
six cens doubles canons, et d'espingarderie sans nombre[14]: quatre vingtz quatorze mille pionniers: cent
cinquante mille putains belles comme deesses.

— Voylà pour moy, dist Panurge.

— Dont les aulcunes sont Amazones, les aultres
Lyonnoyses[15], les aultres Parisiannes, Tourangelles,
Angevines, Poictevines, Normandes, Allemandes, de
tous pays et de toutes langues y en a.

— Voire mais, dist Pantagruel, le roy y est il ?

— Ouy, Sire, dist le prisonnier, il y est en personne :
et nous le nommons Anarche roy des Dipsodes, qui
vault autant à dire comme gens alterez : car vous ne
veistes oncques gens tant alterez, ny beuvans plus
voluntiers. Et a sa tente en la garde des geans[16].

— C'est assez, dist Pantagruel. Sus, enfans, estez
vous deliberez d'y venir avecques moy ? »

A quoy respondit Panurge : « Dieu confonde qui
vous laissera. J'ay jà pensé comment je vous les rendray
touts mors comme porcs, qu'il n'en eschappera au diable le jarret[17]. Mais je me soucie quelque peu d'un cas.

— Et qu'est ce? dist Pantagruel.

— C'est, dist Panurge, comment je pourray avanger
à braquemarder toutes les putains qui y sont en ceste
après disnée, qu'il n'en eschappe pas une que je ne
taboure en forme commune[18].

— Ha, ha, ha, » dist Pantagruel.

Et Carpalim dist : « Au diable le Biterne[19]. Par Dieu,
j'en embourreray quelque une. »

— Et je, dist Eusthenes, quoy? qui ne dressay oncques puis que bougeasmes de Rouen, au moins que
l'aguille montast jusques sur les dix ou unze heures :
voire encore que l'aye dur et fort comme cent diables.

— Vrayement, dist Panurge, tu en auras des plus
grasses et des plus refaictes.

— Comment, dist Epistemon, tout le monde chevauchera et je meneray l'asne[20], le diable emporte qui

en fera rien. Nous userons du droict de guerre , *qui potest capere capiat*.

— Non, non, dist Panurge. Mais atache ton asne à un croc, et chevauche comme le monde. »

Et le bon Pantagruel ryoit à tout , puis leur dist : « Vous comptez sans vostre hoste. J'ay grand peur que devant qu'il soit nuyct, ne vous voye en estat, que ne aurez grande envie d'arresser , et qu'on vous chevauchera à grand coup de picque et de lance.

— Baste, dist Epistemon. Je vous les rends à roustir ou boillir : à fricasser ou mettre en paste. Ilz ne sont en si grand nombre comme avoit Xercès ; car il avoit trente cens mille combatans si croyez Herodote et Troge Pompone[21]. Et toutesfoys Themistocles à peu de gens les desconfit. Ne vous souciez pour Dieu.

— Merde, merde, dist Panurge. Ma seulle braguette espoussetera tous les hommes, et sainct Balletrou[22] qui dedans y repose, decrottera toutes les femmes.

— Sus doncques, enfans, dict Pantagruel, commençons à marcher.

*Comment Pantagruel droissa un trophée en memoire de
leur prouesse, et Panurge un aultre en memoire des
levraulx. Et Comment Pantagruel de ses petz
engendroit les petitz hommes, et de ses
vesnes les petites femmes. Et comment
Panurge rompit un gros baston
sur deux verres.*

Chapitre XXVII

EVANT que partions d'icy, dist Panta-
gruel, en memoire de la prouesse que
avez presentement faict, je veulx eri-
ger en ce lieu un beau trophée. »
Adoncques un chascun d'entre eulx
en grande liesse et petites chanson-
nettes villaticques dresserent un grand
boys, auquel y pendirent[1] une selle d'armes, un chanfrain de cheval, des pompes, des estrivieres, des espe-
rons, un haubert, un hault appareil asseré, une hasche,
un estoc d'armes, un gantelet, une masse, des goussetz,
des greves, un gorgery, et ainsi de tout appareil requis
à un arc triumphal ou trophée.

Puis en memoire eternelle escripvit Pantagruel le
dicton victorial comme s'ensuyt :

> Ce fut icy qu'apparut la vertus [2]
> De quatre preux et vaillans champions,
> Qui de bon sens, non de harnois vestuz,
> Comme Fabie, ou les deux Scipions,
> Firent six cens soixante morpions
> Puissans ribaulx [3], brusler comme une escorce :
> Prenez-y tous, roys, ducz, rocz, et pions [4],
> Enseignement, que engin mieulx vault que force .
>   Car la victoire
>   Comme est notoire,
>   Ne gist que en heur :
>   Du consistoire
>   Où regne en gloire
>   Le hault Seigneur,

Vient, non au plus fort ou greigneur,
Ains à qui luy plaist, com' fault croire :
Doncques a chevanche et honneur
Cil qui parfoy en luy espoire.

Ce pendent que Pantagruel escripvoit les carmes susdictz Panurge emmancha en un grand pal les cornes du chevreul, et la peau, et le pied droit de devant d'icelluy [6]. Puis les aureilles des trois levraulx, le rable d'un lapin, les mandibules d'un lievre, les aesles de deux bitars, les piedz de quatre ramiers, une guedofle de vinaigre [7], une corne où ilz mettoient le sel, leur broche de boys, une lardouere, un meschant chauldron tout pertuisé, une breusse où ilz saulsoient [8], une saliere de terre, et un guobelet de Beauvoys [9]. Et en imitation des vers et trophée de Pantagruel escripvit ce que s'ensuyt :

Ce feut icy que mirent à baz culz [10]
Joyeusement quatre gaillars pions[11],
Pour bancqueter à l'honneur de Baccus
Beuvans à gré comme beaulx carpions[12] :
Lors y perdit rables et cropions
Maistre Levrault, quand chascun s'y efforce :
Sel et vinaigre, ainsi que scorpions
Le poursuivoyent, dont en eurent l'estorce[13].
     Car l'inventoire
     D'un defensoire,
     En la chaleur,
     Ce n'est que à boire
     Droict et net, voire
     Et du meilleur,
Mais manger levrault, c'est malheur,
Sans de vinaigre avoir memoire :
Vinaigre est son ame et valeur,
Retenez-le en poinct peremptoire.

Lors dist Pantagruel : « Allons, enfans, c'est trop musé icy à la viande : car à grand poine voit on advenir que grans bancqueteurs facent beaulx faictz d'armes. Il n'est umbre que d'estandartz, il n'est fumée que de chevaulx et clycquetys que de harnoys. A ce commencza Epistemon soubrire, et dist. Il n'est umbre que

de cuisine, fumée que de pastez, et clicquetys que de
tasses. A quoy respondit Panurge. Il n'est umbre que
de courtines, fumée que de tetins, et clicquetys que de
couillons[14]. »

Puis se levant fist un pet, un sault, et un sublet, et
crya à haulte voix joyeusement : « vive tousjours
Pantagruel. »

Ce voyant Pantagruel en voulut autant faire, mais
du pet qu'il fist la terre trembla, neuf lieues à la ronde,
duquel avec l'air corrumpu engendra plus de cinquante
et troys mille petitz hommes nains et contrefaictz : et
d'une vesne qu'il fist, engendra autant de petites femmes acropies comme vous en voyez en plusieurs lieux,
qui jamais ne croissent, sinon comme les quehues des
vaches, contre bas, ou bien comme les rabbes de
Lymousin[15], en rond.

« Et quoy, dist Panurge, voz petz sont-ilz tant
fructueux ? Par Dieu, voicy de belles savates d'hommes[16], et de belles vesses de femmes, il les fault marier
ensemble. Ilz engendreront des mouches bovines[17] »

Ce que fist Pantagruel, et les nomma pygmées. Et
les envoya vivre en une isle là auprès, où ilz se sont
fort multipliez depuis. Mais les grues leur font continuellement guerre[18], desquelles ilz se defendent coura-
geusement, car ces petitz boutz d'hommes, lesquelz
en Escosse l'on appelle manches d'estrilles[19], sont voluntiers cholericques. La raison physicale est : parce qu'ilz
ont le cueur près de la merde[20]. En ceste mesme heure
Panurge print deux verres qui là estoient tous deux
d'une grandeur, et les emplit d'eau tant qu'ilz en
peurent tenir, et en mist l'un sur une escabelle, et
l'aultre sur une aultre, les esloingnans à part par la
distance de cinq piedz, puis print le fust d'une javeline
de la grandeur de cinq piedz et demy, et le mist dessus
les deux verres, en sorte que les deux boutz du fustz
touchoient justement les bors des verres.

Cela faict, print un gros pau, et dist à Pantagruel et
ès aultres : « Messieurs, considerez comment nous

aurons victoire facillement de noz ennemys. Car ainsi comme je rompray ce fust icy dessus les verres sans que les verres soient en rien rompus ne brisez, encores que plus est, sans que une seulle goutte d'eau en sorte dehors : tout ainsi nous romprons la teste à noz Dipsodes, sans ce que nul de nous soit blessé, et sans perte aulcune de noz besoignes. Mais affin que ne pensez qu'il y ait enchantement, tenez, dist-il à Eusthenes, frappez de ce pau tant que pourrez au millieu. »

Ce que fist Eusthenes, et le fust rompit en deux pieces tout net, sans que une goutte d'eau tumbast des verres :

Puis dist : « J'en sçay bien d'aultres, allons seullement en asseurance. »

Comment Pantagruel eut victoire bien estrangement des Dipsodes, et des geans.

CHAPITRE XXVIII

PRÉS tous ces propos Pantagruel appella leur prisonnier et le renvoya, disant : « Va t'en à ton roy en son camp, et luy dis nouvelles de ce que tu as veu, et qu'il se delibere de me festoyer demain sus le midy : car, incontinent que mes galleres seront venues, qui sera de matin au plus tard, je luy prouveray par dixhuyt cens mille combatans et sept mille geans tous plus grans que tu me veois, qu'il a faict follement et contre raison de assaillir ainsi mon pays. »

En quoy faignoit Pantagruel avoir armée sur mer.

Mais le prisonnier respondit qu'il se rendoit son esclave, et qu'il estoit content de jamais ne retourner à ses gens, ains plustost combatre avecques Pantagruel contre eulx, et pour Dieu qu'ainsi le permist.

A quoy Pantagruel ne voulut consentir, ains luy commanda que partist de là briefvement et allast ainsi qu'il avoit dict, et luy bailla une boette pleine de euphorbe et de grains de coccognide confictz en eau ardente en forme de composte, luy commandant la porter à son roy et luy dire que s'il en pouvoit manger une once sans boire, qu'il pourroit à luy resister sans peur [1]. Adonc le prisonnier le supplia à joinctes mains que à l'heure de sa bataille il eust de luy pitié :

Dont luy dist Pantagruel : « Après que tu auras le tout annoncé à ton roy, metz[2] tout ton espoir en Dieu, et il ne te delaissera poinct. Car de moy, encores que soye puissant comme tu peuz veoir, et aye gens infinitz en armes, toutesfoys je n'espere en ma force, ny en mon industrie : mais toute ma fiance est en Dieu mon protecteur, lequel jamais ne delaisse ceulx qui en luy ont mist leur espoir et pensée. »

Ce faict, le prisonnier luy requist que touchant sa ranson il luy voulut faire party raisonnable. A quoy respondit Pantagruel, que sa fin n'estoit de piller ny ransonner les humains [3], mais de les enrichir et reformer en liberté totalle.

« Va-t'en, dist-il, en la paix du Dieu vivant : et ne suiz jamais maulvaise compaignie, que malheur ne te advienne. »

Le prisonnier party, Pantagruel dist à ses gens : « Enfans, j'ay donné entendre à ce prisonnier que nous avons armée sur mer, ensemble que nous ne leur donnerons l'assault que jusques à demain sus le midy, à celle fin que eulx doubtant la grande venue de gens, ceste nuyct se occupent à mettre en ordre et soy remparer : mais ce pendent mon intention est que nous chargeons sur eulx environ l'heure du premier somme. »

Laissons icy Pantagruel avecques ses apostoles [4], et parlons du roy Anarche et de son armée.

Quand le prisonnier feut arrivé il se transporta vers le roy, et luy conta comment estoit venu un grand

geant nommé Pantagruel qui avoit desconfit et faict
roustir cruellement tous les six cens cinquante et neuf
chevaliers, et luy seul estoit saulvé pour en porter les
nouvelles. Davantaige avoit charge dudict geant de luy
dire qu'il luy aprestast au lendemain sur le midy à
disner : car il deliberoit de le envahir à la dicte heure.
Puis luy bailla celle bœte en laquelle estoient les confi-
tures. Mais tout soubdain qu'il en eut avallé une
cueillerée, luy vint tel eschauffement de gorge avecque
ulceration de la luette, que la langue luy pela. Et pour
remede qu'on luy feist[5] ne trouva allegement quelconques, sinon de boire sans remission[6] : car incontinent
qu'il ostoit le guobelet de la bouche, la langue luy
brusloit. Par ce l'on ne faisoit que luy entonner vin en
gorge avec un embut. Ce que voyans ses capitaines,
baschatz, et gens de garde, gousterent desdictes drogues
pour esprouver si elles estoient tant alteratives : mais
il leur en print comme à leur roy. Et tous flacconnerent
si bien que le bruyt vint par tout le camp, comment le
prisonnier estoit de retour, et qu'ilz debvoient avoir
au lendemain l'assault, et que à ce jà se preparoit le
roy et les capitaines, ensemble les gens de garde, et
ce par boire à tyre larigot. Parquoy un chascun de
l'armée commencza martiner[7], chopiner, et tringuer
de mesmes. Somme ilz beurent tant et tant, qu'ilz
s'endormirent comme porcs sans ordre parmy le camp.

Maintenant retournons au bon Pantagruel : et racon-
tons comment il se porta en cest affaire. Partant du
lieu du trophée, print le mast de leur navire en sa
main comme un bourdon : et mist dedans la hune deux
cens trente et sept poinsons de vin blanc d'Anjou[8] du
reste de Rouen, et atacha à sa ceincture la barque toute
pleine de sel aussi aisement comme les lansquenettes
portent leurs petitz panerotz. Et ainsi se mist en chemin
avecques ses compaignons.

Quand il fut près du camp des ennemys, Panurge
luy dist. Seigneur, voulez-vous bien faire ? devallez ce
vin blanc d'Anjou de la hune, et beuvons icy à la

bretesque [9]. A quoy condescendit voluntiers Pantagruel, et beurent si net qu'il n'y demeura une seulle
goutte, des deux cens trente et sept poinsons, excepté
une ferriere de cuir bouilly de Tours que Panurge
emplit pour soy : car il l'appelloit son *vade mecum* [10] :
et quelques meschantes baissieres pour le vinaigre.
Après qu'ilz eurent bien tiré au chevrotin, Panurge
donna à manger à Pantagruel quelque diable de drogues composées de lithontripon, nephrocatarticon,
coudinac cantharidisé, et aultres especes diureticques [11].

Ce faict, Pantagruel dist à Carpalim : « Allez en la
ville gravant comme un rat contre la muraille, comme
bien sçavez faire, et leur dictes que à l'heure presente
ilz sortent et donnent sur les ennemys tant roiddement
qu'ilz pourront, et ce dict, descendez, prenant une
torche allumée, avecques laquelle vous mettrez le feu
dedans toutes les tentes et pavillons du camp, puys
vous crierez tant que pourrez de vostre grosse voix [12],
et partez dudict camp.

— Voire mais, dist Carpalim, seroit-ce bon que je
encloasse toute leur artillerie ?

— Non, non, dist Pantagruel, mais bien mettez le
feu en leurs pouldres. »

A quoy obtemperant Carpalim partit soubdain et
fist comme avoit esté decreté par Pantagruel, et sortirent
de la ville tous les combatans qui y estoyent. Et alors
que il eut mis le feu par les tentes et pavillons, passoit
legierement par sur eulx sans qu'ilz en sentissent rien
tant ilz ronfloyent et dormoyent parfondement. Il vint
au lieu où estoit l'artillerie et mist le feu en leurs munitions, (mais ce feust le dangier) le feu feust si soubdain
que il cuida embrazer le pauvre Carpalim. Et n'eust
esté sa merveilleuse hastiveté, il estoit fricassé comme
un cochon, mais il departit si roidement qu'un quarreau
d'arbaleste ne vole pas plustost [13]. Quant il feut hors
des tranchées il s'escria si espoventablement, qu'il
sembloit que tous les diables feussent deschainez.
Auquel son s'esveillerent les ennemys, mais sçavez-

vous comment ? Aussi estourdys que le premier són de matines, qu'on appelle en Lussonnoys frotte-couille[14].

Ce pendent Pantagruel commença semer le sel qu'il avoit en sa barque, et parce qu'ilz dormoyent la gueulle baye et ouverte, il leur en remplit tout le gouzier, tant que ces pauvres haires toussissoient comme regnards, cryans : « Ha, Pantagruel, tant tu nous chauffes le tizon[15]. »

Soubdain print envie à Pantagruel de pisser, à cause des drogues que luy avoit baillé Panurge, et pissa parmy leur camp si bien et copieusement qu'il les noya tous : et y eut deluge particulier dix lieues à la ronde. Et dist l'histoire, que si la grand jument de son pere y eust esté et pissé pareillement, qu'il y eust deluge plus enorme que celluy de Deucalion : car elle ne pissoit foys qu'elle ne fist une riviere plus grande que n'est le Rosne et le Danouble[16].

Ce que voyans ceulx qui estoient yssuz de la ville, disoient : « Ilz sont tous mors cruellement, voyez le sang courir. »

Mais ilz estoient trompez, pensans de l'urine de Pantagruel que feust le sang des ennemys[17], car ilz ne veoyent sinon au lustre du feu des pavillons et quelque peu de clarté de la lune. Les ennemys après soy estre reveillez voyans d'un cousté le feu en leur camp, et l'inundation et deluge urinal, ne sçavoyent que dire ny que penser. Aulcuns disoient que c'estoit la fin du monde et le jugement final, qui doibt estre consommé par feu : les aultres, que les dieux marins Neptune, Protheus, Tritons[18], aultres, les persecutoient, et que de faict c'estoit eaue marine et salée.

O qui pourra maintenant racompter comment se porta Pantagruel contre les troys cens geans. O ma muse, ma Calliope, ma Thalie, inspire-moy à ceste heure, restaure-moy mes esperitz, car voicy le pont aux asnes de logicque, voicy le trebuchet, voicy la difficulté de pouvoir exprimer l'horrible bataille que fut faicte. A la mienne volunté que je eusse maintenant un boucal du meilleur vin que beurent oncques ceulx qui liront ceste histoire tant veridicque.

❧❧❧❧❧❧❧❧❧❧❧❧❧❧❧❧❧❧❧❧

Comment Pantagruel deffit les troys cens geans armez de pierre de taille. Et Loupgarou leur capitaine.

Chapitre XXIX

Es geans voyant que tout leur camp estoit noyé emporterent leur roy Anarche à leur col, le mieulx qu'ilz peurent hors du fort, comme fist Eneas son pere Anchises de la conflagration de Troye.

Lesquelz quand Panurge apperceut, dist à Pantagruel : « Seigneur, voyez là les geans qui sont yssuz, donnez dessus à vostre mast gualantement à la vieille escrime [1]. Car c'est à ceste heure qu'il se fault monstrer homme de bien [2]. Et de nostre cousté nous ne vous fauldrons. Et hardiment que je vous en tueray beaucoup. Car quoy ? David tua bien Goliath facillement. Et puis ce gros paillard Eusthenes qui est fort comme quatre beufz, ne s'y espargnera. Prenez couraige, chocquez à travers d'estoc et de taille. »

Or dist Pantagruel : « De couraige j'en ay pour plus de cinquante francs. Mais quoy ? Hercules ne ausa jamais entreprendre contre deux.

— C'est, dist Panurge, bien chié en mon nez, vous comparez-vous à Hercules ? Vous avez, par Dieu, plus de force aux dentz, et plus de sens au cul, que n'eut jamais Hercules en tout son corps et ame. Autant vault l'homme comme il s'estime. »

Eulx disans ces parolles, voicy arriver Loupgarou avecques tous ses geans, lequel voyant Pantagruel seul, feut esprins de temerité et oultrecuidance, par espoir qu'il avoit de occire le pauvre bon hommet [3]. Dont

dict à ses compaignons geans : « Paillars de plat pays [4],
par Mahom [5], si aulcun de vous entreprent combatre
contre ceulx-cy, je vous feray mourir cruellement. Je
veulx que me laissiez combatre seul : ce pendent vous
aurez vostre passetemps à nous regarder. »

Adonc se retirerent tous les geans avecques leur roy
là auprès où estoient les flaccons, et Panurge et ses
compaignons avecques eulx, qui contrefaisoit ceulx qui
ont eu la verolle, car il tordoit la gueule et retiroit les
doigts, et en parolle enrouée leur dist : « Je renie bieu,
compaignons, nous ne faisons poinct la guerre : donnez nous à repaistre avecques vous ce pendent que noz
maistres s'entrebatent. »

A quoy voluntiers le roy et les geans consentirent, et
les firent bancqueter avecques eulx. Ce pendent
Panurge leur contoit les fables de Turpin, les exemples
de sainct Nicolas [6], et le conte de la Ciguoingne.

Loupgarou doncques s'adressa à Pantagruel avec une
masse toute d'acier pesante neuf mille sept cens quin-
taulx deux quarterons[7] d'acier de Calibes, au bout de
laquelle estoient treze poinctes de dyamans, dont la
moindre estoit aussi grosse comme la plus grande cloche de Nostre-Dame de Paris (il s'en failloit par adventure l'espesseur d'un ongle, ou au plus, que je ne
mente, d'un doz de ces cousteaulx qu'on appelle
couppe aureille : mais pour un petit, ne avant, ne
arriere). Et estoit pheée en maniere que jamais ne pouvoit rompre, mais au contraire, tout ce qu'il en touchoit
rompoit incontinent.

Ainsi doncques comme il approuchoit en grande
fierté, Pantagruel jetant ses yeulx au ciel, se recom-
manda à Dieu de bien bon cueur, faisant veu tel comme
s'ensuyt : « Seigneur Dieu, qui tousjours as esté mon
protecteur et mon servateur, tu vois la destresse en
laquelle je suis maintenant. Rien icy ne me amene,
sinon zele naturel, ainsi comme tu as octroyé ès
humains de garder et defendre soy, leurs femmes,
enfans, pays, et famille, en cas que ne seroit ton negoce

propre qui est la foy, car en tel affaire tu ne veulx coadjuteur : sinon de confession catholicque, et service de ta parolle : et nous a defendu toutes armes et defences : car tu es le Tout-Puissant, qui en ton affaire propre, et où ta cause propre est tirée en action, te peulx defendre trop plus qu'on ne sçauroit estimer : toy qui as mille milliers de centaines de milions de legions d'anges duquel le moindre[8] peut occire tous les humains, et tourner le ciel et la terre à son plaisir, comme jadys bien apparut en l'armée de Sennacherib. Doncques s'il te plaist à ceste heure me estre en ayde, comme en toy seul est ma totale confiance et espoir : je te fais veu que par toutes contrées tant de ce pays de Utopie que d'ailleurs, où je auray puissance et auctorité, je feray prescher ton sainct Evangile, purement, simplement, et entierement, si que les abus d'un tas de papelars[9] et faulx prophetes, qui ont par constitutions humaines et inventions depravées envenimé tout le monde, seront d'entour moy exterminez. »

Alors feut ouye une voix du ciel, disant, *Hoc fac et vinces,* c'est-à-dire : « Fays ainsi, et tu auras victoire. »

Puys voyant Pantagruel que Loupgarou approcheoit la gueulle ouverte, vint contre luy hardiment et s'escrya tant qu'il peut : « A mort, ribault[10], à mort, » pour luy faire paour, selon la discipline des Lacedemoniens, par son horrible cry. Puis luy getta de sa barque, qu'il portoit à sa ceincture, plus de dix et huyct cacques et un minot[11] de sel, dont il luy emplit et gorge et gouzier, et le nez et les yeulx. De ce irrité Loupgarou luy lancea un coup de sa masse, luy voulant rompre la cervelle.

Mais Pantagruel feut habille et eut tousjours bon pied et bon œil, par ce demarcha du pied gausche un pas arriere, mais il ne sceut si bien faire que le coup ne tumbast sur la barque, laquelle rompit en quatre mille octante et six pieces et versa le reste du sel en terre.

Quoy voyant Pantagruel gualentement ses bras desplie, et comme est l'art de la hasche, luy donna du

gros bout sur son mast, en estoc au dessus de la mam-
melle, et retirant le coup à gauche en taillade luy
frappa entre col et collet[12], puis avanceant le pied droict
luy donna sur les couillons un pic du hault bout de son
mast[13], à quoy rompit la hune, et versa trois ou quatre
poinsons de vin qui estoient de reste. Dont Loupgarou
pensa qu'il luy eust incisé la vessie, et du vin que se
feust son urine qui en sortist.

De ce non contant Pantagruel vouloit redoubler au
coulouoir : mais Loupgarou haussant sa masse avancea
son pas sur luy, et de toute sa force la vouloit enfoncer sur Pantagruel : de faict, en donna si vertement que
si Dieu n'eust secouru le bon Pantagruel, il l'eust fendu
despuis le sommet de la teste jusques au fond de la
ratelle : mais le coup declina à droict par là brusque
hastiveté de Pantagruel. Et entra sa masse plus de soixante et treize piedz en terre à travers ung gros rochier,
dont il feist sortir le feu plus gros que neuf mille six
tonneaux[14]. Voyant Pantagruel qu'il s'amusoit à tirer
sa dicte masse qui tenoit en terre entre le roc, luy court
sus, et luy vouloit avaller la teste tout net : mais son
mast de male fortune toucha un peu au fust de la masse
de Loupgarou qui estoit pheée (comme avons dict
devant) par ce moyen son mast luy rompit à troys
doigtz de la poignée. Dont il feut plus estonné qu'un
fondeur de cloches et s'escria : « Ha, Panurge, où
es-tu[15]? »

Ce que ouyant Panurge, dict au roy et aux geans :
« Par Dieu, ilz se feront mal, qui ne les departira. »
Mais les geans estoient aises comme s'ilz feussent de
nopces.

Lors Carpalim se voulut lever de là pour secourir
son maistre : mais un geant luy dist : « Par Golfarin
nepveu de Mahon, si tu bouges d'icy je te mettray au
fond de mes chausses comme on faict d'un supposi-
toire, aussi bien suis je constipé du ventre, et ne peulx
gueres bien cagar, sinon[16] à force de grincer les dentz. »

Puis Pantagruel ainsi destitué de baston, reprint le

bout de son mast, en frappant torche lorgne[17], dessus
le geant, mais il ne luy faisoit mal en plus que feriez
baillant une chicquenaude sus un enclume de forgeron.
Ce pendent Loupgarou tiroit de terre sa masse et
l'avoit jà tirée et la paroit[18] pour en ferir Pantagruel
qui estoit soubdain au remuement et declinoit tous ses
coups jusques à ce que une foys voyant que Loupgarou
le menassoit, disant : « Meschant, à ceste heure te
hascheray je comme chair à pastez[19] : jamais tu ne altere-
ras les pauvres gens. » Pantagruel le frappa du pied un
si grand coup contre le ventre, qu'il le getta en arriere
à jambes rebindaines[20], et vous le trainnoyt ainsi à
l'escorche cul plus d'un traict d'arc. Et Loupgarou
s'escrioit, rendant le sang par la gorge : « Mahon,
Mahon, Mahon. »

A quelle voix se leverent tous les geans pour le
secourir. Mais Panurge leur dist : « Messieurs, n'y alez
pas si m'en croyez : car nostre maistre est fol, et frappe
à tors et à travers, et ne regarde poinct où, il vous donnera malencontre. »

Mais les geans n'en tindrent compte, voyant que
Pantagruel estoit sans baston : lorsque aprocher les veid
Pantagruel, print Loupgarou par les deux piedz et son
corps leva comme une picque en l'air et d'icelluy armé
d'enclumes frappoit parmy ces geans armez de pierres
de taille, et les abbatoit comme un masson faict de
couppeaulx, que nul arrestoit devant luy qu'il ne ruast
par terre. Dont à la rupture de ces harnoys pierreux
feut faict un si horrible tumulte qu'il me souvint, quand
la grosse tour de beurre qui estoit à Sainct Estienne de
Bourges, fondit au soleil[21]. Panurge ensemble Carpalim
et Eusthenes ce pendent esgorgetoyent ceulx qui
estoyent portez par terre. Faictes vostre compte qu'il
n'en eschappa un seul, et à veoir Pantagruel sembloit
un fauscheur, qui de sa faulx (c'estoit Loupgarou)
abbatoit l'herbe d'un pré (c'estoyent les geans). Mais
à ceste escrime Loupgarou perdit la teste, ce feut
quand Pantagruel en abatit un qui avoit nom Riflan-

douille qui estoit armé à hault appareil[22], c'estoit de pierres de gryson[23], dont un esclat couppa la gorge tout oultre à Epistemon : car aultrement la plus part d'entre eulx estoyent armez à la legiere, c'estoit de pierre de tuffe[24], et les aultres de pierre ardoyzine. Finablement voyant que tous estoient mors getta le corps de Loupgarou tant qu'il peut contre la ville, et tomba comme une grenoille, sus ventre en la place mage de ladicte ville : et en tombant du coup tua un chat bruslé, une chatte mouillée, une canne petiere, et un oyson bridé.

❧❧❧❧❧❧❧❧❧❧❧❧❧❧❧❧❧❧❧❧❧❧

Comment Epistemon qui avoit la coupe testée [1], feut guery habillement par Panurge, et des nouvelles des diables, et des damnez.

CHAPITRE XXX

 ESTE desconfite gigantale[2] parachevée, Pantagruel se retira au lieu des flaccons et appella Panurge, et les aultres, lesquelz se rendirent à luy sains et saulves, excepté Eusthenes lequel un des geans avoit egraphiné quelque peu au visaige : ainsi qu'il l'esgorgetoit. Et Epistemon qui ne se comparoit poinct. Dont Pantagruel fut si dolent qu'il se voulut tuer soymesmes.

Mais Panurge luy dict : « Dea, seigneur, attendez un peu, et nous le chercherons entre les mors, et voirons la verité du tout. »

Ainsi doncques, comme ilz cherchoyent, ilz le trouverent tout roidde mort et sa teste entre ses bras toute sanglante.

Lors Eusthenes s'escria : « Ha, male mort, nous as-tu tollu le plus parfaict des hommes ? »

A laquelle voix se leva Pantagruel au plus grand dueil qu'on veit jamais au monde. Et dist à Panurge : « Ha, mon amy, l'auspice de vos deux verres et du fust de javeline estoyt bien par trop fallace [3]. »

Mais Panurge dist : « Enfans, ne pleurez goutte [4], il est encores tout chault, je vous le gueriray aussi sain qu'il fut jamais. »

Ce disant print la teste et la tint sus sa braguette chauldement affin qu'elle ne print vent. Eusthenes et Carpalim porterent le corps au lieu où ilz avoient bancquetté : non par espoir que jamais guerist, mais affin que Pantagruel le veist.

Toutesfoys Panurge les reconfortoit, disant. « Si je ne le guery je veulx perdre la teste (qui est le gaige d'un fol) laissez ces pleurs et me aydez. »

Adonc nectoya très bien de beau vin blanc le col, et puis la teste : et y synapiza de pouldre de diamerdis [5] qu'il portoit tousjours en une de ses fasques [6], après les oignit de je ne sçay quel oingnement : et les afusta justement veine contre veine, nerf contre nerf, spondyle contre spondyle, affin qu'il ne feust tortycolly (car telles gens il haissoit de mort [7]) ce faict, luy fist alentour quinze ou seize poincts de agueille, affin qu'elle ne tumbast de rechief : puis mist à l'entour un peu d'un unguent, qu'il appelloit resuscitatif. Soubdain Epistemon commença respirer, puis ouvrir les yeulx, puis baisler, puis esternuer, puis fist un gros pet de mesnage.

Dont dist Panurge : « à ceste heure est-il guery asseurement, » et luy bailla à boire un voirre d'un grand villain vin blanc avecques une roustie succrée. En ceste faczon feust Epistemon guery habillement, excepté qu'il feut enroué plus de troys sepmaines et eut une toux seiche, dont il ne peut oncques guerir, sinon à force de boire.

Et là commencza à parler, disant : Qu'il avoit veu les diables, avoit parlé à Lucifer familierement, et faict grand chere en enfer. Et par les Champs Elisées. Et asseuroit davant tous que les diables estoyent bons compaignons. Au regard des damnez, il dist qu'il estoit bien marry de ce que Panurge l'avoit si tost revocqué en vie : « Car je prenois , dist il , un singulier passe-temps à les veoir.

— Comment? dist Pantagruel.

— L'on ne les traicte (dist Epistemon) si mal que vous penseriez : mais leur estat est changé en estrange façon. Car je veis

Alexandre le Grand qui repetassoit de vieilles chausses, et ainsi gaignoit sa pauvre vie.

Xercès crioit la moustarde.

Romule estoit saulnier.

Numa clouatier [8].

Tarquin tacquin [9].

Piso paisant.

Sylla riveran [10].

Cyre estoit vachier.

Themistocles verrier.

Epaminondas myrallier [11].

Brute et Cassie agrimenseurs [12].

Demosthenes vigneron.

Ciceron atizefeu [13].

Fabie enfileur de patenostres [14].

Artaxercès cordier [15].

Eneas meusnier [16].

Achilles teigneux [17].

Agamenon lichecasse [18].

Ulysses fauscheur.

Nestor harpailleur [19].

Darie cureur de retraictz.

Ancus Martius gallefretier [20].

Camillus gallochier [21].

Marcellus esgousseur de febves [22].

Drusus trinquamolle [23].

Scipion Africain cryoit la lye en un sabot.

Asdrubal estoit lanternier.

Hannibal cocquassier.

Priam vendoit les vieulx drapeaulx.

Lancelot du Lac estoit escorcheur de chevaulx mors[24].

Tous les chevaliers de la Table ronde[25] estoyent pauvres gaingnedeniers tirans la rame pour passer les rivieres de Coccyte, Phlegeton, Styx, Acheron, et Lethé, quand messieurs les diables se voulent esbatre sur l'eau, comme font les bastelieres de Lyon et gondoliers de Venise. Mais pour chascune passade ilz ne ont que une nazarde[26], et sus le soir quelque morceau de pain chaumeny[27].

Trajan estoit pescheur de grenoilles.

Antonin lacquays[28].

Commode gayetier[29].

Pertinax eschalleur de noys.

Luculle grillotier.

Justinian bimbelotier.

Hector estoit fripesaulce.

Pâris estoit pauvre loqueteux[30].

Achilles boteleur de foin.

Cambyses mulletier.

Artaxerces escumeur de potz.

Neron estoit vielleux[31], et Fierabras son varlet : mais il luy faisoit mille maulx, et luy faisoit manger le pain bis, et boire vin poulsé, luy mangeoit et beuvoit du meilleur.

Julles Cesar et Pompée estoient guoildronneurs de navires.

Valentin et Orson servoient aux estuves d'enfer, et estoient ragletorelz[32].

Giglan et Gauvain[33] estoient pauvres porchiers.

Geoffroy à la grand dent estoit allumetier.

Godeffroy de Billon, dominotier[34].

Jason estoit manillier[35].

Don Pietre de Castille porteur de rogatons.

Morgant brasseur de byere[36].

Huon de Bordeaulx estoit relieur de tonneaulx[37].

Pyrrhus souillart de cuysine.

Antioche estoit ramoneur de cheminées.

Romule estoit rataconneur de bobelins[38].

Octavian ratisseur de papier.

Nerva houssepaillier[39].

Le pape Jules crieur de petitz pastez, mais il ne portoit plus sa grande et bougrisque barbe[40].

Jan de Paris estoit gresseur de bottes.

Arthus de Bretaigne degresseur de bonnetz.

Perceforest porteur de coustretz.

Boniface pape huytiesme estoit escumeur des marmites.

Nicolas pape tiers estoit papetier[41].

Le pape Alexandre estoit preneur de ratz[42].

Le pape Sixte gresseur de verolle.[43]

— Comment ? dist Pantagruel, y a il des verollez de par delà ?

— Certes, dist Epistemon. Je n'en veiz oncques tant, il y en a plus de cent milions. Car croyez que ceulx qui n'ont eu la verolle en ce mondecy, l'ont en l'aultre.

— Cor Dieu, dist Panurge, j'en suis doncques quite. Car je y ay esté jusques au trou de Gylbathar, et remply les bondes de Hercules[44], et ay abatu des plus meures[45].

— Ogier le Dannoys[46] estoit frobisseur de harnoys.

Le roy Tigranes estoit recouvreur.

Galien Restauré[47] preneur de taulpes.

Les quatre filz Aymon arracheurs de dentz[48].

Le pape Calixte estoit barbier de maujoinct[49].

Le pape Urbain crocquelardon.

Melusine[50] estoit souillarde de cuysine.

Matabrune[51] lavandière de buées.

Cleopatra[52] revenderesse d'oignons.

Helene[53] courratiere de chamberieres.

Semyramis espouilleresse de belistre.

Dido vendoit des mousserons.

Panthasilée estoit cressonniere.

Lucresse hospitaliere.

Hortensia filandiere.
Livie racleresse de verdet.

« En ceste façon ceulx qui avoient esté gros seigneurs en ce monde icy guaingnoyent leur pauvre
meschante et paillarde vie là-bas. Au contraire les philosophes, et ceulx qui avoient esté indigens en ce
monde, de par delà estoient gros seigneurs en leur tour.

« Je veiz Diogenes qui se prelassoit en magnificence[54] avec une grand robbe de poulpre, et un sceptre
en sa dextre, et faisoit enrager Alexandre le Grand
quand il n'avoit bien repetassé ses chausses, et le payoit
en grands coups de baston.

« Je veiz Epictete vestu gualentement[55] à la françoyse, soubz une belle ramée avecques force damoizel-
les se rigolant, beuvant, dansant, faisant en tous cas[56]
grand chere, et auprès de luy force escuz au soleil. Au
dessus de la treille estoient pour sa devise ces vers
escriptz.

> Saulter, dancer, faire les tours,
> Et boyre vin blanc et vermeil :
> Et ne faire rien tous les jours
> Que compter escuz au soleil.

« Lors quand me veit il me invita à boire avecques
luy courtoisement, ce que je feiz voluntiers, et chopi-
nasmes theologalement[57]. Ce pendent vint Cyre luy
demander un denier en l'honneur de Mercure pour
achapter un peu d'oignons pour son souper : « Rien,
rien, dict Epictete, je ne donne poinct deniers. Tien,
marault, voylà un escu, soys homme de bien. » Cyre
feut bien aise d'avoir rencontré tel butin. Mais les aultres coquins de royx qui sont là bas, comme Alexandre,
Daire et aultres, le desroberent la nuyct.

« Je veiz Pathelin, thesaurier de Rhadamanthe[58], qui
marchandoit des petitz pastez que cryoit le pape Jules,
et luy demanda : « combien la douzaine ? » — Troys
blancs, dist le pape. — Mais, dist Pathelin, troys coups
de barre, Baille icy, villain, baille, et en va querir d'aultres. » Le pauvre pape alloit pleurant, quand il feut

devant son maistre patissier, luy dict, qu'on luy avoit osté ses pastez. Adonc le patissier luy bailla l'anguillade[59] si bien que sa peau n'eust rien vallu à faire cornemuses.

« Je veiz maistre Jean le Maire qui contrefaisoit du pape, et à tous ces pauvres roys et papes[60] de ce monde faisoit baiser ses piedz, et en faisant du grobis[61] leur donnoit sa benediction, disant. « Gaignez les pardons[62], coquins, guaignez, ilz sont à bon marché. Je vous absoulz de pain et de souppe[63], et vous dispense de ne valoir jamais rien, » et appella Caillette et Triboulet, disant. « Messieurs les cardinaulx, depeschez leurs bulles, à chascun un coup de pau sus les reins[64]. » Ce que fut faict incontinent.

« Je veiz maistre Françoys Villon qui demanda à Xercès. Combien la denrée de moustarde[65] ?

— Un denier, » dist Xercès. A quoy dict ledict de Villon. « Tes fievres quartaines, villain, la blanchée n'en vault qu'un pinard[66], et tu nous surfaictz icy les vivres. » Adonc pissa dedans son bacquet comme font les moustardiers à Paris.

« Je veiz le Franc Archier de Baignolet qui estoit inquisiteur des heretiques. Il rencontra Perseforest pissant contre une muraille en laquelle estoit painct le feu de sainct Antoine. Il le declaira heretique, et le eust faict brusler tout vif, n'eust esté Morgant qui pout son *proficiat* et aultres menuz droictz luy donna neuf muys de biere. »

Or dist Pantagruel : « Reserve nous ces beaulx comptes à une aultre foys : seullement dis nous comment y sont traictez les usuriers ?

— Je les veiz, dist Epistemon, tous occupez à chercher les espingles rouillées et vieulz cloux parmy les ruisseaulx des rues, comme vous voyez que font les coquins en ce monde. Mais le quintal de ses quinqualleries ne vault que un boussin de pain[67], encores y en a il maulvaise depesche : ainsi les pauvres malautruz sont aulcunesfoys plus de troys sepmaines sans manger

morceau ny miette, et travaillent jour et nuict attendant
la foyre à venir : mais de ce travail et de malheurté y
ne leur souvient tant ilz sont actifz et mauldictz, pourveu que au bout de l'an ilz gaignent quelque meschant
denier.

Or, dict Pantagruel, faisons un transon de bonne
chere, et beuvons, je vous en prie, enfans : car il faict
beau boire tout ce moys[68]. »

Lors degainerent flaccons[69] à tas, et des munitions
du camp feirent grande chere. Mais le pauvre roy
Anarche ne se povoit esjouyr. Dont dist Panurge :
« De quel mestier ferons nous Monsieur du roy icy ?
affin qu'il soit jà tout expert en l'art quand il sera de
par delà à tous les diables ?

— Vrayement, dist Pantagruel, c'est bien advisé à
toy : or, fais-en à ton plaisir : je le te donne.

— Grand mercy, dist Panurge, le present n'est de
refus et l'ayme de vous[70]. »

*Comment Pantagruel entra en la ville des Amaurotes,
et comment Panurge maria le roy Anarche,
et le feist cryeur de saulce vert.*

Chapitre XXXI

 près celle victoire merveilleuse Pan-
tagruel envoya Carpalim en la ville
des Amaurotes dire et annoncer comment le roy Anarche estoit prins , et
tous leurs ennemys defaictz. Laquelle
nouvelle entendue, sortirent au devant
de luy tous les habitans de la ville en
bon ordre et en grande pompe triumphale , avecques
une liesse divine, et le conduirent en la ville. Et furent
faictz beaulx feuz de joye par toute la ville , et belles
tables rondes garnies de force vivres dressées par les

rues. Ce feut un renouvellement du temps de Saturne,
tant y fut faicte lors grande chere.

Mais Pantagruel, tout le senat ensemble, dist :
« Messieurs, ce pendent que le fer est chault il le fault
batre, pareillement devant que nous debaucher d'avantaige, je veulx que allions prendre d'assault tout
le royaulme des Dipsodes. Pourtant ceulx qui avecques
moy vouldront venir, se aprestent à demain après
boire : car lors je commenceray marcher. Non qu'il
me faille gens d'avantaige pour me ayder à le conques-
ter : car autant vauldroit que je le tinse desjà : mais je
voys que ceste ville est tant pleine des habitans qu'ilz
ne peuvent se tourner par les rues. Doncques je les
meneray comme une colonie en Dipsodie, et leur don-
neray tout le pays, qui est beau, salubre, fructueux, et
plaisant sus tous les pays du monde, comme plusieurs
de vous sçavent qui y estes allez aultres foys. Un chascun de vous qui y vouldra venir soit prest comme j'ay
dict. »

Ce conseil et deliberation fut divulgué par la ville, et
au lendemain se trouverent en la place devant le palais
jusques au nombre de dixhuyct cens cinquante et six
mille et unze [1], sans les femmes et petitz enfans. Ainsi
commencerent à marcher droict en Dipsodie en si bon
ordre qu'ilz ressembloyent ès enfans d'Israël quand ilz
partirent de Egypte pour passer la mer Rouge.

Mais davant que poursuyvre ceste entreprinse je
vous veulx dire comment Panurge traicta son prisonnier le roy Anarche. Il luy souvint de ce que avoit
raconté Epistemon, comment estoient traictez les roys
et riches de ce monde par les Champs Elisées, et comment ilz gaignoient pour lors leur vie à vilz et salles
mestiers. Pourtant un jour habilla son dict roy d'un
beau petit pourpoint de toile tout deschicqueté comme
la cornette d'un Albanoys, et de belles chausses à la
mariniere, sans souliers [2]. Car (disoit-il) ilz luy gaste-
roient la veue [3], et un petit bonnet pers avecques une
grande plume de chappon. Je faulx, car il m'est advis

qu'il y en avoit deux, et une belle ceincture de pers et vert, disant que ceste livrée luy advenoit bien, veu qu'il avoit esté pervers.

En tel poinct l'amena davant Pantagruel, et luy dist : « Congnoissez-vous ce rustre [4] ?

— Non, certes, dist Pantagruel.

— C'est Monsieur du roy de troys cuittes [5]. Je le veulx faire homme de bien : ces diables de roys icy ne sont que veaulx, et ne sçavent ny ne valent rien, sinon à faire des maulx ès pauvres subjectz, et à troubler tout le monde par guerre pour leur inique et detestable plaisir. Je le veulx mettre à mestiers, et le faire crieur de saulce vert. Or commence à cryer : vous faut-il poinct de saulce vert ? Et le pauvre diable cryoit.

« C'est trop bas, dist Panurge. »

Et le print par l'aureille, disant : « Chante plus hault [6] en *g, sol, ré, ut*. Ainsi, diable, tu as bonne gorge, tu ne fuz jamais si heureux que de n'estre plus roy. »

Et Pantagruel prenoit à tout plaisir. Car je ause bien dire que c'estoit le meilleur petit bon homme qui fust d'icy au bout d'un baston. Ainsi feut Anarche bon cryeur de saulce vert. Deux jours après Panurge le maria avecques une vieille lanterniere, et luy-mesmes fist les nopces à belles testes de mouton, bonnes hastilles à la moustarde [7], et beaulx tribars aux ailz [8], dont il envoya cinq sommades [9] à Pantagruel, lesquelles il mangea toutes tant il les trouva appetissantes, et à boire belle piscantine [10] et beau cormé [11]. Et pour les faire dancer, loua un aveugle qui leur sonnoit la note avecques sa vielle.

Après disner les amena au palais et les monstra à Pantagruel, et luy dist monstrant la mariée : « Elle n'a garde de peter.

— Pourquoy ? dist Pantagruel.

— Pource, dist Panurge, qu'elle est bien entamée.

— Quelle parole est cela ? dist Pantagruel.

— Ne voyez-vous, dist Panurge, que les chastaignes qu'on faict cuire au feu, si elles sont entieres elles petent que c'est raige : et pour les engarder de peter l'on les entame. Aussi ceste nouvelle mariée est bien entamée par le bas, ainsi elle ne petera poinct. »

Pantagruel leur donna une petite loge auprès de la basse rue , et un mortier de pierre à piller la saulce. Et firent en ce poinct leur petit mesnage : et feut aussi gentil cryeur de saulce vert qui feust oncques veu en Utopie. Mais l'on m'a dict despuis que sa femme le bat comme plastre , et le pauvre sot ne se ause defendre tant il est niès.

Comment Pantagruel de sa langue couvrit toute une armée , et de ce que l'auteur veit dedans sa bouche.

Chapitre XXXII

 INSI que Pantagruel avec toute sa bande entrerent ès terres des Dipsodes, tout le monde en estoit joyeux, et incontinent se rendirent à luy, et de leur franc vouloir luy apporterent les clefz de toutes les villes où il alloit, exceptez les Almyrodes, qui voulurent tenir contre luy, et feirent responce à ses heraulx , qu'ilz ne se renderoyent sinon à bonnes enseignes.

« Quoy, dict Pantagruel, en demandent-ilz meilleures que la main au pot, et le verre au poing [1]? Allons, et qu'on me les mette à sac. »

Adonc tous se mirent en ordre comme deliberez de donner l'assault.

Mais on chemin , passant une grande campaigne, furent saisiz d'une grosse housée de pluye. A quoy commencerent se tresmousser et se serrer l'un l'aultre. Ce que voyant Pantagruel leur fist dire par les capitaines que ce n'estoit rien, et qu'il veoit bien au dessus

des nuées que ce ne seroit qu'une petite rousée, mais
à toutes fins qu'ilz se missent en ordre, et qu'il les vouloit couvrir. Lors se mirent en bon ordre et bien serrez.
Et Pantagruel tira sa langue seulement à demy, et les
en couvrit comme une geline faict ses poulletz. Ce
pendent je qui vous fais ces tant veritables contes,
m'estois caché dessoubz une fueille de bardane ², qui
n'estoit moins large que l'arche du pont de Monstrible ³ : mais quand je les veiz ainsi bien couvers je m'en
allay à eulx rendre à l'abrit, ce que je ne peuz tant ilz
estoient, comme l'on dict ; « au bout de l'aulne fault
le drap. » Doncques le mieux que je peuz montay par
dessus et cheminay bien deux lieues sus sa langue, tant
que je entray dedans sa bouche. Mais, ô dieux et
deesses, que veiz-je là ? Juppiter me confonde de sa
fouldre trisulque si j'en mens. Je y cheminoys comme
l'on faict en Sophie à Constantinople, et y veiz de
grands rochiers, comme les monts des Dannoys ⁴, je
croy que c'estoient ses dentz, et de grands prez, de
grandes forestz, de fortes et grosses villes non moins
grandes que Lyon ou Poictiers.

Le premier que y trouvay, ce fut un bon homme qui
plantoit des choulx. Dont tout esbahy luy demanday :
« Mon amy, que fais-tu icy ?

— Je plante, dist-il, des choulx.

— Et à quoy ny comment ⁵ ? dis-je.

— Ha, Monsieur, dist-il, chascun ne peut avoir les
couillons aussi pesant qu'un mortier ⁶, et ne pouvons
estre tous riches. Je gaigne ainsi ma vie : et les porte
vendre au marché en la cité qui est icy derriere.

— Jesus, dis-je, il y a icy un nouveau monde.

— Certes, dist-il, il n'est mie nouveau : mais l'on
dist bien que hors d'icy y a une terre neufve où ilz ont
et soleil et lune : et tout plein de belles besoignes :
mais cestuy-cy est plus ancien.

— Voire mais, dis-je, mon amy, comment a nom
ceste ville où tu portes vendre tes choulx ?

— Elle a, dist-il, nom Aspharage, et sont christians, gens de bien, et vous feront grande chere. »

Bref, je deliberay d'y aller.

Or en mon chemin, je trouvay un compaignon, qui tendoit aux pigeons. Auquel je demanday : « Mon amy, dont vous viennent ces pigeons icy ?

— Cyre, dist-il, ilz viennent de l'aultre monde. »

Lors je pensay que quand Pantagruel baisloit, les pigeons à pleines volées entroyent dedans sa gorge, pensans que feust un colombier. Puis entray en la ville, laquelle je trouvay belle, bien forte, et en bel air, mais à l'entrée les portiers me demanderent mon bulletin, de quoy je fuz fort esbahy, et leur demanday : « Messieurs, y a-il icy dangier de peste ?

— O seigneur, dirent-ilz, l'on se meurt icy auprès tant que le charriot court par les rues.

— Vray Dieu, dis-je, et où ? »

A quoy me dirent, que c'estoit en Laryngues et Pharingues, qui sont deux grosses villes telles comme Rouen et Nantes riches et bien marchandes. Et la cause de la peste a esté pour une puante et infecte exhalation qui est sortie des abysmes despuis n'a gueres, dont ilz sont mors plus de vingt et deux cens soixante mille et seize personnes, despuis huict jours.

Lors je pense et calcule, et trouve que c'estoit une puante halaine qui estoit venue de l'estomach de Pantagruel alors qu'il mangea tant d'aillade [7], comme nous avons dict dessus.

De là partant passay entre les rochiers qui estoient ses dentz, et feis tant que je montay sus une, et là trouvay les plus beaulx lieux du monde, beaulx grands jeux de paulme, belles galleries, belles praries, force vignes, et une infinité de cassines à la mode italicque par les champs pleins de delices : et là demouray bien quatre moys et ne feis oncques telle chere que pour lors [8]. Puis descendis par les dentz du derriere pour venir aux baulievres, mais en passant je fuz destroussé des brigans par une grande forest qui est vers la partie des aureilles, puis trouvay une petite bourgade à la devallée, (j'ay oublié son nom), où je feiz encore meilleure chere que jamais, et gaignay quelque peu d'argent pour vivre. Sçavez-vous comment? A dormir [9], car l'on loue les gens à journée pour dormir, et gaignent cinq et six solz par jour, mais ceulx qui ronflent bien fort [10] gaignent bien sept solx et demy.

Et contois aux senateurs comment on m'avoit destroussé par la vallée : lesquelz me dirent que pour tout vray les gens de delà estoient mal vivans et brigans de nature.

A quoy je congneu que ainsi comme nous avons les contrées de deçà et de delà les montz, aussi ont-ilz deçà et delà les dentz. Mais il fait beaucoup meilleur deçà et y a meilleur air.

Là commençay penser qu'il est bien vray ce que l'on dit, que la moytié du monde ne sçait comment l'aultre vit. Veu que nul avoit encores escrit de ce pais-là, auquel sont plus de xxv royaulmes habitez, sans les desers, et un gros bras de mer : mais j'en ay composé un grand livre intitulé l'*Histoire des Gorgias* : car ainsi les ay-je nommez parce qu'ilz demourent en la gorge de mon maistre Pantagruel.

Finablement vouluz retourner et, passant par sa barbe me gettay sus ses espaulles, et de là me devalle en terre et tumbe devant luy.

Quand il me apperceut il me demanda : « Dont viens-tu, Alcofrybas ? »

Je luy responds. De vostre gorge, Monsieur.

— Et despuis quand y es-tu ? dist-il.

— Despuis, dis-je, que vous alliez contre les Almyrodes.

— Il y a, dist-il, plus de six moys. Et de quoy vivois-tu ? que beuvoys-tu ? »

Je responds. « Seigneur, de mesmes vous, et des plus frians morceaulx qui passoient par vostre gorge j'en prenois le barraige.

— Voire mais, dist-il, où chioys-tu ?

— En vostre gorge, Monsieur, dis-je.

— Ha, ha, tu es gentil compaignon, dist-il. Nous avons avecques l'ayde de Dieu conquesté tout le pays des Dipsodes, je te donne la chatellenie de Salmigondin.

— Grand mercy, dis-je, Monsieur, vous me faictes du bien plus que n'ay deservy envers vous. »

Comment Pantagruel feut malade, et la façon comment il guerit.

CHAPITRE XXXIII

PEU de temps après, le bon Pantagruel tomba malade, et feut tant prins de l'estomach qu'il ne pouvoit boire ny manger, et parce qu'un malheur né vient jamais seul, luy print une pisse chaulde qui le tormenta plus que ne penseriez : mais ses medicins le secoururent, et très bien avecques force drogues lenitives et diureticques le feirent pisser son malheur. Son urine tant estoit chaulde que despuis ce temps-là elle n'est encores refroydie. Et en avez en France en divers lieulx selon qu'elle print son cours : et l'on appelle les bains chaulx, comme :

    A Coderetz [1],
    A Limons [2],   à Dast [3],
    A Balleruc [4],
    A Neric [5],
    A Bourbonnensy [6] : et ailleurs :
        En Italie :
    A Mons Grot,
    A Appone [7],
    A Sancto Petro de Padua,
    A Saincte Helene [8],

A Casa Nova,
A Sancto Bartholomeo,
En la Conté de Bouloigne,
A la Porrette [9], et mille aultres lieux.

Et m'esbahis grandement d'un tas de folz philosophes et medicins, qui perdent temps à disputer dont
vient la chaleur de cesdictes eaulx, ou si c'est à cause
du baurach, ou du soulphre, ou de l'allun, ou du sal-
petre qui est dedans la minere : car ilz ne y font que
ravasser, et mieulx leur vauldroit se aller froter le cul
au panicault que de perdre ainsi le temps à disputer de
ce dont ilz ne sçavent l'origine. Car la resolution est
aysée et n'en fault enquester davantaige, que lesdictz
bains sont chaulx parce qu'ilz sont yssus par une
chaulde-pisse du bon Pantagruel. Or pour vous dire
comment il guerist de son mal principal je laisse icy
comment pour une minorative il print : quatre quin-
taulx de scammone colophoniacque. Six vingtz et
dix-huyt charretées de casse. Unze mille neuf cens
livres de reubarbe, sans les aultres barbouillemens.

Il vous fault entendre que par le conseil des medicins feut decreté qu'on osteroit ce qui luy faisoit le
mal à l'estomach. Pour ce l'on fist dix-sept grosses
pommes de cuyvre [10] plus grosses que celle qui est à
Rome à l'aguille de Virgile, en telle façon qu'on les
ouvroit par le mylieu et fermoit à un ressort. En l'une
entra un de ses gens portant une lanterne et un flam-
beau allumé. Et ainsi l'avalla Pantagruel comme une
petite pillule.

En cinq aultres entrerent d'autres gros varlets
chascun portant un pic à son col. En trois aultres
entrerent troys paysans chascun ayant une pasle à
son col.

En sept aultres entrerent sept porteurs de coustretz
chascun ayant une corbeille à son col. Et ainsi furent
avallées comme pillules. Quand furent en l'estomach,
chascun deffit son ressort et sortirent de leurs cabanes,

et premier celluy qui portoit la lanterne, et ainsi cheurent plus de demye lieue eu un goulphre horrible, puant, et infect plus que Mephitis[11], ny la Palus Camarine[12], ny le punays lac de Sorbone[13], duquel escript Strabo. Et n'eust esté qu'ilz estoient très bien antidotez le cueur, l'estomach, et le pot au vin (lequel on nomme la caboche) ilz feussent suffocquez et estainctz de ces vapeurs abhominables. O quel parfum, o quel vaporament, pour embrener touretz de nez[14] à jeunes Gualoyses. Après, en tactonnant et fleuretant[15] aprocherent de la matiere fecale et des humeurs corrumpues. Finablement trouverent une mont-joye d'ordure : lors les pionniers frapperent sus pour la desrocher[16] et les aultres avecques leurs pasles en emplirent les corbeilles : et quand tout fut bien nettoyé, chascun se retira en sa pomme. Ce faict, Pantagruel se parforce de rendre sa gorge, et facilement les mist dehors, et ne monstoyent en sa gorge en plus qu'un pet en la vostre, et là sortirent hors de leurs pillules joyeusement. Il me souvenoit quand les Gregeoys sortirent du cheval en Troye. Et par ce moyen fut guery et reduict à sa premiere convalescence. Et de ces pillules d'arin[17] en avez une à Orleans[18] sus le clochier de l'esglise de Saincte-Croix.

La conclusion du present livre, et l'excuse de l'auteur.

Chapitre XXXIV

R, Messieurs, vous avez ouy un commencement de l'histoire horrificque de mon maistre et seigneur Pantagruel. Icy je feray fin à ce premier livre : la teste me faict un peu de mal, et sens bien que les registres de mon cerveau sont quelque peu brouillez de ceste purée de septembre. Vous aurez la reste de

l'histoire à ces foires de Francfort prochainement
venantes, et là vous verrez comment Panurge fut marié,
et cocqu dès le premier moys de ses nopces, et comment Pantagruel trouva la pierre philosophale, et la
maniere de la trouver et d'en user. Et comment il
passa les mons Caspies, comment il naviga par la mer
Atlantique et deffit les Canibales, et conquesta les
isles de Perlas [1]. Comment il espousa la fille du roy de
Inde nommée Presthan. Comment il combatit contre
les diables, et fist brusler cinq chambres d'enfer, et
mist à sac la grande chambre noire, et getta Proserpine
au feu, et rompit quatre dentz à Lucifer, et une corne
au cul, et comment il visita les regions de la lune,
pour sçavoir si à la verité la lune n'estoit entiere : mais
que les femmes en avoient troys quartiers en la teste.
Et mille aultres petites joyeusetez toutes veritables. Ce
sont belles besoignes [2]. Bon soir, Messieurs. *Pardonnate
my*, et ne pensez tant à mes faultes, que ne pensez
bien ès vostres. Si vous me dictes : « Maistre, il sembleroit que ne feussiez grandement saige de nous escrire
ces balivernes et plaisantes mocquettes, » je vous responds, que vous ne l'estes gueres plus, de vous amuser
à les lire. Toutesfoys si pour passetemps joyeulx les
lisez, comme passant temps les escripvoys, vous et moy
sommes plus dignes de pardon qu'un grand tas de sarrabovites [3], cagotz [4], escargotz [5], hypocrites, caffars,
frapars, botineurs[6] et aultres telles sectes de gens, qui
se sont desguizez comme masques pour tromper le
monde.

Car donnans entendre au populaire commun, qu'ilz
ne sont occupez sinon à contemplation et devotion, en
jeusnes et maceration de la sensualité, sinon vrayement
pour sustenter et alimenter la petite fragilité de leur
humanité : au contraire font chiere Dieu sçait qu'elle,

Et curios simulant, sed bacchanalia vivunt [7].

Vous le pouvez lire en grosse lettre et enlumineure
de leurs rouges muzeaulx, et ventres à poulaine [8], sinon

quand ilz se parfument de soulphre. Quant est de leur estude, elle est toute consummée à la lecture des livres pantagruelicques : non tant pour passer temps joyeusement, que pour nuyre à quelcun meschantement, sçavoir est, articulant, monorticulant [9], torticulant [10], culletant [11], couilletant [12], et diabliculant, c'est-à-dire callumniant. Ce que faisans semblent ès coquins de village qui fougent [13] et escharbottent la merde des petitz enfans en la saison des cerises et guignes pour trouver les noyaulx, et iceulx vendre ès drogueurs qui font l'huille de Maguelet [14]. Iceulx fuyez, abhorrissez, et haissez aultant que je foys et vous en trouverez bien sur ma foy. Et si desirez estre bons Pantagruelistes (c'est-à-dire vivre en paix, joye, santé, faisans tousjours grand chere) ne vous fiez jamais en gens qui regardent par un partuys [15]. »

Fin des chronicques de Pantagruel, roy des Dipsodes, restituez à leur naturel, avec ses faictz et prouesses espoventables : composez par feu M. ALCOFRIBAS abstracteur de quinte essence [16].

REMARQUES

HISTORIQUES ET CRITIQUES

DE

LE DUCHAT

19

REMARQUES HISTORIQUES & CRITIQUES

Sur les Faicts et Dicts heroiques

DU BON PANTAGRUEL

DIXAIN DE MAISTRE HUGUES SALEL,
A L'AUTHEUR DE CE LIVRE.

1 *Maiftre Hugues Salel*] Au Prol. du Liv. 5. il eft appellé *Salet* dans toutes les Éditions. Pâquier peu exact a écrit *Salel* & *Salet* Liv. 7. Ch. 6. de fes Recherches ; & il y a en Languedoc une Famille du nom de *Salel*, & en Lorraine une autre du nom de *Salet*. Mais Marot, qui devoit connoître ce Poëte, puifqu'ils étoient compatriotes, le nomme *Salel* dans ces Vers qui font d'une Epigramme qu'il lui adreffe :

> *Quercy* Salel, *de toy fe ventera :*
> *Et (comme croy) de moi ne fe taira.*

Peut-être prononçoit-on *Salet* & *Salel*, comme on a fait voir ci-deffus qu'on a dit également *bechevet* & *bechevel ;* mais il eft fûr que *Salel* eft l'orthographe qui a toujours paru à la tête des Oeuvres du même Poëte. Scaliger le pere l'a cru fauffement évêque de Marfeille, comme on en peut juger par fa Lettre adreffée *Hugoni Salelo Epifcopo Maffilienfi.* Peut-être l'a-t-il confondu avec *Seiffel.* Le bon Salel au refte eft affez plaifant, lorfqu'ici, dans fon Dixain, il promet Paradis à Rabelais pour récompenfe de la peine qu'il a prife de compofer Gargantua & Pantagruel.

PROLOGUE DE L'AUTEUR

1 *Gualantement*] Au lieu de *gualantement*, il y avoit dans les Editions de 1534. & de 1542. *tout ainſi que Texte de Bible ou du Sainct Evangile*, paroles qui apparemment ayant été cenſurées, ont depuis été changées. C'étoit une ironie maligne contre ſes Lecteurs, auxquels feignant d'applaudir ſur l'honneur qu'ils lui avoient fait de croire ſon Hiſtoire de Gargantua comme celle de la Bible, il inſinuoit qu'ils ne croyoient pas plus l'une que l'autre.

2 *Et memoire sempiternelle*] N'eſt point dans les Editions de 1534. ni dans celle de Dolet.

3 *Ne ſe ſouciaſt de ſon meſtier*] Ni ceci non plus.

4 *Et à ſes ſucceſſeurs & ſurvivens bailler comme de main en main, ainſe que une religieuſe Caballe*] Ni ceci.

5 *Raclet*] Ménage a avancé que du tems de Rabelais ce Raclet étoit Profeſſeur en Droit dans l'Univerſité de Poitiers ; mais cela ayant été avancé ſans preuve, je penſe qu'on peut fort bien alléguer Gilbert Couſin en Latin, *Gilbertus Cognatus*, qui dans ſa Deſcription de la Franche-Comté fait mention d'un *Raimbert Raclet* Profeſſeur en Droit à Dole. *Petrus Vacherdus* (dit-il) *Renobertus* Racletus, *Simeon à Campo &c. Advocati & Juris Profeſſores, magna facundia & humanitate, tum amici noſtri veteres.* Rabelais, il eſt vrai, n'eſt pas de l'avis de Gilbert Couſin ſur la capacité du Profeſſeur Raclet ; mais auſſi le premier écrit-il une Satire.

6 *Pouldre d'oribus*] Ci-deſſus déjà Liv. 1. Chap. 22. *à la barbe d'oribus.* Voyez la Note ſur cet endroit.

Vaultres] Sorte de Chien entr'allant & Mâtin pour chaſſer aux Ours & aux Sangliers. Turnèbe dit que ces Chiens ont été appellez *Veltrahos, quod feram trahant.* Farnabe dérive ce mot, *ab agiliter vertendo.* Le Vautrait eſt un terme de chaſſe qui ſignifie un grand Equipage entretenu pour courre les Sangliers ou les Bêtes noires.

7 *Chopine de trippes*] Encore Liv. 4. Chap. 53. *Je voudrois....· avoir payé* chopine de tripes *à embourſer.* C'eſt une expreſſion de goinfre, parce qu'en buvant on ſe lave les trippes. Ainſi Chap. 5, du Liv. 1. un buveur dit : *Je laverois voluntiers les tripes de ce Veau que j'ai ce matin habillé.* Et un autre : *Voulez-vous rien mander à la Rivière, cettui-ci va laver les tripes ?*

8 *Il eſt ſans pair, incomparable & ſans parragon. Je le maintiens juſques au feu, excluſive*] Ceci n'eſt point dans l'Edition de Dolet. C'eſt celle de 1553. qui l'a ajouté.

9 *Preſtinateurs, empoſteurs*] L'Abbé Guyet a cru qu'on devoit lire *preſtigiateurs*, mais *Predeſtinateurs* eſt comme il faut lire. Ce mot ajouté depuis les premiéres Editions, de même que le ſuivant, regarde très-aſſurément Calvin, à qui Rabelais, devenu ſon ennemi, reproche le Dogme de la *Prédeſtination* abſolue, en vertu duquel les hommes ſont prédeſtinez à une éternité heureuſe ou malheureuſe. Il joint à *Predeſtinateur* le nom d'*impoſteur* qu'il lui donne encore plus ouvertement Liv. 4. Chap. 32.

10 *Livres dignes de haulte fuſtaye*] Il y avoit originairement *Livres dignes de memoire*. Rabelais depuis a mieux aimé dire *Livres de haulte fuſtaye;* mais en ſubſtituant cette ſeconde expreſſion à la premiére, les Imprimeurs ont mal à propos retenu *dignes* qui eſt fort bon avec *memoire*, mais qui ne vaut rien avec *haulte fuſtaye.*

11 *Matabrune*] Liv. 2. Chap. 30. *Matabrune lavandiere de büées.* L'Hiſtoire de la Reine Stelle & de ſa belle mere Matabrune en 79. mauvaiſes Stances Italiennes *in rima ottava*, fut imprimée à Veniſe *in* 4º. il y a 200. ans. Le Roman intitulé : *Chronique du Chevalier au Cyne*, dépeint cette Matabrune comme une vraye Mégère, & au Chap. 1. on la donne pour femme du Roi Pierron de l'Iſle-fort, & pour mere du Prince Oriant, l'un des Ancêtres de Godefroi de Bouillon.

12 *Un gaillard Onocratable, voyre, dy-je, crotenotaire des martyrs amans, & crocquenotaire de amours*] Dans une Edition Gothique de ce Livre à Paris ſans date, après le mot *veritable,* au lieu de *comme un gaillard d'Onocrotale, voire, dis-je, Crotenotaire des martyrs Amans, et Croquenotaire d'amours*, on lit ce qui ſuit, *agentes et conſentientes*, c'eſt-à-dire, *qui n'a conſcience n'a rien*. J'en parle comme St. Jean de l'Apocalypſe, *quod vidimus teſtamur.* Ces derniers mots Latins qu'on a laiſſez en réformant l'endroit ſont tirez du Ch. 1. de l'Epitre 1. de St. Jean appellé ſi galamment le Secrétaire des amours du Fils de Dieu par le fameux P. Joſeph Capucin (†). C'eſt ici au reſte une turlupinade contre les Protonotaires de ce tems-là, que, par les alluſions boufonnes, Rabelais appelle *Onocrotales, Crotenotaires, & Croquenotaires*, qui loin de reſſembler aux anciens Protonotaires établis pour écrire l'Hiſtoire des Martyrs, n'employoient leur tems comme la plûpart de nos Abbez d'aujourd'hui, qu'à lire ou à compoſer des Hiſtoriettes amoureuſes.

13 *Tout ainſi comme je me donne à etc.*] Or Rabelais ne s'y donne pas : ainſi pas la moindre imprécation contre perſonne.

(†) *P. Du Moulin, Chap.* 15. *de ſon* Capucin.

14 *Mau de terre vous vire*] On appelle *mau de terre* ou *mal de terre* le Scorbut ; parce que ce mal qu'on prend ordinairement fur Mer, ne fe guérit qu'en Terre-ferme. Laurent Joubert dit qu'en Languedoc *mau-de-terre* eft le haut mal ; parce qu'il jette par terre ceux qui en font atteints. Rabelais de même que Joubert favoit le langage du Pais, & la vérité d'ailleurs eft qu'à examiner cette phrafe *mau-de-terre bous bire*, la feconde explication y convient beaucoup mieux que la première.

Le lancy] Autre mot du Languedoc. C'eft l'*efquinancie*, de l'Efpagnol *efquilencia* en retranchant les deux premiéres fyllabes. La fignification de ce mot dans le même Païs s'eft étendue à toutes fortes de mauvaifes chofes, jufqu'à la foudre & au Diable.

Maulubec] Ce mot a été fuffifamment expliqué à la fin du Prologue du premier Livre.

Le mau fin feu de ricqueracque] C'eft le *fic*, ulcère qui vient au fondement ; le nom de *ricque racque* lui eft ici donné d'affez loin. Ce mot, fuivant Pierre le Febvre de Rouen, Curé de Mérai, dans fon Art de pleine Rhétorique, fignifie une forte de longue Chanfon ancienne dont les vers étoient de fix à fept fillabes, & les rimes croifées diverfement. Il eft aifé de reconnoître à cette defcription les *lais* de nos vieux Romanciers. C'étoient des Chanfons amoureufes ; & comme les goûts en amour font différens, certains hommes aimant à l'Italienne, & d'autres à la Françoife, il eft arrivé qu'on a nommé *ric* l'amour à l'Italienne, & *rac* l'amour à la Françoife, par la raifon contenue dans le petit Conte fuivant :

> *Certains François, habitant de Florence,*
> *Se confeffoit du peché de la chair*
> *A pere Ifac, qui lui dit : parlez clair,*
> *Le cas eft-il de Tofcane ou de France ?*
> *Expliquez-vous, le point eft important.*
> *Peu m'en fouvient, dit l'autre en héfitant,*
> *De nuit le tout s'eft fait à l'avanture.*
> *Le Confeffeur trouvant la chofe obfcure :*
> *Cela, dit-il, faifoit-il ric ou rac ?*
> *Ric, répondit le penitent fincere.*
> *Parbleu le cas, reprit le bon Ifac,*
> *Eft donc Tofcan ; n'en doutez pas compere.*

Or, comme par la fréquente pratique avec un même fujet le *ric* ne se maintient pas, mais dégénère avec le tems en un fon qui tient du *ric* & du *rac*, on a cru dans la fuite devoir donner à l'action d'homme à homme le nom de *ric-rac*, d'où en conféquence le fic eft ici appellé *le mau fin feu de ricque racque* ; parce que c'eft l'exercice du *ric rac* trop fouvent répété qui caufe ce mal au patient. Que tel foit le véritable fens de Rabelais, les paroles qu'il ajoute de *Sodome* & de *Gomorrhe*, le juſtifient clairement.

14 *Dixain nouvellement* &c.] On le trouve après le Prologue du 2. Liv. dans deux Editions *in* 16. de 1552 & 1553. ſans nom de lieu.

Sades] agréable, gracieux.

> *Advocats & Phiſiciens*
> *Sont tous liez de tels liens,*
> *Tant ont le guain doux &* ſade
> *Qu'ils voudroient pour un malade,*
> *Qu'il y en euſt plus de cinquante.*
>
> (Roman de la Roſe.)

15 *Hymnides*] Au lieu d'*Hymnides*, terme corrompu, le Poëte devoit dire *Limnides*, ou *Limniades*, de *Λίμνη, Stagnum*, les Nymphes des Etangs, ou des Lacs ; ou *Limonides*, ou *Limoniades*, de *Λειμὼν, Pratum*, les Nymphes des Prez, & des Fleurs.

CHAPITRE I

1 *Car je voy que tous bons historiographes ainſi ont traiɔté leurs chronicques, non ſeullement les Arabes, Barbares & Latins, mais auſſi Gregoys, Gentilʒ*] Au lieu de ces mots qui avec leur orthographe, ſont proprement de l'Edition de Dolet, dans une Gothique *in* 12. Paris, ſans date, mais vraiſemblablement de l'année 1529. on lit : *Car je vois que touts bons Hyſtoriographes ainſi ont traiɔté leurs Chroniques, non ſeullement des Grecs, des Arabes &* Ethniques ; *mais auſſi les Auɔteurs de la Sainɔte Eſcripture, comme Monſeigneur Sainɔt Luc meſmement, & Sainɔt Mathieu.*

Le libertinage de ces dernières paroles , & peut-être quelque abſurdité apparente dans le mot *Ethniques* oppoſé à *Grecs & Arabes,* ayant donné lieu à la correɔction qui a paru dans les Editions ſuivantes, il reſte deux difficultés : l'une de ſavoir ſi dans l'Edition Gothique *Ethniques* n'étoit pas ſuffiſamment exprimé par les mots de *Grecs & Arabes :* l'autre , ſi dans la correɔction même, après le mot *Gregoys,* il faut lire tout de ſuite & ſans virgule *Gentilʒ ,* c'eſt-à-dire *nobles,* ou *Gentilʒ,* dans la ſignification de *Payens ,* afin que ce mot réponde à celui d'*Ethnique ,* employé dans l'Edition Gothique.

Cette dernière leçon, qui eſt celle de toutes les Editions modernes, paroît avoir quelque choſe de ridicule, ou, au moins, de fort peu juſte ; puiſqu'aujourd'hui les *Gentils,* ou *Payens,* ne ſont pas différents des *Latins & Grecs* qui ont précédé. De ſorte qu'il

femble qu'on pourroit faire à Rabelais le même reproche que
Verville fait à Thevet, au Ch. intitulé Journal, qui eft le 17. de
fon *Moyen de parvenir*. Voici les paroles: *O gros Thevet, Befte de
bon efprit, que tu eftois fot quand tu me dis qu'il n'y avoit point de
Contrée où il y euft plus de vingt-quatre heures de jour, et que tu
eftimois que Payennerie fuft Nationneté!* Mais, s'il eft permis de
répondre férieufement à une bouffonnerie, on peut dire qu'effectivement dans le langage de nos vieux Auteurs *Payennerie étoit
Nationneté*. Que cela ne foit, le Sire de Joinville dit dans fon
Hiftoire de St. Louïs, fuivant l'Edition publiée à Paris par
Mr. Du Cange, l'an 1668. pag. 26. que *le Souldan de Connie*,
c'eft-à-dïre, d'*Iconnie*, appellée *Coni* par les Turcs, *étoit le plus
puiffant Roy de toute Payennie*. Et page 99. que *le Souldan de la
Chamelle*, appellée *Emiffa*, ou *Emefa* par les Anciens, *étoit l'un des
meilleurs Chevaliers, et des plus loyaulx, qui fuffent en toute Payennie*. Il dit encore pag. 72. fol. 73. que *telle eftoit la couftume entre
les Payens et les Chreftiens, que quant aucuns Princes eftoient en
guerre l'un vers l'aultre, et l'un fe mouroit durant qu'ils euffent envoyé
des Ambaffadeurs en meffage l'ung à l'autre: les Ambaffadeurs demouroient en celuy cas prifonniers et efclaves, fuft en Payennie ou en
Chreftienté*. Sur le premier de ces paffages de Joinville, Mr. Du
Cange fait cette remarque, pag. 58. de fes Obfervations: » *Paga-
» nifmus*, Terres des Payens, comme *Chriftianifmus*, Terres des
» Chrétiens dans les Auteurs Latins du moyen tems. Le Roman
» de Garin le Loheran MS.

» *De Paiennie amen'rons Paiens tant*

» L'ordene de Chevalerie MS.

» *Dont a Huë le congié pris,*
» *C'aler s'en veut en Paiennie.*

» La Chronique MS. de Bertrand du Guefclin:

» *Se un tel eftoit Roy au Païs de Surie,*
» *Et de Jerufalem, de Thebes, et d'Angourie*
» *Deffous luy foumettroit toute Paiennerie.*

Après quoi Mr. Du Cange renvoye à fon Gloffaire Latin, au
mot *Paganifmus*, où effectivement je trouve qu'il cite un autre
MS. intitulé *De Statu Terræ Sanctæ*, duquel il rapporte ces mots:
*Baudar eft chiès de Paiennie, auffi come Rome eft chiès de toute Chref-
tienté*. Ces Paffages font voir, que par les *Payens*, nos anciens
Auteurs n'ont entendu ni les Grecs, ni les Latins. Communé-
ment ils ont ainfi appellé les *Mahométans* ou les *Sarrazins*. Dans
Joinville, pag. 65. Saladin le Paien, eft un Sarrazin; & un de
leurs Admiraux, Mahométan, dit pag. 74. & 75. que le Roy
St. Louïs *eft le plus grant ennemi de la Loy des Païens*. Or, comme
Rabelais s'eft plu à imiter quelquefois le ftile des anciens Auteurs,
il introduit dans le Chap. 29. du Liv. 2. un Payen *Loupgarou*,

jurant *par Mahom ;* & un de fes *Géans,* par *Golfarin Neveu de Mahom.* Pour ce qui eſt du mot même de *Gentils,* que Rabelais a employé dans la correction du Paſſage que j'examine, il eſt auſſi employé par nos vieux Auteurs pour toute autre choſe que *les Grecs et les Latins.* Dans la Paſſion de J. C. à Perſonnages, au feuillet 62. Péruſine parle ainſi à la Madeléne ſa Maîtreſſe :

> *Vous avez l'eſprit ſi ſubtil,*
> *Le corps ſi faitis et agil,*
>   *Le babil*
>
> *De ſi plaiſant devis uorné,*
> *Qu'il n'eſt Grec, Hebreu, ne Gentil,*
> *Tant ſoit il mignon et ſubtil,*
>   *Dont fuſt il,*
> *Que tantoſt n'euſſiez ſuborné.*

Il ſemble auſſi que dans quelques anciens Auteurs, le mot de *Gentils* déſigne quelqu'autre choſe que des *Mahométans* ou des *Turcs.* Témoin le Recueil des mots dorez de Caton &c. publié par Pierre Groſnet d'Auxerre, où, pages 163. & 164. de l'Edition Gothique on lit ces vers :

> *Qui feiſt les nobles ſoubz l'eſpére* (*)
> *Sinon vertu, et aĉt's* (†) *gentils ;*
> *Adam à tous a eſté pére*
> *Tant aux Payens, Turcs, que Gentilz.*

Cette diſtinĉtion ayant été ignorée enſuite, dans la nouvelle Edition de ce Livre, qui fut faite à Paris environ l'an 1537. au lieu du dernier vers, qui cauſoit de l'embarras, on lit au feuillet 84, tourné :

> *Tant aux Payens que aux Gentils ;*

ce qu'on a entendu des *Païſans* & des *Gentils-hommes.* Tout ce que je puis dire la-deſſus pour le préſent, c'eſt que par les *Payens* nos anciens Auteurs, qui ont écrit depuis les Croiſades, ont ordinairement entendu les *Mahométans,* ou les *Turcs ;* & que par les *Gentils* ils ont entendu les Idolâtres qui étoient alors. Dans le 2. Voyage de Siam du P. Tachard, pag. 99. de l'Edition de Paris 1689. les *Macaſſars,* qui ſont Mahométans, devoient avoir propoſé à *tous les Chrétiens, Gentils et Payens,* qui étoient dans le Royaume, de ſe faire de leur Religion, ou de mourir ; ce qui ſignifiant apparemment tous les Chrétiens du païs ſans exception, tant ceux qui étoient nez tels, que ceux qui l'étoient devenus en quittant le *Mahométiſme,* ou l'Idolâtrie, donne quelque penſée

(*) *La Sphére.*
(†) *Aĉt's pour* Aĉtes.

II.   20

que le mot de *Gentils* dans la signification où il se prend dans nos vieux Livres, est encore d'usage parmi les Francs de l'Orient. Non-obstant toutes ces Remarques, qui ne m'ont pas paru indignes d'être proposées aux Lecteurs, je ne doute pas que dans le Passage de Rabelais qui m'a donné lieu de les faire, *Grégeois gentils*, &c. ne désigne les anciens Grecs par la *noblesse* de leur penchant, qui les portoit à boire excessivement, jusqu'à s'enivrer sans scrupules dans leurs débauches. C'est la même chose qu'*illustres*, comme Rabelais qualifie les buveurs au commencement de la plûpart de ses Prologues. Voyez la premiére Remarque sur le Prol. du Liv. 1.

2 *Qui furent buveurs éternelz*] De-là vient le Verbe *pergrœcari* pour ce qu'on appelle faire *carrous*. Nîcolas Leonic, Lib. 2. Cap. 93. de son *De varia Historia*, mérite d'être consulté sur ce mot, de même qu'Erasme en ses Adages ; & il ne faut pas non plus oublier le dire d'Anacharsis dans Diogène Laerce (*), où ce sage Scythe parle avec étonnement de la crapule des Grecs de son tems, qui se réservoient à boire le vin à grands traits sur la fin du repas après avoir déja noyé leur soif dans un grand nombre de moindres verres.

3 *Je parle de loin . . . pour nombrer à la mode des antiques druides*] Ces mots ne sont point dans l'Edition de Dolet. En ce qui concerne la coutume qu'ils renferment, voyez ce qu'en a dit Ménage dans son Diction. Etymologique au mot *Anuit*.

4 *En ycelle les kalendes . . . et fut la mioust en may*] Ceci manque aussi dans l'Edition de Dolet.

5 *Car de cela me veulx-je curieusement guarder*] Et ce mot *curieusement*, c'est-à-dire, soigneusement.

6 *Debitoribus à gauche*] Par allusion au *Sicut et nos dimittimus debitoribus nostris*, sur lequel article il est peu de Chrétiens qui ne *gauchissent*.

7 *Et seut manifestement veu le movement de trepidation . . . Faictes vostre compte que*] Sur tout ceci, qui n'a été ajouté que depuis l'Edition de Dolet, voyez Agrippa Cap. 30. de son *De Vanitate Scientiarum*. Ce Mouvement au reste, si difficile à concevoir, est de l'invention ou plutôt de l'imagination de l'Arabe Thebit Ben Coreth, fameux Astronome du 9. Siécle. Voyez Bergeron, § dernier de son Traité des Sarrasins. C'est par rapport à cela que Rabelais dit que ce Mouvement fut manifestement vu.

8 *Nectaricque, delicieuse, precieuse, celeste, joyeuse et deïficque liqueur*] De *spacieuse* qu'on lit au lieu de *precieuse* dans les Rabe-

(*) *Dans la vie d'Anacharsis.*

lais de Hollande après l'Edition de 1553. on a fait *ſpecieuſe* dans celle de Lyon 1608.; mais il faut lire *pretieuſe*. L'Edition Gothique *in* 12. de Paris, ſans nom d'Imprimeur et ſans date, porte : *dont nous vient cette nectareïque* pcieuſe, *celeſte et deïficque liqueur*. J'ai repréſenté l'abbréviation de /*précieuſe* telle qu'elle eſt dans l'imprimé, précédée d'une virgule à l'antique qu'on a priſe pour une *s*. & qui étant jointe à *pcieuſe*, a fait croire aux Imprimeurs ignorans que c'étoit *ſpacieuſe*, d'où enſuite les Correcteurs qui n'avoient point vu l'Edition ancienne que j'ai citée, ni celle de 1542. ont fait *ſpécieuſe*.

9. *Ventrem omnipotentem*] Ceci s'entend des gens de table et de bonne chére, qui comme de vrais *Gaſtrolatres*, ne ſachant ſe refuſer rien de ce que le ventre ou leur apétit leur demande, deviennent bien-tôt *puiſſants* & *ventrus* comme ce jeûne Gaſtrolâtre dont parle Rabelais Liv. 4. Chap. 59.

10 *Sainct Pansart et Mardygras*] Catherinot, dans ſes Doublets de la Langue Fr. a cru que St. *Panſart* ou *Panchart*, qui eſt le Mardigras des Picards, étoit le St. *Pancrace* du Calendrier ; mais il eſt viſible que ce ſont les railleurs qui de *panſe* ont fait St. *Panſart*. Un Médecin Champenois nommé Adrien le Tartier, Chap. 59. de ſes Promenades printanniéres, dit que Rondelet appelloit le Carnaval *Feſtum Sancti Panſardi*.

11 *Eſopet*] Encore Liv. 2. Chap. 15. *qui en ung biſſac, tel comme celluy d'Eſopet*, &c. Car c'eſt *Eſopet* & non *Eſope* qu'on lit en cet endroit dans les anciennes Editions. Le Traducteur en vers François de la Nef des fous avoit déjà dit *Eſopet* dans le Prologue de cette Traduction imprimée l'an 1497. & cela plutôt à cauſe de la taille extrémement petite et difforme d'*Eſope*, que de *Jéſopito*, nom par lequel les Hébreux ont rendu en leur Langue celui d'Eſope (*), à quoi nos bons vieux Gaulois ne ſongeoient pas.

12 *Aultres croiſſoient . . . elles tombent au fond des chauſſes*] Ceci a été ajouté dans l'Edition de 1553.

13 *Flammans*] Par ce mot, qui manque dans l'Edition de Dolet, on entend communément certain Oiſeau qui a les plumes de la couleur de la *flamme* & les jambes longues & rouges (†).
14 *En grammaire Iambus*] Equivoque du Latin *Iambus*, ſorte de métre en Poëſie, au François *jambus* qui ſignifie ceux d'entre les hommes qui ont de grandes jambes. La différence de l'*I*. voyelle & de l'*I*. conſonne n'étant pas encore introduite dans

(*) *Voyez Baillet*, Auteurs déguiſez, &c. Part. *III. Chap.* 20.
(†) *Voyez l'Ornithologie de Belon, Liv.* 4. *Chap.* 8.

l'Écriture dû têms dé Rabelais, & l'*I* marqué de deux pôints, nommé *i trema,* étant alors incônnû, lès petits Ecoliers qui trôuvoient *jam, jacto, jocor, jambus* écrits par un *i* de même figure, prononçoient également ces quatre mots par un *i* consonne. Les Régens eux-mêmes admettoient cette prononciation que l'ignorance des Siècles précédens avoit établie. Aléxandre de Villedieu prononçoit *jambus,* & le fait toujours de deux syllabes dans les vers de son Doctrinal.

15 *A pompettes*] Pompettes font proprement ces balles avec lesquelles on applique l'encre sur les formes où l'on imprime. Ces *pompettes,* semblables avec leurs manches à de grosses *pommes,* ont donné le nom à ces grosses verrues qui pendent à de certains nez que de là on appelle *nez à pompettes.*

16 *Nason et Ovide*] Nason & Ovide font deux noms qui ne signifient ici qu'un même homme, savoir *Nason* en la personne d'*Ovide,* & *Ovide* comme étant de la famille des Nasons.

> *Comme une guine eſtoit rouge ſon nez.*
> *Beaucoup de gens de ſa race ſont nez.*

dit Marot, parlant de Bacchus, Chanson 32.

17 *Ne reminiſcaris*] Ceci eſt d'une Antienne prife du Livre de Tobie, Chap. III. verf. 3. qui commence par *Ne reminiſcaris delicta noſtra,* & qui se chante avant & après les Sept Pseaumes pénitentiaux. Ici Rabelais femble avoir eu en vûe quelque Chanoine à rouge trogne, qui ne pouvoit dire ces paroles qu'en chantant du nez.

18 *Aultres croiſſoyent par les aureilles*] Pomponius Mela, Lib. 3. Cap. 6. Pline, Lib. 4. Cap. 13. & Lib. 7. Cap. 2. difent à peu près la même chofe de certains Peuples nommez *Tout-oreilles* Πανώποι qui n'ont point d'autre couverture de leur nudité que leurs oreilles, dont ils s'affublent depuis la tête jusqu'aux pieds. Strabon Lib. 2. s'infcrit en faux contre ces Hiftoriens qui ont eu le front d'écrire que ces Peuples à l'heure de leur repos se faifoient de leurs oreilles un matelas. Pigaféte fur la fin du Pontificat de Léon X. debitoit à Rome de pareilles fables, & plus incroyables encore, dont il parloit *de viſu.* Ce que le Pape ayant appris eut d'autant plus d'envie de rire, que Pigaféte peu de tems auparavant lui avoit rendu un compte fidèle de son voyage (*).

19 *Sont dictes aureilles de Bourbonnoys*] Les oreilles des Bourbonnois ont paſſé en proverbe dans la fignification de grandes oreilles. On en dit autant de celles des Lyonnois, d'où un Poëte

(*) *Div. Leçons de L. Guyon, Liv. 5. Chap. 6.*

fatirique après avoir remarqué avec Verville (†) l'honneur qu'on faisoit aux enfans de Lyon, de leur laisser le chapeau sur la tête quand on les menoit pendre, prit autrefois sujet de s'écrier :

Privilege fort authentique
Pour cacher l'oreille Arcadique !

20 *Eryx . . . inventeur du jeu des gobelets*] Le Mont St. Julien en Sicile porta anciennement le nom de ce Géant que la Fable dit y avoir été enterré. Voyez Hygin Ch. 260.

21 *Cace*] *Cacus.* Tite-Live parle de lui & de sa Caverne, Liv. 1. Chap. 7.

22 *Etion . . . Bartachin*] Ce nom du prétendu Géant *Etion* se trouve dans quelques Manufcrits de Pline, Lib. 7. Cap. 16. ou au lieu de *quod alii Orionis, alii Oti fuisse arbitrantur*, on lit *quod alii Orionis, alii Etionis,* &c. Les Editions les plus correctes ont retenu *Oti.* Bartachin n'est cité ici qu'à plaisir, comme un Ecrivain fort éloigné de traiter pareille matière. C'étoit un Jurisconfulte de Fermo dans la Marche d'Ancone vers la fin du 15. Siècle. Son vrai nom est Jean Bertachin, Auteur du *Repertorium Juris.* Ici Rabelais le nomme *Bartachin* à la Parifienne, mais plus bas, Chap. 10. il le nomme mieux *Bertachin.*

23 *Othe*] Géant dont le corps de quarante-fix coudées de long étoit couvert par une Montagne qu'entr'ouvrit ou renversa un tremblement de terre dans l'Isle de Crete. Pline Lib. 7. Cap. 16. L'Edition Gothique a *Othus,* la bonne orthographe vouloit qu'on écrivît *Ote* ou *Otus.* Rabelais & avant lui Textor, ont suivi cette Edition.

24 *Porphyrio*] Fils de Sifyphe, qui pourtant ne vient ici que le douzième après le Géant Porphyrio. *Porphyrion trepidam conatur rumpere Delon,* dit Claudien dans sa Gigantomachie.

25 *Adamaftor*] C'est Sidonius Apollinaris, qui appelle ainfi ce Géant, dont le vrai nom est *Damaftor.* Voyez la Gigantomachie de Claudien.

26 *Antée*] Géant dont le cadavre fut trouvé long de foixante coudées. Voyez Plutarque, dans la vie de Sertorius.

27 *Pore*] Philoftrate, Liv. 2. Chap. 10. de la Vie d'Apollonius, fait du Roî *Porus* un vrai Géant. Voyez Freinshemius fur Quinte-Curce Liv. 8. Chap. 14.

(†) *Verville, Ch.* 87. *du* Moyen de Parvenir.

28 *Gabbara*] Geant Arabe, qui fut préfenté à l'Empereur Clau-
dius. Pline, Lib. 7. Cap. 16. lui donne neuf pieds & neuf pouces
de hauteur. Ce Géant eft nommé *Gabbarus* dans ce vers de
l'Architrenius de Jean de Hanville Lib. 1. Cap. 13. *In bis quinque
pedes produxit Gabbarus Artus*, où Du Cange s'équivoque bien
fort de croire que *Gabbarus* en cet endroit fignifie une forte
d'Ecreviffe de mer appellée en Latin *Squilla*.

29 *Goliath et Secundille*] Rabelais pour fe divertir fuppofe ici
un Goliath fecond du nom, fils du Géant Gabbara, & de la
Géante Secondille. Louïs Guyon, & ceux qui comme lui prennent *Secundilla* pour un Géant, ne s'entendent guères à connoître
le fexe par la terminaifon des noms Latins. La Géante *Secunda*
fut nommée par les rieurs *Secundilla*, de la même maniére qu'un
Géant qui parut avec elle du tems d'Augufte fut appellé *Pufio*.
Voyez touchant ces deux Coloffes Pline & fon abbréviateur
Solin.

30 *Beau nez à boire au baril*] Villon, dans une Ballade de fon
grand Teftament,

> *Que luy donray-je que ne perde ?*
> *Affez ay perdu tout ceft an*
> *Dieu le veuille pourvoir, Amen.*
> *Le barillet ? Par m'ame, voyre.*
> *Genevoys eft plus ancien,*
> *Et a plus grant nez pour y boire.*

Ce qui revient à ce que Rabelais a dit ci-deffus, que tout homme
à grand, gros, & rouge nez eft volontiers bon biberon.

31 *Artachées*] Voyez Hérodote, Liv. 7. Ch. 117.

32 *Souliers à poulaine*] Ci-deffous encore, au dernier Ch. de
ce Livre, *ventres à poulaine*. Item. Liv. 4. Chap. 31. *le ventre* à
poulaines, *boutonné* &c. Et au Ch. 5 de la Progn. Pantagr. *Enlu-
mineurs de mufeaux, ventres à* poulaine, *Braffeurs de bière*. Mézerai
dans l'Abregé de la Vie du Roi Charles V. fur l'an 1365. parle
des fouliers à *Pouleines*, comme d'une chauffure qui fous le
Régne de ce Prince, étoit particuliére en France aux perfonnes
de qualité, & aux honnêtes gens dans les Villes. *Ils avoient auffi*,
dit cet Hiftorien, *mis en ufage une certaine forte de chauffeure, qui
par devant avoit de longs becs recourbez en haut* (ils les nommoient
des *Pouleines*) *& par derrière comme des éperons qui fortoient du
talon. Le Roi par fes Edits bannit ces ridicules modes*, continue
Mézerai ; mais celle des fouliers à *Poulaine* revint, & même elle
dura jufque bien avant dans le quinzième Siècle. Le 42. des
Arrêts d'Amours, compofez vers ce tems-là par Martial d'Auver-
gne. » Il y ha fix, ou huiçt Varlçtz cordoüanniers qui fe font

» plainctz en la Court de céans : de ce qu'il faut maintenant mettre
» aux poincts des Soulliers qu'on faict, trop de bourre. Disans
» qu'ilz sont trop grevez, & qu'ilz ne pourroyent fournir les
» compaignons (*), ny continuer cette charge, s'ilz n'en avoyent
» plus grandz gaiges, qu'ilz n'avoyent accouftumé, attendu que
» le cuyr eft cher, & que les dictes *poullaines* font plus fortes
» à faire qu'ilz ne fouloyent. Si ha la Court faict faire informa-
» tion, & rapport du profit, & dommaige qu'ilz en ont, & pour-
» royent avoir. Et tout veu & confideré, ce qu'il falloit confiderer,
» la Court dict que les dictz Cordoüanniers feront les dictes
» *poullaines* groffes & menuës, à l'appetit des compaignons,
» fuyvant ledict fervice d'Amours, fur peine d'amende arbitraire.

> *Saintures, chaprons de migraines,*
> *Chauffes et foulliers à poulaines :*

dit auffi dans fon Plaidoyer Coquillart, qui vivoit environ l'an
1460. Quoiqu'il foit conftant que nos vieux Hiftoriens appellent
Poulaine la *Pologne*, Ménage qui cherchoit l'étymologie de
Poulaine, n'a ofé adopter l'opinion de Borel, qui pour cette raifon
dérive ce mot de *Polonia ;* mais peut-être n'auroit-il pas été fi
retenu, s'il avoit jetté les yeux fur les Contes d'Eutrapel. *Le*
pourpoint, y lit-on dès le premier feuillet, *gros et enflé de bourre,*
defcendant jufques au fin fond des parties cafuelles d'entre les cuiffes
à la Polaque, *ou felon nos Anciens à la* Polaine. Et ce qui fans
doute l'auroit encore mieux déterminé, c'eft ce que dit Bernardin
de Mendoffe au 9. Liv. de fes Commentaires de la Guerre de
Flandres, où parlant des patins dont les Hollandois fe fervent
pour traverfer en tems de gelée les Lacs & les Canaux. *A la*
pointe de ces patins ou fouliers, dit cet Efpagnol, *il y a un crochet*
comme un efpaulon de foulier Turquefque ou Polonois, *ou à barques*
d'Efpagne. Comme donc le brodequin ferré eft particulier aux
Polonois ; il y a bien de l'apparence que les fouliers à *polaine*
nous vinrent en effet des Polonois ; mais que, comme l'infinue
l'Hiftorien Mendoffe, ceux-ci les avoient pris des Turcs originaires
de la Scythie.

33 *Morguan*] Ou *Morgant*, nom d'un Géant, Héros d'un
ancien Roman, duquel parle Antoine du Verdier pag. 899. de
fa Bibliothéque. Luigi Pulci en a fait un Poëme Italien de 28.
Chants, attribué mal à propos à Politien par des gens qui ne
favent pas juger du ftyle de ce dernier. Ceux qui croyent qu'A-
grippa Ch. 5. *De la Vanité des Sciences* a parlé de Morgan, fe
trompent, c'eft de Morgue la Fée.

34 *Fracaffus* &c.] L'endroit où Merlin Cocaïe parle du Géant
Fracaffus eft de la feconde Macaronnée en ces termes :

(*) *Les Amoureux.*

Primus erat quidam Fracaſſus *prole Gigantis,*
Cujus ſtirps olim Morganto *venit ab illo,*
Qui bacchioconem Campanæ ferre ſolebat,
Cum quo mille hominum colpos fracaſſet in uno.

Ferragus, nom compoſé de *fer aigu,* ou *fer agut,* comme parlent
ceux du Languedoc, qui ſous ce nom déſignent un Bréteur de
profeſſion. Ce Géant fut aiſément aſſommé d'un coup du batant
d'une groſſe Cloche par le Géant Morgant qu'il avoit défié au
combat (*).

35 *Happemouſche*] *Aquila non capit muſcas.* Ainſi, ce Géant ne
devoit pas être fort magnanime, non plus que l'Empereur Domitien qu'ailleurs Rabelais appelle *Croque mouſche.*

36 *Gayoffe*] De l'Italien *gaglioffo,* c'eſt-à-dire, vilain, coquin.
Gaioffus eſt le nom du Magiſtrat de Mantouë dans Merlin Cocaïe.
Ici le Géant Gayoffe devoit être quelque *puiſſant ribaut.*

37 *Galehault* &c.] C'eſt un nom Anglois qu'on lit dans Froiſſart; & au Ch. 65 du 1. Vol. de Lancelot du Lac, c'eſt le nom
du Roi d'Outre-les-Marches dans la Grande-Bretagne. Or, comme
en ce Païs-là le vin, pour y être rare, n'en eſt que plus au goût
des habitans, qui ne le verroient pas volontiers répandu ni gâté,
Rabelais nous donne un Anglois *gaillard* & homme de bonne
chére pour inventeur des flacons, où le vin n'eſt ſujet, ni à ſe
répandre, ni à s'éventer.

38 *Mirelangault*] Plus bas, Liv. 3. Ch. 35. & 37. l'Auteur
parle du Païs de *Myrelingues,* & du Parlement de *Myrelingois* en
Myrelingues; et ce Païs pourroit bien être la patrie de notre
Géant, que je ſuppose avoir été du Languedoc, où presque chaque Ville ou Bourg a ſon Patois particulier.

39 *Galaffre*] Ce Géant, qui avoit dix-ſept freres, tous plus
grands que lui, fut mis à mort par Huon de Bourdeaux.

40 *Hacquelebac*] C'eſt le nom d'une galerie du Château d'Am-
broiſe, ainſi appellée, dit Commines, d'un nommé *Hacquelebac*
qui autrefois l'avoit en garde (†). Or, puiſque de cet homme,
dont le nom eſt Allemand ou Suiſſe, Rabelais fait un Géant, il
faut croire que c'étoit en ſon tems quelque Coloſſe, comme il y
en a pluſieurs de ces deux Nations-là; & à ce ſujet il eſt à remarquer que dans cette même galerie, qui eſt le propre lieu où le
Roi Charles VIII. mourut ſubitement en 1498. ſe voient les
portraits d'un mari & de ſa femme, tous les deux d'une taille

(*) *Roman de Morgant le Géant, Ch.* 37.
(†) *Commines, Liv, dern. Chap.* 18.

gigantefque, & defquels tout ce qu'on fait, c'eft qu'autrefois ils eurent de l'emploi dans le Château. *Duceris in atria*, dit en parlant du Château d'Amboife Jodoc. Sincer. en fon Voyage de France, *cubicula, armamentarium tormentis grandioribus refertum, locum ubi fubita et miferabili morte Carolus octavus obiit. Picti in pariete confpiciuntur conjuges duo* magnæ & proceritatis & craffitiei, *cum pari ovium Indicarum. Nefcio cui officio in Arce præfuerant. Ipfis mortuis, et par hoc beftiarium vitæ paulò poft defiiffe ferunt.* Il y a bien de l'apparence que l'époux étoit le Concierge *Hacquelebac*, & que c'eft par rapport à fa taille énorme, que Rabelais fait de lui un Géant.

41 *Ou j'ay le fens mal gallefreté*] C'eft-à-dire, éventé, mal calfeutré. Ces paroles manquent dans l'Edition de Dolet.

42 *Bons couillaux & beaulx cornemufeurs*] C'eft-à-dire, qui parmi les Juifs tiennent le lieu des Moines, des Abbez & des autres Prélats de l'Eglife Romaine, auxquels il appartient d'interpréter l'Ecriture & les Traditions. Les *Couillaux* ici, comme encore ailleurs dans Rabelais, ce font les Moines : de *cucullellus*, & les *Cornemufeurs*, témoin Liv. 2. Ch. 7. *la* Cornemufe *des Prélats*, ce font les *Mufars* ou plus ftudieux Prélats, dont la mitre a quelque rapport avec cette efpèce de *cornes* que les Peintres donnent à Moïfe. Du refte, au lieu de ces paroles *bons Couillaux*, &c. Il y a dans les anciennes Editions de 1534. & 1542. *interprètes des Sainctes Lettres.*

43 *Ledict Hurtaly &c.*] Ménage a remarqué à la marge de fon Rabelais que les Rabins difent cela, non de Hurtaly, mais d'Og Roi de Bafan. Voyez Le Pelletier Ch. 25. de fon Arche de Noé, pag. 236.

44 *Et comme le gros Toreau de Berne . . . canon pevier . . . fans poinct de faulte*] Quoique Liv. 4. Ch. 41. Rabelais parle encore de ce *Taureau de Berne* &c. ceci manque dans l'Edition de Dolet. Du refte, je ne fais aucun Hiftorien François qui ait touché cette particularité de la bataille de Marignan, & fi Rabelais n'en avoit parlé, peut-être ne fe feroit-on jamais avifé de la déterrer dans Paul Jove (*), où elle a été trouvée par un Réfugié curieux qui a mis une favante Préface en Anglois au devant de la Traduction Angloife de Rabelais imprimé avec des Notes auffi Angloifes à Londres l'an 1694. Ce vaillant Bernois, que notre Auteur caractérife de *Taureau*, vraifemblablement à caufe de la voix mugiffante dont il animoit fes gens au combat, étoit le nommé Pontiner, l'un des Chefs de la Nation Suiffe à cette fameufe Journée. La taille de Pontiner, de foi exceffivement haute, mais

(*) *Hift. de P. Jove. Liv.* 15.

II   21

prodigieufe encore par un embonpoint extraordinaire, faifoit terriblement redouter les coups de ce Suiffe, qui s'étant acharné fur
les Lanfquenets de l'Armée du Roi, en avoit tué plufieurs.
Ceux-ci l'abattirent enfin d'une grêle de coups de moufquet, au
moment qu'il avoit déja la main fur l'une des Piéces de l'Artillerie Françoife (†), & vangérent la mort de leurs compagnons
fur ce vafte corps, qui, fuivant une ancienne mais barbare coutume des Allemands dans leurs combats contre la Nation Helvé-
tique, fervit de fourreau à leurs piques qu'ils faifoient trophée
d'élever en l'air toutes fanglantes, & dégoutantes de la graiffe
qui fortoit des playes du brave Pontiner. Voilà l'Hiftoire du
prétendu Taureau de Berne. Le Canon *pevier* qu'on lui donne
pour monture eft une exagération bouffonne de l'audace qu'eut
ce Suiffe d'aller porter la main jufque fur le Canon du Roi.
L'Abbé Guyet au lieu de *pevier* lifoit *perrier*, mais fans néceffité,
pevier fe trouvant dans Oudin (*) comme un Synonyme de
Perrier, ou de *Pierrier* qui eft aujourd'hui le mot d'ufage. C'eft
le πετροβόλον des Grecs.

45 *Car, fi ne le croiez, non foys je, fift-elle*] C'eft-à-dire, fi vous
n'en croyez rien, ni moi non plus. Je ne fais dans quelle Province
s'eft confervée cette expreffion, mais une preuve qu'elle eft très-
ancienne dans notre Langue, c'eft qu'on la trouve dans Perceforeft, Vol. 5. Chap. 18. Du refte, ceci manque dans l'Edition de
Dolet.

CHAPITRE II.

1 *Troys fepmaines . . . . quelque peu*] Ceci a été ajouté dans
l'Edition de 1553.

2 *Toute la contrée eftoit à l'ancre*] C'eft-à-dire, que perfonne
n'ofoit démarer faute de provifion d'eau douce. Dans l'Edition
de Dolet, au lieu d'*à l'ancre* on lit *alancrée*, mot inconnu, &
auquel on ne fauroit donner de fens, fi ce n'eft peut-être celui
d'*alangourée*, qui fe lit pour *tombée en langueur* dans le Roman de
la Rofe, au feuillet 2. de l'Edition de 1531.

3 *Les Lifreloffres* &c.] *Lifreloffre*, par la raifon que j'ai dite fur
le Chap. 8. du Liv. 1. fe prend quelquefois pour Suiffe ou pour

_____

(†) *C'eft à Pontiner que le 1. Liv. des Mem. de du Bellai femble
attribuer cette aĉtion, quoique fans le nommer.*
(*) *Lettr. P. du Diĉtion. Fr. Ital.*

Allemand. Ici c'eſt une Equivoque Tabarinique à *Philoſophe* pour déſigner avec mépris un Philoſophe impertinent.

4 *Combien que* . . . . *allaiĉla Heroules*] Ceci manque dans l'Edition de Dolet.

5 *Tregeniers*] *Tregenier* du Latin barbare *traginarius*. Du Cange produit des exemples de *traginaire* dans la ſignification de *trahere*. Antoine de Arena dans ſon Poëme *de Guerra Romana* a dit *trahinavit* pour *traxit*. A Touloufe *tregi* c'eſt une Voiture , *Treginié*. Voiturier (*).

6 *Anguillettes*] Ce n'eſt ni *aguillettes* comme dans quelques Editions Gothiques , ni *aiguillettes* comme dans celle de 1626. ni *andouilles* comme dans celle de Lyon 1608. mais *anguillettes* qu'il faut lire comme dans l'Edition de Dolet ; & l'Auteur a égard à ce que dans les Riviéres & même dans les moindres Ruiſſeaux du Languedoc & de la Guienne , il ſe prend pendant les pluies de l'Automne une infinité de petites *anguilles* , que ceux du Païs ſalent pour le Carême. Rondelet , Chap. 23. de ſon Livre des Poiſſons de Rivière : *Idem certum eſt evenire in permultis Galliæ Rivulis & Fluminibus , in quibus turbata aqua autumnalibus pluviis naſſis & aliis excipulis innumerabiles capiuntur* Anguillæ *quæ ſalitæ in proximum quadraginta dierum jejunium ſervantur.*

7 *Lâchement, non en lancement*] Oppoſition entre *boire lâchement* & *boire en Landsman* , c'eſt-à-dire , comme les Allemands qui ſe portent ſantez ſur ſantez en ſe traitant l'un l'autre de *Landsman* , ou de compatriotes. Plus haut, Liv. 1. Chap. 5. *Lans tringue ; à toy compaing.* Et au Prologue du Liv. 3. *je ne ſuis pas de ces importuns Lifreloffres, qui par force, par oultraige & violence contraignent les* Lans *& compaignons trinquer, voire* carous *& allus qui pis eſt.* Dans ces deux paſſages *Lans* pour *Lands-manner* revient à Païs dans la ſignification de *compatriotes.*

8 *Il eſt né à tout le poil*] Avec le poil. Ce qui marquoit le grand courage & la prodigieuſe force que devoit avoir un jour Pantagruel. Au Ch. 90. du 1. Vol. de Perceforeſt , il eſt rapporté que des Damoiſelles diſoient à des Chevaliers que pour Dieu ils monſtraſſent à certaine Journée la force de leurs bras, la laine de leur pis , le loz de leur proueſſe , & la Chevalerie dont ils étoient renommez. Et au Ch. 152. *Adonc avoit ung Chevalier au dehors du tournoy eſgardant & eſprenant* la laine de ſon pis , *la force de ſes membres , et la puiſſance de ſon cheval , car beaulté de pucelle luy avoit fait voüer telle choſe que grand doubte avoit d'en venir à chef.* Au Liv. 4. Chap. 12. de Rabelais les *Chicannoux*

(*) *Diĉl. de la Lang. Toloſ. au mot* Treginié.

font traitez de *gens à tout le poil*, c'eft-à-dire puiffans & redoutables.

9 *S'il vit il aura de l'eage*] Raillerie contre ces flatteurs, qui feroient volontiers le Panégyrique d'un enfant qui ne fait que de naitre. *S'il vit, il aura de l'eage*, c'eft-à-dire : fuivant qu'il fe tournera on en dira du bien ou du mal ; & tous ces beaux Prognoftiqueurs, dont les Princes ne manquent jamais, pourront bien fe tromper fur fon Chapitre.

CHAPITRE III

1 *La souris empeignée*, &c.] *Mus in pice deprehenfus.* Prov. Voyez les Adages d'Érafme, Chil. 2. Cent. 3. n° 68. Ci-deffous encore, Liv. 3. Chap. 36. *Vous me femblez à une Souris* empeigée : *tant plus elle s'efforce foi defpeftrer de la poix, tant plus elle s'en embrenne. D'impicata* fait de *pix*, qui fignifie *de la poix.* Ces mots au refte ne font point dans l'Edition de Dolet ; & l'Abbé Guyet, qui croyoit qu'il falloit lire ici *empeguée*, ne travailloit point fur celle-là.

2 *Sexterées*] C'eft comme il faut lire, fuivant les meilleures Editions, et non *fexterces*, comme dans les nouvelles. Sexterée, *certa mifura di terra*, dit le Diction. Fr. Ital. d'Oudin. Par la Coûtume du Dunois, Art. 25. une *Sexterée* eft un Arpent de terre labourable. Dans le Poitou c'eft proprement autant de terre qu'on en peut femer avec un *Sétier* de blé.

3 *Rince les verres*] On lit *raince* dans l'Edition de Dolet. *Rincer*, que Ménage a cru venir de *refincerare*, pourroit bien avoir été formé de *ramicare* fait de *ramicus*, d'où le diminutif *ramicellus*, duquel nous avons fait *rainceau*, qui fe trouve pour *rameau* au feuillet 52. du Roman de la Rofe, Edition de 1531. De petites tiges de certaines herbes avec leurs feuilles font très-propres à bien *rincer* un verre.

4 *Foy de gentil homme*] Nous lifons au Ch. 15. de l'Apologie d'Hérodote, que c'étoit-là le ferment le plus ordinaire du Roi François I. parce que fuivant les idées qu'avoit ce grand Prince de la vraye Nobleffe, la qualité de Gentilhomme renferme tout ce qu'ont de plus noble celle de Priuce & même celle de Roi. Auffi le Roi d'Angleterre Henri VIII. à qui ces fentimens de François I. étoient bien connus, crut-il un jour ne pouvoir mieux louer ce Monarque, à l'Ambaffadeur de qui il parloit, qu'en difant que c'étoit un *fort fage et vertueux Gentilhomme.* C'eft le

même Henri Etienne qui nous apprend cela pag. 261. de ſes
Dialogues du nouv. Lang. François Italianiſé : & à la pag. 594.
du même Liv. il inſiſte de nouveau ſur un ſerment ſi modeſte
pour un Monarque. On ſait au reſte, que Charles V. fit dire un
jour au même François I. que, puiſqu'il refuſoit la paix à de
certaines conditions que celui-ci trouvoit déraiſonnables, il eſpé-
roit de le rendre en peu de tems le plus *pauvre Gentilhomme* de
France ; & il n'eſt pas ſans apparence, que cette terrible menace
d'un Ennemi auſſi orgueilleux que François I. l'étoit peu, conte-
noit une raillerie de ce qu'un ſimple *Gentilhomme*, comme François I. en prenoit volontiers la qualité, oſoit ſe meſurer avec lui,
qui, outre la Couronne Impériale, poſſédoit pluſieurs Royaumes
& autres Etats.

5 *Je ne vous peulx veoir*] Et au Prologue du Liv. 4. *Gents de
bien . . . . . où eſtes-vous? Je ne vous peulx veoir*, &c. Cette penſée
eſt de Crémyle, dans le *Plutus* d'Ariſtophane, tant il eſt vrai que
c'eſt de tout tems que la vertu & la probité ſont plus rares qu'on
ne penſe.

6 *De tomber malade*] C'eſt que les Rois de France n'aſſiſtent
jamais à aucunes funérailles, pas même à celle de leurs plus proches, à cauſe qu'on leur a perſuadé que le mauvais air des
Cavaux pourroit nuire à leur ſanté. Auſſi remarque-t-on que ce
n'eſt que les pieds devant qu'ils entrent dans St. Denys.

7 *Que tant me ſembloit nice*] Elle en mourut, du mal d'enfant,
la noble Badebec, qui, vû la ridicule difformité de ſa perſonne,
me paroiſſoit ſi *peu propre* à faire des enfans. Le *que* ſe rapporte
à Badebec.

8 *Viſaige de Rebec*] Figure groteſque, en forme de viſaige,
qu'on tailloit dans la partie ſupérieure du *Rebec*, qui étoit un
Violon à trois cordes. De là on a appellé *viſage de rebec* un viſage
ſec & mal fait (*), comme ces *Chiches-faces*, Monſtres chimériques
dont on faiſoit peur aux enfans. Coquillart, dans ſes Droits nouveaux :

> *Les culz trouſſez deviennent peaux,*
> *Les tetons deviennent tetaſſes,*
> *Nourrices aux grandes pendaſſes,*
> *Gros ſains ouvers remplis de laiɛtz,*
> *Sont penſues comme Chiches-faces,*
> *Qu'on veut tous les jours au Palays.*

9 *Corps d'Eſpaignole et ventre de Souyce*] Le corps fort maigre
& le ventre extraordinairement gros & enflé.

(*) *Curioſ. de Fr. Oudin, au mot* Rebec.

CHAPITRE IV

1 *Bramont en Lorraine*] *Fromont*, Bourg de la Lorraine fur les frontiéres de l'Alface. On y fait quantité de poëlons de fer, & ce Lieu a été appellé *Bramont* & *Fromont* par corruption pour *Faramond*.

2 *Ceulx que l'on faiɛt à Tain*] Gros Bourg fitué fur le Rhône, vis-à-vis de Tournon. Valence en Dauphiné eſt le Magazin d'où on tire ce Sel, auquel on fait remonter la Riviére pour le débarquer à Lyon.

3 *La grand nauf Françoiſe*, &c.] Certain beau Vaiſſeau de Guerre, qui apparemment portoit le nom du Roi François I. comme de nos jours on en voit pluſieurs du nom de *Louïs*. Il ſe peut auſſi que ſous le nom de *grande Nauf Françoiſe* Rabelais entende ſeulement que le Vaiſſeau qui portoit ce nom n'étoit proprement ni un gros *Galion* Eſpagnol, ni un Vaiſſeau preſque rond, comme les *Orques* Flamandes; mais d'une fabrique particuliére qu'on appelloit *Françoiſe*.

4 *Que nourriſſoit ſon pere*] Ceci ne regarderoit-il point perſonnellement le Roi François? duquel Belon rapporte Liv. 3. Chap. 2. de ſon Ornithologie, que *comme nous tenons quelque petit Chien pour compagnie, que faiſons coucher ſur les pieds de noſtre liɛt pour plaiſir: ce Prince y avoit telle fois quelque Lion, once, ou autre telle fiere Beſte, qui ſe faiſoient chiere, comme quelque Animal privé és maiſons des Païſants.*

5 *Monſieur de l'ours*] Ci-deſſus déja Liv. 1. Chap. 33. *Monſieur du Pape meurt desja de peur.* Et au Ch. 30. de ce préſent Livre *Monſieur du Roy.* La Fontaine a dit de même dans le Comique, Liv. 1. Fabl. 2. Mr. *du Corbeau.* Au Ch. 17. du 5. Vol. de Perceforeſt on lit: *Madame de Sœur,* pour *Madame ma Sœur.*

6 *Se gaſtaſt*] Se bleſſât, ſe fît du mal. Nicot explique *ſe gaſter* par *conſicere ſe.*

7 *L'aultre à Angiers*] On l'y appelle *la haute Chaine.*

8 *Se deſchainoit*] Ainſi *ſe déchainer,* c'eſt proprement ſe démener juſqu'à rompre la *chaîne* dont on ſeroit lié.

9 *Pour avoir mangé l'ame d'un ſergeant*] Comme plus bas au Ch. 14. de ce Livre Panurge ſoutient qu'il n'eſt point de mal de dents plus grand que quand les Chiens vous tiennent aux jambes, ici l'Auteur veut dire qu'il n'eſt point de mal de côté ſi violent,

que quand les Sergens vous ferrent les *côtes*, ni de fi méchante *colique*, que lorfqu'on eft pris au *colet*.

10 *Et Og regem Bafan*] Voyez N. de Lyra fur cet endroit du Pfeaume 134. ou 135. Alphonfe Toftat, Queft. 27. & Ger. Voffius, Lib. 1. *de Idol. Gent.* Cap. 26.

11 *A reculorum*] Cette expreffion nous eft venue de l'Univer-fité. Mat. Cordier, pag. 433. de fon *De corr. ferm. emend.* Edit. de 1531.

> *Beneveniatis qui apportatis,*
> *Et qui nihil apportatis*, à reculorum.

12 *Pofle*] Poûtre. De *poftis*, comme *pôteau*. L'Edition Gothique de Paris, au lieu de *pofle* a *pouftre*, que nous écrivons *poûtre*. *Pofle* néanmoins a pu fe dire dans la fignification de Colonne, comme fon diminutif *pofleau*, qu'on prononce & écrit *pôteau*, le marque.

13 *Par le confeil des princes & feigneurs affiftans*] L'Auteur infi-nue qu'autrefois en France les Rois confultoient les Princes & les Grands du Royaume, dans tout ce qui pouvoit regarder l'Etat: comme ici, où il s'agiffoit de la maniére d'élever l'Héritier pré-fomptif de la Couronne. Remarquez que, fi jeunes que foient les Princes, comme ils font déja les Maîtres, ils font fort difficiles à contenir.

CHAPITRE V

1 *A veu d'œil*] Ceci doit s'entendre à la lettre & fans hyper-bole.

2 *Chantelle*] On voit dans Brantome, Tome 1. pag. 41. de fes Hommes Illuftres François, une Lettre du Roi Louis XI. datée du 4. Mars . . . de Chantelle, affez forte Place du Bourbonnois, appartenante en 1523. au Connétable Charles de Bourbon (*). Du refte, au lieu de ces mots, *qu'on appelle de prefent la grand' Arbalefte de Chantelle,* il y a dans l'Edition Gothique de Paris, *qui eft de prefent en la groffe Tour de Bourges:* ce qui fait voir que c'étoit une de ces prodigieufes *Arbaleftes de Paffe*, dont il a été parlé au Ch. 23. du Liv. 1.

3 *A Poictiers, pour eftudier, &c.*] Comme ceci n'eft pas fort à la louange de l'Univerfité de Poitiers, il eft bon de remarquer ce que dit d'elle Chaffeneuz dans fon *Catalogus gloriæ Mundi*

(*) *Voyez les Mém. de Du Bellai, Liv. 2. fur l'an* 1523.

Part. 10. Confider. 32. *Nec eſt ulla Univerſitas*, dit cet Ecrivain, *quæ non habeat ſua impedimenta : cum apud nos in vulgari dicatur,* les Fluteurs & Joüeurs de paume de Poitiers ; les Danſeurs d'Orléans : les Bragards d'Angers : les Crotez de Paris : les Brigueurs (†) de Pavie : les Amoureux de Thurin.

4 *D'eſpaiſſeur quatorze pans*] Déjà Liv. 1. Chap. 19. *dix* pans *de ſaulciſſes*. Ce mot eſt du Languedoc, où il a la même ſignification qu'ailleurs celui d'*empan*.

5 *Crouſtelles*] Bourg à une petite lieue de Poitiers. On y fait quantité de petits ſifflets, qui firent appeller *Sifflars* en 1561. certains garnemens de Poitiers & autres Ecoliers, qui portoient chacun au cou un de ces ſifflets, dont ils prétendoient ſe ſervir à s'attrouper contre les Religionnaires (*).

6 *Paſſelourdin*] A quelque diſtance de Poitiers. C'eſt une groſſe Roche appellée de la ſorte, parce que les Ecoliers nouvellement venus à l'Univerſité de Poitiers, n'y paſſent pour déniaiſez qu'après que les autres les ont fait paſſer ſur cette Roche (**) ; ce qui n'arrive jamais ſans danger pour le jeune homme, à cauſe que le paſſage n'eſt qu'un trou fort étroit taillé dans le roc, ſur le bord d'un précipice. Belleforeſt, Hiſt. 32. du Bandel : *d'autant que le bon homme n'eſtoit encore paſſé ſous l'Arche de St. Longin à Mantoüe, pour eſtre déniaiſé, ny ſur le Roch de Paſſe Lourdin à Poitiers, pour ſe bien former la cervelle.*

7 *La pierre levée*] Cette pierre, qu'on veut qui ait ſoixante pieds de tour, ſe voit près de Poitiers, du côté du Pont à Joubert. Elle fut poſée en cet endroit ſur cinq autres pierres l'an 1478. pour Monument de la Foire qui ſe tient en Octobre dans le Vieux-Marché de Poitiers (***). Mais, quoique les Hiſtoriens mêmes du Poitou rapportent la choſe de cette ſorte, les bonnes gens du païs aiment mieux croire que l'entaſſement de ces Rochers, les uns ſur les autres, eſt un des Miracles de Sainte Radegonde, laquelle, diſent-ils, plaça de cette ſorte dans ce lieu ces ſix groſſes pierres, dont elle porta, à une ſeule fois les cinq moindres dans ſon tablier, & la plus lourde ſur ſa tête (§).

8 *Maillezays*] Autrefois Siège de l'Evêque qui l'eſt à preſent de la Rochelle. Dans l'Edition de Dolet on lit *Maillerays*, que Froiſſart Vol. 2. Ch. 136. écrit *Mailleretz*. Au feuillet 36. de la Taxe

(†) *Brigueurs. De l'Italien* briga.
(*) *Hiſt. Eccl. de Bèze Tom.* 1. *pag.* 763.
(**) *Jod. Sincer.* Itiner Galliæ, *Edit. de Genève* 1637. *pag.* 131. *& Golnitz*, Itiner. Belgico-Gallic. *pag.* 293 *&* 294.
(***) *Bouchet, Ann. d'Aquit.* fol. 128. *Edit. de* 1535.
(§) *Jod. Sincer. & Golnitz*, ubi ſupra.

des Bénéfices de France , impr. à Paris l'an 1518. cette Ville eft
appellée *Mallierès* & le Roi Loüis XI. en écrivoit le nom
Malaizé (*). Mais ni *Maillerays* , ni *Mailleretz* , ni *Maillerès* , ni
Malaizé ne valent rien. C'eft *Maillezais* qu'il faut écrire et prononcer, de *Maleacenfis*, en foufentendant *Tractus* ou *Diocœfis*.

9 *Legugé*] Il faut lire *Ligugé*. *Ligugé* dans le Bas-Poitou
eft un Prieuré , dont Rabelais avoit connu ·très-particuliérement
deux Prieurs confécutifs. Le premier étoit Geoffroi d'Eftiffac,
Evêque & Seigneur de Maillezais (**), qui honoroit Rabelais d'une
bienveillance diftinguée, comme en fait foi le Volume des Lettres
que notre Auteur lui écrivoit de Rome pendant l'année 1536. Le
fecond , Antoine Ardillon, Abbé de Fontaine-le-Comte , qu'il
appelle ici *le noble Ardillon Abbé*, paroles qui ne font point dans
les Editions de 1534. & de 1542. non plus que *faluant le docte
Tiraqueau* qui fe lit plus bas. C'eft au refte à l'Abbé Antoine
Ardillon que Jean Bouchet a dédié fes Annales d'Aquitaine , &
dans le fixième Livre des Odes de Salmon Macrin (***), qui n'ont
été imprimées qu'à Lyon chez Gryphe in 8o. 1537. il y en a une
ad Antonium Ardillonem Fontis-Comitis Cœnobiarcham. Ligugé ,
féjour très-agréable, foit à caufe de la beauté & de la fituation du
lieu, foit par rapport à fon terroir fertile & fort propre pour le
Jardinage, appartient depuis long-tems aux Jéfuites.

10 *Le docte Tiraqueau*] André Tiraqueau, bon ami de Rabelais,
& en ce tems-là Lieutenant-Général au Baillage de Fontenai-le-
Comte (†).

11 *Et me doubte que à fa mort*, &c.] Geoffroi furnommé *à la
grand' dent* avoit fait brûler en 1232. l'Abbaye de Maillezais , ce
qui lui ayant fait une fort mauvaife affaire à Rome, on l'y avoit
contraint de rebâtir cette Abbaye , & de lui donner des rentes
pour plus de trois mille Livres (§). C'eft pour cela qu'il y eft
enterré comme un fecond Fondateur , & apparemment que c'eft
auffi le fujet pourquoi fon effigie le repréfentoit comme tout indi-
gné du tort qu'il croyoit lui avoir été fait.

12 *Brûler leurs regens tout vifz*, &c.] Ceci regarde perfonnellement Jean Caturce, de Limoux, brûlé en Juin 1532. à Touloufe,
où il avoit été emprifonné pour caufe de Religion dès le mois de
Janvier précédent. Il avoit déja été noté dans Limoux , au fujet
de quelques difcours qu'il y avoit tenus le jour de la *Touffains*

(*) *Brantome, Homm. Illuft. Fr. Tom. 1. pag. 43.*
(**) *Obferv. fur les Epitr. Fr. de Rab. pag. 142.*
(***) *Fauchet, Ant. Gaul. Liv. 4. Ch. 14. le nomme* Maigret.
(†) *Abr. Chron. de P. de St. Romuald, fur l'an 1553.*
(§) *Bouchet, Ann. d'Aquit. au feuillet 68. tourné.*

1531. & il avoit pris le parti de fe retirer à Touloufe où il rempliffoit une Chaire de Droit. Là, s'étant trouvé invité à un repas la Veille des Rois 1532. il avoit gâgné fur le refte des convives, qu'à chaque fois qu'il écherroit de crier à l'accoutumé *le Roi boit*, au lieu de ce cri prophane & fuperftitieux, tous les conviez diroient entre eux de concert, *Jéfus-Chrift régne dans nos cœurs,* & qu'avant que de fe féparer, chacun à fon tour feroit à la compagnie un petit difcours d'édification. Ce qu'il dit à fon rang lui coûta la vie, car quelques mouchars qui l'écoutoient l'ayant auffi tôt déféré comme Luthérien, Caturce n'ayant pas voulu fe dédire, quoique dans les premiers jours de fon procès il eût témoigné quelque foibleffe, il fut brûlé vif; mais plufieurs, particuliérement de ceux qui avoient affifté à fes leçons de Droit, furent fi charmez de la conftance qu'il fit paroître à un fi cruel fupplice, que dès lors ils cherchérent à s'inftruire à fonds de la doctrine pour laquelle ils avoient vu mourir leur Régent (†). Etienne Dolet, pag. 55. & 56. de fa 2. Déclamation contre Touloufe, où il étoit alors, dit que le pauvre Caturce fut brûlé vif, quoiqu'il eût témoigné être prêt à fe retracter. Mais apparemment que ceci regarde Caturce dans ces petits momens de foibleffe, que lui attribue Jean Crépin dans fon Martyrologe Proteftant, où l'on voit qu'ils n'eurent point de fuite.

13 *En moins de troys heures*] Le Pont du Guard & l'Amphithéatre de Nîmes font deux Antiquitez Romaines d'une magnificence furprenante & d'un travail prodigieux; c'eft pour cela que Rabelais en attribue la ftructure à Pantagruel qu'il repréfente comme un grand Prince & comme un Géant.

14 *Par ce que c'eft terre papale*] Où tout fourmille de Moines & de Prétraille, qui ont obtenu pour les Courtifanes toute liberté d'y exercer leur métier moyennant une taxe très-modique. Jodoc. Sincer. pag. 204. de fon *Itinerar. Galliæ*, parlant de la Ville d'Avignon : *Caveas hic pulpamenti Terentiani venditores & proxenetas, qui fe fiftent tibi quamprimum urbem ingreffus fueris. Norifque merces illos corruptiffimas vænum exponere.* Ce qui eft répété en François pag. 150. d'un Voyage de France dédié au Comte de Schlefwic &c. & imprimé *in* 8º. à Paris l'an 1643.

15 *Batoyent les Efcholiers*] Dans la fuite ceux-ci eurent leur revanche, & ces defordres durérent long-tems, témoin ce que dépofoit environ l'an 1560. » un Procureur de Valence qu'il » avoit tenu huit ans le Greffe de la Ville, durant lefquels ne » s'étoit paffé une feule nuit, que le lendemain fes Regiftres ne » fuffent remplis de plaintes qu'on faifoit à Juftice, des infolences

(†) Icones Bezæ. *Hift. des Martyrs Proteftans, Liv.* 2. *Hift. Eccl. de Bèze, Liv.* 1. *fur l'an* 1532.

» que commettoient les *Coureurs de pavé :* en forte que nul
» n'ofoit aller par la Ville qu'il ne fuſt batu , volé , & pillé, les
» maiſons eſchellées, les portes rompuës , & icelles maiſons ſac-
» cagées, les filles & femmes violées: Bref, que les *Eſtrangers* y
» commettoient tant de méchancetez , qu'il n'étoit loiſible , la
» nuit étant venuë, d'aller en façon que ce ſoit viſiter l'un l'aul-
» tre, pour quelque grande affaire qui euſt pu ſurvenir. Mais que
» depuis qu'il avoit plû à Dieu allumer ſa clarté en leur Ville
» par moyen de la prédication de ſon Saint Evangile, tout cela
» avoit preſque ceſſé , comme s'il fuſt venu avec le changement
» de Doctrine, changement de vie (*).

16 *Le pertuys encores y apparoiſt*] C'eſt un trou , qui commen-
çant dans l'Abbaye de St. Pierre , traverſe affez loin ſous le
Rône ; & qui même , ſi l'on en veut croire le crédule Coulon ,
pag. 143. de ſon Voyage de France impr. *in 12* en 1660. conduit dans les Campagnes au-de-là de cette Rivière.

17 *A troys pas & un ſault*] Ce *ſaut*, eſt le paſſage de la Loire,
qui a ſon cours entre Valence & Angers.

18 *La Gloſe de Accurſe* &c.] Rabelais fur les idées de Budé, de
Vivès & de quelques autres, parle ici d'Accurſe avec beaucoup de
mépris. La barbarie cependant , & l'ignorance dont on l'accuſe
font moins ſa faute que celle de ſon tems. On avoue qu'il étoit
mauvais Grammairien; mais on croit pouvoir ſoutenir qu'il étoit
bon Juriſconſulte. C'eſt ce que François Fleuri , dans ſon Livre
de Juris Civilis interpretibus , a ſu fort bien démêler. La Gloſe
d'Accurſe , Ouvrage de neuf années, renferme tout l'eſprit de
Juriſprudence répandu dans les Ecrits des Docteurs précédens.
On peut voir le jugement qu'en a rendu Cujas Liv. 12. Ch. 16.
de ſes Obſervations.

19 *Ruſtres d'eſcholiers* &c.] Au Ch. 31. de ce Livre , Panurge
préſentant à Pantagruel le Roi Anarche vêtu *à la pendarde ,*
comme on parloit alors , lui demande s'il connoît ce *ruſtre.* Au
Ch. 7. de ce même Livre il eſt parlé de *la ruſterie des Preſtolans,*
& plus bas au Ch. 12. il eſt dit que *ruſterie , c'eſt teſte de Mouton.*
Il paroît par une de mes Rem. ſur le Ch. 26. du Liv. 1. que
ceux qu'autrefois on appelloit *ruſtres* de *rus , ruris,* étoient proprement des Fantaſſins levez à la Campagne , non payez, & qui
venant à ſe débaucher avec le Grivois, faiſoient ripaille entre eux
de ce qu'ils pouvoient voler chez le bon homme. C'eſt dans la
même ſignification que Rabelais traite ici de *ruſtres* certains Ecoliers d'Orléans , dont les parens ne fonçant pas à tous de quoi

(*) *Voyez Louïs de Reynier Sieur de la Planche , pag. 294. de ſon
Hiſt. de l'Etat de France ſous François II. imprim. l'an* 1576.

fournir à leurs dépenfes, quelques-uns de ces jeunes gens faifoient la meilleure chére qu'ils pouvoient, de ce qu'ils avoient *riblé de nuit* (*) fur les paffans ; & tels étoient à Valence ces *Coureurs de pavé* dont parle plus haut une de mes Rem. fur le préfent Chapître.

20 *Jeu du pouſſavant*] *Peu* fe prononçoit autrefois *pou.* Ainfi je ne fai s'il n'y auroit pas ici une allufion de *pouſſavant* à *peu ſavant*, tel que demeura Pantagruel à en juger par ce qui fuit dans notre Texte. Au Ch. 22. du Liv. 1. *paſſavant* eft un des Jeux de Gargantua : & pour ce qui eft du *pouſſavant*, jeu auquel on s'exerçoit dans les deux Ifles qui font à chaque côté du Pont d'Orléans, tantôt c'eft un jeu de boule du Dauphiné, & tantôt c'eft le jeu d'Amour appellé *pouſſavant*, dans une vieille Chanfon Françoife mife en mufique par Giachet du Pont, & réimpr. à Venife chez Jérôme Scot, l'an 1549.

21 *Une baſſe danſe*] Antoine de Arena a fait en Vers élégiaques macaroniques un Traité des Baſſes-Danſes, c'eft-à-dire, des Danfes réguliéres & communes, telles que font celles des honnêtes gens. Alain Chartier au Livre des quatre Dames :

> *Amours compaſſe*
> *Ses faiz comme la dance baſſe,*
> *Puis va avant, & puis repaſſe,*
> *Puis retourne, puis oultrepaſſe.*

Les danfes *par haut* font celles des Baladins qui font des cabrioles & des gambades.

22 *Coquillon*] Doѐteur. De *cucullio*, à caufe du Bonnet doѐtoral fait autrefois en forme de Capuchon.

꧁ᨀᨀᨀᨀᨀᨀᨀᨀᨀᨀᨀᨀᨀᨀᨀᨀᨀᨀᨀᨀ꧂

CHAPITRE VI

1 *Que l'on vocite Lutece*] Pâquier prétend que la perfonne dont Rabelais a voulu railler fous le nom de cet Ecolier Limoufin, qui vouloit pindarifer par fes mots nouveaux, & contrefaire de la forte la langage des Parifiens, étoit une Demoifelle Picarde, nommée Hélifaine, ou *Lizune*(**) de Crenne. Elle vivoit du tems de la plus grande jeuneſſe de Pâquier, & traduifit en François les

(*) *Rab. Liv.* 2. *Chap.* 16.
(**) *Dans Perceforeſt, Vol.* 6. *Chap.* 10. *et fuiv. Lizane eſt le feminin de Lizeus, qu'on y lit pour* Elifée.

quatre premiers Livres des l'Enéide, qu'elle dédia au Roi François I.; & elle fit auffi l'Hiftoire non feulement de fa vie; mais même de fa propre mort, dans un Livre imprimé à Lyon, & en 1541. à Paris fous le titre des *angoiffes douloureufes qui procèdent d'Amours.* Par ces Livres, particuliérement par le dernier, où à chaque page on lit *rège* pour régit; *pigricité* pour pareffe: *Venus circondée d'une nuée aureine: je reformide: ociofité: timeur, ultime délibération, aménicule paffion: jubarité: fatigues preteritz: Chien tricipite: bilarité irrigée, émanée, exhibée: mancipe* pour efclave: *le refulgentcurre du Soleil: les rutilans Aftres: fragrante ambrofie: populeufe et inclyte Cité;* & une infinité d'autres mots barbarement écorchez du Latin, elle crut s'attirer l'admiration du Public, & peut être quelque penfion du Roi, qui d'entre les Gens de Lettres ne confideroit que ceux qui étoient véritablement favans & éloquens. Mais au lieu de l'un & de l'autre elle effuya feulement les railleries de Rabelais, & mourut fi *à fec,* comme on parle, que ci-deffous l'Auteur infinue qu'elle manquoit même d'eau pour boire.

2 *Les Lupanares [de Champ-gaillard, de Matcon, de Cul de fac, de Bourbon, de Huflieu]* Ce qui eft entre ces marques [] fe trouve dans l'Edition de Dolet; mais celle de 1553. l'avoit retranché.

3 *Du Caftel]* Cabaret borgne, que plus bas Chap. 17. Rabelais appelle le *Cabaret du Château.*

4 *Minutule lefche du jour]* Raïon. *Lefche,* c'eft proprement une *tranche,* une aiguillette.

5 *Sainct Marfault]* Nom vulgaire de Saint *Martial* qui paffe, mais fans raifon, pour l'Apôtre du Limofin. Voyez du Tillet en fon Hiftoire de la Guerre des Albigeois, imprimée à Paris l'an 1590.

6 *Sainct Alipentin [corne my de bas] quelle civette]* L'Edition de 1553. avoit retranché de celle de Dolet ce qui eft entre ces marques [] Du refte, le nom d'*Alipantin,* qui ne fe trouve dans aucun Calendrier paroît avoir été forgé du Grec moderne Ἀλίπαντα, *Pharmaca feu emplaftra quæ ex pinguium miftione non conftant,* difent après Aétius H. Etienne en fon Trefor de la Langue Grecque & le Léxicon de Conftantin abregé par Crépin. La drogue dont l'odeur bleffoit le nez de Pantagruel n'étoit que trop λιπῶδης. Il ne faloit pas y appliquer un moindre fecours que celui de St. *Alipantin,* dont le nom feul promet une opération toute contraire.

7 *Mafcherable]* Sobriquet donné aux Limofins à caufe de la quantité de raves & de navets dont les pauvres gens de ce Païs-là fe nourriffent. François Hotman pag. 73. de fon *Matago de Mata-*

gonibus, parlant de Jean Dorat Limofin, l'appelle par cette raifon *raphanophagus*, & Jean Hortman Sr. de Villiers, fils de François, pag. 33. & 34. de fon Antichopin, turlupinant les mêmes Limofins, *volo tibi*, dit-il, *numerare pulchram hiftoriam . . . . de Limovicenfibus, qui cùm audirent quod Papa erat Vicarius Dei, immò quod ipfemet erat Deus (ut patet per Canoniftas) . . . miferunt fibi legationem ad remonftrandam paupertatem patriæ fuæ Limofinæ, in qua ferè nihil crefcit præter rapas et caftaneas et parum bladi pro diebus Dominicis, quatenus attenta paupertate prælibata . . . . .*

8 *Mort Roland*] Jean de la Bruyére Champier, Lib. 16. Cap. 5. de fon *De Re cibaria*. *Nonnulli qui de Gallicis Rebus Hiftorias conf-cripferunt, non dubitarunt pofteris fignificare Rolandum, Caroli illius Magni Sororis filium, virum certè bellica gloria omnique fortitudine nobiliffimum, poft ingentem Hifpanorum cædem propè Pyrenæi Saltûs juga, ubi infidiæ ab hofte collocatæ fuerint, fiti miferrimè extinctum. Inde noftri intolerabili fiti, et immiti volentes fignificare fe torqueri, facete aiunt,* Rolandi morte *fe perire*. On voit par-là que ce que nous appellons *mourir de la mort-Roland*, c'eft proprement *mourir de foif;* & que celui qui donna lieu à cette expreffion fut le prétendu Neveu de Charlemagne, Roland Amiral de Bretagne (*), que quelques-uns veulent être effectivement mort de foif à la journée de Ronceveaux. Mais, comme il n'eft pas naturel de mourir d'une foif de quelques heures dans les Montagnes, n'auroit-on pas forgé ce Conte fur ce qu'il y a quelques Romans qui dépeignent Roland comme *enragé* de la défaite de fes gens, & que les perfonnes malades de la *rage*, comme on veut qu'il l'étoit lorfqu'il mourut, ont une horreur invincible pour tout ce qui femble devoir étancher l'altération dont ils brûlent?

9 *Motz efpaves*] Mots auxquels on a donné la chaffe, comme à ces Bêtes fauvages ou à ces Animaux domeftiques, qui deviennent *épaves*, dès le moment que l'*épouvante* leur a fait abandonner leurs Forêts, où les quartiers où l'on pouvoit les reclamer.

CHAPITRE VII

1 *En Aurelians*] Ou à *Orléans*, comme on lit dans l'Edition de Dolet. Rabelais a depuis mieux aimé nommer cette Ville *Aurelians*, pour la rapprocher de fon origine, ou du moins de fa reftauration, qu'elle doit à l'Empereur *Aurélien*.

5 *Vins poulfez*] *Poulfé* vient donc en tout fens de *pulfatum*,

(*) *Voyez les Mém. de Du Tillet. Edit. de 1607. pag. 261.*

puifque ce fût une groffe Cloche, mife en branle & fonnée dans toutes les rues d'Orléans qui fit *pouffer* tout le vin de la Ville.

3 *Sot par nature, par bequare, et par bemol*] En tout fens. Le premier terme n'eft que de l'ancienne Mufique; mais les deux autres font demeurez dans la nouvelle.

4 *N'emportaft le palais ailleurs*] Ne tranfportât autre part le Parlement, pour obliger les Parifiens à fe taxer, afin de le faire revenir chez eux.

5 *Des offemens des mors*] Le Cimetiére des Innocens ou de St. Innocent, à Paris, eft fi ancien, que d'abord il étoit hors de la Ville comme tous les autres Cimetiéres d'alors (*). Or, comme difficilement fes Charniers auroient pu contenir la prodigieufe quantité d'offemens qui s'y feroient accumulez à la longue, il eft moins furprenant que les plus anciens de ces Charniers, où même on ne doutoit pas qu'il ne fe trouvât beaucoup d'os de Payens, ayent été deftinez dans la fuite à chauffer les Gueux du Quartier.

6 *Fort magnificque*] Paffavant à Pierre Lifet: *Denique quod allegatis Damafcenum, Alexandrum de Hales, Thomam, Bonaventuram et Scotum; ipfi* (ceux de Genève) *dicunt, quòd tu es benè dignus cum Monachis tuis, qui confumas vitam tuam in iftis fœtidiffimis latrinis, quibus eft plena Bibliotheca Sancti Victoris, ficut Porcus in luto, quod tu es.* La Bibliothéque de St. Victor doit fon origine à l'Abbaye de St. Victor, que le Roi Louïs *le Gros* fonda & fit bâtir environ l'an 1130 (**). Or, comme au défaut des gens qui enfeignaffent la bonne Philofophie & les Belles-Lettres, les meilleurs efprits de ce tems-là fe jettérent tous dans les ergoteries de la Scholaftique (***), Rabelais prend de là occafion de fe moquer dans tout ce Chapitre, des Livres qui ont fervi de fondement à cette Bibliothèque, de laquelle Jofeph Scaliger avoit accoutumé de dire qu'il n'y avoit abfolument rien qui vaille, & que ce n'étoit pas fans caufe que Rabelais s'en étoit moqué (§).

7 *Bigua falutis*] C'eft un gros *in 4°.* en caractères Gothiques, contenant un Recueil de 124. Sermons imprimez à Hagueneau dès l'an 1497. felon Simler, mais en tout cas réimprimez là même l'an 1502. fous le titre de *Sermones dominicales perutiles à quodam Fratre* Hungaro *Ordinis Minorum de Obfervantia in Conventu Pefthienfi comportati* Biga falutis *intitulati. Bigua,* qui fe trouve au lieu de *Biga,* même dans les premiers Rabelais, a tout l'air

(*) *Du Chêne, Ant. des Villes, etc. Chap. 4.*
(**) *Ant. des Villes, etc. Chap. 7. Voyez auffi le P. Jacob. pag.* 576. *de fon Traité des Bibliothèques.*
(***) *Mézerai, Vie du Roi Louïs* le Gros.
(§) Scaligerana: *au mot Biblioth. Florentin.*

d'une ignorance affectée pour rendre le titre du Livre encore plus ridicule. Baillet au refte, qui parle du *Biga Salutis* dans fes *Auteurs déguifez*, n'y a pas bien donné le nom de l'Auteur, ni le titre même du Livre. Simler lui-même, qui nomme cet Auteur *Hungarius*, n'a pas vu cela dans le titre du *Biga Salutis*. Ce titre tel que je l'ai rapporté eft tranfcrit mot à mot de l'Edition de Haguenau 1502. qui fe garde dans la Bibliothéque royale de Berlin.

8 *Bragueta juris*] Plaifanterie, fondée fur ce que le *Droit* eft réputé habiter dans la *braguette*. Ailleurs déjà, Liv. 1. Chap. 9. Rabelais dit qu'à certain égard *fa braguette eft le Greffe des Arrefts*.

9 *Pantofla decretorum*] Ce Livre eft ainfi intitulé, tant parce que les Papes en vertu de leurs Ordonnances, nommées vulgairement *Décrétales*, fe font rendus refpeélables jufqu'à fe faire baifer la *pantoufle*, qu'à caufe que les Doéteurs en Decret fortoient d'ordinaire en pantoufles. Herbord Miftlader *M. Ortwino*, dans la 1. Partie des Epîtres *Obf. Viror. Timeo quod caput vobis dolet, vel quod habetis infirmitatem in ventre, et eftis laxus, ficut olim fuiftis quando permerdaftis caligas veftras in plateis et non fentiftis, donec una mulier dixit; Domine Magifter, ubi fediftis in merdis? ecce tunica et pantofoli veftri funt maculata.*

10 *Malogranatum vitiorum*] Ce Livre, qui eft un *in* 4º. Allemand, dont j'ai vu une Edition d'Ausbourg 1510. y eft attribué à un Doéteur de Keifersberg, nommé Jean *Gayler*, non pas *Geiler*, comme on lit dans la plûpart des Bibliographes, ni *Griler*, comme a mal lu le P. Labbe pag. 376. de fa Nouvelle Biblioth. de Manufcrits.

11 *Le peloton de theologie*] Titre de quelque Livre, peut-être effeétif, où l'Auteur prétendoit avoir ramaffé la *Théologie* comme en un *pelotou*.

12 *Le Viftempenard des prefcheurs, compofé par Turelupin*] Dans la vieille Edition, au lieu de *Turelupin* il y a *Pepin*, qui n'eft autre chofe que Guillaume Pepin d'Evreux, Jacobin, Prédicateur fi fameux au commencement du XIV. Siècle, qu'on difoit par mauiére de Proverbe: *Qui nefcit Pipinare, nefcit prædicare.* Ses Sermons, au nombre de fept ou huit Volumes *in* 4º, étoient *le Viftempenard des Prêcheurs*, c'eft-à-dire, le grand Répertoire des Prédicateurs de ce tems-là. *Viftempenard* eft un mot burlefque compofé de *vieux* & de *penard*, pour fignifier un inftrument, un meuble de peine, dont on fe fert fans crainte de l'ufer, fans le ménager. Quant à *Turelupin*, ou *Tirelupin*, on trouvera, fi l'on y fait attention, que l'un & l'autre de ces mots fe prennent d'ordinaire dans notre Auteur pour Jacobin, ou, comme on écrivoit alors, *Jacopin*.

13 *La Couillebarine des preux*] Les vieilles Editions écrivent *couille barrine* de *barrus*, un Eléphant, pour donner à entendre que ces Preux avoient de grans talens pour le service des Dames. *Mulier digniſſima barris*, dit Horace, Epod. Lib. 1. Epod. 12. verſ. 1.

14 *Les Hanebanes des eveſques*] La Hanebane eſt une herbe venimeuſe qui cauſeroit aliénation d'eſprit à ceux qui en mangeroient, les faiſant braire comme des Anes, & hennir comme des Chevaux. Par le titre de *Hanebanes des Evêques* Rabelais a ſans doute entendu que les avis tirez de l'Ecriture donnez aux Evêques de ſon tems leur cauſoient des convulſions pareilles à celles où ils feroient tombez s'ils avoient mangé de la Hanebane. C'eſt un trait ſatirique, & qui ſent bien fort ce tems où Calvin, dans ſon Traité *De Scandalis*, dit que Rabelais *guſtaverat Evangelium*.

15 *Marmotretus de baboinis et cingis cum commento Dorbellis*] C'eſt le nom François de ce Cordelier ſuivant les Editions Gothiques les plus vieilles. Il n'y a rien à dire de *Marmotret* après la Remarque ſur le Chap. 14. du Liv. 1. où l'on a dit que le Livre qui a paru ſous ce Titre eſt une courte expoſition des termes de la Bible & du Bréviaire. Rabelais qui ſuppoſe que Nicolas D'Orbelles en a été le Commentateur n'a pas bien rencontré. Le Cordelier Auteur du *Marmotret* étoit purement Grammairien. D'Orbelles autre Cordelier ne ſe mêloit que de Philoſophie & de Théologie Scholaſtique. Il étoit Angevin, & écrivoit vers la fin du XV. Siècle. Non-ſeulement il n'a point commenté le *Marmotret*; mais, qui plus eſt, ce Livre n'a jamais été commenté. Rabelais affecte de dire toujours *Murmotret*; prenant le Titre pour le nom de l'Auteur, & lui attribuant ici par alluſion à *Marmot*, ſorte de Singe à longue queue, un prétendu Traité *De Baboinis & Cingis*.

16 *Decretum univerſitatis Pariſienſis super gorgiaſitate muliercularum ad placitum*] Decret, par lequel l'Univerſité de Paris permet aux jeunes femmes & filles d'étaler leur gorge à plaiſir. Decret ſemblable à cet Arrêt qu'il eſt dit que Panurge obtint, plus bas Liv. 2. Chap. 17.

17 *L'apparition de saincte Geltrude à une nonnain de Poiſſy eſtant en mal d'enfant.*] Raillerie piquante contre les Religieuſes de Poiſſi fort accuſées de galanterie en ce tems-là, & encore depuis. Il faut voir le 12. Chap. du 4. Liv. de Féneſte. Rabelais au lieu de Sainte Gertrude, qu'il a mal nommée *Geltrude*, auroit dû, ce ſemble, plutôt employer Ste. Marguerite, ordinairement reclamée par les femmes qui ſont en travail; mais le nom de Ste. Marguerite n'auroit pas été ſi propre à ſurprendre le Lecteur, qui trompé d'abord par le commencement grave du Titre, croit qu'il ne s'agit-là que d'une fable pieuſe tirée de quelque Légende, & n'eſt deſabuſé que

lorſqu'il en vient à ces mots, *eſtant en mal d'enfant*. Ceux-ci d'Eraſme, tirez de ſon Colloque *Virgo Μισόγαμος*, ne viennent pas mal ici. EUBULUS. *Nec omnes Virgines ſunt, mihi crede, quæ velum habent.* CATHARINA. *Bona verba.* EUB. *Imo bona verba ſunt quæ vera ſunt, niſi fortaſſe elogium, quod nos hactenus judicavimus eſſe Virgini Matri proprium, ad plures tranſiit, ut dicantur & à partu Virgines.*

18 *Ars honeſte pettandi in ſocietate per M. Ortuinum*] Cet homme, qui étoit en butte à la ſatire de pluſieurs Beaux-Eſprits, depuis qu'environ l'année 1514. il avoit ardemment pris le parti des perſécuteurs du ſavant Reuchlin, eſt le fameux *Orthvinus Gratius*, ou Hardouin de Graës, Docteur de Cologne, né il eſt vrai dans le Diocèſe de Munſter, mais ſe diſant de Deventer, parce qu'il avoit fait ſes études dans cette derniére Ville, où il avoit été envoyé fort jeune auprès d'un de ſes Oncles(*). Le Livre qui aura ſervi de prétexte à Rabelais pour lui attribuer celui-ci dont le titre eſt ſi extraordinaire, c'eſt apparemment le *Faſciculus rerum expetendarum*, &c. où *Orthvinus* prend la qualité de *Bonarum Artium Profeſſor*. Il n'en falloit pas davantage au ſolâtre Rabelais que ce *culus* . . . . *expetendarum*, que notre Maître-ez-*Arts* auroit effectivement bien fait d'éviter, pour prendre de là occaſion de le faire Auteur d'un *Ars honeſte petandi*, &c. Ce qu'au reſte, dans tous les Rabelais, & même dans la plûpart des Éditions des Epître *Obſcurorum Virorum*, on lit *Ortuinus* au lieu d'*Ortvinus* ou plûtot *Orthwinus*, comme ce Docteur a écrit ſon nom en tête de l'Apologie qu'il a publiée contre les Auteurs de ces Lettres, c'eſt que l'*w* Allemand ſe prononce comme l'*v* conſonne, qui, dans les vieux Livres imprimez, a la figure de l'*u* voyelle.

19 *Le Mouſtardier de penitence*] *Mouſtardier* fait ici alluſion à *moult tarder*, de *multum tardare*. Un Prêcheur qui avoit parié de commencer ſon Sermon par crier trois fois *moûtarde*, avec une pauſe à chacune des deux premiéres, s'écria pour la troiſième : *moultarde le pêcheur à faire pénitence.*

20 *Les Hoſeaulx, aliàs les bottes de patience*] Et ſur la fin du Chap. *La pelleterie des Tirelupins extraicte de la Botte ſauve incorni-fiſtibulée en la Somme Angelique.* Je ne ſais ſi par le premier & par le dernier de ces Titres, Rabelais n'entendroit point parler de la cruelle torture que les Inquiſiteurs Jacobins faiſoient ſouffrir avec de certains brodequins à de pauvres patiens *Turelupins* ou Albigeois, qui le plus ſouvent y laiſſoient la peau & même la chair des jambes.

21 *Formicarium artium*] Jean Nyder Jacobin Allemand mort

(*) *Voyez l'Apologie d'Ortvinus. Elle eſt à la ſuite de ſes* Lamentat. Obſc. Viror.

l'an 1438. a fait fur les Fourmis un Ouvrage de morale intitulé *Formicarium*. Rabelais fur ce titre a imaginé fon *Formicarium Artium*, allégué par le Chancelier Baçon, Chap. 6. du Liv. 1. de l'augmentation des Sciences.

22 *De brodiorum ufu & honeftate chopinandi, per Silveftrem pieratem Jacofpinum*] On fait qu'en 1517. Luther ayant attaqué la doctrine des Indulgences, Sylveftre de Priero Jacobin, Maître du Sacré Palais, entreprit de la foutenir en 1518. On peut voir Sleidan là-deffus, & les Hiftoires du Concile de Trente. Or parce que la vénalité de ces Indulgences fut extrêmement abufive, & que les gens prépofez à les debiter, employoient une partie du gain qu'ils en tiroient, à des excès de bouche fcandaleux, on pourroit croire que Rabelais a pris de-là occafion d'infinuer que Sylveftre de Priero ayant écrit en faveur des Indulgences, femble en même tems avoir écrit en faveur des plaifirs de la table. Mais la vraye & naturelle explication du Titre *De Brodiorum ufu, & honeftate chopinandi, per Sylveftrem Prieratem Jacofpinum*, eft que ce bon Pere, dans la Somme vulgairement appellée de fon nom *Sylveftrine*, a traité les queftions du Jeûne d'une maniére auffi relâchée qu'ont depuis fait les Baunis, les Filiutius, & les Efcobars. *Brodium* brouet, c'eft le jus de la Viande bouillie, dont avec du pain on compofe le potage. *Brodt* en Allemand pain, & de-là *brodium*.

23 *Le Beliné en court*] Beliner quelqu'un, c'eft en faire une efpèce de *Bélier*, un Cocu; & lorfque le jeune Gargantua jouoit *au Beliné*, je fuis fort trompé fi par ce Jeu Rabelais n'entend quelque efpèce de *Hére*. Ainfi, *le Beliné en court* pourroit bien ne fignifier autre chofe que *l'homme devenu cocu à la Cour;* comme il s'en trouvoit plufieurs à celle du Roi François I. depuis que ce Prince galant y avoit introduit les Cercles du Beau-Séxe. De ce tems-là font en effet la plûpart des Contes modernes que Brantome a raffemblez dans fes Dames galantes. *Beliner* fignifie auffi quelquefois filouter un homme, & lui avoir le poil ou lui tirer la *laine* comme à un *Bélier;* & fur ce pié-là *Beliné en Court* defigneroit quelque innocent qui à la Cour de France auroit été déniaifé par quelqu'un de ces rufez Génois dont il eft parlé fur la fin du Prol. du Liv. 4.

24 *Le Cabat des notaires*] Si, comme on fait, les Ligueux publiérent autrefois, que le Duc d'Epernon, dont on veut que l'Ayeul ait été Notaire (*), defcendoit d'un Notaire ou Portepanier (†), c'eft qu'en France encore dans le XVI. Siècle, comme anciennement à Rome, & même chez les Grecs, les Notaires

(*) *Scaligerana, au mot* Epernon.
(†) *Voyez le* 2. *Advertiffement des Cath. Angl. f.* 28.

plaçoient dans les Cabas, ou Paniers de jonc ou d'oſier leurs
Minutes & autres Actes. On y mettoit auſſi d'autres papiers de
conſéquence, & même de l'argent. Rabelais, ci-deſſus Liv. 1.
Chap. 54.

> *A vous pour debattre,*
> *Soient en pleins* cabats
> *Procès & debats.*

Et plus bas :

> *Point eſgaſſez n'eſtes quand* cabaſſez
> *Et entaſſez, poltrons à chicheface.*

C'eſt à ce premier uſage des *Cabas* que ſait alluſion le Livre que
Rabelais veut qui ait été ſait, apparemment pour démontrer
comme une choſe ſort utile à ſavoir, l'antiquité des Cabas de
Notaires. Ce qui est une belle preuve du bon goût qu'il attribuoit
à ceux qui choiſirent un tel Livre pour en orner leur Bibliothèque.

25 *Le Pacquet de mariage*] Le ſac et les quilles du marié. Plus
bas, Liv. 3. Chap. 8. *ſa femme conſidera . . . . que peu de ſoing
avoit du* pacquet *& baſton commun de leur* mariage ; *veu qu'il ne
l'armoit que de mailles.*

26 *Le Crexiou de contemplation*] A Villedieu dans la Baſſe-
Normandie, les Fondeurs appellent *crixou* leur creuzet, & à Lyon
& dans le Dauphiné on le nomme *créziou*, comme parle ici
Rabelais, qui s'y moque des *Songe-creux*, & particuliérement des
Chymiſtes, qui ſe tuent vainement à vouloir ſaire venir l'or au
ſond du creuſet.

27 *Les Fariboles de droict*] De *frivoles*, anciennement Subſtantif
dans la ſignification de baliverues ou de bagatelles, on a ſait
fariboles, mot ſous lequel Rabelais comprend ici une infinité de
vieux Commentaires ſur le Droit, remplis de pauvretez et de
minuties. La grant Nef des fous, impr. en 1499. au feuillet 43.
tourné, où le Traducteur déclame contre l'Aſtrologie judiciaire :
O vivant en ce monde, ne enterre pas ton entendement de ces frivoles ;
mais tes ſens offuſquez deſlyes, & ſoyes vertueux.

28 *L'Aguillon de-vin*] On réimprima *in* 12. chez Jean Bellére
l'an 1605. un Ouvrage de dévotion de Saint Bonaventure, lequel
Ouvrage le Traducteur avoit intitulé *l'Eſguillon de l'Amour Divin*.
C'eſt ſur ce titre trop recherché que Rabelais a ſorgé ſon *Aguillon
de Vin*, Ouvrage qui ne doit traiter que de cervelats, de jambons,
d'anguillettes ſalées, & autres tels *Aiguillons de vin* dont il eſt
parlé plus haut ſur la fin du Ch. 2.

29 *L'Eſperon de fromaige*] Rabelais met ici de ſuite *l'aguillon
de vin & l'eſperon de fromaige* ; & il place l'un & l'autre dans la

Bibliothéque de St. Victor, parce que le vin fait courir au fromage & le fromage au vin ; & qu'apparemment de son tems les Chanoines de cette Maison passoient volontiers de l'un à l'autre.

30 *Decrotatorium scholarium*] Comme on traite de *Scholares* les Ecoliers des Colléges, les Maîtres-ez-Arts, & généralement tous les Pédans ; ici, par rapport au *Decret*, Rabelais donne à ceux qui en font leur étude principale, une *Décrotoire*, qui leur convient d'autant mieux, que d'ailleurs on leur fait la guerre d'être toujours *crotez*. C'est en effet le propre de cette Nation-là d'être crasseuse & maussade ; & de là vient que ci-dessus Liv. 1. Chap. 20. l'Auteur dit que les Maîtres-ez-Arts ont fait vœu de ne se décroter jamais ; ce qui pourtant doit s'entendre particuliérement des Régens de Paris & de leurs Ecoliers, dans le tems que les crotes de cette grande Ville étoient encore en Proverbe.

31 *Tartaretus de modo cacandi*] (Pierre Tartaret.) Il faudroit recourir aux Regiſtres de la Sorbonne pour pouvoir dire au juſte en quel tems vivoit ce Docteur, dont le mérite consiſta autrefois à raffiner encore & à enchérir ſur les ridicules ſubtilitez de Jean Scot, dans une infinité de Queſtions quodlibétaires & autres matiéres, où Tartaret s'exerça avec tant de témérité, souvent même avec tant d'impiété, que H. Etienne met ce Sorbonniſte au nombre de ces malheureux qui avec le tems avoient fait revivre par leurs Ecrits le déteſtable *Evangile éternel*, qu'anciennement les Moines mendians oppoſérent aux Vaudois & à leur Doctrine (*). Les Contes d'Eutrapel Ch. 26. parlent d'une diſpute de ce *Tartaret* avec Mandeſton (†), autre Quodlibétaire de cette Maiſon, ſur la prononciation du mot *mihi*, laquelle diſpute fut aſſoupie par le Grammairien Caillard. Seroit-ce par rapport aux ordures et aux blaſphêmes, qui étoient ſortis en ſi grand nombre de la plume & de la bouche de Tartaret, ou à propos de la vicieuſe coutume qu'avoit peut-être ce Docteur, de dire & d'écrire *chi* pour *hi* dans le mot *mihi*, que Rabelais lui attribue ici un Livre d'un ſujet ſi vilain ? L'un & l'autre eſt poſſible ; mais, ſelon moi, l'Auteur l'y conſidére principalement comme Diſciple de ce même Jean Scot que, eû égard aux ſcandaleuſes matiéres par lui remuées, le Peintre Holbein avoit déja plaiſamment repréſenté, comme rendant l'ame par la bouche, ſous la figure d'un enfant *Stulta cacantis Logicalia*. Les Oeuvres de Pierre Tartaret furent réimprimées *in* 8°. à Lyon l'an 1621 (**).

32 *Les fanfares de Rome*] H. Etienne, Ch. 39. de ſon Apol. d'Hérodote, appelle *Fanfares* les pompeuſes cérémonies du Ser-

(*) *Apol. d'Hérodote, Chap.* 39.
(†) *On y lit* Maudeſtran, *mais je crois qu'il vaut mieux lire* Mandeſton, *comme au Chap.* 39. *de l'Apol. d'Hérodote.*
(**) *Biblioth. Draud. Tom.* 1. *p.* 439.

vice Divin dans l'Eglife Romaine. Si ce n'eft pas de cela même
que Rabelais a voulu parler, peut-être aura-t-il eu deffein de fe
railler des Papes, qui le plus fouvent laiffent en repos ceux qui
fe mettent au-deffus de leurs menaces.

33 *Bricot de differentiis soupparum*] Il y eut prefque en même
tems dans le XVI. Siècle trois Théologiens Allemands du nom
de *Bricot.* Thomas, Auteur d'un Traité des *Indiffolubles* & de
quelques Additions au Commentaire que certain George de
Bruxelles avoit fait fur la Logique d'Ariftote (§) : Jean duquel
parle Bernier, pag. 253. de fon Jugement fur Rabelais ; & Guillaume Bricot, Docteur de Paris & Pénitencier de Notre-Dame,
lequel Guillaume je foupçonne être celui à qui l'Auteur attribue
le Livre *de differentiis soupparum*, en vûe de la gourmandife &
du beau Latin de lui & de plufieurs de fes Confreres. Il étoit
ennemi de Reuchlin (*), & d'ailleurs fon nom Allemand *Bri-cot*,
qui en François fignifie *bouillon cuit*, peut avoir donné lieu à
l'allufion de Rabelais qui favoit l'Allemand.

34 *Le Culot de difcipline*] A Metz on appelle *culot*, de *culus*, à
caufe de fa reffemblance avec un croupion bien gras, un bout
de chandelle, tel que fouvent les Ecoliers en font chauffer, pour
en froter les parties qui ont fubi le fouet un peu rudement. C'eft
peut-être ce qu'entend ici Rabelais par le *Cullot* de difcipline,
dont il raille les Moines mendians, & dont il veut qu'ils fe fervent
volontiers dans l'occafion comme d'un lénitif aux maux qu'eux-
mêmes ont jugé à propos de fe faire. Cependant, comme dans
prefque toute la France on appelle auffi, ou l'on a appellé *Culot*
le dernier enfant d'une femme, peut-être ce titre-ci eft-il feulement une plaifanterie de Rabelais au fujet des derniers éclos
d'entre les Religieux mendians.

35 *La Savate de humilité*] Ce titre, confidéré comme une fuite
& une dépendance du précédent, pourroit bien regarder la *Sapa-
tade*, punition appellée de la forte à Malte ; parce qu'on y donne
d'un *Soulier* fur les feffes des jeunes Chevaliers qui fur les Galéres
ont manqué à leur devoir (†).

36 *Le Tripier de bon penfement*] Rabelais pourroit bien ici en
vouloir à quelqu'un, qui fuivant la coutume des titres bizarres,
auroit ridiculement intitulé de la forte un Ouvragne où il enfeignoit la bafe des bonnes penfées ou le principe des Méditations
dévotes. Ce que nous nommons un *trépié* s'appelloit en ce tems-
là & fe prononçoit *tripier* ; & ce mot fe trouve même écrit

(§) *Biblioth. Draud. Tom. 1. p. 1337. & 1436.*
(*) *L'Epitre 54. du Liv. 2. des* Epift. Obfc. Vir. *eft de Guill.*
Bricot.
(†) *Voyez Mén. Dict. Etym. au mot* Savate.

tripier dans les Erreurs populaires de Laur. Joubert, Part. 1. Liv. 4. Ch. 7.

37 *Le Chaulderon de magnanimité*] L'Auteur du Volume précédent devoit l'être encore de celui-ci, qui n'eſt qu'une ſuite des groteſques idées de l'autre.

38 *Les Hanicrochemens des confeſſeurs*] Les embarras des Caſuiſtes à bien diſcerner entre les Péchés *mortels,* comme ils les appellent, & ceux qu'ils regardent comme *véniels.* Voyez Ste. Aldegonde dans ſon Tableau &c. Tom. 1. au feuillet 180. de l'Edit. 1605. Plus bas au Chap. 12. de ce Liv. *les petits* hanicrochements *ſont cachez ſous le pot aux roſes.*

39 *La Croquignolle des curés*] On appelle *croquignoles* les coups qui ſe donnent avec les doigts recourbez de la main, ſur les neuds des doigts de la main d'une perſonne. Ici ce mot pourroit bien ſignifier de legéres pénitences que certains Curez impoſent pour des cas qui arrêtent d'autres Confeſſeurs plus rigides.

40 *Reverendi patris fratris Lubini provincialis Bavardie, de croquendis lardonibus libri tres*] Pluſieurs choſes me paroiſſent dignes d'attention dans ce titre : Premiérement Rabelais en veut à l'orgueil des Moines, leſquels n'ayant eu d'abord que le nom de *Freres,* ſe ſont fait dans la ſuite appeller *Révérends Peres.* En ſecond lieu, l'Auteur introduit ici un *Frere Lubin* c'eſt-à-dire, un franc *Caffard,* que ceux de ſon Ordre ont fait Provincial, quoique ce ne ſoit qu'un *bavard* ſans mérite & ſans ſcience. Puis on voit ce Moine qui tout rempli de lui-même ſe met à faire des Livres, & prend pour ſujet de ſon occupation la plus ſérieuse une matiére ridicule, ſous ombre qu'elle a du rapport à une avanture que les rieurs prétendent que le Livre des Conformitez, &c. attribue à St. François ſon Patriarche. Je dis les rieurs, car ce Livre ne dit pas, comme ils le prétendent, qu'étant un jour arrivé à François d'Aſſiſe de croquer un lardon dans la cuiſine des Freres, il en fit pénitence comme d'un grand péché ; mais ſeulement que ce Saint faiſoit une pénitence *ſi quando ratione infirmitatis carnes comediſſet vel coquinam conditam lardo* (*), c'eſt-à-dire, lorsqu'étant malade il avoit mangé de la chair, ou goûté de quelque cuiſine où il entroit du lard ; ce qui un peu plus bas eſt appellé *coquinam cum lardone,* & qui eſt expliqué ailleurs par *cibaria condita cum lardo.*

41 *Paſquili doctoris marmorei, de capreolis cum chardoneta comedendis tempore papali ab Ecclesia interdicto*] Une grande Lettre que la Notre-Dame d'auprès de Bâle écrivoit en 1524. à un Luthérien finit par *Ex œde noſtra lapidea, Calendis Auguſti, anno Filii mei*

(*) *Conformitez, etc. Edit. de* 1510. *fol.* 38. *et* 187.

paſſi 1524. *Virgo lapidea mea manu ſubſcripſi* (†). Puis donc qu'il
ſuffiſoit en ce tems-là d'avoir la figure humaine pour ſe mêler
d'écrire, Rabelais a cru pouvoir ici attribuer un Livre à la Statue
de Paſquin à Rome ; & comme c'étoit à cette Statue que dès le
tems de l'Auteur on affichoit toutes ſortes d'Ecrits ſcandaleux (*),
elle fait un traité de la manière dont il faut s'y prendre pour
manger ſûrement dans les jours de jeûne & d'abſtinence du
Chevreau ou Cabri à la chardonnette, *aux us et coutume de Rome,*
comme parle H. Etienne (**). J'ai cru autrefois que cette *char-*
donnette, dont parle auſſi Marot (§), étoit une farce de quantité
d'herbes, à la faveur deſquelles ceux qui les faiſoient acheter
ſur le Marché pour en farcir les Chevreaux qu'ils mangeoient à
la maiſon, paſſoient pour de très-rigides obſervateurs de Carême ;
mais je me trompois, & j'ai trouvé depuis, que c'étoit la fleur
de l'Artichaut, *cinaræ pappi*, dont les ſcrupuleux d'entre les plus
friands ſe ſervent plus volontiers que de préſure en Carême. La
Bruiére Champier, Lib. 14. Cap. 7. de ſon *De Re cibaria*, après
avoir parlé de la nature de ce qu'on appelle proprement préſure :
Coagulatur inſuper lac ſucco ficulno. Quin et hodiè cinaræ pappis,
et gingibere, atque Lucii piſcis extis quibuſdam novitio ſanè invento,
et gulæ acceptiſſimo ; quandoquidem per Eccleſiæ Romanæ Decreta veſci
caſeo Chriſtianis haud licebat verno jejunio, quo ſciliſet coagulum
quadrupedum recepiſſet. Je m'imagine donc que cette manière
qu'enſeignoit Paſquin de manger hardiment dans Rome même
des Chevreaux *à la chardonnette*, c'étoit la manière d'y faire gras
& bonne chére, pourvû ſeulement qu'on ſauvât les apparences.

42 *L'Invention Sainčte-Croix à ſix perſonnaiges jouée par les clercs*
de fineſſe] Sans doute que du tems de l'Auteur, entre autres
Moralitez, comme on parloit alors, on avoit repréſenté en public,
à pluſieurs Perſonnages l'*Invention Ste. Croix*. Or comme vraiſemblablement ce Spečtacle n'avoit pas manqué de produire aux
Ačteurs une bonne ſomme d'argent, Rabelais prend de-là occaſion
de parler d'une autre *Invention Ste. Croix*, jouée déja de ſon
tems, pareillement à ſix Perſonnages, par les Juges, les Avocats,
les Procureurs, les Clercs, les Greffiers, & les Huiſſiers, qu'il
donne pour tout autant de ſortes de *Clercs de fineſſe*, en fait d'attirer à eux l'argent de la bourſe des Parties. Chez Lupolde ancien
Praticien, Ch. 1. des Contes d'Eutrapel, entr'autres Tableaux
on en voyoit trois ou quatre, en l'un deſquels étoit dépeint un
relief d'Appel : un autre repreſentoit de *fines* aiguilles ; & les
autres l'*Invention Ste. Croix*.

(†) *Eraſme au Colloque intit.* Peregrinatio Religionis ergo.
(*) *Apol. d'Hérodote, Ch.* 39.
(**) *Apol. d'Hérodote, ibid.*
(§) 2. *Cop. à l'Ane à Lyon Jamet.*

43 *Les Lunettes des Romipetes*] Si Rabelais donne ici des Lunettes aux Romipetes, c'eft-à-dire, à ceux-là proprement qui vont à Rome en pélerinage, ce n'eft pas uniquement par rapport à la coutume qu'ont les Efpagnols d'en porter, qu'ils nomment lunettes à voyager (*). Ce n'eft pas non plus feulement parce que ceux qui vont de France à Rome prennent des bezicles lorfqu'ils approchent des Alpes, pour fe garantir des neiges & du froid, qui fans cette précaution leur gâteroient la vûe. Mais l'Auteur prend de-là occafion d'avertir les Pélerins qu'ils auront encore befoin de leurs lunettes à Rome pour voir les Reliques, puifqu'on ne les y montre que de fi loin, qu'avec tout ce fecours, encore a-t-on bien de la peine à dire ce qu'on voit.

44 *Majoris de modo faciendi boudinos*] C'eft *Joannes Major*, Ecoffois, Docteur de Paris, connu au commencement du XVI. Siècle par plufieurs Ouvrages de Philofophie, de Morale & de Théologie, imprimez à Paris en diverfes années depuis 1509. jufqu'en 1529. (†). Comme cet homme, qui avoit régenté au Collége de Montaigu, n'étoit apparemment pas plus fobre que plufieurs de fes Collégues, Rabelais l'introduit ici en enfeignant publiquement l'*Art de faire des boudins*, c'eft-à-dire, le moyen de fe farcir les boyaux en mangeant & buvant à plaifir, & à ventre déboutonné (‡).

45 *La Cornemufe des prelatz*] Je fais bien qu'au Prol. du Liv. 5. l'Auteur donne tout lieu de croire que ce Livre-ci a véritablement exifté ; mais fuppofé même que cela foit, encore en reviens-je à ce que j'ai déja dit fur le mot *Cornemufeurs* dans une Note fur le Ch. 1. de ce Livre ; c'eft qu'ici la *Cornemufe* des Prélats n'eft autre chofe que leur Mitre *cornue* à la façon de la tête que les Peintres donnent à *Moïfe*; rien n'empêchant qu'un mot, qui d'ailleurs répond fi parfaitement au fens myftique que le *Rational* donne à la figure de ce bonnet, ne puiffe avoir été le titre d'une Satire bien réelle, où l'on fe fera propofé de tourner en ridicule la vie *mufarde* & fainéante de certains Prélats, entiérement éloignée de leur profeffion.

46 *Beda de optimitate triparum*] C'eft Noël Beda Docteur de Sorbonne, grand ennemi des Belles-Lettres & de Guillaume Budé qui les favorifoit auprès du Roi François I. (**). Au Ch. dernier d'une *Anatomie de la Meffe*, impr. l'an 1555. Bède eft traité de *Gros-foupier*, à caufe de fon gros ventre qu'on attribuoit à la quantité de *potage* dont il empliffoit fes *tripes*. Or, comme d'ailleurs la *tripaille* eft un manger de gourmand, tel qu'on vouloit

---

(*) *Don Quichot, Part. 1. Chap. 1.*
(†) *Launoi, Hift. du Collége de Navarre, p. 653.*
(‡) *Prov. Fr. par Bellingen, imp. en 1656. p. 17.*
(**) *Préface de l'Apol. d'Hérodote.*

II.   24

que fut Béde, Rabelais attribue à ce Docteur un Ouvrage qui traite de la rare bonté des tripes, comme pour infinuer que Noël Beda n'avoit pour tout mérite qu'une fort groffe bedaine dont il faifoit parade.

47 *La Complainte des advocatz fus la reformation des dragées*] Ce que Rabelais appelle ici *reformation des dragées*, c'eft le changement des anciennes *Epices* ou *Dragées* en une fomme d'argent en *efpèce*, à quoi fut taxé le rapport de chaque procès ; ce qui n'accommodant pas les Avocats, qui voyoient diminuer leurs honoraires à proportion de la fomme à quoi on modéroit ces épices, donne lieu à l'Auteur de fuppofer qu'ils en formérent une *complainte*.

48 *Le Chatfourré des procureurs*] L'Art qu'ont ces gens-là d'amaffer de l'argent à force de *chaffourer* ou de barbouiller du papier. Plus bas, Liv. 5. Chap. 15. l'Auteur traite de *Grosmilouard, Chat bien fourré* un *chaperon fourré* de Confeiller qui s'étoit extraordinairement enrichi dans fon Emploi.

49 *Des poys au lart cum commento*] La Bruiére Champier, au titre *de Pifo*, qui eft le 2. du Liv. 7. *Namque lautiffimas epulas fubire videmus. Reges quoque ac Proceres gratiffime mandunt : præfertim cum Suilla incocta. Pifa ex lardo vocant.* On voit par ces paroles que jufqu'au tems du Roi François II. fous le Régne duquel elles ont été écrites, de fimples *pois au lard*, fans autre affaifonnement pafférent en France pour un manger de Roi. Mais il y avoit long-tems que Meffieurs de St. Victor ne s'accommodoient plus de cette cuifine, à moins que quelque chofe de plus friand que le lard ou que la chair de Porc n'eût achevé de bien confire les pois au lard ; & c'eft à quoi un habile homme, apparemment de cette Maifon s'appliqua fi férieufement un jour, qu'après plufieurs recherches fuivies d'expériences, on vit enfin publier de fa part pour un digne Commentaire fur cette matiére, une belle & longue lifte de plufieurs ingrédiens qui pouvoient confidérablement bonifier les pois au lard.

50 *La Profiterolle des indulgences*] Ce qu'au tems de Rabelais on appelloit *profiterolle* étoit une médiocre boule de pâte, cuite fous la cendre, *turanda fubcinericia vel focacea*, dit Nicot après Budé : & c'eft à quoi l'Auteur fait ici allufion, appellant *profiterolle* le *profit* que font, à commencer du jour des Cendres, les Curez & les Moines, par le moyen des Indulgences, qui *roullent* d'une Eglife où on les a déja gagnées, dans une autre où on les gagne de nouveau moyennant nouvel argent.

51 *Preclariffimi . . . . maiftre Pilloti Racquedenari de bobelidandis gloffe accurfiane baguenaudis* &c.] On appelle *raquedenare* un avare : *bobelineur* de *bubulinator*, un Ouvrier en vieux cuir, un Savetier ;

& baguenaudes des niaiseries ou des discours sans solidité. *Bague-naudæ, seu magnæ, vesicæ bene turgidæ et repletæ vento, quæ cum puncto acus percussæ sunt, nihil aliud faciunt quam crepitum ad faciendum ridere pueros,* dit l'Antichopin, pag. 24. Ainsi on voit qu'ici Rabelais en veut d'un côté à la Glose d'Accurse, qui lui déplaît toujours, & de l'autre à l'avarice de certains Avocats *pillars,* que quelques lambeaux de cette Glose enchassez à tors & à travers dans leurs Ecritures enrichissoient ni plus ni moins qu'auroit pu faire une science très-utile au public.

52 *Stratagemata Francarchieri de Baignolet*] Ne seroit-ce point le même Francarchet, de Bagnolet, comme le prétend Mézerai dans son Abregé des Matiéres Ecclésiastiques du xv. Siécle, ou de Meudon, comme l'assûre après Monstrelet Ambroise Paré, Liv. 25. Chap. 16. de ses Oeuvres, Edition de Lyon 1633 : Comme un autre Villon il avoit été condamné à la mort pour ses crimes & pour ses filouteries. La Faculté de Médecine ayant su que cet homme étoit travaillé de la pierre, supplia le Roi qu'il leur fût mis entre les mains, pour voir si on pourroit lui ouvrir le rein & en tirer le calcul. L'opération réussit, et l'Archer vécut encore long-tems en bonne santé. De plusieurs contes qui couroient de cet Espiègle, François Rabelais en suppose un Volume, à la faveur duquel l'Auteur, qui étoit ce même Archer, vivoit heureux dans l'autre monde, où il avoit été vu par Epistémon. Rab. Liv. 2. Ch. 30.

53 *Franctopinus de re militari cum figuris Tevoti*] Rabelais qui sous le titre spécieux des *Stratagêmes,* ou tours d'adresse du Franc-archer de Bagnolet, en vouloit tout à l'heure principalement à la rusticité & aux voleries des Francs-Archers, dont la Milice établie par le Roi Charles VII. avoit été supprimée dès le Régne suivant, se raille ici de la poltronnerie & du peu d'expérience des *Franctaupins,* comparez avec les anciens Romains, dont l'excellente Discipline & les ruses de guerre sont encore aujourd'hui admirées dans les Oeuvres de Vegèce & de Frontin ; & la Satire de l'Auteur tombe ici personnellement sur le Franctaupin *Tevot,* dont le nom villageois, qui revient sur la Scène au Liv. 3. Ch. 8., me paroît imaginé, moins pour donner une idée plaisante des figures & du Livre même, que pour représenter au naturel la mauvaise contenance & lâche figure d'un Franctaupin dans le péril. *Tevot* diminutif d'*Etienne* m'a tout l'air d'un Sobriquet pour désigner un faux-brave, destiné à mourir plutôt d'un coup de pierre sur le pavé d'une Ville, que d'une blessure à l'Armée.

54 *De usu et utilitate escorchandi equos et equas, autore M. nostro de Quebecu*] Guillaume *de Quercu* Docteur de Paris, qui a fait imprimer quelque chose sur St. Grégoire. Rabelais, qui ne trouvoit le Docteur *Quercu* ou Du Chêne ni plus habile, ni moins

barbare que beaucoup d'autres de cette robe, change le nom de celui-ci en *Quebecu*, pour y trouver par allusion à *Equa, Equus,* de quoi attribuer à cet écorcheur de Latin un Volume *de usu et utilitate escorchandi Equos et Equas.*

55 *La Ruftrie des preftolans*] Plus bas, Ch. 12. *ruferie, c'eft tefte de Mouton.* Et Liv. 5. Ch. 27. *ruferie, ce font belles teftes de Mouton, tefte de Veau, tefte de Bedouaux.* Le Dictionnaire Fr. Ital. d'Ant. Oudin interpréte le mot *Preftolant* par l'Italien *Podefta,* forte de Bailli que Liv. 4. Ch. 44. Rabelais introduit comme Chef ou Député de quelques Païfans. Ainfi, felon notre Auteur, Meffieurs les Preftolans ou Juges fous l'Orme, comme on parle, étant de vrayes têtes de Mouton, de Veau & de Blaireau, ce titre leur eft à peu près auffi honorable que plus bas l'eft aux *Abbez* celui de leur *Vietdazouer.*

56 *M. n. Roftocoftojambedaneffe, de mouftarda poft prandium fervienda lib. quatuordecim, apoftilati per M. Vaurrillonis*] Bèze, Liv. 1. de fon Hiftoire Eccléfiaftique, fur l'an 1541. parle du Portugais André Govea Docteur de Sorbonne, furnommé, dit-il, *Sinapivorus* ou Engoulemoûtarde. Si ce n'eft pas à lui que Rabelais attribue ce Livre ridicule, peut-être aura-t-il voulu parler d'*Angelus de Gambedellionibus,* ou Jambe-de-Lion, Auteur de deux Ouvrages dont les titres fe voyent dans la Bibliothéque de Draudius. Au lieu de *Jambe-de-Lion,* l'Auteur l'aura appellé *Jambe d'Aneffe,* apparemment pour lui reprocher, que comme un Ane, qui n'avoit eu ni dents ni griffes pour fe défendre, il avoit du moins donné des coups de pié à fon ennemi, & cela encore dans un Ecrit qui n'ayant paru qu'après la mort de cet ennemi, étoit venu trop tard, & comme on dit, auffi à propos que *moûtarde après dîner.* A l'égard de M. *Vaurrillonis,* c'eft Guillaume Cordelier, qui a écrit fur Jean Scot & fur le Maître des Sentences quelques Ouvrages, dont on voit les titres dans la Bibliothéque de Draudius (*), & pag. 47. *Bibliothecæ Tellerianæ.*

57 *Le Couillaige des promoteurs*] L'ancienne orthographe de ce mot étoit Colliaige. Les Vigiles du Roy Charles VII. Tom. 2. p. 27. de l'Edition de 1724.

> *Dunoys Conte tres vertueux & faige*
> *Deux mendians fi avoit en* Colliaige (†),
> *Eftudians en fcience & clergie,*
> *Lefquelz faifoit Docteurs en Theologie*
> *A fes defpens.*

Je crois pourtant que dans ces vers Colliaige n'a été ainfi ortho-

(*) *Tom. 1. pag.* 581. & 590.
(†) *Ecolage peut-être.*

graphié que pour la rime ; & que par ce mot il faut entendre le Collége où étudioient les deux Mendians que Dunoys y entretenoit.

Couillage n'eft devenu fcandaleux que par fa reffemblance à un mot d'où il ne vient pas. C'eft de *couletage*, *colleĉlagium*, qu'il s'eft formé. Ainfi de *Collibertus* on a fait *Couillaut*, nom qu'on donne aux Valets de l'Eglife Cathédrale d'Angers. *Collibertus*, *colbertus*, *colbart*, *couillart*, *couillaut*. Ce font les propres termes de Ménage dans la 1. Edition de fes Origines.

58 *Jabolenus de cofmographie purgatorii*] Ce titre, qui fe trouve dès l'an 1534. dans l'Edition Gothique de François Jufte à Lyon, & qui manque dans la Gothique de 1542. du même Imprimeur, n'a été rétabli que dans l'Edition de Dolet à Lyon 1542. & dans celle de Claude La Ville à Valence 1547.

59 *Queftio subtillissima, utrum chimera . . . & fuit debatuta per decem bebdomadas in concilio Conftantienfi*] Raillerie contre le Concile de Conftance, commencé l'an 1414., & auquel, pendant près de quatre ans qu'il dura, l'Auteur prétend que durant plufieurs femaines on n'étoit occupé que d'une feule matiére, laquelle encore le plus fouvent n'étoit que pures Chiméres.

60 *Le Mafchefain des advocatz*] Moyens que trouvent les Advocats pour manger les Parties en mille maniéres. Le mot *mafchefain* a été particuliérement expliqué fur le Ch. 54. du Liv. 1.

61 *Barbouilamenta Scoti*] Les Oeuvres de Jean Scot, dignes de fervir *d'aniterges*, auffi-bien, & mieux encore que les Annales de Volufius, traitées de *cacata charta* dans Catulle. On appelle communément ce Cordelier Anglois, qui vivoit au commencement du XIV. Siècle, *le Doĉleur fubtil*, mais Rabelais traite ici de *Barbouillemens* les Ouvrages de ce Moine, tant à caufe que dans dix-fept Volumes *in-fol.* qu'ils contiennent, & qu'on réïmprimoit à Paris en 1659. (*), il y a dequoi fe *barbouiller* l'efprit à proportion du papier que Scot y a *barbouillé*, que parce que ces mêmes Oeuvres donnent à qui les lit l'idée d'un autre *barbouillement* que le Peintre Holbein, fur un endroit de fon Exemplaire de la Folie d'Erafme, avoit fort naïvement repréfenté par Jean Scot à qui l'ame fortoït par la bouche, fous la figure d'un enfant *ftultu cacantis Logicalia* (†).

62 *Le Retepenade des cardinaulx*] Ceux du Languedoc appellent *Ratepenade* une Chauve-fouris, *Mus pennatus*, autrement *Vefpertilio*,

(*) *Lett. de Guy-Patin, Edit. de Holl. Tom. 1. p. 334.*
(†) *Rel. Hift. de Ch. Patin, Edit. de Bâle, pag. 161. Voyez auffi la Folie d'Erafme, p. 198. de l'Edit. de Bâle 1676.*

Animal qui ne commence à voler que fur le foir, comme les Cardinaux, qui font d'inftitution moderne, n'ayant commencé que fort tard à paroître avec éclat dans la Hiérarchie Romaine (*).

63 *De calcaribus removendis decades undecim, per M. Albericum de Rofata*] L'Ouvrage d'Alberic de Rofata fur le Sexte des Décrétales, eft un Livre que Rabelais juge fi utile au Public, qu'il le donne ici fur le pié de cent & dix Volumes, qui traiteroient de l'art d'éloigner les éperons des flancs d'un Cheval qu'on monte. C'eft au refte par allufion à la *rofette* d'un éperon, que l'Auteur donne au Jurifconfulte *Rofata* un Traité *de Calcaribus*, &c. Et comme d'ailleurs il étoit de Bergame, dans le territoire de Venife, je ne fais fi le *removendis* qui fuit dans le titre ne feroit pas une raillerie du peu d'adreffe des Vénitiens, à manier les Chevaux. On fait les plaifans contes que font Pogge & d'autres Ecrivains de l'embarras de plufieurs Nobles Vénitiens qui montoient des Chevaux qu'ils ne favoient ni piquer à propos, ni gouverner, parce que ces Meffieurs n'avoient jamais monté que des Gondoles dans Venife.

64 *Ejufdem de caftrametandis crinibus lib. tres*] Si *crinibus*, comme on lit au lieu de *criminibus* dans l'Edition de Dolet, n'eft pas mis pour *crimiibus* abrégé de *criminibus* qui fe lit dans toutes les autres, peut être Rabelais aura-t-il voulu fe moquer de la maniére dont le Jurifconfulte Rofata ou les gens de fon Païs affectoient de ranger leurs cheveux. Sinon, & au cas qu'il faille lire *criminibus*, ce titre doit, ce femble, fe rapporter à quelque Ordre trop fcrupuleux dans lequel Alberic de Rofata peut avoir placé certain cas de confcience dont il traite dans fon Commentaire fur le Sexte, qui eft le feul Ouvrage qu'il ait fait en ce genre (†).

65 *L'Entrée de Anthoine de Leive ès terres du Brefil*] Ou plutôt *des Grecs,* comme on lit dans l'Edition de Dolet; ce qui fait voir que c'eft ici une raillerie de la fatale entrée d'Antoine de Lève en 1636. dans la Provence qui eft le Brefil de la France, & en particulier dans le Territoire de Marfeille ancienne Colonie des *Grecs.* Peut-être même que cette entrée d'Antoine de Lève dans les Terres du Brefil, défigne proprement l'inhumation de ce Capitaine Efpagnol dans fon Camp devant Marfeille, où il mourut de langueur & de regret de s'être engagé mal-à-propos au fiège de cette Ville. Voyez Mézerai, dans fon Abr. Chron. fur l'An 1536.

66 *Marforii, bacalarii cubentis Rome, de pelendis mafcarendifque cardinalium mulis*] C'eft apparemment quelque Satire du tems

(*) *Voyez le* Valefiana, *au mot* Cardinalat.
(†) *Bellarm.* de Scriptor Eccl. ad. Ann. 1341.

contre le fafte des Cardinaux dont les Mules font parées & harna-
chées différemment felon la folennité des jours où ils paroiffent
en public dans toute leur pompe. On fait que la Statue de
Marforio gift par terre dans une des Cours de l'ancien Capitole.
C'eft ce que veut dire le *cubentis Rome.* A l'égard de ce que
Marforio n'eft ici qualifié que *Bachelier,* au lieu que plus haut dans
le titre du Livre que Rabelais attribue à *Pafquin ,* fa Statue eft
traitée de *Docteur,* c'eft fans doute qu'à proportion du grand
nombre de Libelles qui s'affiche journellement dans Rome contre
celle-ci, la Statue de *Marforio,* où il s'en affiche beaucoup moins
& bien plus rarement, ne doit être confidérée que fur le pié d'un
fimple *Bachelier.*

67 *Apologie d'icelluy contre ceulx qui difent que la mule du pape
ne mangé qu'à fes heures*] Ce qui a fait dire par forme de Proverbe,
que la Mule du Pape ne mange qu'à fes heures, n'eft pas l'opiniâtreté de ces Animaux quinteux ; mais on a entendu par-là que
fi, fous ombre qu'un Maître auroit des richeffes immenfes, il
vouloit faire continuellement du bien à fes gens, ce feroit le
moyen d'en être très-mal fervi. *Marforio* prête ici fa plume à
quelque avide Bénéficier, qui ne s'accommodoit pas d'une telle
explication de ce Proverbe.

68 *Pronoftication que incipit Sylvi* Triquebille *balata per M. N.
Songecrufyon*] C'eft le même *Songecreux,* dont il y a une Note fur
le Chap. 20. du Liv. 1.

69 *Boudarini epifcopi de emulgentiarum profectibus eneades
novem* &c.] Le mot *emulgentiarum* qui fignifie l'action de traire
les Animaux qui donnent du lait, eft mis ici pour *Indulgentiarum,*
qui eft aux Evêques une autre maniére de traire le lait de leurs
Ouailles. Ces Indulgences, il eft vrai, n'aboutiffent à rien, felon
Rabelais ; mais comme néanmoins les profits en font fort confidérables, il en fait un Volume de quatre-vingt & un Livres.
Quant à ce que l'Auteur y fait intervenir le Privilège du Pape
pour trois ans feulement, c'eft que le gain qui provient des
Indulgences eft une Manne qui ne pleut qu'où & auffi long-tems
qu'il plaît au Pape. La maniére de compter par *Enéades,* c'eft-
à-dire de neuf en neuf, eft plus ancienne que celle de compter
par *Décades.* Ainfi, ce pourroit bien être la raifon pourquoi Rabelais l'employeroit ici, afin de donner un plus grand ridicule à la
doctrine des Indulgences, qui, comme on fait, eft nouvelle dans
l'Eglife. Peut-être auffi eft-ce une raillerie contre Sabellic, qui a
qualifié de même les Livres dont eft compofée fon Hiftoire
Univerfelle. Et peut-être enfin que, comme le tems des Indulgences Papales contient toujours quelque nombre rompu, Rabelais
a voulu qu'un Ouvrage qui traitoit des Indulgences fût divifé en
neuf *Enéades,* ou en neuf neuvaines de Livres.

70 *Le Chiabrena des pucelles*] Frere Jean Liv. 4. Ch. 10. où il parle de la cuisine : *J'en fçay mieulx l'ufaige & cerémonies, que de tant* chiabrener *avec ces femmes, magny, magna,* chiabrena, *reverence, double reprinfe . . . . Bren c'eft merde à Rouen. Tant chiaffer & ureniller.* Et au Ch. 32. des Contes d'Eutrapel : *m'eftant reveillé fur les onze heures . . . . . je voulus executer ma commiffion. Mais point de nouvelles, elle defpite comme un Chat borgne, feignant ronfler, & faifant bien le* chiabrena, *fe tourna de l'aultre cofté.* Dans l'une & dans l'autre de ces deux citations *chiabrener* ou faire le *chiabrena*, c'eft, ce femble, ufer de façon à la manière de ceux qui difent *chiaffer* pour chi . . . & *bren* pour de la m . . . . Ainfi il y a de l'apparence que par le *chiabrena des pucelles*, Rabelais voudroit traiter de chimagrées la réfiftance des filles aux premiers embraffemens d'un mari. Mais, comme il y a d'ordinaire plus d'une explication à donner aux plaifanteries de notre Auteur, peut-être a-t-il auffi en vûe ce qu'on dit du Beaux-Sexe en général, que ce feroit véritablement de beaux Oifeaux, s'ils ne *cageoient* pas. A Metz, on appelle *chabrun* un air refrogné comme d'un *Chat borgne*. L'un & l'autre de ces mots n'auroit-il pas de l'affinité avec le *chiabrena* des pucelles ? Jacques Tahureau, dans fon *Démocritic*, Roüen, 1589. au feuillet 109. b. *Tu t'abuferois bien, fi tu penfois que je t'y allaffe recenfer ces petits* chiabrena, *& badineries de l'amour.* Un autre Auteur, qui n'eft rien moins que fûr, veut que par ce burlefque mot foit défignée la maladie ordinaire à tout le Beau-Sexe, & qui lui paffe avec l'âge. Voyez fous le mot de *Chiabrena* le *Diction. Comique* & réimprimé *in* 8⁰. à Lyon en 1735.

71 *Le Culpelé des vefves*] Plus bas Liv. 4. Ch. 65. *Dis-tu mal des femmes . . . ho, Godelureau, Moine, Cul pelé ?* Ce titre a deux fignifications, dont celle qui fe peut dire honnêtement regarde le *chaperon* ou la *coquille* des Vefves, en ce que cette coiffure a de commun avec la *coqueluche* des Moines dans le titre fuivant. Ce chaperon ordinairement de drap ou de velours, étoit fujet à fe peler comme les feffes d'un Singe, & le *capuchon* des Moines ne devient pas moins ras à force de le hauffer & baiffer.

72 *La Coqueluche des moines*] Raillerie fur le capuchon des Moines, & fur leurs dévotions nocturnes, que leur engendroient la cocqueluche, forte de méchant rhume qui, malgré cet habit (*), ne les quittoit non plus qu'ils abandonnoient leur capuchon.

73 *Les Brimborions des padres celeftins*] Ce titre qui manque dans l'Edition de Dolet, contient une Satire de l'indévotion qui régnoit alors parmi les Céleftins. Brimborions, *preghiere fenza attentione,* dit le Dict. Fr. Ital. d'Oudin.

(*) *Mén. Diction. Etym. au mot* Coqueluche.

74 *Le Barrage de manducité*] Ci-deſſous Ch. 32. *des plus friands morceaux qui paſſoient par voſtre gorge, j'en prenois le barraige.* Ce *Barraige*, eſpèce de dîme, eſt le droit qu'ont les Moines mendians de ſubſiſter aux dépens du Public, en ſe faiſant donner leur part de tout ce qui ſe conſome dans le lieu où ils ſont. On a appellé *barraige* à Paris & ailleurs certain droit Domanial de la *barre* aſſiſe ſur le chemin pour marque de ce droit (†) : & Rabelais appelle *manducité* l'état des Ordres mendians, par rapport à la Statue appellée *Manduce* de *manducare*, laquelle, Liv. 4. Ch. 59. eſt l'Idole des Gaſtrolâtres. Du reſte, l'alluſion de Freres *manducans* à Freres *mendians* eſt originairement de Louïſe de Savoye, mere de François I. Elle eſt tirée du Journal manuſcrit de cette Princeſſe, & rapportée pag. 151. de la Réponſe du Miniſtre Drelincourt au Landgrave Erneſt ; mais le P. Minime qui communiqua des extraits de ce Journal à Guichenon ne jugea pas à propos de lui fournir cet endroit ni quelques autres.

75 *Le Clacquedent des marroufles*] La gourmandiſe & la nudité des Gueux volontaires & autres. Au Ch. 9. du Liv. 4. *Un autre grand vilain* Claquedent, *monté ſur hautes mules de bois.* Claquedent au reſte, dans une ancienne Moralité intitulée *le Crucifiement de Jéſus*, eſt le nom del'un des Soldats Romains qui jettérent le ſort ſur le Saïe du Sauveur. Voy. ſur ce mot une des Remarques ſur le Ch. 25. du Liv. 1.

76 *La Ratouere des theologiens*] Ce titre-ci regarderoit-il le Vœu de Célibat que font les Moines & le Clergé Romain, ſans prévoir les conſéquences d'un tel engagement ? Ou ne ſeroit-ce pas ſimplement une alluſion à certain *Rebus* qui conſidere ces Meſſieurs les tonſurez comme autant de *Rats* qui mangent le monde (‡) ? *Si l'iniquité des hommes étoit auſſi facilement veuë en jugement catégoricque, comme on congnoit mouſches en laiƈt, le monde . . . ne ſeroit tant mangé de Rats comme il eſt,* dit le Seigneur de Humeveſne, ci-deſſous au commencement du Ch. 12.

77 *L'Ambouchouoir des maiſtres en ars*] La maniére de former aux Sciences un jeune Maître-ez-Arts, comme on fait prendre forme à une botte neuve en la mettant à l'embouchoir.

78 *Les Marmitons de Olcam à ſimple tonſure*] Rabelais ſemble ſe railler ici de ce qu'en quelques Colléges de l'Univerſité de Paris un Ecolier de ſon tems n'avoit pas plutôt vêtu la cuculle de Bourſier ou de Marmiton, que ſans autre examen il épouſoit hardiment les ſentimens d'Ockam Patriarche des *Nominaux*, contre le ſubtil Jean Scot qui l'étoit de ceux qu'on nommoit *Réaux* par oppoſition aux premiers.

(†) *Mén. Diƈt. Etym. au mot* Barage.
(‡) *Voy.* Des-Accords, *Chap. des* Rebus *de Picardie.*

79 *Magiftri N. Fripefaulcetis de grabellationibus horrarum cano-nicarum, lib. quadraginta*] Grabeler un procès, c'eſt proprement l'éplucher pièce après pièce, auſſi exactement qu'on trieroit grain après grain tout le *gravier* d'un tas de ſable. Ainſi les 40. Livres qu'un de nos Maîtres de l'ancienne Sorbonne avoit publiez ſur la maniére de *grabeler* ſcrupuleuſement les Heures Canoniales, devoient enſeigner la néceſſité d'en bien approfondir tous les myſtères : ce qui auroit fort accommodé ce *Maître Fripe-ſauce*, qui auroit pris ſon tems pour officier, pendant que quelque autre convié Eccléſiaſtique auroit été aſſez dupe pour pratiquer à la lettre tous ſes beaux Préceptes. *Politianus Canonicus Florentinus interrogatus, an legiſſet Horas Canonicas? dixit : ſemel perlegi iſtum Librum, & nunquam pejus collocavi tempus* (*).

80 *Cullebutatorium confratriarum, incerto autore*] Ce Livre devoit être nouveau, puiſqu'il traitoit du renverſement de la plûpart des Confrairies de Dévotion arrivé en ce tems-là en pluſieurs Païs, on ne ſait comment.

81 *La Cabourne des briffaulx*] Par la *Cabourne* ou le *cabron* des briffaux, qui eſt proprement ce morceau de drap fait en ovale, que portent les Capucins pendant leur novicat, l'Auteur entend une eſpèce de ſtupidité dans les Novices de cet Ordre ; & c'eſt de ces mots que vient l'Italien *capronaggine* qu'Ant. Oudin a rendu par celui de *lourdauderie*.

82 *Le Faguenat des Heſpaignols ſupercoquelicanticqué par frai Inigo*] Ce titre étant dans l'Edition Gothique de 1534. à Lyon chez François Juſte, ſix ans avant que l'Inſtitut des Jéſuites fût approuvé, & que leur nom même fût connu, on ne peut pas dire que Rabelais ait eu en vûe leur Société, quoique *ſuper-coquelic-anticquée*, c'eſt-à-dire *entée ſur toutes les Sectes de Moines anciennes & nouvelles*. Il y a bien plus d'apparence qu'Ignace étant dès l'an 1528. à Paris, où il pratiquoit & faiſoit pratiquer les Exercices ſpirituels qu'il avoit compoſez, Rabelais regarda ce raffinement d'un Eſpagnol en matière de Pieté, comme un plaiſant moyen de faire perdre tout d'un coup l'opinion qu'on avoit communé-ment, que les Eſpagnols n'étoient ni moins puans ni plus ortho-doxes que les *Cagots* ou *Capots* de Bearn, deſcendus comme eux des Goths & des Saraſins qui pendant pluſieurs ſiècles avoient dominé en Eſpagne (†). Ce qu'il a exprimé à ſa maniére par le titre burleſque du *Faguenat des Heſpaignols ſupercoquelicanticqué par Frai-Inigo*. Article d'autant plus remarquable pour les Jéſui-tes, qu'il ne ſe trouvera, je penſe, nul Ecrivain, qui ait fait mention de leur futur Fondateur avant l'an 1534.; & qu'ainſi

(*) *Melanchthon, pag. 99. des Lieux communs de J. Manlius.*
(†) *M. de Marca, Chap. 16. du Liv. 1. de ſon Hiſt.*

Rabelais eft l'Auteur le plus ancien qui en ait parlé. Bèze dans la 59. de fes Epîtres a déclamé fortement contre les fpéculations dévotes mais creufes des Efpagnols, mettant dans la même balance Ignace de Loyola & Michel Servet. *Utrumque*, dit-il, *fuis vaniffimis, inaniffimis, Hifpaniffimis denique contemplationibus addictum.*

83 *La Barbotine des marmiteux*] Les prétendues amertumes de la vie hypocrite de ces faux-devots, qui *barbottent* plufieurs Oraifons d'un air piteux & dolent; mais qui ont le cœur à la cuifine.

84 *Poiltronifmus rerum italicarum, autore magiftro Bruflefer*] Etienne Brulefer Cordelier, Docteur de Paris, lequel fous le Régne de Louïs XI. (†) publia divers Sermons, & entre plufieurs Traitez en compofa un fur le 4. Livre des Sentences. Il enfeignoit que ni le Pape, ni les Conciles, ni même l'Eglife en Corps ne pouvoient établir de nouvel Article de Foi, & condamna le mérite des Oeuvres. Pour raifon de quoi fes Confreres ne pouvant le fouffrir, l'obligérent à fe retirer fous la protection de Diether Archevêque de Mayence (*). C'eft peut-être par rapport au zèle & à la fermeté de ce Théologien que Rabelais lui attribue d'avoir ofé découvrir dans un Livre, publié tout exprès, les fautes commifes jufqu'à fon tems par tant de Princes, qui avoient lâchement fubi le joug du Pape. Peut-être auffi n'eft-ce ici qu'une raillerie de l'Auteur fur la facilité qu'avoient eue les Italiens à s'emparer du Papat, à l'exclufion de tous les autres Peuples Catholiques de l'Europe.

85 *R. Lullius de batisfolugiis principum*] Rabelais traite de *batisfolage*, c'eft-à-dire, d'occupation ridicule l'entêtement que plufieurs Princes témoignoient pour la recherche de la Pierre Philofophale, depuis Raimond Lulle qui paffoit pour l'avoir trouvée.

86 *Callibiftratorium caffardis, actore M. Jacobo Hocftratem hereticometra*] Je ne fai fi l'on ne pourroit pas rendre ce titre par: *Sac et Pièces des Caffars*, pour l'Inquifiteur *Jacques Hochftraten*, qui vouloit mefurer et fonder une Hérètique tombée fous fa main. Dans l'Edition de Dolet on lit *actore*, c'eft-à-dire que depuis celle de 1553. au lieu de ce mot les nouvelles ont *authore*.

87 *Chaultcouillonis de magiftro noftrandorum magiftro noftratorumque beuvetis lib. octo gualantiffimi*] Les Buvettes de Meffieurs nos Maîtres les Docteurs en Théologie de Paris, ou d'ailleurs, & de ceux qui afpirent à le devenir, décrites par un maître débauché, grand paillard. Car c'eft *beuvetis* qu'il faut lire, conformément

(†) *Naudé, Add. à l'Hift. de Louïs XI. pag.* 189.
(*) *Du Pleffis, Myftère d'Iniquité, fol.* 603 *et* 604.

à l'*Edition* de Dolet : *beuventis*, comme on lit dans les nouvelles après celle de 1553., ne faiſant ici aucun ſens.

88 *Les Petarrades des bulliſtes, copiſtes, ſcripteurs, abbreviateurs etc. par Regis*] Les friponneries, les fauſſetez & les *qui-pro-quo*, ou, comme parle ailleurs Rabelais, les *eſtafillades* (*) qu'ont a eſſuïer de la part de tous ces différens Officiers de la Cour de Rome, les perſonnes qui ont affaire à eux. Car ici *pétarrade* n'eſt autre choſe que l'Italien *corregiata ſtaffilata*, qui s'entend de cette ſorte d'*eſtafilade* qui parut ſur le papier, lorſque dans l'accord du Landgrave de Heſſe avec l'Empereur Charles V. on trouva qu'il s'étoit gliſſé une lettre pour une autre. Autrement, faire à quelqu'un la pétarrade, c'eſt lui manquer de parole.

89 *Maneries ramonandi fournellos par M. Eccium*] Eccius Théologien Allemand adverſaire de Luther, raillé ici d'avoir écrit en ſtile de ramonneur de cheminées un Ouvrage où il ſoutenoit contre lui la Doctrine du Purgatoire.

90 *Le Poulemart des marchans*] On appelle *poulemart* dans le Dauphiné & dans le Lyonnois la ficelle dont les Marchands lient l'envelope des petits paquets ; ce qui eſt bien éloigné de la ſignification qu'Oudin donne à ce mot, qu'il prétend ſignifier une ſorte d'arme (†).

91 *Les Aiſez de vie monachale*] Les commoditez de la *fainéante* vie des Moines.

92 *La Gualimaffrée des bigotz*] Le pot pourri de toutes ſortes de ſuperſtitions pratiquées par les faux-devots.

93 *L'Hiſtoire des farfadetz*] Ci-deſſous Liv. 3. Chap. 23. Rabelais parle d'une Hiſtoire des Farfadets d'Orléans au ſujet de la femme du Prevôſt du lieu. C'eſt de cette même Hiſtoire qu'il s'agit ici, & Sleïdan en fait le recit comme d'une inſigne friponnerie des Cordeliers d'Orléans (*). Ce qu'aureſte, Liv. 4. Chap. 46. l'Auteur nomme *Farfadets* généralement tous les Religieux mendians, c'eſt qu'il les regarde comme capables d'en faire autant que ces Cordeliers, qui pour jouer leur Farce impie, contrefirent cette ſorte d'Eſprits folets, qu'en quelques endroits le Peuple nomme *farfadets* de *fadus* fait de *fari*.

94 *La Beliſtrandie des milleſouldiers*] La Léſine de ceux qui pour s'enrichir n'ont d'autre voye qu'une extrême avarice.

95 *Les Happelourdes des officiaulx*] L'extérieur de ces Meſſieurs mal ſoutenu par leur lourderie.

(*) *Liv. 4. Chap.* 17.
(†) *Oudin, Dict. Fr. Ital. au mot,* Poulemart.
(*) *Sleïdan, Liv. 9. ſur l'An* 1534.

96 *La Bauduffe des thefauriers*] Comme les fonctions des Trefo-
riers de France ne font ni fréquentes ni difficiles à remplir,
Rabelais donne à ces Officiers le plus fouvent defœuvrés une
toupie pour s'amufer : à peu près fur le même pié que Liv. 3.
Chap. 38. il introduit Meffieurs les Généraux des Finances de
Montpellier, qui ne fachant à quoi s'occuper un jour que fuivant
la coutume ils étoient affemblez, fe mirent à jouer entre eux à
la mouche, comme de petits garçons.

97 *Badinatorium fophiftarum*] L'Edition de Dolet porte *Sorboni-
formium Sophiftarum*, qui dans le ftile de Rabelais fignifie la même
chofe ; celle de 1553, fuivie en cela par les nouvelles, l'a préféré
comme ne défignant pas néceffairement la Sorbonne. Ce titre, au
refte, eft une Satire de la Scholaftique, regardée par l'Auteur
comme vaine & comme un vrai *badinage*.

98 *Antipericatametanaparbeugedamphicribrationes merdicantium*]
On lit dans l'Edition de Dolet *Mendicantium*, qui femble défigner
les Médecins par les termes barbares de leur profeffion. Plus bas,
Liv. 2. Chap. 15. au lieu de *Frater Lubinus Libro de compotatio-
nibus medicantium*, il femble qu'on doive lire auffi *mendicantium*.

99 *Le limaffon des rimaffeurs*] La *bave* ou le vain babil des
mauvais Poëtes dans les jeux de mots de leurs vers rampans.

100 *Le Boutavent des alchymiftes*] Le *buttar vento* des Italiens,
c'eft quand le vent commence. Ainfi, par le boutevent *des Alchymiftes*, on doit entendre les premiers effets de la manie qui porte
ces gens-là à fouffler le charbon. Mais, comme dans l'Edition de
Dolet, par allufion à *boutevent*, mot connu, & qui vient de *bouter*,
dans la fignification de *pouffer*, on lit ici *boutavant ;* je ne fais fi
par cette allufion l'Auteur n'auroit pas voulu fe moquer de folles
avances que font de leurs moyens ceux qui s'amufent à recher-
cher la Pierre Philofophale.

101 *La Nicquenocque des quefteurs cababezacée par frere Serratis*]
C'eft comme il faut lire fuivant l'Edition de Dolet. Charles
Fontaine, dans fon Quintil Cenfeur, pag. 185. de l'Edit. de 1556.
a dit *niquenocquer* pour ce qu'on appelle *baguenauder*. Ainfi, fous
le titre de ce Livre, Rabelais pourroit-bien avoir envifagé comme
des babioles, les prétendues Reliques que les Quêteurs, ou Porteurs de Rogatons, donnent à baifer au Peuple pour de l'argent.
La *Niquenoque* eft auffi une efpèce de *Colin-Maillard*, ou plutôt
une forte de Jeu où l'on fe joue de quelqu'un, en le balotant.
Jean Ant. de Baïf, dans fa Comédie du *Brave*, Act. 1. Scène
derniére . . . . . .

> *Chacun en fait fon Plaifant, s'en rit, & s'en moque,*
> *Et s'en joue à la niquenoque.*

On appelle *niquenoque* à Loudun une chiquenaude ; & Liv. 1.
Chap. 21. *la nicnocque,* qui eſt un des Jeux de Gargantua, ſemble
en effet devoir s'entendre des chiquenaudes que les enfans ſe
donnent par manière de jeu. Mais ici la *nicquenoque* des Quêteurs
ſemble déſigner ces *petits Queſteurs voutez,* qui ſe *nichent de nuit*
dans les maiſons des Particuliers pour y faire la beſogne du
Maître du Logis. A l'égard de *Serratis* le nom de ce Frere Quêteur eſt fait de *ſerrer,* & il déſigne l'inclination d'un Moine
Quêteur à bien *ſerrer* ce qu'on lui donne. Enfin, pour ce qui eſt
de *caba-bezacée,* ce mot, qui eſt un Adjeĉtif formé de *cabas* & de
bezace, donne à entendre qu'un Quêteur a coutume de mettre
dans ſa bezace une partie ſeulement de ce qu'il attrape ; mais que
certain panier, ou *cabas* qu'il y renferme, ſert à mettre à part les
Miches entiéres de la quête.

102 *Les Entraves de religion*] Les Vœux Monaſtiques qui,
bongré, malgré, attachent les Moines à l'Ordre de Religion, & à
la Règle qu'ils ont embraſſée.

103 *La Racquette des Brimbaleurs*] La *grille* qui empêche les
Moines d'aller près des Religieuſes.

104 *La Muſelière de nobleſſe*] Le *maſque* des Demoiſelles & des
femmes de qualité. C'eſt la ſignification que Belon donne à ce
mot (*). Mais ici, la *muſelière* dénote particiérement l'inclination
muſarde & fainéante dont Rabelais accuſoit la Nobleſſe du
Royaume.

105 *La Patenoſtre du cinge*] L'hypocriſie dcs faux dévots. On
appelle proprement *Patenôtre du Singe* une apparence de dévotion
qui aboutit à quelque inſigne friponnerie.

106 *Les Grezillons de devotion*] Rabelais a ici en vûe la coutume
qu'ont les Superſtitieux, quand ils diſent leurs Patenôtres, de
s'entortiller les poûces avec le Chapelet, comme avec des *grezillons,* ou cette petite ficelle avec laquelle on donne la queſtion
ordinaire.

107 *La Marmite des Quatre-Temps*] La pieuſe & *marmiteuſe*
mine qu'affeĉtent les hypocrites qui veulent perſuader qu'ils ont
rigoureuſement obſervé le jeûne des Quatre Tems.

108 *Le Mortier de vie politicquë*] Le Capuchon, qui comme
l'ancien *Mortier* des Préſidens, couvre les yeux de ceux qui
veulent faire croire qu'ils ſont morts au monde, ou *politiquement,*
comme on parle. C'eſt un Proverbe Italien, Tome II, pages 26.
& 27. de la Nouvelle Relation de l'autre Monde, 1706. & 1707.

(*) *Singularitez &c. de Belon, Chap.* 35.

qu'à la Cour il suffit de s'enfariner d'un peu de Religion ; mais qu'au refte il faut être farci de bonne Politique. Et c'eft fuivant cette Maxime que le Cardinal de *Cefi* (*Pietro Donato*) fous Urbain VIII. Innocent X. & Aléxandre VII. Penfionnaire d'Ef-pagne, Hift. des Papes Tom. V. p. 311. étant au lit de la mort, & exhorté, dit-on, par un Jéfuite de penfer à fes affaires, *Padre*, lui répondit-il, *ho vifjuto fempre da politico, moriró anche da politico.* Chevræana, Paris 1697. Tom. 1. p. 317. Ici, fous une équivoque pagnotte de *Mort* à *Mortier*, Rabelais reproche aux Prélats Italiens leur hypocrifie en matiére de Religion.

109 *Le Moufchet des hermites*] Moufchet, de *Monachettus.* Les Hermites font par leur habit un diminutif de Moines ; & à Metz on appelle *Mouchet* le petit Oifeau qu'ailleurs on nomme *Moineau* à caufe de fa couleur & de fon froc.

110 *La Barbute des penitenciers*] La *barbute* eft un habillement de tête, fait en façon de *Domino*, quelquefois mafqué, quelquefois non, fuivant le froid, le vent, ou la neige qu'il fait au tems qu'on le porte.

111 *Le Trictrac des freres Frapars*] D'un côté le nom de *Tric-trac* femble parfaitement bien convenir, pour le dire ainfi, à la *trefque tracaffante* vie des Moines mendians, le jeu même de *Trictrac* n'ayant été appellé de la forte qu'à caufe du continuel mouvement des Dez & des Dames fur le Damier. Mais il y a plus d'apparence qu'ici par le *Trictrac des Freres Frapars*, Rabelais dénote le *tran-tran* de la Vie Clauftrale que les Maîtres entendent fans comparaifon mieux que les Novices. Dans les Contes d'Eu-trapel la fcience, ou, comme on parle, le *tran-tran* du Palais, eft en deux endroits appellé le Trictrac *du Palais.*

112 *Lourdaudus de vita & honeftate braguadorum*] On appelloit autrefois *bragard* un homme propre & galamment habillé, de *bragues* forte de courtes culottes de toile qu'on portoit par netteté comme on porte aujourd'hui des caleçons. La mode de ces anciennes *bragues* étant tombée avec celle des *brayettes* comme indécentes, à caufe que l'une & l'autre marquoient trop vifible-ment la place & la forme des parties qui ne fe nomment point, il faloit être bien groffier pour continuer à en être le partifan ; auffi eft-ce ici un franc *lourdaud* qui en fait l'éloge, & qui entre-prend de la faire revivre.

113 *Lyrippii Sorbonici moralifationes per M. Lupoldum*] Rabelais attribue à un Doćteur Allemand nommé *Lupolde ou Léopold* un Traité qui explique tous les myftères de fcience & de pieté renfermez dans la forme & dans toutes les parties de l'ancien Chaperon Doćtoral, ou *Liripipion* Sorbonnique, appellé de la forte du Flamand *Liere-pype*, comme qui diroit une forte de

mufette qui defcend de la tête fur les épaules. Voyez Voffius *de vitiis fermonis* pag. 238. & dans l'Appendice, pag. 807.

114 *Les Brimbelettes des voyageurs*] Les babioles dont fe chargent quelques-uns de ces gens-là. Plus bas, Ch. 33. & Ch. 5. de la Progn. Pantagr. on lit *Bimbelotier* dans la fignification de Marchand de *brimbelettes* ou de jouets de petits enfans ; & je crois que ces mots viennent de l'Italien *Bimba* qui fignifie une Poupée. *Bimbelot* eft auffi certain jeu d'enfans , & c'eft ce que fignifie ce mot dans le Diction. Fr. Ital. d'Ant. Oudin.

115 *Les Potingues des evefques potatif₂*] Le mot *potingues* me paroît avoir ici deux fens, de même que *potatif*, fobriquet qui fait allufion à *portatif*, nom qui fe donnoit autrefois à un Evêque *in Partibus*, ou titulaire d'un Evêché dont un autre tiroit le revenu. Dans la fignification où il convient à cette forte d'Evêques, il peut venir de *potin*, forte de Métal qui ne fauroit fe dorer, & dont Rabelais aura prétendu que les Bulles de ces Prélats qui font toujours pauvres avoient été fcellées. Et comme dans la feconde fignification il eft compofé de *pot*, & de *ting* qui eft le fon que rendent les verres à boire, lorfqu'on les choque dans la débauche, on ne fauroit douter, ce femble, que l'Auteur ne fe foit ici propofé de reprocher aux Evêques *portatifs* de fon tems, fortis pour la plûpart d'entre les Sorbonniftes, leur vie peu décente à des perfonnes de leur caractère.

116 *Tarraballationes doctorum Colonienfium adverfus Reuchlin*] Les divers *tribalemens* excitez contre Reuchlin par les Théologiens de Cologne. Ces *tribalemens*, ou ce vacarme, à quoi avoit donné lieu l'avarice du nommé Pfefferkorn Juif converti, regardoient les Livres Hébreux, qu'à l'exception de la feule Bible ce méchant homme vouloit qu'on ôtât aux Juifs, à qui dans la fuite il les auroit revendus bien cher. A quoi le favant & équitable Reuchlin s'étant fortement oppofé en l'année 1510. il eut fur les bras tous les Théologiens de Cologne, qui le traduifirent à Rome, où après une guerre de dix ans entiers, l'affaire fut enfin terminée à leur confufion.

117 *Les Cymbales des dames*] La vie peu réglée de certaines femmes de qualité. La 71. des Cent Nouv. nouvelles : *paffant d'avanture par devant la chambre où fa femme avec le Chevalier joüoyent enfemble des cymbales.* On appelle *cymbales* de petites fonnettes dont on jouoit comme on joue aujourd'hui des caftagnettes ou du tambour de Bafque.

118 *La Martingalle des fianteurs*] Ci-deffus déja, Liv. 1. Chap. 20. le tout fut ainfi qu'avoit été délibéré : excepté que Gargantua, *doutant qu'on ne trouvaft à l'heure chauffes commodes pour fes jambes* (de Janotus) *doutant auffi de quelle façon mieux*

duiroient audit Orateur, ou à la Martingale, *qui eſt un Pont-levis de cul, pour plus aiſement fianter, ou à la mariniere* &c. Cette ſorte de culottes, qui étoit encore en uſage du tems de Rabelais, prit ſon nom des *Martégaux*, Peuples du Martégue en Provence, qui l'avoient inventée; & l'Auteur en donne de telles aux gourmands comme le pédant *Janotus,* parce que les culottes *à la Martingale* ayant au derriére une ouverture couverte d'une pièce de drap quarrée, qui ſe hauſſoit & baiſſoit à la façon d'un Pont-levis, elles conviennent à ces grands mangeurs, qui ſouvent n'ont pas le tems qu'il faudroit pour détacher d'autres culottes. On a dit *Martingale* pour *Martégale,* comme *Portingal,* qui dans nos vieux Livres eſt le nom du *Portugal.* Du reſte, ce titre manque dans l'Edition de Dolet.

119 *Virevouſtatorum nacquettorum per F. Pedebilletis*] Les *Virevoutes* ou tours de ſoupleſſe des Capucins & des Cordeliers, réduites en art par un franc *Piéton* ou troteur de leur Ordre. *Nacquet* eſt une corruption de *Laquet,* comme *Laquet* qu'on diſoit autrefois pour *Laquais,* en eſt une de l'Allemand *Lands-knecht,* qui s'eſt dit premiérement de l'Infanterie Allemande, puis auſſi de la Françoiſe, enſuite pareillement des *Laquais;* & enfin des Valets de tripot, qui tous enſemble n'ayant guère d'autre monture que la *Mule des Cordeliers,* comme on parle, leur ſont ici aſſociez par Rabelais, à cauſe que ceux-ci & les Capucins vont *naqueter* de porte en porte, employant pour attraper des bribes mille inventions qui ſont autant de *virevoutes.* Le Paſſepartout des Jéſuites imprimé en 1607. pag. 33. parle des Capucins comme de gens,

> *Deſquels la troupe vagabonde*
> *Ne s'attache point en ce Monde*
> *A quelque certain ratelier :*
> *Et, marmiteuſe ne s'arreſte*
> *Qu'aux* virevouſtes *de ſa queſte,*
> *Faiſant de ſon dos ſon grenier.*

120 *Les Bobelins de franc couraige*] Louanges des Savetiers, qui chantent en faiſant leur beſogne.

121 *La Mommerie des rebatz & lutins*] On appelle *Rabats* les Eſprits, & on les nomme encore à préſent de la ſorte dans les Provinces d'Anjou, de Poitou, de Saintonge & de Normandie (*). On diſoit auſſi *rabaſter* pour exprimer le tintamare que fait un Eſprit qui revient (†), & Marot s'eſt ſervi de ce mot dans une Epigramme ſur le retour de Mademoiſelle de Tallart à la Cour. Or, voici proprement ce qu'étoit que *rabaſter* à la maniére des

(*) *Mén. Diction. Etym. au mot* Rabater.
(†) *Sleïdan Fr. ſur l'An* 1534.

II.   26

Efprits. *Les Cordeliers d'Amboife*, dit Ménage, *avoient autrefois de coûtume , vers la fin du Carême , de difpofer une grande quantité de petits cailloux fur plufieurs ais au deffus du lambris de bois dont leur Eglife eft voutée : & le Mécredi Saint, auffitôt que le Diacre avoit prononcé , en chantant la Paffion , les paroles aufquelles un chacun fe proflerne, quelques Novices, qui avoient ordre de fe tenir pour cet effet au deffus de la voute, renverfoient, chacun fucceffivement, ces ais-là : & ainfi ces petits cailloux venant à rouler de haut en bas, & de chaque côté du lambris, faifoient un grand bruit; & cela s'appelloit le Rabaft des Cordeliers* (*). C'eft cette coutume que Rabelais traite de *mommerie.*

122 *Gerfon De auferibilitate pape ab Ecclefia*] Le doɕte Jean Gerfon, Religieux Céleftin , Doɕteur de Sorbonne, & Chancelier de l'Univerfité de Paris, avoit été député en 1414. au Concile à Conftance. Y ayant reconnu l'opiniâtreté des deux Antipapes Grégoire & Benoît, à vouloir fe maintenir dans le Papat contre Jean XXII. ou XXIII. fous ombre que celui-ci étoit à la veille d'être dégradé, il prit occafion de publier un Traité qu'il intitula : *de auferibilitate Papæ ab Ecclefia*. Pour favoir quel y étoit le but de l'Auteur, ou de foutenir que l'Eglife peut fubfifter fans Pape , ou feulement de prouver que pour le bien de l'Eglife, & pour arrêter le Schifme qui la divifoit depuis 40. ans, le Concile pour lors légitimement affemblé étoit en droit de dépofer un Pape canoniquement élu; pour favoir cela , dis-je, il faudroit lire le Livre de Gerfon. Cependant, il eft bon d'avertir que Pâquier eft de ceux qui prétendent que Gerfon ne fit fon Livre que dans cette derniere vûe; mais que lui, qui traite de *Lucianifte* Rabelais, fous le nom de certain Auteur qui de fon tems avoit ofé juger autrement du doɕte Gerfon (†), ne favoit pas que cette opinion, qu'il ne veut point que Gerfon ait eue, ayant été, du tems même de Gerfon , foutenue en pleine Sorbonne par Maître Jean de Gigencourt, avoit paffé & avoit été fuivie d'un Edit, en vertu duquel la France s'étoit paffée de Pape pendant trois ans , & n'avoit commencé à en reconnoître un qu'en la perfonne d'Aléxandre V. Froiffart, Vol. 4. Ch. 58. 61. & 97. & Monftrelet Vol. 1. Ch. 30. 43. & 52. rapportent la chofe , & elle a été remarquée par Innocent Gentillet, dans la Préface de la II. Part. de fon Anti-Machiavel.

123 *La Ramaffe des nommez & graduez*] Ce n'eft pas affez qu'une Univerfité ait nommé un de fes Membres à quelque Bénéfice de la qualité de ceux qui par la Pragmatique Sanɕtion, & enfuite par le Concordat ont été affeɕtez aux Graduez : il ne fuffit pas non plus que le Gradué ait lui-même demandé le Bénefice à celui à

(*) *Mén. Diɕtion. Etym. au mot* Rabater.
(†) *Rech. de Pâquier, Liv. 3. Ch. 16. & 26.*

la collation de qui il eſt (*); le plus difficile a toûjours été d'avoir
ſes Bulles, qu'avant l'établiſſement des Banquiers en Cour de
Rome dans de certaines Villes il falloit aller chercher ſur les
lieux : ce qui ne ſe pouvoit faire ſans ſe faire *ramaſſer* ſur des
rameaux ou branches d'Arbres à la deſcente des Alpes (§); & c'eſt
ce que Rabelais appelle ici *la ramaſſe des nommez & graduez.*

124 *Jo. Dytebrodii de terribiliditate excommunicationum libellus
acephalos*] Rabelais appelle *Libellulus acephalos*, petit Livret ſans
tête, un Traité des Excommunications Papales, & leurs terribles
ſuites. Et il attribue cet Ouvrage à un Allemand, parce que cette
Nation, qui autrefois avoit reſſenti de funeſtes effets de l'Excommunication de plus d'un de ſes Empereurs, s'étoit de ſon tems
preſque entiérement ſéparée de la Communion du Pape, lequel
pour cette raiſon l'avoit retranchée de l'Egliſe Romaine dont il
eſt le Chef. C'eſt au reſte l'Edition de 1553. qui au lieu de
Libellulus qui ſe lit dans celle de Dolet, a mis *Libellus* qui ſe lit
dans les nouvelles.

125 *Ingenioſitas invocandi diabolos & diabolas per M. Guingolfum*]
Les mots *& diabolas* manquent dans l'Edition de Dolet. *Ger-
mani . . . . . . Magiæ cognitione ſibi placent*, dit Eraſme, p. 103.
de ſa Folie, Edit. de Bâle 1676. D'ailleurs, les Allemands, ſelon
Tacite, étant de tous tems adonnés, juſqu'à la fureur, aux Jeux
de Hazard, ſont par cela même Invoqueurs de Diables au
Chap. 10. du V. Liv. de Rabelais. Enfin, la Langue Allemande
n'eſt ni plus agréable à l'oreille, ni moins rude à prononcer que
le Langage Lombard ou Bergamaſque, duquel, ſuivant H. Etienne,
p. 134. de ſon Livre de la Précellence &c. les Italiens diſent qu'il
ſemble avoir été inventé exprès pour invoquer le Diable. Voilà
tout le myſtère du titre de ce prétendu Livre, dont l'Auteur
devoit être Allemand, à en juger par ſon nom de *Guingolfe.*
L'Edition de 1553. a ajouté dans le titre *& Diabolas*, peut-être
par rapport à la fameuſe *Vellede* Allemande, dont Tacite, au
IV. Liv. de ſes Hiſt., parle comme d'une inſigne Sorciére. La
Légende de St. Gengoulf donne à cet homme une femme ſi
rioteuſe, que dans la penſée que c'étoit proprement l'affaire du
Ciel de le délivrer des crieries continuelles de cette femme, il
demanda à Dieu que toutes les injures qu'elle voudroit proférer
de là en avant contre lui, fuſſent autant de pets qui lui ſortiroient
par la bouche. Je ne me ſouviens pas ſi ſa priére fut exaucée,
mais il ſe peut que non; & que dans la ſuite l'impatience lui
ayant fait prendre le contrepié, c'eſt auſſi peut-être à ce ſujet-là
que Rabelais attribue à un M. Gengoulf un Traité du bon ſens
qu'il y a à invoquer quelquefois les Diables & les Diableſſes. Du

(*) *Duaren.* de Sacr. Eccl. Miniſteriis, *Lib.* 5. *Cap.* 13.
(§) *Nicot, au mot* Ramaſſe.

reſte, Naudé parle d'un Allemand *Gingolſus*, dont les Ouvrages de Philoſophie étoient preſque les ſeuls qui euſſent la vogue en France avant le rétabliſſement des Belles-Lettres (*).

126 *Le Hoſchepot des perpetuons*] Sous le nom de *hochepot*, qui ſignifie proprement un mets compoſé de pluſieurs ſortes de viandes, comme pourroit être un ſalmigondi des différentes bribes de touś les Ordres mendians d'une grande Ville, Rabelais ſuppoſe ici un *pot-pourri* de tout ce que dans le monde il y a de Religions de Mendians, gens qui ſe *perpétuent*, comme toutes ſortes de Communautez, qui ne meurent jamais. *Gens æterna, in quâ nemo naſcitur*, dit Pline (†) de certains Hermites habitans des Deſerts de la Paleſtine.

127 *La Moriſque des hereticques*] C'eſt le ſupplice de la corde, affecté du tems de Rabelais aux Luthériens, qu'après une ou deux ſecouſſes, on laiſſoit tomber dans un ſeu allumé au pied du gibet. C'eſt-là proprement la *Moriſque* dont parle l'Auteur. Les Mores accompagnent leurs jeux & leurs danſes de grimaces & de ſauts périlleux, qu'on a auſſi appellez *Moriſques*, lorſqu'on les a introduits dans la Danſe & dans les Spectacles François: & c'eſt encore en ce ſens que Rabelais introduit ici une *Moriſque*, qu'il attribue aux prétendus Hérétiques de ſon tems; parce qu'ils acquéroient un teint de *Mores*, & faiſoient des grimaces hideuſes, lorſqu'on les pendoit & brûloit, comme c'étoit la coutume.

128 *Les Henilles de Gaietan*] Henilles, *Anilia*, Contes de Vieilles, peut-être. Sinon ce ſera ici la même choſe que *Guenilles* ou Lambeaux: auquel cas Rabelais aura entendu ſous ce nom les Opuſcules de Frere Thomas *de Vio*, depuis Cardinal Cajetan, imprimez enſemble en 1511. & par lui dédiez à Nicolas Cardinal de Fieſque.

129 *Moillegroin doctoris cherubici de origine Patepelutarum et Torticollorum ritibus lib. ſeptem*] On a appellé *Chérubiques & illuminez* certains anciens Docteurs Scolaſtiques, que la haute opinion qu'on avoit de leur ſainteté & de leurs grandes lumiéres, ſaiſoit prendre pour des Anges & des *Chérubins*. Et comme les *Chérubins* ſont dépeints avec la face vermeille, on appelloit auſſi, mais par dériſion, Docteurs *Chérubiques & illuminez* certains Goinfres d'entre les Sorbonniſtes du vieux tems, à qui l'ivrognerie avoit fait hauſſer la couleur du teint. C'eſt à la faveur de ces différentes ſortes *d'illuminations* & *d'enluminures*, que Rabelais ſe moque ici de certain Docteur *Chérubique* qu'il nomme *Mouillegroin*, pour faire encore mieux entendre que cet homme avoit ſouvent le

(*) *Apol. des Grands Hommes, etc. Chap.* 7.
(†) *Liv.* 5. *Chap.* 17.

verre à la bouche. Les *Pates-peluës* ou *Papelus,* comme on lit dans les Fables de la Fontaine , font les Cordeliers , par rapport à l'Hypocrifie dont on les accufe , & les *Torticolis* ou *Torcous* , comme l'Auteur parle Liv. 1. Chap. 54. ce font encore les Cordeliers, entant que pour contrefaire l'agonie du Sauveur expirant fur la Croix , ils laiffent pencher leur tête fur l'épaule , comme prêts à rendre l'ame à force de jeûnes & de macérations (*).

130 *Soixante et neuf breviaires de haulte greffe*] Rabelais fe moque de la Bibliothéque de St. Victor , où l'on voyoit prefque autant de Bréviaires, des plus fripez , que de toutes fortes de Volumes enfemble. Ainfi tous ces vieux Bréviaires ne font que pour défigner la Bibliothéque d'une grande & ancienne Communauté Religieufe. Quant à ce qu'il les appelle Bréviaires de *haute-graiffe,* c'eft parce que depuis le XII. Siècle, tems auquel cette Bibliothéque fut fondée, il ne fe pouvoit que parmi une multitude de Bréviaires de la Maifon, il n'y en eut de bien gras , puifqu'on s'en fervoit tous les jours dans l'Abbaye & dans l'Eglife.

131 *Le Godemarre des cinq ordres des mendians*] *Godemarre* fignifie tantôt le ventre à poulaine de ces Moines mendians de tous Ordres, qui *Curios fimulant, sed Bacchanalia vivunt*, comme parle Rabelais au dernier Ch. de ce Livre ; & alors, par le changement du *g.* en *d,* comme en *Godelureau,* ce mot vient de *gogue* pris pour le ventre , & de *mare* fait de *major.* Fénefte , Liv. 4. Chap. 13. *Il y a un Godemard Efpagnol, qui fe fait porter à la proceffion dans une Chaire percée.* J'ai vu des Efpagnols repréfentez promenant dans une Brouette leur *Godemare* ou ventre à poulaine. Souvent , comme ci-deffous Ch. 12. , le *Godemare* fignifie certain tems, c'eft-à-dire, environ l'entrée de la nuit, que les Moines, chantent l'Antienne *Gaude Maria Virgo:* & quelquefois *Godemare* s'entend de la *Cochemare,* mal de rate , qui nous pefe la nuit lorfque nous dormons. Le Diction. Fr. Ital. d'Oudin, Godemare, Cochemare, *pefarvola.* C'eft pourquoi, comme *Godemare* & *Cochemare* font affez fouvent fynonymes : que dans ce Chapitre Rabelais en veut continuellement aux Moines , fur-tout aux Religieux Mendians; & qu'au Chap. 6. de la Progn. Pantagruéline *Cauchemare* vient constamment de *calcatio,* ou plutôt *calca maris,* il y a bien de l'apparence que dans ce titre il accufe de pédéraftie tous les cinq Ordres des Mendians.

132 *La Pelleterie des tyrelupins, extraicte de la Bote fauve incornififtibulée en la fomme Angelicque*] Ce titre ne veut dire autre chofe que la manière d'avoir le poil aux Hérétiques , & de les faire chanter, fuivant qu'elle eft enfeignée dans la Somme de Thomas

(*) *Erafm. au Colloque intit.* Medardus.

d'Aquin, & qu'elle a été pratiquée contre eux en leur chauffant,
avant que de les brûler, & feulement pour les tourmenter, certain
Brodequin, ou certaine *Botte* de parchemin, qui étant approchée
du feu, se retire, & ferrant extraordinairement la jambe caufe
une grande douleur (*) Nous lifons au Ch. 24. de l'Apol. d'Hérodote, qu'un nommé Frere Jean de Rome, Jacobin, qui fe
qualifioit Inquifiteur des Hérétiques de Provence, avoit accoutumé, lorfqu'il vouloit interroger quelqu'un fur le crime d'Héréfie,
de lui faire chauffer des bottes que lui-même empliffoit de graiffe
bouillante; ce qui étoit un fûr moyen de faire laiffer à l'accufé
le cuir & le poil dans ces Bottes. Il continua d'exercer cette
cruauté fur les pauvres Vaudois ou *Turlupins* de Cabriéres & de
Mérindol jufqu'en 1544. que la crainte d'en être châtié, comme
c'étoit l'intention du Roi, l'obligea de chercher un afyle dans
Avignon (†).

133 *Le Ravaffeur des cas de confcience*] Ceux qui ont lu le gros
Ouvrage de Sanchès, & ceux des autres Cafuiftes, favent combien
ces Auteurs ont été obligez de *rêvaffer* pour avoir pu forger toutes
les Queftions, frivoles, dangereufes, & fcandaleufes dont ces
Livres font pleins.

134 *La Bedondaine des préfidens*] De *bedon* & de *bedondon*, ono-
matopées, qui chacune ont fignifié un *tambour*, on a fait *bedaine*
& *bedondaine* dans la fignificetion de *gros ventre*, à caufe de fa
reffemblance avec un tambour. Les Contes d'Eutrapel, Chap. 19.
*Chicoüan, qui eftoit Tabourineur à Saumur, en fit ainfi, quand le
jour de fes nôces il alla baudement et gaillardement querir fa femme à
tout fon tabourin et flufte, la conduifant en grand' joliveté jufques au
Monftier, puis s'en retourna à fa maifon fe querir lui-même avec fon
bedondon.* Ainfi, *la Bedondaine des Préfidens*, c'eft le gros ventre
de ces Meffieurs, foit par rapport à la double portion qu'ils ont
dans les Macarons & dans les Vacations de Commiffaire, ou que
n'étans parvenus à leur emploi qu'après avoir déja rempli d'autres
Offices de Judicature, ils font cenfez s'être doublement engraiffez
dans le Métier.

135 *Le Vietdazouer des Abbés*] Soit que *Vietdazouer* vienne de
Vifo di afino vis ou vifage d'âne ou qu'ici, comme il y a bien de
l'apparence, Rabelais donne à ce mot une autre origine, on voit
également qu'il ne faifoit pas plus d'eftime des Abbez de fon
tems, qu'en a fait depuis Verville de certain Evèque qu'il n'ofe
nommer; mais qu'il traite de *grand Viédafe.* Voyez *le Moyen de
parvenir,* Ch. 17. intitulé *Journal.*

(*) *Furetière, au mot Brodequin.*
(†) *Bez. Hift. Eccl. fur l'An* 1544.

136 *Sutoris adverſus quendam qui vocaverat eum fripponnato-*
rem &c.] Eraſme dans une Apologie avoit reproché au Chartreux
Pierre *Sutor*, pluſieurs tours de *fripon* que celui-ci avoit employés
dans le démêlé qu'ils avoient eu enſemble touchant les prétendues
héréſies que la Sorbonne imputoit à Eraſme, & en même tems il
s'étoit plaint que Mrs. nos Maîtres contens de fronder ſa Doctrine,
avoient laiſſé paſſer à leur Confrere toutes ces obliquités, ſans
ſeulement l'en cenſurer. A cela *Sutor* dans ſon *Antapologie* contre
Eraſme, répond que la Sorbonne ne connoiſſant que des ſeules
Héréſies, ſe borne à les condamner, & ne s'informe pas ſi ceux
qui les dénoncent ſont des *fripons,* qui ont uſé de mauvaiſe foi
dans leurs Dénonciations (*). C'eſt ce qu'emporte le titre du
Volume que Rabelais lui attribue, & dans lequel il repouſſe
quelques duretés que ſon Traité *de tralatione Bibliæ, et novarum*
reprobatione interpretationum (†), lui avoit attirées de la part
d'Eraſme, en faiſant voir que dans cet Ouvrage il n'a fait que
ſuivre, & défendre les principes de l'Egliſe Romaine. Ce Traité
eſt antérieur aux deux Livres qu'il a faits de la Vie des Chartreux. Quant à ce que Rabelais dit que *Sutor* faiſoit voir, *que*
l'Egliſe Romaine ne condamnoit pas les fripons, c'eſt une piquante
raillerie contre ceux qui prétendent que l'Egliſe a le pouvoir de
diſpenſer de l'obſervation de la Loi Morale.

137 *Cacatorium medicorum*] Au Ch. 5. de ce Livre Rabelais
dit des Médecins, *qu'ils ſentent les clyſtères comme vieulx Diables.*
Ici, c'eſt encore à peu près la même raillerie contre ceux de ſa
propre profeſſion.

138 *Le Rammonneur d'aſtrologie*] Les Aſtrologues ſont d'ordinaire avec leurs longues lunettes, tantôt en haut, tantôt en bas
dans les Obſervatoires, comme les Ramonneurs avec des perches
dans les cheminées.

139 *Campi clyſteriorum per §. C.*] Manque dans l'Edition de
Dolet, mais on le trouve dans celle de 1553. Ce *per §. C.* veut
dire *per Symphorianum Champerium,* ou, comme il lui plaiſoit
quelquefois de s'appeller, *Campegium.* Ce Symphorien Champier,
dont nous avons pluſieurs mauvais Livres, en a intitulé deux ou
trois *Campi,* par alluſion à ſon nom. De ce nombre eſt *Campi*
Clyſteriorum, rapporté par Geſner, au feuillet 606. de ſa Bibliö-
théque imprimée à Zurich 1545.

140 *Le Tyrepet des apothecaires*] Leur Seringue.

141 *Le Baiſecul de chirurgie*] L'attouchement du derriére. De
deux poutres qui ſe touchent on dit qu'elles ſe baiſent.

(*) *Biblioth. de Draud. Tom. 1. pag. 25.*
(†) *Là même, pag. 43. et 82.*

142 *Juſtinianus de cagotis tollendis*] Et Liv. 3. Ch. 8. *c'eſt ce qui meut le vaillant Juſtinien*, Liv. 4. de Cagotis tollendis, *à mettre* ſummum bonum in braguibus & braguetis. On veut que ce ſoit ici une alluſion au titre *de caducis tollendis*, dont la Loi eſt de Juſtinien, mais, ſelon moi, c'en eſt plutôt une à la Loi du même Empereur *de validis mendicantibus* entre leſquels Rabelais a prétendu que Juſtinien avoit compris les Moines Mendians. Du moins eſt-ce le ſentiment d'Agrippa de la Vanité des Sciences, au Ch. *de mendicitate*, qui eſt le 65.

143 *Merlinus coccaius de Patria diabolorum*] *Theophile Folengio*, qui ſous le nom de *Merlin Cocaïe* a fait des vers en ſtyle macaronique, étoit un Moine Bénédiĉin natif de Mantoue, mort fort âgé l'an 1544.; mais qui n'a pas fait de Livre qui ait paru ſous le titre de *Patria Diabolorum*. Il eſt vrai que Merlin Cocaïe, dans l'Epitre que, ſous le nom de *Magiſter Aquarius Lodola*, il adreſſe *ad illuſtrem Dominum Paſarinum*, dit avoir compoſé 5. Livres de *Stanciis Diabolorum*, ou, comme il s'en explique plus bas, *quinque Libros de Inferno;* mais il faut prendre garde que quelques lignes après, il déclare les avoir joints aux précédens qui traitoient des proueſſes de *Baldus*, où il donne à entendre qu'ayant d'abord fait 20. Macaronées, lesquelles comme il paroît par l'*Epiſtolium colericum*, avoient été publiées ſans ſa participation, il les avoit depuis augmentées de ces cinq autres qu'il intitule *de Stanciis Diabolorum*, parce qu'encore que la deſcription de l'Enfer n'y commence proprement qu'au 23. Livre, il eſt ſûr néanmoins que dés le vingtième cette deſcription eſt préparée. *Baldus* y forme la réſolution de voir le Païs des Diables: il en cherche & trouve la route dans le vingt & unième: il la pourſuit dans le ſuivant; & enfin au vingt-troiſième il arrive ſur les lieux. Quelques-uns comptent cinq Livres de Merlin Cocaïe *de Patria Diabolorum*, d'autres, comme Ménage, n'en comptent que trois(*); mais, comme on voit, les uns & les autres ont raiſon, quoiqu'à différens égards. Ce qu'au reſte Rabelais dit, qu'une partie des Livres dont il vient de donner le Catalogue, s'imprimoient aĉuellement à Tubinge regardent les plus ſatiriques d'entre ces Livres, qui ne purent s'imprimer que dans une Univerſité toute Proteſtante.

CHAPITRE VIII

1 *Oyres & botes d'olif*] Rabelais veut dire que Pantagr. avoit de l'eſprit *autant que quatre*, comme on parle, & de la mémoire autant qu'en ſauroient contenir douze des meilleures têtes. Ce

(*) *Diĉion. Etym. au mot* Macarons.

qu'il appelle entendement *à double rebras* un grand & vaste jugement, c'est par allusion à certains Manteaux courts, que, du tems
de l'Auteur, on *rebrassoit* ou redoubloit plus ou moins sur le bras
ordinairement par galanterie; mais dans l'occasion pour tenir
lieu de rondelle dans une rencontre inopinée. Les *Oyres* & les
Bottes d'olif, sont des outres & des tonneaux à mettre l'huile d'o-
live que produisent la Provence & le Languedoc.

¶ *Plasmateur Dieu*] Formateur, du Latin *plasmo*.

2 *Nous pechons tous, & continuellement requerons à Dieu* &c.] C'est
ainsi que, dans l'Edition de Dolet, on lit cet endroit, qui doit
s'entendre de l'Oraison Dominicale.

3 [*Et ce que . . . . pour l'advenir*] Ce qui est entre ces marques
[ ] manque dans l'Edition de Dolet.

4 *Ny de Papinian*] Ces mots ne sont pas dans l'Edition de
Dolet.

5 *Contemné comme Caton*] Plutarque, dans la Vie de Caton le
Censeur.

6 *Arbustes & fructices des foretz*] Dans l'Edition de Dolet, au
lieu de *fruitiers* on lit *fructices*, par une faute d'impression pour
frutices, du Latin *frutex*, qui s'entend de tout Arbrisseau qui ne
meurt ni ne seche comme les herbes. Mais on dit aussi *fruitiers*
pour *frutice*, & ce mot se trouve en cette signification dans la
Préface du 2. Livre, du Traité *De honesta Voluptate* de Platine, de
la traduction de Didier Christol.

7 *Comme est le feu parmy les brandes*] Dans le Diction. Fr. Ital.
d'Antoine Oudin, *brandes* est interprété par *bruyéres;* mais en
Poitou, ce sont proprement des bruyéres sechées sur le pied.

CHAPITRE IX

1 *Al barildim*, &c.] C'est de l'Arabe.

2 *Signor mio*, &c.] C'est de l'Italien.

3 *Lard gheft*, &c.] Voici de l'Anglois.

4 *Jona andie guaussa*, &c.] Ici, c'est du Basque, & il s'en trouve
déja une couple de mots Liv. 1. Chap. 5. mais apparemment
que Panurge, qui est ici Rabelais lui-même, n'avoit bien appris
cette Langue que depuis l'année 1542.; car tout ce discours ne se
trouve point dans l'Edition de Dolet.

5 *Sainct Treignan, foutys vous defcoff*] Au Chap. 6. de la Progn.
Pantagruéline, il eft parlé de *Sainct Treignan d'Efcoffe*, & dans la
4. des Cent Nouv. nouvelles on voit un Archer Ecoffois jurer
par *Sainct Engnan*, ce qui prouve que le *Sainct Treignan* de Rabelais, & le *Sainct Engnan* des Cent Nouv. nouvelles ne font qu'un
même Saint, favoir l'Apôtre des Ecoffois *Ninias* ou *Ninianus*,
auquel Hector Boëtius Liv. 7. de fon Hiftoire d'Ecoffe, dit qu'on
attribue plufieurs miracles qui rendront à jamais fa mémoire
vénérable dans toute la Grande-Bretagne. Ce baragouin de Carpalim n'eft au refte qu'un dérangement de *Sainct Treignan*
d'Ecoffe vous . . . . . paroles dont Rabelais a voulu voiler la faleté
en les faifant prononcer de travers par un Etranger, tel qu'on
veut qu'étoit ce Laquais.

6 *Parlez-vous chriftian, mon amy, ou langaige patelinoys*] Parlez-
vous dans le deffein de vous rendre intelligible : ou fi c'eft en vûe
de n'être entendu de perfonne? Cette façon de parler, qui eft
purement Italienne, eft particuliérement commune à Venife, où
dire à quelqu'un *parlate Chriftian*, c'eft lui dire de parler une
Langue qu'on puiffe entendre, & par cette Langue on entend
d'ordinaire le Langage du Païs, où le Peuple croit bonnement
qu'il eft le feul Peuple Chrétien, comme le feul véritablement
Catholique de l'Univers. Du refte, Epiftémon fait ici allufion à la
Farce de Patelin, où le Drapier entendant le fourbe & rufé
Patelin parler dans fes rêveries feintes & affectées, à peu près
autant de différens Patois, que Panurge parle ici de divers langa-
ges, ce bon homme s'écrie tout épouvanté :

> *Saincte Dame, comme il barbotte !*
> *Par le corps b . . . il barbelotte*
> *Ses mots, tant qu'on n'y entend rien.*
> Il ne parle pas Chreftien,
> *Ne nul langaige qui appère.*

Ce qui, pour le dire en paffant, me perfuade que le difcours de
Panurge, pris par Epiftémon pour *Langage Patelinois*, ou autre
que *Chrétien*, pourroit bien être du Bas-Breton : car, à ces paroles
du Drapier, la femme de Patelin répond que la perfonne dont
Patelin, dans fa jeuneffe, apprit ce langage non Chrétien,

> *Ce fut la mere de fon pere,*
> *Qui fut attraicte de Bretaigne.*

7 *Non, c'eft langaige lanternoys*] Langage de Catholiques, puifqu'il eft là parlé de Moines, & en particulier des Cordeliers. Du
refte, ceci manque dans l'Edition de Dolet, mais on le trouve
dans celle de 1553.

8 *Herre, ie en fpreke*] C'eft du Hollandois.

9 *Seignor, de tanto hablar*] C'eft de l'Efpagnol.

10 *Myn Herre endog jeg . . .*] C'eft ici du Danois. On fait qu'autrefois les Goths pénétrèrent jufqu'en Suède & en Danne-marck. C'eft ce qui donne lieu à la plaifanterie d'Eufthenès, qui vient fept ou huit lignes après.

11 *Langaige de mon pays de Utopie* &c.] Sur ce pied-là, fi l'on en croit l'Auteur de la Préface du Rabelais Anglois, ce pourroit bien être ici du plus franc Gafcon, ou même du Béarnois tout pur.

¶ *Panurge*] La Clef de Rabelais veut que ce foit le Cardinal d'Amboife, non pas apparemment ce digne Prélat qui mourut en 1510. mais un autre de même nom, dont parle la grande Hiftoire de Mézerai, Tom. II. p. 603. Edit. de 1651. L'Hiftoire du Tems &c. *in* 8. 1570. traite de *Panurge* Charles Cardinal de Lorraine, nommément pag. 407. où il eft qualifié de *Panurge fpirituel & temporel:* & cela non pas dans la fuppofition que le *Panurge* de Rabelais fût auffi méchant que celui-ci, mais apparem-ment parce que ce dernier fe mêloit de tout; ce qu'emporte le nom de *Panurge,* eu égard à fon étymologie.

12 *Lorfqu'on alla à Metelin en la male heure*] En 1502. en vertu d'un Jubilé de cette année-là, dont la Bulle ordonnoit une Croi-fade contre les Turcs, dont l'Armée navale s'étoit fait voir peu auparavant vers Venife. Les François affiégèrent Mételin, mais trahis, comme on difoit, par les Vénitiens, qui donnèrent paf-fage aux Turcs, ceux-ci les obligèrent à lever le fiège après avoir défait les François & fait fur eux trente-deux prifonniers, du nombre defquels fe met ici Panurge. Voyez fur l'An 1502. la continuation de la Chronique de Monftrelet.

13 *Que celles de Ulyffes*] Panurge répond à Pantagruel, qui avoit pris de Virgile la comparaifon de leur future amitié avec celle d'Enée & d'Achates.

14 *Ce fera bafme,* &c.] Plus bas Liv. 4. Chap. 7. *La chair en eft tant delicate, tant favoureufe, et tant friande que c'eft bafme.* Et dans la 96. des Cent Nouv. nouvelles, *Et lors commença à dire* baufme *de fon Chien.* Le grand cas qu'on faifoit du *baume,* qu'on prononce *bafme* encore en quelques endroits, & comme ce mot fe trouve écrit dans Amadis, Tom. VIII. Chap. 24. avoit donné lieu à ces façons de parler Proverbiales.

15 *Coucher en chappon*] Incontinent après avoir foupé d'auffi bonne heure que les Chapons prennent leur repas du foir. Le 52. des Arrêts d'Amour, ajoûté aux précédens par Gilles d'Aurigni, dit Pamphile: *Sur ce que lediêl demandeur difoit, que combien que de toute difpofition de droit commun d'amour maritale, lefdiêz marys*

foyent en bonne poffeffion de jouyr plainement et paifiblement de leurs femmes, et qu'ilz en doivent avoir l'entretien et devis, tant après fouper que devant, et fe puiffent tenir fur leurs gardes pour le péril éminent de leurs dictes femmes. Et fe aller coucher et departir d'une compagnie à telle heure que bon leur femble, voir en chapon fi meftier eft; à faire fermer leur porte quand la fantaifie et umbraige les prend.

CHAPITRE X

1 *Conclufion en nombre de neuf mille fept cens foixante et quatre en tout fçavoir*] Jean Pic de la Mirande en avoit propofé de femblables, au nombre de neuf cens (†); mais ce n'eft point à celles-là qu'en veut ici Rabelais. C'eft plutôt à certain Livre intitulé : *Les Milles cent quatre-vingt & quatre Demandes en toutes matiéres, avec les folutions ez Demandes felon le faige Sydrach*, imprimé *in* 8º. à Paris chez Galiot du Pré au commencement du XVI. Siècle. Voyez la Bibliothéque de Draudius, Tom. II. pag. 172.

2 *La rue du Feurre*] Il eft déjà parlé de cette Rue Liv. 1. Chap. 11. & il en eft fait encore mention au Chap. 17. de celui ci. C'eft celle qu'on appelle aujourd'huï la *Rue du Fouarre*, toujours de *foderum* fourrage: & il y a de l'apparence que, comme le croit Ménage, on l'appella ainfi, à caufe de la paille qu'on y vendoit pour joncher les Ecoles de Philofophie qui étoient dans cette Rue, & celles de Médecine qui en font proches; fur laquelle paille les Ecoliers fe mettoient dès le tems du Poëte Dante, lorfqu'on faifoit des Actes publics (*). Ramus, dans fa Préface pour la réformation de l'Univerfité de Paris, faifant mention de la dépenfe des Ecoles de Médecine : *pro tapetis et* ftramine *quodlibetariæ triginta folidi. In Cardinali pro tapetis et* ftramine, *triginta folidi* (‡).

3 *Les mift tous de cul*] Ou *de cul*, fuivant l'Edition de 1553. Les accula tous & les obligea à fe raffeoir fur leur paille comme des Magots. Plus bas, Liv. 4. Chap. 19. *Panurge reftoit de cul fur le tillac* . . . *Frere Jean l'apperceut fur la courfie et luy dift* . . . *Panurge le criart, tu ferois beaucoup mieulx nous aydant icy, que là pleurant comme une Vache, affis fur tes couillons comme un Magot.* Au lieu de *fus le cul*, comme on lit dans l'Edition de Dolet, on a dit *mettre de cul, refter de cul*, comme laiffer, refter *debout*, pour laiffer, refter *fur pied* ou fur fes pieds.

(†) *Naudé, Addit. à l'Hift. de Louïs XI. pag.* 175 *et* 176.
(*) *Biblioth. Teller. p.* 413.
(‡) *Mén. Diction. Etym. au mot* Fourrage.

4 *Et prendre fa refection*] Dans l'Edition de Dolet, il y a
enfuite : *non qu'il engardaſt leſdiāʒ Theologiens Sorbonicques de chopiner et ſe refraichir à leurs beuvettes accouſtumées.* Ce qui revient au
De Magiſtro-noſtrandorum Magiſtro-noſtratorumque beuvetis de l'un
des titres des Volumes de la Bibliothéque de St. Victor.

5 *Il les feiſt tous quinaulx*] Il les confondit tous & dans cette
Difpute, ou grande *Quine*, où pendant douze grandes heures ces
gens là s'étoient tenus à terre, affis fur de la paille comme des
Magots, il les rendit camus comme de vrais Singes. Mat. Cordier. dans fon *De corr. ferm. emendatione*, Cap. 18. n. 45, de
l'Edition de 1539. *Fuit victus in magna Quina.* Il a été vaincu à
la grand'Quine ; *Victus fuit in fumma difputatione, vel, in fummo
certamine.* On voit que ce qu'on appelloit *la grand Quine* dans le
Collége de Navarre, étoit une Difpute folennelle & extraordinaire, où, durant plufieurs heures tout de fuite, les Ecoliers de
ce Collége demeuroient affis fur leur derriére dans une pofture
de vrais Singes ; car en ce tems-là, peut-être de *Spina*, à caufe
de la longue échine de ces Animaux, on appelloit *Quin* le mâle
de la Guenon ou le Marmot : & c'eſt du Singe mâle que parle
Jean le Maire de Belges, dans ces vers de fa 1. Epître de l'Amant
verd :

> *Avecque moy le Quin et la Marmotte,*
> *Dont la triſteur desja leur mort denotte,*
> *Priſonniers ſont, leur lieſſe eſt perdue.*

C'eſt peut-être encore de *Spina*, mais dans la fignification de
bâton noueux comme eſt l'*Epine*, qu'on a appellé *quinette* un
bâton de vieilles gens, & *Quinola*, tantôt au jeu de Reverſi le
Valet de cœur, à caufe de fa halebarde, tantôt un Ecuyer de
Dame, à caufe du bâton qui lui eſt néceſſaire pour bien mener.

6 *C'eſt ceſtuy-là*] At pulchrum eſt digito monſtrari, et dicier, hic
eſt. Perf. Sat. 1. Je ne fais au reſte, où Rabelais a pris ce qu'il
dit-là, car, dans la Vie de Diogène le Cynique, écrite par Diogène Laërce, nous voyons bien que Diogène montra un jour au
doigt cet Orateur à des Etrangers qui témoignoient une grande
curiofité de le voir ; mais ce fut pour fe moquer de lui, & il n'eſt
pas dit que la curiofité de ces Etrangers fit plaifir à Démoſthène.

7 *Du Douhet*] Briand Vollée Saintongeois, Seigneur du Doüet
proche de Saintes (*), Confeiller du Parlement de Bourdeaux. Il
fera plus amplement parler de lui fur le Ch. 37. du Liv. 4.

8 *Canabaſſer*] *Eſſaminare*, canabaſſement *curioſa eſſaminatione*,
dit le Diction. Fr. Ital. d'Oudin. *Canabaſſer* un procès, c'eſt en

(*) *Brantome, Homm. Ill. François, Tome II. pag.* 301. *Edit.
de* 1666.

voir & revoir toutes les Pièces avec autant d'exactitude qu'une
Ouvriére en tapifferie s'applique à compter & à recompter tous
les fils de fon *canevas*.

9 *Cautelles diabolicques de Cepola*] C'eft ainfi qu'il faut lire,
conformément à l'Edition de Dolet & à celles de 1553. & 1558.
non pas *Scævola*, comme l'a cru Ménage, fous ombre que *Mutius
Scævola* inventa la Cautèle qui de fon nom eft appellée *Mutiana
cautio*. Ces Cautèles de Barthelemi *Cépola* ont été fort décriées à
caufe des moyens qu'elles enfeignent d'éluder les Loix les plus
formelles, & de perpétuer les procès : mais elles n'ont pas laiffé
d'être plufieurs fois réimprimées, entre autres *in* 8o. en caractères Gothiques, chez Jean Petit, 1508.

Accurfe] Accurfe le pere, Florentin, compilateur de la Glofe
qui porte fon nom. Il mourut à Bologne à l'âge de 78. ans en
1229. Panzirol. *de clar. Leg. Interpretibus, Lib. II. Cap.* 29.

Balde] De Péroufe, meurt en 1400. *Idem. Ibid. Cap.* 70.

Bartole] Meurt auffi à Péroufe, à l'âge d'environ 45. ans, en
1355. *Ibid. Idem. Cap.* 67.

De Caftro] Paul. Meurt peu après Jean d'Imola qui fuit. Gaza-
lup. *De modo ftudendi, et Document.* 5.

De Imola] Jean. Perpétuel adverfaire des fentimens de Bartole.
Meurt à Bologne en 1436. Panzirol. *Lib. II. Cap.* 88.

Hippolytus] Cité fouvent fous le nom de *Riminaldus*. Meurt
jeune encore & eft mis dans le tombeau de Jean-Marie *Riminaldus* fon pere, décédé avant lui, l'an 1473. *Idem. Ibid. Cap.* 120,
& 121.

Panorme] Nicolas *de Tudefchis*, Sicilien, Interprète du Droit
Canonique, & contemporain du Concile de Bâle. *Idem. Lib. III.
Cap.* 33.

Bertachin] Jean. De Fermo dans la Marche d'Ancone. Vivoit
fur la fin du XV. Siècle. *Idem. Lib. II. Cap.* 124.

Alexandre] D'Imola, furnommé *Torlagnus*, mourut en 1477.
Idem, Ibid. Cap. 112. Du côté du ftyle & de la belle littérature,
tous ceux-ci ne donnoient que trop de lieu au Jugement que
Pantagruel fait ici d'eux ; mais d'ailleurs, ils avoient, pour leur
tems, chacun leur mérite, comme on peut le voir dans Gaza-
lupus, dans la Forêt Nuptiale de Jean Névifan, & dans Panzirole,
aux endroits ci-deffus allégués.

10 *L. pofteriori de orig. juris*] C'eft *pofteriori* qu'on lit dans l'Edition de Dolet, & non *poftrema*, comme M. Simon de Valhebert
avoit corrigé l'abrégé *pofteri*, des Editions nouvelles. Cette Loi
au refte, eft de *Pomponius*, & non d'Ulpien, comme l'a cru Rabelais ; & c'eft ce que le même M. Simon de Valhebert a remarqué
il y a long-tems à la marge de fon Rabelais.

11 *Stille de ramonneur de cheminée*] Mauffade & ridicule comme
un Ramonneur bien barbouillé. Le Style tantôt élevé, tantôt

rampant, comme un Ramonneur qui fe promene *haut et bas* dans une cheminée.

12 *De cuyfinier et marmiteux*] Latin de *cuifine*, tel que celui des *Marmitons*, ou pauvres Ecoliers de certains Colléges de l'Univerfité de Paris. C'eft ce qu'on ne pourroit pas dire aujourd'hui , fans paffer pour ignorant, & même pour quelque chofe de pis.

13 *Cartagiens*] Non *Carthagiens* , comme dans l'Edition de Dolet. Ç'a été une queftion entre les Grammairiens du XV. & du XVI. fiècle, favoir s'il falloit dire *Carthaginienfis* de *Carthago, inis,* ou *Carthagienfis;* mais Politien rejette ce dernier mot (*), qui en effet ne fauroit venir que de *Carthagus* , qu'on aura dit barbarement pour *Carthago.*

CHAPITRE XI

1 *Vers le zenith et maille*] Au lieu d'*et maille*, dans l'Edition de Dolet on lit, *diametralement oppofé ès Troglodytes.*

2 *Les barragouyns et les accourfiers*] On appelle *Accourciers* dans la Saintonge les Chalans d'une Boutique , où ils ont accoutumé de prendre fur taille, comme on parle , & on les appelle de la forte *d'adcruciare;* parce que fur les tailles chaque Dixaine eft défignée par une coche en forme de *croix.* A ces *Accourciers* Rabelais oppofe les *Barguigneurs* qui n'achétent jamais ; & il fait allufion des uns & des autres aux *Baragouins* ou Juriftes barbares, qui propofent mille queftions de Droit fans les réfoudre, & aux Difciples d'*Accurfe* qui fe vantent d'avoir approfondi tout le Droit Römain.

3 *Jufques au nombre de bon bies*] Dans l'Edition de Dolet , au lieu de *bombies* on lit : *trois, fix, neuf, dix.*

4 *Le premier trou de l'an*] Le premier *jour* , parce que le jour entre par le moindre trou.

5 *La main fur le pot*] Maniére d'arrêter un marché , duquel il ne refte plus qu'à boire le vin. Patelin , dans la Farce qui porte fon nom :

> *Encore fe j'euffes dîct*
> *La main fur le pot, par ce dict*
> *Mon denier me feuft demouré.*

C'eft encore dans le même fens que plus bas, Ch. 32. les Almy-

(*) *Liv. V. de fes Epîtres, dans une Lettre à Barth. Scala.*

rodes ayant fait dire à Pantagruel, qu'ils ne fe rendroient à lui qu'à bonnes enfeignes, c'eft-à-dire, en vertu d'un accord bien figné, ce Prince s'étonne qu'ils fe défient de lui qui venoit à eux *la main au pot et le verre au poing.*

6 *Bulles à pied et bulles à cheval*] L'Edition de Dolet porte *Bulles de poftes à pied, et Lacquays à cheval.* Ce qui encore devoit s'entendre au rebours, car on court la Pofte à cheval, & les Laquais font réputez n'aller qu'à pié. Cependant, comme cela même, pour avoir au moins quelque fens, ne faifoit pas un affez bon effet dans un Chapitre comme celui-ci tout compofé de Coq-à-l'ânes, c'eft ce qui a obligé Rabelais de fe corriger dans les Editions poftérieures : & il ne faut point chercher d'autres raifons des divers changemens qu'on a déja remarquez ou qu'on remarquera encore dans ce Chapitre & dans les deux fuivans.

7 *Coufturiers*] On n'a commencé à les nommer *Tailleurs* que vers l'an 1578. H. Etienne, Dial. du Nouv. Lang. Fr. Ital. pag. 183.

8 *Retaillons*] Rognûres, *refegmina.* Mat. Cordier, *De corr. ferm. emendatione,* Chap. 42. n. 18. Rabelais, Liv. 3. Chap. 18. a dit de même *retaillat* pour circoncis.

9 *Sarbataine . . . Oceane*] Ces deux mots font la rime de deux vers que Rabelais doit avoir pris quelque part.

10 *Les phyficiens*] Les Médecins, qui, en qualité d'Eccléfiaftiques, comme ils étoient anciennement prefque par toute l'Europe, bornoient ordinairement leurs fonctions à enfeigner fous le nom de *Phyfique,* la théorie de la Médecine, laiffant aux Laïques la pratique des remedes (*). Le Roman de Lancelot du Lac, au feuillet 172. tourné du Tome I. *Car je ne fais finon empirer, ne les* Phyficiens *ne me fçavent de ma maladie confeiller.* Les Anglois appellent encore *Phyficiens* les Médecins; & les Allemands *Phyficus* un Médecin ftipendié.

11 *Oftarde . . . . . mouftarde*] C'eft ici la rime de deux vers qui faifoient entrer la moûtarde dans la fauffe à l'Oftarde. A l'égard de *Bezague,* c'eft un renverfement de *Béguaffe,* comme les Rochellois nomment la Bécaffe.

12 *Maignans*] On appelle ainfi le Vers à foie en Provence, & dans le Bas-Languedoc où il y en a. Dans l'Edition de Dolet, après *Maignants* on lit: *et ainfi fe pourmener durant le Service Divin.*

13 *Danfer l'eftrindore*] De *ftridor,* peut-être, auquel cas fe feroit ici une danfe de marroufles, de *claquedens,* pour fe réchauffer pendant un grand froid.

(*) *Mézerai, dans l'Abr. des Mat. Eccl. du* XIII. *Siècle.*

14 *Comme difoit le bon Ragot*] Le Prologue des Navigations de Panurge, imprimé à la fuite du Rabelais de Dolet. *Toutesfoys mon intention eft de la fuyvre (la Verité) ung petit à gauche fans la perdre de veuë, fi d'adventure je ne tomboye en ung foffé en fuyvant, et que je me rompiffe une jambe: au moyen de quoy je fuffe contrainct de la fuyvre à quatre pattes, ou avec des potences, ou guynettes, comme ce vray Prophête Ragot.* Jacques Tahureau, dans fes Dialogues du Démocritique & du Cofmophile, pag. 134. & 135. de l'Edition de Rouen 1589. *Penfes-tu fi on avoit certaine congnoiffance des Prédeceffeurs anciens, et de la Généalogie de beaucoup de gens aujourd'huy fort riches et grands Seigneurs, qu'on ne les trouvaft poffible defcendus de quelque pauvre Belifre, qui n'auroit fait toute fa vie autre chofe qu'eftaller une jambe toute mangée et mi-pourrie de chancre à l'entrée de quelque Temple ou aux lieux où le Peuple convient et fréquente le plus? Tefmoin l'elegant et infigne Orateur beliftral unique Ragot, jadis tant renommé entre les Gueux de Paris, comme le Parangon, Roy et fouverain Maiftre d'iceux, lequel a tant fait en plaidant pour le biffac d'autruy, qu'il en a laiffé de fes enfans pourveus avec des plus notables & fameufes perfonnes que l'on fçauroit trouver. Et qui doute que fi tels enfans font gens de bien (toutesfois de bon efprit & fecrettement mefchans) que leur richeffe ne s'augmente, et qu'eftans pouffez à mont par le vent de quelque bonne fortune, ils ne puiffent acquerir grands biens et réputation? Et voila la perfonne de Ragot, Monfieur, premier Gentilhomme de fa race, qui aura de beaux neveux, fi Dieu plaift.* Celtophile, pag. 219. des Dialogues du nouveau Langage François Italianifé de H. Etienne .... *Mais dites-moy, l'Eau-Benifte eft elle tousjours en la Cour à auffi bon marché qu'elle fouloit eftre?* Philaufone. *A meilleur marché que jamais.* Celt. *Le Poiffon d'Avril y eft il tousjours de requefte?* Phil. *Il y eft en plus grande recommandation que jamais.* Celt. *Pathelin & Ragot y ont-ils tousjours force Difciples?* Phil. *Plus que jamais...* C'étoit un Belitre fameux du tems de Louïs XII. & des premiéres années du Régne de François I. Il y a un *in* 12. de foixante pages au plus, & de vieille impreffion, traitant des *Gueux de l'Hoftiere*, où le nom de *Ragot* eft fort fouvent répété. C'eft de-là, parce que les Gueux font toujours fur le ton plaintif, qu'on a dit *ragotter* pour grommeler, fe plaindre, murmurer. *Argot*, qu'Oudin dans fes Dictionaires interpréte *gueuferie*, mais qui proprement fignifie le jargon des Bohémiens, vient auffi très-vraifemblablement de *Ragot* par une légere tranfpofition de lettres, & non pas de la Ville d'*Argos;* parce que, dit bonnement *Furetiére*, la plus grande partie de ce Langage eft compofée de mots tirez du Grec.

15 *Un chartier rompit nazardes fon fouet* &c.]

> *Contre Fortune la diverfe*
> *N'eft fi bon Chartier qui ne verfe.*

C'eſt comme on lit ce Proverbe dans nos Recueils & dans le *De corr. ſerm. emendatione* de Mat. Cordier, pag. 427. de l'Edition de 1531. Du reſte, *nazardes* ne ſe lit point dans l'Edition de Dolet, & ce qui eſt ajoûté, que ce fut *au retour de la Bicocque*, qu'un Chartier rompit ſon ſouet, vraiſemblablement à force d'en toucher ſes Chevaux pour fuir plus vîte, regarde les différentes diſgraces qui ne ceſſérent de tomber ſur l'Armée Françoiſe, depuis qu'elle eût été défaite à la Bicoque en 1522.

16 *Antitus de Creſſonniers*] *Maître Antitus* eſt un nom burleſque de même ſignification à peu près que *Maître Aliboron*. Du Verdier, pag. 51. de ſa Bibliothéque, & après lui Draudius Tome II. pag. 111. de la ſienne, diſent qu'un Chapelain de la Sainte Chapelle de Dijon traduiſit ſous le nom d'*Antitus* en vers François l'Hiſtoire qu'Aeneas Sylvius, depuis Pape, a écrite en Proſe Latine des amours d'Euryale & de Lucrèce. Je tiens cette Traduction poſtérieure au Pantagruel. Car quoiqu'en effet, comme le marque Du Verdier, elle ait été imprimée ſans date à Lyon par Olivier Arnoullet, il eſt cependant à préſumer que ce n'eſt pas avant l'an 1532. tems auquel cet Arnoullet mit ſous la preſſe le fameux Livre des Cent Nouvelles nouvelles, qui conſtamment eſt un des premiers qu'il ait imprimez. Or il eſt aiſé de faire voir que la premiére Edition du Pantagruel eſt plus ancienne, puiſque dès l'an 1539. Geoffroi Tory de Bourges, dans l'Epitre aux lecteurs de ſon *Champ Fleuri*, ſe moquoit du Langage de l'Ecolier Limoſin, d'où je conclus que Rabelais eſt le plus ancien Auteur connu qui ait employé le mot *Antitus*, ſur-tout avec le ſurnom comique de *de Creſſonnières*. Naudé, pag. 230. de ſon *Maſcurat* de la 2. Edition, faiſant le dénombrement de quelques Ouvrages macaroniques, cite entre autres l'*Arturus de Creſſonneriis*, en quoi il ſe méprend, cette Pièce qui parut vers l'an 1575. aïant pour titre *Epiſtola Magiſtri Antiti* de Creſſonnieres *ad Magiſtrum Joſephum Quercetanum Alchymiſtarum Coryphæum.* Ce que j'ai dit de la ſignification d'*Antitus* ſe confirme par l'Epitaphe de Jean Frith Anglois, brûlé à Londres l'an 1533. pour avoir écrit contre le Purgatoire :

> *Ici gîſt Maître Jean Frith,*
> *Qui faiſoit bien de l'Antitus.*
> *Et du Docteur ſcientifique* &c.

Elle eſt du P. Garaſſe dans ſon *Rabelais réformé*, Satire contre Pierre du Moulin, où ce Jéſuite trouve mauvais que ce Miniſtre eût lu Rabelais, lui qui le ſavoit par cœur. Il eſt pourtant à remarquer que Rabelais Liv. 4. Chap. 40. ſemble avoir partagé le nom d'*Antitus de Creſſonnières* entre deux Cuiſiniers, appellant l'un *Antitus*, & l'autre *Creſſonnadiére*, & que lorſque, Liv. 5. Chap. 2. au lieu de *Maiſtre Ædituë*, Panurge dit *Maiſtre Antitus*, c'eſt une pure alluſion. Il s'agit encore de ſavoir ſi *de Creſſon-*

nières, furnom du Licentié *Antitus,* ne défigne pas quelqu'un par fon nom de famille, ou fi l'Auteur a feulement voulu par-là dénoter un homme de peu, & qui, comme on le veut, faifoit de l'*entendu;* mais qui connoiffoit à peine le *creffon* (*). A cet égard, la *Vraye et Entière Hiftoire des Troubles,* impr. à la Rochelle en 1573. Livre 13. au feuillet 387. parle d'un *Creffonnières,* & Mr. Bayle d'un autre, pag. 2558. col. 2. de la 2. Edition de fon Dictionnaire Critique; & de ma connoiffance il mourut à . . . il y a quelques années, un Official de même nom, qui pendant fa vie avoit fait tant de pas de Clerc, dignes du perfonnage que Rabelais femble avoir voulu repréfenter, que fi l'Auteur & lui euffent été contemporains, on n'eût jamais douté qu'il n'eût ici voulu parler de ce bon homme. Ce qui eft encore affez vraifemblable, c'eft que fous le nom d'*Antitus de Creffonnières* eft ici defigné quelque vieux Docteur également *âne, têtu* & *entêté.*

17 *Beati lourdes*] *Lourdis* eft le Sobriquet d'un Sorbonnifte groffier, idiot & ignorant, témoin cette Epigramme de Marot, imprimée dans l'Edition Gothique de fes Oeuvres :

> *De la Sorbonne un Docteur amoureux*
> *Difoit ung jour à fa Dame rebelle,*
> *Ainfi que font tous aultres langoureux:*
> *Je ne puis rien meriter de vous, belle;*
> *Puis nous prefcha que la vie eternelle*
> *Nous meritons par œuvres et par dictz.*
> Arguo fic. *Si Magifter Lourdis*
> *De fa Catin meriter ne peut rien,*
> *Ergo ne peut meriter Paradis;*
> *Car, pour le moins, Paradis la vaut bien.*

Cette Pièce, qui ne put trouver grace à la Haye, il n'y a que peu d'années, lorfqu'on y réimprima les Oeuvres de Marot, a trouvé ici fa place à propos de *beati Lourdes.*

18 *Ce que faict la quarefme fi hault*] Ce qui fait que le Carème vient fi tard. On dit de même, il eft *haute heure* pour dire *il eft tard.*

19 *Qu'elle ne me coufte*] Le Proverbe dit à l'antique :

> *A la fefte de Pentecoufte*
> *Qui bien fe dine, cher lui coufte.*

Ce qui s'entend particuliérement du deffert, à caufe qu'en ce tems-là les fruits, foit nouveaux, foit de l'année précédente, font rares, témoin cet autre Proverbe :

(*) *Voyez le Scholiafte de Hollande, lettre A.*

Entre Pafque et la Pentecoufte
Mange à ton deffert une croufte.

20 *Vin à quarente fangles*] Vin excellent, & d'une fi grande force que pour empêcher qu'il ne s'échappe, on eft obligé de relier de quarante cercles le Tonneau où on l'a mis.

21 *Quinquenelle*] Terme de l'ancienne Pratique, par lequel on entendoit un répi de *cinq ans*, pour payer fes dettes.

22 *Talemoufes*] N'eft point dans l'Edition de Dolet.

23 *Parlez à traict*] Lentement, pofément. Perceforeft, Vol. 1. Ch. 81. *Or chevauchons ung petit* à tret, *afin que ne perdons pas l'ouïe.* La 46. des Cent Nouv. nouv. *Faictes* à trait *& tout beau.* Plus haut, Liv. 1. Ch. 32. Touquedillon avoit dit, *je fuis d'opinion que* retenons *ces fouaces*, & j'ai fait voir que cette manière de conjuguer n'étoit point particuliére à Rabelais. En voici une nouvelle preuve dans ce paffage. *Traict* au refte fe dit de certains Verfets qui fe chantent à la Meffe, entre le Graduel & l'Evangile. Comme on les chante fort lentement, delà eft venue cette façon de parler, qui revient encore Liv. 5. Ch. 28.

24 *Pourfuyvez. Or, Monfieur, dift Baifecul*] Dans l'Edition de Dolet, après *pourfuivez*, au lieu d'*Or, Monfieur, dift Baifecul*, on lit : *vrayement, dit le Seigneur de Baifecul, c'eft ce que l'on dift, qu'il fait bon avifer aulcunes foys les gents; car ung homme advifé en vault deux.*

25 *Gaudez & audinos*] Certaines priéres qui, le plus fouvent, fe difent à la hâte fans attention. Gaudées, *preghiere fenz' attentione*, dit le Diction. Fr. Ital. d'Ant. Oudin.

26 *Par la vertuz guoy des privileges de l'Univerfité*] *Guoi* qui, ajouté à *vertu*, fait une efpéce de jurement, a été inféré ici pour faire un galimatias de ces paroles, qui fans cela auroient été intelligibles.

27 *Anglicquement*] Dans l'Edition de Dolet on lit *angliquement*. A l'Angloife, peut-être.

28 *La pragmaticque fanction n'en faifoit nulle mention*] D'où font pris ces deux vers ?

29 *Pourveu qu'on ne fe fignaft de ribaudaille*] Pourvû qu'on ne fe moquât point du Myftère de la Tranffubftantiation, comme ce *ribaud* de Prêtre Lorrain, du Ch. 39. de l'Apologie d'Hérodote. *Ribaudaille* au refte revient ici à la même chofe que *ribon-ribaine*, ou *hurlu burlu.*

30 *Coufin Gervais remué d'une bufche de moulle*] *Gervais* allufion

à germain. Coufin de fi loin, que, comme on parle, il s'en faloit un cent de fagots qu'ils ne fuffent de la même branche.

31 *Les lunettes des princes imprimées nouvellement à Anvers*] Ce Livre, qui a été cité par Borel, eft en vers François, & fut imprimé en 1534. à Paris chez Alain Lotrain ou le Lorrain; mais comme Rabelais en parle dans fon Pantagruel, qui conftamment paroiffoit dès l'an 1529. Il eft vifible que cette Edition n'étoit pas la premiére. L'Auteur étoit Jean Mefchinot, Ecuyer, natif de Nantes en Bretagne, furnommé *le Banni de lieffe.* Il étoit Maître d'Hôtel de François Duc de Bretagne & de la Reine de France, & floriffoit en 1500.(*). Au refte, quand il eft dit que le Livre des Lunettes des Princes fut imprimé à *Anvers,* c'eft peut-être parce que l'Ouvrage eft *en Vers.*

32 *In sacer verbo dotis*] *In verbo Sacerdotis,* en foi & parole de Prêtre. La 70. dés Cent Nouv. nouvelles: *En vérité, refpondit lors le Curé, je vous affeure* in verbo Sacerdotis.

33 *Et le temps*] C'eft *car* qu'il faut lire, conformément à l'Edition de Dolet, et non pas *&,* comme dans celle de 1553.

34 *Refufez à la monftre*] Ils avoient l'air foireux, c'eft-à-dire, de quitter le combat fous prétexte d'aller à leurs affaires.

35 *L'ami Baudichon*] *Baudichon* eft le nom d'une famille de Laboureurs, laquelle fubfifte encore dans le voifinage de Chauvigni en Poitou. Celui-ci devoit être quelque bon compagnon.

36 *Quand on mangeoit fans defguainer cocques cigrues à ventre deboutonné*] Ci-deffous, Liv. 4. Ch. 31. *le ventre à Poulaine,* boutonné *à la mode anticque.* A ces *Poulaines,* qui fe fermoient fort bas, avoient fuccédé les Pourpoints courts.

37 *L'arreft en eft au greffe de ceans*] L'Edition de 1553. avoit omis *encores,* qui fe lit dans celle de Dolet.

38 *Et n'en ay en rien varié*] Je n'y ai rien omis, ni déguifé, non plus qu'un bon Prêtre qui recite fcrupuleufement la leçon entiére de fon Bréviaire, jufqu'à ces paroles *tu autem Domine* &c. qui en font la fin & comme le refrain. *En* manque dans l'Edition de 1553 & dans les nouvelles; mais il n'eft pas inutile, & on le trouve dans celle de Dolet, laquelle, au refte ne fait qu'un feul Chapitre de celui ci & du fuivant.

(*) *La Croix du Maine, Biblioth. Fr. lettre I.*

CHAPITRE XII

1 *Le monde, quatre beufz*, &c.] L'Abbé Guyet a cru que l'Auteur faifoit ici allufion à certaine Montagne qu'il dit qu'on appelle *le Mont de quatre Bœufs*. Cela fe peut, mais peut-être n'a-t-il pas fu que *quatre Bœufs* ne fe lit point dans l'Edition de Dolet. A l'égard du *monde mangé des Rats*, c'eft un *rebus* dont le but eft de faire comprendre le dommaige que caufe dans le monde Chrétien cette fourmillière de Moines & de tonfurez, qui comme les Rats, font nourris de la Subftance du Peuple fans faire que du mal (*) ; ce qui revient à ce qu'a dit Marot, que

> *Pour faire pluftoft mal, que bien,*
> *Frere Lubin le fera bien ;*
> *Que fi c'eft quelcque bonne affaire,*
> *Frere Lubin ne le peult faire.*

2 *De dumet*] N'eft pas dans l'Edition de Dolet. *De dumet*, c'eft-à-dire, à la rigueur, ric à ric, comme il faut pinceter le *duvet* pour l'enlever de deffus les étoffes de laine. Les Angevins, les Poitevins & les Normands appellent *dumet* le *duvet*.

3 *A l'heure que je mange au pair ma fouppe*] *Au pair* n'eft point dans l'Edition de Dolet.

4 *Me fonnant l'antiquaille* &c.] Voulant me repaître de cette vieille Chanfon &c. Cette *antiquaille*, qui revient encore au Ch. 21. fuivant, eft l'antépénultième Danfe ou Chanfon du Ch. 16. des Navigations de Panurge.

5   *Qui boit en mangeant fa fouppe,*
     Quant il eft mort il n'y voit goutte ?

On dit cela aux enfans, pour les détourner de rompre, en buvant, la chaleur du potage qui doit leur faire du bien à l'eftomac (**).

6 *Les horions du pain benift* &c.] Dans le Champ de bataille, *lieu où l'on baille les diftributions manuelles*, dit Bouchet en fa Serée 18. qui traite *des boiteux*, *des boiteufes*, & *aveugles*. Plus bas il eft

(*) *Bigarr. de Des-Accords, Ch. 2.*
(**) *Voyez Laur. Joubert, Err. pop. Part.* 1. *Liv.* 3. *Ch.* 6.

parlé des *petits faultz en plate forme* de certains Capitaines qui fuyoient les horions du Pain-Benit. Et au Prol. du Liv. 4. ces *petits faultz* &c. font attribuez au boiteux Vulcain. Ainfi, je ne doute point qu'ici Rabelais n'en veuille à tels Capitaines, qui de fon tems, lorfqu'il avoit été queftion de courir tête baiffée aux occafions périlleufes, n'y étoient allez que d'une feffe, comme on parle.

7 *Jouer du luc . . . . . les petitz faulx en plate forme*] C'eft ainfi qu'on doit lire conformément aux Editions de 1542. & 1553. & non pas *luct* comme on lit dans celle de 1711. C'étoit autrefois une élégance que de changer en *c* le *t* final de certains mots. Ainfi, Rabelais a dit auffi *deboucq* pour debout, comme on le verra ci-après au Chap. 14. & Barthelémi Ancar, dans fa Traduction de l'Utopie de Thomas Morus, a dit le *floc* pour le flot de la Mer, pages 130. & 196. de l'Edit. de Lyon, *in* 16. Saugrain, 1559.

Les petitz faulx en plate forme. Dans l'Edition de Dolet il y a enfuite : *fus beaulx efcarpins defchiquetez à barbe d'Efcreviffe.*

8 *Louchetz des balles de Luceftre*] Il fe peut qu'ici *Luceftre* foit un déguifement affecté de *Limeftre*, comme on lit Liv. 4. Ch. 6. Regnier, dans fa fameufe Macette :

> *Combien, pour avoir mis leur honneur de fequeftre,*
> *Ont-elles en velours efchangé leur* limeftre.

Ménage, qui peut-être n'avoit pas fait attention au paffage du Liv. 2. Ch. 12. de Rabelais, a cru que *limeftre* étoit proprement le nom de certaines Serges drapées, croifées, qui, dit-il, fe font aujourd'hui à Rouen & à Darnetal proche de Rouen; mais qui fe faifoient auffi autrefois en Efpagne, & qui font de fine laine d'Efpagne (*). Mais peut-être auffi que *limeftre*, comme parle Dindenaut, Liv. 4. Ch. 6. eft une corruption de *Luceftre;* ceux de fa forte font fujets à en commettre de femblables. Et comme le Comté de *Leiceftre,* en Angleterre, fournit conftamment d'ex-cellentes laines qu'il fe peut qu'à Rouen on employoit ces Serges du tems de Rabelais, je m'imagine que *Leiceftre,* & par corruption *Luceftre,* pourroit bien être le vrai nom de ces Serges. A l'égard de *louchetz,* comme dans le paffage du Liv. 4. Ch. 6. ce mot eft oppofé à *bourre,* il eft vifible que c'eft une corruption de *floquet* fait du Latin *floccus.*

9 *Cinq quatre & deux*] Dans l'Edition de Dolet, au lieu de ceci on lit : *fe cache le mufeau pour les froidures hybernales.*

(*) *Diction. Etym. au mot* Limeftre.

10 *Des goubeletz*] Au lieu de ces mots on y lit : *de troys fep-maines.*

11 *Fricaffer les efcutz elles de boys*] C'eft *efcutz-elles* qu'on doit lire, comme dans l'Edition de Dolet & dans celle de 1553. & non pas *efcuelles*, comme dans les Editions plus nouvelles. L'Auteur fait ici allufion à ce qui arrive aux prodigues, qui après avoir fricaffé leurs écus, comme on parle, font enfin réduits à fricaffer jufqu'à leurs propres écuelles de bois, pour fe fuftenter en quelque forte du refte de graiffe dont elles étoient imbibées.

12 *Hugrement par gens de plain jour*] Ou *baigrement*, comme on lit dans l'Edition de Dolet. Peut-être de *volucrimente* ou *alacrimente*, bravement. Voyez Oudin, lettr. H. de fon Dict̃ion. Fr. Ital.

13 *De plain jour.* Dans l'Edition de Dolet, au lieu de *gents de plain jour* on lit : *gents dignes de memoire.*

14 *L'an trente & fix achaptant* &c.] L'Edition de Dolet porte *achepté.*

15 *Un courtault d'Alemaigne hault & court*] Entre *courtault* & *court-hault* il y a une équivoque, à la faveur de laquelle le Seigneur de Humevefne fait d'un *Courtaut* un Cheval *haut & court.*

16 *Le notaire y mift du cætera*] Le Proverbe dit qu'on doit fe garder des *& cætera* des Notaires, & des *qui pro quo* des Apoticaires. Ce qui dans le 52. des Arrêts d'Amour intereffe particuliérement la femme, avec laquelle, par l'*& cætera* de fon Contrat de mariage il eft entre autres chofes ftipulé qu'elle *fe taira* à la maifon.

17 *Faifoit trouver le vin fans chandelle*] Les mots *en pleine minnyct* fe trouvent dans l'Edition de Dolet.

18 *Au fond d'un fac de charbonnier,* &c.] C'eft qu'auffi-tôt que le charbon eft vendu & déchargé, le Charbonnier qui s'étoit déjà fatigué & altéré à le charger, & qui vient de s'altérer & fatiguer de nouveau, ne manque pas d'aller chercher au fond d'un fac, parmi tout fon petit équipage, quelque flacon de vin qu'il y refervoit pour fe récréer en cette occafion.

19 *Rufterie, c'eft tefte de mouton*] Plus haut déja au Chap. 7. de ce Livre *la ruftrie des Preftolants.* Et Liv. 5. Chap. 27. *Au mercredy, ruftrerie, ce font belles teftes de Mouton, tefte de Veau, tefte de Bedouaux, lefquelles abondent en icelle Contrée.* Ant. Oudin a interprété *ruftrerie* par l'Italien *barreria, briconeria,* comme qui diroit gourmandifes de Belitres, friponneries : & peut-être les têtes de Mouton cuites auront-elles été appellées *ruftrerie,* & par corrup-

tion *ruſterie* & *ruſtrie*, à cauſe qu'il n'y a guère que les *Ruſtres*, les Gueux, & les frippons d'Ecoliers qui en aiment les fricaſſées.

20 *Qu'il faiſt bon veoir vaches noires en boys bruſlé, quand on jouiſt de ſes amours*] Scarron, dans une de ſes Lettres à Sarrazin:

> *Mais eſpérer qu'un Sarrazin Normant*
> *De ſes amis garde quelque mémoire,*
> *En bois bruſlé c'eſt chercher Vache noire.*

C'eſt-à-dire, c'eſt ſe repaître de chiméres, n'y ayant que la ſeule fantaiſie qui dans l'obſcurité de la nuit puiſſe perſuader qu'on voye des Vaches noires dans le bois bruſlé de la cheminée de la chambre où l'on eſt couché.

21 *Tarabin, tarabas*] Tarara pompon. *Tarabin tarabas* revient encore Liv. 3. Ch. 35 & Liv. 4. Chap. 10. mais ici, ces mots manquent dans l'Edition de Dolet.

22 *Saulce de raballe*] Ou de *rebats-le*. Coups de bâton, huile de cotrets, comme on parle. Cette expreſſion me paroît Limoſine.

23 *Et ſi le deẓ ne vous veult aultrement ambeẓars, ternes du gros bout, guare daẓ*] Les mots *dire que tousjours* ont été reſtituez ſur l'Edition de Dolet.

24 *Toureloura la la*] Ceci eſt d'une vieille Chanſon qui imite le chant du Roſſignol, & où le verbe *fringoter* eſt pluſieurs fois employé dans une ſignification obſcène. Il y a quelques Chanſons du caractère de celle-là parmi celles de Jannequin, réimprimées à Veniſe chez Jérôme Scot 1549. & 1550.

25 *Bavars de godale*] Ce mot déſigne tout vin verd ou *ginguet;* mais dans ſon origine, qui eſt Angloiſe, il ſignifie proprement une biére douce autant bonne qu'on la peut faire ſans houblon. *Godale*, dans les Païs-Bas, s'entend de la même ſorte de biére. Froiſſart. Vol. 1. Chap. 59. *Et leur diſoient les Bidaux* (à ceux de Valenciennes) *allez boire voſtre godale*. Et Marot, dans ſa Ballade ſur l'arrivée de Monſieur d'Alençon en Haynault:

> *Princes rempliẓ de hault loẓ meritoire,*
> *Faiſons-les tous, ſi vous me voulez croire,*
> *Aller humer leur Cervoiſe & Godale,*
> *Car de nos vins ont grand deſir de boire*
> *Sur les Climatẓ de France Occidentale.*

A l'égard de ceux que l'Edition de 1553. & les ſuivantes appellent *bavars de Confort*, ce ſont les fainéans qui s'aſſemblent ſur la Place de N. D. de Confort à Lyon, pour y debiter de ces ſornettes qu'autrefois on nommoit *baves*.

II.   29

26 *Quanard de Savoye*] Comme on lit dans l'Edition de Dolet,
ou *Canard*, comme dans celle de 1553. & dans les fuivantes.
Rabelais défigne ici les Vaudois Sujets du Duc de Savoye, & il
les nomme *Canards*, comme paffans pour imbus des mêmes opinions que les *Cagots* ou *Canards* de Béarn, qu'anciennement on
obligeoit à porter fur leurs habits la marque du pié d'Oye ou de
Canard, parce qu'on les prenoit pour également infectez de lépre
& d'héréfie; & par cette marque, on les exhortoit tacitement à
recourir aux eaux de la Grace, & à fe laver & relaver fans ceffe,
comme font les Canards (*). Le *Scaligerana*, lettre C. *Louis Chai-*
gnards, id eft, *les* Caignards, *font les reftes des Albigeois, ainfi*
nommez en Dauphiné et aux Montagnes. Ces gents étoient forts dans
la difpute, où favoient la *game* comme parle Humevefne; c'eft
pourquoi le plus fûr moyen de les vaincre a toujours été de les
difperfer.

27 *De doublet en café*] Expreffion prife du Jeu de Trictrac, pour
dire *coup fur coup.* Au lieu de ces paroles, qui font de l'Edition de
1553. dans celle de Dolet il y a, *das dich gots martre fchend, fre-*
lorum bigot paupera guerra fuit. Et m'esbahys bien fort comment les
Aftrologues s'en empefchent tant en leur Almucantarathz: paroles
dont les premiéres font de l'Allemand corrompu, qu'on lit déja à
peu près de la forte parmi les juremens des Parifiens, Liv. 1.
Ch. 16. de la même Edition; mais qu'on trouve rectifiées en partie
dans les *Joco-feria* de Melander, Tome 1. n. 719.

28 *A Paris fur Petit Pont geline de feurre*] C'eft un ancien *Cri*
de Paris, lequel, dès le tems de Rabelais, ayant été mis en mufique à quatre voix par le fameux Jannequin, fait avec plufieurs
autres femblables *cris* une Chanfon, qui fut imprimée avec trois
autres du même Muficien à Venife chez Jérôme Scot 1550. Et ce
Cri fignifioit qu'en ce tems-là on vendroit à Paris fur le Petit-
Pont, des Poulles de paillier, moins graffes à la verité que celles
qu'on enfermoit dans des cages ou fous des paniers, mais plus
délicates au goût de quelques perfonnes. Du refte, la Poulle de
paillier, c'eft-à-dire, celle qu'on laiffoit courre, & qui n'étoit pas
nourrie de grain, étoit la feule Volaille que la Loi *Fannia* permît
de fervir dans les grands repas (**); & peut-être étoit-ce auffi la
frugalité qui l'avoit mife en vogue fous le Régne de François I.
qui même avoit défendu de fervir du Rôt au dîner.

29 *Auffi huppez que duppes de marays*] Auffi rogues que font
élevés par-deffus les autres Rofeaux, ceux qui portent le duvet.
Je crois que ce font ces Rofeaux que Rabelais appelle duppes de
Marais.

(*) *M. de Marca, au Chap.* 16. *du Liv.* 1. *de fon Hift. cité par*
Ménage, dans fon Diction. Etym. au mot Cagots de Béarn.
(**) *Voyez Bodin, dans fa Rép. à Maleftroit.*

30 *Lettres verfalles*] Caractères majufcules , comme ceux qui commencent les vers.

31 *Coublement des chiens*] Plus bas Liv. 3. Ch. 20. *exceptez le pouce & le doigt Indice defquels il* acoubla *mollement les deux ongles enfemble*. Rabelais a appellé de même *fublet* un mouvement *fouple*, & cela par une élégance que de fon tems on trouvoit à changer en *b*. le *p*. comme trop dur devant l'*l*. On a dit pareillement *Conftantinoble* pour *Conftantinople* , & lorfque Marot a dit dans l'Epigramme du laid Tetin.

> *Quand on te voyt, il vient à maintz*
> *Une envye dedans les mains*
> *De te prendre avec des gans* doubles,
> *Pour en donner cinq, ou fix* couples
> *De fouffletz, fur le nez de celle*
> *Qui te cache foubs fon effelle.*

Il eft vifible qu'ayant fait rimer *couples* à *doubles*, il a prétendu que le *p* de *couples* fe prononçât comme un *b*.

32 *Six arpens de pré à la grand laize*] Plus bas encore Liv. 3. Ch. 56. *fou à la grande laize*, c'eft-à-dire, *fou à la grande mefure*. *Laize* eft la même chofe que *lé* dans la fignification de *lé d'étoffe*, & comme ce *lé* vient de *latum* , laise vient apparemment de *latia* qu'on aura fait du même mot. Le Dictionn. Fr. Ital. d'Ant. Oudin, Laise, *larghezza dit tela ò panno*.

33 *Fine ancre*] On lit *fin* dans l'Edition de Dolet, & non pas *fine*, comme dans celle de 1553. Ce qui fait voir qu'*ancre* ou plutôt *encre* , de l'Italien *inchioftro* étoit originairement mafculin.

34 *Là toyfon pour deux et ar, j'entens, par mon ferment, de laine*] C'eft-à-dire, qu'en 1461. à la mort du Roi Charles VII. on avoit, par le ferment, par la foi du Seigneur de Humevefne, la Toifon de laine pour deux fols & demi ou pour *fix Blancs;* car c'eft *fix blancs* qu'on lit dans l'Edition de Dolet, au lieu de *deux et ar*, comme on lit dans celle de 1553. Au refte, ce galimatias, comme très-convenable à toute la fuite du Plaidoyer, eft imité de la Farce de Patelin, où le Marchand, pour faire valoir fon drap à proportion du prix courant des laines; dit en ftyle d'un homme groffier, & dont les idées font fort confufes :

> *Or, attendez à Samedy,*
> *Vous verrez que vault la toifon*
> *Dont il fouloit eftre à foifon.*
> *Me coufta à la Magdelaine,*
> *Huict blancs:* par mon ferment, de laine,
> *Que je fouloye avoir pour quatre.*

Mais , ce qui fur-tout eft à remarquer , c'eft que le Roi Charles des funérailles duquel font mention ces paroles que Humevefne emprunte de cette Farce , eft en effet le Roi Charles VII. mort l'an 1461. environ dix ans avant l'année en laquelle la Farce de Patelin doit avoir paru fuivant que je l'ai fait voir fur le Ch. 20. du Liv. 1.

35 *Cornemufes*] Dans l'Edition de Dolet on lit *maifons*. C'eft celle de 1553. qui a fubftitué *Cornemufes*.

36 *Et quille luy bille*] C'eft comme il faut lire , conformément à l'Edition de Dolet. Celle de 1553. a *qu'il le;* les nouvelles *qui le.*

37 *Incontinent les lettres veues, les vaches luy furent rendues*] D'où font ces deux vers ?

38 *Arreft à la martingalle*] A la St. Martin , peut-être : ou au Parlement de Provence, Païs des anciens *Martégaux*.

39 *Le maulgouvert de Louzefougeroufe*] Ici & à Metz, *Malgouvert* fignifie un homme qui fe conduit mal , un diffipateur. En Languedoc & en Dauphiné ce mot s'entend auffi du *mauvais régime* , & c'eft en ce fens que Laurent Joubert, Part. 1. de fes Erreurs populaires, &c. Liv. 3. Chap. 2. dit que l'enfantement peut être avancé ou retardé par un *Maugouvert*.

40 *Car l'ufance commune de la loy falicque*] C'eft comme on lit dans l'Edition de 1573. Dans celle de Dolet il y a : *car l'ufance, comme de la Salicque,* & on lit de même dans celle de 1553.

41 *Bailler l'eftrapade à ces vins blancs d'Anjou*] Bailler l'eftrapade à du vin , c'eft le précipiter le long du gofier , jufqu'à ce qu'il s'arrête dans l'eftomac, comme s'arrête à un ou deux pieds du pavé un malheureux à qui on donne l'eftrapade.

42 *A la mode de Bretaigne*] Vins qui font trébucher leur buveur, comme les Bretons fe renverfent entre eux par certain tour de lute appellé *jambette*, croc-en-jambe & faut de Breton. Les joyeufes Adventures, &c. impr. dès l'an 1552. & réimp. en 1582. Nouv. 1. *mais entre tous il trouva une riche maifon de Gentilhomme de Bretaigne, où il y avoit trois fils de bon aage et de belle taille, beaux danfeurs de paffe-pied et de triboris , beaux luiteurs , et n'en cuffent craint homme collet à collet.*

CHAPITRE XIII

1 *N'y avons entendu au diable la cauſe*] *Au Diable* la choſe *que nous y avons entenduë!* Cauſe & choſe viennent l'un & l'autre du Latin *cauſa;* mais comme ce n'eſt qu'en Languedoc & dans les Provinces voiſines qu'on dit *cauſe* pour *choſe,* il y a apparence que ce ſont les gens du Païs qui parlent ici de la ſorte.

2 *Voſtre paraphe*] *Paraphe,* par contraction pour *paragraphe.* Notes ſur le 4. Livre de Rabelais, attribuées communément à Rabelais lui-même.

3 *La loy* Frater, &c.] On a de François Hotman un Commentaire ſur quelques-unes de ces Loix & ſur d'autres encore, imprimé *in* 4°. à Lyon 1564. ſous le titre de *Fr. Hotomannus in ſex Leges obſcuriſſimas,* L. *Gallus,* L. *Vinum,* L. *Frater à fratre,* L. *Eam, quam,* L. *Precibus.* Et bien que l'obſcurité de pluſieurs de ces Loix, dont parle nommément Pantagruel, ſoit aſſez naïvement exprimée dans ces deux vers:

> *Damnetur* Frater, *damnetur lectaque* Mater,
> *Damnetur* Gallus, *damnetur* Filius *ejus.*

Cela n'a pas empêché que la Loi *Frater à fratre* & la Loi *Gallus* n'ayent encore été commentées depuis par pluſieurs d'entre les plus fameux Juriſconſultes d'Allemagne, de France & d'Italie (*).

4 *Lucifuges qui ſont au climat diarhomes d'un matagot à cheval*] Dans l'Edition de Dolet, on lit: *Lucifuges nyɑicoraces, qui ſont inquilinées au Climat diarhomes d'un Singe à cheval.* C'eſt celle de 1553. qui a fait le changement.

5 *Chandelle de noix, comme on uſe en ſon pays de Mirebaloys*] Plus bas encore, Liv. 5. Chap. 33. *Et Lanterne Provinciale de Mirebalais: laquelle fut ſerue d'une chandelle de noix.* C'eſt qu'en Mirebalais, où le ſuif eſt plus rare que les noix, on brûle beaucoup d'huile de noix dans de certaines lampes de la figure d'un chandelier.

6 *Paſtiſſoyent coneſtablement*] On lit dans les Editions de 1553. & 1626. *contestablement.*

7 *Tyrofageux*] Mangeur de fromage. Du Grec τυϱοφάγος.

(*) *Voyez la Biblioth. de Draudius, Tom.* 1. *p.* 778. *et* 779.

8 *Goildronneur de mommye*] Belon, parlant de la *cedria* ou poix noire que nous appellons *godron*: c'eſt la choſe *dont anciennement ceux du Païs d'Egypte ſe ſervoient pour conſerver les corps morts, dont eſt faite celle drogue que nous appellons Mumie.* Voyez les Singula-ritez, &c. de Belon, Liv. 2. Chap. 3.

9 *Emburelucocquées de guilverdons*] Les têtes affublées de *gal-vardines* de *bureau*.

10 *Car venu n'eſtoyt . . . d'un arreſt diffinitif*] L'Edition de Dolet ne contient point ce qui eſt enfermé entre ces mots. C'eſt celle de 1553. qui l'a ajoûté. Dans ce Ch. au reſte, & dans les deux précédens, Rabelais a imité en proſe les deux Coc-à-l'ânes de Marot, ſorte de Poëſie, qui a été à bon droit blâmée par Joachim du Bellai (*); & il y eſt queſtion d'un grand procès, qui duroit depuis pluſieurs années entre deux grands Seigneurs du Royaume de France. On y avoit écrit de part & d'autre pendant long-tems en diverſes Inſtances & dans pluſieurs Juriſdiĉtons: & une légion de citations hors de propos, à la mode de ce tems-là, n'avoient fait qu'embarraſſer l'affaire au lieu de l'éclaircir. Laſſes de plaider qu'étoient les deux Parties, ayant ouï parler de Panta-gruel & de ſon ſavoir profond & univerſel, elles ont recours à ce Perſonnage, & le prient de voir lui ſeul & juger leur procès. Il veut bien rendre ſon jugement; mais à charge que tous les papiers préalablement mis au feu, les Parties elles-mêmes plaide-ront leur cauſe, puiſque l'une & l'autre devant ſavoir ſon affaire, & étant honnêtes gens, comme il le ſuppoſe, elles en rapporte-roient le fait naïvement, ſans y mêler rien d'inutile ni de faux. Elles plaident donc, le Demandeur ſous le nom de *Baiſecul*, & le Défendeur ſous le nom de *Humevefne*; pour faire comprendre à combien de baſſeſſes indignes ſont réduits les Plaideurs (†). Mais, comme du tems de l'Auteur les Plaidoyers n'étoient ni moins obſcurs, ni moins chargez de fatras que les écritures des Avocats, ce qui eſt ſignifié par le galimatias continuel des deux Plaidans, qui ne ſavoient plus leur affaire que par ces écritures qu'ils n'a-voient que trop lues, delà vient que l'Arrêt de Pantagruel n'eſt pas plus intelligible que les deux Plaidoyers. Il contente pourtant les deux Parties, & cela vient de ce qu'on ne ſauroit y rien remarquer qui ſemble devoir empêcher l'une & l'autre de ſuivre le penchant que des Plaideurs ont naturellement à ſe flatter d'a-voir gagné leur Procès.

(*) *Illuſtrations de la Lang. Fr. Liv.* 2. *Chap.* 4.
(†) *On peut voir à ce ſujet le Paradoxe intitulé:* Que le Plaider eſt choſe très-utile, *etc. Il eſt impr. à Paris, chez C. Etienne* 1554.

CHAPITRE XIV

1 *Et fera Cusanus trompé en fes conjectures*] Nicolas de Cusa Cardinal, qui écrivoit fes Conjectures l'an 1452. Il y fuppofe que comme le Déluge fit périr le premier Monde dans le 34. Jubilé de 50. ans, la fin du Monde arrivera dans le 34. pareil Jubilé de l'Ere Chrétienne, c'eft-à-dire, avant l'année 1734. Ces paroles, au refte, à commencer par *et croy que fi les fieges* &c. jufqu'à *je vous en advertis de bonne heure,* ne font point dans l'Edition de Dolet. C'eft celle de 1553. qui les a ajoûtées.

2 *En beut vaillamment*] Panurge but mieux que Pantagruel, dont on vient de lire qu'il but *affez bien*. Il femble donc qu'on doive lire *vaillamment*, comme dans l'Edition de Dolet, & non pas *villainement* comme dans celle de 1553. Plus bas pourtant, Ch. 30. de ce Livre on lit *un voirre d'ung grand villain vin blanc*.

3 *A demye alaine d'un grand hanat plein de vin vermeil*] N'eft point dans l'Edition de Dolet, mais bien dans celle de 1553. *Hanap* vient de l'Anglo-Saxon *hnæp, calix, patera:* & ce mot eft fi ancien dans notre Langue, qu'on le trouve dans le vieux Roman de Perceforeft, Vol. II. Ch. 113. & 119.

4 *Je donne au diesble . . . . O compaing*] Dans ces paroles, qui pour le dire en paffant, ne font point dans l'Edition de Dolet, mais bien dans celle de 1553. Rabelais donne à entendre que les Parifiens boivent peu de vin; & c'eft auffi le témoignage que leur rend Budé Liv. 5. de fon *De Affe*, pag. 568. & 569. de l'Edition de Gryphe, Lyon 1542.

5 *Avecques Empedocles*] Voyez l'Icaroménippe de Lucien.

6 *Et deboug eftourdy fe levant*] C'eft comme on doit lire, confor-mément à l'Edit. de 1553. *debout*, comme on lit dans celle de 1542. étant vraifemblablement une dépravation de notre ancien Lan-gage, qui trouvoit de l'élégance à changer en *c* le *t* final de certains mots, comme *Lut* que Liv. 1. Chap. 23. & Liv. 2. Chap. 12. Rabelais a écrit *Luc*; & *flot* au lieu de quoi on lit *floc* dans l'Utopie de Thomas Morus, pages 130. & 196. de la Tra-duction de Barthélemi Ancar, Lyon, Saugrain, *in* 16. 1559. Par allufion à *deboucq eftourdy* pour *debout étourdi*, Rabelais Liv. 4. Chap. 67. a dit: *Panurge comme un* Boucq eftourdy *fort de la Joute*. Mais je ne penfe pas que nous ayons de comparaifon proverbiale prife d'aucun étourdiffement naturel au Bouc.

7 *Les bagues*] Le bagage.

8 *Faulte de gouvernement*] Faute d'avoir été bien penſé. Mat. Cordier. *De corr. ſerm. emend.* pag. 119. de l'Edition de 1532. *Quis penſat eum ?* Qui eſt ceſtuy là qui le penſe? qui le *gouverne* ?

9 *Grilgoth, Aſtaroſt, Rappallus*] Noms de Démons qui ſemblent devoir dominer ſur les incendies, où tout eſt *grillé, rôti & raſté.* *Gribouillis* qui ſuit, n'eſt pas dans l'Edition de Dolet; mais bien dans celle de 1553. C'eſt une corruption de *Griboury* qu'Oudin interprête, *il bau, ſpirito, ſolletto, farſadello, Demonio.*

10 *Murmault en l'apologie* De boſſutis &c.] Jean Murmault ou *Murmellius* de Ruremonde, qui faiſoit parler de lui environ l'an 1513. Cet homme, qui peut-être étoit *boſſu* ou autrement *contre-fait*, avoit apparemment écrit quelque *Apologie* ſoit pour lui-même, où pour ſes Confreres, contre quelque Satire où l'on les traite de *Croquelardons*, de *Torcous*, & de gens pour la plûpart mal bâtis de corps & d'eſprit.

11 *Miſſaire Bougrino*] Injure qui aſſocie les Italiens & les Turcs dans le vice énorme qu'elle déſigne.

12 *Te bleſſeras quelcque hurte*] Quelque part. De l'Allemand *ort* en Latin *locus*, d'où le Latin barbare *ortare*. Au titre XXXIV. *Paſti Legis Salicæ*, Paragraphe 1. *Si quis Baronem de via* ortaverit, *aut impinxerit.* Et au Paragraphe 2. *Si verò mulierem ingenuam de via ſua* ortaverit *aut impinxerit. Hurt d'armées & heurtis de harnois* au Liv. 3. Chap. 24. de Rabelais ont la même origine; parce qu'il s'agit dans l'un & dans l'autre de forcer l'ennemi à céder du terrain.

13 *Bougette*] On liſoit ici *brayette* conformément à l'Edition de 1553.; mais c'eſt *Bougette* qu'il faut lire, comme dans celle de Dolet.

14 *Mais où ſont les neiges d'antan. C'eſtoit le plus grand ſoucy que euſt Villon, le poëte pariſien*] N'eſt pas dans l'Edition de Dolet; mais bien dans celle de 1553. *Mais où ſont les neiges d'Antan?* c'eſt le refrain d'une des Ballades de Villon, intitulée: *Des Dames du temps jadis.*

15 *Un villain petit Turq boſſu par devant, qui furtivement me crocquoit mes lardons*] C'eſt encore la même penſée que ci-deſſus, où Panurge ayant avancé que les Turcs ſont friands de lardons, comme d'une viande qui leur eſt défendue, il le prouve par l'au-torité de Murmault, en l'Apologie *De Boſſutis & Contrefaſtis.* Et tous ce récit bouffon, Rabelais pourroit bien avoir voulu nous donner le détail de l'un de ſes Démêlez avec quelque Sorbon-niſte, qui ne couchoit pas de moins que de le faire brûler comme hérétique. Ce qu'au reſte Panurge dit, qu'un homme boſſu par

devant lui croquoit fes lardons, c'eft que l'eftomac d'un tel homme reffemble à celui de la Volaille maigre, & que pour réparer cette maigreur, on a accoutumé de larder l'eftomac des Poulets & des Chapons qui ne font pas gras.

16 *Vert dronos*] Voyez *dronos* dans les Notes fur le Ch. 27. du Liv. 1.

17 *Une jeune Corinthiace*] Du tempérament de ces antiques Corinthiennes, dont le Prologue du Liv. 3. dit que comme courageufes au combat, pour prudes ou vieilles qu'elles fuffent, elles n'en faifoient pas moins fourbir leurs harnois. Voyez les Adages d'Erafme au mot *Corinthiari*.

18 *Un petit tucquet*] Fénefte Liv. 4. Chap. 15. *le Fourrier de la Compeignie & moi montafmes fur un petit* tucquet, *feulement par curiofitai. Tucquet*, mot Gafcon, qui fignifie un petit tertre, comme ceux où font d'ordinaire fituées les *Touches* près des Maifons de Fief.

19 *Plus de treze cens & unze chiens gros & menutz*] *Et unze* n'eft pas dans l'Edition de Dolet; mais bien dans celle de 1553. Chez les Turcs, à la réferve de quelques très-petits & très-beaux Chiens de Malte ou de Pologne, appartenans à des femmes d'un rang fort diftingué, tous les autres n'ont point de Maître particulier, & couchent dans les ruës(*); mais quand ces petits Chiens de Malte, ou de Pologne font beaux, le foin du Maître pour ces Animaux va jufqu'à les vêtir auffi proprement que lui-même(†).

20 *Me enfeignant un remede*] Rien de tout ceci ne fe trouve dans l'Edition de Dolet. Seulement, au lieu d'*Et à quel propous, dift Pantagruel*, il y a : *Et que feis-tu, paovret? dift Pantagruel.* C'eft celle de 1553. qui a fait ce changement & qui a ajouté le refte.

21 *Se pelaudans l'un l'aultre*] Se tenant au poil & à la peau. Du refte, une fi plaifante caufe d'un embrafement arrivé en Turquie a pour but de parler des incendies qu'on voit fi fouvent à Conftantinople, fans qu'on puiffe les attribuer qu'à une extrême négligence des Turcs à les prévenir.

(*) *Lacédèmone Ancienn. & Nouv. Liv.* 3.
(†) *Voyages de Villamont, Liv.* 3. *Chap.* 15.

II   30

CHAPITRE XV

1 *A grands coups de brodequin*] C'eſt ce que Liv. 5. Chap. 20.
l'un des Ecuyers de la Maiſon de Baſché appelle *à belles pointes de
houſeaux*, c'eſt-à-dire, de ces poulaines ou ſouliers à Barques
d'Eſpagne (*), dont le bec imitant aſſez les patins de Hollande,
s'appelloit auſſi *avant-pié*. C'étoit une chauſſure galante, & par
conſéquent à l'uſage de Panurge qui étoit bien aiſe de plaire au
Beau-Sexe.

2 *Pourveu que les eſtocz ſcuſſent defenduz*] Eſtoc, de l'Allemand
ſtack bâton, ſorte d'épée étroite & longue, dont ſe ſervent encore
les Eſpagnols, qui n'en donnent que des coups de pointe. Panurge
qui ne prétendoit ſe défendre qu'à grands coups de pié, ſe ſeroit
mal tiré d'affaire avec un ennemi qui de loin lui auroit porté de
grandes eſtoccades.

3 *Voyez cy ces belles murailles*] Ce fut ſeulement en 1544. pendant que l'Armée de l'Empereur Charles V. menaçoit Paris,
qu'on commença à fortifier la Ville & à en réparer les murailles.
Juſque-là, ſi l'on en croit Panurge, elles avoient été ſi délabrées,
que des Oiſons qui n'auroient pas mué les auroient aiſément fran-
chies.

4 *Orleans, ou Ferrare*] Ces belles murailles de la Ville d'Orléans
furent raſées par ordre de la Cour, peu après la Paix de 1562.
Voyez le Laboureur, Liv. 2. pag. 529. du Liv. 1. de ſes Additions aux Mémoires de Caſtelnau. A l'égard de *Ferrare*, c'eſt dans
l'Edition de 1553. que les plus nouvelles ont pris ce nom-là, au
lieu duquel on lit *Carpentras* dans celle de Dolet. Juſqu'en 1611.
Ferrare a été entourée de fortes & hautes Murailles, flanquées de
Tours & de bons Baſtions (**); & il eſt croyable que dans la ſuite
le Pape, qui s'étoit emparé de cette belle Ville, en a plutôt aug-
menté les fortifications, qu'il ne les a laiſſé dépérir.

5 *Callibiſtrys des femmes*] Au Ch. ſuivant il eſt parlé du *Calli-
biſtris* d'un Cordelier; ce qui fait voir qu'Oudin s'eſt trompé de
croire que ce mot déſignoit uniquement *natura della Donna*.
Je ne me rappelle point où j'ai lu qu'une femme ayant laiſſé
par Teſtament aux Cordeliers d'Amiens une petite Terre appellée
Callibiſtry: ces bons Peres lui firent mettre cette Epitaphe ſous le
grand Portail de leur Egliſe:

> *Cy git Louiſon la Couturiere*
> *Qui par dévotion ſinguliere,*

(*) *Voyez la Note au mot* Souliers à poulaine, *parmi celles du*
Liv. 2. Ch. 1.
(**) Schott. Itiner. *Ital. Lib.* 1.

Laiʃʃa aux Cordeliers d'icy
Son ʃi joly Callibiʃtry..

6 *Que les couillevrines ʃe y vinʃent froter* &c.] C'eʃt comme on
doit lire , conformément à l'Edition de 1553. & non pas *Coule-*
vrines, comme dans celle de Dolet, ni *coullevrines*, comme on lit
dans les nouvelles : & tout roule ici ʃur une triple équivoque dans
le mot *coulevriue*, lequel ʃignifie tantôt une longue pièce d'Artillerie, & tantôt le membre viril ; mais qu'ici Rabelais employe
dans la ʃignification du membre d'un *Lèvrier*, Animal, qui comme
tous les autres Chiens , va piʃʃer contre les murailles dont a
approché une Chienne chaude.

7 *Sec au nom des Diables*] Ferme, vertement, tout net, tout
franc, *di ʃecco in ʃecco*, diʃent les Italiens dans Oudin.

8 *Beniʃt ʃou ʃacrez*] Suivant cette idée, Remi Belleau a dit parlant des Reitres Huguenots, dans ʃon *Bellum Huguenoticum :*

> *Couillones ʃacros Pretris Monachiʃque revellunt.*

Je dis *Couillones*, car l'Edition faite de ce Poëme en Hollande , à
la ʃuite de l'Ecole de Salerne en vers burleʃques, 1651. lit ridiculement *Teʃticulos.*

9 *Se y cueilleroyent facilement*] S'y aʃʃembleroient. Une ancienne
Traduction Françoiʃe du *Manipulus Curatorum*, Ch. 12. du Traité
du Sacrement de l'Autel : *Se les vers , ou barbous, ou petites mouʃ-*
ches y cueillent par deʃʃaute de prendre garde, ilz debvroient eʃtre
bruʃlez en la Piʃcine. Dans l'Edition de 1553. on lit *cueilleroyent ,*
dans celle de P. Eʃtiart 1573. & dans les nouvelles *recueilleroient ;*
mais il faut lire *cueilliroyent*, conformément à celle de Dolet.

10 *Libro De compotationibus mendicantium*] N'eʃt pas dans l'Edition de Dolet , mais bien dans celle de 1553. où je m'imagine
qu'on doit lire *mendicantium,* en reʃtituant le titre qu'aura peut-
étre omis à deʃʃein cette Edition , qu'on ʃait avoir retranché
pluʃieurs choʃes eʃʃentielles qui ʃe liʃent dans celle de l'année
précédente. C'eʃt à un Cordelier que le Livre eʃt attribué, & tout
cet infâme narré de *Frere Lubin* eʃt la digne matiére d'un propos
de table entre de bons vivans de Moines, tels que ceux que Rabelais déʃigne ici ʃous les noms d'un *Lion* , d'un *Loup* , & d'un
Renard. D'ailleurs l'alluʃion de *medicus* à *mendicus* eʃt naturelle ,
& Thomas Marcus l'a employée dans ce Diʃtique : *In mendicum*
gerentem ʃo pro medico :

> *Tu te ʃers medicum, nos te plus eʃʃe fatemur.*
> *Una tibi plus eʃt littera quàm medico.*

11 *Car ainſi nous fault il ſecourir & ayder l'un l'aultre*] Nous autres bonnes Bêtes, toi, moi & cette Vieille.

12 *Eſmouche de ſon mouchet*] Que veut dire ici *mouſchet;* Seroit-ce le *coda da moſche* des Italiens, un *Chaſſe-mouches,* ou cette eſpéce de Moineau qu'à Metz & ailleurs on nomme *mouchet,* parce qu'il prend les mouches, ou *monachettus* à cauſe que ſur ſa tête il paroît une maniére de froc (*).

13 *Jamais eſmouſché ne ſera*] Il faut lire *emmouſché,* conformé-ment à l'Edition de Dolet, & non pas *eſmouché,* comme dans célle de 1553. & dans les ſuivantes. *Emmouſché* eſt un mot du Bas-Dauphiné, où pour dire qu'une viande a été corrompue par des mouches qui y ont fait leurs ordures, on dit qu'elle a été *emmouchée.*

14 *Eſmoucheteur de Don Pietro de Caſtille*] Les Albigeois, qui environ l'an 1140. oſérent ſe ſouſtraire hautement à l'obéïſſance du Pape, furent déſignez par différens Sobriquets injurieux, ſui-vant les divers Païs où leur Doctrine ſe répandit dans la ſuite. Ceux de la *Bulgarie* entr'autres furent appellez *Bougres;* & de-là le nom de *Bougres* donné auſſi aux Non-Conformiſtes; parce que ceux-ci abandonnoient le chemin battu dans leurs voluptés, comme ceux-là l'abandonnoient dans la Foi. Dans la première ſignification de ce mot, Pierre *le Cruel,* Roi de Caſtille, appellé *Dam-Piètre* par Froiſſart, ayant été, en plein Conſiſtoire à Avi-gnon, déclaré excommunié comme *Bougre & Incredule* (**), à cauſe de ſes cruautez, de ſa tyrannie, & particuliérement de ſa réſiſtance aux ordres du Pape Urbain V. le petit peuple, qui pre-noit pour *Bougres* de toutes les deux eſpèces, tous les Albigeois qu'on brûloit journellement ſous ſes yeux, prit ſans peine l'excom-munié Don Piètre pour être doublement un *Bougre:* & c'eſt ſur ce pié-là que Rabelais lui deſtine dans l'autre Monde pour Eſmou-cheteur à gages, un Renard qui le divertiſſe, & qui ſoit plus docile à ſon égard que ne le ſont les Démons envers les Sodomites en cet endroit de l'Enfer du Quevedo: *Pour ce qui eſt des Sodomites, nous nous en reculons, tant que nous pouvons: nous ne nous informons point d'eux, & nous ne voulons point qu'ils penſent à nous, le plaſtron de nos feſſes craint trop leurs eſtocades; auſſi portons-nous de grandes queües pour les parer, & pour nous ſervir d'émouchoir quand ils nous veulent approcher.*

15 *Veſnoit & veſſoit*] De *Viſcire* & de *viſcinare* ſon diminutif.

16 *Et ubi prenus?*] Latin de cuiſine pour dire: Et où les prenez-vous?

(*) *Belon, Liv. 7. Chap. 19. de ſon Ornithologie.*
(**) *Froiſſart, Vol. 1. Chap. 266.*

17 *Beaucoup plus de couillons que de deniers*] La Brayette fervoit de bourfe en ce tems-là (*). C'eſt au reſte Stobæus, qui attribue à Eſope la Fable dont parle Panurge. Voyez les Adages d'Eraſme au mot, *Non videmus manticœ quod in tergo eſt.*

18 *Mais le temps leur enſeigneroit*] C'eſt comme il faut lire, conformément à l'Edition de Dolet, & à celle de 1553. *Enſeignera*, eſt une faute que je n'ai vue que dans les nouvelles Editions.

19 *Cent ſoixante mille & neuf eſcutz*] *Et neuf* n'eſt pas dans l'Edition de Dolet; c'eſt celle de 1553. qui l'a ajouté.

CHAPITRE XVI

1 *Fin à dorer comme une dague de plomb*] Le plomb n'eſt ni bon à dorer, ni à être doré. Tel étoit Panurge, vrai Vaurien en tout ſens. Voyez Henri Etienne, pages 110. & 111. de ſon Livre de la Précellence &c.

2 *Faulte d'argent c'eſt doleur non pareille*] *Faulte d'argent, C'eſt grand tourment*, dit un vieux Proverbe, qui dès le tems de Rabelais donna lieu à la Chanſon que voici:

> *D'Argent me plains, non d'Amour ou d'Amye,*
> *Dont je ne puis la jouïſſance avoir;*
> *Car, ſans Argent, Fortune eſt ennemye*
> *A cil qui veult touts ſes deſirs avoir.*
> *Qui a-t-Argent, & fuſt-il ſans Savoir,*
> *Pour le ſervir ung chaſcun s'appareille;*
> *Mais, comme on peult au vray appercevoir,*
> *Faulte d'Argent, c'eſt douleur non-pareille.*

Ces derniéres paroles, que Rabelais a copiées ici, ſe trouvent encore dans une autre Chanſon, réimprimée avec pluſieurs autres à Anvers l'an 1576.; mais cette premiére fait partie d'un Recueil réimprimé à Louvain chez Pierre Phalèſe dès l'an 1554.

3 *Pipeur, beuveur*] N'eſt point dans l'Edition de Dolet. C'eſt celle de 1553. qui l'a ajouté.

4 *Ribleur*] Ce mot, qui dans le Languedoc ſignifie un Bateur de pavé(**) vient, à mon avis, de *ripulator* fait de *ripula* diminutif de *ripa*, qui ſignifie proprement le rivage d'un Fleuve; mais qui

(*) L. Guyon, *Diverſ. Leçons, Liv.* 2. *Chap.* 6.
(**) Borel, *Antiq. Gaul.* au mot Ribleur.

doit s'être dit auffi de la lifière d'une rue, comme *ripula* de la lifière d'une ruelle. Et comme c'eſt la coutume de ceux qui détrouſſent de nuit les paſſans, de les guetter le long des maiſons, principalement dans les ruelles peu fréquentées, de là ſans doute on aura appellé *Ribleurs de nuit* cette eſpèce de voleurs. Peut-être même, que d'abord on n'appella *ribleurs* que ceux-là ſeuls qui guettoient le long des rivages les perſonnes qui voyageoient ſur quelque Riviére.

5 *Au demourant le meilleur filʒ du monde*] C'eſt par ce vers, que l'Edition de 1553. a ajouté au texte, que Marot acheve le portrait de certain Valet Gaſcon qui l'avoit dérobé.

6 *Comme porcs*] Tous plats, comme des Porcs qu'on vient d'é-gorger. Au Ch. ſuivant : *quand le gros enflé de Conſeillier, ou aultre a prins ſon branſle pour monter ſus, ilʒ tumbent* touts platz, comme Porcz *devant tout le monde, et appreſtent à rire pour plus de cent francs.*

7 *Deus det*] Graces Latines après le repas.

8 *Pouldre de canon*] C'eſt comme on doit lire, conformément à l'Edition de Dolet, & à celle de 1553. *Pouldre à canon*, comme on lit dans les nouvelles, eſt pris de celle de Pierre Eſtiart, Lyon 1573.

9 *Au regard des pauvres maiſtres ès ars*] Les Editions nouvelles, conformément à celle de 1553. avoient omis *et Théologiens* qui ſe lit dans celle de Dolet. On l'a rétabli, & la ſuite du Texte fait voir qu'on a eu raiſon.

10 *Leur attachant de petites quehuës de regnard, ou des aureilles de lievres par derriere*] Plus haut déja, Liv. 1. Ch. 9. *qui ſont homo-nymies tant ineptes . . . . que l'on debvroit attacher une* queuë de Regnard au collet, *et faire une maſque d'une bouze de Vaſche à uug chacun d'iceulx, qui en voudroient* &c. C'eſt une manière d'inſulte imitée des Anciens, qui ſelon le *Scaligerana, iis quos irridere vole-bant, cornua dormientibus capiti imponebant, vel caudam Vulpis, vel quid ſimile* (*).

11 *Aſſigné à yceulx ſe trouver*] Dans l'Edition de 1553. au lieu de *touts les Théologiens de*, comme porte celle de Dolet, on lit *iceulx*, qui ſe rapporte aux ſeuls Maîtres-ez-Artz.

12 *En la rue du Feurre*] L'Edition de Dolet porte *en Sorbone*.

13 *Tartre borbonnoiſe*] On appelle de la ſorte une feuille de papier merdeuſe, du nom de certains bourbiers qui ſont dans les Prez ou autres endroits du Bourbonnois, où les hommes & des

(*) Scaligerana, *au mot* Cornard.

Chevaux s'abîment, fi on ne leur donne un prompt fecours (*);
& on appelle ainfi cette feuille, parce que tel qui s'en faifit quelquefois, croyant amaffer un cornet qui envelope quelque chofe de
bien précieux, y eft attrapé comme ceux qui ont pris les tartres
des prez du Bourbonnois pour un terrain auffi ferme que la fur-
face en étoit unie.

14 *Engreffa et oignit tout le pavé*] C'eft que, comme s'en explique page 11. une Brochure imprimée à Poitiers en 1612. fous le
titre d'*Avis confolatoire fur le temps prefent*, dès que quelqu'un eft
paffé Docteur de Sorbonne, on lui fait commandement de ne fe
plus trouver à l'avenir aux Actes des Bacheliers ; mais de s'aller
vénérablement, par petits chemins, dédales & efcaliers dérobés,
rendre & affeoir en leurs places doctorales, qui font en certaines
Galleries treilliffées, afin de voir tout de là fans eftre vus, &
d'ouïr toutes chofes fans eftre entendus. *Foris per Cancellos auf-
cultant Theologi Doctores; qui Magiftri noftri dicuntur*, dit Sleïdan,
fur l'An 1521. au Liv. III. de fon Hiftoire. Au lieu de *oignit
tout le treilliz de Sorbonne*, on lit *oignit tout le pavé* &c. dans l'Edition de 1553. parce qu'elle veut que tout ceci fe foit paffé, non
en Sorbonne avec les Théologiens de cette Maifon, mais dans la
Rue du Feurre, avec les feuls Maîtres-ez-Arts. Cette même Edition, ainfi que celles de Dolet, de 1573. 1596. 1600. & 1626. ne
font qu'un mot d'*en greffa;* mais celle de Jean Martin, Lyon 1584.
en fait deux, & c'eft comme il faut lire.

15 *Dix & huict en furent pouacres*] Jean de Mehun, dans fon
Teftament MS. (**), où je crois qu'il parle de l'Eau-Benite :

> Elle guérit les ytropiques,
> Les pouacres, les frenatiques.

Ce mot, que le Dictionnaire Fr. Ital. d'Oudin interpréte *pourri,
plein d'ulcères*, vient apparemment de *podager*, & il défigne un
gouteux entant que couvert d'emplâtres puans.

16 *Aigreft*] De l'Italien *agrefto*, Verjus. A Touloufe Verjus fe
nomme *agras*.

17 *Qu'il gettoit* &c.] Licence que fe donnoient les Laquais fous
le Roi François I. qui s'en divertiffoit. L. Guyon, Diverf. Leçons,
Liv. 5. Ch. 10.

18 *Un fouzil garny d'efmorche, d'allumettes, de pierre à feu* &c.]
C'eft comme on lit dans l'Edition de Dolet & dans celle de 1553.
ce qui fait voir que *fufil* eft proprement un morceau d'acier propre à faire fortir des étincelles d'une pierre à feu.

(*) *Voyez le Diction. des Arts,* &c.
(**) *Borel, Antiq. Gaul. au mot* Pouacre.

19 *Quand ce fut à l'*Ite miſſa eſt] Ce n'eſt que pendant les
Octaves , ou aux Fêtes à neuf leçons, que la Meſſe finit par *Ite* ,
miſſa eſt. Hors ces cas-là , elle s'acheve, ou par *Benedicamus
Domino,* ou par *Requieſcant in pace* (*).

20 *L'offrande & baiſer ſon cul*] En fait d'Offrandes, on n'entend
ordinairement que celles de l'Aſſemblée; mais on voit ici qu'elles
ſuppoſent que de ſon côté le Prêtre lui *offre* ou a déja offert des
Reliques à baiſer. Dans les nouvelles Éditions, conformément à
celles de 1573. & 1584. il y a *faire l'offrande de baiſer ;* mais ſuivant celles de Dolet & de 1553. on doit lire *faire-l'offrande , et
baiſer,* c'eſt-à-dire, *faire l'offrande, et* faire *baiſer.*

21 *De Alliaco en ſes Suppoſitions*] C'eſt comme on lit dans l'Edition de 1553. Trait de raillerie contre les Sorbonniſtes, en la
perſonne de Pierre *d'Ailly* Docteur de Paris , Archevêque de
Cambrai & Cardinal, mort en 1425.

22 *Beatz peres*] *Beaulx*, terme affectueux, comme déja celui de
paovres qui précéde, & qui regarde les mêmes Peres. On diſoit de
même *beau couſin, bel oncle, belle tante ,* pour marquer une amitié
tendre à ces perſonnes-là, ſoit qu'on leur parlât ou qu'on parlât
d'elles. *Beau,* comme quand on appelloit auſſi quelqu'un *beau Sire,*
ſuppoſoit de la *douceur* dans ceux à qui on donnoit le nom de
beaux ; & c'eſt en ce ſens qu'on dit encore *bellement* pour *douce-
ment.* Les derniéres Editions ont ſuivi celle de 1553. où au lieu
de *beaulx Peres* on lit *beatz Peres ;* mais j'ai préféré celle de Dolet.

23 *Chauſſes foncées*] La Règle de St. François ordonne aux
Religieux de l'Ordre de porter en tout tems des *Braïes ,* ſorte de
caleçons différente des *Braïettes* que portoient autrefois les Sécu-
liers. Celles-ci tenoient en ſujetion les parties génitales , au lieu
que les *braïes* des Franciſcains ne ſont proprement qu'un petit
tablier qui leur couvre les feſſes & la partie oppoſée. Or, comme
cette eſpèce de tablier n'empêche nullement l'agitation du membre viril à chaque mouvement du corps, de-là vient que ces
Religieux ſont communément ſoupçonnés d'être peu chaſtes, cette
agitation des parties génitales devant naturellement exciter ces
bonnes gens à l'incontinence , ſuivant que l'inſinue Panurge,
Liv. 3. Chap. 7. & Liv. 4. Chap. 5. où il fait entendre à Din-
dinaut, que la femme de ce Marchand courroit riſque avec lui, ſi
on les laiſſoit ſeuls enſemble, actuellement qu'il ne porte plus de
braïette. Voyez auſſi la Biblioth. Germanique Tom. XIX. Par la
même raiſon , Rabelais qui haïſſoit tous les Religieux mendians ,
fait dire à l'Empereur Juſtinién, dans le Livre *de Cagotis tollendis,*

(*) Manipul. Curator. *Chap. XI. du Traité du Sacrèment de
l'Autel.*

qu'il lui attribue plus bas Liv. 3. Chap. 8. que le souverain bien des Etats consiste *in braguibus et braguetis*, c'est-à-dire à ne point nourrir de ces gens qui ne portans point de culotes, ne portent par conséquent ni bragues ni *braiettes*.

24 *Triballement*] Agitation violente & comme de Cloches qui sont en branle. De *trans*, & du Latin barbare *ballare*, fait de l'Anglo-Saxon bell, *Campana, campanula*.

25 *Agitation et motion continuelle est cause d'atraction*] Ce qu'entend ici l'Auteur par cette Maxime des Légistes si plaisamment appliquée, c'est par exemple, que tout Fief mouvant d'un autre est par cette raison attiré à porter au Tribunal de celui-ci, toutes les affaires qui sont intentées dans le Fief mouvant.

26 *Une petite guedoufle pleine de vieille huyle*] Plus bas, Ch. 27. une Guedoufle de vinaigre. Et Liv. 3. Ch. 16. *Que nuit savoir tousjour, et tousjours apprendre, fust ce d'un sot, d'un pot, d'une* Guedoufle, *d'une moufle, d'une pantoufle?* M. Ménage dit bonnement qu'il ne sait ni l'origine ni la signification de ce mot; cependant la signification en est visible. Il paroît que c'est un petit Vase à mettre de l'huile, du vinaigre, ou quelque autre liqueur. Ne viendroit-il pas de *gutta* & de *fluo*, parce que c'est goute à goute qu'on en fait couler la liqueur; *Vasculum guttifluum*, Guedoufle. A Metz & dans toute la Lorraine, toutes les bouteilles à vinaigre sont à deux têtes, à peu près de cette figure : Si c'est proprement cette sorte de bouteille que Rabelais appelle *Guedoufle*, ce mot pourroit être une corruption de *chef-double*.

27 *La belle lingere du Palays*] Seroit-ce *Lynotte, la Bigotte, Marmotte* de Cl. Marot? Dans l'Edition de Dolet on lit : *la belle Lingiere des Galleries de la Sainte Chappelle*. C'est celle de 1553. qui a fait le changement.

28 *Elle est de Foutignan*] Quoiqu'il se puisse qu'autrefois, dans le stile goguenard, on prononçât *Foutarabie* pour *Fontarabie*, & *Foutignan* pour *Fontignan*, du Latin *Fontinianum*, en changeant l'*n* en *u*, comme en *Couvent* fait de *conventus*, comme on n'entend pas dire que *Frontignan*, cette Ville du Bas-Languedoc si fameuse pour son excellent vin Muscat, ait jamais fait de bruit à cause d'aucune Manufacture de Points ou de Dentelles qui y fût établie, il y a de l'apparence qu'ici par *Ouvraige* de *Fontignan* on doit entendre de cette sorte de Point que le Roman Bourgeois, pag. 89. appelle *Pontignac* à la différence de celui de Gênes. Au reste, si Rabelais fait ici *ouvraige* féminin, que quelques lignes plus haut il fait masculin, c'est qu'encore qu'on n'employât plus guère ce mot qu'au masculin, jusque-là il avoit toujours été féminin. Le

Roman de Perceforeſt, Vol. 1. Ch. 121. *Sçachez qu'il ne convient pas que vous deſcendez à ung aultre Hoſtel que dans le chaſtel que j'ay fait faire à voſtre commandement, ſi verrez l'ouvrage quelle elle eſt.* Ainſi, il y a bien de l'apparence que les femmes que M. de Vaugelas avoit conſultées ſur le genre de ce mot (*) parloient à cet égard, encore le vieux langage.

29 *Contrepoint*, &c.] C'eſt ainſi qu'il faut lire, conformément à l'Edition de Dolet, & non pas *contrepoids* comme dans les Editions poſtérieures. *Contrepoint* eſt un terme de l'ancienne Muſique, où l'on ſe ſervoit de points au lieu de Notes.

30 *Daviet*] C'eſt comme on lit ici dans l'Edition de Dolet & dans celle de 1553. & encore Liv. 4. Ch. 30. de la même Edition de 1553. quoiqu'à l'endroit que nous examinons il y ait *davied* dans celles de 1573. & 1596. La pince de cet Inſtrument, que dés le tems de Frédéric Morel on nommoit auſſi *Davier*, comme on l'appelle encore aujourd'hui, reſſemble au bec d'un Pigeonneau, ce qui me fait ſoupçonner que *Daviet* qu'on aura dit pour *Daviel* pourroit bien venir de l'Allemand *taübel*, qui ſignifie un petit Pigeon. Le *Pelican* & le *Roſſignol* ont pour la même raiſon donné leur nom à des ſerremens qui ont auſſi des pinces, & au lieu de *Capel* dont Villon s'eſt ſervi dans une de ſes Ballades, on prononce aujourd'hui *Capet*.

31 *Plus fin que maiſtre Mouſche*] Encore, Liv. 3. Ch. 15. *il ſera plus fin que Maiſtre Mouſche, qui de ceſtuy an me ſera eſtre de ſongeailles.* L'Italien appelle *mucceria* le Jeu de Gobelets; & *mucciare* & *muccire*, autres mots Italiens, ſignifient *s'enfuir*, *s'échapper*, *ſe muſſer*. Ainſi, comme d'ailleurs il eſt ſûr que *Maître Mouche* & l'Italien *Mæſtro Muccio*, c'eſt un *Maître Gonin*, un Joueur de Gobelets & un Filou (**), tel que Panurge nous eſt ici repréſenté, je ne ſais ſi *Maître Mouche* eſt un mot François ou Italien d'origine, ou s'il ne viendroit pas de certain Juif nommé *Maître Mouſche*, Aſtrologue qui fit tout ſon poſſible pour détourner le Duc de Bourgogne ſon Maître de l'entrevue de Montereau-sur-Yone, où ce Prince fut tué le 10. Septembre 1419. Voyez Jean Juvénal des Urſins, Hiſt. du Roi Charles VI. ſur cette année-là. J'ai dit que *Maître Mouche* ſignifioit proprement un Joueur de Gobelets. Coquillart, au Monologue des Perruques :

> *Il jouera mieulx que Maiſtre Mouſche,*
> *Qui me prendra en deſarroy.*

Il me reſte à remarquer que dans le Martyrologe Proteſtant, Liv. 7. au feuillet 530. tourné, de l'Edition de 1619. les Eſpions

(*) *Remarq. ſur le mot* Ouvrage.
(**) *Brantôme, Hommes Illuſtres François, Tom. III. p.* 383.

de l'Inquifition d'Efpagne font appellez *Moufches* entant que non contens de fe gliffer dans les Cachots parmi les prifonniers, pour trahir ceux de ces pauvres gens qui font affez fimples pour ne point fe défier d'eux, *plufieurs de ces Moufches volent fi loin & fi haut, que paffant la Mer ils iront en eftrange et loingtains Pays efpier ceux qui fe banniffans eux-mefmes d'Efpagne, fe feront à feureté retirez en quelque part.* Ce qui favorife l'opinion qu'a Ménage que *Mouchard* pour Efpion s'eft dit du mot de *Moûche:* les moûches allant cherchant par-tout leur pafture.

32 *Cinq ou fix grans blancs*] Le *Blanc* commun, qui n'eft plus qu'une Monnoye de compte, valoit 5. deniers; & le *grand Blanc*, dont on ne parle plus du tout, valoit 10. deniers. C'étoit proprement le *Karolus*. Le Dictionnaire de Rimes Françoifes(*), attribué à M. de la Nouë, & le Dictionnaire Fr. Ital. d'Oudin difent que le *grand Blanc*, eft un fou, c'eft-à-dire un fou Tournois ou de 12. deniers: ce qui doit s'entendre du grand Blanc *à la Couronne*, ou *Karolus* mis à ce prix par l'Ordonnance du 24. Avril 1488; car par la même Ordonnance le grand Blanc *au Soleil* fut mis à 13. deniers.

⋆⋆⋆⋆⋆⋆⋆⋆⋆⋆⋆⋆⋆⋆⋆⋆⋆⋆⋆⋆⋆⋆⋆⋆⋆⋆

CHAPITRE XVII

1 *Efcorné*] De l'Italien *fcorno* honte, on a fait *efcorne*, d'où *efcorné* pour dire *honteux*.

2 *J'ay encores fix folx et maille, qui ne virent oncq pere ny mere*] Patelin, dans la Farce qui porte fon nom:

> . . . . *ne me chault, coufte et vaille:*
> *Encore ay-je denier et maille,*
> *Qu'oncques ne virent pere et mere.*

Suivant ces paroles, dont Rabelais a bien fait d'éviter l'élifion, il femble que Patelin veuille dire qu'il peut hardiment difpofer de quelque petite Monnoye qu'il a; parce que fon pere ni fa mere ne la lui ayant jamais vue, il ne fera pas obligé de leur en rendre compte. Mais la maniére dont Rabelais s'exprime ici léve l'équivoque du troifième vers; car l'intention de Patelin & la fienne eft de dire que, s'ils ont l'un & l'autre quelque peu de petite Monnoye, ils n'ont pourtant jamais eu vaillant la Pièce d'or qui l'a enfantée, ou qui en a produit le change.

(*) *Pag. 9. de l'Edit. de 1596.*

3 *Grates vobis dominos*] Dans les Editions moins anciennes on lit *Dominus*, qui encore eſt une faute de conſtruction; mais dans celles de Dolet & de 1553. c'eſt *dominos*, ſuivant l'ancienne & vicieuſe prononciation, qui changeoit en *o* cet *u* Latin, comme font encore dans le Païs Meſſin quelques vieux Curez de la Campagne. *Grates* pour *gratias* eſt un autre Barbariſme. Les Epîtres *Obſcur. Vir.* Lib. 1. *Præterea habeo vobis* grates *ſempiternas.*

4 *Cabaret du Chaſteau*] Plus haut, Ch. 6. de ce Livre *Tabernes méritoires de la Pomme de Pin, du* Caſtel, *de la Magdelaine.* Seroit-ce le même Cabaret, dont Froiſſart parle en ces termes, Vol. 4. Ch. 24? *Si deſcendirent ces Chevaliers d'Angleterre, Meſſire Thomas de Perſy et les autres, en la Ruë qu'on dit la Croix du Tirouer, à l'Enſeigne du Chaſteau de Feſtu.*

5 *D'une main je prins douze deniers*] Panurge n'étoit pas l'inventeur de cette filouterie ſacrilège. Eraſme l'avoit remarquée dans celui de ſes Colloques qu'il a intitulé *Peregrinatio Religionis ergo.* OGYGIUS. *Imo vero ſunt quidam adeo dediti Sanctiſſimæ Virgini, ut dum ſimulant ſeſe munus imponere altari, mira dexteritate ſuffurentur quod alius poſuerat.*

6 *Vous vous dampnez comme une ſarpe*] Encore Liv. 3. Ch. 22. *il s'en va . . . damné comme une ſerpe, à trente mille hottées de Diables.* Se damner comme une ſerpe, c'eſt ſe précipiter en Enfer tête baiſſée, ou la tête la première, comme un Bucheron jette ſa ſerpe dans le fond de ſa hotte, lorſqu'il ne veut plus travailler.

7 *Diliges dominum, id eſt dilige*] N'eſt point dans l'Edition de Dolet? C'eſt celle de 1553. qui l'a ajouté.

8 *Le pape Sixte,* &c.] Sixte IV. le même que plus bas, Ch. 30. Epiſtémon dit avoir vu greffeur de vérole en Enfer. *Sed et recentioribus temporibus Sixtus Pontifex Maximus, Romæ nobile admodum lupanar extruxit,* dit Agrippa du même Pape (*): ce qui n'eſt rien moins que ſuffiſant pour autoriſer le diſcours de Panurge; mais Sixte avoit été Cordelier, c'en étoit aſſez à Rabelais pour entrer en mauvaiſe humeur contre lui.

9 *Comment je fis mes chous gras de la Croyſade*] Seroit-ce celle que fit publier Aléxandre VI. en 1502. pour chaſſer les Turcs hors de l'Italie? Voyez les Additions aux Chroniques de Monstrelet ſur l'An 1502. Ce fut elle apparemment qui obligea Panurge à s'embarquer pour la malheureuſe Expédition de Mételin (†). Ceci, au reſte, a du rapport à ce que dit Panurge, Liv. 3. Ch. 7. qu'il croit bien que comme un autre Frere Jean Bourgeois, l'année qui vient il prêchera encore la Croiſade.

(*) *De vanit. Scient. Cap. de Lenonia.*
(†) *Rab. Liv.* 2. *Ch.* 9.

10 *Elle me valut plus de six mille fleurins*] Dans l'Edition de 1553. il y a *valut*, mais *vault* eft plus vif, & c'eft comme il faut lire conformément à celle de Dolet. Panurge appelle *Fleurins* la Monnoye d'or que lui valut cette Croifade dans toute l'Europe où il la prêchoit, parce qu'il n'y a guère de Souverain dans la Chrétienté, qui n'ait fait fraper des Florins (*).

11 *Fretinfretailler*] C'eft à la lettre fe donner les mouvemens qui font de tous les membres autant de fretins ou de bâtons rompus, qu'il y a de jointures dans les bras, dans les jambes & dans les doigts des pieds & des mains.

12 *Bubaialloient comme vieulx mulletz*] Dans l'Edition de Dolet, au lieu de *bubaialloient* qu'on lit dans celle de 1553. il y a *arreffoient*, & au Ch. 25. fuivant on lit auffi *arreffer d'adrectiare*. Tout ceci, au refte, me paroît imité d'Hérodote, Liv. 1. de fes Hiftoires, où il raconte que tous les ans, certain jour, dans chaque Bourgade du Territoire Babylonien, un Crieur public vendoit les plus belles filles du lieu, chacune en fon rang, à proportion de leur beauté, à ceux à qui l'envie prenoit de les époufer; & que du fonds qui étoit provenu de ce trafic, on marioit fur le champ toutes les laides, en donnant, fuivant qu'elles l'étoient, plus ou moins, telle ou telle fomme à qui vouloit bien fe charger d'elles à ce prix-là. *Ainfi* ajoute cet Hiftorien, *toutes les filles Babyloniennes, belles ou laides, trouvoient à fe marier.*

13 *La fente d'iceulx elles avoyent mife par derriere*] Il y a environ deux cens ans qu'en France les femmes étaloient leur gorge fans aucun fcrupule (**). Depuis vint la mode dont parle Rabelais (†), laquelle ayant paffé, elle revint encore; mais pour peu de tems vers le milieu du XVII. Siècle.

14 *Monftrerent leurs fondemens*] N'eft pas dans l'Edition de Dolet, mais bien dans celle de 1553. *Monftrarent leurs fondements* eft un terme de l'ancienne Pratique pour dire: firent voir les titres fur quoi elles fe fondoient. La Bible Proteftante impr. *in folio* à Saumur chez Thomas Portau, 1619. Efaïe 41. 21. *Produifez voftre procès, dit l'Eternel; et amenez les fondemens de voftre caufe, dit le Roi de Jacob.*

15 *Maiftre Fyfy*] *Fi*, interjection réjective chez les Allemands mêmes, n'eft, à mon avis, qu'une onomatopée qui imite le fouffle qu'il eft naturel de pouffer dès que quelque forte puanteur vient nous faifir l'odorat. Et comme ce fouffle redouble à mefure que

(*) *Le Blanc, Trait. Hift. des Monn. fous Louïs VI. et VII.*
(**) *Nicot, au mot* Gorge.
(†) *Louïs Guyon, Diverf. Leçons, Liv. II. Chap. 6.*

la mauvaife odeur continue à fe faire fentir, de là on a appellé Maître *Fifi* un *Gadouard* en qui la puanteur eft comme inhérente.

16 *De nuyct* [*la Pipe de Buffart, ne le Quart de fentences*] C'eft comme on lit dans l'Edition de 1553. mais dans celle de Dolet, au lieu de ce qui eft entre ces [] il y a fimplement *les Livres*, ce qui dans le fond eft la même chofe, à cela près que dans cette Édition de 1553. les différens Livres de l'Ouvrage de Pierre Lombard font défignez fous les noms de *Pippe*, de *Buffart* & de *Quart* par rapport au quatrième dont l'ancien nom de *quart* fait allufion à la mefure de vin appellée *Quartée*. Rabelais, dans le Prologue du Liv. 3. où il en promet un quatrième, parle auffi des deux derniers fous les noms de *tiercin* & de *quart* de Sentences Pantagruéliques, par lui fucceffivement tirez ou à tirer du crû de fes paffe-tems. Ce qui au refte, avoit donné lieu à ce vilain procès de Panurge, c'eft que le fameux Volume des Sentences de Pierre Lombard étoit devenu fi commun par le grand nombre d'Editions qui s'en étoient faites, que méprifé, comme ce Livre commençoit à l'être de bien des gens, les Cureurs de retraits pouvoient, depuis quelque tems, le lire d'un bout à l'autre par les fragmens qu'ils en trouvoient dans les latrines.

17 *Ès efcholes du Feurre, en face de tous les aultres fophiftes*] C'eft comme on lit dans l'Edition de Dolet. Dans celle de 1553. il y a : *Es Efcholes de Feurre, en face de touts les Artitiens Sophiftes*. On a déja remarqué de ces changemens de la même Edition dans le Chap. précédent.

18 *Par fainct Adauras, &c.*] Je crois que comme *aura* c'eft l'air, & particuliérement l'air qu'on refpire, Rabelais a forgé ce Saint, comme le Patron qui garantit d'être fufpendu en l'air & d'y avoir les conduits de la refpiration bouchez. En effet, la rencontre eft affez plaifante, qu'en difant à un homme qu'il fera un jour *pendu*, on affecte exprès de jurer par St. *Adauras*, comme pour faire fentir à cet homme que *vacuas pendebit ad auras*. Du refte, ce que dit ici Panurge eft pris de Plutarque, dans le Difcours intitulé : *Que le Vice feul peut rendre l'Homme malheureux*.

19 *Ilz font fouetter monfieur du paige comme feigle verd*] Ménage a cru que *batire* auroit été meilleur ici que *fouetter*, puifqu'on *bat* le fégle, & qu'on ne le fouette pas ; mais je fuis perfuadé que *fouetter* y eft très-bon, ce mot s'y prenant dans la fignification de *flagellare*, qui emporte celle de *batire du fléau*.

CHAPITRE XVIII

1 *Bien vray eſt il, ce diɛ̃ Platon, &c.*] Thaumaſte parle après Eraſme, dans celui de ſes Colloques qu'il a intitulé *Diluculum*.

2 *Juſques en Athenes pour veoir Solon*] Voyez Elien, Liv. 5. *De varia Hiſtoria*.

3 *Vaticinateurs memphiticques*] Voyez la Vie de Pythagore par Porphyre, n. 9. de l'Edition de Mr. Kuſter.

4 *Pour veoir Hiarchas*] Ceci eſt pris de Philoſtrate, Liv. 2. Chap. dernier de la Vie d'Apollonius.

5 *De Tite Live, &c.*] Voyez Pline le Jeune Liv. II. Ep. 3. Tout ceci, au reſte, a été copié fort fidèlement par Théodoſe Valentinian François, pag. 4. de ſon *Amant reſſuſcité de la mort d'amour*, impr. en 1548.

6 *Heraclite*] Rabelais parle de même Liv. 3. Chap. 35. contre le ſentiment commun qui attribue ce diſcours à Démocrite.

7 *Frapemens de mains, que ſont ces badaulx ſophiſtes*] En Sorbonne, pendant qu'y dure l'Aɛte ſolemnel appellé *Sorbonique*. Ramus, dans ſon Diſcours de la réformation de l'Univerſité de Paris, en l'année 1452. *Franciſcanus quidam, abhinc annos centum poſt Cardinalis Totævillæi reformationem clamores quæſtionarios amplificavit, totumque diem unum Diſcipulis, contra altercantibus reſpondit nullo Judice adhibito, præter ſtrepitum pedum & manuum plauſum, quo queſtiones altercantium diſceptarentur. Hic Aɛtus Sorbonica dicta eſt, atque in memoriam gloriamque robuſti et valentis altercatoris Franciſcani adhuc prima Sorbonica conceſſa eſt.* Voyez Mén. Dans ſon Diɛtion. Etym. au mot *Sorbonique*.

8 *Ma petite virilité*] C'eſt le *mea parvitas* de Valère Maxime parlant à Tibère dans la préface de ſes Exemples, (Dits et Faits mémorables).

9 *Chier vinaigre*] Au Chap. ſuivant, *Thaumaſte de grand ahan ſe leva, mais en ſe levant fit ung gros pet de Boulangier; car le bran vint après, & piſſa vinaigre bien ſort, & puoit comme touts les Diables.* Chier vinaigre, piſſer vinaigre, c'eſt faire tout en ſes chauſſes par grande détreſſe. Les deux matiéres mêlées enſemble ſont appellées *vinaigre*, parce qu'elles ont quelque rapport avec le vinaigre brouillé avec cette lie limonneuſe qui en eſt comme la mere. On traite de *Piſſe-vinaigre* un Avare (*), comme pour dire,

(*) Oudin, Diɛtion. Fr. Ital. lettr. P.

ou que son urine lui tient lieu de vinaigre, ou qu'il n'a pas moins de peine à débourser, qu'il en auroit à pisser du vinaigre.

10 *Les aigueillettes de ses chausses*] On attachoit les chausses avec des aiguillettes : & c'étoit la coutume des Ecoliers de ce tems-là de jouer & de parier entr'eux celles dont ils pouvoient se passer avec moins d'incommodité (*).

11 *Tous les resveurs et bejaunes sophistes*] Tous les Sorbonnistes, jeunes & vieux, jusqu'aux simples Bacheliers. Au lieu de *bejaunes* on lit *Sorbonicoles* dans l'Edition de Dolet. C'est celle de 1553. qui a fait le changement.

12 *A ceste heure aura son vin*] Le vin qu'on donne aux Artisans, dont le métier curieux nous porte à les voir travailler. Plus haut, Liv. 1. Ch. 24. il est dit que Gargantua donnoit en tous lieux le vin aux Ouvriers qu'il alloit voir travailler ; ce qui montre que c'est ici une raillerie que le Peuple de Paris fait de Pantagruel, dont il ne s'imaginoit pas que le savant Thaumaste pût rien apprendre.

13 *Un aultre diable de Vauvert*] Ces gens-là veulent dire que le savoir de l'Anglois Thaumaste ne faisoit pas moins de bruit parmi eux, qu'en fait certain Démon dans les profondes Carriéres de Vauvert, lorsque le vent y régne avec violence. Voyez Mén. Diction. Etym. au mot *Vauvert*.

14 *Artiens, et intrans commencerent*] Et à la ligne précédente *arrivarent*, à la Parisienne. C'est comme on lit dans l'Edition de Dolet ; de même qu'*Entrans*, au lieu d'*Intrans* qu'il y a dans celle de 1553. Ici on lit *Artiens*, & au Chap. précédent *Artitiens*.

15 *Lesquelz en leurs disputations ne cherchent verité mais contradiction et debat*] Au lieu de ces paroles qui se trouvent dans l'Edition de 1553. on lit dans celle de Dolet, *Sorbillans, Sorbonagres, Sorbonigenes, Sorbonicoles, Sorboniformes, Sorboniseques, Niborcisans, Borbonisans, Sabornisans*, épithétes ou sobriquets, dont, à peu de tems de là, l'Imprimeur fut payé en fagots.

16 *Ce seroit chose indigne &c.*] C'est ainsi que Chap. 7. de la Vie d'Esope par Planudès, le philosophe Xanthus se tire d'affaire, en renvoyant à Esope son Valet, son Jardinier, pour avoir la solution d'une question que le Maître ne pouvoit résoudre.

17 *Vrayement, dist Thaumaste, c'est très bien dict. Commence donc*] *Commence* dans la bouche de Thaumaste ne convient qu'à l'Edition de Dolet, dans laquelle c'est en effet Panurge qui au Ch.

(*) *Mathur. Cordier*, De corr. serm. emend. *au Chap. intitulé* Ludendi summa.

fuivant fait les premiers fignes. Il femble donc qu'on devroit lire ici *commençons*. Cependant on lit par-tout *commence*, qui même paroit quadrer à ce qu'avoit dit plus haut le même Thaumafte, que les doutes dont il cherchoit la folution étoient déja tout propofez. J'ai au refte préféré dans le Ch. fuivant l'Edition de 1553. à celle de Dolet, où ce Ch. eft plus court & beaucoup moins divertiffant que dans l'autre.

18 *Et dedans avoit mis une belle pomme d'orange*] Deftinée à quelque Dame à la première occafion. Telle étoit la galanterie Françoife, encore affez avant dans le XVI. Siècle. Louïs Guyon, Liv. 2. Chap. 6. de fes *Diverfes Leçons*, où il parle de la manière dont les François s'habilloient en ce tems-là : *les chauffes-hautes eftoient fi jointes, qu'il n'y avoit moyen d'y faire des pochettes. Mais au lieu, ils portoyent une ample et groffe brayette, qui avoit deux aifles aux deux coftez, qu'ils attachoyent avec des efguillettes, une de chafque cofté : et en ce grand efpace qui eftoit entre les dittes deux efguillettes, la chemife et la brayette, ils y mettoyent leurs mouchoirs, une Pomme, une Orange, ou autres fruits, leur bourfe : ou s'ils fe fafchoient de porter des bourfes, ils mettoient leur argent dans une fente qu'ils faifoyent à l'exterieure, environ la tefte et la pointe de la ditte brayette : et n'eftoit pas incivil eftant à table de préfenter les fruitz conservez quelque temps en cette brayette, comme encore anciens préfentent des fruits pochetez.*

CHAPITRE XIX

1 *En bonne filence*] Dans l'Edition de Dolet & dans celle de 1553. filence eft féminin : ce qui fait voir qu'en ce tems-là on n'avoit pas encore bien fait attention à la règle. *Efto fœmineum quod convenit.* Je ne fache que les nouvelles Éditions où on life *bon filence.*

2 *Vous avez parlé, mafque*] Parler, quand on s'étoit propofé de ne fe faire entendre que par fignes, c'eft faire la même faute que fait un Mafque qui après avoir pris bien de la peine pour fe déguifer, fe fait connoître à la parole.

3 *Frappe la main l'une contre l'aultre*] C'eft comme on lit partout ; *les mains* feroit meilleur.

4 *Leva la main dextre la clouant*] La fermant. De *claudere.* Ce mot en cette fignification fe lit encore ailleurs dans Rabelais.

5 *Canon de fulz*] De *Sureau.* En Anjou & en Normandie le Sureau s'appelle *Sus*, & l'un & l'autre viennent de *Sambucus.* A

Metz & en Lorraine ces Canons de Sureau, dont les enfans tirent en ce Païs-là avec des pois mâchez , se nomment *petures* à caufe du fon qu'ils rendent. *Rabbes*, c'eft comme les Limofins appellent leurs navets.

CHAPITRE XX

1 *Son feul difciple me a contenté* &c.] On ne doit pas chercher de myftères dans tous ces plaifans fignes & geftes, en quoi Rabelais fait confifter la Difpute d'entre Thaumafte & Panurge. Il ne s'agit ici que de tourner en ridicule la prétendue Science des Signes & des nombres, enfeignée par le vénérable Bède , & trop eftimée par Thaumafte Anglois comme lui. Rabelais donne cette commiffion au badin Panurge , qui pour un figne que lui fait l'autre, lui en rend deux, & des plus extravagans. Accurfe a égayé fa Glofe (*) d'une fingerie approchante, qu'il dit s'être anciennement paffée dans Rome, entre un Philofophe Grec & un Fou que les Romains lui mirent en tête. A tous les fignes myftérieux de ce Grec , le Fou en oppofa de fort fantafques , qui comme ici par Thaumafte furent pris par le Philofophe pour autant de favantes réponfes à tous fes doutes & à toutes fes objeƈtions.

2 *Car en ce temps là on fermoit les ventres à boutons , comme les colletz de prefent*] Tout ceci n'eft point dans l'Edition de Dolet; c'eft celle de 1553. qui l'a ajouté. Rabelais parle des ventres , emboitez anciennement dans des Pourpoints fi longs qu'ils aboutiffoient aux aînes.

3 *Tiroyent aux chevrotins*] Buvoient. Cette expreffion eft du Dauphiné & des autres Provinces où l'on met le vin dans des Outres faits de peaux de *Chévre*. Tirer au Chévrotin fe dit auffi dans la fignification de *boire à qui mieux mieux;* & alors c'eft une métaphore prife du *tiroir* en fait de Fauconnerie. Ce tiroir, qui eft un éteuf couvert de peau de Chévre ou autre , fe couvre de viande qui y eft attachée avec force courroyes; en forte que le Faucon trouve à peine le moyen d'y ficher fon bec. Cette difficulté, qui lui augmente l'appétit, & l'envie de manger , le porte à faire de grands efforts pour arracher la viande du leurre. Ce qui lui fait enfuite jetter quantité de phlegmes qui fans cela auroient pu l'étouffer. Au Ch. 20. du Liv. 4. Frere Jean appelle *tiroir* fon Bréviaire dans la même fignification. Dans le *De corr. ferm. emend* de Mat. Cordier, Ch. 58. n. 63. Edit. de 1539. *Tirer au Chévrotin* fe prend pour donner de l'argent comme d'une

(*) *Sur la Loi* 2. *au Dig.* de Orig. Juris.

bourſe de peau de *Chévre*. Enfin , le Diction. Fr. Ital. d'Oudin, je ne ſais ſur quoi ſondé, interprête *tirer au Chévrotin* par *vomitare il paſto*. Ce ſeroit plutôt écarter la dragée, comme on parle. Il y a une ſorte de menu plomb appellé *Chévrotine;* parce qu'on ſe ſert de cette dragée à la chaſſe du *Chevreuil*.

CHAPITRE XXI

1 *Amoureux de kareſme*] Mellin de St. Gelais, au mot *Careſme* de ſon Almanach , adreſſé par lui à une Madame de Goguier, vante ainſi ce même Almanach :

> *Au Careſme il ne peut faillir,*
> *Car onc vous n'en peuſtes faillir*
> *Depuis qu'on vous fit approcher*
> *D'un qui point ne touche à la chair.*

2 *Le reculla*] Le repouſſa. Commines, Liv. 3. Ch. 10. *Ceux de dedans ne faillirent point, auſſi ilz pouvoient veoir largement gens preſts à les* reculer, *s'ils fuſſent faillis.* C'eſt comme porte le vieux Exemplaire, au lieu de *recueillir* qu'on lit dans les derniéres Editions de Paris.

3 *Tranſon de chere lie*] Dans le François du ſiécle de Rabelais, faire un *tranſon*, un *trançon* ou un *tronçon* de chere lie , c'étoit , ſinon faire chere entiére, du moins tâter joyeuſement de quelque friand morceau. Ainſi c'eſt par rapport à ce que la Dame Pariſienne vouloit faire couper bras & jambes à l'entreprenant Panurge, que ſans ſe démonter il lui parle de *tronçon* ou de *tranche* de bonne chere. Il appelle *lie* & *liée* cette chere, par alluſion de *lie lœta* à *liée ligata*, & de *chére* à chair. La bonne chére qu'entend ici Panurge eſt appellée *bonne ouvrage* en cet endroit de la 93. des cent Nouv. nouvelles : *il apperceut nos deux Amans qui s'étoient mis à faire un tronſon de bonne ouvrage.*

4 *Jouans des manequins à baſſes marches*] Jouer des manequins *far l'atto venereo*, dit le Diction. F. Ital. d'Oudin. Voyez au Ch. 53. du Liv. 1. la Note ſur le mot *manequins*. On a dit dans la même ſignification *s'employer au bas meſtier*. Le Sommaire de l'Hiſt. de Naples par Collenucio, Liv. 5. fol. 204. de la Traduction de Denys Sauvage impr. en 1546. *finalement il mourut tout extenué de s'eſtre exceſſivement, & trop ſouvent employé au ſervice de la Royne, en matiere de bas meſtier, auquel elle prenoit plaiſir ſur tout.* Au Chap. XI. du préſent Livre il y a ſimplement *jouer des manequins.* Ici l'Auteur ajoute *à baſſes marches* par rapport à Panurge, lequel, ſi la Dame dont il étoit épris , lui eût fait couper bras &

jambes, auroit été du moins encore propre pour le jeu des manequins, où il ne faut pas s'élever fi haut que ce ne foit proprement
l'office des *bas-ménétriers* de donner cette efpèce d'aubade.

5 *Qui vous fonneroit une antiquaille* &c.] Précédemment déjà,
au 12. Ch. *Dois-je endurer . . . . . qu'on me vienne ratiffer et tabuster le cerveau, me fonnant l'antiquaille?* L'Antiquaille étoit une
ancienne Danfe fort gaillarde, dont il eft croyable que certain
Jean Jeudi Ménétrier avoit été l'inventeur, & laquelle étoit comme
la *Huffarde*, que depuis peu d'années on a fait danfer aux Mario-
nettes Françoifes. Ainfi le *régal* que Panurge offroit à fa Dame,
étoit à peu près la même Mufique que Francion donnoit aux
jeunes & jolies Villageoifes. Au Ch. 16. des Navigations de
Panurge, l'Antiquaille eft mife entre les Danfes des Lanternes
avec les Falots.

6 *Poullains grenez en la ratouere*] *Poulains grenez*, tumeurs véro-
liques appellées de la forte, parce qu'elles pouffent des puftules.
Ratouere ici, c'eft proprement la retraite d'un *Rat*, & ce mot fe
trouve en cette fignification dans le Roman de Gauvain cité par
Borel au mot *Ratoire*. Panurge affûre ici fa Dame qu'elle peut
hardiment fe donner à lui, fans crainte d'aucun mal Vénérien.

7 *Boutte pouffenjambions*] C'eft ainfi qu'on lit ou qu'on doit lire
dans l'Edition de Dolet & dans celle de 1553. ce qui me perfuade
qu'on a dit autrefois *enjambier* pour *enjamber*. *Bouter, pouffer*, ce
font termes des anciennes Joûtes. Froiffart, Vol. 3. Ch. 75. *là
eut grand poulfis & boutis de lances, & plufieurs renverfez.*

8 *N'en fift oncques pire chiere*] N'en parut pas plus trifte. Plus
bas Liv. 3. Ch. 3. *Et quand je note que moy faifant à l'ung vifaige
plus ouvert & chiere meilleure que ez aultres.* Voyez H. Étienne,
de la Précellence &c. pag. 216.

9 *Ceftrin*] Sorte de bois dont Ménage dit que les Portugais
font des Chapelets. Seroit-ce le même *Aloës* ou *odorant Agaloche*,
dont étoit faite la Breuffe que portoit pour Enfeigne le dixième
des Navires du joyeux Convoi de Pantagruel, Liv. 4. Ch. 1.?

10 *Ce bon bavart*] Ce jafeur, cet homme qui a la bouche fi
fraîche.

11 *Bourfe plèine [d'efcuz du Palais] & de gettons*] Ce qui eft
entre ces marques [] n'eft point dans l'Edition de Dolet, mais
bien dans celle de 1553. On a appellé *écus du Palais* les jettons,
parce qu'anciennement ils portoient tous l'Ecu de France fur l'un
des côtez, & que d'ailleurs ces jettons, qui apparemment fe ven-
doient au Palais, ont fervi de tout tems aux gens de Palais à faire
leurs calculs dans les Taxes & dans les Déclarations de dépens.

On les nomma d'abord *gettoers :* Coquillart, au Monologue des Perruques :

> *La bourfe pleine de* gettoers
> *Pour dire qu'ils ont de l'argent.*

Du refte, Panurge tenoit ce tour de Page de certain Prélat défigné de fon tems fous le nom d'*Evéque de pince dadier.* Le même Poëte, dans l'Enquête d'entre la Simple & la Rufée :

> *. . . . . & fut tres familier*
> *Du reverend Pere en Dieu*
> *L'Evefque de pince dadier.*
> *Lequel eftoit fort couftumier*
> *En chambre nattée loing de rue,*
> *En lieu d'aultour & de lafnier,*
> *De tenir des garfes en mue ,*
> *C'eftoit tousjours fa revenue ,*
> *Et falloit* (*) *ung grant gibacier,*
> *Plain de roüelles de leton,*
> *Lequel fon Maiftre fauconnier*
> *Attachoit au bout d'ung bafton.*
> *Quant les Nimphes oyoient le fon ,*
> *Tant fuffent ilz vollées loing ,*
> *Elles accouroyent de grant randon*
> *Eux rendre à deux cours fur le poing.*

12 *Teniffiez plus telles parolles*] C'eft comme on lit dans l'Edition de Dolet & dans celle de 1553.

13 *Par mon fergent*] Par mon *ferment.* Panurge fait vivre. Il ne veut pas jurer devant une Dame.

14 *Dyamans à vingt & huyt quarres*] Facettes, appellées *quarres* à caufe de leur figure quarrée. Le Roman de la Rofe, au feuillet 127. de l'Edition de 1531. dit *quierre* en la même fignification.

15 *Ambre gris , cofcoté*] *Cofcoté* n'eft point dans l'Edition de Dolet, mais bien dans celle de 1553. Ce mot, que le Rabelais Anglois a rendu par *tacheté,* fignifie proprement relevé de petits grains comme ceux que forme le *coufcouffou,* ou *cofcoffon ,* que Rabelais appelle tantôt *cofcoffons* & tantôt *cofcotons* (**).

16 *Maiftre Jan Chouart*] Chouart *parola di zergo , cazzo,* dit le Diction. Franc. Ital. d'Oudin. La 65. des cent Nouv. nouv. *vous cuidiez tafter & efprouver le grand* brichouart *de noftre Hofte de S. Michel.* A Metz on appelle *briche* & *brichette ,* peut-être de *veru*

(*) Sailloit, *peut-être.*
(**) *Liv.* 3. *Chap.* 18. & *Liv.* 5. *Chap.* 23.

pour *broche, brochette*, par le changement de l'*u* en *i*, la verge des enfans: d'où apparemment *brichouard*, & par aphérèse *Chouart*. L'Allemand *Schwart* signifie *noir*, & *chauvir* se dit des Animaux qui dreffent les oreilles. *Chouart* pourroit bien auffi venir de l'un ou de l'autre. Dans la Chronique fcandaleuse, Maiftre Jean Choart eft le nom du Lieutenant Civil au Châtelet de Paris en Août 1465.

CHAPITRE XXII

1 *La grande fefte du facre*] Selon Bèze, Tom. 1. p. 303. de fon Hift. Eccléf. c'eft proprement la grande Proceffion de la Fête-Dieu dans Angers, qu'on y appelle le *grand Sacre d'Angers*, & cela, à caufe du nombre prodigieux de Prêtres & de Moines qui y affiftent, & dont cette Ville eft remplie plus qu'aucune Ville de France, à proportion de fa grandeur. Dans l'Edition de Dolet il y a *la grand' Fête du Corps-Dieu*, c'eft-à-dire la Fête qu'on appelle du St. Sacrement. C'eft l'Edition de 1553. qui a fait le changement. Au refte, *Sacre* vient-là de *Sacrum*, en fous-entendant *Corpus Domini*. On difoit autrefois *Sacre* à l'Adjectif, dans la fignification de Sacré. Mellin de St. Gelais pages 18, & 19. de fes Oeuvres, Edit. de 1572. dans un Huitain, où il parle de la Reine Catherine de Médicis à cette Princeffe elle-même :

> *Entendant bien que qui fe concilie*
> *Si haute & jufte & facre Majefté,*
> *Rend en fervant fervitude abolie,*
> *Et devient franc plus qu'il n'avoit efté.*

Car c'eft *Sacre* qu'a écrit le Poëte, & non pas *Sacré*, comme dit la nouvelle Edition de 1719. Après tout, cette Proceffion, en France, marche accompagnée de gens en armes, feulement depuis 1561. que plufieurs perfonnes, même Catholiques, voulurent lui faire infulte, comme à une nouveauté contraire à la parole de Dieu. Bèze, Hift. Eccl. Tom. 1. p. 660.

2 *Une cotte de veloux blanc*] Habits bien chauds pour cette Saifon ; mais la mode les avoit rendus legers. Voyez Louïs Gùyon, Liv. 2. Chap. 6. de fes Diverfes Leçons.

3 *Lycifque orgoofe*] C'eft comme on lit dans l'Edition de 1553. Dans celle de Dolet il y a *Chienne qui eftoit en chaleur*, ce qui eft prefque tout un ; finon que ce dernier, où il n'y a plus de myftère, me paroît moins du génie de Rabelais. Voyez le Scholiafte de Hollande, lettre R.

4 *Ce que sçavent les geomantiens gregoys*] Rabelais entend Galien,
Liv. 1. Aphor. 22.

5 *Si tant à vous deplaisoit ma querelle,*
Vous pouviez par vous, sans maquerelle]

Pouviez, de trois syllabes, comme *faciez* dans le treizième vers du
Rondeau. C'est comme on lit dans l'Edition de Dolet & dans celle
de 1553. L'Edition de P. Essiart, Lyon 1573. porte comme les
nouvelles *vous pouviez bien* . . . *Maquerelle* ici veut dire proprement une Messagère, peut-être, par corruption pour *Mercurelle*
féminin de *Mercureau*, d'où aussi *Maquereau*, comme qui diroit un
petit *Mercure*.

6 *La combrecelle*] Amadis, Tom. 13. Ch. 13. *adonc se desarme*
des cuissots, & avecques les courroyes d'iceulx & le ceinturon de son
espée, souslevée par son Escuyer à la combre selle, grimpe à mont sa
lance qu'il avoit dressée contre le mur, tellement que par sa legereté
gagna le hault de la muraille. Dans quelques Provinces de France,
les petits garçons appellent faire la *contresselle* lorsqu'un d'entr'eux
s'accroupit pour tendre le dos à son compagnon, trop petit pour
atteindre où il voudroit monter. Celui qui veut s'élever jette ses
bras au cou de l'autre, lequel en cet état se dresse petit à petit,
jusqu'à ce qu'il soit tout-à-fait debout; alors celui-ci, guindé de
la sorte, se trouve du double plus grand qu'il n'étoit. *Contre-selle*
est une corruption de *combre-selle*, qu'on a dit pour *comble-selle*
dans la signification de deux selles à piez *accumulées* l'une sur
l'autre.

7 *Sur elle en divers lieux*] Dès ce tems-là les Dames Françoises
parfumoient leurs hardes & leurs habits. Ainsi, quand celle-ci
auroit pris Panurge sur le fait, elle auroit pu dans le moment
prendre la chose pour une galanterie d'un Amant timide. Gratien
du Pont, Sieur de Drusac, dans ses Controv. des Sexes Masc. &
Fém. au feuillet XI. de l'Edition de Paris 1540. parlant de différentes poudres dont se servoient les *Muguettes* de son tems:

> *Aussi portoient sur les accoustremens*
> *Plusieurs pouldres; et sur leurs vestemens,*
> *Sur leurs manchons, sur mouchouers et colletz,*
> *Comme de musc, et de Chippre oyseletz;*
> *Et maintz sachetz de pouldre à violette,*
> *Pouldre de Chippre, aussi de la Cyvette.*

8 *C'estoit la plus grande villanie du monde*] Ceci n'est pas dans
l'Edition de Dolet, mais bien dans celle de 1553.

9 *Car ces villains chiens (la conchioient toute etc.) compissoyent tous*
ses habillemens] Dans l'édition de Dolet se trouvent les mots placés entre parenthèses. Ici *conchier* marque l'affront ou le deshonneur
éprouvé par cette personne, d'avoir été *compissée* par tant de Chiens.

10 *Devant, devant* &c.] Parole qu'on employe à chaffer les Chiens. Plus bas, fur la fin du Prol. du Liv. 3. *Devant, devant, iront-ils?*

11 *Jocqueter*] De *jugum*, ou de *jocus.*

12 *Et veit le myftere lequel il trouva fort beau et nouveau*] Le *Myftere*, c'eft-à-dire la Farce. On difoit *jouer les Myftéres*, pour dire repréfenter par forme de Pièces de Théâtre les Myftères de la Religion : ce qui fe faifoit à des Farces ridicules ; mais qui ne laiffoient pas de plaire par leurs naïvetez. Voyez le Diction. de Bayle dans les Notes fur l'Article de Daffouci. Une de ces Farces, intitulée *le Myftére du Vieil Teftament*, fut jouée à Paris : & le Myftère de la Paffion, autre Pièce de même genre, repréfenté *moult triomphamment* à Angers (*) fut imprimé *in* 4º. en 97. Chap. contenant 253. feuillets, à Paris chez Philippe le Noir en 1532.

13 *Luy faifoyent mille hayres*] Fâcheries. Lui tenoient lieu de mille cilices qu'elle auroit fentis fur fa peau nue.

14 *Et luy gafterent* &c.] C'eft comme on lit dans l'Edition de Dolet. Dans cêlle de 1553. il y a *gafterent :* & dans les nouvelles *gaftoient.*

15 *Paffe à Sainct Victor*] Au tems dont parle Rabelais, la petite Riviére de Bièvre, qui vient du Village de ce nom, entroit à Paris dans la Seine par une Poterne, dont on voit encore les veftiges à S. Victor (**). Préfentement elle y entre un peu au-deffus de cette Abbaye (***).

16 *Pour la vertu fpecificque de ces piffe chiens*] Au défaut du piffat de Chiens l'autre urine eft bonne. *Parifiis, quando purpura præparatur, tunc Artifices invitant Germanicos milites et Studiofos, qui libenter bibunt : et eis præbent largiter optimum vinum ea conditione, ut poftea urinam reddant in illam lanam. Sic enim audivi à ftudiofo Parifienfi .Joann. Manlii Libellus medicus*, pag. 765. des lieux communs du même, Edit. de Francfort, 1568. 8º. *Piffe-chiens*, piffeurs de Chiens, chiens qui ne font que piffer.

17 *Noftre maiftre Doribus*] Si ce Sorbonnifte n'eft pas *Maiftre Oris* (†) célèbre Inquifiteur de la Foi, qui, au rapport de Bèze, fur l'An 1534. p. 20. du Tom. I. de fon Hift. Ecc. *étant venu à Sancerre fe contenta fi fort du bon vin qu'on lui donna pour l'appaifer, qu'étant de retour à Bourges, il affûra en pleine Chaire, qu'il avoit*

(*) *Naudé*, pag. 215. *de la 2. Edit. du* Mafcurat.
(**) *Mén. Dict. Etym. au mot* Gobelins.
(***) *Coulon, Riv. de Fr. Tom. I. pag.* 117.
(†) *Ou d'Oris, felon Brantome, dans la Vie du Maréchal Strozzi.*

trouvé les habitans de Sancerre fort gens de bien : c'eſt apparemment le même *Pierre Doré* Jacobin , que Joachim du Bellai a aſſocié à Pierre *de Cornibus* dans ces vers de la Petromachie :

> *Je deſire auſſi qu'on m'envoye,*
> *A fin de retrancher la voye*
> *A tant de Schiſmes et d'abus,*
> *Frere Pierre de Cornibus :*
> *Qui ſeroit bien plus aſſeuré*
> *Ayant Frere Pierre Doré.*

Ce Docteur de Paris eſt connu par pluſieurs petits Livres François, dont les titres, la plûpart burleſques, ſe trouvent Tom. II. pages 29, & 38. de la Biblioth. de Draudius. Cependant il n'y eſt point parlé du Livre du *Saint Sacrement,* qui fut , dit-on, cenſuré par la *Sorbonne,* non pas que l'Auteur y eût parlé le langage des Calviniſtes ; il en étoit ſi éloigné , que même s'étant vu forcé par ſon ſujet d'employer le mot de *Sacriſtcateur* , il s'étoit excuſé auprès des dévots Catholiques & de ſes Lecteurs d'avoir uſé d'un mot ſi familier aux Hérétiques. Mais, demandera-t-on , ſur quoi donc pouvoit rouler la cenſure ? C'eſt que près de la moitié du Livre en queſtion, étoit groſſiérement copiée de Calvin ; ce qui cauſoit un étrange contraſte, entre l'élégant ſtile de celui-ci & les baſſes expreſſions du Jacobin. Voyez les Mém. de l'Etat de France ſous Charles IX. 2. Edit. Tom. I. au feuillet 13. b.

CHAPITRE XXIII

1 *Tranſlaté au pays des Phées par Morgue, comme feut jadis Ogier et Artus*] La Fée Morgue tenoit le bon Roi Artus, ſon Frere, dans le Château d'Avalon, où ce Prince goûtoit paiſiblement tous les plaiſirs de ce Lieu enchanté. Oger le Danois y ſurvint, & il y fut encore mieux reçu de cette Fée ſa bonne amie. Mais, comme les Payens avoient pris le tems de l'abſence d'Oger, pour s'emparer de Jéruſalem & de Babylone(*) , une occaſion toute ſemblable détermine ici les Dypſodes à faire le ſiège de la Ville des Amaurotes.

2 *La grande ville des Amaurotes*] Capitale de l'Utopie de Thomas Morus. Voyez-en le Liv. II. tout au commencement.

3 *Marotus du Lac, monachus* &c.] La raiſon rapportée ici de la différence des lieues étant un Conte original, il s'enſuit que ce *Marotus* n'eſt autre que Maître François. La qualité de *Monachus*

(*) *Roman d'Oger le Danois, Chap.* 56. *et* 57.

ne peut lui être conteſtée, & comme il a pris le nom de *Marotus*, peut-être par amitié pour *Marot*, il ſe peut auſſi qu'il n'aura pris le ſurnom de *Du Lac* que par alluſion au Roman de *Lancelot du Lac*.

4 *Plus d'olit en lycaleil*] Termes du Patois Languedocien, pour dire : plus d'huile dans l'*écaille* de la lampe à queue.

5 *Les lieuës de Bretaigne, de Lanes, d'Allemaigne &c.*] Une lieue commune de Bretagne fait une des meilleures lieues d'Allemagne. Le Roman du nouveau Triſtan de Léonnois, Chap. 63. *Il y a trois bonnes lieuës Germaniques, qui ne ſont plus courtes que les communes de noſtre Païs de Bretaigne.*

6 *Honnefleur*] Petite Ville de la Normandie, vis-à-vis de Harfleur. L'Hiſtoire du Roi Charles VII. mal attribuée à Alain Chartier, appelle celle-ci *Harfleu* : & *Honnefleu* l'autre (*) que l'Edition de Dolet nomme *Honnefleur*, & l'Hiſtoire Eccléſiaſtique de Bèze *Hondefleur* (**). Ce qui faiſant voir que l'origine du nom de ces deux Villes, & particuliérement de la derniére, n'eſt pas bien connue des François mêmes, on ne ſera peut-être pas fâché de voir ici ce qu'en a cru H. Ottius dans ſa *Franco-Gallia*, où il n'a pas de peine à prouver qu'un bon nombre de nos mots viennent de l'Allemand. Voici donc comme il parle dans ce petit Livre, pag. 66. de l'Edition qui s'en fit à Bâle en 1670. *Op.* dit-il, *apud Caletos Harflutum*, Harfleu, Harfluff, *ab influxu maris : ex alia parte Hinflutum*, Hinfleut, *Belg.* Hinflut. *Germ.* Hinfluff, *à defluxu*. C'avoit été longtems avant lui la penſée d'André du Chêne.

7 *P. N. T. G. R. L.*] L'Inſcription de l'Anneau étoit Hébraique. Le nom de Pantagruel paroît de même écrit ſans voyelles, à la manière des Hébreux qui leur ſubſtituent des points. Voyez Baillet. Part. III. Ch. 18. de ſes Auteurs déguiſez.

❧❧❧❧❧❧❧❧❧❧❧❧❧❧❧❧❧❧❧❧❧❧❧

CHAPITRE XXIV

1 *Fort moret*] On appelle *moret* en Poitou, de la paille brûlée, réduite en brouet avec de l'eau : & les Charpentiers ſe ſervent de cette compoſition pour alligner les Pièces de bois qu'ils veulent ſcier en planches ou en chevrons.

2 *Meſſere Franceſco di Nianto le Thuſcan*] On ne connoît en France ni cet homme ni l'Ouvrage que Rabelais lui attribue. Comme en 1536. l'Auteur étoit à Rome depuis long-tems il ſe

---

(*) *Oeuvr. d'Alain Chartier, Edit. de* 1617. *pag.* 31. *et* 32.
(**) *Tom.* I. *pag.* 159.

peut que c'étoit-là, ou fur fa route, qu'il avoit vu *Meffere Fran-cefco di Nianto* ou du moins fon Ouvrage.

3 *Calphurnius Baffus*] Des Savans ont ainfi nommé le Com-mentateur de Germanicus, c'eft-à-dire de Domitien, interprête d'Aratus. Voyez là-deffus Voffius le pere, Liv. 1. de fes Hifto-riens Latins, Chap. 22. Le Traité, *De litteris illegibilibus* eft imaginaire.

4 *Lamah hazabthani*] Cette application profane du *Lamia fabach-thani* eft proprement du génie Italien, & c'eft de la 41. Nouvelle du Maffuccio Salernitano que Rabelais l'a tirée. Jaques Gohori moi-tié Auteur, moitié Traducteur de quelques Volumes d'Amadis, a fourré dans le treizième ce Rebus qui n'eft pas dans l'Original Efpagnol, & que Rabelais n'a pu voir dans la Traduction, laquelle n'a paru qu'après fa mort.

5 *Medere*] C'eft comme on lit dans l'Edition de Dolet & dans celle de 1553. C'eft l'ancienne *Cerne* aujourd'hui *Madére*, l'une des Canaries. Antoine du Pinet, Liv. 6. Chap. 32. de fa Tra-duction de Pline, nomme par deux fois *Medére* l'Ifle qu'il prend pour celle de Madére.

6 *Je, dift Panurge, entreprens* &c.] Imitation des *gabs* de Charle-magne & de fes Pairs chez le Roi Hugues de Conftantinople, au Ch. 8. de Galien reftauré.

7 *Pacolet*] Cheval merveilleux, qui fervit long-tèms de mon-ture au Héros du Roman de Valentin & Orfon.

8 *Camille Amazone*] Voyez Virgile au Liv. xi. de l'Enéide.

❧❧❧❧❧❧❧❧❧❧❧❧❧❧❧❧❧❧❧❧❧❧❧

CHAPITRE XXV

1 *Ilz advifèrent*] A la Parifienne, pour *advifèrent*. Cette ortho-graphe régne dans toute l'Edition de Dolet.

2 *Montez à l'advantage fus chevaulx legiers*] Il femble que ce foit ici de la Cavalerie legére ou non cuiraffée. Cependant, au Ch. xi. du Liv. 4. Rabelais parle de Breton-Villandry, lequel en un jour de bataille, où il ne s'étoit point trouvé au combat, n'avoit pas laiffé de paroître *monté à l'advantaige*, & gorgiafement armé, mef-mement de gréves & de folerets afférez, comme auroit pu l'être un homme d'armes (*Eques cataphractus*) & comme l'eft Gargantua avec fa troupe, Liv. 1. Ch. 41. Il eft pourtant fûr que ce qu'on appelloit proprement un *Cheval d'avantage*, c'étoit un puiffant

Cheval de Joûte ou de Bataille ; & c'eſt dans cette ſignification que ce terme eſt employé au Chap. 12. du 4. Vol. de Froiſſart.

3 *L'un plus loing, l'aultre dedans ceſtuy là*] C'eſt comme on lit dans l'Edition de Dolet, & dans celle de 1553. *Long*, comme il y a dans les nouvelles, auroit, ce ſemble, été meilleur, mais Rabelais, qui venoit d'employer ce mot, en a évité la répétition.

4 *Une migraine de feu*] Un charbon vif, duquel, quand on le ſouffle, il ſort *mille et mille* étincelles ou *graines* de feu. Rabelais, Liv. 1. Chap. 56. appelle *migraine* ou *demi-graine* une ſorte d'écarlate, & les Languedociens appellent du même nom la pomme de Grenade & l'Hériſſon de Mer (*).

CHAPITRE XXVI

1 *Ainſi comme ilz bancquetoyent*] Dans l'Edition de 1553. on lit *quaquetoyent* : & c'eſt comme on lit auſſi dans les nouvelles ; mais c'eſt *bancquetoyent* qu'il faut lire, conformément à celle de Dolet.

2 *Un carreau d'arbaleſte*] Il y a *garrot* dans l'Edition de Dolet. Marot, dans ſes vers ſur le Cheval de Viart :

> *Griſon ſus hedard,*
> *Qui garrot et dard*
> *Paſſay de viſteſſe.*

Carreau vient de *quadrellum*, à cauſe des quatre pointes qu'avoient ces traits, & *garrot* vient ou de *veru*, comme le croit Ménage, ou, ſelon l'Abbé Guyet, de *varrus,* mot qui ſignifie *Stipes impolitus*.

3 *Bitars*] Ménage dit que *Bitard* eſt un mot du Poitou pour dire une *Otarde.* Coquillart, qui étoit Champenois, a dit *Biſtarde.* Ici, Rabelais, qui venoit de parler de *grandes Otardes*, entend ſous le nom de *Bitars* de jeunes Otardes.

4 *Trente et deux rouges*] N'eſt point dans l'Edition de Dolet, mais bien dans celle de 1553.

5 *Qui jà eſtoyent hors de page*] Dans les Editions nouvelles on lit *piege*, & on lit déjà de la ſorte dans celle de 1553. mais celle de Dolet parle de Levraux & de Lapins *hors de page*, c'eſt-à-dire qui paſſoient trois quarts, & qui étoient preſque Lièvres & grands Lapins.

(*) *Rondelet*, de Piſcibus, Lib. 18. Cap. 29.

6 *Dixhuyt rafles* [*parez ensemble*] Ce qui eft entre ces marques [ ] n'eft point dans l'Edition de Dolet. *Parez ensemble*, comme on lit déjà dans celle de 1553. c'eft-à-dire *apairez*.

7 *Vinaigre, vinaigre*] C'eft encore en Languedoc la coutume entre les Chaffeurs de fe crier l'un à l'autre *vinaigre*, dès qu'ils ont tiré un Liévre; parce que la vraye fauce de cet Animal eft le vinaigre.

8 *Neuf belles broches de boys à l'anticque*] C'eft que les Anciens rôtiffoient les viandes à des broches de bois, foit de Coudrier, ou de Cormier. Virgile Liv. 2. de fes Georgiques :

> *Pinguiaque in Verubus torrebimus exta colurnis.*

9 *Sacre*] Sorte d'Oifeau de proye. Voyez Nicot, & particuliérement Belon, Liv. 2. Chap. 14. de fon Ornithologie.

10 *De Renes*] Les Contes d'Eutrapel, Chap. 19. *& fans m'efloigner . . . . quand eftant efgaré en la Foreft de Liffre, qu'il pleut, tonne, vente, & grefle, j'ay cette* groffe Horloge de Rennes (*car c'eft une femelle, comme orrez*) *fur la plomberie de laquelle, fi haute qu'homme de noftre aage n'y pourroit atteindre, celuy grand de corps & de nom Roy François y efcrivit d'ung poinçon l'an 1522. ce mot :* François, *qui y eft encore; quand je l'oy, dis-je, fonner, et de fon impetueux efclat fendre et ouvrir l'air, cela me raffeure de ces vaines peurs noĉurnes, et remet au droit chemin; il eft efcrit tout à l'entour :*

> *Je fuis nommée Dame Françoife,*
> *Qui cinquante mil livres poife :*
> *Et fi de tant ne me croyez,*
> *Defcendez moy, et me poifez.*

Les Poitevins & les Tourangeaux vantent les belles cloches de Poitiers & de Tours. Noël de la Fail Auteur de ces Contes, qui étoit Breton & Confeiller au Parlement de Rennes, vante la groffe Horloge de Rennes, laquelle n'a peut-être rien de recommandable par deffus tant d'autres, que cette infcription de la propre main du Roi François I.

11 *Armez de pierre de taille*] Cette plaifante imagination eft du Roman de Mabriant, Ch. 31. où Roland ayant oui vanter la merveilleufe cuiraffe de Mabriant, *par Saint Denis*, dit-il, *s'il eftoit armé de pierre de taille, fi joufteray-je demain à luy.*

12 *Gens fortz*] Charmez par le moyen de leurs habits de peaux de Lutins, qui les rendoient impénétrables aux coups d'épée & de moufquet. L'Allemand *Veft*, qui en François fignifie *fort*, fe dit d'un Soldat qui porte fur lui quelque fort magique.

13 *Unze mille*] C'eft comme on lit dans l'Edition de 1553. Dans celle de Dolet *trois mille*.

14 *D'efpingarderie fans nombre*] Ribaudequins, ou groffes Arba-lêtes fur roues. Les Languedociens difent *efpinguer* & *efpringaller* pour *fauter* (*): & ils appellent *efperene* certain laqs qui, tendu fur un bâton courbé en forme *d'arc*, fert aux enfans à prendre les petits Oifeaux (**). C'eft-là proprement *l'Efpingarde* ou Arba-lête, en tant que fon arc, lorfqu'il fe débande, fait une efpèce de faut que les Allemands appellent *fprung*, du verbe *fpringen* qui chez eux fignifie *fauter*. De-là vient qu'à Metz les enfans nom-ment *Sauterelle l'Efperene* du Patois Touloufain; parce que cet Arc venant à fe lâcher imite le faut des Locuftes.

15 *Lyonnoyfes*] Clément Marot, dans fon Epigramme de Jeanne Gaillard Lyonnoife, appelle cette femme *un Miracle de ce Siècle*, pource qu'elle eft *feule entre un million:* & quoiqu'en s'exprimant de la forte, fon intention puiffe fort bien, ce femble, avoir été d'exalter la beauté de Jeanne Gaillarde, par-deffus celle d'un million d'autres belles Lyonnoifes, Hadrien de Valois page 119. du *Valefiana*, croit que tout au contraire, les Lyonnoifes étoient généralement laides au jugement de Marot, qui eft auffi le fien. Il eft fûr pourtant que Jean le Maire de Belges, Jean Marot & Erafme ont regardé les femmes de Lyon avec de tout autres yeux qu'Hadrien de Valois ne veut que Clément Marot les ait regar-dées. Il eft vrai que la Maîtreffe du premier étoit Lyonnoife, comme il le dit au commencement de fa Defcription du Temple de Venus; mais, quoi qu'il en foit, voici comme il parle dans ce Poëme:

> *Un Temple y a plus beau ne veis onc nulz*
> *Affis fur Roch en lieu fort autentique*
> *Aux confluentz d'Arar et Rhodanus.*
>   *Là eft le Chef de la Gaule Celtique*
> *Reflorissant comme un autre Ilion,*
> *Et fur croissant en fa valeur antique.*
>   *Peuple Royal portant cœur de Lyon*
> *Y fait fejour, dont France eft decorée,*
> *Et y voit-on Nymphes un milion,*
> *Beaux efperitz, vifaiges angeliques,*
> *Plus qu'onques n'eut en Cypre ou Cytherée.*
> *Là a Venus un Temple et fes Reliques,*
> *Où maintz Amantz par grand' ardèur fe vouent,*
> *Et y font Vœux tant privez que publiques.*

Jean Marot dans le Vᵉ de fes Rondeaux introduit la Ville de

(*) *Borel, Antiq. Gaul.*
(**) *Doujat, dans fon Diction. de la Lang. Tolofane.*

Lyon, qui, pour attirer dans ſes murailles le Roi & la Cour de France, ſe vante d'avoir *Dames à plaiſance*. Enfin, *Et eſt illic mira formaram felicitas*, dit Eraſme, en parlant de la même Ville au commencement de celui de ſes Colloques qu'il a intitulé *Diverſoria*. Mais ce n'eſt point de la beauté des Lyonnoiſes qu'il s'agit ici, c'eſt de leur penchant à l'amour; & à cet égard il eſt ſûr qu'autrefois quelques-unes d'entr'elles étoient fort décriées, le paſſages des Troupes Françoiſes pendant les longues Guerres d'Italie y ayant apparemment altéré la pudeur naturelle au Sexe. Guill. Crétin, pag. 242. de la nouvelle Édit. de ſes Poëſies, introduit une vertueuſe Lyonnoiſe, qui, avant que de faire réponſe à quelqu'un qui lui avoit écrit, veut ſavoir touchant cet homme qu'elle ne connoît point:

> ———— *S'il ha bruit et renom*
> *D'avoir cherché environ Lyon noyſes,*
> *S'il a touché ou attaint leurs honneurs,*
> *Ainſi que ſont ung tas de Blaſonneurs,*
> *Qui vont diſant aulcuns faire vente*
> *De leur jeuneſſe.* ————

A la page 83. de l'ancien Recueil de Chanſons, intitulé *Chrétienne Réjouiſſance* &c. il y en a une qui commence par *Réjouïſſez-vous Bourgeoiſes: Belles filles de Lyon*, &c.

16 *En la garde des geans*] Dans les Editions nouvelles on lit *gens;* mais c'eſt *Géans* qu'il faut lire conformément à celles de Dolet & de 1553.

17 *Au diable le jarret*] Si quelqu'un penſe s'enfuir, il lui en coûtera du moins les jarrets.

18 *Eſchappe pas une* ⎫ Ces paroles, quoiqu'on les liſe de ſuite
Que je ne taboure ⎬ dans Rabelais, comme de la proſe, ſont
En forme commune ⎭ apparemment de quelque Chanſon Poitevine. Jacques Yver Poitevin, Hiſt. 5. de ſon *Printems: diſcourant deſſus la nature des femmes, et les deſpechant en forme commune.* Je crois cette expreſſion proverbiale empruntée des Cordonniers, qui ont de certaines formes ſur leſquelles ils *tabourent* à la hâte la beſogne qui n'eſt pas de commande.

19 *Au diable le Biterne*] Diable de Biterne eſt une expreſſion Languedocienne que Doujat, dans ſon petit Diction. de la Langue Toloſ. dit ſignifier la même choſe qu'à Paris le *Diable de Vauvert*. En voici l'origine. C'étoit dans le XV. Siècle une opinion commune parmi le Peuple du Languedoc, que certaine eſpèce de Sorciéres du Païs, appellées dans le Latin de ce Siècle-là tantôt *Bruxæ*, tantôt *Xurginæ* & *Xurguinæ*, de l'Eſpagnol *Bruxa* & *Xor-*

gina(*), fe tranfportoient de nuit dans une Plaine deferte, où elles adoroient le Diable fous la figure d'un *Bouc* placé fur la pointe d'un Rocher fitué dans cette Plaine, & baifoient au derriére cet Animal, fous le nom de *del Boch de Biterne*. L'Inquifiteur de Touloufe autorifoit l'erreur populaire, en faifant brûler pour raifon de forcellerie, ou de *Vaudoifie*, comme on parloit alors, quantité de ces femmes, qui vraifemblablement étoient de pauvres *Vaudoifes* réduites à s'affembler de nuit dans quelque Lande aux environs de Touloufe, pour y profeffer le pur Chriftianifme. Voyez le Cordelier Efpagnol Alfonfe *de Spina*, dans fon *Fortalitium Fidei*, Liv. V. au feuillet 284. b. Col. 2. de l'Edit. *in* 4. Nuremb. 1494.

J'ai dit que ces femmes étoient vraifemblablement des *Vaudoifes*, & voici fur quoi je fonde ma conjecture. Les *Vaudois*, comme on fait, paffoient dans l'efprit de la populace pour autant de *Sorciers;* & l'on fait auffi que cette même populace appelloit *Barbes* leurs Pafteurs. De ce *Barbe* on aura fait un *Bouc* Animal Barbu. Or comme le *Barbe*, pour fe mieux faire entendre de toute l'Affemblée, fe plaçoit apparemment fur quelque Tertre, de-là le *Bouc* grimpé fur la cime d'un Rocher dans une Plaine. Et comme d'ailleurs ce páuvre *Barbe* ne devoit pas avoir le teint fort frais, de-là le *Bouc de Biterne*, pour défigner un *Barbe* ou Miniftre au *vis* ou vifage terni. Exemple en *Vi-d'afe* (vifage d'Ane) trempé, enflé, que les Gafcons prononcent *Bi-d'afe, trempe, enfle*. Au refte, c'eft de tout tems qu'on a fait de la pâleur un des caractères diftinctifs des prétendus Hérétiques: *pallore potius et vefte, quam fide dijudicabantur*, dit après Sulpice Sévère Mr. de Thou, dans fa belle Préface, en parlant des Prifcillianiftes; & encore aujourd'hui le Proverbe ne dit-il pas *pâle comme un Huguenot?* Qui ne fait enfin, qu'une des calomnies dont on chargeoit les premiers Chrétiens étoit, que dans leurs Affemblées nocturnes, chandelles éteintes, chacun accoloit fa chacune? & comme Alfonfe *de Spina* en dit tout autant des Affemblées qui fe formoient autour du *Bouc de Biterne*, c'eft vifiblement par rapport à cet ancien préjugé, qu'ici Carpalim jure par ce Bouc que, pendant le combat que Pantagruel fe propofe de livrer de nuit à l'Armée des Géans, il ne manquera pas d'en embourrer quelqu'une de ce grand nombre de Garces qui fuivoient leur Camp.

20 *Et je meneray l'afne*] Coquillart, au monologue des Perruques: *Chafcun le fait, je mene l'Afne.*

21 *Troge Pompone*] Ou *Troge Pompée. Troge Pompone*, qui fe trouve dans les Editions de 1542. 1553. & 1626. me rappelle Gilbert Coufin, qui, au Chap. 681. de fes Adages, cite de même

(*) *Le Françiofin, aux mots* Bruxa *et* Xorgina *de fon Diction. Efpag. et Ital.*

la Vie de *Pompone*, écrite, dit-il , par Plutarque. Les autres Editions à commencer par celle de 1569. ont Troge *Pompée*. Après tout, comme les Manuscrits ont varié sur le nom de l'Historien de Troge *Pompée* quelques-uns lisans *Pompone*, ils ont pareillement varié sur celui de *Sextus Pomponius*, pere du Préteur de même nom, quelques Exemplaires le nommant *Pompeius* au Chap. 25. du XXII. Livre de Pline.

22 *Sainct Balletrou qui dedans y repose*] Rabelais avoit besoin ici d'un nom qui fît allusion au sujet qu'il traite. Il choisit celui de *Balletrou*, c'est-à-dire, *Balaye-trou, Balai de trou*.

CHAPITRE XXVII

1 *Auquel y pendirent*] C'est comme on doit lire, conformément à l'Edition de 1553. *Ils* , comme on lit dans les nouvelles , est trop bon, & *il* , comme porte celle de Dolet ne peut rien valoir.

2 *Ce fut icy qu'apparut la vertus*] Dans les nouvelles Editions il y a *qu'on congnut les vertus*, mais Rabelais a écrit *qu'apparut la vertus*. C'est comme on lit dans l'Edition de 1553. & on doit déjà lire de la sorte dans celle de Dolet, puisque *vertus* qu'on y lit doit rimer avec *vestus*. Car il est seur que *vertus est bonne* , lit-on au Ch. 10. du Liv. 1. du Rabelais de 1553. *vertus* au singulier se trouve encore Liv. 3. Chap. 8. & 30. même dans les plus nouvelles Editions.

3 *Puissans ribaulx*] Par stratagême ils furent défaits sur un rivage glissant , sur le terrain même d'où ils tiroient le nom de *ribaux*. Ceux qu'anciennement on nomma *ribaux* étoient proprement des jeunes gens robustes, qui gagnoient leur vie à charger & à décharger les denrées qu'on embarquoit ou qu'on débarquoit à la Gréve. Si autrefois on a aussi appellé *ribaux* ceux qui aident à remonter les Bateaux(*), c'étoit à cause que cette manœuvre se fait sur la *rive* des Fleuves. Le Roman de la Rose, au feuillet 31. de l'Edition de 1531.

> *Chetif n'est s'il ne le cuide estre ,*
> *Soit Roy, Chevalier ou Ribaulx;*
> *Mais Ribaulx ont les cueurs si baulx,*
> *Portans sacs de charbon en Greve,*
> *Que la peine ne les greve.*

(*) *Borel*, 2. *Add. au mot* Ribaux.

II.

34

Et au feuillet 93.

> *Mieulx pourroit un ribault de Greve.*
> *Seul fans autre partout aller.*

4 *rocz, & pions*] *Pions*, gens de pié. De *peditones*. L'Efpagnol dit *péones* dans la même fignification. Voyez le Franciofin, lettre P. de fon Diction. Efp. & Ital. & Brantôme, Hommes Illuftres François, T. 4. au Difcours fur les Colonels de l'Infanterie. On a appellé *Pions* les Fantaffins pendant tout le Régne de Louïs XII. Le Tite Live François de 1515. Vol. I. au feuillet 77. a: *Et aprés ce les Pions fe combattirent de tres grant force, fi que les Ennemys en nulle partie ne peurent fouftenir la force des Romains. Roc*, mot emprunté du Jeu des Echecs, où il fignifie une *Fortereffe*, ou ce que nous nommons une *Tour*, fe prend ici pour *Vir fortis* un puiffant *Baron*.

5 *Que engin mieulx vault que force*] Le Roman de Lancelot du Lac, Tom. 1. au feuillet 161. de l'Edition *in* 4º. *Car vous ne pouvez fi bien exploicter par force comme par engin.* Rabelais vife à l'ancien Proverbe :

> *D'autant que bois mieux vaut qu'efcorce ;*
> *Auffi mieux vaut engin que force.*

6 *Le pied droit de devant d'icelluy*] C'eft-à-dire les jambes de devant, en l'état où on a accoutumé d'en préfenter une au Maître de la Chaffe, après la mort du Cerf. *Droit*, du Latin *directus* fignifie ici non le *dexter* des Latins, mais la figure rectiligne du pié de Chevreuil tenant à la jambe de cet Animal. *Et leurs pieds eftoient pieds droits*, lit-on des Animaux de la Vifion d'Ezéchiel. Sur lefquelles paroles Calvin a fait cette note: *Quantum attinet ad rectitudinem, ego refero non tantum ad pedes, fed ad ipfa crura. Perinde eft igitur ac fi dixiffet* (Propheta) *ftetiffe Animalia illa, quemadmodum folent homines.* En quoi il a été fuivi par Mrs. Des Marais, n. 32. de leurs notes fur ce Chapitre.

7 *Une guedofle de vinaigre*] Ce mot de *guedofle* fe trouve dans l'Edition de Dolet & dans celle de 1553. Plus haut, Liv. 3. Ch. 16. & Liv. 4. Chap. 31. toutes ont *guedoufle*.

8 *Une breuffe où ilz faulfoient*] Plus haut déjà, Liv. 1. Chap. 5. *goubelets de voler, breuffes de tinter*. Et Liv. 4. Chap. 7. *une breuffe d'odorant Agalloche*. Sur l'endroit que nous examinons, l'Abbé Guyet, à la marge de fon Rabelais, a remarqué qu'en Anjou on prononce *broiffe*. Broiffe ne viendroit-il pas de *brodettum* d'où on fait brouet? *Brodettum, brodetti, brodettia*, broiffe; & par corruption *breuffe*, petit plat à mettre du brouet.

9 *Guobelet de Beauvoys*] La poterie de Beauvais fe fait d'une

affez méchante argile qu'on prend dans le voifinage , près de
Savigni & de Lérolles.

10 *A baʒ culʒ*] Et Liv. 5. Chap. 45. *Trinquons . . . de par le
bon Bacchus. Ha , ho , ho , je voyrais bas culs.* La rime & l'idée
même font de Marot, dans ces vers de fon Poëme du Temple de
Cupidon :

> *Bien fouvent y entre Bacchus,*
> *A qui Amour donne puiffance*
> *De mettre guerre entre bas culs.*

11 *Quatre gaillars pions*] Dans les *carmes* de Pantagruel les
Pions étoient proprement des *piétons.* Ici dans le Style de Panurge
ce font de bons buveurs. Villon, dans fon grand Teftament, parlant des peines de l'Enfer :

> *Pions y feront mate chere,*
> *Qui boyvent pourpoinⅆ & chemife,*
> *Puifque boyture(*) y eft fi chere.*

Pion, de *poto, onis,* comme *piot* de *potus.* Voyez Ménage dans fon
Diⅆion. Etymol. au mot *Piot.*

12 *Carpions*] Efpèce de petites Truites qui ne fe trouvent que
dans le lac de la Garde. Voyez Rondelet Ch. 12. de fon Livre
des Poiffons de Lac.

13 *Dont en eurent l'eftorce*] *L'entorce.* Patelin au Berger :

> *Ne dy plus bée, il n'y a force.*
> *Luy ay-je baillé belle entorce.*

Amadis , Tom. 8. Chap. 29. *le Camp d'Albernis recevra la plus
grande eftreinte & entorce.* Et tom. 14. Ch. dernier. *En bonne pros-
perité, fans aucune entorce ou contredit de Fortune.* Il y a apparence
qu'*entorce* dans la fignification de *torquet,* comme on parle aujour-
d'hui, étoit l'ancien mot, comme *s'embattre , enlever* qu'on difoit
autrefois pour *s'ébattre, élever. Eftorce* a vieilli , & *entorce* a repris
le deffus. Du refte , ce que veut dire ici Panurge , c'eft qu'il en
prit mal au fel & au vinaigre d'avoir accompagné maître Levreau
jufque fur la table puifqu'enfin, & fel, & vinaigre, & Levreau, y
furent confumez l'un par l'autre.

14 *Clicquetys que de couillons*] Brantôme , Dam. Gal. Tom. 1.
pag. 394. *& fans avoir la patience d'ofter les armes ny eux ny elles ,
leur firent cela bravement en même place qu'ils fe rencontrerent , où
l'on put voir chofes & autres, & ouyr un plaifant fon & cliquets d'armes & d'autre chofe &c.*

(*) *Boiffons.*

15 *Comme les rabbes de Lymoufin etc.*] Rabelais parle des petites *Nabottes*, que Ménage a enfin reconnu avoir été nommées de la forte, parce qu'elles ne croiffent qu'en rondeur & en épaiffeur, comme cette efpèce de *Navets* du Limofin que ceux du païs appellent *rabbes*.

16 *Savates d'hommes*] Bouts-d'hommes, demi-hommes, comme la *favate* n'eft qu'un demi-foulier.

17 *Des mouches bovines*] En tant qu'eux-mêmes étoient nez de corruption.

18 *Continuellement guerre*] Homére l'a dit le premier (*), & Ariftote après lui Liv. 8. Chap. 12. des Animaux: mais c'eft une raifon affez finguliére que celle que rend la Bruyére Champier de cette inimitié des Pygmées contre les Grues; c'eft que ces Oifeaux leur enlevent leurs vivres. *Pygmœi*, dit-il . . . . . *pro frugibus adverfus grues dimicabant. Nam et tantillos homunculos mitioribus alimentis uti natura docuit et voluit* (†).

19 *Manches d'eftrilles*] Je ne fais ce qu'on entend par cette Etrille que certaine Tradition attribue à Maiftre Jean d'Ecoffe, que Rabelais appelle ailleurs fameux Jean Dunt Ecoffois, & qui eft connu fous le nom de Scot, Docteur fubtil; mais la Traduction Françoife des Macaronées de Merlin Cocaïe, Paris 1606. pag. 811. parle d'un Philoforne, qui dans la Contrée des Philofophes en l'autre Monde, ayant trouvé l'Eftrille de l'Efcot, jura qu'il en étrilleroit bien les Livres de Thomas d'Aquin :

Sguarnazzam Scotti Fracaffus repperit illic,
Quam veftit, gabbatque Deum, pugnatque Thomiftas,

dit le Texte de la 25. Macaronée.

20 *Le cueur près de la merde*] L'Edition de P. Eftiard, Lyon 1573. a ici *ratte* au lieu de m... qui fe lit dans les anciennes. Mélanchthon, dans les lieux communs de J. Manlius, pag. 251. Cap. *De Ira ejufque moderatione: Scitis proverbium Germanicum* Kleinen leuten ligt der dreck nahe beim hertzen, *id eft, Parvi homines citò irafcuntur. Stomachus ideò indignationem fignificat, quia biliofis ftatim afcendit bilis in orificium ventriculi, vel ftomachi: ibique ftatim exœftuat illis qui funt ὀξύχολοι feu prœcipitis irœ. Deinde non eft magna diftantia ab orificio ventriculi ad cor, cœteris paribus.*

(*) *Pline Lib.* 7. *Cap.* 2.
(†) *Jo. Bruyerin* de Re cibaria, *Lib. II. Cap.* 4.

CHAPITRE XXVIII

1 *Qu'il pourroit à luy refifter fans peur*] C'eft comme on lit dans l'Edition de Dolet & dans celle de 1553. Les nouvelles ont que *s'il pourroit*, c'eft-à-dire *qu'ainfi il pourroit*. *Sans paour* veut dire en affûrance & comme fous faufconduit. La Légende dorée, impr. l'an 1476. au Ch. de St. Barlaam : *et j'envoiray querir tous les Galileens, fans peur*. *Eau ardente* pour *eau de vie* eft un mot du Bas-Languedoc.

2 *A ton roy . . . . metz*] Entre *Roy* & *mets*, il y a dans l'Edition de Dolet : *je ne dis, comme les Caphars, Ayde-toy, Dieu t'aidera; car c'eft au rebours, ayde-toy, le Diable te rompra le col. Mais je te dis.* C'eft apparemment l'Edition de 1552. qui a retranché ces paroles, puifqu'elles ne fe trouvent déjà plus dans celle de 1553.

3 *Ranfonner les humains*] C'eft comme on lit dans l'Edition de Dolet. Dans celle de 1553. il y a *rançonner*.

4 *Pantagruel avecques fes apoftoles*] Ils n'étoient que dix ou douze. D'ailleurs, eu égard au grand nombre des Ennemis, ceux-ci devoient les regarder plutôt comme Ambaffadeurs qui venoient leur demander la paix, que comme gens qui fe préparoient à les attaquer. Tigranes, dans la Vie de Lucullus écrite par Plutarque, regardoit déjà fur le même pié la petite Troupe de Romains, qui quelques heures après battit fa nombreufe Armée. *Apoftole* eft un vieux mot, qui anciennement défignoit le Pape, mais qui en cet endroit veut dire *Apôtre*, Envoyé. Villon, dans fa Ballade en vieil langage Françoys :

> *Et feuffe ly Sainctz Apoftoles*
> *D'Aulbe veftuz, demi treffez.*

5 *Et pour remede qu'on luy feift*] C'eft comme on lit dans l'Edition de 1553. Dans celle de Dolet il y a fimplement : *et pour le remede.*

6 *Sans remiffion*] Sans interruption, fans ceffe, fans difcontinuer.

7 *Martiner*] Faire débauche, comme il fe pratique en France à la St. Martin.

8 *Poinfons de vin blanc d'Anjou*] Le *Poinçon* d'Anjou, ou, comme on parle ailleurs, la *Botte* à mettre du vin, c'eft proprement un *Outre*, & je ne doute point qu'on ne l'ait appellé *poinçon* de *piceum* en fousentendant *vas*, à caufe de la poix dont l'Outre eft enduit par dedans. *Piceum, picei, piceo. Piceo, onis, oni, piceone,*

Poinçon. On y a inféré une *n* comme à *lauterne* fait de *laterna*. Et ce qui me perſuade qu'il s'agit ici de ces peaux de Chévre qu'on appelle *Outres*, c'eſt que dix lignes après, *tirer au Chevrotin* s'entend de la débauche qu'on fit à vuider les *Poinçons* de vin d'Anjou.

9 *A la breteſque*] Comme les Bretons, qui ſont ſi friands de ce bon vin blanc, qu'encore qu'il croiſſe aux environs de Verron en Anjou, on l'appelle pourtant *vin Breton*(*) ; parce qu'ils l'enlevent preſque tout pour leur bouche.

10 *Vade mecum*] Plus d'un Livre a eu le titre de *Vademecum*. Entr'autres un recueil de Sermons pour les Dimanches & pour les Fêtes de l'Année, compoſé par Frere Jean, Docteur au Decret, & Abbé d'Uxelles. J'en ai vu un Exemplaire Gothique *in* 12. relié en bois, couvert de gros cuir, & garni de fer aux quatre coins, à peu près comme la ferriére qu'ici Panurge compare à ce vieux Livre. Il y a encore un autre *Vademecum*, eſpèce de Grammaire, à laquelle, comme au précédent Volume de même titre, on donna ce nom, pour faire comprendre qu'on devoit le porter en tout tems ſur ſoi. Les Epîtres *Obſc. Vir.* Liv. 2. dans celle de Jean Gerilamb : *Et ſuit magnum ſcandalum, quod aliquis ſtudens iret in Platea, et non haberet Petrum Hiſpanum aut parva Logicalia ſub brachio. Et ſi ſuerunt Grammatici, tunc portabant partes Alexandri, vel* Vademecum, *vel Exercitium puerorum, aut Opus minus, aut Dicta Job Sinthen.* L'un & l'autre devoient être de taille à mettre en poche.

11 *Eſpeces diureticques*] Epices. Du Latin barbare *ſpecies*.

12 *De voſtre groſſe voix . . . . et partez*] Entre *voix* & *et partez* on lit dans l'Edition de Dolet : *qui eſt plus eſpouventable que n'eſtoit celle de Stentor, qui fut ouye par ſus tout le bruyt de la bataille des Troyans.*

13 *Q'un quarreau d'arbaleſte ne vole pas pluſtoſt*] C'eſt comme on lit dans l'Edition de Dolet. Dans celle de 1553. il y a: *qu'ung quarreau d'Arbaleſte ne vole pas pluſtoſt.*

14 *En Luſſonnoys frotte-couille*] A Angers on appelle ce premier coup de Matines *Eveille-fou;* parce qu'il n'y a que les Sots qui s'en embaraſſent, ou qui y faſſent attention. Voyez le Gloſſ. Lat. Barb. de Du Cange, au mot *Evigilans Stultum.*

15 *Tant tu nous chauffes le tiʒon*] Nous ne ſommes de nous mêmes que trop altérez. Pourquoi par tes drogues augmenter encore notre ſoif? Cette expreſſion, qui eſt du Poitou, revient au Proverbe *Titio ad ignem.*

(*) *Rab. Liv.* 1. *Chap.* 13.

16 *Le Rofne et le Danouble*] C'eft comme on lit dans l'Edition de 1553. Dans celle de Dolet il y a *Danube.*

17 *Que feuft le fang des ennemys*] Les Moabites tombent dans la même erreur au Ch. 3. du 2. Livre des Rois.

18 *Protheus, Tritons*] N'eft point dans l'Edition de Dolet; mais bien dans celle de 1553.

❦❦❦❦❦❦❦❦❦❦❦❦❦❦❦❦❦❦

CHAPITRE XXIX

1 *A voftre maft gualantement à la vieille efcrime*] *A voftre maft*, ou comme on parloit auffi, *o voftre maft*, c'eft-à-dire *avec voftre maft*, ou comme on lit dans l'Edition de Dolet, *de voftre maft.* Voyez Dom Gui Aléxis Lobineau, dans le Vocabulaire de fon Hiftoire de Bretagne. *Gualantement* veut dire *vaillamment. A la vieille efcrime*, fignifie fans toutes ces façons que la nouvelle a inventées.

2 *Homme de bien*] Vaillant & *preu.* C'eft le *vir probus*, du moyen Age.

3 *Bon hommet*] Terme affectueux. Dans l'Edition de Dolet il y a *le pauvre bon hommet.*

4 *Paillars de plat pays*] Par oppofition à la Nobleffe, qui fait fa demeure dans les For/tereffes affifes fur les Montagnes.

5 *Par Mahom*] Par Mahomet. Ce jurement, qui dans nos vieux Romans eft celui des Sarrazins, s'eft confervé chez les Languedociens dans les chofes qu'ils ne prétendent pas affirmer férieufement.

6 *Les exemples de sainct Nicolas*] En plaçant ici les *Exemples* ou traits d'Hiftoire de la Légende de St. Nicolas, l'Auteur montre quelle foi il ajoutoit à cette Légende. Les *Fables* de Turpin regardent l'Hiftoire fabuleufe que l'Archevêque Turpin a laiffée de l'Empereur Charlemagne; & l'une de ces fables eft ce qu'il raconte qu'un jour le Soleil s'arrêta, pour donner à ce Héros tout le tems dont il avoit befoin, pour achever de défaire une grande Armée de Sarrazins.

7 *Deux quarterons*] N'eft pas dans l'Edition de Dolet; mais bien dans celle de 1553.

8 *Duquel le moindre*] Duquel million de millions le moindre Ange.

9 *Papelars*] Hypocrites, *Papelus, Patepelues*. Au tems que Rabelais écrivoit ceci, il n'étoit affurément pas encore reconverti à l'Eglife Romaine.

10 *Ribault*] Ici c'eft *vilain*, l'oppofé à Gentilhomme. Au Chap. 10. du Roman des Quatre Fils-Aimon : *car il trouva Renaud monté fur Bayard, lequel il ne tint pas pour* ribaut *ny pour* garfon; *mais pour un des meilleurs Chevaliers du monde*. Ribaut eft en cet endroit le fynonyme de *paillard* dans la fignification où Loupgarou venoit d'appeller *paillards de plat Païs* fes Compagnons, nez comme lui dans les Plaines où croît le blé.

11 *Et un minot de fel*] N'eft pas dans l'Edition de Dolet ; mais bien dans celle de 1553.

12 *Entre col & collet*] Plus haut déjà, Liv. 1. Chap. 43. *Adoncq' le Moyne avec fon bafton de Croix luy donna entre col & collet fus l'os acromion fi rudement*. Le *collet*, c'eft l'efpace du cou qu'occupe le rabat, l'endroit où le cou fe joint aux épaules. Voyez Nicot.

13 *Un pic du hault bout de fon maft*] Dans le langage de Touloufe un *pic*, c'eft un coup ; *truc & patac* autres coups. *Tapla donnerien picz, trucz, & patacz*, dit ci-deffous le Gafcon Gratianaud, Liv. 3. Chap. 40.

14 *Neuf mille fix tonneaux*] Expreffion prife de la maniére de mefurer la capacité des Vaiffeaux marchands. *Six* n'eft point dans l'Edition de Dolet ; mais bien dans celle de 1553.

15 *Ha, Panurge, où es-tu ?*] Perceforeft, Vol. 1. Chap. 95. *& quand il fe veit en tel péril, il fe print à crier à haulte voix : Ha Gadiffer Roy d'Ecoffe, où es-tu ? Tu pers cy ton amy.*

16 *Cagar, finon &c.*] Rodomontade Efpagnole. Cagar, de l'Efpagnol *cagar*.

17 *Torche lorgne*] A tors & à travers.

18 *Et la paroit*] En ôtoit la terre qui s'y étoit attachée.

19 *Te hascheray je comme chair à paftez*] Je te charcuterai. Je ferai boucherie de ta groffe maffe de chair.

20 *A jambes rebindaines*] Les quatre fers en l'air, comme on parle. Cette expreffion, qui revient encore Liv. 4. Chap. 67. eft en ufage le long de la Loire, où l'on dit auffi dans le même fens *rebondaines*. Ne viendroit-elle pas de *rebondir ?* Une perfonne qu'on terraffe avec violence ne peut guère tomber fans faire des bonds. Le Ménélogue de Robin, dans la Gente Poitevin'rie :

> *Devant mi mez d'ine dozoine*
> *Cheugiran jambe ribondaine.*

Dù reste, cet étrange combat de Pantagruel contre Loupgarou est presque entiérement imité du Chap. 60. du 2. Vol. de Perceforest, où le Chevalier Lyonnel fait à peu près la même manœuvre contre le Géant aux crins dorez, à qui enfin il coupa la tête.

21 *Fondit au soleil*] Fondit & s'abîma en plein Midi, comme si elle eût été de beurre.

22 *A hault appareil*] De pié en cap. Voyez Nicot.

23 *Pierres de gryson*] Sorte de grès fort commun aux environs de Poitiers, où on le nomme *grison*.

24 *Armez à la legiere; c'estoit de pierre de tuffe*] Le *tuf* est ici une pierre du Poitou, poreuse & fort légére. En Languedoc on appelle de la sorte cette espèce de pierre qui s'engendre en quelques endroits du gravier qu'y renvoyent les roues des Moulins que font moudre certaines Riviéres du Païs.

CHAPITRE XXX

1 *La coupe testée*] Il y a un Jeu d'enfans qu'à Metz on appelle *Coupe-teste*, auquel jeu, celui qui se la *coupe*, comme ils parlent, ne fait que se l'enfoncer dans les épaules, pour faciliter aux autres le moyen de sauter par-dessus lui. C'est à mon avis la raison pourquoi Rabelais se sert ici du terme de *couppe testée* pour exprimer un accident dont Epistémon ne se tira guère moins bien qu'un enfant qui se seroit coupé la tête à ce jeu.

2 *Desconfite gigantale*] De l'Italien *sconfitta*, déconfiture.

3 *Et dist à Panurge . . . . par trop fallace*] Tout ceci a été ajouté dans l'Edition de 1553. Il ne s'en trouve rien dans celle de Dolet.

4 *Ne pleurez goutte*] C'eût été parler improprement que de dire: *ne pleurez mie, ne pleurez grain.*

5 *Pouldre de diamerdis*] Confettione di Salvia selvatica. Item, *merda*, dit, lettre D. le Diction. Fr. Ital. d'Oudin. L'équivoque est d'autant plus plaisante, que la sauge sert effectivement à consolider les playes.

6 *Fasques*] L'Edition de Dolet a *facques*. Toutes les autres ont *fasques*, comme il y a dans celle de Dolet même, Liv. 1. Chap. 16. où il est parlé du grand nombre de petites *bougettes* que Panurge portoit toujours en son saye. Ménage avoit remarqué à la marge de cet endroit-ci de son Rabelais, qu'an-

ciennement *facquiere* fignifioit une pochette; mais il n'a pas fu que *facque* & *facquiére* venoient de l'Allemand *fach*, qui fignifie une boite, un étui.

7 *Car telles gens il haiffoit de mort*] Rabelais qui fe produit ici fous le perfonnage de Panurge, avoue l'averfion qu'il avoit pour les Cordeliers, qui entre tous les Religieux de l'Ordre de St. François affectent de pencher la tête pour paroître dévots & mortifiez.

8 *Numa clouatier*] Les Editions nouvelles ont *Cloutier;* mais on lit *cloûatier* dans celles de Dolet & de 1553.

9 *Tarquin tacquin, Pifo paifant*] *Tarquin* & *Pifo* ne font ici *taquins* & *paifans* que par allufion à leurs noms.

10 *Sylla riveran*] Batelier. Au Ch. 5. de la Progn. Pantagr. *Riverans, Matelots.* Ce terme eft en ufage le long de la Loire.

11 *Epaminondas myrallier*] Miroitier. Ce mot s'eft confervé dans le Languedoc.

12 *Brute et Caffie agrimenfeurs*] C'eft-à-dire Arpenteurs. Ils le devinrent à leur mort dans les Champs Philippiques, où ils mordirent la poufiére.

13 *Ciceron atizefeu*] Pour avoir contribué à la Guerre Civile en fe déclarant pour Pompée.

14 *Fabie enfileur de patenoftres*] Il avoit été grand temporifeur.

15 *Artaxercés cordier*] Apparemment Artaxerxes Mnémon, duquel Plutarque a écrit la Vie.

16 *Eneas meufnier*] Il avoit emporté fon pere hors de Troye, comme un Meûnier charge fur fon dos un Sac de farine.

17 *Achilles teigneux*] On le dépeint ordinairement le cafque en tête.

18 *Agamenon lichecaffe*] L'Iliade d'Homére repréfente Agamemnon comme un Prince fobre & frugal. Auffi voit-on ci-deffous Liv. 4. Chap. XI. qu'il étoit fort éloigné de fe trouver en aucun tems à la cuifine. C'eft peut-être par cette raifon que tout au rebours de ce qu'il fut pendant fa vie, Rabelais le fait devenir lécheur de plats & de cafferolles. En Poitou, *caffe* eft une léchefrite, & *lichecaffe* c'eft un friand.

19 *Neftor harpailleur*] On appelloit *harpailleur* du tems de Nicot, un de ces Caimans qui s'attroupent pour voler les pauvres gens de la Campagne.

20 *Ancus Martius gallefretier*] Godronneur de Navires.

21 *Camillus gallochier*] Il avoit chaffé les *Gaulois,* que plufieurs prétendent avoir donné leur nom à cette forte de chauffure qu'on appelle *galloches.*

22 *Marcellus efgouffeur de febves*] Il ne faut à ce métier que des mains : la tête y agit peu. D'ailleurs, eu égard à l'émulation que firent paroître Marcellus & Fabius Maximus à qui des deux ferviroit mieux fa Patrie, on peut dire que l'heureufe activité du premier contre Hannibal porta l'autre à faire voir contre cet Ennemi du Peuple Romain ce que peut à fon tour la prudence d'un Général pour achever de ruïner une Armée déjà affoiblie par plufieurs combats. *Fabius* tiroit fon nom des *fèves,* or, Marcellus excitant celui-ci à faire de fon mieux, c'eft ce qui dans le ftyle de Rabelais rendoit l'autre *égouffeur de fèves.*

23 *Drufus trinquamolle*] Au Ch. 37. du Liv. 3. *Trinquamelle* eft le nom du grand Préfident du Parlement de Myrelinguois en Myrelingues, & les Touloufains appellent *trinc'omellos,* Tranche ou Caffe-amande, un fendeur de nafeaux, un brifeur de portes ouvertes, un tailleboudin (*). A l'égard d'un Chef de Parlement, le fobriquet de *Trinquamelle* lui convient en ce que c'eft lui qui caffe, taille & rogne les amendes que peuvent encourir les Plaideurs. Mais Drufus Germanicus, ce grand homme qui n'eft dans l'autre Vie qu'un chétif *Trinquamelle,* un homme de néant, fait voir, comme l'avoit dit Epiftémon, que ceux qui dans cette Vie ont été les plus confidérez font les plus abjects dans l'autre Monde. Cet article, au refte, ni les trois précédens, ne font pas dans l'Edition de Dolet.

24 *Lancelot du Lac*] Héros d'un vieux Roman en 3. Volumes *in* 4°. où il y a un grand nombre de pauvretez, quelque cas qu'on faffe (†) de ce Livre, en comparaifon de la plûpart des autres de même genre.

25 *Tous les chevaliers de la Table ronde*] On fait que ce fut le fameux Artus Roi de la Grande-Bretagne, qui vers l'an 520. établit l'Ordre de ces Chevaliers fi vantez dans nos vieux Romans. On fait auffi que ce qui les fit appeller de la forte, c'eft que ce Prince, dont ils étoient comme autant de Pairs, voulut que lorfque dans les Solemnitez de fa Cour, on les verroit tous affis à une Table ronde, on reconnût qu'ils étoient tous égaux : non pas en naiffance ou en dignitez ; mais en mérite, en valeur & en vertu. Mais je n'ai pas remarqué que la curiofité ait encore pris à perfonne de favoir au jufte, de combien de Membres étoit com-

(*) *Dict. de la Lang. Tolof. lett.* A.
(†) *Voyez Sorel, Biblioth. Fr. pag.* 156.

poſé cet illuſtre Corps. A cet égard , je ſuis bien perſuadé que le
nombre des Chevaliers de la Table ronde fut d'abord aſſez petit;
mais, comme à ces fréquentes aſſemblées qu'on nommoit *Cours
planiéres*, il paroiſſoit toujours quelque jeune Prince qui venoit y
demander l'Ordre de Chevalerie , & que de tems en tems quelqu'un de ces nouveaux Chevaliers méritoit par ſes proueſſes d'être
admis à la Table des anciens , delà ſelon moi eſt venu qu'au
Vol. 2. feuillet 81. de Lancelót du Lac , on les fait monter juſqu'à deux cens cinquante. Il eſt vrai qu'en deux autres endroits
du Livre(*), & même dans le Roman du nouveau Triſtan de
Léonnois , Liv. 1. Ch. 53. le nombre n'en va qu'à cent cinquante; mais ce fut peut-être aprés quelque défaite , ou quelque
réformation qui ſe fit parmi eux.

26 *Mais pour chaſcune paſſade.*
Il\z ne ont que une na\zarde.]
Au lieu de *ne ont*, comme on lit dans les nouvelles Editions ,
conformément à celle de 1553. il y a dans celle de Dolet *n'en ont*,
ce qui fait deux vers , que Rabelais doit avoir pris quelque part.

27 *De pain chaumeny*] Plus bas, Liv. 3. Ch. 38. *Couillon moyſi.
c . . rouy. c . . chaumeny.* Soit que, ſuivant l'Edition de 1553. on
doive lire *Chaumeny* à l'endroit que nous examinons, le pain que
Rabelais aura appellé de la ſorte étant apparemment un pain où
il entre du *chaume* ou tel qu'on le mange dans une pauvre *Chau-
mine:* ſoit que conformément aux nouvelles Editions & à celle de
Dolet on préfére *chaumoiſy*, qui ſe dit d'un pain qui s'eſt *moiſi*
pour avoir été enfermé lorſqu'il étoit encore chaud , toujours
fera-t-il vrai de dire de ces Chevaliers qu'Epiſtémon vit en l'autre Monde, qu'ils avoient mangé leur pain blanc le premier. Ceux,
au reſte, qui ont vu en France les Bateliers jouter au combat de
l'Oye, ou à quelqu'une de leurs Fêtes , ſavent pourquoi l'Auteur
fait des Bateliers de tous les Chevaliers de la Table ronde, qui en
leurs tems avoient été grands Jouteurs.

28 *Antonin lacquays*] Les diminutifs, comme *Antonin*, *Pierrot*,
Jannot, conviennent à de petits Laquais.

29 *Commode gayetier*] Cornemuſeur. De l'Eſpagnol, *gayetero* fait
de *gayta*, qui ſignifie une Cornemuſe.

30 *Páris eſtoit pauvre loqueteux*] Déguenillé. De *floccus*, comme
loques & *louchets*. Nicot dit que *loqueteux* eſt un mot Picard , ce
qui, ſelon moi, ne regarde que la prononciation du mot, & non
pas le mot même.

31 *Neron eſtoit vielleux*] Il avoit aimé la Muſique & les Spectacles. Ailleurs Rabelais le traite de *Trüand* , toujours ſuivant la

(*) *Tom. III. ſ. 37. et* 86.

même idée ; parce qu'en vrai *Truand* un Vielleux ne s'occupe que de fa Vielle, qui pourtant lui donne de quoi vivre.

32 *Valentin et Orfon fervoient aux eftuves d'enfer, et eftoient ragletorelz*] Les *Racletorets* font ceux qui dans les Etuves fervent à racler & à affiner la peau du vifage des femmes qui prennent le bain. Le *touret* de nez eft un demi mafque qui ne cache que le nez & les parties qui en font les plus voifines. Le Roman de Valentin & Orfon eft depuis long-tems entre les Livres bleus que vendent les Colporteurs.

33 *Giglan & Gauvain*] Et plus bas, *Artus de Bretagne*, & plus bas encore, *Perceforeft*, Héros de vieux Romans, defquels Marot parle en ces termes dans fa feconde Epître du Coc à l'âne à Lyon Jamet :

> *A propos de Perceforeft,*
> *Lit-on plus Artus & Gauvain?*

Ce qui fait voir que jufqu'au tems de ce Poëte, on avoit lu avec plaifir ces Livres-là à la Cour de France. Le Roman de Gauvain MS. eft fouvent cité par Borel. Celui de Perceforeft imprimé *in* 8o. en fix Volumes à Paris 1531. raconte les Avantures chevalerefques d'un Roi d'Angleterre qui fut furnommé *Perceforeft*, pour avoir ofé *percer* prefque feul une *Forêt* remplie d'enchantemens , & occupée par tout un grand Lignage très-mauvais , & dont les cruautez & les violences tomboient généralement fur toutes les Dames & fur toutes les Demoifelles du Païs. Ce Livre, pour le dire en paffant , étoit un de ceux dont , par ordre de la Reine Mere, on faifoit ordinairement leçon au Roi Charles IX. (*). A l'égard de Giglain, *Ziliante*, fils de Monodant, on peut voir l'Ariofte, Chant 19. n. 38. l'Efpagnol Antoine Guévare, qui avoit vu le Roman de *Giglain*, ou *Giglan*, comme il parle, met ce Livre au nombre de quelques autres où il prétend qu'on ne pouvoit apprendre que du mal (†).

34 *Godeffroi de Billon, dominotier*] A caufe de fa dévotion. Mezerai le nomme de *Buillon* & Bulcholcer *Bilionœus*.

35 *Jafon eftoit manillier*] Marguillier. Il étoit puîné de Godefroi de *Buillon* fon Frere, & lui cédoit en mérite. C'eft la raifon pourquoi il fuit ici fon aîné comme un fimple Marguillier à comparaifon de ce Héros.

36 *Morgant braffeur de byere*] Ainfi , c'eft comme Braffeur de biére , que plus bas on voit que Morgant donne neuf muids de biére au Franc-archer de Bagnolet afin que celui-ci ne fift point d'affaire au pauvre Perceforeft, qui fans mauvais deffein avoit

(*) *Tocfain des Maffacr. pag.* 54.
(†) *Préface de l'Horloge des Princes.*

piffé contre une muraille où étoit peint le Feu-St. Antoine. Il a
été parlé du Géant Morgant , & du Roman qui porte fon nom ,
dans les Notes fur le 1. Chap. de ce Livre.

37 *Huon de Bordeaulx eftoit relieur de tonneaulx*] Le Vignoble
de Bourdeaux eft fort grand. Auffi y a-t-il dans Bourdeaux plus
de deux mille Tonneliers , qui ne fauroient où prendre tout le
bois dont ils ont befoin, fi les Bourdelois ne s'étoient pas avifez de
le tirer des Danois, à qui ils donnent du vin en échange (†).

38 *Romule eftoit rataconneur de bobelins*] Savetier.

39 *Nerva houffepaillier*] Marmiton , Souillon de cuifine. Mat.
Cordier, *De corr. ferm. emend.* Cap. 24. n. 26. *Hic Mediaftinus ,*
ung Souillon de cuifine, ung Houfpaillier. *In gymnafiis Parifien-*
fibus dici folet, ung Marmiton. *Houffepaillier, de houffe & de paille,*
fignifie proprement un garçon malpropre, dont l'habit eft tout
femé de brins de paille (*) ; & c'eft en ce fens que les anciens
Avanturiers de guerre, qu'on appelloit auffi tantôt ruftres, & tantôt *paillars*, étoient pareillement nommez *houfpailliers*, à càuse de
la malpropreté dont ils fe piquoient. La Réfurrection de N. S.
Jéfus-Chrift par Perfonnages, feuillet 1.

> *vive tel gent ,*
> *Telz houfpailliers, telz fouldars.*
> *Or vienne de ces papelars*
> *Cy hardiment demy douzaine ,*
> *S'ils efchappent, malle fepmaine.*

40 *Grande & bougrifque barbe*] Ceci regarde mefdames les Ché-
vres, ces femelles barbues , ordinairement favorites de Meffieurs
les B . . . D'ailleurs, les *Bougres* ou Bulgares portent la barbe
longue, particuliérement les Prêtres, & plus encore le Patriarche
de ce Peuple. Du refte, Jules II. eft, comme je crois, le premier
Pape qui fe foit diftingué par une grande barbe. Or, comme au
fiège de la Mirande , qu'il faifoit en perfonne en 1511. il hâtoit
les travaux, ordonnoit les batteries, & pouffoit les Soldats tantôt
par careffes , tantôt par menaces, à faire tous leurs efforts pour
emporter bien-tôt cette Place , il fe peut que Rabelais fait de ce
Pape un *Crieur de petits patez tout-chauds*, à caufe qu'à ce fiège il
avoit animé fes gens à l'affaut de quelque *petit Pâté* ou Baftion, à
l'attaque duquel il devoit faire extrêmement *chaud*. Il portoit
encore la barbe longue en 1512. s'il eft vrai, comme on le dit
Tom. 3. pag. 188. des Lettres de Louïs XII. que fur la nouvelle
de la reprife de Breffe par les François , il fe l'arracha de rage.
Apparemment que pour prévenir de femblables effets de fa colére,

(†) Scaligerana, *au mot* Bourdeaux.
(*) *Nicot, au mot* Houffepaillée.

il fe fit rafer enfuite, puifqu'on 'veut que, fur la nouvelle de la
victoire des François devant Ravenne, il laiffa de nouveau croître
fa barbe, jufqu'à ce qu'apprenant que cette victoire avoit ruiné
leur Armée & leurs affaires en Italie, il recommença à fe faire
rafer, & continua jufqu'à fa mort. Voyez le *Julius redivivus.*

41 *Nicolas pape tiers eftoit papetier*] Allufion de *papetier* à *Pape
tiers,* ou IIIᶜ du nom.

42 *Le pape Alexandre eftoit preneur de ratʒ*] Aléxandre VI. qui
prit un *Rat,* comme on parle, lorfque par méprife lui qui étoit
ras s'empoifonna pour un autre *ras* avec de la mort aux *Rats.*

43 *Le pape Sixte*] Par rapport à cette boffe chancreufe dont,
au Chap. 17. de ce Livre, Rabelais dit que le Pape Sixte IV.
fut fi fort tourmenté qu'il s'en fentit toute fa vie.

44 *Remply les bondes de Hercules*] Outrepaffé les bornes. Froiffart, Vol. 4. Chap. 56. *fur les bondes de Rodes et de Candie. Bonde*
fait de *bonne* qu'on difoit anciennement pour *borne,* s'eft confervé
dans le Patois Meffin. *Remply* vient ici de *reamplire* dit par métaplafme pour *reampliare,* fait d'*amplius.* Le 52. des Arrêts d'A-
mours: *et ne devoyent iceulx privileges eftre reftrainɑʒ, mais pluftoft
empliʒ et eflargiʒ: mefmement entant que touche l'interest d'amours
qui le leur ha ottroyeʒ, et qu'ilʒ ne tournent au préjudice d'un tiers ne
desdictʒ 'maris à leur grand advantaige, comme dict eft, et de droict
font les chofes favorables à amplier, et les odieufes à reftraindre.*

45 *Et ay abatu des plus meures*] Plus haut, Chap. 15. l'Auteur
appelle *benoift Fruit* la groffe Vérole.

46 *Ogier le Dannoys*] Vieux Roman de Chevalerie, mis en
profe & imprimé au commencement du XVI. Siècle; mais qui
MS. en vers Léonnois faifoit partie de la Bibliothéque du Préfident de Thou.

47 *Galien Reftauré etc.*] Le titre de ce Roman, qui eft un petit
in 4º. imprimé en caractères Gothiques à Paris chez la Vcuve
Jean Tréperel, eft *Galien Rétoré,* par corruption pour reftauré, à
peu près de la même maniére qu'on dit encore aujourd'hui *reftour*
pour ce qu'autrefois on appelloit *Reftauratio Equorum* dans les
anciens Comptes de Guerre Latins, & *Retour* dans les Comptes de
Guerre François dans la fignification de Chevaux affolez pendant
la derniére Campagne. Voyez le Pere Daniel dans fon Hift. de la
Milice Françoife, Amft. 1727. Tom. I. pages 125. & 147. Ce
Roman a pour Héros le jeune Galien fils de Jaqueline, fille de
Hugues Roi de Conftantinople & du Comte & Pair Olivier de
Vienne, qui fut pris au mot, par le pere de la Pucelle, après
avoir avancé par manière de *gab* feulement, qu'il poufferoit fes

careffes jufqu'à certain nombre de joûtes, s'il étoit affez heureux
pour tenir une feule nuit cette Infante entre fes bras. Cette nuit
vint, & à neuf mois de là Jaqueline mit au monde l'enfant en
queftion. De deux Fées qui s'intereffèrent pour lui dès l'inftant
de fa naiffance, l'une, qui avoit nom Galienne, lui ayant donné
le nom de Galien, l'autre voulut qu'on le furnommât *Rétoré* ou
plutôt *Reftauré*, parce, dit le Livre, que cet enfant devoit un jour
reftaurer ou faire revivre en France la haute Chevalerie qui couroit rifque d'y prendre fin par la mort des Pairs de Charlemagne,
qui étoient péris prefque tous à la Journée de Roncevaux. Rabelais faifoit de ce Galien un Preneur de taupes, vraifemblablement
parce que comme ceux de ce métier font fortir de terre les taupes
qu'ils prennent, il fit revivre la race, la mémoire & les proueffes
des anciens Pairs de France.

48 *Les quatre filz Aymon arracheurs de dentz*] Roman très men-
teur & des plus fabuleux. Antoine Guévare, dans la Préface de
fon Horloge des Princes, déplore que de fon tems la Nobleffe de
France fe corrompoit à lire les Giglans, les Lancelots, les Fierabras, les quatre Fils-Hémon & les Triftans.

49 *Barbier de maujoinfl*] Plus haut, Liv. 1. Ch. 13. *me torchant
des gans de ma mere, bien parfumez de maujoint.* Et au Ch. 44. du
Liv. 3. *odorans parfums de maujoint. Maujoin*, & par corruption
maujoinfl & maujoint; c'eft le *Benjoin*, appellé par les Efpagnols
benjuy & menjuy.

50 *Melufine*] Agrippa *De la vanité des Sciences*, au Chap. de
l'Hiftoire, parle de ce Roman, qui fut imprimé *in fol.* à Paris
pour Jean Petit au commencement du XVI. Siècle (*).

51 *Matabrune*] Femme du Roi Pierron de l'Ifle fort, & mere
du Prince Oriant, l'un des ancêtres de Godefroi de Buillon (†).
Il a été parlé de ce Roman dans les Notes fur le Prologue de ce
Livre.

52 *Cleopatra revendereffe d'oignons*] Son Royaume en produifoit
d'exquis au goût des Ifraélites. D'ailleurs, de deux perles d'un
prix ineftimable que poffédoit cette Reine, en ayant fait avaler
une à Marc-Antoine fon Amant, diffoute dans du vinaigre, elle
lui préparoit le même régal de la feconde fi l'on ne l'en eût
empêchée. Il fe peut auffi que ce foit pour punition de cette pro-
digalité que dans l'autre Vie elle eft réduite à revendre des *oignons*,
c'eft-à-dire de ce fruit que les Latins nomment *uniones* de même
que les perles.

(*) *La Caille, Hift. de l'Impr. pag. 72.*
(†) *Chron. du Chevalier au Cyne, Ch. 1.*

53 *Helene courratiere de chamberieres*] Suite de ſa premiére vie.

54 *Qui ſe prelaſſoit en magnificence*] Se *prélaſſer*, c'eſt témoigner par ſes maniéres qu'on ſe croit fort au-deſſus des autres, ſe donner des airs de *Prélat*.

55 *Epiétete veſtu gualement à la françoyſe*] Elégamment traduit en François. J'ignore quelle peut être cette traduction, qui rendoit Epiétete ſi propre & ſi *gorgias* en notre Langue.

56 *En tous cas grand chere*] En toutes maniéres. Plus bas, Liv. 3. Ch. 7. *c'eſt belle choſe, eſtre en touts cas bien formé*. Et au Ch. 13. ſuivant, *mediocrité eſt en touts cas loüée*.

57 *Chopinaſmes theologalement*] Touchant l'origine de cette expreſſion Proverbiale, voyez le Ch. 22. de l'Apologie d'Hérodote.

58 *Je veiz Pathelin, theſaurier de Rhadamanthe*] *Pathelin, Villon, le Francarchier de Baignolet*. L'Auteur de la Farce intitulée *Patelin*, n'eſt point connu, non plus que celui du *Monologue de Francarchier de Bagnolet*, imprimé à la ſuite des Oeuvres de *Villon* de l'Edition de Galliot du Pré, 1532. Mais on ſait que cette Farce fut compoſée & jouée à Paris, pour le plus tard, en 1474. A l'égard de *Villon*, quoique plus ancien que l'Auteur du *Patelin*, ſes Oeuvres ne furent imprimées pour la première fois, qu'au commencement du XVI. Siècle, encore la premiére Edition ne contient-elle pas le *Monologue* en queſtion, lequel en effet n'eſt pas du Poëte *Villon*, quoiqu'au jugement de Rabelais, la Pièce ſoit aſſez bonne, pour que l'Auteur en ſoit placé immédiatement après *Patelin* & *Villon*. Au reſte, ſi après ces trois, Rabelais ne nomme plus de nos Poëtes François qui ayant eu quelque réputation, c'eſt peut-être que les autres, comme Guill. Crétin & Jean Marot, ayant été en quelque ſorte ſes contemporains, il craignoit que les Eloges qu'il auroit pu leur donner, ne fuſſent regardés comme un effet de ſa prévention pour ſes anciens amis. J'excepte néanmoins de ce nombre le fameux Jean le Maire dont il parle ſi honorablement dans ce même Chapitre.

59 *Luy bailla l'anguillade*] On fouettoit avec une peau *d'anguilles* les jeunes Gentilshommes Romains qui étoient en faute(*). De là ſans doute eſt venu que dans les Ecoles on a donné le nom d'anguille à certaine courroie dont anciennement on frappoit les Jeunes-gens qui avoient manqué à leur devoir. Les Gloſes d'Iſidore, citées par Du Cange dans ſon Gloſſaire Latin: *Anguilla eſt quà cœrcentur in Scholis pueri, quæ vulgo ſcutica dicitur*.

(*) *Pline, Liv. 9. Chap. 23.*

60 *Qui contrefaisoit du pape, & à tous ces pauvres roys & papes*]
Jean le Maire, né vers l'an 1473. maltraite fort les Papes dans
son Traité des différens Schismes & Conciles de l'Eglise Latine.
Voyez le Prologue de son *Illustration des Gaules.* Le titre de ses
Oeuvres, Edit. Gothique *in* 4°. Lyon 1528. suppose qu'il étoit
déjà mort, d'où il s'ensuit qu'il ne vêcut pas tout-à-fait 55. ans.

61 *Faisant du grobis*] Ayant bonne *garbe*, comme on parloit
autrefois, faisant le *grave*, l'important. Coquillart, Titre 2. de ses
Droits nouveaux :

> *Chaines d'or courront meshouen,*
> *Pour seindre Millours & Grobis.*

Et dans son Enqueste :

> *Preste à donner l'eschantillon*
> *A quelque grobis émaillé.*

Et dans le Blason des Armes & des Dames :

> *Je les rens grobis & moussus* (*).

Quelquefois du mot *Grobis* on en a fait deux, comme pour désigner par-là un *double Monsieur* en comparaison d'autres. Guill.
Crétin, page 234. de la nouvelle Edition de ses Poësies :

> *Le bon Gallus prent ses meilleurs habitz,*
> *Sert d'Escuyer, & trenche du gros bis.*

Je remarquerai ici par occasion, qu'ailleurs le même Poëte a
appellé *gros bis.* le gros pain bis. *Grobis* s'est dit aussi du gros
sessier d'une femme : la Démoniaque, II. Journée, feuillet 58.
tourné de la Passion de N. S. Jésus-Christ à Personnages :

> *Je voy le grant Dyable houzé,*
> *Avecques tous ses Diableteaulx,*
> *Envelopez de grans Manteaulx,*
> *A tout leurs vieilles halebardes,*
> *En ont chascun quatre bombardes*
> *Pendus au cul, pour desloger*
> *Tous ceulx qui ne veulent bouger*
> *D'environ le cul de leurs femmes.*
> *Or, je vous demande, mes Dames,*
> *Qui vous coucheroit sur ung banc*
> *Seroit-ce tout ung, bis ou blanc;*
> *Mais qu'on vous ferrast près de l'aine*
> *Deux ou trois picotins d'avoine,*
> *Pour repaistre vostre grobis?*

(*) *Moussus*, c'est-à-dire *Messieurs.*

Bien, bien, proficiat vobis,
C'eſt bon meſtier quand on s'en vit.

62 *Gaignez les pardons*] Ceci regarde perſonnellement les Papes.

63 *Je vous abſoulz de pain & de ſouppe*] Alluſion à la *peine* & à la *coulpe,* en quoi conſiſte l'abſolution.

64 *Un coup de pau ſus les reins*] Alluſion à l'uſage fondé dans le Pénitentiel, de donner à ceux qui ſe font abſoudre, des coups de baguette à chaque verſet du *Miſerere* qu'on leur fait reciter d'un bout à l'autre. Le Préſident de Thou, Lib. CXIII. ſur l'An 1595. où il parle de cette pratique exercée à Rome ſur les deux Procureurs que le Roy Henri IV. y avoit envoyez pour ſon Abſolution : *Ad ſolium reduĉti* (Procuratores regii) *cum capite demiſſo rurſus in genua procubuiſſent, Pſalmus L. recitatur, ad cujus ſingulos verſiculos Pontifex virgula quaſi vindiĉta, qua, ut olim Servi apud Romanos manumittebantur, ſic nunc peccatis nexi per abſolutionem in libertatem Chriſtianam aſſeruntur, leviter ſupplices Procuratores tangebat.* Aux mauvais Princes, comme infiniment plus coupables devant Dieu, que le commun des Pécheurs, Jean le Maire leur Juge, au lieu de petits coups de baguette ſur les épaules, leur fait donner de bons coups de pié ſur les reins.

65 *La denrée de mouſtarde*] Plus bas Liv. 4. Ch. 32. *S'il ſanglotoit, c'eſtoient denrées de creſſon.* Ici, c'eſt comme ſi Villon demandoit à Xerxès, combien il vouloit vendre autant de moutarde qu'on en auroit en ce monde pour un *denier?* A quoi Xerxès ayant répondu qu'il prétendoit auſſi n'en avoir pas moins d'un *denier,* Villon le querelle, de vouloir leur ſurfaire les vivres en Enfer ; puiſque loin que la moûtarde y ſoit auſſi chére qu'elle l'eſt parmi les Vivans, la *Blanchée,* ou ce que ſur la Terre on achetoit de moûtarde pour un *Blanc* ou 5. deniers, ne valoit là qu'un *pinard,* Monnoye la plus petite de toute celle de ce temslà. C'eſt ce que ſignifie le mot de *denrée* dans nos vieux Livres, où le plus ſouvent il s'entend d'une certaine quantité de choſes bonnes à manger ou autres, de laquelle le prix ordinaire étoit un *denier* d'argent fin. Dans une Chronique de l'an 1230. on lit ces vers rapportez par Borel (*) :

> *En voy-je bien de plain,*
> *Que d'une denrée de pain*
> *Souleroye tous mes amis.*
> *Je n'en a nul, ce m'eſt avis.*

Froiſſart, Vol. 1. Chap. 17. *Les vivres ne ſe renchérirent point, qu'on n'euſt la denrée pour un denier, auſſi-bien qu'on y avoit avant*

(*) *Antiq. Gaul. 2. Add. au mot* Ribaux.

qu'ils veniſſent. Le même mot s'eſt pareillement appliqué aux choſes morales, dont il a ſignifié un certain degré. Le Roman de Perceforeſt, Vol. 1. Ch. 159. *Le Roy eſt ſi noble & ſi courtois, & ſi gentil de cœur , qu'il donneroit mille beſans d'or pour* denrée *d'honneur et de proueſſe acquerir.* Et enfin, il a ſignifié auſſi certain poids, comme d'une Dragme, d'un Denier, ou d'un Ecu d'or. La Légende de S. François d'Aſſiſe, parlant des mortifications de ce Perſonnage : *Frater ejus carnalis hyemali tempore Franciſcum vilibus panniculis teētum, orationi vacantem et tremebundum videns ait cuidam : Dic Domino Franciſco, ut de ſudore ſuo ſibi nummatam vendat :* lesquels mots, *de ſudore nummatam* la Traduētion Françoiſe de l'an 1476. a rendus par *une denrée de ſueur.*

66 *La blanchée n'en vault q'un pinard*] Les Montagnards du haut Dauphiné appellent *Pinos* un Denier de cuivre, & les Italiens *Pinatella* une très-petite Monnoye du même métal. Ce pourroit bien être le *Pinard* de cet endroit de Rabelais, & je ne ſais ſi ce ne ſeroit pas la même Monnoye appellée *Eſpinoche* dans ces vers de la Farce de Patelin :

> *Hé dea, s'il ne pleut il degoutte :*
> *Au moins auray je ung Eſpinoche,*
> *J'auray de luy s'il chet en Coche,*
> *Ung Eſcu ou deux pour ma peine.*

Car anciennement les *Epinars* ſe nommoient *eſpinoches*, & ce vieux mot s'eſt conſervé dans le Patois Meſſin. En Languedoc, pour dire qu'une perſonne n'a ni denier ni maille, on dit qu'elle n'a ni denier ni *pinacle*, ce qui mene à croire que le *Pinos* & le *Pinard* ou *Pinacle*, c'eſt proprement la *maille*, & tous ces mots pourroient venir de *Piēla*, d'où on a nommé *Pite* certaine Monnoye très-petite qui ſe fabriquoit à Poitiers. Mais je ne ſais ſi *pinos*, *pinard*, & *pinacle* ne viendroient pas plutôt de *pinax*, dans la ſignification d'une petite écuelle ou d'un moule à faire la jonchée ou des Mazarines. En Allemagne, le denier s'appelle *Pſening*, du mot *pſan*, qui ſignifie une *paële*, & il a été appellé de la ſorte, parce que cette Monnoye eſt ſi mince, que ſi l'on ne s'étoit aviſé de la faire concave, en forme de tête de clou renverſée, on n'auroit pu la lever de deſſus une table : & le *Holer*, Monnoye d'Alſace, encore plus petite que le *Pſening*, a été pareillement appellé de la ſorte du mot *hol*, qui ſignifie *creux*, ou enfoncé. Mais écoutons ce que dans la Farce de Patelin, Guillemette dit à ſon mari, pour lui reprocher que toute l'habileté dont il ſe vantoit ne leur produiſoit pas une obole :

> *Que nous vaut ceci ?* (dit-elle) *pas ung peigne.*
> *Nous mourons de fine famine.*

Ce qui revient à ces paroles de la Vieille, dans le Roman de la Roſe ; feuillet 89. tourné de l'Edition de Marot :

Quand les dons nous furent failliȝ,
Lors devint-il fon pain querant
Et je n'euȝ vaillant ung Serrant.

Car le *Serrant*, d'où *Sérancer*, vient de *Separante*, & fignifie un *peigne* en tant qu'il fépare les cheveux. Comme donc rien n'eft plus vil qu'un vieux *peigne*, & que ci-deffus dans les paroles de Guillemette *peigne* qu'on y fait rimer à *famine* devoit fe prononcer anciennement *pine*, je ne fais fi le nom de *pinard* donné à la moindre de nos Monnoyes ne feroit pas un augmentatif de *peigne*.

67 *Bouffin de pain*] Un morceau, une bouchée. Ce mot eft du Languedoc, mais il vient de l'Allemand *beiffen*, mordre, dont on a fait auffi *boufin*, mot qui chez les Maçons fignifie cette efpèce de mie qui couvre les pierres dans la Carriére.

68 *Tout ce moys*] N'eft pas dans l'Edition de Dolet.

69 *Degainerent flaccons*] Les flaccons fe mettent dans des cantines ou petites caves qui leur fervent de gaînes.

70 *Et l'ayme de vous*] Maniére de remercier, qui fe pratiquoit auffi envers une perfonne qui avoit porté à quelqu'un une fanté (*).

CHAPITRE XXXI

1 *Et unȝe*] N'eft pas dans l'Edition de Dolet.

2 *Sans fouliers*] Etat où nos vieux Romans repréfentent un malheureux qui fe rendoit prifonnier à difcrétion. Un Meffager envoyé à Charlemagne lui parle en ces termes, Ch. 55. du Roman de Galien reftauré: *Charles entens mon meffaige: l'Amiral Balligant, qui tant eft craint & redouté par nous, te mande que incontinent & fans tarder, tu viegnes à luy tout nud, defchaulx de piedz, & de fouliers, fans veftemens quelȝconques fors feulement que tes brayes: & luy vient ta Couronne donner et prefenter, et toi humilier ton col deffoulȝ fon branc d'acier: Et fe tu n'en veulx rien faire, il te promet que te fera ofter la vie du corps.*

3 *Ilȝ luy gafteroient la veue*] Ils l'éblouïroient jufqu'à l'empêcher de s'appercevoir qu'il eft prifonnier.

4 *Congnoiffez-vous ce ruftre*] A pied & fans fouliers, comme paroiffoit le Roi Anarche devant la compagnie. Il avoit de l'air

(*) *Apol. d'Hérodote, Chap. 3.*

d'un *Ruſtre,* c'eſt-à-dire d'un de ces Fantaſſins qu'on nommoit *Ruſtres;* parce qu'on les prenoit d'entre les plus robuſtes jeunes gens de la Campagne. Jean Marot, pag. 156. de la nouvelle Edition de ſes Oeuvres :

> *Foſſez tout remplis d'eau avoient grandz et profondz,*
> *Tant que Ruſtres de pyé plus rampants que Griffons,*
> *Y ſont juſques au col.* . . . .

5 *Roy de troys cuittes*] Expreſſion priſe de ce qui ſe pratique en France pendant la ſemaine des Rois, où l'on appelle *Roi de trois cuites,* celui à qui eſt échue la fève de trois Gâteaux cuits à trois divers jours & à trois différentes fournées. Dans l'Edition de Dolet, au lieu de *Roi de trois cuites,* on lit *Roi de trois pommes cuites;* mais celle de 1553. a retranché cette maniére d'explication qui ne valoit rien.

6 *Chante plus hault*] Patelin au Berger qui crioit *bée* d'une voix trop foible:

> *Plus hault; ou tu t'en trouveras*
> *En grand deſpens, et je m'en doute.*

7 *Bonnes haſtilles à la mouſtarde*] Plus bas, Liv. 3. Ch. 39. *Il n'eſtoit tué Pourceau en tout le voiſinaige, dont il n'euſt de la haſtille et des boudins.* A Metz, entre les entrailles de Porc, on diſtingue la *haſte* d'avec la *haſtille.* On appelle *haſte* le foye dont on fait les *haſtereaux,* & *haſtille* ou *menue-haſte* le poûmon, les rognons, le cœur & la rate. Et de là vient que pour dire de quelqu'un qu'il eſt extrêmement preſſé d'agir, le Peuple dit ironiquement & par alluſion qu'un tel homme a la *grande* & la *petite haſte.* Je ſuis perſuadé que *haſte,* & *haſtille* ou *petite* haſte dans la ſignification de certaines parties des inteſtins du Porc, vient de ce qu'il faut manger de bonne heure l'une & l'autre *haſte,* de peur qu'elles ne ſe corrompent, comme le dit ci-deſſus Rabelais, Liv. 1. Ch. 4. où il rend raiſon de ce qu'on ſervit tant de tripes pour une fois ſur la table de Grandgouſier. Et c'eſt encore ce qui dans les Provinces a introduit l'uſage entre Bourgeois de s'envoyer réciproquement de la *haſtille,* & des boudins, lorſqu'on a tué un Porc dans le voiſinage (*). Il eſt vrai que ce preſent eſt ordinairement accompagné de quelques cotelettes à rôtir, & d'un nombre de tranches de chair à mettre ſur le gril; mais cela même eſt une autre eſpèce de *haſtille,* en ce que l'un & l'autre doivent à peine voir le feu, ſi on ne veut pas qu'elles ſoient trop cuites.

8 *Tribars aux ailz*] C'eſt ce qu'au Chap. ſuivant Rabelais appelle *aillade.* Quoique le mot de *tribart* ait deux ſignifications dans Rabelais, il n'a pourtant qu'une origine. Au Chap. 25. du

(*) L. Joubert, *Err. pop. Part. II. Chap.* 12.

Liv. 1. & au Chap. 36. du Liv. 3. il fe prend pour un de ces bâtons noüeux, que Liv. 4. Chap. 9. l'Auteur appelle *trippe de fagot;* mais ici, ce font proprement des *tripes;* & *tribart,* en l'un & en l'autre fens a été fait de *tripe,* comme encore *triboulet,* mot qui à Paris fignifie tantôt une freffure de mouton, & tantôt un homme court & ventru (*).

9 *Cinq fommades*] Sommades, c'eft la charge d'une Bête de fomme. Froiffart, Vol. 2. Chap. 182. *on leur envoya vingt-quatre fommades de bon vin, et autant de pain, et de la poulaille grant foifon pour les Seigneurs.*

10 *Pifcantine*] *Vino inacquato, acquarello,* dit le Diction. Fr. Ital. d'Oudin, lettre P. Mais comme fous la lettre B. dans le même Dictionnaire, on trouve *Bifcantine* dans la même fignification de *vin mêlé d'eau,* je ne fais fi *Pifcantine* ne feroit pas une corruption de *Bifcantine,* pour défigner une *boiffon de deux Cantines,* dont l'une feroit pour le vin, l'autre pour l'eau.

11 *Beau cormé*] On appelle *cormé* en Poitou certaine boiffon qui fe fait avec de l'eau qu'on jette fur des *cormes,* fruit qui fe nomme *forbe* en Lorraine. *Corné* comme on lit ici dans les Editions nouvelles, feroit une boiffon faite avec de l'eau qu'on auroit jettée fur le fruit du *Cornier* ou *Cornouiller;* mais comme il ne s'en fait point dans le Poitou, ni ailleurs, il eft fûr qu'on doit lire ici *cormé* comme dans les vieilles Editions.

CHAPITRE XXXII

1 *La main au pot, et le verre au poing*] Signe d'accord, & qu'il n'eft plus queftion que de boire les vins du marché. Patelin à fa femme, qui lui demandoit comment, fans avoir débourfé qu'un feul denier, il fe trouvoit nanti du drap qu'il étoit allé acheter :

> *Ce fut pour le denier-à-Dieu:*
> *Et encore fe j'euffe dit*
> *La main fus le pot, par ce dit*
> *Mon denier me fuft demouré.*

2 *Bardane*] Herbe qui, felon Pline, Liv. 25. Chap. 9. a la feuille plus grande que celle de la Courge. C'eft le Gleteron, ou le *Lappa Major* des Apoticaires.

(*) *Mén. Diction. Etym. au mot* Triboulet. Oudin, *lettr.* T. *de fon Diction. Fr. Ital.*

3 *L'arche du pont de Monstrible*] Ou *Mantible*, comme on lit Ch. 49. de l'ancienne Traduction de Don-Quichotte: ou *Mantrible*, comme ce Pont est appellé par Coulon, pag. 196. de son Voyage de France, Edit. de 1660. Le *Pont de Monstrible* sur la Charente, entre Saintes & St. Jean d'Angeli, est un reste d'Antiquité Romaine, & l'Arche dont parle Rabelais est élevée sur ce Pont. Du reste, ce qu'on raconte du *Pont de Monstrible* est pris du Roman de Fierabras.

4 *Les monts des Dannoys*] Les Montagnes du Dannemarck sont presque en tout tems couvertes de neige.

5 *A quoy ny comment*] A quoi & comment gagnois-tu ta vie ? Froissart, Vol. 4. Ch. 43. *La somme du Testament de Messire Olivier de Clisson montoit en purs meubles, sans son heritage, jusques à dix sept cens mille francs. De ce fut grand nouvelles, et s'esmerveilloient plusieurs qui en ouïrent parler*, en quoi ne comment *il en pouvoit avoir tant assemblé.*

6 *Les couillons aussi pesant qu'un mortier*] Allusion au Proverbe:

> *Chacun n'a pas le cerveau*
> *Gros comme celui d'un Veau* (*).

7 *Alors qu'il mangea tant d'aillade*] Les Anciens connoissoient *l'aillade*. Virgile a décrit ce manger rustique sous le nom de *Moretum*, & la Traduction de ce Poëme de Virgile est la seconde Pièce entre les *Jeux rustiques* de Joachim du Bellai. Aujourd'hui on appelle proprement *aillade* en Guienne & en Languedoc un manger que les pauvres gens se font avec de l'ail & des noix pilées ensemble (**), & qui leur ouvre l'apetit pour de certains mets indigestes & dégoutans, comme cette *tripaille*, dont Pantagruel avoit trop mangé. L'aillade, au reste, est si fort au goût de quelques personnes de distinction, même en Italie, que l'Historien Platine n'a pu se taire d'un de ses freres, qui, comme le Marsaut de Joachim du Bellai, se mettoit souvent tout en eau à se préparer ce ragoût. Voyez Platine *De honesta Voluptate* Lib. 3. Cap. 1.

8 *Et ne feis oncques telle chere que pour lors*] Parce que, comme il le dit un peu plus bas, de tous les morceaux qui passoient par la gorge de Pantagruel, il en prenoit le *barraige* par forme de dîme.

9 *A dormir*] Allusion au Proverbe Espagnol ou François, qui dit d'un Paresseux, grand dormeur, que cet homme gagneroit

(*) *Tresor de Sentences dorées, etc.* Lyon, 1557. *pag.* 48.
(**) *J. de la Bruyère Champier*, De Re cibaria, *Lib.* IX. *Cap.* 12. & *Lib.* XI. *Cap.* 26.

bien fa vie dans certain Païs, où l'on paye les gens pour dormir. L'ancienne Traduction de la Céleftine, Tragicomédie Efpagnole, Acte VIII. *Si je fçavois ce Païs-là où on gaigne l'argent en dormant, je ferois beaucoup pour y aller. Car je ne donnerois advantaige à nul qui y vinft; je gaignerois aultant comme le meilleur qui fe trouvaft.*

10 *Ronflent bien fort*] Cette partie de la gorge eft comme le centre du ronflement.

CHAPITRE XXXIII

1 *Coderetz*] Caulderets dans les Pyrénées. On s'y rend de France & d'Efpagne, & d'autres Païs encore, foit pour boire de l'eau, foit pour fe baigner, foit pour prendre les bouës; & la bonté de ces Bains commence avec le mois de Septembre. Voyez la Préface de l'Heptaméron de la Reine de Navarre.

2 *Limons*] Limoux, comme on parle aujourd'hui, & comme on lit dans l'Edition de Dolet, eft à deux lieues & demie de Carcafonne, fur le chemin d'Aleth, & les Bains font au pied des Montagnes. Dans l'Edition de 1553. c'eft *Limons*, & ce pourroit bien être là le nom ancien, puifque c'eft comme a parlé Froiffart, Vol. 3. Chap. 58.

3 *Daft*] C'eft Daqs dans les Landes de Bourdeaux, mais Rabelais fuit Froiffart, qui Vol. 1. Chap. 230. appelle *Daft* cette Ville. Il eft vrai qu'à la première page du feuillet il l'avoit par deux fois nommée *Aft;* mais on y a prépofé le D à l'imitation des Gafcons, qui en ufent de la forte pour éviter la rencontre de deux voyelles (*) quand ils difent qu'ils vont à *Aqs*. Au refte, les Bains de *Daqs* font fi chauds, qu'on y peut plumer la Volaille (†).

4 *Balleruc*] Nicolas Dortman, de la Ville d'Arnheim, Profeffeur en Médecine à Montpellier, fit imprimer à Lyon l'an 1579. un Traité en deux Livres, de la nature & de l'ufage de ces Bains, fituez, dit-il, à environ mille pas de Balleruc, Village diftant d'un peu moins de quatre lieues de Montpellier. L'endroit où l'on fe baignoit du tems de l'Auteur, n'étoit pas tout-à-fait le même où l'on s'étoit baigné autrefois; ce qui fe remarque par le plan qu'on voit des anciens et des nouveaux Bains, en tête du 3. Chapitre, & les chofes, à ce qu'on m'a dit, font encore beaucoup changées depuis ce tems-là.

(*) Scaligerana, *cité par Mén. dans fon Diction. Etym. au mot* Daqs.

(†) Coulon. *pag. 202. de fon Voyage de France.*

II.   37

5 *Neric*] Petit Bourg du Bourbonnois, au milieu duquel il y a des Bains, dont les eaux font les plus chaudes de toute la France. Catherinot, p. 4. de fes Antiquitez de Berry (*).

6 *Bourbonnenſy*] Bourbon-Lanci, que Rabelais a appelé *Bourbon ency,* parce qu'il a mieux aimé deriver ce mot de *Bourbon Anſeau,* ou *Anſeaüme,* que de *Bourbon-l'ancien,* comme quelques-uns faiſoient. Du Chêne, au reſte, rapporte que les bains ayant été ordonnez au Roi Henri III. ce Prince préféra ceux de *Bourbon-Lancy* à fix ou fept autres qu'il auroit pu prendre fans fortir de fes États (**).

7 *Appone*] A quelques portées de mouſquet de la Ville de Padoue (***). On uſe de ces Bains depuis le 15. d'Avril, juſqu'à la fin de Juin; & nous voyons dans le fecond des Conſeils de *Benedictus Victorius Faventinus,* imprimez à Veniſe l'an 1556. le régime que ce Médecin preſcrivit en 1539. au Cardinal de Trente, à qui il avoit ordonné les Bains d'Appone.

8 *Sainte Helene*] *Sancta Helena Patavina.* Ce font des Bains fouffrez. Voyez le 10. des Conſeils de *Bened. Vict. Favent.*

9 *La Porrette*] Bains fouffrez, près de Rainuce, dans le Boulonnois, à la droite de la Riviére du Rhône, en remontant vers ſa fource (****). Il y a un Volume de Contes intitulé les *Septantes Nouvelles Porretanes* (†), & je ſuis bien trompé ſi de cet Heptaméron & de celui de la Reine de Navarre, l'un des deux n'eſt une imitation de l'autre.

10 *Dix-ſept groſſes pommes de cuyvre*] Le ſens moral que Pâquier donne à cette fiction de Rabelais, c'eſt que les Médecins n'agiſſent qu'à tâtons dans les maladies, où l'eſtomac eſt dévoyé, & dans celles où les parties nobles font attaquées (‡).

11 *Infect plus que Mephitis*] Virgil. Eneïd. Lib. 7.

. . . . . *nemorumque maxima Sacro*
Fonte ſonat, ſœvamque exhalat opaca Mephitim.

12 *La Palus Camarine*] Eneïd. Lib. 3.

. . . . . *et ſatis numquam conceſſa moveri*
Apparet Camarina procul . . . . .

(*) Du Chêne, *Antiquit. de la Ville de Moulins.*
(**) Du Chêne, *Antiq. de Bourbon-Lancy.*
(***) *Andr. Scot, Voyage d'Ital. Liv. 1. Chap. 6.*
(****) *Bened. Vict. Favent. au 38. de ſes Conſeils, et André Scot, Voyage d'Ital. Liv. 5. Chap. 1.*
(†) *Voyez la Mappemonde Papiſtique,* impr. en 1567. pag. 178.
(‡) *Voyez les Lettres de Pâquier Tom. II. Liv. 19. dans une Lettre à M. Tournebus.*

13 *Le punays lac de Sorbone*] Le petit peuple de Paris dit *la Serbone* au lieu de *la Sorbonne*, & ce Lac d'Egypte duquel parle Strabon, Liv. 1. & 17. eft par lui appellé *Lac de Serbonne*, ce qui a
fait croire à Ménage que Rabelais avoit écrit *Serbone;* mais je
trouve *Sorbone* dans toutes les Editions. Au refte, cette allufion
n'eft pas de Rabelais: elle eft de Budé, dans une Lettre à Erafme,
fans date; mais vraifemblablement de l'année 1516. ou de la
fuivante, laquelle dans mon Edition des Lettres de ce dernier,
eft la 6. du Liv. 1.

14 *Embrener touretz de nez*] Le *touret de nez* dont on fe fervoit
autrefois (*) étoit une efpèce de ces *faux nez* avec quoi on fe
déguife. Comme il ne venoit pas jufques fur la bouche, il ne
tenoit à la peau qu'avec de la pommade, & c'eft au lieu de pommade que Rabelais auroit trouvé à propos que les jeunes Galoifes
de fon tems euffent employé à cet ufage les vapeurs qui penfé-
rent étouffer ceux qui étoient defcendus dans l'eftomac de Pantagruel.

15 *Fleuretant*] Fleureter, c'eft toucher délicatement, comme
avec le bout d'un *fleuret*, de peur d'offenfer la partie malade. Ce
nom vient apparemment de ce qu'autrefois les fleurets étoient
rebouchez avec une figure de bouton de *fleur*.

16 *Defrocher*] Détacher du *roc*. Dans Nicot, *defrocher* une maifon c'eft la démolir

17 *Pillules d'arin*] Il faut lire *arquin*, conformément à l'Edition
de Dolet. Il s'agit ici non de boules d'airain, ou *d'arin*, comme
on lit dans celle de 1553. mais de boules *d'arquimie* ou étain
d'antimoine.

18 *En avez une à Orleans etc.*] Je m'imagine que c'eft-là proprement ce que l'Auteur du Jugement fur Rabelais trouve d'extra-
vagant dans la conclufion de ce Chapitre, ce qu'il attribue à ce
que, comme Rabelais l'avoue au commencement du Chap.
fuivant, il n'étoit pas bien à jeun lorfqu'il écrivoit ceci. Mais fi
cela eft, Bernier fe trompe, puifque l'Hiftoire nous apprend que
l'Eglife de Sainte Croix d'Orléans telle qu'on la voit aujourd'hui,
n'eft pas le même Edifice qui fubfiftoit pendant la vie de Rabelais,
mais que l'ancien bâtiment ayant beaucoup fouffert pendant les
troubles de l'année 1562. Henri *le Grand* la fit rebâtir, comme
elle eft, en 1601. à l'occafion du grand Jubilé (**).

(*) *Brant. Dam. Gal. Tom.* 1. *pag.* 304.
(**) *Voyez Mr. de Thou, Liv.* 125. *et Du-Chêne*, *Antiq. de la
Ville d'Orléans.*

CHAPITRE XXXIV

1 *Les iſles de Perlas*] *Perles*, peut-être, à la Pariſienne, par le changement de l'*e* en *a*. Au Chap. 55. de Galien reſtauré on lit *parles* pour *perles*.

2 *Ce ſont belles beſoignes*[C'eſt comme on lit dans l'Edition de 1553. Dans celle de Dolet il y a, *Ce ſont beaulx textes d'Evangiles en François*, Belles beſognes, c'eſt-à-dire belles matiéres à commentaires.

3 *Sarrabovites*] Ceci eſt pris de Crinitus, *De honeſta Diſciplina*, pages 58. & 59. de l'Edit. de Bâle *in* 4°. 1532. Au Chap. 6. de la Progn. Pantag. *Eſcargots, Sarabouytes, Cauquemarres, Canibales*. Et Liv. 4. Chap. 53. *Turcs, Juifs, Tartares, Moſcovites, Mammelus & Sarrabouites*. Sur lequel endroit Ménage a remarqué qu'il faloit lire *Sarrabaꝗes*, & que c'étoient certains Moines déréglez dont il eſt parlé dans le Sermon intitulé *Fratres in Eremo*, fauſſement attribué à St. Auguſtin. C'eſt *Sarrabaïtes* qu'ils y ſont appellez, d'un mot Egyptien. Ils furent auſſi nommez *Gyrovages*, ſur lequel mot, ainſi que ſur celui de *Sarrabaïtes* on peut voir le Jacobin Frere Bernard de Luxembourg, en ſon Catalogue d'Hérétiques.

4 *Cagotʒ*] Gens à *cagoule*, comme parle ailleurs Rabelais.

5 *Eſcargotʒ*] Moines cachez dans leurs capuchons, comme les *Eſcargots* dans leurs coquilles.

6 *Botineurs*] Les Moines rentez, & même les Cordeliers, qu'au Chap. 29. du Liv. 5. l'Auteur traite de *Prêcheurs bottez*. Frere Jean, au Chap. 46. du même Livre :

> *Marier ! Par la grand' Bottine,*
> *Par le houſeau de Sainꝗ Benoiſt.*

Et Villon, dans ſon grand Teſtament :

> *Les autres ſont entrez en Cloiſtres*
> *De Celeſtins, & de Chartreux,*
> *Bottez, houſez com' Peſcheurs d'oyſtres.*
> *Voilà l'eſtat divers d'entre eulx.*

7 *Curios ſimulant, ſed bacchanalia vivunt*] Ceci eſt du 3. vers de la II. Satire de Juvenal ; mais l'application qu'en fait l'Auteur eſt priſe de Politien, qui, parlant de quelques Hypocrites qui ſe ſcandaliſoient qu'on expliquât Plaute dans les Ecoles, dit :

> *Sed qui nos damnant, hiſtriones ſunt maxumi ;*
> *Nam Curios ſimulant, vivunt Bacchanalia.*

Hi sunt præcipuè, quidam clamosi, leves,
Cucullati, lignipedes, cincti funibus,
Superciliosum, incurvicervicum Pecus,
Qui, quod ab aliis habitu, & cultu dissentiunt,
Tristesque vultu vendunt Sanctimonias
Censuram sibi quandam, & tyrannidem occupant
Pavidamque plebem territant minaciis (*).

8 *Ventres à poulaine*] Il y a de l'apparence que ces gras Moines,
& ces Bénéficiés à *ventre à poulaine* sont les mêmes que le bon
Clérée, Jacobin, Confesseur de Louïs XII. appelle *Ponards* (peut-
être par contraction pour *Polonards*,) dans ces paroles de son
Sermon du mauvais Riche, prononcé le Jeudi du 2. Dimanche
de Carême : *videbis unum grossum Ponardum in una camera natata,*
in quam ventus non intrat sans sauf conduicte, *vel sine licentia ; habet*
grossum beneficium (buffetum) coopertum vasis argenteis. Ces paroles,
au reste, sont une imitation de cet endroit de la Ballade de Villon
intitulée, Les Contredicts de Franc. Gontier :

> *Sur mol duvet assis ung gras Chanoyne*
> *Lez ung brazier, en chambre bien nattée.*

9 *Monorticulant*] Rabelais qui a forgé tous ces mots, emploie
celui-ci dans la signification de prendre des Ecrits de quelqu'un
certains *Articles* à réfuter comme hérétiques, à la manière des
Moines, qui en avoient usé de la sorte avec le Savant Reuchlin.
L'*a* du Latin *Articuli* a été changé en *o* comme en *Orteil* fait
d'*Articulus*.

10 *Torticulant*] Torticuler, c'est agir avec l'hypocrisie des
Moines. *Tor-cous* ou Cordeliers que plus haut Politien traite
d'*incurvicervicum Pecus*.

11 *Culletant*] Culleter ici, comme sur la fin du Prol. du Liv. 3.
c'est flairer les mauvais endroits, ou les foibles d'un Livre, comme
les Chiens flairent une Chienne chaude.

12 *Couilletant*] *Colligeant* à la façon des gens à *cuculle*, qui font
de malins *recueils* de ce que peut avoir dit ou écrit un homme
qu'ils veulent perdre.

13 *Fougent*] Fouillent. De *fodicare* fait de *fodere*.

14 *L'huile de Maguelet*] Si, comme on le prétend, c'est le fruit
de l'Aubépine vulgairement appellé *Senelles*, dont les noyaux
servent à faire l'huile nommée *maguelet*, il y a bien de l'apparence que ce mot vient de l'Espagnol *majuelas* qui signifie ce
même fruit. Les mots corrompus de l'Espagnol sont fréquens à

(*) *Politien, Epist. Lib. 7.*

Montpellier, à caufe des Rois de Majorque de la Maison d'Aragon qui ont été long tems Seigneurs de cette Ville. Si auffi, comme il femble qu'on puiffe l'inférer de ce que dit ici Rabelais, cette huile fe tire indifféremment des amandes de toutes fortes de petits noyaux, *Maguelet* pourra bien avoir été fait d'*amygdaletum* qu'on aura dit par métaplafme pour *amygdala*. De *Magdelaine* on a fait de même *Maguelone*, & *Maguelon*, comme on veut que s'appelloit le Château de la Madelaine.

15 *Gens qui regardent par un partuys*] Qu., comme on a dit depuis, par une fenêtre de drap.

16 *Fin des chronicques de Pantagruel, roy des Dipfodes, reftituez à leur naturel, avec fes faictz & proueffes efpoventables : compofez par feu M.* ALCOFRIBAS, *abftracteur de quinte effence*] Ces paroles finiffent le fecond Livre de Rabelais dans l'Edition de Dolet, dans celle de 1553. & dans celle de 1626. D'où je conclus, que comme c'eft de foi-même que Rabelais parle ici & déja Liv. 1. Chap. 8. fous le nom d'Alcofribas Auteur de ce Livre, où il avoit effectivement formé le deffein d'en demeuier-là, ou du moins, que n'ayant ofé mettre fon nom aux deux premiers Livres de fon Roman, apparemment parce que lorfqu'il les compofa, il étoit Moine à St. Maur des Foffez (*), ce nè fut que dans les fuivans qu'il prit la liberté de fe nommer après s'être fécularifé. Au refte, il eft à obferver que dans l'Edition de Valence 1547. où, fur celle de Touloufe *in* 12. chez Jacques Fournier 1546. le titre du 3. Livre donne à Rabelais la qualité de *Calloyer des Ifles Hières*, après ces termes on lit : *L'Auteur fufdict fupplie les Lecteurs benevoles, foy referver à rire au foixante & dixhuictiefme Livre, nouvellement imprimé, reveu, et corrigé et de nouveau iftorié*. Et qu'au bas du Dixain qui commence par : *Efprit abftraict* &c. on trouve cet autre-ci de Jean Favre, qui l'adreffe *au Lecteur* :

> *Ja n'eft befoing (amy Lecteur) t'efcrire*
> *Par le menu le prouffit, et plaifir*
> *Que recevras, fi ce Livre veux lire,*
> *Et d'iceluy le fens prendre as defir :*
> *Vueille donc prendre à le lire loifir,*
> *Et que ce foit avec intelligence.*
> *Si tu le fays, propos de grand' plaifance*
> *Tu y verras, et moult prouffiteras,*
> *Et fi tiendras en grand' resjouyffance*
> *Le tien Efprit, et ton temps pafferas.*

(*) *Patin, Lettr.* 129. *Edit.* 1692.

REMARQUES

SUR LES

ŒUVRES DE MAITRE FRANÇOIS RABELAIS

Publiées en Anglois par M. Le Motteux

Et traduites en François par C. D. M.

Avec de Nouvelles Remarques de la façon du Traducteur.

38

PRÉFACE DU TRADUCTEUR

&CE N'EST POINT une chofe nouvelle qu'une Préface qui commence par une differtation sur les Préfaces, ou par tel autre Exorde qu'on pourroit appeller une Préface de la Préface même, moyennant quoi un Ecrivain vous donne deux Préfaces en une, comme fi une feule n'étoit pas affez. Je ne prétends point condamner ceux qui ont inventé ou fuivi cette méthode : Je ne prétends point empêcher qu'ils ne repofent en paix à l'ombre des Lauriers qu'ils peuvent avoir trouvez au bout d'une fi brillante carrière. J'avoûrai même que j'ai été tenté d'imiter leur exemple : & ces réflexions qui m'échappent n'en font peut-être que trop une bonne preuve : Mais comme je fuis très perfuadé que le Public me difpenfe volontiers de fuccomber à une tentation qu'il me difpenferoit même d'avoir éprouvée ; & que s'il y a des Lecteurs qui exigent qu'on prenne de grands détours pour obtenir la permiffion de venir au fait, les Lecteurs de cette efpèce font au moins fort peu confidérables par leur nombre ; je donnerai ici tout fimplement, fans autre préparatif que ce qu'on vient de lire, & en auffi peu de paroles qu'il me fera poffible, les principaux éclairciffemens préliminaires auxquels on eft en droit de s'attendre, ou dont le titre de cet Ouvrage peut avoir befoin.

§ I.

Le Chevalier THOMAS URQUART, Gentilhomme Ecoffois, & auffi-bien que Rabelais favant Médecin, avoit traduit en Anglois, & publié, les deux premiers Livres des FAITS ET DITS DE GARGANTUA ET DE PANTAGRUEL : On avoit trouvé parmi fes papiers, aprés fa mort, la traduction de troifième Livre : Les trois Livres avoient été revus & corrigez par un homme d'efprit. On préparoit là-deffus une nouvelle Edition & cette Edition étoit déja fort avancée : lorfque PIERRE LE MOTTEUX, François Réfugié en Angleterre, mais qui s'étoit rendu maître de la Langue du pays & qui a écrit plus d'une fois en Anglois, le chargea de fournir pour cette même Edition, une Traduction des deux

derniers Livres, une Préface, un Commentaire fur tout l'Ouvrage,
& quelques autres accompagnemens dont l'énumération n'eft pas
ici fort néceffaire.

Les Remarques fur les trois Livres traduits par le Chevalier
Urquart, forment un difcours fuivi. C'eft une efpèce de Differtation,
qui fait partie de la Préface, où elle commence proprement par
ces paroles, *the ingenious of our age*, & finit par celles-ci , *had not
the following Tranflation of the three firft books etc.* Elle s'étend
depuis la page XXXIX jufqu'à la page XCIII, dans l'Edition de
M. DCC. XXVII, dont le Public eft redevable à Mr. OZELL, &
qui eft la troifiéme, fi je ne me trompe.

Les Remarques fur les deux Livres traduits par Mr. Le Motteux,
reffemblent mieux à ce qu'on appelle communément un Commentaire : Chaque Livre eft accompagné de celles qui lui
appartiennent, & le Commentateur y fuit pied-à-pied l'ordre des
Chapitres de chaque Livre. Au moins ne s'en écarte-t-il que
rarement, & d'une manière peu fenfible.

Si je n'avois voulu traduire que ce qui porte le titre de
REMARQUES dans l'Edition de Mr. Le Motteux, je me ferois
borné à ce qu'il a fait pour expliquer les deux derniers Livres, &
qui n'eft certainement pas la partie la plus interéffante de fon
Explication. Lorfque Mr. LE DUCHAT lui a donné les éloges qui
ont excité la curiofité du Public, je fuis bien fûr qu'il avoit moins
en vûe les *Remarques* ainfi intitulées par le Commentateur
lui-même, que celles qui compofent la differtation inférée dans
la Préface. Quoi qu'il en foit, on trouvera ici la TRADUCTION
des unes & des autres.

§ II.

Mais ce fera, comme mon tître l'annonce , une Traduction
LIBRE : & cela par plus d'une raifon.

Premiérement : j'ai été obligé de prendre quelque liberté, non-
feulement pour détacher de la Préface les Remarques qui y
étoient incorporées , mais pour faire apercevoir dans ces
Remarques un ordre relatif à celui des Livres & des Chapitres
qu'elles expliquent, ou des matiéres dont elles traitent. Ainfi j'ai
mis de mon chef, dans les endroits où cela m'a femblé convenable,
des Titres qui indiquent la divifion générale & les fubdivifions
de l'Ouvrage. Ainfi encore j'ai tâché de diftinguer le plus
naturellement qu'il étoit poffible, foit par des *Alinea*, foit par des
Numero, les différentes parties de chaque Article. J'ai auffi inféré
quelquefois un mot ou deux dans le texte, pour fervir de tranfition,
ou de renvoi d'un Article à l'autre.

En fecond lieu : Comme les raifonnemens de Mr. Le Motteux
font quelquefois un peu diffus, & qu'il eft affez fujet à laiffer des
fuperfluitez dans fon difcours, j'ai cru devoir faire dans divers

paffages l'office d'Abréviateur. Peut-être même trouvera-t-on que j'aurois dû en ufer ainfi plus fréquemment que je ne fais. Il copie plufieurs Remarques de l'*Alphabet de l'Auteur François* : & quand elles font d'une certaine longueur, cela ne l'empêche pas de les copier tout entières, en faveur des Lecteurs Anglois à qui elles ne font pas connues d'ailleurs. Je me fuis quelquefois contenté d'en donner la fubftance, lorfque la fuite du difcours n'en demandoit pas davantage.

En troifième lieu : Son ftile en bien des endroits m'ayant paru équivoque, ou obfcur, ou embarraffé ; & fa penfée quelquefois n'étant exprimée qu'à demi, tellement qu'elle eft inintelligible à ceux qui ne fe donnent pas la peine d'en chercher tous les tenans & aboutiffans ; je me fuis permis de changer le tour, de retrancher ou d'ajouter quelques paroles, d'abreger ou de paraphrafer, felon l'exigence du cas.

En quatrième lieu : J'ai fubftitué à fes expreffions celles de Rabelais, lorfque j'ai vu que les unes fe rapportoient aux autres : Je les ai même fouvent citées plus au long que lui, en confidération d'une infinité de Lecteurs, qui ne fachant pas leur Rabelais fur le bout du doigt, ne fauroient fe contenter de la fimple indication d'un paffage par un mot ou deux : Et foit pour ne point confondre les citations du Livre ou du Chapitre de Rabelais avec les Obfervations renvoyées au bas des pages, foit pour ne pas trop multiplier des renvois qui font toujours plus ou moins défagréables, j'ai inféré dans le Texte de Mr. Le Motteux non-feulement les citations marginales qu'il avoit eu foin de marquer, mais encore celles qu'il avoit omifes. Cela ne regarde au refte que les citations de Rabelais : On verra que celles des autres Auteurs entroient naturellement dans les Obfervations qui devoient être fous le Texte.

En cinquième lieu : Vû que Mr. Le Motteux ne met pas toujours chaque chofe à fa véritable place, j'ai ofé faire par-ci par-là quelques legéres tranfpofitions. Ce qu'il dit, par exemple, du Contrat de mariage d'un Evêque de Valence, dans un paragraphe où il s'agit fimplement de prouver le panchant de ce Prélat pour le Calvinifme, m'a femblé beaucoup mieux placé dans le paragraphe fuivant, où il s'agit de prouver l'éloignement de ce même Evêque pour le Célibat, & où Mr. Le Motteux eft obligé de renvoyer à ce qu'il en a dit avant qu'il fût tems d'en parler, au moins felon l'ordre dans lequel il avoit annoncé lui-même qu'il rangeroit fes Remarques touchant l'Evêque de Valence. Voyez les premiers paragraphes des *Remarques générales.* C'eft ainfi que j'ai intitulé la première Partie de cet Ouvrage.

En fixième lieu : On rencontre quelquefois dans les meilleurs Livres certaines fautes fi palpables, que s'il faut les mettre fur le compte de l'Auteur, au moins ne peut-on pas douter qu'il ne les eût corrigées au plus vite fur le moindre avis qu'on lui en auroit donné. Lorſque les fautes que j'ai apperçues dans mon Original font de cette nature, & que ce ſont avec cela de ceś fautes iſolées, ſi j'oſe ainſi dire, qui ne tiennent en rien, qui n'intéreſſent en rien les ſentimens, les principes, les raiſonnemens, le Syſtême de Mr. Le Motteux, ni la critique qu'on en pourroit faire ; je les ai corrigées dans ma Traduction, ſans me mettre en peine d'en avertir chaque fois dans une Note. — On verra que dans les Remarques générales, vers la fin du deuxième Article, il eſt parlé de l'Excommunication de Jean d'Albret Roi de Navarre. Cette excommunication, dans l'Ánglois, eſt attribuée à *Jules III.* Peut-être n'eſt-ce qu'une faute d'impreſſion ? Peut-être même eſt-ce une faute particulière à l'Edition dont je me ſers, & que je n'ai pas pu conférer avec les Editions précédentes ? Mais quoi qu'il en ſoit c'eſt une faute, il falloit mettre *Jules II ,* & c'eſt ainſi que j'ai mis dans la Traduction. — M. Le Motteux, à la fin des Remarques ſur les Chapitres XXV & XXVI du Livre I, fait mention d'un Colloque de *Reinburgh :* & cependant, tout ce qu'il en dit prouve évidemment qu'il avoit en vûe un Colloque de *Ratisbone.* J'ai ſubſtitué ce nom à celui de *Reinburgh,* qui eſt une corruption de *Reinsbourg,* qu'il avoit apparemment trouvé dans le vieux François de *Jean Creſpin,* Auteur qu'il cite quelquefois & qui franciſoit de la ſorte le nom Allemand de Ratisbone qui eſt *Regentburg.* — Dans le même Article environ une page plus haut, au ſujet de cette ſentence de Rabelais, *c'eſt viande céleſte, manger à deſjeuner raiſins avec ſoüace fraiſche,* Mr. Le Motteux s'exprime en ces termes : *il fait alluſion à la manière de recevoir la Communion parmi les Proteſtans, qui prennent ordinairement à jeun cette viande céleſte, & toujours avec du jus de Raiſins , ſelon l'inſtitution évangélique.* Cela ne dit pas bien expreſſément que la coutume de communier à jeun eſt particulière aux Proteſtans, mais certainement cela le donne à entendre ; c'eſt-à-dire que cela inſinue une idée qui eſt très-fauſſe : car où trouvera-t-on que les Proteſtans, qui ſont beaucoup moins rigides ſur cette obſervance que les Catholiques, le ſoient cependant davantage, ou le ſoient même de façon à pouvoir être diſtinguez par-là comme par un caractère qui leur ſeroit propre ? J'ai écarté cette fauſſe idée dans ma Traduction, parce qu'elle m'a paru auſſi inutile que fauſſe. — Mr. LAVAL, qui a déja publié quelques Volumes de ſon *Hiſtoire de la Réformation de France,* en Ánglois, & qui doit naturellement avoir préſens à l'eſprit bien des détails relatifs à cette Hiſtoire, m'a fait apercevoir que Mr. Le Motteux, dans ſes Remarques ſur le Chapitre XI du Livre I, parle de *Henri II ,* de *Navarre,* comme d'un *Vieillard,* quoique par rapport à un tems où ce Prince ne pouvoit être âgé que de cinquante & quelques années. J'ai examiné ſi cette idée de *Vieillard,* ſervoit-là à quelque choſe : J'ai vu qu'elle y étoit parfaitement oiſive : Je l'ai ſupprimée. On jugera par ces exemples, de quelle nature ſont mes corrections.

Tels font, je penfe, les principaux chefs auxquels on peut rapporter les diverfes libertez que j'ai prifes : Et je ne craindrai jamais d'en prendre de femblables toutes les fois qu'il fera queftion de traduire quelque Ouvrage comme celui dont il s'agit. Ce n'eft point ici un de ces Monumens d'Hiftoire ou de Doctrine dont on rifque de manquer le véritable fens, & où il y a fouvent un fens important à manquer, dès que l'on ceffe de fuivre religieufement l'ordre des penfées & le choix des expreffions de l'Auteur. Ce n'eft pas non plus une de ces Productions originales, dont le ftile & le tour ont une fingularité digne de l'attention des Curieux. Ce n'eft point encore un de ces Chefs-d'œuvre d'Eloquence ou de Poëfie, dont on peut perdre de grandes beautez en s'éloignant de la lettre du Texte. Ce n'eft pas même, dans fon genre, un Ouvrage achevé, ni un Ouvrage où l'Auteur veuille être cenfé avoir mis toute l'élégance & toute la correction qu'il étoit capable d'y mettre. Au moins infinue-t-il affez clairement, en plus d'un endroit, que faute de tems il travailloit avec un peu de précipitation. Il me fuffit de pouvoir dire, qu'à confidérer Mr. Le Motteux, non fous l'idée d'Ecrivain prife dans toute fon étendue, mais fous l'idée propre de Commentateur, je ne lui ai ni rien prêté, ni rien ôté. Tout ce que j'ai vu qui portoit le caractère d'Explication ou d'Eclairciffement, a été facré pour moi. J'en ai rendu tout le fens, & me fuis borné à le rendre : ne prenant d'autre liberté que celle de le rendre à ma manière. Liberté autorifée lorfqu'il s'agit de chofes, & non pas de mots : liberté autorifée fur-tout lorfqu'elle ne va pas jufqu'à fubftituer au ftile de l'Original un ftile d'une différente efpèce : Liberté enfin qui eft néceffaire, lorfqu'on veut tranfporter fidellement dans l'efprit des Lecteurs la teneur réelle des paroles, comme je me fuis propofé de le faire à l'égard de toutes les Remarques ou Interprétations proprement ainfi nommées. J'ai voulu que la Traduction fit connoître auffi-bien que l'Original, tous les fecours que notre Interprête nous fournit pour l'intelligence de fon Auteur. C'eft-là proprement, & au jufte, le deffein que j'ai dû avoir : Et s'il ne falloit pas toujours fe méfier de fon propre ouvrage, je dirois du ton le plus pofitif que j'ai exécuté ce deffein avec une attention & une diligence fur lefquelles on peut faire fonds. J'ai même pouffé le fcrupule fur ce point jufqu'à traduire des Remarques qui me fembloient avoir quelque chofe de puéril, & dont la fuppreffion au refte n'auroit point intéreffé les Remarques principales.

§ III.

Si j'avois prétendu fupprimer ou rectifier toutes celles où je me fuis imaginé trouver matière à critique, l'Original ne feroit prefque plus reconnoiffable dans la Traduction. J'ai confervé des chofes qui felon moi font repréhenfibles. J'y étois obligé. Mais comme rien ne m'obligeoit à paroître complice des fautes de mon Auteur, foit qu'elles fuffent réelles, ou que feulement par rapport à moi elles euffent l'apparence de fautes, j'ai penfé qu'il ne me feroit pas défendu d'en relever quelques-unes : Et c'eft ce que j'ai fait dans les OBSERVATIONS que l'on verra au bas des pages (1).

Ces Obfervations ne font pourtant pas toutes abfolument du même genre. Car fans parler de quelques-unes qui font plutôt de fimples Notes que des Obfervations, il y en a qui fervent à illuftrer ou à confirmer ce que dit Mr. Le Motteux.

J'ai fait les unes & les autres avec plaifir ; & je les aurois peut-être multipliées ou pouffées plus loin, fi je m'étois trouvé au milieu d'une bonne Bibliothéque fournie de tous les Livres néceffaires pour l'exécution du deffein que j'avois formé. Mon idée étoit de me charger feul de certaines petites recherches, à l'aide desquelles je concevois que les Lecteurs feroient en état d'apprécier au jufte le mérite du Commentaire dont je devois leur offrir la Traduction. Je n'ai pas pu leur épargner la peine toute entière : J'ai cru qu'il falloit au moins leur en épargner une partie.

Un Ami obligeant que j'ai déja nommé, & que j'avois prié de vérifier pour moi quelques citations, non-content de me rendre, autant qu'il le pouvoit actuellement, le fervice que je fouhaitois, a bien voulu me communiquer de plus, dans une Lettre que je garde, un petit nombre d'Obfervations critiques fur mon Auteur, lesquelles il avoit faites en le parcourant. J'ai inféré dans les miennes divers extraits de cette Lettre. Ces extraits font diftinguez du refte. Je les ai renfermés entre des crochets, & en même tems je les ai guillemettez. Les crochets fans guillemets [tels qu'on les trouvera quelquefois dans la Traduction auffi-bien que dans les Obfervations] ne doivent être regardez que comme de fimples marques de parenthèfe. Je fais qu'ils ont un autre ufage dans certains Livres, & que les parenthèfes fe marquent plus commu-nément par des lignes courbes. Mais dans les Livres où ces lignes courbes font fréquemment employées, & doivent l'être, pour renfermer les Lettres qui fervent de renvoi, foit du Texte à la marge, ou d'un Article à l'autre ; fi l'on vient encore à les employer pour les parenthèfes, cette quantité et cette confufion de lignes courbes font un effet choquant qui empêche que des Editions d'ailleurs affez belles ne fe lifent agréablement & ne plaifent à l'œil. Il y a plufieurs moyens d'éviter ce défaut, ou de le corriger au moins en partie. Supprimer les parenthèfes inutiles, c'eft un de ces moyens : Marquer autrement que les renvois celles que le bon-fens & le bon-goût veulent que l'on conferve, c'en eft un autre, & qui m'a femblé ici d'autant plus convenable que

(1) *Nous plaçons ces observations à la fin des Remarques.*

mes renvois au bas de la page, malgré mon attention à ne les pas multiplier fans quelque néceffité, font néanmoins en affez grand nombre. C'eft que je ne pouvois guère me difpenfer de faire un grand nombre d'Obfervations.

Mr. Le Motteux ne paroît pas avoir été un de ces Ecrivains qui fe piquent d'être rigoureufement exacts, foit dans leurs recherches, foit dans l'expofition de leurs découvertes. D'ailleurs il nous parle quelque part comme s'il s'étoit vu réduit à n'avoir que quelques femaines pour la compofition de fon Commentaire fur les trois premiers Livres : & il avoue lui-même, vers la fin des Remarques fur le troifième, que s'il eût été moins preffé il auroit pu nous donner un Commentaire plus exact. Un pareil aveu autorife à y foupçonner au moins un manque d'exactitude, à la faveur duquel il arrive tous les jours qu'un Auteur, après s'être trompé lui-même, trompe ceux qui le lifent, & jette dans leurs efprits une femence d'erreur, laquelle venant à germer pourra produire des erreurs à l'infini. Mes Obfervations, en un mot, font le fruit de mon amour [peut-être outré] pour l'exactitude : Amour que je regarde comme inféparable de celui de la Vérité. Je conviens que la Vérité dont il s'agit ici n'eft pas fort importante. Mais fans compter, ni qu'il eft toujours agréable d'éviter l'erreur quelque petite qu'elle foit, ni que les objets les moins confidérables en eux-mêmes le deviennent fouvent beaucoup par quelque liaifon imprévue avec ceux qui le font ; il me femble qu'il y a mille chofes dont le prix veut être évalué par le plaifir qu'elles nous donnent, par le goût que nous y prenons, par l'attention que nous nous fentons capables d'y apporter, par les circonftances qui nous déterminent à y appliquer notre attention, par l'autorité du Caprice [fi l'on veut] à qui appartient naturellement le droit de choifir entre les divers amufemens que la Raifon autorife. Les Lecteurs qui fe trouvent ou infenfibles en général au mérite de l'exactitude, ou infenfibles en particulier à la fatisfaction de juger exactement d'un Commentaire fur Rabelais, feront fort bien de ne pas lire mes Obfervations : Elles les ennuiroient : & quoiqu'elles ne foient certainement pas de nature à exiger une forte contention d'efprit, je prévois qu'elles pourroient exciter leur impatience, fur-tout s'ils font d'une humeur un peu brufque & décifive, promte à condamner d'un ton pédantefque tout ce qui peut être traité de pédanterie par un Bel-Efprit fuperficiel ou étourdi. Mais les Lecteurs ne font pas tous du même caractère. Il y en a plufieurs pour qui l'examen d'un Commentaire fur Rabelais n'eft point une chofe abfolument indifférente, ni tout-à-fait indigne d'intéreffer un homme de Lettres, encore qu'il ait du goût : Et combien n'y en a-t-il pas, indépendemment de Rabelais, auxquels on eft fûr de plaire toutes les fois qu'on relève à propos, fans aigreur & fans affectation, les inexactitudes des Ecrivains ? Tels font au moins tous les Efprits qui ayant acquis une certaine expérience dans la République des Lettres, ou qui ayant fu mettre à profit les exemples & les leçons des gens expérimentez, ont appris à fentir ce que vaut une exactitude dont la négligence fait quelquefois pitié dans des Ouvrages d'ailleurs excellens, & donne lieu à des raifonnemens chimériques, à des Syftêmes en l'air, dont on fe divertit fur le compte de l'Auteur qui les a bâtis, dés qu'on vient à reconnoître l'illufion qui leur fervoit de fondement. Je fuis perfuadé enfin que quantité de personnes, & particulièrement ceux qui poffèdent l'Hiftoire du feizième Siècle, pourront paffer une heure fans ennui à lire les Obfervations que j'ai faites, foit fur les Remarques fondamentales du Syftême de Mr. Le Motteux, foit fur d'autres chofes purement accidentelles. Mes petits détails de critique feront un jeu pour les Lecteurs de cet Ordre, & un jeu peut-être où leur habileté leur fera gagner quelque chofe. C'eft à eux que je les préfente : Et duffent-ils gagner à mes dépens, en découvrant que c'eft moi qui me fuis trompé, je ferai toujours content, fur-tout fi l'on m'en avertit, parce que je ne manquerai pas à me mettre de moitié avec eux pour le gain. Ils me feront perdre des idées fauffes ou incertaines, des doutes mal fondez : Perdre ainfi c'eft gagner. Mais mes Obfervations après-tout font fi peu de chofe, que quand même je me trouverois les avoir faites à pure perte, la perte ne feroit pas grande, & mériteroit peut-être moins d'être regrettée que celle du tems que j'employe à parler de ces minuties, pendant que je devrois m'occuper d'un fujet grave fur lequel les loix de la Bienféance ordonnent abfolument que je m'explique.

§ IV.

Je voudrois fort ne fcandalifer perfonne : Et qui fait fi parmi les gens d'une piété délicate, je n'en rencontrerai pas quelques-uns [tels qu'on dit qu'il s'en rencontre] qui feront difpofez à regarder comme fcandaleux tout ce qui a de la relation avec le Rabelais ? Je dois refpecter leur délicateffe, & je la refpecte : Il vaut mieux être trop délicat que de ne l'être pas affez. Je les prierai donc de fe tenir pour avertis, que s'ils lifent ce petit Ouvrage, ils n'y trouveront aucune prophanation, aucune indécence.

On peut faire fur un Texte très-folâtre une Glofe très-férieufe & très-fage. Les Remarques de Mr. Le Motteux fur le Rabelais en font un exemple. Il eft vrai qu'elles ne font point d'un férieux trifte & pédant. Il est vrai encore que l'Auteur égaye quelquefois fa matière, & que généralement parlant elle eft affez amufante d'elle-même. Mais après-tout un Mêlange de Littérature, de Morale & d'Hiftoire, n'eft point une Bouffonnerie : Et fi l'on difoit que le Commentaire dont il s'agit eft un Mêlange de Littérature, de Morale & d'Hiftoire, relatif aux vûes férieufes de Rabelais, il ne feroit pas mal défini. On pourroit même dire, fi l'on s'en tenoit à l'idée dominante de l'Ouvrage, que c'eſt un Morceau d'Hiſtoire Eccléſiaſtique, deſtiné à faire voir que Rabelais eſt à ſa manière, & comment il eſt, un de ceux qui ont travaillé par leurs Ecrits, ſoit à la Réformation de l'Egliſe ſoit à l'Hiſtoire de cette Réformation. Il n'y a là ni prophanation, ni indécence : & il y a dequoi occuper agréablement ceux qui aiment aſſez l'Hiſtoire de France du ſeizième Siècle pour en aimer tous les détails un peu remarquables.

Il y a plus : Il y a dequoi plaire & aux Proteſtans & aux Catholiques les plus zélez. Les Proteſtans s'aplaudiront ſans-doute, à meſure qu'ils verront le ſavant & ſpirituel Curé de Meudon entrer dans leurs intérêts : Et les Catholiques à leur tour jugeront avec plaiſir, par cela même, que ſi leurs Ancêtres accuſèrent Rabelais d'héréſie, ce ne fut pas ſans fondement.

Mr. Le Motteux étoit Proteſtant : & quand on ne le ſauroit pas, on s'en appercevroit bien-tôt à la lecture de ſon Commentaire ; Mais qu'un Ecrivain Proteſtant parle en bon Proteſtant, ce n'eſt pas là ce qui ſcandaliſe les Catholiques raiſonnables, & ce n'eſt qu'à ceux qui le ſont qu'il appartient de lire un Commentaire ſur un Auteur tel que Rabelais, qui ne doit être lu lui-même que par des gens raiſonnables, comme le dit quelque part Mr. Le Motteux.

Il y a des Ecrivains qui ne devroient jamais toucher à rien qui eût quelque rapport avec la controverſe. Ils ſont trop ſujets à le faire malheureuſement. Suppoſitions téméraires, définitions ſophiſtiques, peintures d'imagination, falſifications hardies de l'Hiſtoire, crédulité imbécille & impudente pour de mauvais Contes, calomnies & injures groſſières : tout cela caractériſe tellement leurs Ouvrages, qu'ils ſemblent n'écrire que pour ſe décrier parmi tous les honnêtes gens qui ont quelque eſprit & quelque intelligence des matières. Ceux qui ſentent leur Religion attaquée par un Ecrivain de cette trempe, le regardent en pitié ou avec indignation : Et dans ſon propre parti les bons Eſprits rougiſſant d'un tel Défenſeur, ils le deſavouent & vous l'abandonnent. Mais Mr. Le Motteux n'eſt point dans le cas. Au moins puis-je dire que je ne me ſouviens pas de m'en être apperçu.

Ce qui déplaît encore aux gens raiſonnables de l'un & de l'autre parti, dans les Ecrits d'un Auteur de différente Communion, ſuppoſé même qu'il ſoit exempt des défauts groſſiers dont je parlois tout-à-l'heure, c'eſt de voir que ſans aucune néceſſité, ſans y être déterminé par l'enchaînûre du Diſcours, ſans que par-là il explique ou prouve rien, ſans que cela ſerve ſeulement à dire un bon mot, ſans autre vûe enfin que de marquer ſon maltalent contre une Communion dont il n'eſt pas, il affecte d'employer dans l'occaſion certains termes peu obligeans, qui ſentent le ſobriquet, & qui pourroient être d'autant mieux remplacez par des termes plus honnêtes, que cela lui feroit honneur à lui-même.

Il y a quelque lieu de s'étonner que dans un Siècle auffi poli que le nôtre, tous les gens qui ont de l'Education, tant Catholiques que Proteſtans, ne ſoient pas encore une bonne fois convenus de laiſſer certaines petites manières au petit Peuple. Mais dans le fond, ſi même parmi les grands Seigneurs, ſi parmi des Perſonnes qui pendant pluſieurs années ont reſpiré l'air de la Cour, il s'en trouve toujours quelques-uns qui ſont Peuple ſur l'article de la Religion, & qui ne ſavent plus vivre dès-qu'ils parlent controverſe ; faudra-t-il être extrêmement ſurpris que des Auteurs, qui en général ne ſont pas d'une naiſſance ni d'une condition fort diſtinguée, donnent quelquefois dans un pareil défaut : Et en cas que Mr. Le Motteux ne fût pas abſolument irrépréhenſible à cet égard, y auroit-il-là dequoi ſe ſcandaliſer ſans miſéricorde, dequoi ſe fâcher bien ſérieuſement ? On verra que dans une de ſes Remarques les Prêtres Catholiques, par alluſion à la Meſſe, ſont déſignez ſous le nom burleſque de *Meſſificateurs*. Cela n'eſt certainement pas d'un grand goût, ni fort édifiant. Mais oûtre qu'on doit équitablement avoir quelque indulgence pour ces ſortes de fautes, elles ſont ſi rares dans l'ouvrage de Mr. Le Motteux, que je ne ſais ſi au lieu de lui en faire des reproches, on ne devroit pas plûtôt lui ſavoir gré de ce qu'il n'y eſt pas tombé plus ſouvent. J'en ai cité un exemple, & c'étoit peut-être le ſeul qu'il y eût à citer. C'eſt le ſeul, au moins, que ma mémoire me rappelle. Encore me reſte-t-il quelque ſoupçon que le terme de *Meſſificateurs* eſt emprunté de Rabelais : Et ſi cela eſt, voilà Mr. Le Motteux preſque entièrement juſtifié : car je ne penſe pas qu'on veuille lui faire un crime d'avoir indiqué les expreſſions de ſon Auteur lorſqu'elles ſont propres à prouver qu'il étoit moins Catholique que Proteſtant. Cela appartenoit au deſſein général de ſon Ouvrage. Or je préſume qu'on ne ſe ſcandaliſera, ni de ce qu'un Proteſtant a conçu un ſemblable deſſein, ni de ce qu'il l'a exécuté un peu différemment de ce qu'auroit fait un Ecrivain Catholique.

§ V.

J'ai donné une idée de ce deſſein : & à la rigueur, ce que j'en ai dit pourroit ſuffire. Il ne ſera pourtant pas tout-à-fait inutile d'éclaircir & de confirmer ce que j'en ai dit, par les propres paroles de Mr. Le Motteux. Voici ce qu'il dit lui-même vers la fin de ſa grande Préface aux pages CXI & CXII de l'Edition de Mr. Ozell.

« Rabelais a voulu faire rire ſes Lecteurs : Mais c'étoit moins
« ſon dernier but qu'un moyen d'y parvenir. Il avoit conſidéré
« que les Savans auſſi-bien que les Ignorans, aiment les fictions ;
« & que comme notre goût pour ce qui nous réjouït eſt un goût
« univerſel, ſes ſentimens s'inſinueroient avec d'autant plus de
« ſuccès s'ils étoient habillez [pour ainſi dire] d'une manière

« réjouïffante. La Tenue du Concile de *Trente* commença dans
« cette Ville en M. L. XLV : & ce fut alors auffi que Rabelais
« commença fon Ouvrage. L'heureufe révolution qu'avoit
« éprouvé la République des Lettres par le rétabliffement de la
« bonne littérature, faifoit fouhaiter qu'il arrivât une révolution
« femblable dans l'Eglife par le rétabliffement du pur Chriftianifme
« des tems apoftoliques . . . . Toute l'Europe retentiffoit de
« plaintes fur le retranchement du Calice , fur le Célibat des
« Prêtres, fur les Indulgences &c . . . . Il s'agiffoit en un mot
« de réformer l'Eglife. Les *Proteftans* y travailloient ouvertement,
« & ils étoient fecondez fous-main par quantité de grands
« Seigneurs extérieurement *Catholiques*. Rabelais conçut qu'il
« entreroit dans leurs vûes s'il pouvoit infpirer du mépris pour
« les Momeries Romaines, foit au Clergé de France & aux
« Eccléfiaftiques employez dans le Concile, foit aux Laïques qui
« auroient affez d'efprit pour pénétrer dans le fens caché de fes
« *Symboles Pythagoriques :* c'eft ainfi qu'il nomme les fictions de
« fon Ouvrage. On peut fe rappeller ce qu'il dit de *Diogène* dans
« le Prologue de fon troifième Livre, & comment il y déclare à
« fes Lecteurs qu'à l'exemple de ce Philofophe il prétendoit
« remuer fon Tonneau, afin de n'être pas fpectateur oifif de
« *l'infigne Fable & Tragique Comédie* que jouoient alors *tant de*
« *vaillants,* DISERTS *& chevaleureux Perfonnaiges.* Le feul terme
« de *Diferts* fait voir, que par l'infigne Tragi-Comédie dont il
« parle, c'eft le Concile qu'il faut entendre. Tout le monde
« favoit que *Calvin* ayant dédié fon *Inftitution Chrétienne* à
« François premier en M. D. XXXIV, les Bigots qui environ-
« noient ce Prince avoient artificieufement empêché qu'il ne la
« lût : Rabelais avoit lieu de craindre que fon Ouvrage n'eût
« le même fort : & ce fut cette confidération , au moins en
« partie, qui l'obligea à n'y produire fes fentimens que d'une
« manière myftérieufe. Auffi l'Ouvrage fut-il lu au Roi , en
« dépit de tous ceux qui le lui repréfentoient comme un Livre
« hérétique . . . Les fentimens de l'Auteur n'y font pourtant
« pas tellement envelopez fous l'Allégorie que les gens d'efprit
« ne compriffent affez bien ce qu'il vouloit dire : Car il n'y a
« pas jufqu'à fes *Fanfreluches antidotées,* dans le deuxième Chapitre
« du premier Livre, qui ne faffent appercevoir qu'il avoit en vûe
« les affaires de *Religion*, ainfi qu'il l'avoit dit lui-même dès le
« Prologue. La première Stance de ces Fanfreluches eft un
« galimatias fait exprès pour donner le change à certains Lecteurs :
« Mais on voit clairement dans la feconde qu'il s'agit de CALVIN
« & du PAPE.

> « *Aulcuns difoient que leicher fa pantoufle*
> « *Eftoit meilleur que gaigner les pardons :*
> « *Mais il furvint ung affeté Marroufle*
> « *Sorty du Creux où l'on pefche aux Gardons,*

« *Qui dit : Seigneur, pour Dieu nous en gardons,*
« *L'Anguille y eſt, &c.*

« Le *Creux* où l'on *peſche aux Gardons*, c'eſt le Lac de Genève.
« Je n'ai pas le tems d'examiner les Stances ſuivantes. Il y en a
« cependant quelques-unes dont je crois que je pourrois donner
« l'explication. Mais pour ſe convaincre que les vûes de Rabelais
« par rapport à la Religion n'échappoient pas à ſes Contemporains,
« il ſuffiroit de faire attention aux vers de *Hugues Salel*, imprimez
« à la tête du Livre II. Ce Hugues Salel étoit un homme
« d'eſprit & un ſavant homme : On a de lui une Traduction de
« l'Iliade : Or il reconnoiſſoit ſi bien l'importance du deſſein de
« Rabelais, que pour prix de l'avoir exécuté il ne lui promettoit
« pas moins que la gloire du Ciel.

« *Si pour meſler proffid avec doulceur*
« *On met en prix un Autheur grandement,*
« *Priſé ſeras, de cela tient toy ſeur :*
« *Je le congnoy, car ton entendement*
« *En ce Livret ſoubz plaiſant ſondement*
« *L'utilité ha ſi tres-bien deſcriple,*
« *Qu'il m'eſt advis que voy ung Democrile*
« *Riant les faids de noſtre vie humaine.*
« *Or perſevere, & ſi n'en as merite*
« *En ces bas lieux : l'auras on hault Domaine.* »

J'ai eu mes raiſons pour mettre ici ce Morceau. Il ne contient
rien qui naturellement ne dût avoir place parmi les Remarques
ſur les trois premiers Livres : Il ſait même partie de la Préface
d'où j'ai dit que je tirerois ces Remarques : Mais il y eſt ſi éloigné
de l'endroit qu'elles occupent, & tellement ſéparé de la Diſſertation
dont elles ſont la matière, que je ne conçois pas comment j'aurois
pu l'y enchaſſer avec quelque juſteſſe ſans faire des dérangemens
un peu trop conſidérables. Je ne voulois pourtant, ni ne devois
le ſupprimer. Il méritoit au moins, par les nouvelles Remarques
qu'il renferme, de paroître à la ſuite des premières, en forme
d'Addition ou de Supplément. Mais comme en même tems il
renferme des choſes qui peuvent ſervir d'introduction à tout le
reſte, & par leſquelles la bonne Méthode exigeroit que Mr. Le
Motteux eût débuté, j'ai cru qu'en me déterminant à le placer
dans ce Diſcours préliminaire je prenois le parti le plus convenable.

Mr. Le Motteux ne prétend pas ſimplement que le Roman de
Rabelais a été écrit dans des vûes relatives à la Réformation
de l'Egliſe, ou aux matières controverſées entre les Catholiques
& les Proteſtans : Il prétend encore que le Roman eſt hiſtorique,
& relatif à quantité de choſes arrivées du tems de Rabelasi, ce qui
ne peut certainement s'entendre que d'un Période antérieur au

tems de la compofition & de la publication du Roman même où ces chofes doivent avoir été décrites. Or ce tems quel eft-il ? C'eft-là, ce me femble, la première queftion fur laquelle il étoit à fouhaiter que Mr. Le Motteux s'expliquât : C'eft une queftion cependant fur laquelle la lecture de fon Commentaire jette les Lecteurs dans un embarras dont il ne les tire par aucune déclaration formelle : au moins par rapport aux trois premiers Livres, lefquels tout le monde fait avoir été publiez l'un après l'autre affez long-tems avant le quatrième, quoique tout le monde ne fache pas leurs différentes dates : Et bien loin que ceux qui les favent foient moins embarraffez, ils le font doublement, dès que faifant attention à ces dates qu'ils croyent connoître, ils les comparent avec celles que Mr. Le Motteux peut ou doit avoir fuppofées fans en avertir, fans s'expliquer. Que fon fentiment fur ces dates foit vrai ou faux, c'eft une affaire à part. Vrai ou faux, on voudroit qu'il le dît, on s'y attend de page en page, & cela ne vient jamais : il y a dequoi s'impatienter. Mais ce qu'il ne fait nulle part dans tout le cours de fes Remarques, il le fait fuffifamment dans le paffage dont je viens de donner la Traduction. Qu'on s'en fouvienne quand on lira les Remarques. *La tenue du Concile de Trente commença dans cette Ville en M. D. XLV, & ce fut alors*, felon Mr. Le Motteux, *que Rabelais commença fon Ouvrage.*

Pour fentir l'importance de cette date, il n'eft pas befoin de fortir du Paffage même où elle eft ainfi déterminée. Si elle eft jufte, il n'y aura rien que de fort probable dans ce qui fuit : qu'une des raifons qui engagèrent Rabelais à écrire myftérieufement, ce fut une prudente réflexion fur le fort qu'avoit eu le Livre de *l'Inftitution Chrétienne* dédié à François premier, foit en M. D. XXXIV, comme Mr. Le Motteux l'a cru ; foit un an ou deux plus tard, comme on pourroit l'inférer d'une Remarque de Bayle fous fon Article de *Calvin*. Il n'y aura rien non plus que de fort probable dans ce qui vient quelques lignes plus bas : favoir, qu'il s'agit de ce même Réformateur en qualité d'habitant de Genève, dans une Stance des *Fanfreluches antidotées :* car en M. D. XLV, qui eft la date en queftion, Calvin avoit certainement déja fait affez de bruit dans cette Ville, & il y avoit déja affez long-tems qu'il avoit contribué avec diftinction à la rendre fameufe. On auroit beau objecter, comme on le pourroit, que le Lac de Genève n'eft pas le feul *Creux où l'on pefche aux Gardons,* & que Calvin qui n'étoit point Génevois étoit encore moins un homme *forty* du Lac de Genève : cela n'empêcheroit pas que Rabelais ne pût avoir eu attention de défigner & Genève & Calvin, fi nous étions bien affûrez que Rabelais effectivement ne commença fon Ouvrage qu'en M. D. XLV. Mais fi malheureufement cette date fe trouvoit fauffe, & que Rabelais eût publié fes deux premiers Livres dès l'an M. D. XXVIII, les conjectures de

Mr. Le Motteux que deviendroient-elles? Je ne fais fi M. Le
Duchat a eu en vûe celle qui regarde les *Fanfreluches antidotées*.
Mais en cas que l'erreur de Mr. Le Motteux fût telle que je viens
de la fuppofer, je foupçonnerois prefque que Mr. Le Duchat penfoit
à lui lorfque dans fa note générale fur les Fanfreluches il dénonça
huée & dérifion perpétuelle à quiconque entreprendroit d'en donner
une explication hiftorique. Il faudroit pourtant toujours convenir
que le Pape & quelcun des Réformateurs y font défignez affez
intelligiblement; & que fi le Réformateur y eft traité de *Marroufle*,
c'eft d'une Manière ironique où l'on ne découvre rien moins que
les fentimens d'un ennemi de la Réformation. Rabelais étoit pour
elle : il écrivoit pour elle. Cela me paroit évident, & Mr. Le
Motteux l'a fi bien démontré, felon moi, que j'ai quelque peine
à concevoir comment Mr. Le Duchat qui l'avoit lu & qui parle
de fon Commentaire fi avantageufement en plus d'un endroit, a
pu ne pas juger comme lui des vers citez de Hugues Salel. *Le
bon Salel*, dit-il, *eft affez plaifant lorfqu'ici dans fon Dixain, il
promet Paradis à Rabelais pour récompenfe de la peine qu'il a prife de
compofer Gargantua & Pantagruel*. N'en déplaife à Mr. Le Duchat
[fi toutefois il a dit bien férieufement ce qu'on vient de lire] le
bon Salel n'étoit pas fi plaifant. Il fuppofoit que Rabelais avoit
travaillé pour la Réformation de l'Eglife; & il fuppofoit jufte.
Ce n'eft pas là ce qui embarraffe. Ce n'eft pas là-deffus que l'on
aura droit d'arrêter Mr. Le Motteux en lui difant, *Attendons,
voyons préalablement en quel tems Rabelais écrivoit*. Mais autant que
cette queftion eft indifférente lorfqu'il s'agit fimplement du
Proteftantifme de Rabelais, autant doit-on la trouver importante
lorfqu'il s'agit d'admettre ou de rejetter des Remarques hiftoriques,
dans lefquelles le Commentateur avance que fon Auteur a voulu
repréfenter, non-feulement les Papes, les Cardinaux, les Evêques,
les Réformateurs, les Princes Proteftans ou Catholiques, & les
Diffenfions perpétuelles des deux Partis; mais tel ou tel Pape,
Cardinal, Evêque, Réformateur ou Prince perfonnellement, &
telle ou telle guerre, Difpute ou Conférence arrivée en tel ou tel
tems fixé par l'Hiftoire.

Après avoir fait fentir l'importance de la queftion je devrois
peut-être examiner fi elle a été bien décidée par Mr. Le Motteux;
& la difcuter même indépendamment de fa décifion. Mais dans
le fond je puis me difpenfer d'allonger par-là cette préface. La
difcuffion feroit prefque abfolument fuperflue pour les Lecteurs
qui connoiffent les anciennes Editions de Rabelais : Et à l'égard
de ceux qui ne les connoiffent pas, ou qui pourroient douter fi
elles font authentiques, ils trouveront dans mes *Obfervations*, en
tems & lieu, tout ce que je fuis actuellement en état de dire fur
cette matière, que je n'ai peut-être traitée qu'avec trop de foin,
trop en détail, & d'une manière trop prolixe. J'ajouterai toutefois
que fi c'eft une faute, c'eft une de celles dont on ne fe repent

pas aifément, & dont notre Confcience a de la peine à fe faire des reproches lors même que leur mauvais fuccès nous force à nous en repentir. J'avoue que pour des Obfervations deftinées à occuper le bas des pages, les miennes font quelquefois plus longues que ne le permettent les règles d'une belle fymétrie, & les proportions élégantes de la bonne *Architecture Typographique*. J'avoue encore que j'aurois pu, phyfiquement parlant, raccourcir affez les plus longs morceaux pour les ramener à ces proportions. J'avoûrai même qu'en général je ne me fuis point piqué de cette favante brièveté qui parle par Monofyllabes & par fignes, & à qui il ne manque plus que de compofer des Hiftoires, des Differtations, des Harangues & des Poëmes, en caractères Algébriques ou en notes de Droit & de Médecine. J'avoûrai enfin qu'en voulant donner du corps & de la confiftence à mes Obfervations, & en prétendant leur donner un jufte volume ou l'étendue la plus convenable, je puis avoir mal pris mes mefures dans plus d'une occafion. Le meilleur deffein n'eft pas toujours le mieux exécuté. Mais pour ce qui eft ici du deffein même, je crois que s'il avoit befoin d'apologie, il me feroit très-facile de le juftifier. Il m'a femblé que dans un Livre comme celui-ci, traiter de la manière la plus fèche certains Sujets déjà forts fecs, ce feroit me rendre d'une fécherefle infupportable. D'ailleurs il y a de petites particularitez touchant lefquelles la plûpart des Lecteurs font fi peu au fait, foit par une ignorance très-excufable, foit par oubli ou par diftraction, que fi un Ecrivain, qui en a l'efprit tout rempli parce qu'il en a fait fon affaire, fe contente de leur en parler à demi-mot, il eft pour plufieurs entièrement inintelligible, & ne fait fur les autres qu'une impreffion legère qui s'efface d'abord. Parler peu, & dire beaucoup: cela eft excellent: Mais qu'on dife peu ou beaucoup, fi c'eft à pure perte ou d'une façon defagréable il me femble que c'eft toujours parler trop, au moins pour le grand nombre de ceux à qui l'on parle. On s'applaudit quelquefois d'avoir retranché, ici un mot, là une phrafe, là une période, & d'avoir ainfi réduit dix pages [par exemple] à neuf. Mais s'il fe trouve à la fin que tout le fruit de cette merveilleufe opération, après le plaifir de s'en féliciter, ce foit de faire tomber le Livre plus leger des mains d'un Lecteur qui s'ennuye de rencontrer des vuides, des obfcuritez, de l'embarras; aura-t-on droit de s'en applaudir? Pour moi, j'ai toujours cru qu'une lecture de deux pages où tout eft clair, fatisfaifant, & facile à retenir, étoit une fois plus courte pour le moins que la lecture d'une feule page où il faut revenir quatre fois pour être bien frappé de ce qu'l'Auteur a dit, ou voulu dire. Qu'un Livre ait dix pages de plus ou de moins fur deux cens, ce n'eft point là-deffus qu'on fe règle pour décider que l'Ecrivain eft prolixe ou ne l'eft pas. Il y a des Ouvrages très-courts qui font très-diffus & il y en a d'affez longs qui font fort concis. La précifion &

l'abondance ne font point du tout incompatibles. C'eſt ſouvent la préciſion même qui produit l'abondance. En décompoſant les idées elle les multiplie : Et pourvû qu'elle ne le faſſe pas mal-à-propos on doit toujours lui en ſavoir gré. Une belle Préparation anatomique eſt plus belle que l'état naturel de la partie préparée. Ce n'eſt point la quantité numérique des paroles qui fait le verbiage : ce n'eſt pas même proprement leur ſurabondance : c'eſt plutôt leur profuſion : encore faut-il ſuppoſer que cette profuſion ſe faſſe ſans goût, ſans choix, ſans lumière, ſans raiſon. Se faire lire avec aiſance & avec plaiſir, du moins avec auſſi peu de difficulté & d'ennui que la matière le comporte, c'eſt-là l'eſſentiel : & quelque longue que ſoit la voye qui conduit à ce but, elle ſera toujours moins longue pour le Lecteur que la voye la plus courte qui n'y conduiroit pas. Ni la longueur ni la briéveté ne ſont mauvaiſes en elles-mêmes. On dit tous les jours qu'il eſt plus difficile d'être court que d'être long. Mais que nous importe que cela ſoit le plus difficile, ſi en même tems ce n'eſt pas le mieux ? Faudra-t-il ſe donner bien de la peine pour malfaire ? Et eſt-il bien vrai après tout, que cela ſoit ſi difficile ? Je répondrai Oui & Non, ſelon le cas. Il y avoit autrefois à Rome [dans le quinzième Siècle, ſi je ne me trompe] deux Prédicateurs bien différens. On diſoit de l'un, qu'il étoit fort long parce qu'il ne ſavoit pas être court. On diſoit de l'autre : *Il eſt court parce qu'il ne ſauroit être long.* Tel voudroit nous faire accroire qu'il eſt court par habileté & par art, qui ne l'eſt que par ignorance, par incapacité, par pareſſe, & peut-être par vanité. Un homme qui ne ſait que le quart de ce qu'il faut dire ſur ſon ſujet, l'a plutôt dit que celui qui ſait tout : cela eſt bien naturel. Un autre, moins ſuperficiel ou mieux inſtruit, parleroit volontiers plus long-tems : Mais les détails demandent de l'expreſſion, du ſtile, de la méthode, du ſoin, de la patience : Et l'Auteur eſt pareſſeux ou ne poſſède que très-médiocrement le grand art de bien parler ou de bien écrire. Un troiſième eſt maître de l'art, il ne lui manque rien de ce côté-là : & ce ne ſont pas non-plus les matériaux qui lui manquent. Il dira tout ce qu'il faut dire, & le dira parfaitement bien, dès qu'il voudra. Mais il eſt trop vain pour le vouloir. « Soyons « laconiques : les Oracles le ſont : Et ſi cela nous rend quelquefois « incompréhenſibles au grand nombre de nos Lecteurs, à la « bonne heure : Expédions en quatre mots ce qui en demanderoit « peut-être quarante : Cela nous donnera un air d'importance. « N'allongeons point notre diſcours par des explications qui « véritablement feroient plaiſir à quantité de perſonnes, mais « que ces mêmes perſonnes pourront croire inutiles pour les « Savans du premier ordre : Et bien loin de condeſcendre aux « beſoins de la multitude en parlant pour elle, tenons-nous avec « dignité dans cette Sphère ſupérieure dont les habitans parlent « & s'entendent à demi-mot. Exprimons-nous ſur les choſes les

« plus nouvelles par rapport à nous, & qui nous ont coûté le
« plus de peine, comme nous ferions fur des chofes triviales,
« que tout le monde doit favoir, & avec lesquelles nous nous
« ferions familiarifés depuis long-tems. Gardons-nous fur-tout de
« nous étendre fur des matières qui ne méritent pas d'attirer
« extraordinairement l'attention générale de la République des
« Lettres. Reffemblons à ces Génies vaftes & actifs qui, lorfqu'ils
« s'amufent à traiter de petits fujets pour montrer qu'aucune
« branche de la Littérature ne leur échape, fe contentent de les
« traiter comme en paffant & d'une façon cavalière, qui vous
« annonce que de plus grands objets les appellent ailleurs, & que
« tous leurs momens font precieux : qu'ils n'ont le tems que de
« dire leur fentiment fur des bagatelles qui pourroient être traitées
« plus foigneufement par des Efprits fubalternes. » Je ne pousferai
pas plus loin ma profopopée, ni les réflexions qui l'ont fait naître.
Si après cette digreffion on m'allègue encore la maxime, *Qu'il*
eft plus facile d'être long que d'être court, & d'autres maximes
équivalentes à celle-là, fans m'arrêter davantage à contrebalancer
des maximes par des raifons, fans m'arrêter même à augmenter
le poids des raifons par celui de quelques exemples illuftres, tels
que celui de BAYLE, je me bornerai à dire ce que j'ai dit plus
d'une fois depuis que j'ai commencé à réfléchir : *Dieu nous garde*
des gens qui jugent & qui agiffent par maximes. Les maximes ont
leur ufage : on ne fauroit le nier. Mais c'étoit un grand Maitre
en fait de *Maximes* que le Duc DE LA ROCHEFOUCAULT, &
c'eft lui, fi je m'en fouviens bien, qui dans le Livre même des
Maximes a dit : *Les Maximes font à l'Efprit ce qu'eft le bâton à un*
Vieillard : elles ne fervent que faute de mieux. Voilà, felon moi, la
Reine des Maximes . . . . Et voilà une Digreffion, dira-t-on
peut-être, qui ne finit point. Je paffe condamnation là-deffus. Je
dirai feulement qu'un Avocat qui eft un peu long en revendiquant
le privilège de l'être, femble au moins ne pas démentir fes
principes. On pourra trouver des gens qui feront pis. J'ai connu
autrefois un homme de qualité [un peu pédant, tranchant du
Capable en tout, mais fe croyant fincèrement tel, & ayant au
refte les meilleures intentions du monde] qui faifoit des fermons
de deux mortelles heures à tous les Prédicateurs de fa connoiffance,
pour leur perfuader que dans la briéveté confiftoit la perfection,
qu'il falloit toujours être court ; & que le Juge le plus infaillible
du mérite d'un Difcours chrétien, c'étoit une bonne montre
d'Angleterre qui vous difoit au jufte : Cela a duré tant de minutes.
Quoi qu'il en foit, ma digreffion eft finie : & j'en dirois volontiers
autant de toute cette Préface, s'il ne me reftoit encore un Article
fur lequel il ne m'eft guère permis de demeurer dans le filence.

§ VI.

Ceux qui favent qu'on a déja publié une Traduction des Remarques de Mr. Le Motteux dans la *Bibliothèque Britannique,* exigeront fans-doute que je n'en prétende pas caufe d'ignorance, & que je ne finiffe pas fans leur donner là-deffus quelques éclairciffemens. Voici ceux que je crois ne pouvoir leur refufer.

Le premier morceau de la Traduction des Remarques de Mr. Le Motteux, inféré dans le premier Volume de la Bibliothéque Britannique, vient d'un homme qui s'est acquis depuis long-tems une réputation diftinguée par les fervices qu'il a rendus à la République des Lettres. J'aurois du, ce femble, profiter de fon travail: Je fuis même autorifé à croire que j'aurois pu me l'approprier impunément, ou fans craindre au moins que l'Auteur cherchât à m'en punir: Il eft fi galant homme que je fuis bien fûr qu'il ne m'auroit point fait de procès là-deffus: Mais oûtre que tout le monde n'auroit peut-être pas eu la même indulgence, & que d'ailleurs il ne fied pas toujours de fe permettre tout ce qu'on peut faire impunément; ceux qui voudront prendre la peine d'examiner ce commencement de Traduction s'appercevront bien-tôt qu'il a été compofé dans des vûes un peu indifférentes des miennes. Le favant Traducteur fe propofoit de donner une Traduction libre: Jufque-là nos vûes font les mêmes: Mais il lui convenoit de faire entrer dans fa traduction certaines chofes qui fe trouvent aujourd'hui inutiles par rapport à mon deffein, & il en a au contraire fupprimé d'autres que mon deffein exigeoit qui fuffent confervées: de forte qu'il ne m'auroit prefque pas été poffible de copier fon Ouvrage fans y faire des changemens affez confidérables. Cela eût été trop cavalier: Et-puis, je preffentois qu'il en réfulteroit une bigarrure de ftile qui ne plaît point. J'ai donc cru, tout bien compté, que quelque inférieure que pût être ma façon d'écrire, je devois hazarder une Traduction toute nouvelle de cette partie des Remarques de Mr. Le Motteux: & je l'ai hazardée.

La fuite de ces Remarques, telle qu'elle a paru à diverfes reprifes dans les Volumes fuivans de la Bibliothèque Britannique, eft d'une autre main que le commencement. Elle vient d'un homme auffi nouveau que moi dans la République des Lettres, & qui du refte m'eft auffi connu que moi-même, qui eft mon Ami le plus intime, qui penfe comme moi, qui écrit comme moi, que je pouvois enfin, tantôt copier, tantôt corriger, avec non moins de liberté que fi fon Ouvrage eût été le mien. En dire davantage ce feroit prefque fe nommer, & tomber par-là dans l'inconvénient que l'on a voulu éviter en ne fe défignant, à la page du titre, que par des lettres initiales.

§ VII.

Après avoir annoncé, comme je l'ai fait tout-à-l'heure, que j'allois mettre fin à cette Préface, qui d'ailleurs est déjà affez longue, il femble que je devrois réellement ne la pas allonger encore davantage. J'avois réfolu de n'y parler de Mr. Le Motteux qu'en paffant : de n'y point faire entrer un Article exprès fur fon fujet. Ce qu'on en peut dire fe réduit à fi peu de chofe, qu'il vaudroit prefque autant n'en rien dire du tout : Et le peu qu'on en fait eft accompagné de quelques circonftances affez fcabreufes. Je concevois que la qualité d'Hiftorien ne me permettroit pas de les fupprimer : & je craignois qu'en les rapportant je ne choquaffe la délicateffe de ceux qui font fcrupuleux à un certain point fur les bienféances. Mais ceux qui ont fu à quel ouvrage je travaillois, m'ont averti bien férieufement que les gens de lettres s'*attendroient* à y trouver des particularitez hiftoriques touchant mon Auteur : que c'eft-là le grand goût : qu'il faut le fatisfaire autant qu'il eft poffible : Et il eft vrai après-tout qu'il y a long-tems que l'Hiftoire s'eft mife, & même avec dignité, au deffus des conféquences métaphyfiques que l'Efprit peut tirer de la Loi générale qui ordonne de refpecter les bienféances. Je conviendrai donc, fi l'on veut, que je fuis ici dans un de ces cas où la rigueur de la loi eft fufceptible de modification : Et cela pofé je confentirai à parler de Mr. Le Motteux : La queftion ne fera plus que de favoir fi c'eft la peine d'en parler lorfqu'on a fi peu de chofe à en dire. Car quand j'aurai couché fur le papier :

Que PIERRE MOTTEUX ou LE MOTTEUX étoit et avoit été élevé en Normandie dans la Ville de Rouen : Qu'il paffa en Angleterre étant encore affez jeune : Qu'il y devint très-habile dans la Langue du Pays : Qu'il avoit beaucoup d'efprit, & de ce que les Anglois appellent *Humour :* Qu'outre les deux derniers Livres du Rabelais, on a de lui une Traduction Angloife du *Don-Quichote,* qui a été très-bien reçue du Public : Qu'on a encore de fa façon plufieurs *Chanfons*, plufieurs *Prologues* & *Epilogues* pour accompagner cetaines Pièces de Théâtre : Qu'il a donné lui-même au Théâtre Anglois huit Pièces tant grandes que petites : Qu'avec cela il étoit Marchand : Qu'on a même une Lettre qu'il écrivit en cette qualité, & qui eft imprimée dans le *Speftateur :* Qu'il tenoit un Magafin de marchandifes des Indes dans la *Cité* de Londres : Que fon négoce fut confidérable & qu'il y gagna du bien : Qu'un jour, en M. DCC. XVIII, il fut trouvé mort dans une Maifon de la Paroiffe de *St. Clément Danes :* Que la Maifon où il mourut étoit une Maifon de débauche : Qu'il mourut *dans la cinquante-huitième année de fon âge :* Que ce fut fon jour de naiffance qui fut le jour de fa mort : Que fa mort parut avoir été violente : Qu'on foupçonna qu'il avoit été tué : Que felon la tradition commune ce fut lui-même en quelque forte

qui fe tua : Et que le genre de fa mort eft en partie exprimé
dans cette Epitaphe :

> *Cy gît qui par pure impuiſſance*
> *Faiſant un trop puiſſant effort,*
> *Mourut le jour de ſa naiſſance*
> *En ſerrant ſon Col par trop fort.*

Quand j'aurai, dis-je, régalé mes Lecteurs de toutes ces
particularitez, eſt-il bien à croire qu'ils ſe payent d'une pareille
Minute comme d'un Mémoire dans les formes, tel qu'il le faudroit
pour répondre à leur attente ? Voilà néanmoins tout ce que je
puis leur offrir, & plus même qu'ils ne trouveroient dans *Gildon*
& *Jacobs*, les deux ſeuls Auteurs qui ayent écrit quelque choſe
ſur la Vie de Mr. Le Motteux. J'ai conſulté des gens qui ſont
infiniment plus au fait que moi de tout ce qui concerne la
République des Lettres en général & les Ecrivains Anglois en
particulier. Je pourrois nommer entr'autres un Mr. DES-
MAISEAUX, un Mr. LOCKMAN. Mais il ſe trouve malheureuſement que ces Meſſieurs eux-mêmes, dont la politeſſe au reſte me
mettoit en droit de compter ſur tous les ſecours qui dépendroient
d'eux, ſe trouvent réduits ſur le ſujet de mon Auteur à m'indiquer
les ſources publiques où j'ai puiſé tout ce qu'on vient de lire, &
où je n'ai rien laiſſé de ce qui pouvoit entrer dans cette Préface : Car
on ne voudroit pas, je penſe, que je donnaſſe ici les titres
des Pièces de Théâtre dont je me ſuis contenté de dire un mot
en général. Ce n'eſt pas qu'un Catalogue exact & raiſonné de
tous les Ouvrages de Mr. Le Motteux ne pût avoir ſon mérite :
Mais je n'ai ni le tems, ni le loiſir, ni les matériaux néceſſaires
pour le dreſſer ; d'ailleurs cela ne ſeroit pas à ſa place.

Ce qui conviendroit mieux peut-être, ce ſeroit de dire quelque
choſe d'une Pièce imprimée qui n'eſt point de Mr. Le Motteux,
mais où il s'agit de lui & de ſa mort. Les femmes de la Maiſon
où il étoit mort furent pourſuivies en Juſtice ſur le ſoupçon qu'on
avoit que c'étoient elles qui l'avoient étranglé pour le voler : &
leur procès fut imprimé. Mais il faut que la Pièce ſoit devenue
extrêmement rare : Car quelques perquiſitions que j'aye faites,
il m'a été impoſſible de la déterrer. Tout ce que j'en puis dire
ſur la foi publique, c'eſt que les Femmes furent déchargées : &
que ce ſont leurs dépoſitions apparemment qui ont donné lieu à
la tradition ſelon laquelle on prétend qu'il s'étrangla lui-même
ſans le vouloir, mais par un accident qui ne lui ſeroit jamais
arrivé s'il ne s'y fût expoſé par une imprudence beaucoup trop
volontaire. Quoi qu'il en ſoit, ſa mort a paru fort ſcandaleuſe
aux honnêtes gens : Et il faut avouer qu'elle l'eſt, s'il eſt bien
vrai en premier lieu qu'il ſoit entré dans une maiſon de débauche
la connoiſſant pour telle, & en ſecond lieu, qu'il y ſoit mort par
ſa faute comme on le dit. Ne le jugeons pourtant pas avec une

févérité pharifaïque. On fe pardonne tous les jours des crimes auffi grands que le fien, & des crimes peut-être plus crians devant Dieu, quoiqu'ils faffent moins de bruit parmi les hommes. Toute la différence après cela, c'eft que ce font des crimes auxquels on a le bonheur de furvivre, au lieu que le fien précéda immédiatement fa mort. Cela ne change rien à la nature du crime. Je ne vois pas non plus une grande différence entre mourir d'un accident qui fait d'abord fon effet, & mourir de mort fubite. Or je compte que les gens raifonnables ne me defavoûront pas fi je dis que les dernières heures de ceux qui meurent fubitement, font prefque toujours affez peu édifiantes.

De W. . . . . près de Londres,

le 23e. de Décembre M. DCC. XXXIX.

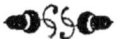

INTRODUCTION

CE N'EST PAS d'aujourd'hui que les gens d'Efprit ont cherché dans le Rabelais des véritez cachées fous le voile de l'Allégorie. Les *Faits & Dits de Gargantua & de Pantagruel* ont mérité que l'illuftre Préfident DE THOU en fît mention dans fon Hiftoire, comme d'une Satire très-ingénieufe où il s'agiffoit de quelques perfonnes des plus confidérables, foit par leur naiffance, foit par leurs emplois (1) : Et je ne doute pas que cet excellent Hiftorien n'eût pu donner au Public les véritables noms des burlefques Perfonnages de notre Auteur : Mais comme c'étoit une chofe d'autant plus délicate que les affaires de la Religion s'y trouvoient fort intéreffées, nous ne devons pas nous étonner fi les Particuliers qui avoient réellement la Clef de cette Satire énigmatique, ont appréhendé de la mettre entre les mains de tout le monde.

On nous en a préfenté une dans la fuite. On en a enrichi les dernières Editions du Rabelais. Mais fi j'ofois pouffer la figure, je dirois volontiers que c'eft une Clef qui femble n'avoir point-du-tout été faite pour la Serrure qu'il falloit ouvrir. On a beau l'effayer : on n'en entre pas mieux qu'auparavant dans le fens myftérieux de fes fictions que Rabelais lui-même, dès le Prologue de fon premier Livre, appelle des *Symboles Pythagoricques*, où les Lecteurs attentifs & pénétrans pourront trouver, comme dans une efpèce d'Os qu'il leur auroit donné à rompre, la *fubftantificque moüelle* de fon Ouvrage, ou en autres termes, de *très-haultz Sacrements* & des *myftères horrificques*, *tant en ce que concerne noftre Religion que auffi en l'Eftat politicq & vie œconomicque*.

Pour nous initier dans ces Myftères, la prétendue Clef nous dit que GRANDGOUSIER eft *Louïs* XII : que GARGANTUA eft François I : que PANTAGRUEL eft *Henri* II. Mais Louïs-douze reffemble fi peu à Grandgoufier qu'autant aimerois-je qu'on eût nommé le Roi de Siam ou le Grand Kan des Tartares : Et ce que je dis de Louïs-douze par rapport à Grandgoufier, peut fe dire également, foit de François-premier comparé avec Gargantua, foit de Henri-deux comparé avec Pantagruel (2).

Non-feulement les Perfonnages du Rabelais ne reffemblent guères aux Princes que l'on indique : ils ont même certains traits

qui les en diſtinguent viſiblement. La *France* eſt ſi peu leur
Patrie & leur Royaume, qu'ils n'y paroiſſent qu'en qualité de
Voyageurs : Leur Pays porte le nom d'*Utopie :* Ils quittent la
France pour retourner chez eux : Et François premier eſt bien
diſtinctement repréſenté comme une perſonne différente de
Gargantua, lorſque Frere Jean des Entommures parle de l'un en
préſence de l'autre. *Je hay* [dit-il, étant à table avec Gargantua.]
*Je hay plus que poiſon ung homme qui fuit quand il ſault jouer des
couſteaulx. Hon, que ne ſuis-je Roy de France . . . je vous mettrois
en chien courtault les fuyards de Pavie. Leur ſiebvre quartaine.
Pourquoi ne mouroient-ils là pluſtoſt que laiſſer leur bon Prince en
ceſte néceſſité* (3) ?

Or ſi François premier n'eſt pas Gargantua, il eſt clair que
Pantagruel à ſon tour n'eſt pas *Henri deux :* Et je prouverois de
même, s'il le faloit, que les Auteurs de la prétendue Clef ſe ſont
trompez à l'égard de tous les autres noms qu'ils ont entrepris de
déchiffrer. Mais ce n'eſt pas là l'eſſentiel. Ce qu'il y a de plus
important, & qui n'eſt pas ſi facile, c'eſt de rencontrer le Vrai
qu'on a manqué juſqu'à préſent. Cela n'eſt pourtant pas ſi
difficile, ſelon moi, qu'on doive deſeſpérer d'en venir à bout :
Car ſi nous pouvons ſeulement réuſſir à démaſquer PANURGE,
nous découvrirons bien-tôt qui eſt ſon Maître PANTAGRUEL : Et
Pantagruel une fois connu, on reconnoîtra par cela même qui eſt
GARGANTUA ſon Pere, & qui eſt GRANDGOUSIER ſon Ayeul. Ce
ſera donc par *Panurge* que je commencerai ; quoiqu'il ne paroiſſe
ſur la Scène que dans le Second Acte, & ne ſoit qu'un des Héros
ſubalternes de la Pièce.

REMARQUES DE M. LE MOTTEUX

ARTICLE I.

$\mathcal{P}$ANURGE eſt remarquable par quatre endroits. *En premier lieu,* il poſſède pluſieurs Langues, tant anciennes que modernes. *En ſecond lieu,* c'eſt un homme qui joint à beaucoup de ſavoir une grande habileté : qui eſt ſouple, fin, ruſé, & fourbe même, autant qu'on peut l'être. *En troiſième lieu,* il eſt bon Catholique extérieurement, & n'eſt rien moins que Catholique dans le fond. *En quatrième lieu,* le mariage paroît être, après la bonne chère, le principal de ſes ſoucis : & l'on voit aiſément qu'il ne feroit rien plus volontiers que de prendre femme s'il n'avoit peur d'en rencontrer une qui le valût trop bien, c'eſt-à-dire qui valût auſſi peu que lui. J'ignore ſi ceux qui ont pris Panurge pour le Cardinal d'Amboiſe ont fait attention à ces quatre caractères, parmi leſquels je n'en vois aucun qui lui ſoit applicable, ſi ce n'eſt peut-être celui d'homme habile, entant que ce caractère convient à tout Miniſtre d'Etat d'une capacité reconnue ; Mais je les trouve tous quatre bien marquez dans la perſonne de *Jean de MONTLUC,* Evêque de Valence & frere aîné de ce Maréchal de Montluc qui ſe ſignala dans le ſeizième Siècle par ſa haine violente contre le Parti de la Réforme (4).

Premièrement : les Hiſtoriens nous aſſûrent que Jean de Montluc entendoit mieux qu'aucun homme de ſon tems, non-ſeulement le Latin & le Grec, mais les Langues orientales : Et il y a bien apparence que dans ſes diverſes Ambaſſades, juſques au nombre de ſeize en Allemagne, en Angleterre, en Écoſſe, en Pologne, en Turquie, il apprit pluſieurs Langues vivantes (5).

Secondement : ſes Ambaſſades firent connoître & admirer ſon eſprit, ſon adreſſe, ſa pénétration, & l'art qu'il avoit de ſe conduire toujours de la manière la plus propre à contenter tout le monde. Il ſe ſurpaſſa lui-même dans l'Ambaſſade de Pologne. Ce fut lui qui détermina les Polonois à mettre la Couronne de ce Royaume ſur la tête de Henri de Valois, Duc d'Anjou, malgré toutes les difficultez qui naiſſoient de l'idée encore toute récente du Maſſacre de la St. Barthelémi, dont on ſavoit que ce Prince avoit été un des principaux Inſtigateurs. Les travaux & les ſuccès de Montluc dans toutes ces importantes négociations, l'autoriſèrent à prendre pour ſa Deviſe ce vers latin :

Quæ Regio in terris noſtri non plena laboris ? (6)

Troiſièmement : c'étoit une choſe très-connue qu'il panchoit fortement en faveur du Calviniſme. Il s'en cachoit même ſi peu qu'il prêcha un jour devant la Reine le chapeau ſur la tête, & en manteau, comme s'il eût été un Prédicateur Calviniſte : ſur quoi le Connétable de Montmorenci, qui étoit préſent, dit tout haut : *Qu'on m'aille tirer de cette Chaire cet Evêque travesti en Ministre.* Il fut même déclaré hérétique par Pie IV. Mais ce Pape ne lui ayant pas donné des Juges *in partibus,* ſuivant les Loix du Royaume, il conſerva ſon Evêché, & fit punir le Doyen de Valence qui l'avoit accuſé de Calviniſme (7). Il demeura cependant toujours extérieurement attaché à l'Egliſe Romaine, & ne perdit ſes revenus qu'avec la vie. Il auroit volontiers fait une abjuration ſolemnelle des erreurs de cette Egliſe : mais il auroit voulu continuer à être Evêque, & Calvin lui avoit ſignifié que cela étoit incompatible avec le plan de ſa Réforme. Il avouoit même que ſi en paſſant d'une communion dans l'autre il avoit pu y faire paſſer ſa cuiſine avec lui, la ſeule conſidération de l'Epiſcopat ne l'auroit pas arrêté (8). Et de là ſans doute cette ſentence de Panurge, que *Venter famelicus auriculis carere dicitur,* auſſi-bien que ces autres paroles qui viennent bientôt après la ſentence vers la fin du neuvième Chapitre dans le Livre deux : *Pour cette heure, j'ay néceſſité bien urgente de repaiſtre, dents aiguës, ventre vuide, gorge ſeiche, appetit ſtrident, tout y eſt deliberé. Si me voulez mettre en œuvre, ce ſera baſme de me veoir briber : Pour Dieu donnez y ordre.*

Quatrièmement : ce qui lui tenoit le plus au cœur, après la bonne chère, c'étoit l'article du Célibat qu'il n'aimoit point du tout. On trouva après ſa mort un Contrat de mariage qui fait foi qu'il avoit épouſé une Demoiſelle nommée *Anne Martin :* & tout le monde ſavoit long-tems auparavant qu'il avoit eu un fils. C'eſt le même qui eſt connu dans l'Hiſtoire ſous le nom de *Balagni.* Ce mariage, ſelon moi, eſt la véritable cauſe des inquié- tudes dont notre Evêque ou le Panurge de Rabelais paroît ſi fort agité dans le troiſième Livre, & qui occaſionnent le voyage de Pantagruel vers la *Dive Bouteille* dans les deux Livres ſuivans.

On eſt étonné quand on voit dans l'Egliſe Romaine un Eccléſiaſtique, & qui même avoit été Moine, ſeconder ouvertement les Calviniſtes, vivre avec une Femme qu'il a épouſée, jouir avec cela d'un des meilleurs Evêchez de France, & ſe ſoutenir à la Cour dans des Emplois très-conſidérables, malgré tous les orages excitez contre lui & contre la Réformation par des Ennemis accréditez qui avoient entre les mains toutes les forces du Royaume. Mais on reconnoît par cela même à quel point il faut qu'il ait excellé dans ce caractère de prudence, d'habileté, de souplesse, dont Rabelais nous donne une idée si vive, lorsque dans le Chapitre quatorze du deuxième Livre, il introduit Panurge racontant à Pantagruel comment les Turcs l'ayant *mis en broche tout lardé comme ung connil*, & ainsi le faisant *rouslir tout vif*, [tourment qu'il enduroit *pour la maintenance* de la Loi de Dieu,] il se tira de leurs mains avec autant d'adresse que de bonheur. *Le rouslisseur s'endormit*, dit-il, *par le vouloir divin, ou bien de quelque bon Mercure*, ajoute-t-il, *qui endormit cautement Argus ... Quand je vey qu'il ne tournoit plus en rouslissant, je le regarde, & voy qu'il s'endort, lors je prends avecq les dents ung tison par le bout où il n'estoit poinct bruslé, & vous le jecte au giron de mon rouslisseur, & ung aultre je jecte le mieulx que je peulx soubs ung lict de camp, qui estoit auprès de la cheminée, où estoit la paillasse de Monsieur mon rouslisseur &c*. Après les tisons si bien employez, viennent les *Lardons* qu'il jette de tous côtez pour donner le change à une multitude de Chiens, alléchez par l'odeur de sa *paillarde chair demi rouslie* (9). Les lardons qu'il fait ainsi valoir sont ceux-là même dont il avoit été lardé. *Larder un homme* est une expression commune en François, pour marquer l'action de ceux qui le couvrent ou le percent en quelque sorte de traits injurieux & satiriques. Or Montluc, en butte aux traits de ses Ennemis, avoit été lardé en ce sens avant même qu'il fût Evêque (10). Le *tison* que Panurge jette de sa bouche *au giron de son Rouslisseur*, peut désigner les discours pleins de feu par lesquels Montluc répondoit si bien aux accusations ou aux reproches de ses Ennemis, que leur malice retomboit sur eux-mêmes. Après avoir mis la maison de son *Villain Bashats* toute en feu, Panurge lui passe sa broche *à travers la gargamelle &c*. C'est un coup de partie, qui ne représente pas mal les succès victorieux de Montluc. Remarquez au reste ce que dit Panurge dans ce même Chapitre : *Ces Diables de Turcqs sont bien malheureux de ne faire goutte de vin. Si aultre mal n'estoit en l'Alcoran de Mahumet, encore ne me mettrois-je mie de sa Loy*. Il se pourroit fort bien que cela indiquât les sentimens de Montluc sur le retranchement du Calice dans l'Eucharistie (11). Les *Lunettes* que Panurge attache à *son bonnet*, dans le septième Chapitre du Livre trois, seront un emblême de l'attention perpétuelle dont Montluc avoit besoin au milieu des pièges qu'on ne cessoit de lui tendre : Et c'est conformément à cette idée que le même Chapitre fait voir *Comment Panurge avoit la pulce en l'aureille*. On y voit encore comment il *print quatre aulnes de bureau, s'en accoustra comme d'une robbe longue à simple cousture, & desista porter le hault de chausses*, tellement qu'il ne paroissoit plus avec *sa belle & magnifique braguette*. Cette dernière circonstance est relative à la profession religieuse de Montluc, qui en qualité de Moine ne pouvoit pas porter une Braguette comme c'étoit la mode de son tems pour les gens du monde. Peut-être aussi que la simplicité

nouvelle de l'habillement de Panurge marque l'affectation de
Montluc à imiter la fimplicité fi remarquable dans celui des
Miniftres Calviniftes (12).

ARTICLE II.

EN VOILA ASSEZ pour prouver que *Jean de Montluc*, eft le vrai
Panurge de notre Auteur. Je ne vois que lui en qui tous les traits
de Panurge foient bien reconnoiffables. Or à préfent que nous
favons qui eft ce Héros fubalterne du burlefque Roman de
Rabelais, les principaux Perfonnages fe découvriront prefque
d'eux-mêmes.

L'Hiftoire nous affûre que Jean de Montluc fut redevable de fa
fortune à *Marguerite de Valois*, Reine de *Navarre* & Sœur de
François I. Elle le tira d'un Couvent où il n'étoit que fimple
Moine Jacobin, & l'envoya à Rome. Il fe vit élevé par-là au rang
d'Ambaffadeur : & ce fut le premier pas de fon avancement (13).
Ainfi ANTOINE DE BOURBON, Duc de Vendôme, qui par fon
mariage avec *Jeanne d'Albret*, fille unique de *Henri d'Albret* & de
la Reine *Marguerite*, devint leur Fils & fut enfuite Roy de
Navarre, fe préfente naturellement ici comme l'original de
PANTAGRUEL, le Maître de Panurge. *Henri d'Albret,* à ce compte,
pourra être *Gargantua :* & alors il faudra prendre fon Pere *Jean
d'Albret* pour *Grandgoufier*. Rappelons-nous dans cet endroit les
vers que Rabelais, à la tête de fon troifième Livre, adreffe *à
l'Efprit de la Reine de Navarre.*

> « Efprit abftraiét, ravy & exftatic,
> « Qui frequentent les Cieulx, ton origine,
> « As delaiffé ton hofte & domeftic,
> « Ton corps concords, qui tant fe morigine
> « A tes Ediéts en vie peregrine
> « Sans fentement, & comme en apathie,
> « Vouldrois-tu poinét faire quelque fortie
> « De ton manoir divin, perpétuel :
> « Et ça bas veoir une tierce partie
> « Des faiéts joyeux du bon Pantagruel ?

La Reine Marguerite de Navarre, Sœur de François premier,
à l'*Efprit* de laquelle ces vers font addreffez, étoit morte en
Bretagne, l'an mil cinq cens *quarante-neuf* (14). Elle avoit été
amie déclarée de la Réformation. Elle avoit fi bien fait qu'en
mil cinq cens trente-quatre on avoit à Paris trois Prédicateurs
diftinguez qui prêchoient publiquement felon fes idées : ce qui
excita même une violente perfécution : *Girard Ruffi*, qui fut
enfuite Evêque d'Oleron en Navarre, étoit l'un des trois : Les
deux autres étoient *Couraud* & *Berthaud* (15). Elle joignoit à

beaucoup de piété, & à une vertu extraordinaire, un efprit fi orné & une humeur fi charmante, que l'on comptoit avec elle dix Mufes & quatre Graces. On a d'elle divers Ouvrages, tant en vers qu'en profe. Son *Hexameron* renferme des chofes qui écrites aujourd'hui paroîtroient trop libres pour une Dame. Néanmoins elle conferva toujours une grande réputation de fageffe. Le ftile étoit alors moins modefte : les mœurs n'en étoient pas plus relâchées. On dira qu'elle avoit en elle quelque chofe de divin, fi l'on veut en parler comme une de fes Epitaphes, où fa mort eft repréfentée comme un exemple qui prouve que les Divinitez ne font pas toutes immortelles.

> *Quæ fuit exemplum cœleſtis nobile formæ,*
> *In quam tot laudes, tot coïere bona,*
> *Margareta ſub hoc tegitur Valeſia ſaxo :*
> *I nunc, atque mori Numina poſſe nega.*

Rabelais, à peu près de même, s'adreffant à cette Princeffe depuis qu'elle ne paroît plus fur la terre, la met au rang de ces Efprits bienheureux qui habitent le Ciel & dont l'origine eft célefte.

> *Efprit abſtraict, ravy & extatic,*
> *Qui frequentent les Cieulx, ton origine,*
> *As delaiſſé ton hoſte & domeſtic,*
> *Ton corps concors qui tant ſe morigine*
> *A tes Édicts, en vie peregrine*
> *Sans ſentement & comme en apathie !*

Mais ce *Corps concords* qui demeure féparé d'elle ; qui eft encore dans cette *vie pérégrine* ; & qui fe trouve *comme en apathie*, comme infenfible à tous les attraits du Siècle, en fe *moriginant* fi bien fur les *Edits* de l'Efprit célefte qui l'a *délaiffé ;* Ce corps concords, dis-je, que peut-il être dans ces vers fi ce n'eft cette moitié d'elle-même que cette Princeffe a laiffée fur la terre en la perfonne de fon Epoux *Henri d'Albret*, infenfible deformais à tout, excepté au fouvenir de celle qu'il a perdue & des pieux confeils qu'elle lui avoit donnez ? Et par ce *bon Pantagruel* dont Rabelais fuppofe que l'Hiftoire peut intéreffer Marguerite jufques dans fon *divin manoir*, qui entendrons-nous, fi ce n'eft ce même ANTOINE DE BOURBON qui avoit époufé la fille unique de cette Princeffe (16) ? Ce qu'il y a de certain, & qui forme une preuve fans replique, c'eft que dans le neuvième Chapitre du Livre deux, après que Panurge a deja parlé en plufieurs Langues toutes étrangères à Pantagruel ; lorfqu'il vient à dire *Agonou dont ouſſys vous dedagnez algarou* &c., Pantagruel répond auffi-tôt : *J'entends, ce me ſemble : car ou c'eſt languaige de mon Pays d'Utopie, ou bien lui reſſemble quant au ſon.* Or ce langage eft le même au fond que celui qui fe parle en Gafcogne & dans le *Béarn :* Province qui appartenoit au Roi de *Navarre* (17).

Ajoutez ce qui eſt dit de GARGANTUA Pere de *Pantagruel*, dans le ſixième Chapitre du premier Livre, que ſes cris quand il fut venu au monde ſe firent entendre *de tout le Pays . . de Bibaroys.* Cela indique manifeſtement quelque Pays voiſin de celui de ſa naiſſance. Or il ſe pourroit fort bien qu'il y eût dans le nom de *Bibaroys* quelque choſe de plus qu'une alluſion badine au mot de *Bibere* ou de *Boire.* Le Bibaroys feroit, ſelon mon idée, ou le Pays de *Bigôre,* qui étoit un des Domaines du Roi de Navarre; ou le *Vivarets,* qu'il feroit permis de conſidérer ici comme voiſin du Comté de Foix, autre Pays que la Navarre pouvoit compter au nombre de ſes dépendances, ſous un Roi héritier de Catherine de Foix qui étoit ſa Mere. Je veux dire, ſous HENRI D'ALBRET, Prédéceſſeur & Beau-pere d'*Antoine de Bourbon.*

Le Pays de *Beuſſe* eſt nommé avec celui de Bibarois, & eſt nommé le premier, comme celui des deux où Gargantua étoit né. Or dans le nom de Beuſſe, auſſi-bien que dans celui de Bibarois, je trouve quelque choſe de plus qu'un ſimple badinage, ſur le mot de Boire. On ſait que le langage de ces Contrées, entre pluſieurs autres, eſt remarquable par la ſubſtitution de l'V au B & du B à l'V. Suppoſons la dans le nom dont il s'agit : & au lieu de *Beuſſe,* nous aurons *Veuſſe,* que nous pourrons faire venir de *Vaſates,* l'ancien nom du Pays d'*Albret* (18).

Remarquez encore ce qui eſt dit de GRANDGOUSIER, le Grand-Pere de *Pantagruel,* dans le troiſième Chapitre du premier Livre. Il avoit ordinairement *bonne munition de Jambons de Mayence & de Bayonne :* il avoit *proviſion de faulciſſes :* mais c'étoient faucíſſes *de Bigorre . . & de Rouargue,* & *non de Bouloingne,* parce qu'*il craignoit li bouconi de Lombard.* Cela ſera fort inintelligible ſi nous l'entendons de JEAN D'ALBRET, Prédéceſſeur de *Henri,* & qui peut-être cenſé Grand-Pere d'Antoine de Bourbon en vertu du mariage de celui-ci avec ſa Petite-Fille Jeanne d'Albret. On conçoit facilement pourquoi Jean d'Albret devoit craindre *li bouconi de Lombard,* c'eſt-à-dire les poiſons d'Italie, lorſque l'on ſe rappelle combien le Pape étoit ſon Ennemi. On ſait qu'il fut excommunié par *Jules* II : & que ce fut en conſéquence de cette Excommunication qu'il perdit la Haute-Navarre, uſurpée par Ferdinand Roi d'Eſpagne. Auſſi voyons-nous, au huitième Chapitre de ce même Livre, que Grandgouſier n'aimoit point les Eſpagnols : *Il hayſſoit tous ces Indalgos bourrachous marraniſez comme Diables.* Et l'attachement qu'un Roi de Navarre devoit naturellement avoir pour ſon Pays de Béarn, me paroît indiqué dans le Chapitre treize par ces paroles de Gargantua : *Un buſſart tu auras . . . de ce bon vin Breton, lequel poinct ne croiſt en Bretaigne, mais en ce bon pays de Verron.* Il me ſemble au moins que le nom de *Verron* ne feroit pas mal imaginé pour déſigner énigmatique-ment celui de *Béarn* (19).

Je ne voudrois pourtant pas inſiſter beaucoup ſur ces ſortes de reffemblances entre les noms. Mais où l'on pourroit infifter, felon moi, ce feroit fur la fignification du nom Grec d'*Utopie* donné par Rabelais au Royaume de Grandgoufier ou de Gargantua : & fur le rapport vifible de cette fignification avec ce que la Navarre étoit actuellement à l'égard de Jean ou de Henri d'Albret. Ce Royaume étoit en quelque forte anéanti pour eux, ou n'étoit [pour ainfi dire] qu'un Royaume en l'air : Ils ne le poffédoient prefque plus que dans leurs titres, depuis que le Roy d'Efpagne en avoit ufurpé la meilleure partie : Et c'eft-là juftement ce qu'exprime d'une manière énergique le nom d'*Utopie*. Perfonne n'ignore que ce mot a été inventé pour dire *un Pays qui ne fe trouve nulle part*, un Royaume chimérique.

Nous avons donc déja quatre Acteurs de la Pièce, qui nous font connus : trois Rois de Navarre, & un Evêque de Valence redevable à leur Maifon de fon éducation & de fa fortune : fans compter les Femmes, qui font ici des Perfonnages muets. CATHERINE DE FOIX, femme de *Jean d'Albret*, Mere de *Henri*, & ici cenfée Grand-mere d'*Antoine de Bourbon*, voilà GARGAMELLE, femme de *Grandgoufier*, Mere de *Gargantua*, Grand-mere de *Pantagruel*. Voilà par conféquent en MARGUERITE DE VALOIS, femme de Henri d'Albret, & Mere dans un fens d'Antoine de Bourbon, la véritable BADEBEC, dont Gargantua fut le Mari & Pantagruel le Fils.

ARTICLE III.

PICROCHOLE après cela, [ce perfonnage qui fe rend fi odieux à Grandgoufier & à Gargantua] ne fauroit nous demeurer long-tems inconnu. Il faut que ce foit, ou FERDINAND D'ARRAGON, le même qui avoit enlevé la Haute-Navarre à Jean d'Albret : ou plutôt fon fucceffeur Charles d'Autriche, fi fameux dans l'Hiftoire fous le nom de CHARLES-QUINT, à qui le portrait entier de Picrochole paroît reffembler plus parfaitement. Le nom de *Picrochole* annonce à tous ceux qui entendent le Grec, un homme d'une humeur aigre & colérique, plein de fiel & d'amertume : tel enfin que fe montra Charles-Quint, non-feulement dans la guerre cruelle & opiniâtre qu'il fit à François premier, & où Henri d'Albret étoit confidérablement intéreffé, mais même dans fa fameufe retraite & dans fa mort, puifque l'une & l'autre eurent pour caufe, au moins en partie, un débordement de bile auquel il étoit fujet. La Converfation de Picrochole avec le *Duc de Menüail*, le *Comte Spadaffin* & le *Capitaine Merdaille*, dans le Chapitre trente-trois du premier Livre, repréfente fort plaifamment un Prince affez fot & affez vain pour fuivre fes Flatteurs dans les plus ridicules Rodomontades, & pour fe laiffer remplir la tête d'un Projet de Monarchie univerfelle comme d'une chofe très-facile à exécuter. Or perfonne n'ignore que ce fut-là la

grande maladie de l'efprit de Charles-Quint : & s'il ne la porta
pas jufques dans le Monaftère où il fe retira après fon Abdication,
on peut dire au moins qu'il fembla l'avoir donnée avec fes
Royaumes à fon Succeffeur, Philippe II. Le Duc de Ménuail, le
Comte Spadaffin & le Capitaine Merdaille, m'ont tout l'air d'être
quelques Grands d'Efpagne, car le Roi leur dit, *Couvrez, couvrez-
vous.* Ces Meffieurs, dans l'Hiftoire anticipée de fes Conquêtes,
lui difent entr'autres chofes : *Vous pafferez par l'Éftroit de Sibylle,
& là erigerez deux Colomnes plus magnificques que celles d'Hercules,
à perpetuelle mémoire de votre nom.* C'eft manifeftement une
raillerie aux dépens de Charles-Quint, qui avoit pris pour Devife
deux Colomnes, avec ces mots, *Plus oûtre.* Les mêmes Braves
difent à Picrochole fur le même ton : *Couftoyant à gaufche,
dominerez . . . Genes, Florence, Lucques, et à Dieu feas Rome. Le
paovre Monfieur du Pape meurt desja de paour :* Et ils lui avoient
dit un peu auparavant qu'il *oppugneroit* les Royaumes de *Tunis
& d'Argiere.* Il feroit difficile, à ces traits, de méconnoître
Charles-Quint. Ses expéditions de Tunis & d'Alger font connues :
& l'on fait comment, en mil cinq cens vingt-fept, l'Armée de ce
Roi Catholique prit Rome, la pilla, y commit une infinité de
violences, réduifit le Pape à fe cacher dans le Château St. Ange,
bloqua le Château, contraignit le St. Pere de fe rendre, le retint
prifonnier, le rançonna, fit en-un-mot toutes ces chofes que
Sandoval, Auteur Efpagnol, appelle une œuvre qui n'étoit pas
fainte. *Obra no fanta.* Picrochole eft dépeint, dans le Chapitre
vingt-neuf, comme un Ufurpateur obftiné des *Terres héréditaires*
de Grandgoufier & de Gargantua, *efquelles il étoit hoftilement entré,
fans caufe ni occafion ; & pretendoit feulement droit de bienfeance*
pour y demeurer. Voilà Charles-Quint encore. Au moins fut-il
Ufurpateur en ce qu'il ne voulut jamais en venir à une reftitution
de la Haute-Navarre, que fon Prédéceffeur Ferdinand avoit
ufurpée : & il eft fort poffible, au refte, que Rabelais ait eu
intention de les produire tous deux fous un feul et même
mafque (20).

Cela n'eft point felon les règles de l'Hiftoire & de la Chrono-
logie : Mais dans des Ouvrages comme celui de notre Auteur ces
fortes de chofes font autorifées par l'ufage & par la raifon. Lifez
la Clef que le célèbre *Patru* nous donne d'une partie de *l'Aftrée*,
& qu'il tenoit de l'auteur même de cet agréable Roman. Vous
verrez que les compofitions de ce genre doivent être un tiffu de
Vérité & de Fiction : que des actions éloignées & indépendantes
les unes des autres dans la réalité, fe rapprochent dans le Roman :
que quelquefois au contraire une feule avanture fe partage en
deux avantures différentes, & la même perfonne paroît fous deux
noms différens : qu'un efpace de cinquante ans peut fe retrécir
jufqu'à n'être plus qu'un efpace de fix mois : que le lieu de la
Scène, auffi-bien que l'ordre des tems, fe change à deffein ; &

que de pareilles libertez ont toujours été admifes dans de pareils Ouvrages. Lifez l'*Argenis* de *Barclay,* où vous avez l'Hiftoire de France fous Henri IV. Vous verrez que *Polyarque* & *Archombrote* n'y font au-fond qu'un feul & même Perfonnage : tout comme *Diane* & *Aftrée,* ou *Celadon* & *Sylvandre,* dans le Roman de *D'Urfé.* Celui-ci transforme en mariage les liaifons galantes de fes Amans. Il fe pourroit fort bien que par une liberté femblable, quoiqu'oppofée, Rabelais ait transformé en fimple paffion pour le mariage un mariage actuel de fon Panurge : Il pouvoit favoir que l'Evêque de Valence, fon Panurge réel, étoit marié, & confiderer en même tems que ce n'étoit pas une chofe à publier (21). D'Urfé & Barclay font deux perfonnages d'un feul : Il fe peut que Rabelais en ait fait un de deux ; en forte que Picrochole, comme je le prétends, repréfente à la fois Ferdinand d'Aragon & Charles-Quint. On a même lieu de croire qu'ils ne font pas les feuls : Car Meffieurs *de Sainte-Marthe* avoient affûré à Mr. *Ménage ,* s'il faut s'en rapporter au *Ménagiana,* que leur Grand-pere, Médecin à *Fontevraut,* étoit l'original de Picrochole : & il n'y a nulle apparence, ni que ces Meffieurs l'euffent dit fans fondement, ni que Ménage l'eût redit fur leur parole en cas qu'il n'eût pas eftimé la chofe vraifemblable. Ce favant homme devoit être au fait de ce qui regarde Rabelais, fur les Oeuvres duquel il avoit compofé des Obfervations, lefquelles je fuis fâché de ne connoître que par le Catalogue de fes Ouvrages manufcrits. Rabelais repréfentoit des Evènemens & des Perfonnages confidérables : c'étoient-là fes principaux objets : Mais il avoit affez d'efprit fans doute pour en faire des Tableaux où l'on pût avoir le plaifir de reconnoître auffi les caractères & les avantures de quelques Particuliers. Ses Perfonnages peuvent être comparez à ceux des Ballets de *Benferade.* C'eft Jupiter, c'eft un Dieu qui parle, & il ne dit rien qui ne le caractérife : mais cela eft tourné d'une telle façon que c'eft en même tems le caractère d'un Dieu & celui d'un homme.

Frere Jean des Entommeures, dont je pourrois parler ici, trouvera fa place dans la fuite, parmi les Remarques particulières que je vais faire fur chaque Livre (21).

DEUXIÈME PARTIE

OU REMARQUES PARTICULIÈRES SUR CHAQUE LIVRE.

Remarques fur le Livre I.

LE PREMIER CHAPITRE parle *de la généalogie & antiquité de Gargantua*, fans nous donner pourtant la lifte de fes Ancêtres au fujet de laquelle l'Auteur nous renvoye *à la grande Chronicque Pantagruelline*, c'eft-à-dire au premier Chapitre du deuxième Livre, où *vous entendrez plus au long comment les Géants nafquirent en ce Monde : et comment d'iceulx par lignes directes yffit Gargantua Pere de Pantagruel*. On peut regarder ce badinage comme une agréable raillerie aux dépens de tous ceux, qui s'appliquant trop à la vaine étude des généalogies les plus anciennes, femblent fe chercher des Ancêtres jufques dans l'Hiftoire fabuleufe des Géants, & vouloir fe faire defcendre de quelque chofe de plus grand que l'Homme : Mais on peut croire auffi que Rabelais avoit perfonnellement en vûe le Prince qu'il repréfente fous le nom de GRANDGOUSIER, Pere de Gargantua. J'ai tâché de prouver ci-deffus que par Grandgoufier nous devons entendre JEAN D'ALBRET Roi de Navarre. Or quoique ce fût un Prince qui avoit plufieurs qualitez aimables, franc, généreux, magnifique, fe plaifant même à la lecture, il ne laiffoit pas d'avoir fes défauts. Indolent, aimant trop le plaifir, fe divertiffant fouvent à aller familièrement manger chez fes Sujets, abandonnant à fes Miniftres le foin des affaires ; mais avec cela grand amateur de tous les moindres détails où l'on puiffe entrer pour connoître à fond l'Hiftoire généalogique & héraldique des Familles, fon application la plus forte étoit celle qu'il donnoit à cette même étude dont Rabelais fe moque (22).

Gargantua & fes Prédéceffeurs font repréfentez comme une Race de *Géants*. C'eft qu'il font Rois : & que les Rois, dans un fens moral, font des Géants.

On pourroit dire enfin que fi Rabelais a fait de Grandgoufier, de Gargantua, de Pantagruel, des Perfonnages exceffivement gigantefques, c'eft par une imitation ironique des Romans de fon tems, où la defcription des Géants & de leurs proueffes, auffi-bien que celle des Magiciens & de leurs opérations prodigieufes, formoit un merveilleux oûtré incroyable (23).

LE CHAPITRE SECOND contient les *Fanfreluches antidotées trouvées en un Monument anticque*. Ces fanfreluches, avec l'hiftoire de leur découverte dans le Chapitre précédent, pourront divertir ceux qui favent combien il s'en faut que tous les anciens Manufcrits foient authentiques.

Les Chapitres Huit, Neuf & Dix, traitent au long de tout ce que Grandgoufier *ordonna* touchant les habillemens de Gargantua, touchant fa Livrée, touchant fes *Couleurs :* & des raifons qu'il eut d'ordonner qu'elles fuffent *blanc & bleu.* L'attention du bon homme Grandgoufier à ces fortes de chofes affortit ce que j'ai infinué au fujet du goût de Jean d'Albret pour l'Art héraldique & pour toutes les dépendances de cet Art. — *Les couleurs de Gargantua feurent blanc et bleu : comme cy-deffus avez peu lire. Et par icelles vouloit fon pere qu'on entendift que ce luy étoit une joye célefte. Car le blanc lui fignifioit joye, plaifir, delices et rejouiffance : et le bleu, chofes celefles.* Mais comme après tout le blanc peut fe prendre auffi pour l'embleme de l'*Innocence*, de la *Candeur*, de la *Sincérité* : & le bleu pour la *Piété*, ou pour l'*amour divin*, pour l'amour des *chofes célefles :* j'aurois du panchant à croire que dans le fond, en donnant ces couleurs à Gargantua, qui repréfente Henri d'Albret, Epoux de Marguerite de Valois, Rabelais avoit en vûe la *Sincérité* avec laquelle ce Prince & cette Princeffe s'intéreffoient pour la *Piété*, en s'intéreffant pour la réformation de l'Eglise (24) . . . Peut-être encore qu'il vouloit faire honneur, en paffant, à fon bon Patron Godefroi d'Estissac, Evêque de Maillezais, qui portoit d'*argent* & d'*azur* dans fes Armoiries.

Les Chapitres onze, douze & treize, nous entretiennent de l'*Adolefcence de Gargantua :* Et nous y voyons quelque chofe d'affez femblable à ce que l'Hiftoire nous apprend de la manière dont Henri d'Albret fit élever fon Petit-fils, fi fameux dans la fuite fous le nom de *Henri-Quatre*. Il l'envoya à la Campagne. Il ordonna qu'on le laiffât courir avec les Enfans des Payfans : & fes ordres furent fuivis. Le jeune Prince couroit fouvent parmi ces petits Villageois fans chapeau & fans fouliers. Il étoit nourri comme eux. Il acquit ainfi cette conftitution robufte, cette activité & cette fobriété, qui dans l'âge viril contribuèrent fi bien à lui faire furmonter les efforts de la Ligue & du Duc de Mayenne en qui les mêmes qualitez ne fe trouvoient pas. Or il eft fort probable que Henri d'Albret, qui eft toujours dans mon idée le véritable Gargantua de Rabelais, avoit été lui-même élevé comme il éleva fon Petit-fils : Car ce Prince, tel que l'Hiftoire nous le repréfente, ne fe diftingua pas feulement par fon efprit, par fa capacité, & par une générofité qui alloit jufqu'à la magnificence ; il avoit encore les inclinations guerrières & beaucoup de bravoure (25).

Le Chapitre Quatorze a pour titre : *Comment Gargantua feuft inftitué par ung Sophifte en Lettres Latines.* Ce Sophifte eft nommé *Maiftre Thubal Holoferne.* Je ne doute pas que ce Perfonnage , &

fon fucceſſeur *Maiſtre Jobelin Bridé* dont il eſt parlé dans la ſuite, ne fuſſent des gens bien connus lorſque Rabelais écrivoit. Mais ſavoir qui ils étoient, c'eſt ce que je n'ai pas encore pu découvrir (26).

LE CHAPITRE QUINZE nous apprend *comment Gargantua feut mis ſoubz aultres Pédadogues,* par le conſeil de *Don Philippes des Marais, Viceroy de Papeligoſſe.* Je conçois que ce DON PHILIPPE DES MARAIS pourroit être *PHILIPPE fils du MARESCHAL de NAVARRE.* Le DON eſt un titre Navarrois auſſi-bien qu'Eſpagnol : & *Marais* approche aſſez de *Maréchal.* — Dans ce même Chapitre, la réſolution eſt priſe d'envoyer Gargantua à PARIS, *pour congnoiſtre quel eſtoit l'eſtude des Jouvenceaulx de FRANCE pour içelluy temps :* Preuve que Grandgouſier n'étoit pas Roi de France, comme on ſe l'imagine ; & que Gargantua, comme je l'ai déja dit, ne doit être cenſé paroître dans ce Royaume qu'en qualité d'Etranger (27).

LES CHAPITRES SEIZE & DIX-SEPT renferment l'hiſtoire de *l'énorme Jument* qui porta Gargantua : l'abbatis qu'elle fit avec ſa queue de l'*ample Foreſt* près d'*Orléans :* & la ſaiſie des *groſſes Cloches de l'Eccliſe de Noſtre Dame.* Ceux qui prennent Gargantua pour FRANÇOIS PREMIER, explique tout cela à leur manière. *Tout le monde ſçait,* diſent-ils, *que ceſte Jument eſt MADAME D'ESTAMPES maiſtreſſe du Roy, qui eſt la meſme qui fit abbatre les Foreſts de Beauſſe ; à laquelle le Roy voulut donner un Collier de perles, et faire quelques levées ſur les Pariſiens, leſquels ne vouloient point payer ; en ſorte que le Roy, et Madame d'Eſtampes auſſi, les menaça de vendre les Cloches de Noſtre Dame pour achepter ſon collier.* Telle eſt la remarque de l'*Alphabet de l'Auteur François* ſur ces paroles de Rabelais : *Gargantua pendit les Cloches de Noſtre Dame au col de ſa Jument,* etc. Or quoique Gargantua, ſelon moi, ne ſoit pas François premier, j'avoue que Rabelais auroit bien pu vouloir nous divertir en nous faiſant reconnoître occaſionnellement une pareille avanture, ſi elle étoit véritable. Mais ce qui me fait beaucoup douter qu'il ait eu réellement ce deſſein, c'eſt que François premier s'étant fait lire l'Ouvrage de Rabelais, pour juger des clameurs que ce Livre avoit excitées, il l'approuva : ce qui ne feroit apparemment pas arrivé, ſi lui-même y eût été mis en jeu d'une manière ſi viſible. L'hiſtoire du collier & des cloches m'a tout l'air d'une fable, & je ne la trouve atteſtée nulle autre part. Que la Jument qui s'*eſcarmouche* avec ſa queue, ſoit une Maîtreſſe de Gargantua : à la bonne heure ; Mais HENRI D'ALBRET, qui eſt toujours mon Gargantua, n'avoit-il pas quelque Maîtreſſe, auſſi-bien que François premier ? Je n'ai au reſte ni tous les Livres, ni tout le tems qu'il me faudroit pour déchiffrer parfaitement cette énigme. Mon Libraire qui me preſſe, m'accorde à peine quinze jours pour faire mes recherches & pour finir ce Diſcours, qu'il faudra encore que j'accompagne d'une Vie de mon Auteur. Si je fais aſſez tôt quelques nouvelles découvertes, je pourrai les publier dans la fuite avec mes Remarques fur les deux derniers Livres. Je hazarderai cependant une conjecture fur l'hiftoire des Cloches. La voici.

LES CHAPITRES DIX-HUIT, DIX-NEUF & VINGT, rapportent, *comment Janotus de Bragmardo feut envoyé pour recouvrer de Gargantua les groffes Cloches :* quelle fut *la Harangue de Maître Janotus pour les recouvrer :* & quel fut le fuccès de fon impertinente éloquence. Quand on compare ces Chapitres avec celui qui les précède, où l'on voit que Maître JANOTUS étoit député de l'*Univerfité* de Paris, il eft naturel de penfer que fa ridicule Harangue a été imaginée pour fe moquer des Univerfitez de France, qui dans ce tems-là méritoient bien d'être un peu turlupinées. Auffi veux-je bien croire que cette raillerie entroit pour quelque chofe dans le deffein de Rabelais; Mais je m'imagine en même tems qu'il en vouloit plus particulièrement à un Docteur de Sorbonne qui fut depuis Evêque d'Avranches, & qui eft connu fous le nom de CENALIS. Cet homme écrivit un Livre fort plaifant fur les Signes ou caractères diftinctifs de la vraye Eglife & de la fauffe. Un caractère décifif, felon moi, c'eft d'avoir des CLOCHES ou de n'en avoir pas, & d'être réduit [comme l'étoient alors les Proteftans de France] à tirer un coup de moufquet pour fignal de leurs Affemblées. Les Cloches fonnent, les Moufquets tonnent : Les Cloches font une agréable mufique, les moufquets un bruit horrible : Les Cloches ouvrent le Ciel, les Moufquets l'Enfer : Les Cloches diffipent le tonnerre & les nuages, les moufquets élèvent des nuages & imitent le tonnerre. Telle étoit la Logique de *Cenalis.* Il argumentoit fur les Cloches de l'Eglife Catholique avec autant de bon fens que *Janotus de Bragmardo* argumente ici fur les grandes Cloches de l'Eglife de Notre Dame (28). — Autre conjecture. Comme une Ville qui capitule eft obligée de racheter fes Cloches, il ne feroit pas impoffible que l'enlèvement des groffes Cloches de *Paris* repréfentât ici par analogie la fuppreffion de certains Privilèges de l'Univerfité de cette Ville, ou de quelque autre, qui pourroit n'avoir été défignée fous le nom de Paris que pour dépayfer les Lecteurs. La députation & la Harangue de Janotus de Bragmardo pour recouvrer les Cloches, repréfenteroient alors les démarches de l'Univerfité pour obtenir le rétabliffement de fes Privilèges : Et le *Commandeur jambonier de Sainct Antoine,* qui étoit venu auparavant [dans le Chapitre XVII] pour *emporter furtivement* les Cloches, pourroit fort bien y avoir été introduit, non-feulement pour nous faire rire en paffant du Cochon de St. Antoine, à qui il faut toujours une Cloche au col, mais pour repréfenter quelque Commandeur ou quelque Prieur réel, qui auroit agi fous main pour faire tourner à fon avantage ou à celui de fes Moines jambonniers, la difgrace de l'Univerfité. Notez qu'il y a des Religieux de St. Antoine à Paris, & que Rabelais met à Paris la fcène de cette avanture. Je ne fais pourtant fi Paris ne feroit pas nommé ici pour quelque autre lieu. Le Prologue du quatrième Livre parle, ce femble, de la même avanture, & le fait arriva dans la Gafcogne, dont une partie étoit fous la domination de HENRI D'ALBRET, qu'il convient toujours de regarder comme l'original de Gargantua. *Icy font les Guafcons*, dit ce Prologue, *icy font les Guafcons renians & demandans reftabliffement de leurs Cloches*. Je ne faurois m'affûrer non-plus de la véritable caufe de la difgrace, foit des Parifiens ou des Gafcons : je vois feulement qu'il y eut des Mutins qui *commençarent à renier & jurer, les ungs en colere, les aultres par rys*, & que *par rys* auffi ils furent *baigne₂* ; ce qui eft le commencement de leur difgrace. Mais en quelque endroit que la chofe foit arrivée, & quelles que foient les circonftances du fait, il faut qu'il s'agiffe de quelque événement affez confidérable. Car d'un côté, dans le Chapitre où les Coupables paroiffent être de Paris, l'auteur les cenfure vivement fur leur facilité à fe mutiner : & de l'autre, dans le Prologue où ils paroiffent être de Gafcogne, ils demandent un RETABLISSEMENT : expreffion que je trouverois trop forte s'il ne s'agiffoit que de ravoir des Cloches (29).

LES CHAPITRES XXI-XXIV, nous offrent deux objets à comparer : *L'eftude de Gargantua felon la difcipline de fes Précepteurs fophiftes*, & *l'eftude du même Gargantua felon la difcipline de Ponocrates*. La comparaifon de l'une avec l'autre fait voir en général combien les leçons d'un bon Précepteur font préférables à l'ennuyeufe méthode des Ecoles : & combien l'Education de la Jeuneffe Proteftante, dans ces premiers jours de la Réformation, étoit plus belle que l'Education ordinaire de la Jeuneffe Catholique. Mais cette même comparaifon nous fait voir en particulier combien peu HENRI D'ALBRET eût été un Prince éclairé s'il s'en fût tenu aux lumières que fon éducation catholique pouvoit lui avoir données. Il eft vrai qu'il n'ofa jamais fe déclarer Proteftant : C'eût été pour lui un obftacle de plus au recouvrement de la Navarre, dont tout le Peuple étoit Papifte ; Mais il n'en haïffoit pas moins les principes du Papifme. C'étoient ces principes-là qui avoient dicté l'Excommunication de fon Pere, & qui avoient encouragé à l'ufurpation de fon Royaume Ferdinand le Catholique. Auffi voyons-nous que dès que ces principes furent ouvertement attaquez par les Réformateurs, fon Époufe au moins, *Marguerite de Valois*, fe déclara affez hautement en faveur de leurs idées & protégea leur Parti le mieux qu'elle put. Il y a dans ces Chapitres divers traits qui ne permettent pas de douter que Rabelais n'eût en vûe un Prince Catholique qui participoit à la Réformation de l'Eglife, *Quand Ponocrates congnut la vitieufe maniere de vivre de Gargantua, délibera aultrement le inftituer en lettres, mais pour les premiers jours le tolera : confiderant que nature ne endure mutations foubdaines, fans grande violence. Pour doncques mieulx fon œuvre commencer, fupplia un fçavant Medicin de celluy temps, nommé*

Maiſtre THEODORE : *à ce qu'il conſidéraſt ſi poſſible eſtoit remettre Gargantua en meilleure voye. Lequel le purgea canonicquement avecq Elebore de* ANTICYRE, *& par ce médicament lui nettoya toute l'altération & perverſe habitude du cerveau. Par ce moyen auſſi Ponocrates lui feiſt oublier tout ce qu'il avoit apprins ſoubz ſes anticques Precepteurs* . . . . *Aprés en tel train d'eſtude le miſt qu'il ne perdoit heure quelconcque du jour : ains tout ſon temps conſommoit en lettres, & honneſte ſçavoir. S'eſveilloit doncques Gargantua environ quatre heures du matin. Et cependant qu'on le frottoit* LUY ESTOIT LEUE QUELCQUE PAGINE DE LA DIVINE ESCRIPTURE HAULTEMENT ET CLAIREMENT, &c : *Au lieu que ſous ſes premiers Maîtres, ſi aprés avoir bien à poinɗ deſjeuné,* il *alloit à l'Eccliſe. C'eſtoit avec* UNG GROS BREVIERE EMPANTOUPHLÉ, & *là oyoit vingt & ſix ou trente* MESSES : *cependant venoit ſon Diſeur* D'HEURES *en place* EMPALETOCQUÉ, *comme une duppe* . . . . *avecques icelluy* MARMONNOIT toutes ſes KYRIELLES . . . *Puis au partir de l'Eccliſe on lui amenoit* . . *ung faratz de* PATENOSTRES . . & ſe pourmenant par les CLOISTRES . . *en diſoit plus que ſeize Hermites.* Si *l'Elebore de Anticyre* l'a guéri de tout cela, il n'y aura nulle difficulté à dire qu'il s'agit d'un remède métaphorique. Les argumens des Réformateurs contre les Superſtitions régnantes étoient un vrai remède dans le ſens moral, & un remède puïſſant qu'on auroit même pu nommer d'*Anticyre* par cette raiſon, puiſque le mot Grec *Anticyria,* ſelon le témoignage de *Suidas,* s'explique par un autre mot qui ſignifie *Puiſſance.* Et il faudra, à ce compte, que le Médecin qui guérit les Eſprits avec un tel remède ſoit quelcun de ceux qu'on appelle les Médecins de l'Ame. Le nom de THEODORE que Rabelais lui donne, & qui veut dire *Don de Dieu,* eſt très-bien choiſi pour déſigner un habile Théologien. Peut-être Rabelais vouloit-il déſigner BERTHAUD, Prédicateur de la Reine Marguerite, Epouſe de *Henri d'Albret* (30).

LES CHAPITRES XXV, XXVI, & ſuivans, nous racontent : *Comment feut meu entre les Fouaciers de Lerné, & ceux du Pays de Gargantua, le grand debat, dont ſeurent faiɗes groſſes guerres: Comment les habitans de Lerné, par le commandement de Picrochole leur Roy, aſſaillirent au depourveu les Bergiers de Gargantua:* . . *Comment Picrochole print d'aſſault la Roche-Clermauld: . . . Comment Ulrich Gallet feut envoyé devers Picrochole: La harangue faiɗe par Gallet à Picrochole:* Le ſuccès de cette Harangue, l'obſtination de Picrochole, les ſièges & les combats qui en furent la ſuite. Or il y a dans tout cela quantité de traits qui s'appliquent naturellement aux guerres de la Maiſon D'ALBRET avec FERDINAND & CHARLES Rois d'Eſpagne. — Les habitans de Lerné ſont appelez des TRUANDS, c'eſt-à-dire des Marauds, remarquables par leur gueuſerie & par leur fainéantiſe. Voilà déja un trait qui ne caraɗériſe pas mal les ESPAGNOLS (31). — Le nom de LERNÉ peut avoir été choiſi exprès pour déſigner L'ESPAGNE, & tout le mal dont elle étoit cauſe, ſoit à l'égard de l'Europe en général par le projet

II   43

d'une Monarchie univerfelle, foit en particulier à l'égard de la
NAVARRE qu'elle avoit injuftement envahie & qu'elle retenoit de
même. *Lerné* ne femble être d'abord que le nom d'un petit
endroit qui n'eft pas bien loin de Chinon : Mais Rabelais n'ignóroit
pas que *Lerne* ou *Lerna* eft aufíi le nom de ce Lac fameux où
étoit l'Hydre, qui du tems d'Hercule faifoit tant de ravages dans
le Territoire d'Argos ; & par allufion auquel les Grecs ont dit
proverbialement *une Lerne de maux,* pour dire une fource de
malheurs. — *Jean* D'ALBRET à qui Ferdinand d'Arragon enleva
la Navarre dans le mois de Juillet M. D. XII, & cela prefque
aufíi facilement que Picrochole s'empare des Terres de GRAND-
GOUSIER, où les Troupes de l'Ufurpateur ne rencontrent d'abord
réfiftance quelconque, non-plus qu'au fiège de *la Roche-Clermauld:*
Jean d'Albret, dis-je, afin de détourner le torrent qu'il voyoit
prêt à abîmer fon Royaume, envoya DON ALPHONSE CARILLO,
Connêtable de Navarre, pour porter Ferdinand à la paix: Mais
l'Ambaffadeur fut fi mal reçu, qu'il n'eut rien de mieux à faire
que de revenir au plus vîte chez fon Maître pour lui apprendre
combien la voye de la négociation étoit inutile. Voilà juftement
l'Ambaffade D'ULRICH GALLET de la part de Grandgoufier auprès
de Picrochole, dans le Chapitre trente-deux : Et notez encore
que dans le Chapitre fuivant, Picrochole jure par *Saint Jacques,*
qui eft le Saint des Efpagnols. — Après cela vient la guerre, où
Picrochole a le deffoùs, & où l'Hiftoire nous apprend au moins
que Ferdinand & Charles-Quint n'eurent pas toujours le deffus.
Car nous voyons que dès le mois de Novembre de cette même
année M. D. XII, la France envoya au fecours de JEAN D'ALBRET
une Armée qui reprit plufieurs Places, qui affiégea la Capitale,
qui peut-être même l'auroit regagnée fi la rigueur de la faifon
eût permis d'en continuer le fiège : Et en M. D. XXI, la Navarre
fut entièrement reconquife par une autre Armée fous la conduite
du Seigneur d'Afperault, qui fans fon imprudence & l'avarice
d'un de fes principaux Officiers, auroit remis ce Royaume entre
les mains de fon premier Maître (32).

On pourroit pouffer plus loin ce parallèle. Mais après-tout je
crois que le grand *debat* des *Fouaciers* de Lerné & des *Bergers* de
Gargantua, repréfente ici quelque chofe de plus qu'un combat
proprement ainfi nommé. Le terme de DEBAT fignifie plus
naturellement une *Difpute* qu'une bataille: On donne aux Miniftres
Luthériens ou Proteftans le titre de *Pafteur,* qui eft un fynonyme
de BERGER : Et fi l'on confidère que les Hofties tranfubftantiées
des Prêtres Catholiques ne font autre chofe pour les Proteftans
que des oublies cuites entre deux fers chauds à la manière des
Fouaces du Poitou, où Rabelais avoit vêcu, on concevra facilement
que par les FOUACIERS de Lerné il a pu vouloir défigner les
Eccléfiaftiques d'Efpagne & tous les autres *Meffificateurs* (33) : De
forte que le grand debat des Fouaciers avec les Bergers pourroit

bien être une image des grandes controverfes des Théologiens Catholiques avec les Proteftans. Les Bergers vouloient acheter des Fouaces pour les manger à leur déjeûné avec les raifins qu'ils gardoient : les Fouaciers les refufent : & delà le grand debat. Cela s'applique de foi-même à la grande controverfe de l'Euchariftie. La fainte Cène eft une efpèce de déjeûné, puifqu'on la prend communément à jeun : Or pour cette efpèce de déjeûné que faut-il aux Proteftans ? ce qu'il falloit aux Bergers pour le leur : Du pain & du jus de raifins : *car notez que c'eft viande célefte*, comme le dit mon Auteur, *manger à desjeuner raifins avec fouace fraifche*. Mais ne parlons que du pain. Un Communiant avec des fentimens proteftans aura beau demander le pain dans la Communion à des Prêtres Catholiques : le pain même lui fera refufé : on ne lui accordera que les *Accidens* du pain. Et tout le monde fait que c'étoit-là, dans le tems de Rabelais, le grand fujet de la difpute entre les Catholiques & les Proteftans. Nous voyons que les Fouaciers, non-contens de refufer aux Bergers ce qu'ils demandoient, les accablerent d'injures, *adjoutans que poinct à eulx n'apartenoit manger de ces belles foüaces : mais qu'ils fe debvoient contenter de gros pain ballé*. Et en effet : il faut bien que les morceaux de la plus dure digeftion foient affez bons pour des gens à qui l'on prétend faire gober une chofe auffi difficile à digérer que le Dogme de la Tranffubftantiation. La réponfe des Bergers fut affez modefte : *ung d'entr'eulx nommé Forgier bien honnefte homme de fa perfonne, & notable bachelier, refpondit doulcement : Depuis quand avez-vous prins cornes, qu'eftes tant rogues devenus ? Dea, vous nous en fouliez voulentiers bailler, & maintenant y refufez ?* Ce difcours indique clairement la nouveauté de cette doctrine qui fouftrait aux Communians la fubftance du Pain. *Adoncq Marquet, grand baftonnier de la Confrairie des Foüaciers, lui dift : . . Vien ça, vien ça . . . Lors Forgier en toute fimpleffe approcha . . . & Marquet lui bailla de fon foüet à travers les jambes, fi rudement que les nouds y apparoiffoient : puis voulut gaigner à la fuite, mais Forgier . . . luy jecta ung gros tribard qu'il portoit fous fon efcelle, & l'attainct par la joincture coronale de la tefte, fur l'artere crotaphicque, du cofté dextre : en telle forte que Marquet tumbit de deffus fa jument, mieulx femblant homme mort que vif.* Ces deux Champions repréfentent fort bien les Controverfiftes des deux Partis. Le Catholique fe donne bien-tôt des airs infultans : il paroît, en quelque forte, le fouet à la main : & encore frappe-t-il en traître. La ripofte du Proteftant démonte fon homme, & le met de bonne guerre hors de combat. Ceux qui voudront chercher quelque chofe de plus remarquable dans le Debat allégorique que je viens d'expliquer, n'auront qu'à s'imaginer que Rabelais avoit particulièrement en vûe, le *Colloque de Ratisbone*, où *Jules* PELUG, *Jean* ECCIUS & *Jean* GROPPER, Théologiens Catholiques fe tirèrent de leurs difputes avec MELANCHTON, BUCER & PISTORIUS, à-peu-près auffi-bien que MARQUET de fa bataille avec FORGIER (34).

LE CHAPITRE XXVII eſt un de ceux qui méritent ici le plus d'attention. C'eſt-là que paroît ſur la Scène le brave *Moine de Sevillé* FRERE JEAN DES ENTOMMEURES qui *ſaulva le Clos de l'Abbaye du ſac des Ennemis*, & dont les exploits ſont bien autre choſe encore que la victoire de Forgier. Tâchons de découvrir qui il eſt.

S'IL EN FALLOIT croire la prétendue Clef dont j'ai parlé, *Frere Jean des Entommeures* ſeroit LE CARDINAL DE LORRAINE, Frere du Duc de Guiſe. Mais cette conjecture eſt certainement très-mal fondée ; Car quoique les Princes de la Maiſon de Lorraine euſſent beaucoup de bravoure, on ne voit pourtant pas que ce Cardinal ait jamais affecté de ſe diſtinguer par des explois militaires. D'ailleurs, s'il eût combattu pour quelcun, c'eût été pour Picrochole. Il eſt plus raiſonnable de penſer que Frere Jean eſt LE CARDINAL DE CHATILLON, créé Cardinal par Clément VII, lors de l'entrevûe de ce Pape avec François premier à Marſeille, en M. D. XXXIII : Archevêque de Touloufe, Evêque & Comte de Beauvais, Abbé de St. Bénigne de Dijon, de Fleury, de Ferrières & de Vaux-de-Cernay : Il étoit de la Maiſon de Coligny : Homme de cœur, qui ne le cédoit en rien à ſes Cadets l'Amiral & d'Andelot : Ennemi de l'Eſpagne & ami de la Navarre : Proteſtant, auſſi-bien que ſes Freres : De moitié avec eux pour ſe rendre utile au Parti : Si peu Papiſte enfin, qu'après avoir mérité d'être interdit par le Pape, il ſe moqua du Pape & de ſon Interdit, ſe maria, & paſſa depuis en Angleterre, où il mourut en M. D. LXXI. Il eſt enterré à Cantorbery, dans la Cathédrale (35). — J'avoue que ſon zèle pour la Cauſe des Proteſtans n'éclata que dans un tems où Rabelais n'étoit plus : Mais Rabelais le connoiſſoit : il avoit en lui le meilleur de ſes amis : il devoit ſavoir quelles étoient ſes inclinations. Perſonne ne peut ignorer que ce fut à lui qu'il dédia le quatrième Livre de ſon Ouvrage, & que c'eſt à lui principalement qu'on eſt redevable de ce quatrième Livre, ainſi que du dernier, puiſque ſans la protection du Roi, que ce Prélat obtint pour l'Auteur, celui-ci n'auroit plus écrit. Il le déclare lui-même dans l'Epître dédicatoire que je viens d'indiquer. — J'avoue encore que quelques Ecrivains ont fait du Cardinal de Châtillon un de ces hommes qui ne cherchent que l'aiſe & le repos, ou qui ſont adonnés à leurs plaiſirs : Mais cela même peut ſervir à juſtifier mon idée. *Fay ce que vouldras* : c'étoit-là la Deviſe de Frere Jean : c'eſt-là l'unique règle de cette Abbaye des *Thélémites* qu'il avoit fondée *à ſon devis*. Voyez les Chapitres LII, & LVII. Le ſeul nom de cette Abbaye en bannit toute gène & toute contrainte : Elle eſt appellée *Thélème*, du mot Grec *Thelêma*, & Thélêma veut dire *Volonté*. Il y a un mot Grec qui approche de celui-là : c'eſt *Thalamos*, qui ſe prend ſouvent pour *Chambre nuptiale*. Ne ſeroit-ce pas là un indice que Frere Jean étoit même marié (36) ? Ce qu'il y a de certain, c'eſt que la deſcription de ſon Abbaye nous offre le modelle d'une Société religieufe qui feroit exempte du Vœu de Continence & de tous les vœux des autres Sociétez religieufes, mais qui feroit infiniment plus eftimable par la vertu libre de fes Membres : Et c'eft pourquoi l'*Infcription mife fus la grande Porte de Thelème*, au Chapitre LIV, en exclut tous *Capharts empantouflez*, tous *Bigots, Cagots, Tordcoulx, Badaults & Hypocrites*, & y invite au contraire tous ceux *qui annoncent le Sainct Evangile en fens agile, quoiqu'on gronde.* — J'avoue enfin que Rabelais fait beaucoup jurer fon Moine : Mais outre que c'étoit le moyen d'expofer à la cenfure publique un vice qui règnoit alors parmi les gens d'Eglife, c'étoit donner à fon Moine un air foldatefque, auquel je ne reconnois que mieux un Cardinal qui avoit été Soldat (37). LES GENS DE GUERRE étoient fans doute auffi bons Jureurs dans ces tems-là qu'ils le font aujourd'hui : Et puifque l'occafion s'en préfente fi naturel-lement, je confirmerai ce que je dis par un exemple, qui vient ici d'autant plus à propos, que c'eft l'exemple d'un Perfonnage qui femblable par divers endroits à notre Châtillon, étoit Cardinal, Evêque, Homme de qualité, Abbé, Mari, Soldat, Ami de la Maifon de Navarre, & qui fut même engagé dans les guerres de cette Maifon, à laquelle il étoit allié de fort près par fon mariage : tel enfin qu'il pourroit très-bien, dans l'intention même de Rabelais, avoir fa part au caractère de Frere Jean. Je veux dire CÉSAR BORGIA, Fils du Pape Alexandre VI. Il avoit réfigné fon Evêché de Pampelune, fa dignité de Cardinal, & divers Bénéfices, pour fe faire homme d'épée : & après plufieurs Expéditions militaires, qui fembloient devoir être terminées par fa Prifon de *Médina del Campo*, ayant néanmoins trouvé l'art de s'évader, & s'étant fauvé chez fon Beau-frere JEAN D'ALBRET, Roi de Navarre, en M. D. V, il affifta ce Prince de fa perfonne dans la guerre qu'il avoit alors avec fon Vaffal Louïs de Beaumont, Comte de Lérins, révolté contre lui : & fut tué au fiège de Viane, comme il pourfuivoit pendant la nuit un convoi que le Rebelle vouloit jetter dans le Château. Or pour juger fi Céfar Borgia favoit parler le langage des Jureurs, il fuffira de lire ce qu'il difoit dans cette occafion même, en cherchant dans l'obfcurité le Comte de Lérins, avec qui il vouloit fe battre : *Où eft, où eft ce Comtereau ? Je jure Dieu, qu'aujourd'huy je le feray mourir ou le prendrai prifonnier : Je ne ceferay jufques à ce qu'il foit entierement deftruit, & ne pardonneray ny fauveray la vie à aucun des fiens : Tout paffera par l'épée, jufques aux chiens & aux chats* (38). Il n'eft pas naturel, fans doute, de s'imaginer que cet homme-là proprement foit l'original du Moine de Séville : Mais rien n'empêche de concevoir que Rabelais peut avoir eu deffein de nous faire fonger à un tel homme, en faifant entrer quelques unes de fes qualitez dans le caractère du Moine. La nature de l'Ouvrage demandoit que l'Auteur y mit des Caractères doubles, & qu'il réunît même plufieurs perfonnages en la perfonne d'un feul Acteur, lequel on pût comparer, non pas à quelcun de ces Comédiens qui jouent deux ou trois rôles différens dans la même Pièce ; non pas encore à Scaramouche lorſque ſans ceſſer d'être Scaramouche il ſe charge de pluſieurs rôles qui demeurent toujours très-diſtinɛts l'un de l'autre ; mais à ce Pantomime de Lucien qui repréſentoit tellement cinq choſes à la fois qu'on diſoit de lui : Il a cinq ames dans un ſeul corps (39). Nous en avons vu ci-deſſus un exemple dans l'hiſtoire de Picrochole : ce n'eſt qu'un ſeul homme en qui l'on en reconnoît juſqu'à trois. Nous en voyons un autre exemple ici dans l'hiſtoire de Frere Jean. Après avoir reconnu en lui le Cardinal de Châtillon, nous y reconnoiſſons Céſar Borgia : Et qui ſait ſi l'on n'auroit pas pu y reconnoître de plus quelque Moine du Couvent de Cordeliers dont Rabelais avoit été ?

Je ne fais après tout que des conjeɛtures, & je les ſoumets humblement à la critique. Qu'il me ſoit donc permis de demander encore, ſi le Portrait de Frere Jean n'auroit pas été fait en partie ſur une ébauche de celui du fameux Luther ? Tout le monde ſait qu'il avoit été Moine, & qu'il n'étoit pas un des plus refrognez. — Frere Jean ſauva le *Clos* de la *Vigne* de l'Abbaye en dépit des troupes de *Picrochole*. Luther ſauva le Calice du vin ſacré de l'Egliſe. Par ſon moyen le Calice fut rendu aux Proteſtans d'Allemagne, malgré *Charles-Quint* & ſes ſoldats (40). — Le *Prieur* qui traite Frere Jean d'*Yvrogne* pourroit être le Pape. — Frere Jean *mettant bas ſon grand habit* de Moine & *ſe ſaiſiſſant du baſton de la Croix*, a un rapport aſſez ſenſible avec Luther défroqué, & ne cherchant plus les armes du Chrétien que dans la Foi qui embraſſe Jéſus-Chriſt crucifié. — La viɛtoire remportée ſur ceux qui *ſans ordre parmy le Clos vandangeoient*, c'eſt l'avantage avec lequel il diſputa contre des Adverſaires, dont les diſcours ou les Ecrits ſe reſſentoient du deſordre de leurs idées. — Les *Moynetons* qui offrent leurs ſervices à Frere Jean, & qui *laiſſant leurs grandes Cappes ſous une treille acheverent ceux qu'avoit deſja meurtris ;* c'eſt la foule des Moines & des Eccléſiaſtiques qui ſuivirent la Réformation de Luther, qui n'étoient en comparaiſon de lui que des Réforma-teurs en petit, mais qui achevèrent cependant de confondre des Adverſaires qu'il avoit déjà en quelque ſorte terraſſez par ſes argumens. — Il eſt vrai que ſous le nom de Frere Jean, dans les Chapitres XLI, & XLII, Rabelais ſemble avoir eu en vûe quelque homme qui bien loin d'avoir quitté le froc tout de bon, comme Luther, *ne vouloit aultres armes* [défenſives] *que ſon froc devant ſon eſtomac.* Ce fut *contre ſon vouloir* qu'il fut *armé de pied en cap :* Il *proteſta de trahiſon* lorſque par la faute de ſon *heaulme* il demeura *pendant au Noyer :* Il ſe défit bien vîte *de tout ſon harnois*, dès qu'il ſe retrouva ſur ſes pieds : & nous voyons après cela qu'il avoit repris ſon froc : car dans l'endroit du Chapitre XLIII, où il eſt dit que *Tiravant* armé de ſa Lance *en ſerut à toute oultrance le Moyne au milieu de la poiɛtrine*, il eſt dit auſſi que *rencontrant le froc horrificque, reboufcha par le fer, comme fi vous frappiez d'une petite bougie contre ung enclume.* Mais fi ces circonftances, ne conviennent point à Luther, elles conviennent au Cardinal de Châtillon, qui fe tenant attaché extérieurement à l'Eglife Romaine par les dignitez dont il y étoit revêtu, trouvoit fa fûreté fous la Robbe facerdotale comme Frere Jean fous le froc : Et cela confirme ce que j'ai avancé, que toute cette guerre de Rabelais repréfente principalement des Difputes de Religion ; & que les caractères de chacun de fes Perfonnages n'eft pas toujours fi fimple qu'il n'en faille chercher l'origine que dans une feule & même perfonne.

C'EST AINSI QUE parmi les traits qui caractérifent *le Cardinal de Châtillon,* il y en a qui femblent avoir été deftinez à faire reconnoître en même tems le caractère de MONTLUC, EVEQUE DE VALENCE, en attendant qu'il ait fon rôle à part fous le nom de Panurge, comme je l'ai fait voir ci-deffus. Le Cardinal & l'Evêque me paroiffent également reconnoiffables dans le Moine, lorfque je lis, au Chapitre XXXIX, *les beaulx propous qu'il tint en fouppant,* à la table de Gargantua. Un des Convives exhortant le Moine à ôter fon froc qui lui rompoit les épaules, *Mon amy, dift le Moyne, laiffe le moy . . . je n'en boy que mieulx. Il me fait le corps tout joyeulx. Si je le laiffe . . je n'auray nul appetit. Mais fi en ceft habit je m'affis à table, je boiray . . et à toy et à ton cheval.* Voilà précifément le cas de Châtillon & de Montluc, & c'eft encore aujourd'hui le cas de bien d'autres Prélats & Bénéficiers qui ne font Catholiques qu'à l'extérieur. Ils voudroient bien fe dépouiller d'un habit qui leur pèfe & jetter [comme on dit] le froc aux orties, en déclarant ce qu'ils font au fond de l'ame ; mais ils fentent qu'après cela ils ne pourront plus boire & manger, faire bonne chère, comme auparavant (41). Quelcun dira peut-être que la prière faite au Moine de fe débarraffer de fon froc, n'eft qu'un compliment pour l'engager à fe mettre à fon aife pendant le tems qu'il feroit à table, & non pas une exhortation myftérieufe à quitter le froc abfolument. Mais s'il n'y avoit eu qu'un compliment de cette efpèce dans l'intention de Rabelais, je ne vois pas pourquoi fon Moine auroit été homme à ne pas profiter de la liberté que ce compliment lui accordoit (42). Rabelais n'ignoroit apparemment pas qu'on avoit pris de fon tems des libertez bien plus grandes. L'Hiftoire parle d'un Bal où l'on avoit vu des Cardinaux danfer comme les autres en préfence de *Louis XII.* Et dans un autre Bal que donna *Jean Jacques Trivulce,* divers Princes & Seigneurs avoient danfé en habits de Moines. Auffi paroît-il que Frere Jean, à la table de Gargantua, fait fort bien foutenir la converfation fur le ton cavalier. *Je renie ma vie, je meurs de foif. Ce vin n'eft pas des pires. Quel vin beuviez-vous à Paris ? Je me donne au Diable, fi je n'y tins plus de fix mois pour ung temps maifon ouverte à tous venants. Congnoiffez vous Frere Claude des haults Barrois ? . . . Il ne faict rien qu'efludier depuis je ne fçay quand. Je n'efludie poinct de ma part. En noftre Abbaye nous n'efludions jamais, de paour des auripeaulx. Notre feu Abbé difoit que c'efl chofe monftrueufe veoir un Moyne fçavant. Par Dieu, Monfieur mon amy,* MAGIS MAGNOS CLERICOS NON SUNT MAGIS MAGNOS SAPIENTES. *Vous ne veifles oncques tant de Lievres comme il y en ha cefte année. Je ne prends poinct de plaifir à la tonnelle, car je m'y morfonds. Si je ne cours, fi je ne tracaffe, je ne fuis poinct à mon aife. Vray efl que faultant les hayes et buiffons, mon froc y laiffe du poil. J'ai recouvert ung gentil Levrier, Je donne au Diable fi luy efchappe Lievre. Ung Lacquais le menoit à Monfieur de Maulevrier : je le deflrouffay : feis-je mal ?* Vous diriez voir & entendre quelque jeune Abbé de Cour qui fe donne carrière. Je ne fais même fi dans ce plaifant Coq-à-l'âne il n'y auroit pas des traits qui euffent quelque rapport au Cardinal de Châtillon. Il eft probable que ce Prélat, qui ne prétendoit point au titre de Savant, étant de grande qualité, fe donnoit certaines libertez fortables à fa naiffance, & faifoit de la Chaffe un de fes divertiffemens (43). Ce qu'il y a de certain, c'eft que rien ne fauroit mieux lui reffembler que le portrait de Frere Jean, tel qu'il eft tracé par Gargantua dans le Chapitre XL, à la fuite de celui des Moines ordinaires. *Voyre mais (dift Grandgoufier) ils prient Dieu pour nous. Rien moins (refpondit le Moyne) Vray efl qu'ils moleftent tout leur voifinaige à force de trinqueballer leurs Cloches. Voyre (dift Gargantua) une Meffe, unes Matines, unes Vefpres bien fonnées font à demy dictes. Ils marmonnent grand renfort de Legendes & Pfeaulmes nullement par eulx entendus. Ils comptent force patenoftres entrelardées de longs Ave Maria, fans y penfer ny entendre. Et ce je appelle mocque-Dieu, non oraifon. Mais ainfi leur aide Dieu s'ils prient pour nous, & non par paour de perdre leurs miches & fouppes graffes. Tout vrays Chriftians, de touts eftats, en touts lieux, en touts temps prient Dieu, & l'efperit prie et interpelle pour iceulx : et Dieu les prend en grace. Maintenant tel efl noftre bon Frere Jean. Pourtant chafcun le foubhaite en fa compaignie. Il n'efl poinct bigot, il n'efl poinct deffiré, il efl honnefte, joyeulx, deliberé, bon compaignon &c.* (44). Remarquons, au refte, que GRANDGOU-SIER lui-même, auffi-bien que Frere Jean, ne paroît pas avoir été un bigot : & prouvons-le par un paffage qui fera voir en même tems que c'étoit un Prince qu'il ne faut pas confondre avec un Roi de *France.* J'ai en vûe le Chapitre XLV, où nous voyons *Comment le Moyne amena les Pelerins : et les bonnes parolles que leur dift Grandgoufier.* Ces Pelerins font François : il leur parle de leur Roi, dont il fe diftingue par conféquent : & le difcours qu'il leur tient renferme une leçon qu'un Bigot ne leur auroit certainement pas faite fur leur fuperftitieufe crédulité. *O (dift Grandgoufier) paovres gents, eftimez vous que la pefte vienne de Sainct Sebaftian ? . . les faulx Prophetes vous annuncent ils tels abus ? . . . Ainfi prefchoit à Sinays ung Caphart . . Mais je le punis*

*en tel exemple, quoy qu'il m'appellaſt héréticque, que depuis ce temps
Caphart quiconcques n'eſt auſé entrer en mes Terres. Et m'asbahis que
voſtre Roi les laisse preſcher par ſon Royaulme tels ſcandales . . . .
Allez vous en paovres gents au nom de Dieu le Créateur, lequel vous
ſoit en guide perpetuel. Et doreſnavant ne ſoyez faciles à ces otieux
et inutiles voyaiges. Entretenez vos familles, travaillez chaſcun en ſa
vacation, inſtruez vos enfans, et vivez comme vous enſeigne le bon
Apoſtre St. Paul. Ce faiſants vous aurez la garde de Dieu, des Anges
et des Sainĉts avecq vous : et n'y aura peſte ny mal qui vous porte
nuiſance.*

LE LECTEUR peut juger à préſent, ſans aller plus loin, ſi
Rabelais avec toute ſa goguenardiſe ne parloit pas ſérieuſement
dans le fond lorſqu'il annonçoit à ſes Lecteurs, dans le Prologue
de ce premier Livre, qu'ils y trouveroient des *ſacremens* & des
*myſteres, tant en ce que concerne noſtre Religion que auſſi l'Eſtat
politicq et vie œconomicque.* Je n'ai point oublié que cette déclaration
même, il la tourne en raillerie immédiatement après l'avoir faite :
Mais c'eſt un trait de prudence : & quiconque examinera bien
tout ſon Ouvrage, trouvera qu'il ne s'y diſtingue pas moins par
cette vertu que par ſon eſprit, & que c'eſt par-là qu'il a toujours
ſçu mettre ſes perſécuteurs en défaut.

LA CONCLUSION du premier Livre eſt un Chef-d'œuvre plus
ingénieux encore que l'ingénieuſe défaite du Prologue. C'eſt une
ENIGME EN PROPHETIE, qui renferme certainement quelque choſe
de myſtérieux. *Gargantua* le ſent. Il en ſoupire, & dit : *Ce n'eſt
de maintenant que les gents reduiĉts à la creance Evangelicque ſont
perſecutez. Mais bien-heureux eſt celluy qui ne ſera ſcandalizé, et qui
touſjours tendra au but et au blanc que Dieu par ſon cher Fils nous ha
prefix, ſans par ſes affeĉtions charnelles eſtre diſtraiĉt ny diverti.*
Là-deſſus le Moine lui demande ce qu'il croit donc être déſigné
par cette Enigme, & Gargantua répond : *le decours et maintien de
verité divine.* Voilà qui eſt ſérieux : mais comme cela étoit propre
en même tems à rendre l'Autheur ſuſpeĉt d'héréſie, voilà Frere
Jean qui fera voir que ce n'eſt qu'un badinage. *Par Sainĉt
Goderan* (diſt le Moyne) *telle n'eſt mon expoſition : le ſtyle eſt de
Merlin le Prophete : donnez y allegories et intelligence tant graves que
vouldrez, et y ravaſſez, vous et tout le monde ainſi que vouldrez. De
ma part, je n'y penſe aultre ſens enclos, qu'une deſcription du Jeu de
paulmes ſoubz obſcures parolles.* Ici Frere Jean développe ſa penſée :
Il explique l'Enigme d'une manière auſſi innocente que badine :
Et là finit non-ſeulement le Chapitre, mais le Livre : De ſorte
que n'ajoutant rien qui contrediſe l'explication du Moine, Rabelais
ſemble la donner comme celle qu'il approuve, & inſinuer par-là
aux Lecteurs mal intentionnez, que s'il leur donnoit de même
celle de ſon Roman énigmatique tout entier, ils n'y trouveroient
de même que des bagatelles fort indifférentes. Mais ce qu'il y a
de meilleur dans tout cela, c'eſt que les Véritez qui commençoient

à fe faire jour par l'interprétation de Gargantua, & qui femblent devoir difparoître totalement par la fauffe interprétation du Moine, lui échappent cependant en quelque forte à lui-même, fans qu'on puiffe dire qu'il y penfe, & reparoiffent ainfi fous de nouvelles images dans un nouveau jour. Ce font des lumières qui fortent de par-tout, comme naturellement & fans aucun artifice : tellement que les Ennemis de la Vérité & de l'Auteur, aveuglez [pour ainfi dire] par trop de clarté, ne pouvoient plus difcerner, ni marquer par conféquent, en quels endroits de fon Livre plutôt que par-tout ailleurs, gifoit l'artifice dont ils le foupçonnoient, & pour lequel ils n'auroient pas manqué de le faire brûler tout vif s'il n'avoit eu encore plus d'efprit & de prudence que ces gens-là n'avoient d'ignorance & de malice.

Je terminerai ici mes Remarques fur le premier Livre. Je veux laiffer aux Lecteurs intelligens le plaifir de déchiffrer eux-mêmes divers endroits fur lefquels j'aurois pu m'étendre : & je paffe au Livre fuivant.

Remarques fur le Livre II.

CE LIVRE demande encore moins de Remarques que le premier, pourvû qu'on y rapporte celles que j'ai faites dès le commencement pour prouver que PANURGE eft *Montluc, Evêque de Valence;* & que PANTAGRUEL eft *Antoine de Bourbon*, qui devint Roi de Navarre par fon mariage avec *Jeanne d'Albret* (45).

§ I.

1. Le premier Chapitre traite *De l'origine et anticquité du grand Pantagruel*, iffu d'une race de *Géants*. Or j'ai déjà dit que les GÉANTS de Rabelais font des ROIS (46) : & ce qui me confirme dans cette penfée, c'eft l'obfervation d'un favant homme qui prétend que le mot hébreu, rendu par celui de *Géants* dans les Verfions de la Bible, ne fignifie proprement que *Prince.*

2. J'ai déja dit auffi que lorfque Rabelais fait de la famille de fes Héros une race de Géants, & une race dont la généalogie remonte prefque à l'origine du Monde, il femble en avoir voulu, foit perfonnellement à JEAN D'ALBRET qui eft cenfé l'Ayeul de fon PANTAGRUEL, & qui aimoit un peu trop l'étude des Nobiliaires : foit généralement à tous ceux qui ont la même maladie, ou qui font trop vains de quelques vieux titres incertains & fouvent chimériques. Pantagruel, Gargantua, Grandgoufier, viennent en ligne droite d'un Géant bien plus ancien que Noé : Et ne s'eft-il

pas trouvé un homme en Bretagne qui avoit pris pour sa Devise ces paroles : *Antequam Abraham esset, ego sum ?*

3. L'histoire du Géant HURTALI *qui regna au temps du Deluge,* & qui ne pouvant entrer dans l'Arche *estoit dessus, à cheval, jambe deçà, jambe de là :* cette histoire, dis-je, & celle de l'origine des Géants, dont les premiers ne devinrent tels que pour avoir mangé de certaines *grosses Mesles,* font une imitation badine des fables qui se lisent dans le Thalmud & dans telles autres Légendes des Rabbins (47). Notre Auteur dit, en parlant de *l'année des grosses Mesles,* qu'*en icelle les Kalendes seurent trouvées par les Bréviaires des Grecs :* c'est-à-dire que pour la date de ces histoires il nous renvoye *aux Calendes grèques ;* les seules véritablement auxquelles les Rabbins pourroient nous renvoyer si nous leur demandions la date des faits ridicules dont leurs Livres sont remplis. On sait que les Grecs n'avoient point de Calendes ; & que c'est par cette raison que les Calendes grèques signifient un tems imaginaire (48).

4. Je me figure cependant qu'il y a ici quelque chose de plus qu'un simple badinage à la rabbinesque. Les *grosses Mesles,* selon nostre Auteur, vinrent d'une fertilité surnaturelle de la Terre : & la terre ne fut *si très fertile,* que parce qu'elle avoit été nouvellement *embue du sang du juste ;* du sang d'Abel *occis par son frere Caïn.* N'y auroit-il pas là-dedans quelque allusion aux persécutions que les Protestans avoient souffertes ? Il y a long-tems qu'on l'a dit : Le sang des Martyrs est la semence de l'Eglise. Le sang des Martyrs Protestans fertilisa réellement le Champ du Seigneur, grossit leur Parti, multiplia le nombre de ceux qui osoient se *mêler* de la réformation de l'Eglise, & à qui l'on faisoit un crime de ce qu'ils s'en *mêloient,* & qui par cette raison peut-être auront été désignez ici sous l'emblême des *Mesles,* s'il est vrai que Rabelais ait songé à eux en parlant de ce fruit. Elles étoient d'une grosseur monstrueuse : *car les trois en faisoient le boisseau :* & à tous ceux qui s'en nourrirent, *survint au corps une enfleure très-horrible : mais non à touts en ung mesme lieu : Car aulcuns enfloient par le ventre . . . Les aultres enfloient par les espaules . . .* Ils grossissoient enfin plus monstrueusement encore que les Mesles, leur nourriture. Or il est bien vrai que ni les Protestans, ni ceux qui se nourrissoient de leurs principes jusqu'à le devenir comme eux, n'étoient point des gens remarquables par quelque mons-truosité : Mais il n'est pas moins vrai qu'on les regardoit comme autant de Monstres (49). *Faictes vostre compte,* au reste, *que le monde voluntiers mangeoit des dictes Mesles :* & que si monstrueuses qu'elles fussent, *elles estoient belles à l'œil et delicieuses au goust.*

§ II.

Le deuxième Chapitre nous instruit *De la nativité du très-redoublé Pantagruel,* lequel Gargantua engendra *en son eage de quatre-cents quatre-vingts-quarante et quatre ans :* Sur quoi d'abord, felon l'avis de l'Auteur, *vous noterez qu'en icelle année feut feichereffe tant grande...* que *c'eftoit pitoyable cas de veoir le travail des humains pour fe garentir de cefte horrificque altération :* & que ce fut pour cela que Gargantua nomma fon Fils Pantagruel, *voulant inférer qu'à l'heure de fa nativité le Monde eftoit tout altéré, et voyant en efperit de prophetie qu'il feroit quelcque jour dominateur des alterez.* Or cette grande altération, qui fait tant de bruit dans le Monde, à la naiffance de Pantagruel, je puis l'interpréter, ce me femble, par le cri prefque univerfel des Laïques pour le Vin de l'Euchariftie qu'on leur avoit ôté, & dont ils parurent auffi alterez que jamais vers le tems qu'Antoine de Bourbon, *Duc de Vendôme,* époufa l'Héritière du Royaume de Navarre : ce qui arriva en M. D. XLVIII, durant les embarras du Concile de Trente : Car c'eft du mariage de ce Prince qu'il faut dater ici fa naiffance, puifque ce fut par ce mariage qu'il devint fils de *Henri d'Albret,* qui fuivant mon Commentaire eft Gargantua Pere de Pantagruel : Et comme fa naiffance, prife en ce fens, eft la naiffance d'un homme fait, & d'un homme à qui fes titres donnent un rang confidérable parmi les Grands, on pourroit ajouter que c'eft pour cela que l'Auteur obferve dans la fuite que Pantagruel *naiffant au monde eftoit aultant grand que l'herbe* qui de fon nom fut nommée Pantagruelion, & dont la tige *communément eft de cinq à fix pieds.* Sur quoi l'on peut voir les Chapitres XLVII-XLIX du troifième Livre (50).

§ III.

Le Chapitre trois, du Livre dont il s'agit à préfent, nous entretient *Du deuil que mena Gargantua de la mort de fa femme Badebec,* qui venoit de mourir en accouchant de Pantagruel. *Ploreray-je ? difoit-il . . . Et ce difant ploroit comme une Vache, mais tout foubdain rioit comme ung Veau quand Pantagruel luy venoit en memoire . . . Ma femme eft morte, et bien : . . . Elle eft en paradis pour le moins, fi mieulx n'eft : . . . Dieu gard le demourant, il me faut penfer d'en trouver une aultre . . . Allez à l'enterrement d'elle, et cependant je berceray mon Fils.* Peut-être cela fait il allufion à la naiffance d'Edouard VI d'Angleterre, qui coûta la vie à fa Mere Jeanne Seymour : Car on dit que Henri VIII s'en confola en difant qu'il pouvoit trouver une autre femme, mais qu'il n'étoit pas fûr d'avoir un autre fils (51). Mais la principale circonftance du recit de Rabelais, favoir que la mort de la Mere & la naiffance du Fils arrivèrent prefque en même tems, nous ramène à l'hiftoire de Marguerite de Valois Reine de Navarre, qui eft pour moi la véritable Badebec, & à l'hiftoire de fon Gendre Antoine de Bourbon qui eft mon Pantagruel. On fait que cette Princeffe mourut peu de tems après qu'elle fut devenue Mere de ce Prince, dans le fens que je difois tout-à-l'heure (52).

§ IV.

Je paſſe au Chapitre ſix, où nous voyons, *Comment Pantagruel rencontra ung Limoſin qui contrefaiſoit le langaige François*. Rabelais s'étoit égayé ſur le compte de bien du monde dans le Chapitre précédent, & avoit fait ſentir quelques abus des Univerſitez de France : Il drappe dans celui-ci, en la perſonne de ſon ESCOLIER LIMOSIN, tous ces Ecrivains de ſon tems, qui, pour paroître Erudits, tarciſſoient leurs Ouvrages de mots Latins, auxquels ils ſe contentoient de donner une terminaiſon Françoiſe. Et comme aucun d'entr'eux n'avoit plus ridiculement affecté ce pédanteſque jargon qu'un certain HELISAINE DE LIMOGES, qui *en François parlant Grec et Latin* penſoit avoir bien embelli ſa Langue maternelle : c'eſt d'un Ecolier de Limoges, par préférence, qu'il fait le jouet de cette Satire, à laquelle il faut joindre le badinage qu'il a intitulé *Epiſtre du Limoſin de Pantagruel*, & qui eſt imprimé à la ſuite de la *Pantagrueline Prognoſtication*. Je tranſcrirai ici ce que dit *Etienne Paſquier*, Auteur contemporain, dans ſon deuxième Livre de Lettres : page cinquante-trois . . . *Pétrarque acquit la vogue entre les ſiens pour ne s'eſtre ſeulement arreſté au langage Toſcan, ains avoir emprunté toutes paroles d'eſlite en chaque ſujet de diverſes Contrées de l'Italie . . . Le ſemblable devons-nous faire chacun de nous en noſtre endroit pour l'ornement de noſtre Langue, et nous ayder meſmes du Grec et du Latin, non pour les eſcorcher ineptement : comme feit ſur noſtre jeune aage HELISAINE, dont noſtre gentil Rabelais s'eſt mocqué fort à propos en la perſonne de l'Eſcolier Limouſin qu'il introduit parlant à Pantagruel en un langage eſcorche-latin* (53).

§ V.

Le Chapitre ſept, où Rabelais nous donne ſon Catalogue *des beaulx Livres de la Librairie de Sainct Victor* n'eſt pas ſimplement une raillerie aux dépens de ces gens-de-Lettres qui rempliſſent leur Cabinet de méchans Livres, ou qui n'en cherchent point d'autres dans les Bibliothèques : C'eſt encore une ſatire qui regarde quantité d'Ecrivains connus de ſon tems, & diverſes affaires d'importance. Tout cela mériteroit d'être bien commenté. Mais je n'ai pas le loiſir de feuilleter un grand nombre d'Auteurs qu'il faudroit conſulter pour remplir une tâche de cette nature.

§ VI.

L'hiſtoire de la Cauſe plaidée devant Pantagruel, par les Seigneurs BAISECUL & HUMEVESNE, s'étend depuis le Chapitre X juſques au XIV. Tout ce que j'en puis dire, c'eſt que je la regarde comme une Critique du mauvais goût de quelques Orateurs du Barreau, & nommément de deux Avocats de la première volée, qui dans un fameux Procès du tems de notre

Auteur, avoient étalé à l'envi l'éloquence la plus ridicule. Les
Parties étoient, LOYSE DE SAVOYE, Mere de François premier ; &
CHARLES DE BOURBON, Connêtable de France. Cette Princeffe,
piquée de ce qu'il n'avoit pas voulu devenir fon Epoux, avoit
réfolu de faire valoir certaines prétentions très-confidérables : il
étoit queftion de deux Duchez, quatre Comtez, deux Vicomtez
plufieurs Baronnies & Châtellenies, & une infinité d'autres
Seigneuries, dit Etienne Pafquier dans fes Recherches de la
France. Telle étoit la Caufe. Les Avocats étoient GUILLAUME
POYET, qui dans la fuite parvint à la dignité de Chancelier : &
FRANÇOIS DE MONTELON, qui fut depuis Garde des Sceaux : ce
dernier plaidant pour le Défendeur, & le premier pour la
Demandereffe, qui ne put pas, [malgré la faveur du Roi fon Fils]
dépoffeder le Connêtable ; mais qui eut au moins la fatisfaction
de voir les biens litigieux féqueftrez provifionnellement entre les
mains du Roi. Ce fut-là le fuccès des Plaidoyez : Et pour ce qui eft
du bon goût des Orateurs, il faut entendre ce qu'en dit Pafquier :
*Ils s'armerent d'une Jurisprudence pédantefque mandiée d'un tas
d'Efcoliers Italiens que l'on appelle Docteurs en Droict, vrays provigneurs
de procès (telle eftoit la Rhétorique de ce tems-là). Et tout ainfi qu'il
eft aifé de s'égarer dedans un touffe de bois, auffi dedans un pefle
mefle d'allégations bigarrées, au lieu d'efclaicir la caufe ; on y apporta
tant d'obfcuritez et tenebres, qu'enfin par Arreft . . . les Parties furent
appointées au Confeil etc.* Sur quoi la voix unanime du Peuple fit
convenir le monde que le nom de la Demandereffe renfermoit le
vrai de toute affaire : *Loyfe-de-Savoye, Loy-fe-defavoye :* la plus
heureufe peut-être qu'on ait jamais vue (54).

§ VII.

Rabelais nous conte dans les Chapitres XVIII, XIX, & XX,
*Comment ung grand Clerc d'Angleterre vouloit arguer contre Panta-
gruel, et feut vaincu par Panurge : Comment Panurge feit quinault
l'Anglois qui arguoit par fignes : Et comment Thaumafte* [c'eft le
nom de l'Anglois] *raconpte les vertus & fçavoir de Panurge,* qui
l'avoit fait quinaut. Ce *Thaumafte* m'embaraffe.

1. S'il eft vraifemblable, d'un côté, que le nom de THAUMASTE
ne défigne pas fimplement d'une manière vague un homme
admirable, felon la force du Grec dont il eft emprunté, il n'eft
guère probable, de l'autre, que ce même nom foit une allufion
à celui de *Thomifte,* pour indiquer quelque fameux partifan de la
Doctrine de THOMAS D'AQUIN : ni que perfonne foit jamais
réellement venu d'Angleterre *pour conférer avec* Antoine de
Bourbon *des problêmes infolubles tant de Magie, Alchymie, de Caballe,
de Géomantie, d'Aftrologie, que de Philofophie.* Il eft vrai que
THOMAS MORUS fut Ambaffadeur auprès de François premier :
Il eft vrai encore qu'ERASME, qui paffa quelque tems en Angleterre, fut auffi à Paris : Mais ni l'un ni l'autre, felon moi, ne

fauroient fe prendre pour le Thaumaſte de Rabelais, qui ne le fait peut-être venir d'Angleterre que pour dépayſer ſes Lecteurs (55).

2. J'aurois bien penſé à Henri Corneille Agrippa, qui fut en France & qui même y mourut : Mais on verra qu'il eſt mis ſur les rangs dans le troiſième Livre, ſous un autre nom (56).

3. Je m'arrêterois plutôt à Jerome Cardan de Milan. Il floriſſoit dans le même tems : & il étoit, auſſi-bien qu'*Agrippa*, un de ces Ecrivains myſtérieux qui ont traité de la Caballe. Si *Agrippa* dans ſa *Philoſophie occulte*, [Lib. I. C. 6.] parle d'un ſecret magique de communiquer les penſées ſous des eſpèces viſuelles, & prétend même nous donner des inſtructions là-deſſus dans ſon Diſcours *de la vanité des Sciences ;* on ſait que de ſemblables ſujets ont été traitez auſſi par *Cardan*, ſoit dans le dix-ſeptième Livre de ſon Ouvrage *De ſubtilitate*, ſoit dans le Livre douze de celui qui a pour titre *De varietate rerum* (57).

4. Le vénérable Bede a fait un Livre exprès ſur l'Art de parler par les doigts : *De loquelâ per geſtum digitorum, ſive de indigitatione.* Mais il n'y a pas apparence que Rabelais ait voulu le tourner en ridicule. Cependant, comme Bède étoit *Anglois*, & d'ailleurs le plus ancien & le plus célèbre Auteur qui eût fait un Traité ſur ce ſujet ; peut-être Rabelais penſoit-il à lui en donnant l'Angleterre pour patrie à ſon Thaumaſte, qui ſe pique de parler ſi bien par ſignes (58).

5. Je puis rapporter ici ce qu'il me ſouvient d'avoir lu quelque part, d'une Diſpute publique qu'il y avoit eu à Genève, & qui eſt peu différente de celle de *Thaumaſte* avec *Panurge*. D'abord l'Agreſſeur éleva un bras ; joignit trois de ſes doigts avec le pouce ; & allongeant horizontalement le doigt qui reſtoit, l'avança dans cette direction vers ſon homme ; qui dans une direction ſemblable oppoſa deux doigts à un. L'Aggreſſeur, pour répondre à ce ſigne, préſenta deux doigts & le pouce. Le Soutenant repliqua par une menace du poing. Le premier dupliqua par l'offre d'une pomme. Le dernier là-deſſus tirant de ſa poche un morceau de pain, le montra d'un air de ſupériorité & de mépris à ſon Antagoniſte, qui ſe rendant alors ſe confeſſa vaincu. On pria le Vainqueur d'expliquer le ſens de tous ces Signes, & il le fit. Mon Oppoſant, dit-il, a commencé par la menace de me crever un œil : & moi je lui ai fait entendre que je lui creverois les deux yeux. Il m'a menacé de m'arracher les miens & de m'emporter le nez : Et je lui ai montré le poing pour ſignifier que je lui caſſerois la tête. Il s'eſt aperçu que j'étois en colère : il m'a offert une pomme pour m'appaiſer comme un enfant : Et moi, en lui montrant du pain, qui eſt une nourriture plus convenable à des hommes faits, je lui ai fait comprendre que c'étoit à un homme, & non pas à un Enfant, qu'il auroit affaire.

6. Peut-être enfin que *Montluc*, qui eſt mon *Panurge*, fut un des Tenans de quelque Conférence qui avoit du rapport avec

une Converfation par *fignes* entant qu'elle rouloit, ou fur les *fignes* caractériftiques de la vraye Eglife ; ou fur les Sacremens, qui font des *fignes* proprement ainfi nommez. L'Hiftoire ne dit pourtant rien, que je fache, d'une pareille Conférence (59).

§ VIII.

Nous voyons dans le Chapitre XXIII, *Comment Pantagruel partit de Paris, ouyant nouvelles que les Dipfodes envahyffoient le Pays des Amaurotes.*

Par les DIPSODES j'entends ici les FLAMANS & autres fujets de l'Empereur CHARLES-QUINT, qui firent des courfes dans la Picardie & dans les Pays voifins, dont ANTOINE DE BOURBON étoit Gouverneur, & où il poffédoit même des Terres confidérables. Les AMAUROTES, par conféquent font les habitans de la PICARDIE & ceux de L'ARTOIS.

Les *Flamans* ont été de tout tems bons Biberons. C'eft pour cela qu'ils font appellez *Dipfodes :* Terme grec, qui fignifie ici des gens *alterez* (60).

Les *Picards* & les *Artéfiens,* font nommez *Amaurotes,* d'un nom formé du Grec *Amauros,* qui veut dire *obfcur, terni, éteint :* Et ils font ainfi nommez, foit à caufe de la fituation peu avantageufe de leur Pays au Nord de la France, foit parce qu'une partie du Pays étoit actuellement entre les mains de l'Ennemi.

Le terme grec, entant qu'il fignifie *éteint, évanoüi, réduit à rien,* pourroit fort bien, par exemple, s'appliquer aujourd'hui à *Terouenne,* puifque Charles-Quint, après l'avoir prife, la détruifit jufqu'aux fondemens. *Sandoval* nous conte que les Efpagnols qui la prirent y voloient par deffus les murailles comme des Oifeaux. Il dit pourtant auffi qu'ils y montèrent par des échelles. C'étoit une affez plaifante manière de voler (61) ?

§ IX.

Les Chapitres XXV & XXVII, nous apprennent : *Comment Panurge, Carpalim, Eufthenes & Epiftemon, compaignons de Pantagruel, defconfirent fix cents foixante Chevaliers bien fubtillement : Et comment Pantagruel dreffa ung Trophée en mémoire de leur proeffe* &c. Ou je fuis fort trompé, ou cela eft relatif à ce que firent en M. D. XLIII, quelques années avant la ruïne totale de *Terouenne,* FRANÇOIS DE LORRAINE, Duc d'Aumale, & plufieurs Gentilshommes qui fe trouvoient comme lui dans l'Armée que commandoit alors ANTOINE DE BOURBON, & dont la deftination étoit de procurer ou d'affûrcr à cette Ville tous les fecours dont elle avoit befoin. Le Duc d'Aumale, impatient de faire quelque coup de main, pendant que l'Armée campoit à Gournai, étoit parti avec environ cent Chevaux de Gentilshommes volontaires qui l'accompagnoient pour leur plaifir, & étoit allé fe mettre dans Térouenne, d'où il fortoit de tems en tems pour chercher des avantures périlleufes. Mais un jour entr'autres, après avoir été long-tems à l'efcarmouche devant Aire pour attirer les Ennemis au combat, comme la Troupe tâchoit de regagner Térouenne parce qu'il étoit tard, voilà tout à coup un Détachement d'environ quatre-cens chevaux des Ennemis. D'Aumale prend fon parti, &, malgré la fupériorité de leur nombre, les attend de pied ferme à un Pont par où il falloit qu'ils fe retiraffent, fait une charge brufque & furieufe, les pourfuit jufqu'aux portes d'Aire, en laiffe plufieurs fur la place, & amène cent hommes prifonniers à Térouenne (62).

§ X.

Il paffe au Chapitre XXIX, où Rabelais nous raconte, *Comment Pantagruel deffeit les trois cents Géants armez de pierre de taille, & Loupgarou leur Capitaine.* La deffaite de ce LOUPGAROU fous les yeux de fes *Geants armez de pierre de taille, me femble repréfenter la prife de* LILLERS *entre Bétune & Aire,* par ANTOINE DE BOURBON, qui ayant été averti que cette Place *faifoit grand ennuy au Pays du Roy* avoit réfolu de s'en rendre maître. La deffaite de Loupgarou vient ici prefque immédiatement après la defconfiture des fix-cents Chevaliers dont nous parlions tout-à-l'heure : Et auffi voyons-nous que le Secours de Térouenne dont nous parlions pour expliquer cette avanture, ne précéda pas de beaucoup la prife de Lillers. Il eft certain, & que ce font là les deux premiers exploits d'Antoine de Bourbon, & qu'il les fit tous deux en très-peu de tems (63).

Pour ce qui eft des *trois cents Géants armez de pierres de taille,* lefquels Pantagruel avec le corps mort de Loupgarou, *abbatoit comme ung Maffon faiĉt des couppeaulx,* ou *comme ung Faufcheur qui de fa faulx abbat l'herbe d'ung Pré ;* ce feroit tous ces Châteaux aux environs de Térouenne, de Saint-Omer, d'Aire, & de Bétune, lefquels ANTOINE DE BOURBON rafa, après que la Ville de Lillers eut été remife entre fes mains.

Il eft dit dans le Chapitre précédent, que *Carpalim vint au lieu où eftoit l'Artillerie des Ennemis & mift le feu en leurs munitions,* & que *le feu feut fi foubdain qu'il cuida embrafer le paovre Carpalim.* Cette circonftance, antérieure à la défaite de Loupgarou, a quelque rapport avec ce qui étoit arrivé au fiège de Lillers un peu avant que la Ville fe rendît. Le feu s'étoit mis aux munitions des Affiégeans, & ils avoient eu bien de la peine à retirer leur Artillerie fans que le feu prît aux affuts. Mais j'aimerois mieux croire, malgré cela, que notre Auteur fait toujours allufion à la conduite d'Antoine de Bourbon dans la prife de Lillers, puifque nous voyons en effet qu'après s'être emparé de cette Place il y mit le feu et la démantela. On fouhaiteroit peut-être que le Roman, comme l'Hiftoire, eût gardé cette circonftance pour la dernière. Mais Rabelais écrit plus en Poëte qu'en Hiftorien : & l'on peut bien lui paffer ce petit Anachronifme, quand on paffe à Virgile celui d'Enée & de Didon. Quoi qu'il en foit, les principaux événemens fe fuivent ici dans leur ordre naturel.

§ XI.

Le Chapitre XXXI a pour titre : *Comment Pantagruel entra dans la Ville des Amaurotes,* &c. Nous y lifons comment les habitans de cette Ville le reçurent *en grande pompe triumphale avecqu'une lieffe divine.* C'eft la fuite de l'hiftoire D'ANTOINE DE BOURBON. La Ville des Amaurotes c'eft TÉROUENNE, au fecours de laquelle nous l'avons déja vu venir avec une Armée : & par laquelle il paffa après l'expédition de Lillers (64).

Nous voyons dans ce même Chapitre, quel fut le fort du Roi ANARCHE, depuis qu'il étoit tombé entre les mains de Pantagruel. Cet *Anarche* pourroit être regardé ici comme un Perfonnage allégorique repréfentant la foule des Payfans vagabons de l'Artois qui couroient la Campagne pour piller, & pour qui tous les Châteaux dont j'ai parlé étoient autant d'Afyles avant qu'Antoine de Bourbon les eût démolis. Ces *Anarches* ou Ennemis de la Subordination, réduits deformais à vendre des herbes, ne font pas mal figurez, ce me femble, par le Roi Anarche devenu *Crieur de faulce verte en pourpoinct de toile.*

§ XII.

ANTOINE DE BOURBON marchant après cela avec fon Armée par le haut Pays d'Artois, & paffant près de BAPAUME, attaqua la Ville et la prit. C'eft-là fans doute qu'il faut chercher les ALMYRODES du Chapitre XXXII, qui *voulurent tenir contre* Pantagruel, & qui firent entendre cependant qu'ils *fe rendroient,* pourvû que ce fût *à bonnes enfeignes.* Cette particularité regarde le Château de Bapaume. Les habitans de la Ville s'étoient tous retirez dans cette petite Place, où ils ne faifoient réfiftance que dans la vûe d'obtenir de bonnes conditions.

Ils n'avoient là qu'un feul Puits, qui en deux jours fut mis à fec. Et c'eft peut-être à cette circonftance que fe rapporte ce qui eft dit ailleurs, dans le Chapitre XXVIII, du *fel* dont Pantagruel *remplit tout le goufier* de fes Ennemis. On fait que le nom d'*Almyrodes* fignifie *un Peuple falé* (65).

Le Château ne fe prit pourtant pas. Antoine de Bourbon, preffé par les ordres du Roi d'aller le joindre au *Cateau Cambrefis,* fut obligé de lever le fiège. Mais auffi Rabelais ne parle-t-il point de la réduction des Almyrodes. Il repréfente au contraire les Affiégeans *faifis d'une groffe houfée de pluye : A quoi,* dit-il, *commencarent fe trefmouffer & fe ferrer l'ung l'aultre.*

Ce fut alors que Pantagruel *tira fa langue . . . & les en couvrit*

comme une Gelline faiɛɫ fes poullets, après leur avoir fait dire par les
Capitaines, *que ce n'eſtoit rien, mais à toutes fins qu'ils fe miſſent en
ordre.* Or je trouve qu'Antoine de Bourbon, dès avant la priſe de
Lillers, avoit dépêché au Roi pour lui faire entendre que s'il
accordoit encore un mois de ſolde à ſes Troupes, il y auroit
moyen de conquérir quelque Ville frontière & nommément
Bapaume. Le Roi ne lui avoit point envoyé d'argent, & lui avoit
au contraire ordonné de ſe mettre en marche pour ſe rendre
auprès de lui. Mais Lillers étoit pris avant que cette réponſe
arrivât. Les Soldats donc, à qui il falloit de l'argent & des habits,
ſe trouvant avec cela d'autant moins ſatisfaits que par la faute du
Roi ils venoient de manquer le butin du Château de Bapaume,
Antoine de Bourbon ſe voyoit à la tête d'une Armée qui n'étoit
ni contente ni en bon état. Il obtint pourtant à la fin qu'elle
ſeroit payée des arrérages & rhabillée. Mais comme il ne l'obtint
que lorſqu'il en eut parlé lui-même au Roi, cela s'appelle dans le
langage de Rabelais, *couvrir une Armée de la langue* (66).

La ſeconde Partie de ce Chapitre nous repréſente l'Auteur
même des Faits & Dits de Pantagruel montant par ſa grande
langue juſques au dedans de ſon goſier, & contient le recit *de ce
que l'Autheur veit dedans ſa bouche.* C'eſt une imitation de la
Baleine de Lucien, de qui il ſemble auſſi avoir emprunté l'idée
de la Relation des Enfers faite par Epiſtémon dans le Chapitre
XXX. Tout ce qu'il dit avoir vû dans la bouche de Pantagruel,
n'eſt ici que pour déguiſer le reſte. Cela me paroît ſi clair, & en
général la plûpart des découvertes que je publie me paroiſſent ſi
naturelles, que j'ai peine à comprendre comment il ne s'eſt
trouvé perſonne depuis plus de cent quarante ans, qui m'ait
prévenu au moins ſur quelques-unes de mes Remarques (67).

§ XIII.

La maladie de Pantagruel, au Chapitre XXXIII, c'eſt le
chagrin qu'eut Antoine de Bourbon d'avoir manqué ſon coup à
Bapaume: ou bien, ſi l'on veut quelque maladie réelle qui le
prit.

Quoi qu'il en ſoit, nous avons ici, ou plus proprement dans le
Chapitre XXXIV, *la concluſion du préſent Livre* II, lequel ne parut
que quelque tems après le premier, comme on en peut juger par
l'*excuſe de l'Autheur* dans ce dernier Chapitre contre *ung grand tas
de Sarrabaïtes Cagotʑ, Eſcargotʑ, Hypocrites, Capharts, Fraparts,
Botineurs, & aultres telles ſeɛɫes de gents,* qui s'étoient déja appliquez
à la leɛɫure des Livres Pantagruelicques; *non tant pour paſſer temps
joyeuſement, que pour nuire à quelcqu'ung meſchantement,* c'eſt-à-dire
pour y trouver matière à procès contre l'Auteur. Auſſi voyons-
nous qu'il eſt un peu plus réſervé ſur la religion dans ce deuxième
Livre & dans le troiſième qu'il ne le fut encore dans les deux
derniers.

§ XIV.

Nous avons néanmoins, dans celui-ci même, au Chapitre XXIX, une Prière qui fait voir que Pantagruel étoit pour la Réformation, encore qu'il fût Catholique à l'extérieur : Caractère, au reste, qui répond fort bien à celui D'ANTOINE DE BOURBON. Les Hiftoriens conviennent qu'il fut Calvinifte dans un tems où Rabelais étoit plein de vie : Et fi dans la fuite fon intérêt, bien ou mal entendu, l'attacha au Parti Catholique, au moins reconnut-il fon erreur lorfqu'il vit que la bleffure qu'il avoit reçue depuis peu au fiège de Rouen, lui annonçoit une mort prochaine. Il commanda à un homme qu'il avoit à fon fervice, & qui étoit Proteftant, de lui amener un Miniftre. Mais la chofe ne fe trouvant pas pratiquable dans ce tems de perfécution, il voulut que cet homme lui-même au défaut d'un Miniftre, lui fît la prière à la façon des Calviniftes : Et cela fut exécuté à fa fatisfaction, en préfence de fon frere le Cardinal de Bourbon (68).

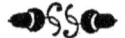

NOTES

LES REMARQUES DE M. LE MOTTEUX

———

(1) Je ne fais où Mr. Le Motteux a pris cela. Je ne connois que deux endroits où Mr. De Thou fasse mention de Rabelais: l'un qui est au sixième Livre des Mémoires de sa Vie , & l'autre vers la fin du Livre trente-huit de son Histoire ; Mais je ne trouve ni dans l'un ni dans l'autre ce que Mr. Le Motteux lui fait dire. Le premier porte simplement que Rabelais a fait un Ouvrage très-ingénieux où il met en jeu, sous des noms faits à plaisir, tous les Ordres du Royaume : *Scriptum ingeniosissimum fecit, quo vitæ regnique cunctos ordines quasi in Scenam sub fictis nominibus produxit, & populo deridendos propinavit.* Il ne s'agit là d'aucune personnalité ; Et s'il y en a une dans le second passage indiqué, elle n'est certainement pas assez considérable pour nous persuader que Mr. De Thou regardât l'Ouvrage de Rabelais, pris en gros, comme une Satire qui intéressoit diverses personnes de la première distinction. Tout ce que dit ici l'illustre Historien, se borne au Médecin *Rondelet ,* qui sous le nom burlesque de *Rondibilis*, n'est rien moins qu'un des principaux personnages du Rabelais. Voici les propres termes de l'Historien. *Idem hic annus & nobis Guilhelmum Rondeletium... abstulit, à Francisco Rabelæso... contemptim appellatum in iis libris quos ingeniosa magis quam omnino irreprehensibili jocandi libertate scripsit.*

(2) Mr. *Le Duchat* néanmoins a cru entrevoir quelque conformité entre GRANDGOUSIER & LOUÏS-DOUZE, soit dans son explication de *Li bouconi de Lombard* sous le Chapitre trois du Livre premier, soit dans ses Notes sur le cinquantième Chapitre du même Livre : Et *l'Imprimerie nouvellement instituée* par GARGANTUA, dans le Chapitre cinquante & un du même Livre, me semble former un trait de ressemblance assez remarquable entre lui & François PREMIER. On peut au moins mettre ce trait de ressemblance au même rang que deux autres indiquez par Mr. Le Duchat dans

ſes Notes ſur les Chapitres trois & quatre du deuxième Livre : pour ne rien dire ici du ſentiment de ceux qui ont penſé reconnoître dans le dix-ſeptième Chapitre du Livre I, une alluſion manifeſte à l'hiſtoire des Amours de François-premier avec Madame *d'Eſtampes :* Sentiment dont Mr. Le Motteux a eu ſoin de parler, comme on le verra dans la ſuite. Je ne prétens toutefois, ni examiner juſqu'où l'on pourroit pouſſer ce parallèle, ni m'ériger en Défenſeur du Syſtême combattu par Mr. Le Motteux. Je remarquerai, au contraire, que ce Syſtême, du moins à l'égard de PANTAGRUEL pris pour HENRI-DEUX, eſt ſujet à une difficulté qui me paroît inſoluble : C'eſt que Rabelais parloit de *Pantagruel* comme d'un homme fait & comme d'un Guerrier connu par ſes exploits, dans un tems où *Henri-deux* n'étoit qu'un enfant : Car Mr. Le Duchat [dans ſa Note ſur *l'Antitus des Creſſonnières* nommé au Chapitre onze du deuxième Livre] a prouvé que la première Edition du Pantagruel doit avoir été faite, pour le plus tard, en mil cinq cens vingt-neuf. Henri-deux ne pouvoit avoir alors que neuf ou dix ans. La preuve de Mr. Le Duchat, touchant la date de la première Edition du Pantagruel, eſt en-un-mot que dans un Livre imprimé en M. D. XXIX, il a trouvé une citation de l'hiſtoire de *l'Eſcolier Limouſin,* ou quelque choſe d'équivalent à une citation. Si le fait eſt exactement vrai, la preuve doit paroître déciſive. J'avoûrai cependant qu'il y a quelque choſe là-dedans qui m'embaraſſe. Mais comme j'aurai occaſion d'y revenir, je puis terminer ici cet Article, qui eſt déja aſſez étendu. Voyez ci-deſſous, parmi les *Obſervations* relatives aux *Remarques* l'Article (6) & l'Article (20).

(3) Ces paroles de Frere Jean ſont du Livre premier, où elles ſont partie du Chapitre trente-neuf. Mais pour ce qui précède le raiſonnement de Mr. Le Motteux ſur ces paroles en particulier, ce n'eſt point dans le premier Livre qu'il en faut chercher la preuve. On n'y trouveroit rien [ſi ma mémoire ne me trompe] d'où l'on pût tirer la moindre conſéquence en faveur de ſon ſentiment : Et l'on y trouveroit au contraire de quoi s'imaginer, quoique peut-être ſans raiſon dans le fond, que comme la Scène eſt toujours ou à Paris ou au Territoire de Chinon, la France ne doit pas plus être diſtinguée du Pays de Gargantua que du Chynonois ou de la Touraine. Mr. Le Motteux ne peut s'être fondé que ſur le Livre ſecond, où le Chapitre huit contient une Lettre de Gargantua à Pantagruel datée *de Utopie ;* & où le Chapitre vingt-quatre repréſente Pantagruel partant d'un Port de France pour retourner dans ſon Pays. On verra dans la ſuite que Mr. Le Motteux ſe fondoit ſur ce qui eſt dit dans le Livre premier, à la fin du Chapitre quinze, & vers le milieu du quarante-cinquième. Mais ces paſſages ne prouvent rien qu'autant que le ſens en eſt déterminé par les autres paſſages que j'ai citez : ſi toutefois on peut dire bien poſitivement qu'ils le déterminent.

Voyez ci-deſſous, parmi les Obſervations ſur les Remarques générales, les Articles (18) & (19).

(4) Mr. Le Motteux ne nous dit point ſur quelle autorité il avance que JEAN de Montluc, qui ne ſut Evêque qu'après avoir été Moine [comme on le verra dans la ſuite] étoit frere aîné de BLAISE, qui ſe pouſſa dans les armes juſqu'au rang de Maréchal de France, & qui ſe porta conſtamment pour héritier du titre de la famille. Mais outre que cela doit paroître bien peu vraiſemblable à ceux qui connoiſſent les prérogatives des aînez & les qualitez perſonnelles de Jean, il faut que cela ſoit actuellement faux ſi Blaiſe a dit vrai dans ſes COMMENTAIRES, au revers du deuxième feuillet de mon Edition, vers le bas de la page : j'ay eſté le premier de ſix freres, que nous avons eſté : ce ſont ſes propres termes. Et le Dictionnaire de Moréri, ſous l'Article de MONTESQUIOU, dans l'endroit qui traite de la Branche des Seigneurs de Montluc, dit en termes encore plus précis, parlant de François de Montluc, que de ſon mariage avec Françoiſe d'Eſtiſſac il eut 1o Blaiſe . . . 2o Jean . . . &c . . Remarquons au reſte, que malgré tous les ſoins apportez à la compoſition de cet Article du Moréri, il s'y eſt gliſſé quelque erreur, ſoit touchant la date du mariage dont Blaiſe & Jean naquîrent, ſoit touchant l'âge de Blaiſe & par conſéquent de ſon Cadet, dont il importeroit cependant de connoître à-peu-près l'âge véritable pour bien juger du Syſtême de Mr. Le Motteux. Le Moréri place le mariage de leur Pere avec Françoiſe d'Eſtiſſac en mil cinq cens neuf : & parlant enſuite de Blaiſe, né de ce mariage, il dit en deux endroits que ce même Blaiſe mourut en mil cinq cens ſoixante & dix-ſept âgé de ſoixante & dix-ſept ans, comme s'il étoit venu au monde neuf ans avant le mariage de ſes Pere & Mere. Mais ces dates étant marquées par chiffres Arabes dans le Moréri, je m'imagine que dans celle du mariage le Copiſte ou l'Imprimeur, prenant un neuf pour un zéro, aura mis 1509. au lieu de 1500. Je ne ſais ſi cela ſe trouvera changé dans les dernières Editions de ce Dictionnaire : car je n'ai que celle qui parut à Paris en M. DCC. XXXII. Ce qu'il y a de certain, c'eſt que l'uſage des Chiffres Arabes donne lieu à de perpétuelles mépriſes : & que ma correction eſt fondée ſur ce que Blaiſe de Montluc dit lui-même de ſon âge au ſeizième feuillet de ſes Commentaires : Monſieur de Lautrec, dit-il, me donna la Compagnie de mon Capitaine, encore que pour lors je n'euſſe attaint que l'âge de vingt ans : & là-deſſus il parle de la priſe de Fontarabie par les Eſpagnols comme d'une choſe arrivée preſque immédiatement après ſa promotion. Or il n'y a nulle diſpute que je ſache au ſujet du tems de cette priſe, que Mezerai rapporte vers le milieu de l'an mil cinq cens vingt-trois. Blaiſe à ce compte devoit être né ou au commencement de mil cinq cens trois, ou vers la fin de mil cinq cens deux : ce qui met ſa naiſſance, ſelon le cours aſſez ordinaire de la Nature, à un an ou environ depuis le

mariage, fi l'on fuppofe que le mariage fe foit fait vers la fin de *mil cinq cens,* qui eft l'année que ma correction fubftitue à *mil cinq cens neuf.* — Refte à favoir comment Blaife pouvoit, à ce même compte, avoir foixante & *dix-fept ans* en mil cinq cens foixante & *dix-fept,* qu'il mourut : & j'avoue que cette feconde difficulté me paroît plus embaraffante que la première. Répondre qu'on s'eft trompé, & qu'il n'avoit réellement alors que foixante & *quinze* ans, ce feroit être d'autant plus hardi qu'il s'attribue ce nombre d'année dès la deuxième ligne de fes Commentaires, pour la compofition defquels on ne fauroit lui refufer deux ans de plus. Faudra-t-il dire qu'il s'eft trompé lui-même fur l'âge qu'il avoit lorfqu'il fe mit à cet ouvrage ? Non : cela feroit trop fort : Mais ce qu'on pourroit très-bien fuppofer, ce me femble, c'eft qu'il ne fit l'exorde de fes Commentaires que la dernière année de fa vie : ou du moins, que l'ayant fait plutôt [à l'âge, par exemple, de foixante & dix ans, en mil cinq cens foixante & douze] il y avoit changé dans la fuite ce qui regardoit le nombre de fes années : foit qu'il crût devoir en ufer ainfi, par exactitude & pour donner plus de poids à fes difcours, à mefure qu'il vieilliffoit d'un an pendant la compofition ou la révifion de fon Livre : foit qu'une petite vanité gafconne [dont on fait qu'il étoit fort fufceptible & qui a même rendu fes Commentaires un peu fufpects] lui confeillât un changement à la faveur duquel, fe montrant âgé de foixante & quinze ans dès la première page du Livre, il pouvoit auffi dans la même page fe parer du tître de *Maréchal de France* qu'il n'avoit obtenu qu'en mil cinq cens foixante & *quatorze,* lors de l'avènement de Henri trois à la Couronne, ainfi que fon propre témoignage en fait foi dans le Mémoire qui fert de Continuation à fes Commentaires. Et ce qui me perfuade que ma conjecture eft folide, c'eft qu'on voit clairement par le début & par tout le contenu de ce Mémoire, que les Commentaires mêmes doivent être cenfez un ouvrage complet & achevé, non-feulement avant que l'Auteur reçut le bâton de Maréchal, mais avant le fiège de la Rochelle qui fe fit en mil cinq cens foixante & *treize,* & même avant le maffacre de la St. Barthelémi arrivé au mois d'Août en mil cinq cens foixante & *douze.* L'Auteur fut-il né, comme on le fuppofe en *mil cinq cens,* on ne conçoit certainement pas que foixante & *douze* ans après il pût en avoir foixante & *quinze.* Il faut donc de toute néceffité, ou qu'il fe foit trompé lui-même quand il s'eft donné cet âge dans des Commentaires achevez en foixante & douze, ou qu'il ne s'y foit donné cet âge qu'après coup. Or cela prouvé, il eft clair qu'on lui fait un prefent bien gratuit de deux ans, dans le Moréri, en difant qu'il eft mort en M. D. LXXVII, âgé de LXXVII ans. On convient qu'il commença à porter les armes dans fa dix-feptième année : & l'on ne fauroit lui nier ce qu'il dit, que ce fut dans fa vingtième qu'il parvint au grade de

Capitaine. C'eſt la différence de dix-ſept à vingt qui lui fait dire encore qu'il a *commandé* LII ans, & *ſervi* LV. Il eſt évident enfin que ces 55 ans ajoutez au 17 qui les précédèrent ou les 52 de commandement ajoutez à 20 qu'il avoit lorſqu'il commanda pour la première fois, n'en font que ſoixante & douze au lieu de ſoixante & quinze. Or ſa vingtième année, comme je l'ai fait voir, étoit accomplie & la vingt-&-unième couroit, en M. D. XXIII. Donc il faut que ſa ſoixante & quinzième tombe, ou ſur le commencement de M. D. LXXVII, ou ſur la fin M. D. LXXVII, qui eſt l'année où l'on place ſa mort. Je ne comprends point, par conſéquent, ſur quoi fondé l'on a pu dire qu'il avoit ſoixante & dix-ſept ans lorſqu'il mourut : & je comprends encore moins comment *Brantôme* (p. m. 246.) a pu lui en donner *quatre-vingt*. Mais cette diverſité de ſentimens ſur ſon âge me perſuade qu'on n'en a parlé juſqu'ici que par conjecture : de ſorte que j'étois en plein droit d'en appeller. — Je doute qu'après cette eſpèce de Diſſertation il faille s'arrêter à ce que dit P. DE BRACH dans les *Mannes de Meſſire Blaiſe de Montluc*, Poëme imprimé à la ſuite des Commentaires de ce vaillant homme, & où je trouve ces trois vers à la dernière page :

> *Montluc qui a laiſſé ceſte marque de ſoy,*
> *D'avoir ſix fois dix ans faict ſervice à ſon Roy,*
> *Et cinquante & huit ans commandé pour ſon Prince.*

Je ferai cependant, puiſque j'y ſuis, deux ou trois remarques en conſidération de ceux à qui ces vers pourroient paroître de quelque autorité. Iº Il eſt bien vrai que *ſix fois dix ans* de ſervice, avec les *dix-ſept* qui s'étoient écoulez avant que de ſervir, en font juſtement ſoixante & dix-ſept, qui eſt le nombre reconnu par l'opinion commune ; Mais cette même opinion ne ſauroit s'ajuſter aux cinquante & huit ans de commandement, ſans démentir ce que le Maréchal lui-même a nettement décidé, qu'il avoit vingt ans lorſqu'il commença à commander. Ces vingt ans ajoutez à cinquante-huit lui feroient ſoixante & dix-huit ans au lieu de ſoixante & dix-ſept qu'on lui donne communément. Il ne faut donc pas chercher dans ces vers une exactitude rigoureuſe. IIº *De-Brach* peut s'être trompé, comme d'aûtres, pour avoir crû trop legèrement ſur la lecture des premières lignes, que les Commentaires ſeuls, diſtinguez du Mémoire qui leur ſert de Continuation, renfermoient l'hiſtoire de ſoixante & quinze ans : & que les deux ou trois ans dont il s'agit dans le Mémoire devoient être ajoutez à ce nombre, avec lequel ils faiſoient réellement ſoixante & dix-ſept ou dix-huit ans. Or pour trouver cet âge à un homme qui avoit été Capitaine à vingt, il falloit néceſſairement ſuppoſer qu'il en avoit commandé cinquante-huit ou environ. Mais le fondement de la ſuppoſition étant faux, la ſuppoſition tombe. IIIº Quoique le Maréchal, à l'entrée de ſes Commentaires, diſtingue fort bien ſes années de ſervice, leſquelles il fait monter

á cinquante-*cinq*, d'avec ses années de commandement qui ne
montoient qu'à cinquante-*deux*, il s'oublie à la fin dans le septième
Livre, au revers du feuillet six-cens-six, où il dit : *Voilà . . la fin
des guerre où je me suis trouvé depuis cinquante-cinq ans que j'ay
commandé pour le service de nos Roys.* Peut-être que De-Brach aura
adopté cette inexactitude : moyennant quoi il ne lui manquoit
pour lui faire cinquante-huit ans de commandement que les trois
ans qui s'offroient à lui dans le Mémoire déja cité. Les vers de
ce Poëte ne doivent donc pas m'empêcher [sauf meilleur avis] de
revenir à ma conclusion, qui est que Blaise de Montluc n'avoit
pas plus de soixante & quinze ans, ou n'étoit [pour mieux dire]
que dans sa soixante & quinzième année, lors de sa mort arrivée
en M. D. LXXVII : & que sa naissance par conséquent ne pouvant
être rangée plus haut que vers le commencement de mil cinq
cens *trois*, ou la fin de mil cinq cens *deux*, son Cadet JEAN, le
Panurge prétendu de Mr. Le Motteux, ne sauroit être né que sur
la fin de M. D. III. s'il n'est pas né en M. D. IV, ou même plus
tard. Je n'ai pu trouver nulle part le tems de sa naissance. Mais
mettons-la provisionnellement au premier de Janvier, *mil cinq
cens quatre.* C'est-là à-peu-près la supposition la plus favorable
qu'il soit possible de faire pour le Système de Mr. Le Motteux.
Quant à l'usage de cette Supposition il paroitra ci-dessous dans
l'Article (6).

⸱ (5) Les Historiens auxquels Mr. Le Motteux nous renvoye,
comme aux garands de ce qu'il dit du grand Savoir de Jean de
Montluc dans les Langues, sont BRANTOME & *Théodore de* BÈZE.
Il les nomme au bas de la page. Mais il se contente de nommer
tout simplement le premier, & cite *l'Histoire Ecclésiastique* du
second, sans marquer ni année, ni Livre, ni Tôme, ni page. Ces
citations vagues me sont presque toujours suspectes ; & celles de
Mr. Le Motteux, en particulier, m'ont paru sujettes à caution.
« [Brantome parle de Jean de Montluc dans la Vie du Maréchal
« son frere. Voyez les *Additions aux Mémoires de Castelnau*,
« Livre II. Chap. 5. pp. 427. 428 : & *Théodore de Bèze*, Livre III.
« pp. 343. 344. Edition d'Anvers 1580. Ces Auteurs ne disent
« point que Montluc fut si savant dans les Langues. Brantôme
« dit qu'il étoit *fin, délié, rinquant, rompu & corrompu, autant
« pour son savoir que pour sa pratique.* Bèze dit de lui, qu'étant
« dans son Evêché il s'étoit mis sur le pied de prêcher, *& faisoit
« comme un meslinge des deux Doctrines, blasmant publiquement
« plusieurs abus de la Papauté* &c. De Thou fait son éloge, *Tom.*
« III. *Livre* LXVIII, An. 1579. *page* 325 de l'Edition de Genève,
« 1626. Mais il ne parle pas de son savoir dans les Langues.] »
Le Dictionnaire de Moréri n'en dit rien non plus : au moins dans
l'Edition de M. DCC. XXXII, qui est celle dont je me sers. Il
est vraisemblable cependant que Montluc savoit diverses Langues.
Son frere parle de lui au feuillet quarante-six des *Commentaires*,

comme d'un homme qui avoit la réputation d'être favant. Et fa
Harangue aux Vénitiens fur l'Alliance de François premier avec
le Turc, en mil cinq cens quarante-quatre, peut faire juger
non-feulement en général qu'il avoit beaucoup de littérature,
mais en particulier qu'il poffédoit bien la Langue Italienne,
puifque ce fut en Italien qu'il fit cette Harangue. Elle fe trouve
en François dans les Commentaires de fon Frere, & commence
au revers du feuillet quarante-fix. HENRI DE SPONDE, fous l'an
1544. cite la Harangue & donne à l'Orateur [felon la Traduction
de Coppin] la qualification de *perfonnage très-docte*. BRANTOME le
met de bonne heure au nombre des *gens fçavans & fpirituels*. On
peut voir le paffage entier dans le Moréri. DE THOU le repréfente
comme un homme diftingué par fon favoir dans les Saintes
Lettres. & qui s'y étoit appliqué dès fa jeuneffe . . . *Sacrarum
litterarum fcientia clarus . . . Virum doctrina præftantem . . . qui ab
adolefcentia Sacris additus*. Hift. Lib. XXV. & LXVIII. An. M.
D. LX, & M. D. LXXIX. — Pour ce qui eft du nombre des
Ambaffades de Montluc, le Moréri porte que *l'on dit* qu'il fut
employé dans *feize* Ambaffades. C'eft le nombre de Mr. Le
Motteux. Mais le Poëte que j'ai cité dans l'Article précédent n'en
compte que *douze*. Il introduit Blaife de Montluc difant à Pluton .

> *Garde mon frere encor, lequel Ambaffadeur*
> *Nos Roys ont douze fois chargé de leur grandeur :*
> *Ont fait voir les Romains, ont fait voir l'Allemaigne,*
> *Ont fait voir la Hongrie & la Ville que baigne*
> *La Mer de tous coftez, l'Anglois & l'Efcoffois,*
> *Deux fois voir le Levant, deux fois le Poulonnois, &c.*

Je ne voudrois pourtant pas décider que ce témoignage fût
contraire à celui du Moréri. Il fe peut que le Poëte n'ait eu en
vûe que les Ambaffades principales. Il paroît par Brantôme
qu'elles ne furent pas toutes également importantes : *je penfe*, dit
Brantôme, *qu'il n'y a gueres de Pays en Europe où il n'ait efté
Ambaffadeur et en négociation, ou grande ou petite*, &c.

(6) Le Duc d'Anjou partit pour la Pologne, où l'affaire de
fon élection venoit d'être conclue, vers la fin de M. D. LXXIII :
c'eft-à-dire vingt ans après la mort de Rabelais, & quarante-trois
ou quarante-quatre ans après la première Edition de fon Pantagruel,
s'il eft vrai que l'*Ecolier Limoufin* du Pantagruel ait été cité dès
l'an M. D. XXIX, comme on a vu ci-deffus qu'il y a lieu de le
croire. Voyez l'Article (2) des Obfervations fur l'*Introduction* des
Remarques de Mr. Le Motteux. Or fi le Livre fe trouve cité dès
l'an XXIX du Siècle, & fi par conféquent il doit avoir été publié
au commencement de cette même année, il faut naturellement
qu'il ait été compofé au plus tard dans le cours de l'année
précédente. Suppofons donc que Rabelais écrivoit en XXVIII.
Quel âge avoit alors Jean de Montluc ? Je ne le fais pas précifément ;

Mais en vertu de tout ce que j'ai établi ci-deffus dans l'Article
(4) je puis dire qu'il n'avoit pour le plus que XXIV ans accomplis.
De façon que pour bien juger fi c'eft lui que Panurge repréfente,
il faudroit voir ce qu'il étoit à vingt-quatre ans, & fi à cet âge-là
il avoit déja fait reconnoître en lui un homme d'un caractère
auffi rare, auffi marqué & auffi compliqué que celui de Panurge.
Brantôme affûre, dans le paffage déja cité, qu'*il avoit été de fa
premiere profeffion Jacobin*, & que ce fut *la Reyne Marguerite de
Navarre* qui le *défroqua*. Si elle le fit étant actuellement *Reine de
Navarre* [ce que je ne voudrois pourtant pas décider] ce ne fut
que depuis l'an mil cinq cens *vingt-fept*. Je crains bien qu'à ce
compte nous ne fuffions réduits à aller chercher dans le Couvent
& fous un froc le Panurge de Mr. Le Motteux; mais je ne doute
pas que Mr. Le Motteux lui-même ne trouvât cela affez étrange.
Brantôme ajoute que la Reyne *le mena avec elle à la Cour, le fit
connoiftre, le pouffa, lui aida :* & après cela feulement, qu'elle *le fit
employer en plufieurs Ambaffades*. Cette gradation dans le difcours
de Brantôme nous fait voir, ce me femble, quelque lenteur dans
les progrès de la réputation ou de la fortune de Montluc, & plus
de lenteur qu'il n'en faudroit à Mr. Le Motteux pour trouver la
grande réputation de ce prétendu Panurge toute formée en mil
cinq cens vingt-huit, que Rabelais eft cenfé écrire l'Hiftoire du
Panurge véritable : Hiftoire au refte tellement liée avec celle de
fon Pantagruel, que le deffein lui en doit être venu dans l'efprit
dès le tems même où il conçut le plan général de l'Ouvrage.
Notez encore que Rabelais [Livre II. Ch. XVI.] donne à Panurge
l'*eage de trente et cinq ans ou environ :* ce qui fait au moins dix ans
de plus que n'en avoit Montluc. En un mot, je ne vois aucun
jour à défendre la jufteffe du Commentaire de Mr. Le Motteux,
à moins que de nier ce qui a été dit touchant la date de la
compofition ou de la première Edition du Pantagruel. Mais
Mr. Le Duchat étoit fi bon juge de ces fortes de chofes, qu'encore
qu'il n'eût pas vu une Edition de mil cinq cens *vingt-huit* ou
vingt-neuf, & qu'il n'ait pas parfaitement développé fon argument
pour l'exiftence d'une Edition auffi ancienne, il y auroit de la
témérité à lui contefter fon fentiment fur ce fujet. — D'ailleurs
il avoit vu une Edition de mil cinq cens *trente-quatre*. Il en parle
plus d'une fois : & il nous avertit dans fa Préface qu'il a confulté
cette Edition pour le texte de la fienne. Or la première Edition
du Pantagruel fût elle feulement de l'an trente-quatre, je doute
que Mr. Le Motteux, en y gagnant cinq ans pour fon jeune
Panurge, y gagnât affez. J'avouerai cependant, comme je l'ai
déja infinué dans une des Obfervations précédentes, qu'il pourroit
y avoir quelque chofe à dire contre le fentiment de Mr. Le Duchat
fur l'ancienneté des premières Editions. 1o Il ne s'eft pas expliqué
avec la clarté néceffaire pour prévenir cette queftion : favoir fi
l'*Ecolier Limoufin* dont il dit que parle un Livre imprimé en mil

cinq cens *vingt-neuf* eft un perfonnage tiré du Rabelais, ou un perfonnage dont le Rabelais pourroit n'avoir donné qu'une copie : & n'ayant pas le Livre cité par Mr. Le Duchat, je n'oferois entreprendre de décider cette queftion. II° On conçoit facilement que Rabelais, qui s'eft fervi de plus d'un Stratagême pour donner le change à certains Lecteurs malévoles, auroit pu par un nouveau Stratagême mettre une fauffe date aux premières Éditions de fon Ouvrage, afin de fauver l'allufion à des faits contemporains par une date reculée qui diroit en quelque forte à fes Cenfeurs : *comment aurois-je eu deffein de repréfenter des faits tout nouveaux, dans un Ouvrage que vous voyez qui eft imprimé depuis tant d'années ?* III° On eft tenté de foupçonner une pareille rufe, dans l'Edition même datée de mil cinq cens *trente-quatre*, lorfqu'au feptième Chapitre, du deuxième Livre, dans le plaifant Catalogue de la Bibliothèque de St. Victor, on fait attention à ce titre ; *Le Faguenat des Efpaignols fupercoquelicantiqué par Frai Inigo :* & à cet autre : *L'Entrée d'Antoine de Leive és Terres des Grecs.* Je n'infifterai pourtant pas fur l'Allufion du Faguenat de Frai Inigo à l'Inftitut des Jéfuites, qui ne fut proprement établi qu'en mil cinq cens *quarante*. L'embarras qui réfulteroit d'une pareille allufion, fi elle étoit réelle, dans un Ouvrage imprimé en *trente-quatre*, a été fenti & affez bien levé par Mr. Le Duchat. Mais il prétend lui-même que l'Entrée d'Antoine de Leive és Terres des Grecs fait allufion à une affaire de mil cinq cens *trente-fix :* & il ne dit point que cette allufion ne fe trouve pas dans l'Edition datée de *trente-quatre*. Il faut donc, ou que cette date foit fauffe, ou que fa Remarque ne foit pas telle qu'elle devoit être ; ce que je laiffe à examiner. IV° Si l'on me demande quelque exemple reconnu d'une date ainfi reculée, je répondrai que, fans fortir de l'Hiftoire des Editions de Rabelais, je trouve un exemple reconnu au moins par Mr. Le Duchat & par tous ceux qui croient [comme il me femble qu'on l'a toujours cru] que les vers *à l'Efprit de la Royne de Navarre,* qui fe lifent à la tête du troifième Livre fuppofent la mort de cette Princeffe : Car Mr. Le Duchat dans fa Remarque fur ces mêmes vers, affûre les avoir vus dans une Edition datée de mil cinq cens *quarante-fept,* & ne manque pas d'obferver que cette date eft antérieure à celle de la mort de Marguerite, aux *Manes* de laquelle, felon lui, les vers font adreffez. — Mais après-tout ce ne font-là que des conjectures dont je fens l'incertitude ; dont je découvrirois peut-être la fauffeté, fi j'étois mieux au fait ; & qui dès-à-préfent me paroiffent fort ébranlées, pour ne pas dire renverfées, par la Note de Mr. Le Duchat fur le Titre de la *Pantagrueline Prognoftication.* Il dit dans cette Note *que par la première Epître de Calvin datée de mil cinq cens* trente-trois, *il paroit que le Pantagruel, c'eft-à-dire le deuxième Livre de Rabelais avoit déja paru.* A quoi vous pouvez ajouter ce que j'obferve ci-deffous dans l'Article (20) de mes Obfervations fur ces

Remarques générales. Les articles (14) & (16) pourront aussi avoir leur usage. Supposons toutefois que les conjectures en question soient solides : fussent-elles la vérité même, elles ne prouveroient rien contre les trois Editions de M. D. XLII : de sorte qu'il resteroit toujours à savoir si dès l'année de ces trois Editions, le caractère de Jean de Montluc étoit aussi connu qu'il le faudroit pour l'honneur du Commentaire de Mr. Le Motteux. Encore l'exactitude voudroit-elle qu'on remontât un an ou deux plus haut pour donner à Rabelais le tems d'écrire & de se faire imprimer. Or il est bien vrai que Montluc en M. D. XL. pouvoit avoir à peu-près l'âge de Panurge ; Mais je doute qu'il eût paru dès-lors tel qu'on le voit paroître depuis dans l'Histoire. Je ne sais point où Mr. Le Motteux a pris ce qu'il dit dans la suite, que Marguerite Reine de Navarre, après avoir tiré Montluc du Couvent, *l'envoya à Rome* : qu'*il se vit élevé par-là au rang d'Ambassadeur* : & que *ce fut-là le premier pas de son avancement*. Je ne sais pas non plus ce que c'est que toutes les Ambassades spécifiées dans les vers que j'ai transcrits sur la fin de l'Observation précédente. Mais ce que je sais bien, c'est que si Brantôme ne s'est pas trompé, ou ne s'est pas fort mal exprimé, le *premier avancement* de Montluc, la première occasion où son mérite ait fait un certain éclat & ait brillé dans les grandes affaires, c'est son Ambassade de *Constantinople*, la même sans-doute qui est la première dont Mr. de Thou ait jugé à propos de faire mention, & la seule qu'il juge digne d'être mise en parallèle avec celle de Pologne. *Nam Scoticam & alias omitto.* Voyez *Thuani Hist. Lib.* II. *p. m.* 43. *& Lib.* LXVIII. *p. m.* 325. Or cette Ambassade de Constantinople est rapportée par de Thou à l'an M. D. XLIV. La première Ambassade de Montluc dont il soit parlé dans les *Commentaires* de son frere le Maréchal, est celle de *Venise* : c'est la première aussi dans *Henri de Sponde* : & elle est de la même année que celle de Constantinople. — Voyez ci-dessous, Article (9) & Article (13). — Peut-être au reste ne sera-t-il pas mal-à-propos d'avertir les Lecteurs, que lorsque je cite le Rabelais de Mr. Le Duchat, c'est toujours selon l'Edition *d'Amsterdam*, M. DCC. XI. — NB que lorsque j'ai cité la note où il parle d'une Lettre de Calvin, j'ai oublié de citer en même tems une autre note qui pourra servir à s'assurer de l'ancienneté des premières Editions. Je veux dire la dernière note sur le Livre II, dans laquelle le Lecteur est renvoyé à une Lettre de *Patin*. Je n'ai point vu cette Lettre ; mais j'ai vu celle de Calvin. Elle prouve incontestablement que le *Pantagruel* étoit imprimé en M. D. XXXIII : Et Mr. Le Motteux s'imaginoit que Rabelais n'avoit commencé à écrire le *Gargantua* même qu'en M. D. XLV. comme on le peut voir dans un passage dont je donne la traduction dans ma Préface : § V.

(7) Les mêmes faits sont rapportez dans le Moréri, & y sont

rangez de même. Mais il y eſt dit de plus que le Doyen fut obligé de faire amende honorable à l'Evêque en vertu d'un Arrêt du quatorze d'Octobre *mil cinq cens ſoixante* : ce qui eſt encore marqué en chiffres Arabes : 1560. Et je ſuis fort trompé ſi ce n'eſt pas là un nouvel exemple de l'inconvénient attaché à l'uſage de ces chiffres : car Henri de Sponde, qui eſt entré dans quelque détail au ſujet du Bref de Pie IV contre Montluc, place ce Bref ſous l'an mil cinq cens *ſoixante-trois*. Il faut donc, ou que l'affaire du Doyen n'ait pas été terminée en 1560, ou que comme antérieure au Bref du Pape elle en ſoit abſolument indépendante, bien loin d'en être une ſuite ainſi qu'on le ſuppoſe & qu'on prétend même l'expliquer par un défaut de formalité de la part du Pape. L'avanture de Montluc avec le Connêtable arriva, ſelon le Moréri, *au commencement du régne de Charles IX*, en préſence de la Reine Catherine. Je conçois que ce peut être en ſoixante & un, vers le tems du Colloque de Poiſſi, & après que le Connêtable eut rompu, ou lorſqu'il étoit prêt à rompre avec le Parti des Huguenots : ſur quoi l'on peut voir Henri de Sponde : *An. M. D. LXI. § XI.* Voilà pour l'ordre des faits ou pour leurs dates. Voici deux mots pour les faits mêmes. — I° Ce que Mr. Le Motteux & le Moréri repréſentent ſous l'idée d'un Acte où Montluc étoit *déclaré* hérétique ou *condamné* comme tel, n'étoit véritablement, ſelon Henri de Sponde, qu'un Bref pour le citer à Rome, lui Montluc, entre autres Prélats *ſoupçonnés* d'héréſie. La Sentence de condamnation ne fut publiée, au moins en France, que par le Pape Pie *cinquième* en l'an ſoixante-huit, ſelon le même Hiſtorien. — II° Pour ce qui eſt du Sermon huguenot de l'Evêque de Valence, & de la catholique incartade du Connêtable de Montmorenci, Mr. Le Motteux cite d'une manière vague Brantôme, Bèze, Maimbourg, Sponde, & Dupleix. « [Mais *Bèze* « rapporte le fait différemment, Livre IV. p. 456. *Maimbourg* le « rapporte : Livre II. p. 148, Edition de Hollande, 1682 : Mais « il le tire *d'Agricola* qui ne l'avoit rapporté que ſur la foi de « quelques Mémoires du tems, ſans donner le fait pour bien « certain, & ſans nommer *Brantôme*. La relation de Bèze eſt plus « naturelle & plus vraiſemblable. Il dit ſimplement que le Connê- « table, pour obéir à la Reine, ayant aſſiſté une fois à un Sermon « de l'Evêque de Valence dans le Château, il en fut *merveilleuſe-* « *ment offenſé*, & déclara *qu'il n'y retourneroit plus*.] » Je ne trouve point le fait dans Henri *de Sponde* : & je n'ai pas pu conſulter *Dupleix*. Il y a tout un Article dans Brantôme ſur le Connêtable. Il l'appelle *un grand rabroüeur* : il conte quelques uns de ſes *rabroüements*, & dit qu'il en pourroit conter une *infinité d'autres*. Mais il n'en conte aucun où il ſoit queſtion de Montluc. Il remarque même que le Connêtable *n'en uſoit guères à l'endroit des gens d'Egliſe* : ajoutant neanmoins *qu'il leur remonſtroit quelquefois aſſez rudement*.

(8) Mr. Le Motteux ne cite point de garands pour ces particularitez. Elles font apparemment du nombre de celles que le Pere *Colomby* a examinées. Mais il fuffit au refte pour le Syftême de Mr. Le Motteux, que le caractère de Montluc, en fait de Religion, ait été équivoque & reconnu tel avant que Rabelais écrivît. Or tout ce que je puis dire là-deffus, c'eft ce que dit Brantôme *On le tenoit Luthérien* AU COMMENCEMENT, *& puis Calvinifte, contre fa profeffion épifcopale, mais il s'y comporta modeftement, par bonne mine & beau femblant. La Reine de Navarre le defroqua* POUR L'AMOUR DE CELA &c.

(9) Si l'on ne favoit pas que la fameufe Ambaffade de Montluc à Conftantinople eft poftérieure aux deux premiers Livres de Rabelais, comme je l'ai fait voir ci-deffus dans l'Article (6), on feroit fort naturellement tenté de s'imaginer ici quelque rapport entre Panurge jouant au plus fin avec les Turcs, & Montluc fe tirant en habile homme d'une négociation politique à Conftanti-nople. Les vers citez dans l'Article (5) le font aller *deux fois* dans le *Levant*. Y auroit-il été une fois avant l'Ambaffade que je nomme la fameufe ? Y en auroit-il une première qui fût antérieure au tems où Rabelais écrivoit ? Et lui feroit-il arrivé dès cette Ambaffade que je fuppofe antérieure, quelque chofe qui approchât de l'avanture de Panurge ? Je n'en crois rien. Je n'oferois pourtant le décider pofitivement. Ce que je dirai d'un ton plus décifif, c'eft que Rabelais dans cet endroit ne peut pas avoir eu en vûe le fuccès du Prélat dans fon démêlé avec le Doyen de Valence, puifque c'eft une affaire qui ne fut terminée, comme je l'ai obfervé dans l'Article (7), que l'an M. D. LX, quelques années après la mort de Rabelais. Il y a cependant, entre cette affaire & celle de Panurge avec le Rôtiffeur, [quoique Mr. Le Motteux ne le remarque pas] une apparence particulière de conformité, qui eft auffi frappante qu'aucune autre qu'il ait voulu faire valoir. Or cela prouve bien, ce me femble, que dans l'explication des hiftoires allégoriques de même que dans celle des Prophéties, la feule reffemblance des événemens ne fuffit pas pour dire avec affûrance : Voilà précifément ce que l'Auteur a prétendu défigner. Auffi Mr. Le Motteux déclare-t-il quelque part, en parlant de la partie hiftorique de fon Commentaire qu'il ne faut le regarder que comme un tiffu de conjectures.

(10) Selon le Dictionnaire de Moréri, Montluc ne fut fait Evêque de Valence qu'en M. D. LIII, après Jaques de Tournon. Je doute au refte que *Larder un homme* foit une expreffion commune. Mais puifqu'on dit communément *des lardons* pour dire des traits fatiriques ; & qu'ainfi encore l'on dit tous les jours, *chacun lui a donné fon lardon ;* je conçois qu'on pourroit dire analogiquement, *Il a été bien lardé.* Je ne me fouviens pourtant pas de l'avoir jamais ouï dire.

: (11) On verra dans la fuite que, felon Mr. Le Motteux, Rabelais femble avoir penfé plus d'une fois, dans le cours de fon Ouvrage, à ce retranchement du Calice. Il y a néanmoins quelque difficulté à concevoir que Rabelais y ait penfé dans le Chapitre dont il s'agit ici.: Car quel rapport entre la Loi de Mahomet & les ufages établis fur l'autorité des Papes ou des Conciles? entre des Bashas & des Evêques Catholiques Romains? entre Conftantinople & Rome? Rabelais dit-il la moindre chofe qui infinue qu'il vouloit bien être cenfé confondre les Italiens avec les Turcs, & parler des uns fous le nom des aûtres à tout Lecteur capable de l'entendre à demi-mot? Je ne répondrai point à cette queftion. J'obferverai feulement que Mr. Le Motteux ne feroit peut-être pas demeuré court. Au moins auroit-il pu répondre, tant bien que mal, en difant qu'il y a dans ce Chapitre même un paffage, où Panurge parle à fon *villain Bashatz* tout comme fi c'étoit un Italien. J'ai en vûe l'endroit où Panurge lui donne certain titre à l'Italienne que Mr. Le Duchat appelle une injure *qui affocie les Italiens & les Turcs.* Voyez la Note de Mr. Le Duchat fur *Livre* II, *Chap.* XIV, au mot *Miffaire b . . g . . no :* Et remarquez que le parallèle des Turcs & des Papiftes étoit à la mode dans le tems que Rabelais écrivoit. Au moins voyons-nous que ce parallèle faifoit partie d'un Livre de Luther publié en M. D. XXVIII, & qui fit de l'éclat. On en trouve un Extrait dans *Sleidan*, fous l'An M. D. XLII. Livre XIV. fol. m. 196.

(12) On l'a vu ci-deffus prêchant en manteau & le chapeau fur la tête; mais feulement en M. D. LXI. Remarquez au refte qu'à la fin de ce Chapitre, parlant toujours de la Braguette, Panurge remet les Turcs fur le tapis & les blâme à l'égard de la Braguette comme à l'égard du vin : *veu que braguette porter*, dit-il, *eft chofe en leur Loy deffenduë.*

(13) « Il avoit été de fa première profeffion Jacobin; & la « feue Reyne de Navarre Marguerite, qui aymoit les gens fçavans « & fpirituels; le connoiffant tel, le défroqua & le mena avec « elle à la Cour, le fit connoiftre, le pouffa, lui ayda, le fit « employer en plufieurs Ambaffades, car je penfe qu'il n'y a « gueres de pais en l'Europe où il n'ait été Ambaffadeur & en « négotiation ou grande ou petite jufques à Conftantinople, qui « fut fon premier avancement, & à Venife, en Pologne, « Angleterre, Ecoffe & autres lieux. » Telles font les propres paroles de Brantôme: *Vies des Hommes Illuftres*, feconde Partie, p. m. 257. dans l'Article de *Mr. de Montluc*. Il eft à remarquer cependant que l'Auteur des vers citez ci-deffus dans l'Obfervation (5), femble parler de l'Ambaffade à *Rome* comme de la première : Mais il n'en parle point, ainfi que Mr. Le Motteux, comme d'une Ambaffade où Montluc auroit été envoyé par la Reine de Navarre.

II   47

(14) Faifons ici en paffant une petite obfervation qui ne fera point inutile, quoique par rapport à l'examen du Syftême de Mr. Le Motteux elle ne foit pas fort effentielle. Nous avons dans le Dictionnaire de *Bayle* trois Articles fous le titre de Navarre: Et dans la Remarque (11) du premier de ces Articles, l'Auteur, avec fon exactitude accoutumée, relève la difcordance des Hiftoriens touchant le lieu & le tems de la mort de notre Marguerite, Sœur de François premier. Or il paroît par la Remarque de Bayle, que Pierre de St. Romuald, qui fait mourir cette Princeffe en *Bretagne*, s'eft trompé. Mr. Le Motteux s'eft donc trompé auffi, ou s'eft laiffé tromper fur ce point. Et ce qu'il y a de plaifant c'eft que dans la fuite il dit ce qu'il falloit dire, & ne s'apperçoit pas de la contradiction. Si vous lifez fes Remarques fur le Chapitre XXVI du Livre V, vous y trouverez en autant de termes, que Marguerite mourut dans le Château d'*Odos* en *Bigorre* : ce qui eft la vérité, à cela près peut-être qu'il auroit du écrire *Audos*, avec la Diphthongue *Au*, comme Baylé femble vouloir qu'on l'écrive ; ou plutôt fimplement *Doz*, comme le prétend avec plus de raifon l'Auteur des *Remarques critiques* qui font à la fin de chaque Volume dans l'Edition de Paris : Rem. 52. — Pour ce qui eft de l'année de la mort de Marguerite, Mr. Le Motteux l'a marquée exactement. Il s'accorde avec Bayle à cet égard, & je ne vois nulle apparence d'erreur dans fa date. Voilà cependant Mr. *Le Duchat*, lui dont l'exactitude eft fi fcrupuleufe en ces fortes de chofes: Voilà Mr. Le Duchat qui dans fa première Note fur les vers en queftion, fait mourir Marguerite un an plutôt, favoir en mil cinq cens *quarante-huit*. Il eft vrai qu'il marque cette année en chiffres Arabes, & que l'ufage de ces chiffres eft commode. Mais l'erreur s'y gliffe fi facilement, par un *lapfus calami*, où par l'inadvertence des Copiftes & des Imprimeurs, que fi l'on pouvoit établir une bonne police dans la République des Lettres, on devroit mettre à l'amende tout Ecrivain habile qui ne marqueroit pas fes dates fans chiffres, ou au moins en chiffres Romains, toutes les fois que la valeur des chiffres Arabes ne feroit pas fixée par les circonftances vifibles de la date. Pour ce qui eft des Ecrivains ignorans ou étourdis, je leur ferois moins févère. Comme on s'apperçoit bien-tôt qu'il ne faut fe lier à eux fur aucun détail, on eft fur fes gardes, leurs fautes font fans conféquence. — Je ne fais pas, au refte, pourquoi Mr. Le Duchat [d'accord en ceci avec Mr. Le Motteux] veut que les vers adreffez à l'Esprit *de la Royne de Navarre,* foient des vers adreffez aux *Manes* de cette Princeffe ? Il eft certain que fi on la fuppofoit vivante, cela lèveroit une grande difficulté. On concevroit alors comment les vers adreffez à fon Efprit peuvent fe trouver, comme ils fe trouvent effectivement, dans une Edition de M. D. XLVII. On ne feroit plus obligé de s'imaginer, par une conjecture violente, que cette Edition porte une date antérieure à la compo-

fition du Livre, comme Mr. Le Duchat a cru devoir le décider par néceffité. Et il n'eft guère moins certain, à ce qu'il me femble, que les vers en queftion s'expliqueroient beaucoup plus naturellement en fuppofant la Princeffe vivante, qu'ils ne peuvent s'expliquer lorfqu'on la fuppofe morte. Voyez ci-deffous Art. (16).

(15) Mr. Le Motteux cite ici l'*Hiftoire de Jean Crefpin*, où je ne trouve rien de relatif à ce qu'on vient de lire. Mais *Bayle* rapporte les mêmes chofes & cite le premier Livre de l'*Hiftoire Eccléfiaftique de Bèze*. Voyez Bayle dans les remarques (6) & (8) de fon premier Article de *Navarre*: & conférez les *Remarques Critiques* de l'Edition de Paris, N° 8, 10, 17, & 44. Les trois Prédicateurs dont il s'agit font les mêmes que Bayle nomme *Gérard Rouffel, Bertault*, & *Courault*. Ces deux derniers étoient Moines Auguftins. Le premier étoit *Docteur de Sorbonne*, felon Bayle; mais *Prêtre & non Docteur*, felon les Remarques critiques de l'Edition de Paris. C'eft le même encore qui dans la Traduction de Henri de Sponde eft appellé, tantôt *Rouffel*, tantôt *Rouffeaux*, tantôt le *Roux*. — Notez que dans cet endroit Mr. Le Motteux a eu foin de marquer la date, & que cette date est de M. D. XXXIV. — On peut rapporter à cet Article les Remarques fur le *Livre* III. *Chap*. XXIV.

(16) Cette explication fuppofe I° Que le deuxième Livre de Rabelais, où commence l'*Hiftoire des Faits joyeux du bon Pantagruel*, n'a été compofé que depuis le mariage par lequel Antoine de Bourbon devint gendre de Marguerite: Suppofition qui en vertu des Obfervations précédentes doit paroître évidemment fauffe à ceux qui favent d'ailleurs que ce mariage ne fe fit qu'en mil cinq cens quarante-huit, comme le remarque Mr. Le Motteux lui-même fur le deuxième Chapitre du Livre deux. — Cette Explication fuppofe II° Que le troifième Livre & les Vers *à l'Efprit de la Reine*, font poftérieurs à fa mort. Mais encore que cette feconde fuppofition foit plus probable que la première, elle eft dans le fond tout auffi peu folide. *Premièrement*: elle eft démentie par deux Editions datées de M. D. XLVII, & fur-tout par celle des deux dans laquelle fe lifent les vers en queftion. Il eft vrai que Mr. Le Duchat rejette celle-ci par cette raifon même que les vers y font: Mais au moins n'ofe-t-il pas rejetter l'autre. *Secondement*: Je ne conçois point du tout pourquoi l'on veut d'une manière fi abfolue que les vers à l'Efprit de la Reine n'ayent pas pu être compofez de fon vivant, dès l'an M. D. XLVII. Tout ce qu'on y gagne, c'eft qu'alors on explique la fufcription des vers affez facilement: on dit que l'Efprit de la Reine font fes Manes; Mais pour les vers mêmes, jugez par le Commentaire de M. Le Motteux comment il faut s'alembiquer l'imagination & donner la torture aux termes pour leur donner du fens. Un Efprit *abftrait, ravy, exftatic*, qui *fréquentant les Cieux d'où il fent*

qu'il a tiré *fon origine*, a *délaiffé* par fes raviffemens & par fes extafes un *Corps* qu'il ne regarde que comme un *hôte* ou comme un *domicile* deftiné à le loger fur fa route vers le Ciel ; Voilà des expreffions fort naturelles, quoique très énergiques & emphatiques, fi l'on veut, pour louer une perfonne pieufe que les fublimes méditations de la Vie fpirituelle & contemplative tranfportent en quelque forte dans le Ciel, & qui dégagée du commerce des fens autant qu'on peut l'être ici bas, ne vit plus à la Chair, s'eft élevée d'avance au rang des Intelligences pures dont le Ciel eft le féjour. Mais tout cela ne convient qu'à une perfonne vivante , & l'on a réfolu qu'il s'agiroit d'une perfonne morte. Que fera-t-on ? On fera violence aux termes. Un Efprit *abftrait*, accoutumé à des extafes, fignifiera un Efprit parvenu à l'état des Bienheureux après la mort. Un Efprit qui *fréquente* les Cieux en extafe, fignifiera un Efprit qui a dans les Cieux fa demeure fixe comme les Anges & les Saints glorifiez. Un Efprit qui en fe livrant à fes extafes a *délaiffé* fon Corps, fera un Efprit que fon Corps a délaiffé en périffant par la mort. Dire que le Corps d'une perfonne fujette aux extafes eft *concords* ou s'accorde avec l'*Efprit* fur les *Edits* duquel il ne ceffe point de fe *moriginer*, c'eft dire fortement, mais toujours naturellement, que dans les extafes dont on fait l'éloge, le Corps n'eft pas tellement abandonné à lui-même que l'Efprit le perde de vûe, ne lui faffe la loi, & ne le trouve docile aux plus faintes leçons. Mais on veut encore une fois qu'il s'agiffe d'une Morte. Que fera-t-on encore ? Un Corps *concords* qui *en vie* pérégrine *fe morigine*, peut-il être le Corps enterré d'une Perfonne qui ne vit plus ? Il n'y a pas apparence. On vous dira donc que le corps vivant & bien moriginé de cet Efprit qui eft dans le Ciel, c'eft le corps d'un Mari qu'il a laiffé fur la terre. Parler à une Perfonne que fes pieux exercices ont mife bien au deffus des amufemens ordinaires du Monde comme fi l'on parloit à une Intelligence célefte : s'adreffer à fon *Efprit* comme fi elle étoit pur Efprit : & lui demander fi du haut de fes fublimes méditations, fi du haut de ce Ciel dont elle eft plus habitante que de la terre, fi de ce *divin manoir* où elle fe tranfporte *perpétuellement,* elle voudra bien redefcendre en quelque forte *ici bas* pour quelques momens, & s'abaiffer jufqu'à jetter les yeux fur *une tierce partie* d'un badinage dont le commencement l'avoit amufée autrefois : c'étoit faire tout ce que Rabelais poûvoit inventer de plus naturel & de plus judicieux pour dédier avec bienféance la Suite d'un Ouvrage auffi folâtre que les *Faits joyeux du bon Pantagruel,* à une Dame, à une Reine, & à une Reine qui non feulement avoit toujours eu beaucoup d'enjoûment, mais qui donnoit même dans la dévotion, & dont la dévotion prenoit un vol affez haut. Témoin fa Devife d'une fleur de Souci avec ces mots, *Non inferiora fecutus.* Témoin tout ce qu'elle a compofé de Poëfies Chrétiennes. Voyez *Bayle.* Mais fi l'on veut toujours qu'elle fût morte, où fera le bon-fens? où fera la Bienféance? S'avife-t-on d'aller chercher une Sainte du Paradis pour l'inviter à lire des bagatelles? A la bonne heure fi c'étoit une Sainte dont on voulût fe moquer. Mais Rabelais ne vouloit certainement pas fe moquer de la Reine de Navarre, ni morte ni vive. D'ailleurs je crois le connoître affez bien pour avancer que quelques indifcrétions qu'on puiffe lui reprocher, il n'étoit point homme à faire le prophane, le libertin, & l'étourdi, à pure perte. Au moins n'étoit-il pas homme à faire un dizain dont la penfée fût auffi froide que celle qu'on a coutume de lui prêter dans les dix vers dont il s'agit.

(17) Dans le Chapitre VI du Livre I, Grandgoufier jure en Gafcon, *Sang de les Cabres:* Sur quoi Mr. Le Duchat dit: *Cette expreſſion Gaſconne eſt une des raiſons qui font croire à l'Auteur de la Traduction Angloife de Rabelais, que c'eſt Jean d'Albret Roi de Navarre, qui eſt déſigné fous le nom de Grandgouſier.* Si cela doit s'entendre de Mr. Le Motteux, comme je le fuppofe, il y a là deux petites inexactitudes. I° Mr. Le Motteux ne peut pas être appellé d'une manière abfolue l'Auteur de la Traduction Angloife. Il n'a traduit que les deux derniers Livres. II° Il ne dit rien nulle part, que je fache, fur le juron gafcon de *Sang de les Cabres:* Et fi la remarque que Mr. Le Duchat lui prête à ce fujet doit fe trouver dans l'Ouvrage que je traduis, ce ne fera qu'autant qu'elle peut fe trouver implicitement dans la Remarque plus générale à l'occafion de laquelle je fais la préfente obfervation. Je ne fais point au refte fi cette même Remarque eſt bien jufte. Je ne connois pas affez les Dialectes de la France Méridionale pour prononcer là-deffus. Je dirai feulement que me méfiant de moi-même j'ai confulté des Gafcons & des Béarnois, qui m'ont affûré qu'ils n'entendoient rien au paffage en queftion.

(18) De là le nom *Bazadois* & de la Ville de *Bazas*, Ville Epifcopale dont le Diocèfe embraffe le Pays d'*Albret*, & qui eſt fituée fur la petite Rivière de BEUVE. Voyez cependant la Note de Mr. Le Duchat fur *le Pays de Beuſſe.* Livre I. Chap. VI, *Beuſſe* eſt le nom d'un Bourg entre *Loudun* & *Chinon.* Voyez la Carte du Chinonois.

(19) Mr. Le Motteux ne dit pas que le nom de *Verron* foit un nom imaginaire, ou fait à plaifir. Il femble feulement le fuppofer. Quoi qu'il en foit, c'eſt le nom d'un Pays bien réel, mais bien éloigné du Béarn. Voyez la Note de Mr. Le Duchat fur ces paroles, *Point ne croiſt en Bretagne, mais* &c. Liv. I. Ch. XIII.

(20) Après tout ce que Mr. Le Motteux a dit pour prouver que Picrochole eſt Charles-Quint, il reſte encore deux difficultez à faire contre fon Explication. La première, c'eſt que les Courtifans ou Confeillers de Picrochole mettent l'Efpagne même

au nombre des Pays qu'il doit conquérir : *Par le corbieu Hefpaigne fe rendra, car ce ne fent que madourrez.* Comment un tel difcours pouvoit-il fe tenir à un Roi d'Efpagne ? C'eft la première difficulté. Mais elle n'eft point infoluble. Il étoit dans l'ordre que Rabelais dépayfât un peu fes Lecteurs : & c'étoit véritablement les dépayfer que de leur faire voir l'Efpagne parmi les Pays qui n'appartenoient pas à un Roi d'Efpagne. — La feconde difficulté eft de favoir comment Rabelais, qui eft cenfé écrire en M. D. XXVIII, ou en M. D. XXXIII, a pu avoir en vûe une Expédition comme celle d'*Alger*, laquelle Charles-Quint ne fit que vers la fin de M. D. XLI. Mais oûtre que Mr. Le Motteux ne dit pas en termes exprès que Rabelais ait eu en vûe cette malheureufe expédition, il faut profiter ici de la Remarque de Mr. Le Duchat fur ce paffage : c'eft que le mot d'*Argière* ne fe trouve point dans l'Edition de M. D. XXXV, ni même dans celle de Dolet, l'une de celles qui parurent en M. D. XLII, fi Mr. Le Duchat en a bien marqué la date dans fa Préface. Obfervons en paffant que fi l'on avoit plufieurs exemples d'une pareille variété entre les Editions, on auroit par cela même une affez bonne preuve que les Editions qui paffent pour beaucoup plus anciennes que celles de M. D. XLII, en vertu des dates qu'elles portent, font telles effectivement ; & que le foupçon de la fuppofition de leurs dates, allégué ci-deffus dans l'Article (6), devroit être regardé, par conféquent, comme un foupçon qui porte à faux.

(21) Pour juger de la folidité de cette conjecture, il faudroit favoir en quel tems Montluc fe maria. La date de fon Contrat de mariage pourroit nous en inftruire : l'âge de fon Fils pourroit nous en faire juger ; Mais je ne trouve ni l'un ni l'autre. Je vois feulement dans le Moréri que ce Fils mourut en mil fix cens trois : qu'il avoit été légitimé en mil cinq cens foixante-fept : & que *fix ans après*, c'eft-à-dire en foixante & treize, *il fuivit fon Pere qui alloit en Pologne, pour procurer la Couronne à Henri de France, Duc d'Anjou.* Je doute que cela foit bien exact. Première-ment il paroit que l'Evêque de Valence avoit été envoyé en Pologne dès l'an foixante & douze. Voyez Henri de Sponde fous cette année. En fecond lieu il paroit que Balagni, Fils du Prélat, étoit allé en Pologne avant lui, qu'il n'y alla que pour achever ce que fon Fils, aidé de fes inftructions, avoit commencé. Voyez *De Thou*, Hiftor. Lib. LIII. pp. 840-842. — Je m'apperçois au refte, en relifant la page 840, que l'Hiftorien y dit quelque chofe de l'âge de *Balagni*. Au moins remarque-t-il que c'étoit encore alors, en M. D. LXXII, un fort jeune homme : *qui tunc Patavii admodum juvenis degebat.*

(21 bis) Voyez les Remarques fur *Livre* I, *Ch.* XXVII : & fur *Livre* III, *Ch.* XXVI, & XXVII. Item fur *Livre* IV, *Ch.* XVIII-XXIV. J'avertis au refte que les deux mots qu'on vient de lire

fur *Frere Jean des Entommeures*, je les ai ajoutez au texte de
Mr. Le Motteux, afin de donner à fon Ouvrage une forme un.
peu plus régulière.

(22) Sur ce qu'obfervé Mr. Le Motteux touchant la manière
de vivre plus agréable qu'héroïque de Jean d'Albret, fon Grandgoufier, on peut fe rappeller ici, Iᵉ ce qui eft dit de Grandgoufier
dans le Chapitre trois du premier Livre, qu'il étoit *bon raillard,
aymant à boyre net aultant que homme qui pour lors feuft au monde,*
& ayant *ordinairement bonne munition de Jambons* &c. IIᵒ Ce qui eft
dit, au Chapitre quatre, de fon repas avec *tous les Citadins,* où il
prenoit plaifir bien grand & commandoit que tout allaft, par efcuelles :
IIIᵒ Ce que dit de lui Picrochole au Chapitre trente-deux : *le
paovre beuveur : ce n'eft fon art aller en guerre, mais ouy bien vuider
les flaccons.*

(23) Aux Remarques de Mr. Le Motteux fur ce premier
Chapitre du premier Livre, il faut joindre celles qui roulent fur
le premier Chapitre du Livre II.

(24) Mr. Le Motteux fuppofe ici une grande union entre ces
deux Epoux en faveur de la Réformation, & il y a une Epitaphe
de l'Epoufe dans laquelle on donne à l'Epoux le titre de
Concordiffimus : A quoi l'on peut rapporter le Commentaire de
Mr. Le Motteux fur le *Corps concords* des vers adreffez à l'Efprit
de la Reyne de Navarre. Voyez ci-deffus les *Remarques générales.*
Mais voyez auffi Bayle, fous l'Article de cette Princeffe, dans la
Remarque (31) : fans négliger pourtant ce que lui objecte l'Auteur
des *Remarques critiques* de l'Edition de Paris : Nᵒ 50. Mr. *de Sponde*
affûre que Henri d'Albret mourut Catholique : mais il avoue en
même tems que ce Prince *autrefois* avoit *chancelé en fa ffoi.* Vid.
Spond. Aᵒ M. D. LV. § XXII.

(25) Touchant ce qui eft dit ici de l'éducation de *Henri-quatre,*
Mr. le M. nous renvoye à l'*Hiftoire* de ce Prince par *Hardouin
de Péréfixe,* & nomme en même tems *Mézerai.* [Si « *Mezeray* en
« parle, il faut que ce foit dans fa grande Hiftoire : mais il fuffit
« que cela fe trouve dans Péréfixe : pp. 18, 19. Edition d'Amft :
« 1664. Pour ce qui eft de la conjecture de Mr. Le M., que
« *Henri* II avoit été élevé lui même comme il éleva fon Petit-fils,
« elle n'a aucun fondement, que je fache, & elle s'accorde fort
« mal avec le caractère qu'il nous donne de Jean d'Albret Pere
« de Henri II. Voyez fes Remarques fur le premier Chapitre du
« premier Livre.] » Quoi qu'il en foit, il ne fera pas hors de
propos de fe rappeller ici les paroles fuivantes du Chapitre XI.
Gargantua depuis les troys jufques à cinq ans, fut nourry & inftitué.
par le commandement de fon Pere, & celluy temps paffa comme les
petitz enfans du pays & couroit voulentiers après les parpaillons
defquelz fon pere tenoit l'Empire. Sur quoi l'on peut obferver que

Parpaillons reffemble beaucoup à *Parpaillots*, qui eft un des noms que l'on a donnez en France aux Proteftans. Il y a un petit Article fur ce nom dans le Moréri.

(26) Sur *Thubal Holoferne* & fur *Jobelin Bridé*, on peut voir Mr. Le Duchat. Rabelais au refte dit que Thubal Holoferne mourut *l'an mil quatre cens & vingt.*

(27) Mr. Le Motteux fait une autre remarque femblable fur un paffage du Chapitre XLV. Voyez ci-deffous, immédiatement après le renvoi marqué (44.) Mais voyez auffi l'Article (3) des Obfervations fur l'*Introduction* de ces Remarques.

(28) Sur cet Article Mr. Le Motteux nous renvoye à l'Hiftoire de *Jean Crefpin* : & il n'y a pourtant pas un mot de *Robert Cenalis* dans toute cette Hiftoire. « [Ce que Mr. Le Motteux dit du Livre « de cet Evêque d'Avranches eft tiré de l'*Hiftoire Eccléfiaftique* « attribuée à *Bèze* : Liv. II. p. 124. Ed. d'Anvers, 1580. Au refte « le Livre de Cénalis ne parut qu'en M. D. LVII, felon Bèze, « & felon *De Thou*, Lib. XIX. p. 590. B. Ed. de Genève, 1626. « Comment donc Rabelais pouvait-il faire allufion à ce Livre « qui ne fut publié qu'après fa mort ? On peut voir à quelle « occafion il le fut, dans l'*Hiftoire de la Réformation* en Anglois, « *Tome I. Liv.* I. pp. 91, 92.] » Cette Hiftoire de la Réformation eft la même dont il eft parlé dans la *Bibliothèque Britannique*, Tome IX. p. 431 : & dont l'Auteur eft Mr. *Etienne Abel* LAVAL, Miniftre parmi les François réfugiez à Londres.

(29) Mr. Le Motteux revient à l'hiftoire des Cloches dans fes Remarques fur le Prologue du quatrième Livre. On les trouvera à leur place, & on jugera s'il avoit raifon de confondre les Cloches des Parifiens avec celles des Gafcons.

(30) La Remarque de Mr. Le M. fondée fur la reffemblance d'*Anticyre* & d'*Anticyrie*, eft dans le même goût que celle qu'il fonde dans la fuite fur la reffemblance de *Thelema* & de *Thalamos*, en parlant de l'Abbaye de Thélême. Voyez quelques pages plus bas. — Et pour ce qui regarde l'Education louable de Henri d'Albret, ou des jeunes Seigneurs Proteftans de fon âge, comparée avec celle de la jeune Nobleffe Catholique, il y auroit auffi quelque chofe à obferver. « [Henri d'Albret nâquit en mil cinq « cens *deux*, la quatrième année de *Louïs* XII, fous le Règne « duquel, on pouvoit dire que la Cour étoit une Ecole de vertu, « & que la jeune Nobleffe étoit élevée avec beaucoup de foin : « ce qui ne commença à changer qu'affez long-tems après que « François premier lui eut fuccédé. D'ailleurs il n'y a point ici « de parallèle à faire entre la Jeuneffe Catholique & la Jeuneffe « Réformée, puifque dans les premières années de Henri d'Albret, « il n'étoit point encore parlé ni de Réformation ni de Réformez « en Europe. Luther ne fe mit fur les rangs qu'en mil cinq cens

« *dix-ſept ;* & il ne fut queſtion de ſes ſentimens en France qu'en
« mil cinq cens *vingt & un.* Henri d'Albret avoit alors dix neuf
« ans : Et il n'y avoit certainement pas alors des Familles
« Proteſtantes où l'on pût remarquer ſi la Jeuneſſe étoit mieux
« élevée que dans les Familles Catholiques]. »

(31) C'eſt peut-être ma faute : mais quoi qu'il en ſoit, j'ai
cherché l'endroit où les habitans de Lerné ſont appellez des
Truands, & il m'a été impoſſible de le trouver.

(32) Mr. Le Motteux cite ici, touchant l'Ambaſſade de Don
Alphonse Carillo, l'*Hiſtoire de Navarre par C. Secrétaire &
Interprète du Roi :* Et pour ce qui eſt des deux Expéditions
deſtinées à reconquérir la Navarre, il nous renvoye aux *Mémoires
de* Martin du Bellay : où il eſt effectivement parlé de l'une &
de l'autre Expédition, mais non pas tout-à-fait comme en parle
Mr. le M., au moins par rapport à la première. Les Mémoires
ne diſent mot, par exemple, ni de la repriſe d'aucune Place, ni
du Siège de Pampelune. Ils portent ſimplement que le Duc
d'Angoulême étant à l'Armée que commandoit le Duc de
Longueville, *il marcha juſques au Mont Jaloux, où la bataille fut
préſentée aux Eſpagnols qui eſtoient à Sainct Jean de Pied de Porc,
laquelle ils refuſerent . . . & qu'enſuite, après avoir fait paſſer
Roncevaulx au Duc d'Albe . . le Duc d'Angouleſme & ladite Armée
furent contremandez du Roy pour retourner tout court.* Nicole
Gilles, ou plutôt un de ſes Continuateurs, dit en termes plus
ſimples encore : *le Roy Loys envoya groſſe Armée ſoubz la conduyte
de François Seigneur de Dunois, Duc de Longueville . . & fut l'Armée
juſques à Sainct Jehan Piedeporc, dont il retourna ſans grand'gloire.*
Voyez *les Chroniques de Nicole Gilles* &c. Second Volume, au
revers du feuillet CXXIII. Paris, M. D. LXIX. Et *les Mémoires
de Martin du Bellay,* p. 3. Edition de Heidelberg, M. D. LXXI.
Il parle de la ſeconde Expédition aux pages 50 & 51.

(33) Dans l'Anglois *Miſſificators.* Je ne ſais ſi ce mot eſt de
l'invention de Mr. Le Motteux : Mais il y a long-tems que l'on
a dit *meſſifier* pour *célébrer la Meſſe.* Je le trouve en ce ſens dans
L'Eſtat de l'Egliſe &c. par *Jean Crépin :* p. 508. de l'Edition de
M. D. LXXXII. Et ſi l'on a *Sleidan* en François, on pourra voir
que parmi les Sommaires qui ſont en marge, il y en a un, vers
la fin de M. D. XXXVIII, qui eſt conçu en ces termes : *Preſtres
malotrus & beliſtres* Missifians. Ce dernier mot, ainſi que ceux de
Meſſifier & de *Meſſificateur,* ne ſe trouve point dans le Dictionnaire
de Trévoux.

(34) Pour admettre cette explication il faudroit paſſer à Mr. Le
Motteux que Rabelais n'a écrit que depuis l'an M. D. XLI, car
ce fut ſeulement ſur la fin d'Avril de la dite année que le Colloque
de Ratisbonne commença à ſe tenir. Voyez *Sleidan* à l'entrée du

Livre XIV. L'Hiftoire fait mention d'une Affemblée de Ratisbonne qui fe tint en M. D. XXIV, fur les affaires de la Religion : Mais cette Affemblée n'a rien de commun avec ce qu'on nomme un *Colloque* ou une *Conférence,* ni avec la Conférence particulière des Théologiens nommez ici par Mr. Le Motteux.

(35) Les Auteurs citez par Mr. Le Motteux, au fujet du Cardinal de Châtillon, font : *De Thou : Sainte-Marthe : Ciaconius : Du Bouchet : D'Aubigné ;* Livre quatre : *Sponde : Bèze : Petrameller.* Je me contenterai de remarquer que fi HENRI DE SPONDE dit vrai, ou fi l'on doit fe fier à fon Traducteur COPPIN [car je n'ai pas l'Original] Odet de Châtillon *n'avoit pas encore onze ans* lorfqu'il fut fait Cardinal en M. D. XXXIII. De forte que fi Rabelais a écrit en M. D. XXVIII, & fi dès-lors il le connoiffoit, il ne pouvoit le connoître que comme un Enfant de cinq ans. Il eft vrai que felon *Brantôme* il en avoit *dix fept* quand il fut fait Cardinal : J'ai lu *feize* quelque part : Et le Moréri dit *dix-huit,* dans l'Article COLIGNI : § XIII. L'exacte vérité eft qu'il entra dans fa dix-huitième année, ou qu'il eut dix-fept ans accomplis, en M. D. XXXIII : car le Moréri, dans un *Article féparé,* dit en termes précis qu'il étoit né le *dix de Juillet* M. D. XV : & la fuite des Articles fait voir que cela eft jufte. Il avoit donc fept ans de plus que ne lui en donne *Henri de Sponde :* Mais je doute que cela fuffife pour nous faire trouver, dans le jeune Odet, un homme comme Frere Jean. Car étant né vers le milieu de M. D. XV, il ne pouvoit être que dans fa treizième année en M. D. XXVIII, où Rabelais eft cenfé compofer fon Ouvrage. Voyez ci-deffus, l'Article (6) de mes Obfervations fur les *Remarques générales.*

(36) Si cette Remarque de Mr. Le Motteux doit porter fur le Cardinal de Châtillon, elle porte à faux : Car ce Prélat paroît ne s'être marié que très-peu de tems avant que la Sentence de fon Excommunication fût publique & elle ne le fut qu'en M. D. LXIII. Il avoit quitté l'habit de Cardinal avant qu'elle fût prononcée contre lui dans un Confiftoire fecret : Il reprit l'habit de Cardinal, & fe maria dans cet habit, pour faire voir qu'il ne s'embaraffoit ni du Pape ni de fon Excommunication : Et ce fut là-deffus que le Pape, pour fe venger, la rendit publique, l'*onzième de Septembre* de l'année que je viens de marquer. Voyez Henri de Sponde fous cette même année, § XLIX.

(37) Rabelais ne vouloit pas qu'on le foupçonnât d'approuver les juremens de fon Moine ; Cela eft inconteftable, puifque fur la fin du Chapitre XXXIX, il les lui fait reprocher : *Comment (dift Ponocrates) vous jurez Frere Jean ? Ce n'eft (dift le Moyne) que pour orner mon languaige. Ce font couleurs de Rhétoricque Ciceroniane.* Mais lorfque Mr. Le Motteux fuppofe que le Cardinal de Châtillon *avoit été Soldat* avant la publication ou la compofition de l'Ouvrage

de Rabelais, il y a tout lieu de croire qu'il ſe trompe extrêmement. *Brantôme,* qui parle de la bravoure de ce Prélat, n'en
rapporte qu'un ſeul exemple bien plus moderne que l'hiſtoire de
Frerè Jean. Voyez les *Vies des Hommes Illuſtres, Première Partie,*
p. m. 352. « [Le Cardinal de Châtillon ne s'eſt jamais trouvé à
« l'Armée qu'en deux occaſions : & cela en qualité de Volontaire.] »

(38) Mr. Le Motteux, ſur ce qui regarde *Céſar Borgia,* renvóye
ſes Lecteurs à l'*Hiſtoire de Navarre* que je ne ſuis point à portée
de conſulter. J'ai ajouté à ſon recit, ſur la foi du Moréri, la
circonſtance de la *nuit* ou de l'*obſcurité*, parce qu'elle m'a paru
propre à faire comprendre pourquoi Céſar Borgia demandoit :
Où eſt ce Comtereau ?

(39) Il faut que Mr. Le Motteux ait eu en vûe ce que LUCIEN
fait conter par *Lycinus* dans ſon Dialogue *de la Danſe.* Mais il
faut, ou que je n'aye pas bien compris la penſée de Mr. Le
Motteux ou qu'il n'ait pas bien compris lui-même celle de Lucien.
On en peut juger par la Traduction de d'Ablancourt, qui me
paroît ici avoir rendu fidellement le ſens de l'Original. Voici ſes
paroles : « Je te dirai à ce propos le ſentiment d'un autre Barbare,
« qui voyant cinq maſques & cinq habits préparez pour un Balet,
« & ne voyant qu'un danſeur, demanda qui feroit les autres
« perſonnages ; Et comme il eut appris qu'il les joueroit tous
« lui ſeul : Il faut donc, dit-il, que dans un ſeul corps il y
« ait pluſieurs ames. » Je ne vois point là un homme qui
repréſente cinq choſes *à la fois.* Je n'y vois point cinq perſonnages
fondus en un, ſi j'oſe ainſi parler pour exprimer ce que Mr. Le
Motteux doit avoir voulu dire, s'il eſt vrai qu'il ait voulu indiquer
une différence *ſpécifique* entre ſon *Scaramouche* & le Pantomime
de Lucien, & appliquer l'idée de ce Pantomime à celle du
Perſonnage compliqué de *Frere Jean.*

(40) Je laiſſe au Lecteur le ſoin de juger ſi ces termes ont
un rapport bien juſte avec ceux que l'Hiſtoire pourroit fournir
juſqu'à l'an M. D. XXVII, ou M. D. XXVIII, où Rabelais doit
être cenſé écrire, ſelon le calcul de Mr. Le Duchat ; & même
juſqu'à l'an M. D. XLV, qui eſt la date de la compoſition de
ſon Ouvrage ſelon Mr. Le Motteux. Ou je me trompe fort, ou
l'Empereur n'avoit pas entrepris tout de bon dans ce tems-là de
réduire les Luthériens par la force des armes : Ce qui ſoit dit,
toutefois, ſans conſéquence contre l'idée générale d'un parallèle
entre Luther & Frere Jean. On pouvoit même très-bien dire dès
l'an M. D. XXVIII, que Luther avoit combattu vaillamment &
avec ſuccès pour le Vin de l'Euchariſtie. Mais Charles-Quint ne
fit proprement la guerre aux Luthériens que depuis la mort de
Luther, arrivée en M. D. XLVI. Encore avoit-il une partie des
Luthériens de ſon côté. Voyez l'Hiſtoire de cette année dans
Sleidan. Liv. XVI-XVIII. Et notez de plus que l'Empereur, par

le fameux Livre de l'*Interim*, accordoit aux Luthériens le Calice pour le Peuple, ainfi que le mariage pour les Prêtres. *Id*. L. XX. A° M. D. XLVIII.

(41) Quoique j'aye un peu paraphrafé ce paffage, je fuis fûr de n'avoir rendu que la penfée de M. Le Motteux : Et on la trouvera jufte au fujet de Montluc fi l'on admet ce qu'il a dit de ce Prélat ci-deffus dans fes *Remarques générales*, dans l'endroit auquel fe rapporte l'Article (8) des *Obfervations*. Pour ce qui eft du Cardinal de Châtillon, on fera peut-être furpris de le voir rangé dans la même catégorie que Montluc : Car je trouve d'un côté, que « [l'Hiftoire parle de ce Cardinal comme d'un homme « fobre, & fort modéré , tant dans fes actions que dans fes « paroles ;] » Et d'un autre côté il paroît que quelque modéré qu'il pût être dans le cours ordinaire de la Vie, fa vivacité fur le chapitre de la Religion fut beaucoup plus grande que celle de l'Evêque de Valence, beaucoup moins fubordonnée aux ménage-mens d'une politique intéreffée ou voluptueufe. Son union déclarée avec fes deux Freres , qui étoient les Chefs du Parti Calvinifte : la Sédition qu'il excita contre lui pour avoir célébré la Cène fous les deux efpèces dans fon Diocèfe de Beauvais : fon mariage en habit de Cardinal pour faire dépit au Pape qui l'avoit déclaré hérétique & indigne de porter la Pourpre : la Bataille de St. Denys où il paya de fa perfonne & combattit même *très-vaillamment*, dit Brantôme : La Cour de France où il ceffa de paroître, & l'Angleterre où il vint paffer le refte de fes jours & ménager les interêts des Huguenots : tout cela doit, ce femble, le mettre hors du pair. Voyez fon Article dans les Hommes Illuftres de Brantôme : & Henri de Sponde, *An*. M. D. LVIII. § II. *An*. M. D. LX. § VII. *An*. M. D. LXI. § XII. M. D. LXIII. § XIX, XXI, & XLIX. & *An*. M. D. LXVIII. § XVI. *Ce fut un grand dommaige*, dit Brantôme, *dequoy il fe plongea fi fort dans la nouvelle Religion, d'autant qu'il en perdit fa bonne fortune à la Cour* &c. Mais il faut obferver auffi , I° Que les démarches éclatantes que je viens d'alléguer ne furent faites que long-tems après l'Ouvrage & même la mort de Rabelais : II° Que Mr. Le Motteux, dans l'endroit où il traite de l'Abbaye de Thelême , parle de quelques Auteurs [fans pourtant les nommer] qui repréfentent le Cardinal de Châtillon comme un homme qui aimoit fort fon repos, fes aifes & fes plaifirs : III° Que même felon Brantôme, fon zèle pour *la nouvelle Religion*, & les premiers éclats de ce zèle, ne le rendirent pas tout-à-fait fourd aux confeils de la Politique ; & qu'il les écouta au moins pendant quelque tems. Car venant de dire que ce Prélat *n'exerça plus fon eftat* [depuis qu'il fe fut fi fort plongé dans la nouvelle Religion] l'Hiftorien remarque néanmoins qu'*après la première guerre il le reprit, non tant pour la devotion qu'il y portoit que, entrant au confeil & y tenant fon rang, il avoit encore grand moyen de faire plaifir à*

ceux de fon party. Cette politique dura jufqu'à la feconde guerre. Il ne faut pas, au refte, que ces réflexions faffent oublier ce que j'ai obfervé ci-deffus dans l'Article (35).

(42) M. Le Motteux n'a pas fenti que la réponfe de Frere Jean au compliment de Gymnafte renfermoit une des meilleures plaifanteries de Rabelais aux dépens des Moines de fon tems. *La goinfrerie eft tellement un attribut de l'état monaftique qu'on feroit tenté de la regarder comme un effet phyfique de quelque vertu inhérente dans le froc. Avez vous perdu l'appetit? Prenez le froc, & ce fera bafme de vous voir briber. Etes-vous bon beuveur? Prenez le froc: vous n'en boirez que mieulx.* Il eft évident que c'eft-là ce que Rabelais a voulu faire entendre : & que la manière la plus plaifante de l'exprimer, c'étoit de le mettre dans la bouche même d'un Moine & de le lui faire dire indirectement & comme fans y penfer : ce qui eft précifément le tour que Rabelais a pris. Je ne m'étonne pourtant pas que cela ait échappé à Mr. Le Motteux. Il faifoit un Syftême & il vouloit aller vîte. Quand on en eft là, on eft naturellement fujet à s'aveugler fur toutes les idées qui pourroient déranger l'Ouvrage ou l'arrêter. On diroit que pour fermer à ces idées l'entrée de notre efprit, nous avons alors un certain mouvement auffi naturel que celui du clignement des yeux pour fermer l'entrée à la pouffière. Et même indépendemment de l'envie de faire un Syftême, un homme d'efprit ne voit pas toujours tout, ne fent pas toujours le bon d'un Bon-mot. On aura beau dire [comme il me femble l'avoir lu quelque part] qu'une bonne plaifanterie veut être faifie du premier coup, & qu'elle n'eft plus plaifanterie dès qu'elle eft commentée. Cela n'eft point fi vrai que cela n'ait bien des exceptions. Les meilleures plaifanteries peuvent quelquefois avoir befoin de commentaire, & peuvent être commentées heureufement, pourvû que le Commentateur foit habile, & qu'il ait avec cela la patience requife pour bien ajufter tout ce qui doit former fon Commentaire. Je ne fais, au refte, fi le mien dans cet endroit aura fait valoir pour quelcun la plaifanterie de Rabelais fur les Moines, ou ne l'aura pas plutôt un peu gâtée. Mais je crois au moins en avoir attrapé le véritable fens. Ce que Frere Jean dit ici de la vertu du Froc pour mettre les gens en appétit, eft précifément dans le même goût, que ce qu'il dit aux Pélerins dans le Chapitre XLV. Il leur prédit qu'ils trouveront infailliblement leurs femmes groffes puifqu'il y a des Moines dans le voifinage : *Car,* ajoute-t-il, *feullement l'ombre du Clochier d'une Abbaye eft feconde.*

(43) Il pourroit y avoir quelque chofe de vrai dans l'idée que Mr. Le Motteux fe fait ici du Cardinal de Châtillon. Je n'en fais pourtant rien. Mais cette idée, en tout cas, doit être extrêmement modifiée par celle que nous en donne Brantôme lorfqu'il dit de ce Prélat : *Il avoit un bon fçavoir & aimoit fort ceux qui en avoient,*

& eſtoit le Mecenas de pluſieurs. Voyez encore ce qui en a été dit ci-deſſus dans l'Article (41).

(44) Mr. Le Motteux revient à *Frere Jean* dans la ſuite. Voyez les Remarques ſur *Livre* III. *Ch.* XXVI & XXVII.

(45) Voyez ci-deſſus, les premières pages de la Partie que j'ai intitulée *Remarques générales.*

(46) Voyez ci-deſſus les Remarques ſur le premier Chapitre du premier Livre.

(47) On ne peut douter que Rabelais n'ait voulu rire en paſſant aux dépens des Docteurs Juifs, puiſqu'il dit en autant de termes : *Je vous allegueray l'authorité des Maſſoretz . . . beaulx Cornemuſeurs hébraïques.*

(48) J'ai tranſcrit le paſſage de Rabelais comme Mr. Le Motteux paroît l'avoir lu. J'ai mis *En icelle,* au ſingulier, le rapportant à *Année :* au lieu de *En icelles* au plurier, comme je le trouve dans l'Edition de M. Le Duchat, d'Amſterdam M. DCC. XI.

(49) *Monſtrum horrendum, informe, ingens, cui lumen ademptum.* C'eſt ainſi qu'un grave Hiſtorien Catholique parle de l'Héréſie des Proteſtans, après avoir dévotement *invoqué la Majeſté divine par l'interceſſion de la Sainte Vierge,* pour obtenir *la grace* de parler dignement de cette Héréſie. Voyez *Henri de Sponde*, traduit par Coppin, à la tête du Tome III , de ſa *Continuation des Annales Eccléſiaſtiques.* Pour ce qui eſt de l'interprétation des *Mêles,* voyez ci-deſſous, Article (59).

(50) Mr. Le Duchat dans ſa première Note du quarante-ſeptième Chapitre du troiſième Livre, obſerve en paſſant que ce troiſième Livre fut compoſé en M. D. XLVI : & cela ſondé apparemment ſur ce qu'il y en a une Edition qui eſt de l'année immédiatement ſuivante : Edition ſur l'authenticité de laquelle on peut voir ci-deſſus l'Article (14) de mes Obſervations ſur les *Remarques générales.* A quoi il faut ajouter, pour plus d'exactitude, que M. Le Duchat lui-même, citant ailleurs une Edition antérieure d'un an, ſavoir de M. D. XLV, il auroit du reculer à proportion la date de la compoſition de ce troiſième Livre, & la placer en M. D. XLV. Or cela poſé, il eſt impoſſible que Rabelais ait voulu parler du mariage d'*Antoine de Bourbon,* ou de ſa naiſſance métaphorique en qualité d'Héritier de la Couronne de Navarre, dans les paſſages du troiſième Livre citez ici par Mr. Le Motteux : ce mariage ne s'étant fait, ſelon ſa propre remarque, qu'en M. D. XLVIII. On peut juger par là du fond que l'on doit faire ſur ce qu'il dit de la naiſſance de Pantagruel, telle qu'elle eſt rapportée dans le Livre deuxième, dont on a une Edition datée

de M. D. XXXIV, pour ne pas dire de M. D. XXVIII. J'en ai parlé ailleurs. Voyez les Obſervations ſur l'*Introduction*, Article (2) vers la fin.

(51) Edouard VI naquit & ſa Mere mourut en M. D. XXXVII. Voilà encore qui eſt poſtérieur au tems où l'on croit que Rabelais écrivoit. Remarquons au reſte, que ceux qui content l'hiſtoriette qu'on vient de lire, ont coutume de la conter un peu autrement que Mr. Le Motteux. Ils prétendent que l'accouchement étant difficile, le Roi donna ordre d'ouvrir le côté de la Mere, & dit [ſelon les expreſſions élégantes du Pere d'Orléans] *Allez, qu'on ſauve le fruit: il eſt aſſez de femmes au monde: mais on n'a pas, quand on veut, un Fils.* Voyez l'*Abregé Chronologique de l'Hiſtoire d'Angleterre avec des Notes,* par Mr. DE CHEVRIERES, imprimé à Amſterdam en M. DCC. XXX. Tome III, p. 155, où il oppoſe à l'hiſtoriette en question le témoignage de divers Auteurs dignes de foi, qui varient [à la vérité] touchant le jour précis de la mort de Jeanne Seymour; mais qui tous s'accordent à placer ſa mort quelques jours après ſon accouchement. *Elle accoucha heureuſement le douze d'Octobre,* & mourut le quatorze ou le quinze, ou ne mourut même réellement que le dix-ſept. Je ne ſais pas quel Auteur Mr. Le Motteux a ſuivi, ni s'il en a ſuivi aucun. Mais en cas que la fable réfutée par Mr. de Chévrières ait, après-tout, quelque fondement dans l'Hiſtoire, il y a apparence que pour la réduire aux termes de la vérité, on pourra s'en tenir à peu près aux termes du recit de Mr. Le Motteux.

(52) La Fille de Marguerite épouſa Antoine de Bourbon au mois d'Octobre M. D. XLVIII : & Marguerite mourut le vingt-&-un de Décembre M. D. XLIX.

(53) Mr. Le Motteux fondé, ce ſemble, ſur l'autorité de Paſquier, fait de l'Ecolier Limouſin un homme : & Mr. Le Duchat, qui ſemble auſſi ſe fonder ſur la même autorité fait de ce même Ecolier une femme. Selon le premier c'eſt un homme de *Limoges :* & ſelon le dernier c'eſt une Demoiſelle *Picarde.* Savoir lequel des deux a raiſon, c'eſt ce qui n'eſt en aucune manière décidé par le paſſage de Paſquier, que j'ai donné exprès plus complet que je ne le trouve dans mon Auteur, & qui fait partie de la Lettre du Livre II, dans laquelle Paſquier examine, *Quelle eſt la vraye naïfveté de noſtre Langue:* Tome I. feuil. 102-109. Edition de Paris, in octavo, M. DC. XIX. Mais comme Mr. Le Duchat cite de plus *Perceforeſt,* & entre dans un certain détail, il y a bien apparence que l'erreur eſt toute entière du côté de Mr. Le Motteux.

(54) Ceux qui ne ſavent pas cette hiſtoire indépendemment de Mr. Le Motteux, & qui pourroient être tentez d'en faire quelque uſage, ſont avertis de ne s'en pas rapporter à ſon expoſé pour

toutes les circonftances. Il cite *Pafquier* : c'eft-là qu'il faut les chercher. On les trouvera dans le Livre VI des *Recherches de la France,* au Chapitre XI.

(55) Sans prétendre ici contredire M. le Motteux, on peut obferver en paflant, qu'il y a au moins cette reffemblance entre Thaumafte & Erafme, que le premier compliment de Thaumafte à Pantagruel commence par un mot fententieux qu'Erafme avoit dit avant lui dans un de fes dialogues. *Thaumafte parle après Erafme,* dit Mr. Le Duchat. Mais s'il eft vrai que Thaumafte & Erafme, comme l'un & l'autre en avertiffent, ayent emprunté leur fentence de Platon, ce que mille autres auroient pu faire de même ; il faudra avouer que la conformité de ces deux hommes fe réduit à bien peu de chofe. On peut voir fur cette citation les Notes fur le Colloque intitulé *Diluculum.*

(56) Mr. Le Motteux fuppofe ici que la même perfonne ne peut pas être mife en jeu fous deux mafques différens. Il a néanmoins pofé le contraire pour principes dans les Remarques précédentes. La véritable raifon pourquoi il ne s'agit point ici d'*Agrippa,* c'eft que les Ouvrages où il parle d'un art extraordinaire de fe faire entendre, & qui font citez quelques lignes plus bas par Mr. Le Motteux n'étoient point imprimez quand Rabelais écrivoit fon deuxième Livre : fi toutefois il faut en juger par l'*Epitome* de la *Bibliotheque* de *Gefner,* par laquelle il ne paroît pas que la *Philofophie occulte* ait paru avant l'an M. D. XXXIII, ni l'Ouvrage *de l'incertitude & de la vanité des Sciences* avant l'an M. D. XXXI.

(57) Les Livres *de Subtilitate,* felon l'Epitome de la Bibliothèque de Gefner, furent imprimez pour la première fois ; *primum,* à Nuremberg en M. D. L. Et l'ouvrage *de Varietate rerum* n'étoit pas encore publié en M. D. LIV.

(58) Il eft de fait que Rabelais, à l'occafion de fon Thaumafte, dans le dix-huitième Chapitre, cite *Le Livre de Beda,* DE NUMERIS ET SIGNIS. J'ignore fi c'eft le même Ouvrage qui par Mr. Le Motteux eft intitulé, De *loquelâ per geftum digitorum.* Je ne trouve ni l'un ni l'autre de ces titres dans l'Epitome de Gefner. Mais j'y trouve un Livre *De computatione per digitos. Cafimir* OUDIN, dans fes Ecrivains Eccléfiaftiques, parle d'un Opufcule de Bede *De loquelâ per digitorum geftus,* comme fi le même Opufcule avoit auffi été imprimé fous le titre de *Beda* DE INDIGITATIONE. Je ne fais fi le Livre a réellement paru fous tous ces titres différens. Il y a quelque lieu d'en douter. Ce qu'il y a de certain, c'eft que le vénérale Bede a fait un Ouvrage fur le fujet indiqué par Mr. Le Motteux.

(59) Et quand l'Hiftoire en parleroit, quel rapport y auroit-il à fuppofer entre une Conférence *fur les fignes facramentels,* & une

Converfation *par fignes?* Ce qu'il y a de certain, c'eft que fi cette Remarque eft bonne, celle des *groffes Mêles* qui fe *mêlent* de la Réformation, doit paffer pour excellente. Voyez ci-deffus § I, fur la fin.

(60) *Dipfodes, qui vault aultant à dire comme gents alterez : car vous ne veiftes oncques gents tant alterez ny beuvants plus voluntiers.* Ce font les propres paroles de Rabelais lui-même, vers la fin du Chapitre XXVI. Il y a au refte, touchant les *Dipfodes* & les *Amaurotes,* une Remarque hiftorique que Mr. Le Motteux a faite après-coup. On la trouvera ci-deffous parmi celles qui fe rapportent au Livre IV, dans le paragraphe 6 des Remarques fur le Chap. LXVI.

(61) Remarquons d'abord que l'expreffion de Sandoval femble prefque avoir été empruntée de Rabelais même, & cela encore du Chapitre XXIV, dans lequel il s'agit du fecours que Pantagruel vient prêter à la Ville des Amaurotes affiégée par les Dipfodes. *Je (dift Carpalim) y entreray fi les Oifeaulx y entrent : car j'ay le corps tant allaigre que j'auray faulté leurs tranchées, & percé oultre tout leur Camp, devant qu'ils m'ayent apperçu.* — Remarquons enfuite, touchant l'entière deftruction de Térouenne, que *les Impériaux exprimèrent la date de cette ruïne par cette Infcription* DeLetI MorInI, *parce que cette Ville étoit depuis longtems la Capitale de ces Peuples qui portent le nom de* Morini *dans les Mémoires de Jules Céfar.* Ce font les paroles de Mr. DURAND dans fon *Hiftoire du feizième Siècle,* Liv : XXII § XXVII. Or les Lettres numérales de l'Infcription qu'on vient de lire, nous donnent l'an M. D. LIII. — Remarquons après cela, que fi Mr. Le Motteux ne prétend pas que Rabelais ait fongé à un événement de M. D. LIII, il lui attribue au moins le deffein de faire allufion à des chofes qui ne fe font paffées que dix ans plutôt, comme on verra qu'il en convient lui-même dans le paragraphe fuivant. — Remarquons enfin, pour dire quelque chofe auffi en fa faveur, que voulant mettre la Scène dans les Pays-Bas, il auroit pu fe prévaloir à fa manière de cet endroit du Chapitre XXIX, où les Compagnons de Loupgarou font appellez *Paillards de plat pays.*

(62) Mr. Le Motteux nous renvoye aux *Mémoires de* GUILLAUME *du Bellay.* C'eft une faute. Il a nommé *Guillaume* pour *Martin* qui rapporte les faits dont il s'agit, vers la fin du Livre IX : p. m. 1002 & fuivantes.

(63) Voyez *Martin du Bellay* à l'endroit cité dans l'Article précédent : Et notez que comme lui j'ai placé *Lillers* entre *Bétune* & *Aire,* quoique Mr. Le Motteux ait dit *Bapaume* au lieu de Bétune : ce qui n'eft pas le feul exemple de l'inexactitude ou de la négligence avec laquelle il rapporte ce qu'il a lu. J'en pourrois alléguer quelques exemples fans fortir des paffages de Du Bellay

d'où il prétend tirer tout ce qu'il rapporte dès deux premiers exploits d'Antoine de Bourbon. Mais ce détail feroit trop ennuyeux. Si ces fautes étoient munies de la moindre autorité, & fi avec cela elles lui fervoient à quelque chofe, fi elles avoient la moindre influence fur fon Commentaire, je me croirois obligé de les conferver dans ma Traduction. Mais lorfque d'un côté fes fautes font à pure-perte ; & que de l'autre je vois clairement, par la confrontation de fes Auteurs, ce qu'il a voulu dire, je penfe que le meilleur parti est de le dire pour lui. Un Traducteur, pourvû qu'il en avertiffe, doit avoir autant de droit de corriger des fautes de cette nature, dans un Ouvrage comme celui-ci, que de n'en pas copier les fautes d'impreffion, d'orthographe & de grammaire.

(64) *Par laquelle il paffa après l'expédition de Lillers*] Cela pourroit être vrai. Mais cela ne paroît pas par les Mémoires de *Martin du Bellay :* dans lesquels il me femble même que je trouverois de quoi deviner plutôt le contraire, fi je voulois deviner.

(65) Le fel dont Pantagruel remplit le gofier de fes Ennemis, eft expliqué d'un autre manière dans les Remarques fur *Livre* IV. *Chapitre* LXVI.

(66) Mr. Le Motteux nous renvoye encore aux Mémoires de Guillaume du Bellay : Et je fuppofe encore que c'eft une faute, parce que je ne connois point d'autres Mémoires de *Guillaume* que ceux que *Martin* a inférez parmi les fiens. Or ni le *Livre* IX, cité ci-deffous, ni le *Livre* X, cité à préfent, ne font du nombre de ceux qui portent le nom de *Guillaume*. Mais il y a plus. Je ne trouve ni dans l'un ni dans l'autre le difcours d'Antoine de Bourbon au Roi pour faire payer les arrérages à fon Armée. Et tout ce que je trouve de la réponfe du Roi à la demande faite avant la prife de Lillers, par écrit ou par la bouche d'un Meffager, c'eft que le Roi *manda de mettre l'Armée dedans les garnifons & de ne rien licentier, horsmis les Legionnaires . . . chofe qui fut executée,* ajoute l'Hiftorien, qui par ces paroles finit fon neuvième Livre ; & qui dans le dixième, cinq pages plus bas, où l'on voit Antoine de Bourbon marchant avec fon Armée par le Haut Pays d'Artois, ne dit rien d'où l'on puiffe conclure que fes Soldats étoient mécontens & ne recevoient point leur folde. Sa marche fe faifoit par ordre du Roi qui lui avoit commandé de raffembler fon Armée à Abbeville & de venir à travers les terres des Ennemis le rencontrer au Cateau Cambrefis. Bapaume étoit fur fa route. Notez au refte que le premier ordre de venir rencontrer le Roi eft joint ici avec celui de raffembler l'Armée, et non pas avec la Réponfe du Roi à la demande d'un mois de folde, comme Mr. Le Motteux paroît fe l'être imaginé. J'aurois mieux aimé corriger de pareilles fautes que les relever. Mais celles-ci fervant de fondement à l'explication d'un paffage de Rabelais, je me fuis cru obligé de les conferver dans ma Traduction.

(67) Ne difons rien de l'étonnement de Mr. Le Motteux. Le renvoi au bas de la page ne fera cette fois que pour une citation. Outre l'*Hiftoire véritable* de Lucien, Mr. Le Motteux indique ici quelque autre pièce du même Auteur. Je crois qu'il veut parler du *Dialogue* intitulé *La Nécromancie*, & peut-être auffi du difcours qui a pour titre *Du Deuil*.

(68) Mr. Le Motteux cite ici l'*Hiftoire Eccléfiaftique de Bèze*. Il y a des gens cependant qui prétendent qu'Antoine de Bourbon eft mort bon Catholique. Voyez *Henri de Sponde*, An. M. D. LXII. § XLIII.

FIN DU DEUXIÈME VOLUME.

TABLE DES CHAPITRES

LIVRE SECOND

	Pages
Dizain de Maistre Hugues Salel à l'auteur de ce livre....	2
Prologue de l'auteur...............................	3
Dixain nouvellement composé à la louange du joyeulx esprit de l'Autheur...............................	7
De l'origine et anticquité du grand Pantagruel. — Chapitre I....:.................................	9
De la nativité du tresredoute Pantagruel. — Chapitre II.	13
Du dueil que mena Gargantua de la mort de sa femme Badebec. — Chapitre III.......................	16
De l'enfance de Pantagruel. — Chapitre IV...........	18
Des faictz du noble Pantagruel en son jeune eage. — Chapitre V....................................	21
Comment Pantagruel rencontra un Limosin, qui contrefaisoit le langaige françoys. — Chapitre VI.......	24
Comment Pantagruel vint à Paris : et des beaulx livres de la librairie de Sainct-Victor. — Chapitre VII......	27
Comment Pantagruel estant à Paris receut letres de son pere Gargantua, et la copie d'icelle. — Chapitre VIII.	33
Comment Pantagruel trouva Panurge lequel il ayma toute sa vie. — Chapitre IX.......................	38
Comment Pantagruel equitablement jugea d'une controverse merveilleusement obscure et difficile, si justement, que son jugement fut dict fort admirable. — Chapitre X...................................	44
Comment les seigneurs de Baisecul et Humevesne plaidoient devant Pantagruel sans advocatz. — Chapitre XI....................................	48

Pages.

Comment le seigneur de Humevesne plaidoit davant
  Pantagruel. — Chapitre XII   51
Comment Pantagruel donna sentence sus le different des
  deux seigneurs. — Chapitre XIII   55
Comment Panurge racompte la maniere comment il
  eschappa de la main des Turcqs. — Chapitre XIV . .   57
Comment Panurge enseigne une maniere bien nouvelle
  de bastir les murailles de Paris. — Chapitre XV   63
Des meurs et conditions de Panurge. — Chapitre XVI . .   68
Comment Panurge guaingnoyt les pardons et maryoit les
  vieilles et des procès qu'il eut à Paris. — Chapi-
  tre XVII   73
Comment un grand clerc de Angleterre vouloit arguer
  contre Pantagruel, et fut vaincu par Panurge. —
  Chapitre XVIII   78
Comment Panurge feist quinaud l'Angloys, qui arguoit
  par signe. — Chapitre XIX   83
Comment Thaumaste racompte les vertus et sçavoirs de
  Panurge. — Chapitre XX   88
Comment Panurge feut amoureux d'une haulte dame de
  Paris. — Chapitre XXI   89
Comment Panurge feist un tour à la dame parisianne qui
  ne fut poinct à son adventage. — Chapitre XXII . . .   94
Comment Pantagruel partit de Paris ouyant nouvelles que
  les Dipsodes envahyssoient le pays des Amaurotes.
  Et la cause pourquoi les lieues sont tant petites en
  France. — Chapitre XXIII   97
Lettres que un messagier aporta à Pantagruel d'une dame
  de Paris, et l'exposit on d'un mot escript en un anneau
  d'or. — Chapitre XXIV   98
Comment Panurge, Carpalim, Eusthenes, Epistemon,
  compaignons de Pantagruel, desconfirent six cents
  soixante chevaliers bien subtilement. — Chapi-
  tre XXV   102
Comment Pantagruel et ses compaignons estoient fachez
  de manger de la chair salée, et comme Carpalim alla
  chasser pour avoir de la venaison. — Chapitre XXVI.   105
Comment Pantagruel droissa un trophée en memoire de
  leur prouesse, et Panurge un aultre en memoire des
  levraulx. Et comment Pantagruel de ses petz engendroit les petitz hommes, et de ses vesnes les petites
  femmes. Et comment Panurge rompit un gros baston
  sur deux verres. — Chapitre XXVII   109
Comment Pantagruel eut victoire bien estrangement des
  Dipsodes, et des geans. — Chapitre XXVIII   112
Comment Pantagruel deffit les troys cens geans armez de

Pages

pierre de taille. Et Loupgarou leur capitaine. — Chapitre XXIX 117
Comment Epistemon qui avoit la coupe testée, feut guery habillement par Panurge, et des nouvelles des diables, et des damnez. — Chapitre XXX 122
Comment Pantagruel entra en la ville des Amaurotes, et comment Panurge maria le roy Anarche, et le feist cryeur de saulce vert. — Chapitre XXXI 129
Comment Pantagruel de sa langue couvrit toute une armée, et de ce que l'auteur veit dedans sa bouche. — Chapitre XXXII 132
Comment Pantagruel feut malade, et la façon comment il guerit. — Chapitre XXXIII 136
La conclusion du present livre, et l'excuse de l'auteur. — Chapitre XXXIV 138

REMARQUES HISTORIQUES ET CRITIQUES PAR LE DUCHAT.   141

NOTES DE M. LE MOTTEUX 291

ACHEVÉ D'IMPRIMER

Le 1er septembre mil huit cent soixante-seize.

Par L. FAVRE

Imprimeur à Niort.

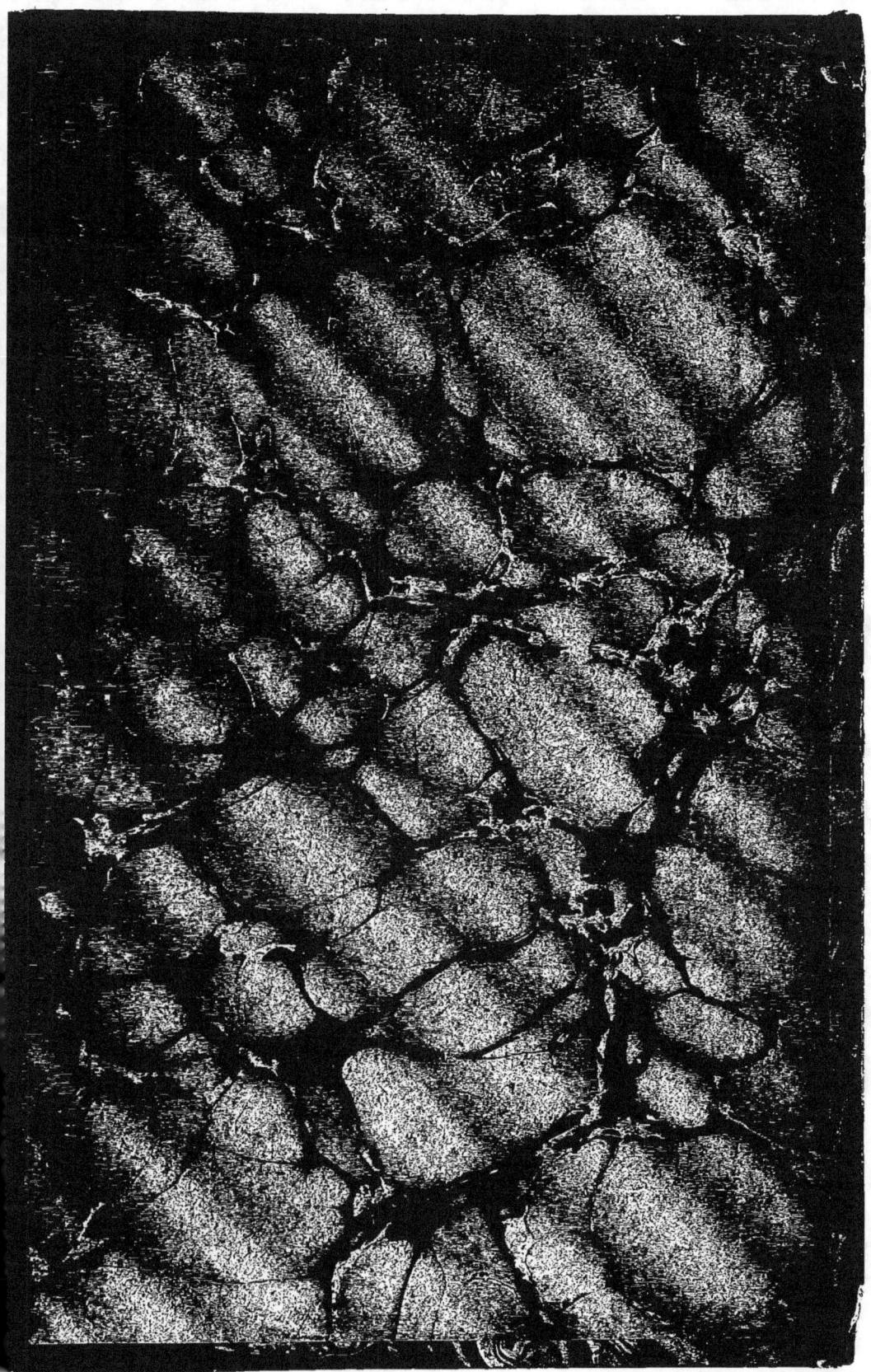

www.ingramcontent.com/pod-product-compliance
Lightning Source LLC
Chambersburg PA
CBHW050747030726
47505CB00002B/443